DIE GÖRE UND IHRE MASTER

DIE MASTER DER SHADOWLANDS-REIHE
BUCH 12

CHERISE SINCLAIR

Übersetzt von
FP TRANSLATIONS

VanScoy Publishing Group

@ Deutsche Ausgabe: FP Translations; 2025
@ Originalausgabe: *Mischief and the Masters* by Cherise Sinclair; 2016
Published by VanScoy Publishing Group
ISBN:

Dieses Buch enthält explizite Darstellungen sexueller Handlungen und ist nicht für Leser unter 18 Jahren geeignet!

Cover Art: April McMillan

Lektorat: Christian Popp

ANMERKUNG DER AUTORIN

An meine Leser/Leserinnen,

dieses Buch ist reine Fiktion. Und wie in den meisten Romanen wird die Liebesgeschichte in eine sehr, sehr kurze Zeitspanne hineingepresst.

Ihr, meine Lieben, lebt in der wirklichen Welt. Ihr werdet mehr Zeit brauchen als die Romanfiguren. Gute Doms wachsen nicht auf Bäumen und es gibt ein paar sehr seltsame Menschen dort draußen. Wenn ihr auf der Suche nach eurem eigenen Dom seid, hört auf euer Bauchgefühl und seid bitte vorsichtig.

Und wenn ihr ihn findet, dann nehmt zur Kenntnis, dass er nicht eure Gedanken lesen kann. Ja, so beängstigend das auch sein mag, ihr werdet euch ihm öffnen, mit ihm reden und auch ihm zuhören müssen. Teilt eure Hoffnungen und Ängste miteinander. Erzählt ihm, was ihr euch von ihm wünscht und wovor ihr abgrundtiefe Angst habt. Okay, er wird eure Grenzen etwas austesten – er ist schließlich ein Dom –, aber ihr habt ja euer Safeword. Nicht das Safeword vergessen, okay? Und passt auf euch auf. Verhütet. Vertraut euch einer Person in eurem Freundeskreis an. Teilt euch mit, kommuniziert.

Denkt dran: Safe, sane, consensual. (Sicher, vernünftig, einvernehmlich.)

Ich wünsche mir für euch, dass ihr diese besondere Person findet, die euch liebt, die eure Bedürfnisse versteht und euch im Herzen trägt.

Während ihr nach diesem besonderen Menschen Ausschau haltet, könnt ihr Zeit mit den Shadowlands-Mastern verbringen.

Fühlt euch gedrückt,
Cherise

KAPITEL EINS

Nachhause zu kommen war wirklich der schwierigste Teil eines jeden Tages.

Nachdem Uzuri Cheval in ihre Einfahrt eingebogen war und ihr Auto geparkt hatte, schaute sie auf ihr einstöckiges Haus. Die dunklen Fenster erschienen im weißen Stuck wie ausgehöhlte Augen. Es gab kein Hundespielzeug im Hof, kein Lachen und keine Musik, die sie von innen willkommen hießen. *Einsam.*

Aber es war ihr Haus. Ihre Zuflucht vor der Welt, und eine, die sie jetzt dringend brauchte. Sie hatte einen miesen Tag gehabt.

Manchmal fragte sie sich, ob es nicht einfacher wäre, Burger und Pommes zu verkaufen.

Zumindest würde sie bei Mäcces ihr Chef nicht dazu zwingen, einen Marketingplan für Badeanzüge im Frühling zu entwerfen. Sie rümpfte die Nase und erinnerte sich an letztes Jahr. All diese dürren Schaufensterpuppen in Bikinis und nicht eine davon mit einer Figur, die ein bisschen mehr auf den Rippen hatte.

Erschwerend kam hinzu, dass sich der Bekleidungsbestand für Herbst nicht so gut verkaufte wie vorhergesagt, was wahrscheinlich daran lag, dass der Sommer in Florida heiß brannte und auch Ende September noch keine Schwäche zeigte.

Um ihren Tag abzurunden, hatte sie eine Begegnung der hässlichen Art gehabt.

Ich hätte im Bett bleiben sollen. Mit der Decke über meinem Kopf.

Dennoch ... die Fast-Food-Industrie müsste ohne ihre Talente auskommen. Sie arbeitete jetzt als Fashion Buyer – oder Modeeinkäufer –, und trotz aller Herausforderungen war dies wirklich ein wahrgewordener Traum.

Verkaufen, kaufen und vermarkten? Jeden Tag fühlte sie sich wie eine Schnäppchenjägerin an Black Friday. *Ich liebe es.*

Mit der Werbeabteilung an Marketingstrategien zu arbeiten? *So ein Spaß!*

Sie wusste, dass es gelegentlich zu schlechten Verkaufszahlen kam. Der Merchandising-Manager hatte sogar zugegeben, dass Uzuri das Klima schließlich nicht kontrollieren konnte.

Aber ... die hässliche Szene? Oh, *mein Gott*, ihre Auseinandersetzung mit Carole Fuller war schrecklich gewesen. Hätte sie doch nur heute nicht die Abteilung für die Damenbekleidung besucht. Jedoch gehörte es zu ihren Aufgaben, zu beobachten, von welchen Kleidungsstücken Kunden angezogen wurden, was sie kauften, was sie in Betracht zogen und was sie zurückbrachten. Während sie dort war, hatte sie bemerkt, dass eine der Verkäuferinnen wiederholt Kunden ignorierte, die Hilfe brauchten, um stattdessen besser gekleideten, weißen Frauen in den Arsch zu kriechen. Das war nicht richtig. Das Verkaufspersonal sollte jedem einen außergewöhnlichen Service bieten. *Jedem.* Wie viele der Frauen, die sich ignoriert gefühlt hatten, würden niemals zurückkehren? Schließlich hatte Tampa zahlreiche Bekleidungsgeschäfte.

Anscheinend war Carole bereits zweimal gewarnt worden, ihr Verhalten zu ändern. Die Managerin dieses Bereiches war wütend gewesen und hatte die Verkäuferin für eine letzte Verwarnung zu sich gerufen.

Keine Stunde später betraten Carole und ihre Freunde das Feinkostgeschäft, in dem Uzuri in ihrer Pause gegessen hatte. Uzuri erschauderte, als sie sich an die hässliche Konfrontation erinnerte. An die *laute* Konfrontation. Carole machte sie für die Verwarnung verantwortlich und hatte Uzuri beschimpft: Schließlich hatte Carole schon Kleidung verkauft, bevor Uzuri geboren wurde. *Sie* wusste genau, wie man Kleidung verkaufte und würde sich nichts von jemandem sagen lassen, der noch grün hinter den Ohren war. Zumindest hatte sie nicht *schwarz hinter den Ohren* gesagt.

Uzuri stellt den Motor ab. Gott sei Dank war Carole nicht männlich, da Uzuri sonst wohl vor ihr gekauert hätte. Die Konfrontation mit einer Frau war auch schwierig, aber nicht unmöglich, und Uzuri hatte mit fester Stimme reagiert. Okay, sie hatte so getan, als wäre sie Master Z.

Sie hatte sich von dem Spott der älteren Frau nicht unterkriegen lassen. Natürlich hatte sie in ihrem Büro die Nerven verloren und für eine Stunde am ganzen Körper gebebt. Eine lange interne Debatte später hatte sie entschieden, dass die Konfrontation nicht mit der Managerin der Frau geteilt werden musste. Irgendwann war auch mal gut.

Gott sei Dank war der Tag vorbei.

Als sie aus ihrem Auto rutschte, presste die Hitze des frühen Abends das Kostüm an ihren kurvenreichen Körper, was sie daran erinnerte, warum sich die Herbstmode nicht gut verkaufte. *Ich hätte stattdessen mehr Shorts und Tanktops bestellen sollen, aber wer hätte ahnen können, dass die globale Erwärmung die Herbstsaison ruinieren würde?*

Das weiße Doppelhaus schimmerte in der Hitze, und die stattlichen Palmen auf dem Bürgersteig boten keinerlei Schatten. Sie fing den ekelerregenden Geruch von verrottendem Essen ein und rümpfte die Nase. *Eklig.* Mit der Handtasche unter ihrem Arm überquerte sie schnell die Einfahrt. *Klimaanlage. Brauche Klimaanlage.* Als sie die Pflanzen umrundete, hinter denen sich ihre Haustür verbarg, wurde der Gestank schlimmer und dann sah sie die Ursache. Ein riesiger Haufen *Müll* lag vor ihrer Tür.

Die Angst packte sie so plötzlich, dass sie nach Luft schnappte. *Nein, nein, nein.* Während sie nach dem Pfefferspray in ihrer Handtasche kramte, drehte sie sich um und ließ den Blick über die Umgebung schweifen.

Niemand versteckte sich hinter ihrem Auto oder den Bäumen. Niemand beobachtete sie von der anderen Straßenseite. Es waren keine Fremden in Sicht. Trotz der schwülen Hitze tropfte kalter Angstschweiß ihren Rücken hinunter. Sie kämpfte darum, Luft in ihre Lunge zu bekommen, doch das doofe Organ weigerte sich.

In der Straße zu ihrer Linken mähte Duke Hernandez – ein Teenager aus der Nachbarschaft – seinen Rasen. Auf dem Bürgersteig rechts saß die blonde Brenna auf ihrem Dreirad und sang mit hoher Stimme ein Disney-Lied. Die goldene Form, die sich im Garten des Nachbarn ausbreitete, war der Retriever der Smiths.

Sie fand keinen massigen Mann mit schlecht rasierter Kopfhaut. Kein Jarvis.

Etwas verlegen atmete sie aus und verstaute ihr Pfefferspray. *Wie du immer gleich überreagierst, Mädchen.* Zweifellos hatten einige Gören eine der Mülltonnen, die heute Morgen den Bordstein gesäumt hatten, hier geleert.

Sicherlich war das schon alles.

Oder? In den letzten Monaten war es immer wieder zu kleineren Vorfällen gekommen. Ein kaputtes Autofenster, eine tote Maus auf einer Fensterbank, ihre Zeitung in Fetzen gerissen, ihr Strom abgeschaltet. All das, seit Jarvis aus dem Gefängnis entlassen worden war.

Aber wirklich, es war nichts. Sie wurde nicht gestalkt. Streiche passierten eben und gerade war sie an der Reihe.

„Uzuri, du bist zurück." Die bebende Stimme kam von Mrs. Avery, die auf der anderen Seite der Doppelhaushälfte lebte. Die ältere Dame stützte sich auf ihren Rollator und trat nach draußen. Mit ihrer gebückten Haltung und der schrumpeligen Haut, die fast so weiß war wie ihr Haar, gehörte sie zu den süßesten Menschen auf dieser Welt. „So eine Schweinerei. Ich habe es gesehen, als Betty mich vom Einkaufen zurückbrachte."

„Haben sie von anderen auch den Müll ausgekippt?"

„Es sieht nicht so aus, Liebes."

Nur von mir? Das bedeutete jedoch noch lange nicht, dass der Schuldige Jarvis war. Vielleicht hatte sie jemand ins Visier genommen, weil sie schwarz war. War es nicht seltsam, zu hoffen, dass sie wegen ihrer Hautfarbe belästigt wurde?

Sie ertrug es nicht, an die Alternative zu denken ...

Mrs. Avery spitzte die Lippen. „Ich habe mit Mr. Hernandez gesprochen. Er schickt die Jungs mit Schaufeln und einer Mülltonne rüber, um den Scheiß aufzuräumen. Er sagte, sie schulden dir etwas, da du ihren Hund und ihre Katzen letzten Monat gefüttert hast."

Uzuris Schultern entspannten sich. „Das ist nett. Vielen Dank."

Mrs. Avery winkte ab. „Keinem von uns gefällt der Gedanke, dass du dich damit befassen musst. Du arbeitest so hart."

Uzuris Augen brannten. Obwohl sie erst seit letztem Frühjahr hier wohnte, hatten ihre Nachbarn sie bereits in die Gemeinschaft aufgenommen. „Danke."

„Zieh dich um, Liebes. Du wirst die Treppe säubern wollen, nachdem Duke und Roberto den Müll entsorgt haben."

„Da hast du Recht." Sie würde den Bereich schrubben und dann mit Febreze besprühen. Als Mrs. Avery zu ihrer Haushälfte zurückkehrte, trat Uzuri über den Müllhaufen und öffnete die Haustür. Auf der Türschwelle hielt sie inne und lauschte.

Stille.

Mehr Stille.

Mit einem verärgerten Atemzug zwang sie sich, einzutreten.

Kühle Luft wehte über sie. Alles war sauber und ordentlich. Nicht wie die Zerstörung, die Jarvis in ihrer Wohnung in Cincinnati angerichtet hatte. Die hellblaue Couch mit den hübschen Blumenkissen zeigte keine Abdrücke von jemandes schwerem Körper. Von jemandem, der es sich zu lange bequem gemacht hatte.

Die gerahmten Prints von Modeschauen hingen gerade. Unter ihnen stolzierten mehrere individuell angefertigte Barbie- und Ken-Puppen über das Regal, die die neuste Herbstmode präsentierten. Nicht eine war fehl am Platz, es fehlten weder Köpfe noch Arme.

Kein rachsüchtiger Eindringling. *Wirklich, Mädchen, reiß dich zusammen.*

Jarvis war auf Bewährung in Cincinnati und konnte die Gegend nicht verlassen. Er lebte sein Leben. Er interessierte sich nicht mehr für sie. Sie musste aufhören, ihn als Boogeyman und die Ursache jedes trivialen Missgeschicks zu sehen.

Und die Haare, die sich in ihrem Nacken aufstellten, bedeuteten nicht, dass sie jemand beobachtete.

KAPITEL ZWEI

Am Nachmittag des darauffolgenden Tages bekam es Uzuri mit einer neuen Art von Panik zu tun. Sie wartete mit drei Freunden im Empfangsbereich eines exorbitanten Wellnesstempels. Andrea unterhielt sich gerade mit dem Mitarbeiter am Empfang.

„Ich mag ein bisschen Schmerz, aber das ... *das* stand nicht auf meiner To-Do-Liste." Sally war wie Uzuri Mitte zwanzig, mit langen, lockigen, braunen Haaren und ebenso farbenen Augen. In einer unansehnlichen grauen Jogginghose und einem roten T-Shirt mit der Aufschrift ZOMBIES HASSEN FAST FOOD packte sie Uzuris kalte Hand so fest, dass ihre Knochen knackten.

Kari und Jessica waren ein paar Jahre älter und sahen ebenso beunruhigt aus. Kari hatte die Arme um sich geschlungen, ihre Augen weit aufgerissen. „Ich bin Lehrerin. So was mache ich nicht. Wie konnte das passieren?"

Jessica rollte ihre grünen Augen. Sie war klein, kurvig und blond und ebenfalls in einer Jogginghose und einem T-Shirt gekleidet. „Vielleicht, weil du so betrunken warst wie der Rest von uns?"

„Ich denke sogar", sagte Sally, „dass sie am meisten getrunken hat."

„Wir konnten Andrea das nicht alleine machen lassen." Auf der Labor Day-Party hatte Andrea über ihre lange To-Do-Liste für die Hochzeit gejammert – und dass ihr sehr dominanter Verlobter sie um etwas besonders Gruseliges gebeten hatte. Mit der Annahme, dass sich Cullen nach einem neuen Flogger oder so sehnte, hatte Uzuri Andrea geneckt und gesagt, seine Bitte könne nicht so schlimm sein. Nur hatte Andrea die Theorie mit dem Flogger nicht bestätigt. Oh nein, Master Cullen wollte, dass Andrea ein *Brazilian Waxing* probierte. Er freute sich offensichtlich auf die Flitterwochen und hatte seiner Verlobten anvertraut, dass er es liebte, wie weich sich die Haut danach anfühlte.

Als sie gesehen hatten, wie besorgt Andrea war ... nun ja, was blieb ihren Freunden anderes übrig, als ihr anzubieten, es auch zu tun?

Nur Rainie hatte abgelehnt, da sie sich erst kürzlich hatte wachsen lassen. Gabi und Kim kamen nicht rechtzeitig von der Arbeit weg, und Beth war mir ihren beiden Kindern beschäftigt. Und Linda ...

„Warum ist Linda nicht gekommen?", fragte Sally. „Ich fühle mich immer besser, wenn sie dabei ist."

Uzuri nickte. Linda war die mütterlichste Person auf diesem Planeten. „Sie war nicht auf der Party, erinnerst du dich?"

„Ich sah sie am nächsten Tag und fragte, ob sie mitkommen will. Oh, mein Gott, sie wurde so rot!" Jessica kicherte. „Anscheinend fesselt Master Sam sie regelmäßig, erwärmt das Wachs und kümmert sich selbst darum."

„Oh, gütiger Himmel." Uzuri erschauderte. Master Sam war ein Hardcore-Sadist. Er würde nicht versuchen, das Wachsen weniger schmerzhaft zu machen. Ganz im Gegenteil.

Sally schüttelte den Kopf. „Ich bin mir nicht sicher, ob ich sie bedauern oder beneiden soll."

„Wir werden es schon bald wissen", sagte Kari nervös.

„Sind alle bereit?" Andreas goldbrauner Teint war mittlerweile aschfahl. Sie wies die Gruppe an, der Empfangsdame zu folgen. „Jeder ist einem Raum zugeordnet. Dann wollen wir mal."

Jessica verschwand in einem Raum. Dann Sally.

Und Uzuri.

Als sie den kleinen Raum betrat und den langen gepolsterten Tisch in der Mitte sah, begann ihr Herz wie wild zu schlagen. Zumindest erschien die Kosmetikerin Maria, eine hispanische Frau mittleren Alters mit warmen braunen Augen, kompetent. Das war beruhigend.

Vielleicht würde die Frau zuerst eine Weile mit ihr plaudern.

Maria reichte Uzuri ein Handtuch. „Alles von der Taille abwärts ausziehen und auf den Tisch klettern. Ich bin in ein paar Minuten zurück."

Oder vielleicht auch nicht.

Uzuri beeilte sich mit ihrer Kleidung. Das letzte Mal hatte sie den Befehl, sich auszuziehen, im Shadowlands erhalten. Dort war sie danach auf ihre Kosten gekommen. Es hatte Nippelklemmen gegeben und ...

Sie runzelte die Stirn. Die Unterlage hier sah viel zu sehr nach einem Bondage-Tisch aus. Sie biss sich auf die Unterlippe, setzte sich auf den Tisch und ... schaute vorsichtshalber nach. Keine Einschränkungen, keine Riemen. *Puh.*

Als Maria zurückkehrte, war die Position, um die sie Uzuri bat, vertraut. Füße zusammen, Knie offen.

„Gut, deine Schambehaarung hat die richtige Länge", sagte die Frau lobend.

Uzuris Schambehaarung war für ihren Geschmack einfach zu lang. Letztes Wochenende im Club war sie tatsächlich vorzeitig gegangen, weil sie befürchtete, dass ein Dom ihre Stoppeln bemerken und ihr deswegen das Leben schwer machen würde.

Mit einem kleinen Holzstäbchen trug Maria Wachs auf und bedeckte es mit einem Stoffstreifen. Obwohl Uzuri zusammenzuckte, empfand sie das heiße Wachs nicht als unangenehm.

Dann nahm Maria den Streifen fest in die Hand ... und riss ihr die Haare aus.

Fuck! Uzuri gab ein unschönes Geräusch von sich. Rainie hatte darauf bestanden, dass sich das Wachsen wie ein Pflaster anfühlte, das abgerissen wurde. Hatte man ihr da unten alle Nervenenden rausgerissen? Zum Glück verblasste das schmerzhafte Feuerwerk schnell zu einem leichten Brennen.

Maria tätschelte ihre Hand. „Siehst du? Nicht so schlimm. Der erste Besuch ist immer der schlimmste. Mit jedem weiteren Besuch schrumpfen die Haarfollikel und der Schmerz nimmt ab."

Aus dem Zimmer nebenan kam ein Kreischen. „*Madre de Dios!*"

Uzuri grinste. Andrea war normalerweise so höflich, aber die hispanische Frau konnte höllisch fluchen, wenn es sein musste. „Andrea, geht es dir gut?"

„*Mierda*, nein!"

„Hey, Andrea, wirst du immer noch heiraten?", rief Sally.

„Möglich, dass ich stattdessen den *Cabrón* ermorde. Dieser *Hijo de puta*! Er sagte, das würde weniger wehtun als eine Auspeitschung. Er hat gelogen!"

Alle verfielen in Schweigen, und Uzuri sah, wie die Kinnlade ihrer Kosmetikerin aufklappte. Eine Sekunde später brachen die Shadowkittens in Gelächter aus.

Doch nicht einmal das Kichern half gegen den Schmerz, der daraufhin folgte.

Nachdem alle Pussys haarfrei und weich waren, hatte sich die Gruppe wieder angezogen und war zur Bar auf der anderen Straßenseite geflohen, um die Nerven mit Alkohol zu beruhigen. Uzuri war überzeugt, dass ein paar Drinks deutlich effektiver wären als das Öl, das die Kosmetikerin aufgetragen hatte.

„Ich frage mich, wie viele der Waxing-Kunden sich nach der

Sitzung hier mit Alkohol therapieren?" Sally rutschte auf ihrem Stuhl herum und inhalierte ihr zweites Getränk so schnell wie das erste.

„Eine Menge." Uzuri saß neben ihr und konnte mithalten. Alle ihre empfindlichen Stellen fühlten sich geschwollen und heiß an – als hätte sie sich stundenlang ohne Höschen und mit gespreizten Beinen gesonnt. Und ihre schicke Stoffhose war viel zu eng. Warum hatte sie keine alte Jogginghose getragen wie Sally und Jessica? Ihre Eitelkeit war *diese* Art von Unbehagen nicht wert.

Jessica kam mit einem weiteren Krug an, in dem sich ein Screaming Orgasm befand. Sie setzte sich neben Uzuri und wandte sich an Kari. „Hey, was war in deinem Zimmer los? Ich habe viele *Oh neins* gehört."

Karis Gesicht färbte sich in einen Rotton, den nur weiße Mädchen erreichen konnten. „Die Kosmetikerin hat sich nach meiner ... ähm, Muschi weiter nach unten gearbeitet. Du weißt schon, zu *dem* Ort. Ich wurde panisch, schloss meine Beine und ... na ja, dann klebte alles zusammen."

Andreas Augen weiteten sich. „*Dios,* du hast deine *Pussy* zugeklebt?"

Uzuri verschluckte sich an ihrem Getränk.

Bei dem lauten Lachen am Tisch drehten sich einige Köpfe in deren Richtung.

„Was ist mit dir, Jessica?" Sally grinste. „Was hatte es mit diesen *Es tut mir so leid*-Kommentaren auf sich?"

Jessica rollte mit den Augen. „Sagen wir einfach, Bohnensuppe zum Mittagessen zu essen, war eine wirklich schlechte Idee. Die arme Frau!"

„Das hast du nicht!" Uzuri kicherte so heftig, dass sie keine Luft bekam. „Was ist –"

„Hey, Ladies." Zwei Männer standen direkt hinter Uzuri und sie ragten über ihr.

Uzuri quietschte und zuckte zusammen. Sie packte die Tischkante und zwang sich, still zu sitzen. Und zu atmen. *Ein Atemzug. Zwei. Entspann dich, du Dummkopf.*

Die Männer lächelten. Keiner von ihnen attackierte sie. Ein wenig betrunken und demnach glücklich waren sie einfach zwei Männer auf der Jagd. Einer zog seine Hose am Bund hoch. „Ihr klingt, als hättet ihr Spaß. Wollt ihr Gesellschaft?"

Andrea schüttelte den Kopf. „Sorry, aber nein. Der heutige Abend ist nur für die Mädels."

Der bärtige Typ mit den abgerissenen Ärmeln jammerte: „Ach, kommt schon. Wir sind nett –"

„Verschwendet eure Zeit nicht mit uns. Niemand von uns kann heute Abend Sex haben." Sally lächelte lieblich und hielt ihr mit Kahlua und Irish Cream gefülltes Getränk hoch. „Näher kommen wir einem *schreienden Orgasmus* in den nächsten Tagen nicht."

Der bärtige Kerl schloss seinen Mund mit einem hörbaren Schnappen, und beide Männer wichen zurück.

Andrea stieß ein lachendes *Wuhu* aus.

Uzuri konnte nicht mehr. *Oh, mein Gott!* Gleich würde sie vor Lachen umkommen. „Der Ausdruck auf ihren Gesichtern ..."

„Hier, meine Liebe, genieße deinen liquiden Orgasmus." Kari stieß mit ihrem Glas gegen Sallys, und beide tranken gierig von ihren Drinks.

Jessica hatte so heftig gelacht, dass sich ihre Stimme bereits heiser anhörte. „Was meintest du aber mit *kein Sex*?"

Sally neigte den Kopf. „Die Anweisungen sagten, kein Sex direkt nach einem Waxing. Hast du die Broschüre nicht gelesen, die Andrea uns gegeben hat?"

„Äh, nein. Ich dachte nicht, dass es etwas zu lernen gibt. Die Haare werden schmerzhaft herausgerissen und ... Kein Sex, wirklich?" Jessica biss sich auf die Unterlippe. „Das zu erklären, könnte merkwürdig werden."

Uzuri tätschelte ihre Hand. „Master Z weiß wahrscheinlich ... ähm ..." Wie sollte sie taktvoll sagen, dass Master Z so viel Erfahrung mit Frauen hatte, dass er es wohl schon wusste. *Thema sofort wechseln.* „Was hat Master Z gesagt, als du ihm erzählt hast, dass du gewachst wirst, um deiner Freundin beizustehen?"

„Oh, dieser Idiot. Er sagte, wenn ich bereit bin, so viel Schmerz für eine Freundin zu erleiden, müsste er schon bald testen, was ich für meinen geliebten Dom ertragen würde. Und dass Master Sam wahrscheinlich ein paar interessante Spielsachen zum Ausleihen hat." Jessica zog die Augenbrauen zusammen. „Da ich so besorgt war, was das Wachsen und die Fantasie meines Doms angeht, habe ich letzte Nacht kaum geschlafen."

„Der Gedanke, dass Master Z sich kreative Wege ausdenkt, um Schmerz auszuteilen, ist absolut erschreckend." Kari nahm einen großen Schluck ihres Drinks und wandte sich an Uzuri. „Was ist deine Meinung zum Wachsen?"

„Also … Es tat weh, aber es war nicht so schlimm, wie ich erwartet hatte." Und als Maria anfing, die Haare von ihren Schamlippen zu reißen, war Uzuri regelrecht abgetaucht. Ähnlich zum Subspace. Sie flüsterte: „Ich glaube nur nicht, dass sich jemals jemand meine Pussy so genau angesehen hat. Die letzte Position, in der sie mich mit dem Hintern in der Luft sehen wollte und ich die Pobacken spreizen musste, war doch etwas demütigend."

„Hey, meine hat nicht nach dieser Pose gefragt", sagte Jessica. „Sie hielt mich auf dem Rücken und zwang mich, meine Beine über meinen Kopf zu heben."

„Ja, Beine hoch. Bei mir auch." Sally nickte zustimmend.

„Oh, ich hatte auch den Arsch in der Luft!", johlte Andrea. „Es war wie Analsex ohne das große Finale!"

„Nicht so laut", zischte Uzuri. *Heilige Scheiße*, alle in der Bar hatten Andreas lauten Kommentar gehört. „Kari, nimm ihr den Alkohol weg!"

Jessica und Kari lachten jedoch so ausgelassen, dass Uzuri genauso gut mit der Wand sprechen könnte.

Sally klammerte sich mit vor Lachen bebenden Schultern an Uzuri.

Kichernd packte Uzuri ihre Hand.

Dann füllten sich ihre Augen unerwartet mit Tränen ... weil sie von Freunden umgeben und glücklich war. Als sie nach Tampa gezogen war und ihr geliebtes Cincinnati und alle, die sie kannte, zurücklassen musste, hatte sie das Gefühl, dass ihr Leben vorbei war. Stattdessen hatte sich ihre Welt auf wunderbare und unerwartete Weise wie eine Tür geöffnet und verrückte Freunde hereingelassen, die sie besser kannten als irgendjemand zuvor.

Eine Hand legte sich auf ihre. Sallys braune Augen spiegelten Besorgnis wider. „Alles okay, Uzuri?"

Uzuri grinste. „Oh, ja. Ich habe nur einen dieser *Ich liebe euch alle*-Momente."

Der Rest hörte sie und alle lächelten sie sanft an.

„Das kann ich nachempfinden, *Chica*. Wer sonst hätte so etwas mit mir gemacht?" Andrea hob ihr Glas. „Auf meine Shadowkittens."

Uzuri blinzelte heftig, stieß mit allen an und leerte ihr Getränk, bevor sie sich dem Jubel anschloss.

Sally lehnte sich zurück. „Mal ehrlich ... wie ätzend war am Ende die Sache mit der Pinzette?"

Uzuri grinste. Sie konnten stets darauf vertrauen, dass Sally sie von den gefühlsduseligen Momenten wegbrachte.

„Pinzette?" Jessica runzelte die Stirn. „Mir wurde nichts rausgezupft."

„Oh. Mein. Gott! Niemand sonst? Nur ich?" Sally sah empört aus. „Meine hat die Streuner auf diese Weise herausgezogen. Ich bin es gewohnt, angeschaut zu werden, aber mit einer Lupe und der fiesen Pinzette? So etwas Gemeines würde Master Sam tun, nur um eine Sub quietschen zu hören."

„Ich bin froh, dass meine das nicht getan hat. Schauriger Gedanke." Kari rutschte auf ihrem Stuhl hin und her und suchte offensichtlich nach einer bequemeren Position. „Was war der unangenehmste Teil für dich, Andrea?"

„Nichts davon war mir unangenehm." Nach einer Sekunde

14

wurde sie rot. „Jedenfalls nicht, bis ich mich umdrehen musste. Ich habe so stark geschwitzt, dass das Papier an meinem Arsch kleben blieb. *Mierda.*"

„Oh, ich auch", sagte Jessica.

Sally schwenkte ihr Getränk. „Trotzdem war es nicht so schlimm. Ich bin da unten noch nie so weich gewesen – als hätte ich ein Pussy-Peeling hinter mir. Wenn das Haar so langsam und fein nachwächst, wie ich gehört habe, werde ich damit wohl fortfahren. Meine dämonischen Doms werden es sicher zu schätzen wissen."

„Dämonischer Dom. Eine perfekte Bezeichnung für so ziemlich jeden Master." Andrea warf Sally einen bemitleidenswerten Blick zu. „Ich kann immer noch nicht glauben, dass du dich in *zwei* verknallt hast."

„Ich auch nicht." Uzuri kam nicht mal mit einem Dom klar, und Sally hatte gleich zwei geheiratet. Sie betrachtete Sally nachdenklich. „Als du angefangen hast, dich auf sie einzulassen, hätte ich erkennen sollen, dass du drauf und dran bist, den Verstand zu verlieren. Eine Therapie hätten wir dir verschreiben sollen. Dass ich dir erlaubt habe, dass du dir zwei Master anlachst? Ich habe als deine BFF total versagt."

„Das hast du absolut nicht. Außerdem habe ich es immer genossen, zwei Männer auf einmal zu haben ..." Sally ließ die Augenbrauen auf und ab springen. „Du solltest es irgendwann mal versuchen."

„Auf keinen Fall. Nein, niemals." Sie schaffte es nicht mal, einen Dom an sich heranzulassen, besonders wenn er größer als einen Meter fünfundsiebzig war.

Sally setzte sich kerzengerade hin und blickte auf etwas auf der anderen Seite des Raumes. „Äh ... Andrea, planst du immer noch, Master Cullen zu ermorden?"

Uzuri drehte sich um.

Wie eine Dampfwalze in Aktion durchquerte Andreas Verlobter die Bar. Der kraftvoll gebaute Dom hatte ein raues

Gesicht aus stumpfen Winkeln, zottelige braune Haare und grüne Augen. Ihn in normaler Kleidung zu sehen, kam nicht oft vor, aber der Dom sah in Jeans und einem T-Shirt fantastisch aus.

Er entdeckte die Gruppe und seine Aufmerksamkeit richtete sofort sich auf seine zukünftige Braut. Einmal neben ihr, packte er ein Bündel ihrer Haare und riss ihren Kopf zurück. Der Kuss, den er ihr aufdrückte, war leidenschaftlich und lasziv, völlig ungeeignet für die Öffentlichkeit und so sexy, dass die Temperatur im Raum in die Höhe schoss.

Uzuri stieß einen Seufzer aus, der in Eifersucht ertrank.

Master Cullen streichelte Andreas Wange. In seiner Stimme schwang ein irischer Akzent, als er fragte: „Liebes, sind all deine empfindlichen Stellen jetzt haarlos?"

Ihre Augenbrauen zogen sich zusammen. „*Sí*, du ... du ..." Wieder brach sie in Lachen aus. „Es hat höllisch wehgetan, aber ich bin da unten jetzt so weich wie ein Babypopo." Und all das sagte sie viel zu laut.

Seine Augen verengten sich, bevor er auf die leeren Krüge blickte, die vor nicht allzu langer Zeit mit einem köstlichen Cocktail gefüllt waren. „Du bist vollkommen hacke, Sub."

Sie runzelte die Stirn. „Nein, *mi Señor*, sie haben nichts abgehackt. Mir wurden die Haare aus meiner −"

Sein Lachen hallte durch die Bar und er legte seine Hand auf ihren Mund. „Ich meinte, dass du betrunken bist, Liebes. Es wird Zeit, dass ich dich nachhause bringe." Er sah zu den anderen. „Ich weiß es zu schätzen, dass ihr euch Andrea angeschlossen habt. Es freut mich, dass sie Freunde wie euch hat."

Sally winkte mit ihrem Glas in der Luft herum. „So sind wir. Immer verfügbar für Entführungen, Junggesellenabschiede, Therapie und Wachsfolter."

Er schnaubte. „Anscheinend ist sie nicht die Einzige, die hacke ist. Kommt ihr alle sicher nachhause?"

„Dan holt mich und Kari ab, und Vance kümmert sich um

Sally und Uzuri." Jessica lächelte. „Bring deine Frau nachhause und verwöhne sie ein wenig. Sie hat heute für dich gelitten."

Cullen grinste. „Ich bin sicher, ich werde davon hören." Sein Gesicht wurde weicher und er strich mit der Hand über Andreas Haare. „Meine süße Amazone."

Die Liebe in seinem Ausdruck traf Uzuri so hart, dass sie sich fühlte, als wäre tief in ihr etwas gerissen. Tränen füllten ihre Augen und sie legte eine Hand auf ihre schmerzende Brust.

Cullen hob seine Verlobte auf ihre Füße und stützte sie mit einem Arm um ihre Taille. Andrea schwatzte ihn voll. Ihre Hände gestikulierten wie wild, als sie das Waxing beschrieb, und sein dröhnendes Lachen hallte durch den Raum. Er lenkte sie zur Tür und führte sie um Hürden herum. Andrea bemerkte es nicht einmal.

Uzuri tat das schon.

Wie würde es sich anfühlen, einen Mann zum Anlehnen zu haben?

Ihre Mutter war die einzige Person gewesen, auf die sich Uzuri wirklich jemals hatte verlassen können. Und dann war sie für ein paar Jahre diejenige gewesen, die ihre Mutter stützen musste. Bevor Mama gestorben war.

Uzuri sah sich am Tisch um. Alle ihre Freunde hatten Doms, die sie liebten, die ihnen beistanden und sie beschützten. Wie würde sich das anfühlen?

Eine Sehnsucht entfachte tief in ihrer Brust, und selbst ein großer Schluck ihres süßen, potenten Getränks konnte dieses Gefühl nicht wegspülen.

KAPITEL DREI

F ür Freitagabend im Shadowlands hatte sich Uzuri ganz in
Weiß gekleidet – ein Neckholder-Top, ein bauschiger Petti-
coat, der ihren Arsch kaum bedeckte, und schenkelhohe Netz-
strümpfe. Ben, der Sicherheitsmann an der Tür, hatte ihren
weißen Spitzen-Stilettos tatsächlich zugestimmt, und so musste
sie zur Abwechslung mal nicht barfuß in den Club.

Sie hatte sich die Haare geflochten und sie zu einem griechi-
schen Kranz auf ihrem Kopf geformt, der auch als Heiligenschein
fungierte. Als sie Holt gesagt hatte, dass dies ihr Engeloutfit sei,
hatte ihr Freund laut gelacht. Der Blöddom. Was wusste der
schon?

Andererseits war er vielleicht noch etwas mürrisch, weil sie
ihm all diese Viagra- und Penisvergrößerungsprodukte abonniert
hatte. Sie grinste.

Es war Zeit für ihre Schicht als Kellnerin. Sie ging zur Bar,
tanzte ein paar Schritte zu dem Lied *Mirrors* von Natalia Kills und
ließ über jeden abgetrennten Sessionbereich den Blick schweifen.
Einer zeigte eine Domina, die ihren männlichen Sub auspeitschte;
im nächsten war ein Sadist, der seinen Lieblingsmasochisten bei
sich hatte. Saxon hatte die Spanking-Bank beansprucht. Er hatte

riesige Hände, und die Frau, die an die Bank geschnallt war, schrie bei jedem Klaps.

Ein paar Mitglieder hatten sich um den nächsten Bereich versammelt, und Uzuri hielt an, um zu sehen, was alle so faszinierend fanden.

Oh. Die Drago-Cousins toppten zusammen. Uzuri konnte nicht anders und blieb stehen, um zuzusehen. Wer würde das nicht?

Alyssa, eine brünette Sub, war an einen Bondage-Tisch gefesselt, während Alastair heißes Wachs über ihre nackten Brüste träufelte und Max verschiedene Vibratoren an ihrer Pussy benutzte.

Zwei Doms auf einmal. *„Du solltest es irgendwann mal versuchen."* Oh, Sally hätte die Idee niemals vorschlagen sollen. Uzuri hatte letzte Nacht von den Drago-Cousins geträumt und war mit klopfendem Herzen aufgewacht.

Obwohl die Session sie ein wenig verängstigte, war sie auch heiß. Okay, verdammt heiß. Vielleicht, weil Master Alastair einer *dieser* Doms war. Wie Master Marcus, der Anwalt war, zog sich Alastair gut an. Elegant und stilvoll. Sein Sakko und die Krawatte hatte er über einen Stuhl geworfen. Darunter trug er ein weißes Hemd, an dem er die Ärmel hochgekrempelt hatte. Seine Haut war ein paar Schattierungen dunkler als die von Uzuri, und er war ... wunderschön.

Und Alastairs Beziehung zu seinem Cousin war wirklich erfrischend anzusehen. Die beiden waren ein tolles Team.

„Ich dachte, du magst Master Alastair nicht." Sally erschien neben ihr und schlang einen Arm um Uzuris Taille. „Wenn das stimmt, müsste ich deinen Geschmack allerdings in Frage stellen. Jede ungebundene Sub in diesem Club verehrt ihn."

„Natürlich tun sie das. Sieh ihn dir nur an." Männliche Perfektion. Ein paar Zentimeter über einen Meter achtzig, schlank mit definierten Muskeln und gemeißelten Gesichtszügen. Obwohl seine Augen im dunklen Clubraum der Farbe seiner Haut ähnelten, war seine Iris bei Tageslicht ein unheimlich schönes Grün-braun, die Augenform orientalisch angehaucht.

Seine tiefe Baritonstimme, die mit einem britischen Akzent daherkam, war einfach das Sahnehäubchen auf dem Kuchen.

„Ich mag die Art, wie er jetzt seine Haare trägt", bemerkte Sally.

„Ich auch." Vor einer Weile hatte er aufgehört, sich die Kopf-haut zu rasieren. Seine Haare waren also jetzt lang genug, um seine krausen Locken zu präsentieren. Ein perfekt geformter kurzer Bart umrahmte seine sinnlichen Lippen und bedeckte seinen Kiefer.

Wenn er nur kleiner wäre … weit, weit unter einem Meter achtzig wäre gut. Sie konnte unmöglich mit einem Mann zusammen sein, der sie dermaßen überragte.

„Habt ihr euch jemals ausgesprochen?" Sally warf ihr aus den Augenwinkeln einen fragenden Blick zu. „Ich meine, vor etwa einem Jahr hast du ihm vorgeworfen, dass er dich nur wegen deiner Hautfarbe will. Ich habe dich noch nie jemanden anschreien hören."

„Du hast Recht; ich war unhöflich. Und … es war auch nicht wahr." Als Schuldgefühle die Oberhand erlangten, senkte Uzuri den Blick auf ihre Schuhe. „Er hat mich fasziniert, und ich wollte eine Session mit ihm spielen – obwohl er schrecklich groß ist. Nachdem er mich gefesselt hat, beugte er sich über mich, und ich bekam Angst. Ich geriet in Panik und konnte es nicht erklären, und er verstand nicht, was los war, da ich schließlich um die Session gebeten habe."

„Oh, wow." Sally runzelte die Stirn. „Aber dann …"

„Danach verließ er für mehrere Monate die Stadt. Als er zurückkehrte und sehen wollte, ob wir zusammen herausfinden könnten, warum ich in Panik geraten bin, ging ich auf ihn los." Sie hätte sich entschuldigen sollen. Doch jedes Mal, wenn sie es sich vornahm, war sie wie ein Angsthase davongerannt. Was, wenn er noch wütend auf sie war?

„Oh. Du hast einen Dom angeschrien – in der Öffentlichkeit – und hast ihn für etwas beschuldigt, was nicht wahr ist?" Sally schüttelte den Kopf. „Und jetzt ist er ein *Master*."

„Ich weiß." Master im Shadowlands durften fast alles tun, was sie wollten. Uzuris Stimmung hellte sich auf. „Zumindest bin ich keine Auszubildende mehr."

„Mmmhmm." Sally kicherte. „Kann ich zusehen, wenn du Master Z sagst, dass er nicht *wirklich* die Kontrolle über dich hat?"

Oh Gott ... Master Z betrachtete alle Subs als seine Verantwortung – insbesondere die Auszubildenden. Dabei spielte es auch keine Rolle, wie lange es her war, dass sie das Programm verlassen hatten. „Dir ist schon klar, dass du eine Göre bist, oder?"

Sally schmunzelte. „Galen und Vance sagen mir das auch ständig. Wirklich merkwürdig." Ihr Blick kehrte zur Session zurück. „Wow."

Max und Alastair hatten die Intensität erhöht. Uzuri fühlte, wie sich der Neid in ihr erhob. Wie wäre es, zwei sehr erfahrenen, sehr behutsamen Doms ausgeliefert zu sein?

Mit einem sanften Lächeln auf den Lippen tropfte Alastair heißes Wachs über die Brüste der Sub, während sein Cousin ihre Pussy neckte. Alyssa kam – schon wieder.

„Gott, sie sind gut." Sally fächelte sich Luft zu. „Also ... zurück zu meiner Frage: Hast du dich jemals bei Alastair entschuldigt?"

„Nein. Ich gehe ihm aus dem Weg." Seit diesem Abend mied sie sowohl ihn als auch seinen Cousin Max.

Max kam mit überschwänglichen Empfehlungen aus einem Club in Seattle und war nun seit einigen Monaten Mitglied des Shadowlands. Ob als Co-Top mit Alastair oder allein, er hatte sich als talentierter und mächtiger Dom erwiesen. Niemand war überrascht, als Master Z ihn für den Titel als Master vorgeschlagen hatte. Der Club hatte letzte Woche abgestimmt. Uzuri hatte mit *Ja* gewählt – so wie die meisten anderen Mitglieder.

Uzuri beobachtete, wie er Alyssa betörte und neckte. Wie bei

Alastair würde sie sich mehr zu Max hingezogen fühlen, wäre er ein Mann von durchschnittlicher Größe.

Nichts an ihm war durchschnittlich.

In einer schwarzen Jeans, passenden Stiefeln, einem schweren schwarzen Ledergürtel und einem engen ebenso farbenen T-Shirt war er einschüchternder als jeder andere Dom im Raum. Sein Bizeps erinnerte an Felsbrocken, und die Art und Weise, wie sich die Baumwolle über seine muskulöse Brust erstreckte, war zugleich beängstigend und hypnotisierend.

Er hatte sein schulterlanges braunes Haar mit einem Lederband zurückgebunden, was seinen quadratischen Kiefer und seine hohen Wangenknochen betonte. Seine Augen waren ein intensives Blau in seinem gebräunten Antlitz, seine Gesichtszüge wie gemeißelt. Wie Holt und Alastair war er atemberaubend gutaussehend. Der Unterschied zwischen ihnen war, dass Max' Gesichtsausdruck nur bedrohlich wirkte, bis ... er lächelte.

Sein Lächeln könnte wahrscheinlich eine Nonne dazu verlocken, mit ihm hinter dem Altar dreckige Dinge zu tun.

„Nun, ich denke, du solltest dich entschuldigen und dann eine Session mit beiden Doms spielen. Schließlich hast du Wachs auf deinen Schamhaaren überlebt. Wachs, das von den großen, bedrohlichen Drago-Doms auf deine Brüste geträpfelt wird, sollte deinen ganzen Monat versüßen, meinst du nicht auch?" Sally stieß sie mit der Schulter an und ging dann zurück zu ihren Mastern.

Wachs auf ihren Brüsten? Von Alastair, der über ihr stand? Alistair *und* Max?

Uzuri schlang die Arme um sich selbst und beobachtete, wie Max Alyssa zurück an den Rand der Klippe trieb. Jedes Mal, wenn er sich etwas zurücknahm, goss sein Cousin Wachs auf die Brüste der Sub, jedes Mal aus geringerer Höhe. Je geringer der Abstand, umso heißer fühlte sich das Wachs an. Ein Dom teilte Schmerz aus, der andere Lust. Alyssa war schweißgebadet, bettelte und flehte.

Wie würde es sich anfühlen, in Alastairs grünbraune Augen zu schauen und zu betteln? Zu wissen, dass er die ganze Kontrolle hatte. Zu wissen, dass sie sich der gesamten Aufmerksamkeit von ihm sicher war, nicht nur von ihm, sondern auch von seinem ebenso beeindruckenden Cousin?

Als Uzuri spürte, wie sie feucht wurde, trat sie einen Schritt zurück und krachte dabei in jemanden hinein. Starke Hände packten sie an den Armen und drehten sie herum.

Sie schaute in die silbergrauen Augen von Master Z, dem Besitzer des Shadowlands.

„Ganz ruhig, Kleines." Seine geschmeidige, tiefe Stimme linderte ihre Ängste und sie entspannte sich.

„Es tut mir leid, Sir", sagte sie.

„Es gibt nichts zu entschuldigen." Er schenkte ihr ein sanftes Lächeln, eine Hand nun auf ihrer Schulter. „Was hältst du von der Session?"

„Session?" Die Hitze brodelte immer noch in ihr, zusammen mit dem Wunsch, diejenige zu sein, die von den Doms aufmerksam beobachtet und in den Wahnsinn getrieben wurde. Nur war ihr auch bewusst, dass die beiden sie auf erschreckende Weise überragen würden. Sie wandte ihren Blick ab. „Ähm. Es ist interessant, und Wachs-Play ist nett, aber … ähm, ein Dreier ist nicht mein Ding."

Master Zs Augen verengten sich, sodass es ihr noch schwerer fiel, ihn zu deuten. „Ich verstehe", sagte er mit sanfter Stimme.

Er sieht zu viel, war alles, was sie denken konnte. Ihr Versuch, von ihm auf Abstand zu gehen, wurde von seiner Hand auf ihrer Schulter unterbunden. „Ich mache mich besser auf den Weg. Meine Schicht an der Bar beginnt gleich."

„Natürlich." Er ließ sie los.

Sie eilte davon und schaute nach ein paar Schritten über ihre Schulter. Sein Blick lag weiterhin auf der Session und er wirkte nachdenklicher denn je.

Mit einer sichtlich befriedigten Sub auf seinem Schoß sah Alastair Drago zu, wie sein Cousin den Bondage-Tisch säuberte und deren Spielzeugtaschen zusammenpackte.

Mit allem fertig streckte sich Max. „Ich könnte einen Drink vertragen."

Alastair überlegte. Nach dem langen Tag in der Klinik war er wirklich erschöpft, und ursprünglich hatte er erwogen, dem Shadowlands heute fern zu bleiben. Die für diese Szene erforderliche Konzentration, die auch ohne Sex grundlegend war, hatte seine Müdigkeit jedoch weggeblasen und er konnte wieder tief durchatmen. Ein Drink wäre der perfekte Abschluss. Er schaute auf die Frau auf seinem Schoß. „Was ist mit dir, Sub?"

„Danke, aber nein, Sir. Mit deiner Erlaubnis werde ich mich meinen Freunden anschließen." Alyssa erhob sich.

Alastair folgte ihrem Beispiel und ließ den Blick über sie schweifen. Sie stand sicher, Farbe gut, Muskeln entspannt. „Okay."

Max, der instinktiv eine ähnliche Bewertung vorgenommen hatte, nickte zustimmend.

Alyssa strahlte Max an. „Danke für die Session, Sir." Sie wandte sich an Alastair. „Danke, Master Alastair."

„Es war uns eine Freude, Sub." Als sie wegging, schüttelte Alastair den Kopf. Schöne Frau, aber nicht eine, die er in seinem Leben wollte. Wenn Z nicht darum gebeten hätte, dass sie eine Session mit ihr spielten, wäre es nicht passiert.

Wie immer war Max seinen Gedanken gefolgt. „Hoffentlich haben wir unsere Pflicht erfüllt und können uns beim nächsten Mal unsere eigene Sub aussuchen."

Um ihn ein wenig zu ärgern, kommentierte Alastair: „Sie war auf eine nette Weise unterwürfig."

„Zu verdammt unterwürfig. Kein Feuer. Keinen Sinn für Humor." Max neigte den Kopf. „Ein zwanghafter, regelgesteuerter Master hätte viel Spaß an ihr. Ich aber ganz sicher nicht."

Max war ein Polizist, aber der Dom wollte keinen gedankenlosen Gehorsam. Alastair zog sein Sakko an, steckte seine Krawatte in die Tasche und nahm seine Spielzeugtasche in die Hand. „Ja, da hast du wohl Recht."

„Wie auch immer. Ich wähle die nächste Sub für uns", verfügte Max.

„Ja, du bist an der Reihe", sagte Alastair einlenkend. Er hatte die Session mit Alyssa mehr genossen als Max. Als Doms und Cousins hatten er und Max Spaß daran, zusammen zu toppen, aber ihre Stile griffen nicht immer ineinander. Jemanden zu finden, dessen Persönlichkeit gut mit den ihren zusammenpasste, erwies sich als schwierig.

In ihrem letzten Jahr an der Universität hatten sie mit einer Sub gelebt und sie auch geteilt. Alastair hatte seither keine Beziehung als so erfüllend empfunden. Als Max dem Shadowlands beigetreten war, waren sie zum Co-Topping zurückgekehrt, hatten aber nichts Ernsteres besprochen. Vielleicht war die Zeit dafür nun gekommen.

Max hielt an, um mit einem Freund zu sprechen, dann wurde auch Alastair gestoppt. So spät am Abend verweilten viele der Mitglieder im Club, um sich zu unterhalten. Mehrere neuere Doms hatten Fragen zu der Bondage-Demonstration, die er und Max in der Vorwoche durchgeführt hatten.

Als sie schließlich die Bar erreichten, brachte Cullen, der sich um die Bar kümmerte, eine Flasche Fat Tire Ale für Max und einen Tanqueray Gin & Tonic für Alastair. Der Dom vergaß nie das Lieblingsgetränk eines Mitglieds. Cullen grinste Alastair an. „Ich muss schon sagen, es war ein Vergnügen, Alyssa stöhnen und schreien zu hören."

„In der Tat." Z saß auf einem nahegelegenen Barhocker. „Danke, dass ihr sie getoppt habt. Das war ausgezeichnete Arbeit."

„Das hören wir gerne." Max spannte den Kiefer an und machte deren Position deutlich: „Ich muss jedoch sagen, dass wir nicht an weiteren Sessions mit ihr interessiert sind. Wir sind nicht auf der Suche nach einer festen Beziehung."

Alastair erstarrte. Das war in seiner Jugend wahr gewesen. Mittlerweile würde es ihn freuen, eine Frau nicht nur zum Stressabbau zu toppen. Er war bereit für etwas Langfristiges.

Ja, er und Max mussten ihre Vorstellungen besprechen ... und zwar bald.

Z neigte den Kopf. „Ich stimme zu, dass Alyssa für keinen von euch eine gute Wahl ist."

„Warum hast du uns dann gebeten, sie zu toppen?", fragte Alastair.

„Mit ihrer Verzweiflung, beherrscht zu werden, klammerte sie sich an jeden, ohne darüber nachzudenken, was ihr wirklich wichtig ist. Wenn sie von desinteressierten Doms wie euch dominiert wird, hat sie die Chance, ihr Gleichgewicht wiederzufinden. Sobald sie in der Lage ist, wieder vernünftige Entscheidungen zu treffen, werde ich ihr eine angemessene Auswahl an Doms vorstellen."

„Weißt du, Z, du bist ein hinterhältiger Bastard." Max sprach aus, was Alastair dachte.

„Hinterhältig vielleicht; meine Mutter besteht jedoch darauf, dass sie verheiratet war, bevor ich um die Ecke kam." Zs Lippen zuckten.

„Ich würde es niemandem raten, etwas anderes zu sagen." Cullen schob ein Bier zu einem wartenden Dom. „Madeline Grayson könnte Mistress Anne Unterricht in Einschüchterung geben."

„Das zu hören, würde ihr gefallen." Z stand auf und legte eine Hand auf Max' Schulter. „Da du gerade hier bist, habe ich eine Ankündigung zu machen."

Alastair wusste, was gleich kommen würde und grinste.

„Darf ich um eure Aufmerksamkeit bitten?" Zs erhobene Stimme erreichte alle im Umkreis der Bar, ohne die Sessions an den Wänden zu stören. „Letzte Woche stimmten die Mitglieder über einen neuen Master ab, und die überwältigende Mehrheit hat sich für ihn ausgesprochen. Bitte gratuliert Maximillian, unserem neuesten Shadowlands-Master."

„Was zum Teufel ..." Max drückte schockiert die Schultern durch.

Cullens Lachen dröhnte durch den Club. „Glückwunsch, Maxi-million." Er zog den Namen in die Länge und ließ seinen irischen Akzent vollends heraus.

„Mein Gott." Max knurrte laut genug, dass es jeder hören konnte. „*Max*. Der nächsten Person, Dom oder Sub, die mich Maximillian nennt, wird der Arsch versohlt."

Alle in der Nähe lachten, während sich gleichzeitig ein Chor von Glückwünschen erhob. Getränke wurden für einen Toast in die Luft gehoben.

Alastair schlug seinem Cousin auf die Schulter, bevor er Platz machte, damit auch andere ihm gratulieren konnten. Und es waren einige. Trotz der ernsten Miene, die der Polizist stets an den Tag legte, war er sehr beliebt.

Geduldig wartete Alastair, genoss seinen Drink und ließ dabei den Blick über die ungebundenen Frauen im Sitzbereich der Subs schweifen. Zwei von ihnen waren sehr attraktiv, aber nicht viel älter als einundzwanzig. Mit Mitte dreißig spielte er lieber mit Frauen ab fünfundzwanzig. Zudem entdeckte er zwei männliche Subs – nicht sein Ding – und einen masochistischen Bottom, der sich nach mehr Schmerz sehnte, als er bereit war, zu geben. Und die hübsche, kurvige Brünette war leider dafür bekannt, dass sie eher nahm und nur wenig gab.

Die Blondine am anderen Ende wollte nur schmerzfreies, sinnliches Spiel. Alastair war kein Sadist, aber er genoss es, erotischen Schmerz auszuteilen, weshalb er Spaß mit Alyssa gehabt hatte. Er hatte sie bis an den Rand getrieben. Zeuge davon zu werden, wie sie akzeptierte, was er gab, wie sie sich an die Grenze treiben ließ, wie sie reagierte, gab ihm etwas, so wie er ihr damit etwas gab. Die Session hatte jeden Gedanken ausgelöscht, der über diesen Moment hinausging.

Und es war ein beschissener Tag gewesen. Sein Kiefer spannte sich an. Sein letzter Patient war ein achtjähriges Mädchen mit großen braunen Augen, einem süßen Lächeln und ... Leukämie gewesen. Akute lymphozytische Leukämie, *verdammt*. Die Tests hatten seinen Verdacht bestätigt. Ihre Mutter, eine Frau ohne Ehemann, hatte bei der Diagnose geweint.

Ein Kinderarzt zu sein, konnte wirklich an der Seele eines Mannes nagen.

„Bist du am Wegnicken, Cousin?" Max' raue Stimme brach in seine Gedanken ein.

Alastair sah, dass sich die Menge aufgelöst hatte.

Als Max näher trat, konnte Alastair Besorgnis in den durchdringenden blauen Augen sehen.

„Ich bin –"

„Hey, Sirs." Die Sub, die vor ihnen stoppte, war eine Symphonie aus Farbe und Leben, von ihren großzügigen Kurven über die Blumentattoos bis hin zu dem Schalk in ihren Augen und den gefärbten Haaren.

Alastair lächelte sie an. „Rainie, wie geht es dir heute Abend?"

„Sehr gut. Danke, Sir." Sie lächelte. In ihren Händen hielt sie einen Stapel Bilder. „Ein Tierheim in Citrus Park ist aufgrund mangelnder Finanzierung bankrott gegangen, und die Tierkliniken in der Gegend versuchen ihr Bestes, die Tiere unterzubekommen. Schaut euch die Bilder doch mal an und ich gebe euch ein wenig Zeit, damit ihr entscheiden könnt, wen ihr adoptieren wollt, okay?"

Sanft schob sie mehrere Fotos in Max' Hand und zog sich zurück, bevor einer von ihnen auch nur ein Wort herausbekam. Max starrte ihr nach und gluckste. „Die Kleine hat Feuer. Warum kann sie nicht ledig sein?"

„Weil ihr Dom Tierarzt ist und sie so den ganzen Tag mit

Welpen spielen kann." Alastair runzelte die Stirn. „Wollen wir ein Haustier?"

Das sanfte Lachen seines Cousins freute ihn. In den ersten Monaten nach Max' Umzug aus Seattle hatte er kaum gelacht, seine Stimmung vollkommen am Boden. Nun war er endlich wieder sein normales geselliges Selbst.

Max blätterte durch die Fotos. „Eine Katze könnte nett sein, aber ..." Seine Stimme verstummte.

„Was ist?"

Max hielt ein Foto mit einem mittelgroßen, kurzhaarigen Hund mit Schlappohren hoch. Braun bedeckte Kopf, Schultern und Flanken. Überall sonst war er gesprenkelt. Ein Deutsch Kurzhaar.

Bei der Erinnerung an den Verlust blutete Alastairs Herz. „Sieht aus wie der alte Jeeves, oder?"

„Ja." Max starrte eine Sekunde lang das Bild an, bevor er die Beschreibung las. „Zwei Jahre alt. Der Besitzer war in seinen Achtzigern und starb."

„Ein Hund nimmt mehr Zeit in Anspruch als eine Katze", betonte Alastair.

„Stimmt."

Vor zwanzig Jahren hatte der Ranchhund Jeeves stets in Max' und Alastairs Zimmer geschlafen und die Jungen überallhin begleitet. Der Hund war der Erste gewesen, der in die kalten Colorado-Seen sprang und der Letzte, der herauskam. Er war auf Wanderungen in die Rocky Mountains vorangegangen und hatte die beiden Jungs – seine Schützlinge – behütet. Jeden Herbst, als Alastair zu seiner Mutter nach London zurückgekehrt war, hatte er Jeeves fast so sehr vermisst wie Max.

Mit schmerzendem Herzen starrte Alastair auf die verloren wirkenden Augen des Hundes.

„Da wir zu zweit sind, bekommen wir es sicher hin, ihm genug Bewegung zu geben", sagte Max.

Die meisten Leute, die Max' grimmige Gesichtszüge sahen,

dachten, er sei der Sadist und dass Alastair eher sanft gestrickt war. War es nicht seltsam, wie der Schein täuschen konnte? „Dieser Hund ist nicht Jeeves, Max."

„Ich weiß. Aber ... willst du ihn im Hundegefängnis lassen?"

Sie waren solche Softies. „Natürlich nicht. Lass uns fragen, was wir tun müssen, um ihn zu uns zu holen." Alastair suchte nach Rainie.

Sie sprach mit Uzuri, einer kurvigen, kleinen, gemischtrassigen Sub, mit der er vor einem Jahr eine Session gespielt hatte, nachdem er aus dem Südsudan nachhause gekommen war. In der Session war sie wiederholt in Panik geraten, und er hatte gemerkt, dass sie mit grundlegenden Problemen zu kämpfen hatte. Ihr zu helfen, wäre eine Herausforderung. Sie aber hatte ihn von sich gestoßen und seine Hilfe abgelehnt.

Er hatte sie gefragt, ob sie weiße Männer bevorzugte, bevor er sich daran erinnerte, dass *sie* die Session mit ihm initiiert hatte. Auf seine Frage hin hatte sie ihn lautstark beschuldigt, sie nur wegen ihrer Hautfarbe zu mögen. Das hatte ihn ziemlich gekränkt. Obwohl er im Allgemeinen farbige Frauen für einmalige Sessions wählte, entschied er bei langfristigen Beziehungen nach Persönlichkeit, Attraktivität, Mitgefühl, Intelligenz und Ehrlichkeit. Er datete alle Farben und Ethnien.

Uzuri hatte gewusst, dass er daran interessiert war, ihr mit ihrem Problem zu helfen. Ihr Verhalten, als sie ihn ablehnte, hatte an ein in die Enge getriebenes Kind erinnert. Allerdings war sie eine erwachsene Frau. Anstatt sich jedoch zu entschuldigen, mied sie ihn wie die Pest.

Am Anfang hatte sie ihn fasziniert. Jeder hatte Probleme und es hätte ihn nicht gestört, mit ihr daran zu arbeiten. Da sie aber nicht die Absicht hatte, eine Lösung für besagte Probleme zu finden, hatte er sie abgeschrieben.

Max folgte seinem Blick. „Niedliches Outfit. Uzuri, richtig?"

„Korrekt." Er erinnerte sich, dass Max sie im letzten September auf Nolans und Beths Party kennengelernt hatte. „Sie ist die Art von Frau, die du magst." Dunkle Haut, kurvig, recht klein, Sinn für Humor. „Nur klingst du wenig interessiert?"

„Sie ist nicht mein Fall. Meine Einschätzung ist, dass sie zu viel Wert auf ihr Äußeres legt. Und bei der Party wurde mir bewusst, dass sie mit einer Wagenladung Problemen kommt." Seine Lippen verzogen sich zynisch. „Das habe ich schon durch und brauche keine Wiederholung."

Max' Ehe war längst vorbei. Dieser bittere Ton musste also von etwas Neuem herrühren. Alastair runzelte die Stirn. „Wirst du mir jemals erzählen, was in Seattle passiert ist?"

„Vielleicht nach etwas Alkohol. Oder eher einer großen Menge Alkohol."

Interessant. „Also gut." Dann würde er wohl bald ein Sixpack von dem Lieblingsbier seines Cousins kaufen müssen. „Nächstes Wochenende."

„Dickköpfiger Brite", murmelte Max und runzelte die Stirn.

Alastair folgte seinem Blick zu dem Sub-Bereich, in dem Rainie ihr Bestes gab, Uzuri dazu zu bringen, einen Hund oder eine Katze zu adoptieren.

Uzuri fühlte sich bedrängt. Gelegentlich half sie in der Tierklinik aus und sie hatte Rainie in Aktion gesehen. Obwohl ihre BFF die süßeste Person der Welt war, verwandelte sie sich beim Versuch, ein Tier zu platzieren, in einen Bulldozer, der bei jedem Widerstand alles um sich herum plattmachte.

„Wie wäre es mit diesem?" Rainie reichte ihr ein Bild. „Sie ist ein süßer Terrier-Mischling."

Uzuri schüttelte den Kopf. Niemals würde sie ein weiteres Tier in Gefahr bringen. *Niemals.* Jarvis wurde aus dem Gefängnis entlassen. Sicher, er arbeitete in Cincinnati und hatte sie hoffentlich vergessen, aber sie konnte dieses Risiko nicht eingehen. Wenn er sie aus Rache aufsuchte, würde er auch Haustiere ins Visier nehmen.

Ihre Kehle schnürte sich zu. Sie war in Cincinnati nachhause gekommen, nur hatte ihr normalerweise so fröhlicher und entzückender Dackel sie nicht an der Tür begrüßt. Gefunden hatte sie ihren kleinen Hugo hinter der Couch und am ganzen Körper zitternd. Braunes Fell mit Blut durchtränkt, und er hatte sich von ihr wegbewegt. Verängstigt. Er hatte sogar gewimmert, als sie seine Rippen berührte.

Rainies Stimme wurde aufdringlicher: „Komm schon, Zuri, du hast einen hübschen Garten und ...“

Hugo hatte ihren Garten in Cincinnati geliebt. Als würde er in die Schlacht ziehen, war er jedes Mal, wenn sie die Tür geöffnet hatte, mit fliegenden Ohren und wedelndem Schwanz nach draußen geschossen. Jarvis hatte Hugo gemocht. Das hatte er gesagt. Obwohl er *ihr* gedroht hatte, hatte sie nicht geglaubt, dass er einen liebenswerten, kleinen Hund verletzen würde.

Doch das hatte er.

Sie schluckte schwer, als sie versuchte, ihre Schuldgefühle niederzudrücken. Hugo hatte sich erholt. Leider war sein unschuldiges Vertrauen in Menschen zerstört worden. Ihr Cousin in Minnesota hatte sich gefreut, ihn zu sich zu nehmen, gab ihm Liebe und verwöhnte ihn. Hugo war in Sicherheit.

Uzuri jedoch hatte sich monatelang jede Nacht in den Schlaf geweint. Schließlich hatte sie aufgehört, auf das Geräusch von kleinen Pfoten zu hoffen. Sie hatte nicht länger erwartet, an der Tür begrüßt zu werden, und hatte gestoppt, etwas Fleisch von ihren Mahlzeiten abzugeben. Aber ihr Herz schmerzte immer noch.

Rainie hielt ein Bild eines Pudels hoch. „Was hältst du von –“

„Nein.“ Als Uzuri gegen Tränen ankämpfte, hob sich ihre Stimme. „Ich werde weder einen Hund noch eine Katze zu mir nehmen.“ Rainie öffnete den Mund, doch Uzuri wollte es nicht hören. „Ich mag *keine* Tiere. Kein bisschen.“

„Aber du –“

„Nein. Ich hasse Haustiere. Ich hasse Hunde. Überall sind

Haare und sie lecken ständig das Gesicht und ... und ruinieren meine Kleidung." Sie schob die Bilder von sich.

Als Rainie einen Schritt zurücktrat, war ihr schockierter Gesichtsausdruck wie ein Schlag ins Gesicht.

Uzuri streckte ihre Hand aus und flüsterte: „E-Es tut mir leid." Ihre Stimme brach. Schmerzerfüllt wandte sie den Blick ab.

Von der Bar wurde sie von Alastair beobachtet. Sein Cousin stand neben ihm, seine blauen Augen laserscharf.

Max' Blick zu Alastair war zynisch und leicht zu lesen – er hatte nichts anderes von ihr erwartet. Das traf sie schwer und ja, es schmerzte.

Sie schluckte das Bedürfnis herunter, in Tränen auszubrechen, wirbelte herum und marschierte in die entgegengesetzte Richtung. Hinter ihr hörte sie Alastairs tiefe, widerhallende Stimme. „Rainie, wenn du einen Moment Zeit hast, kannst du uns etwas über diesen Hund erzählen?"

Eine Stunde später war Uzuris Schicht als Bardame fast vorbei. Mit einer Liste von Getränkebestellungen und leeren Gläsern auf dem Tablett schlängelte sie sich durch die Sitzbereiche.

Vor ihrer Schicht hatte sie Rainie aufgesucht und sich entschuldigt. Ihre weichherzige Freundin hatte ihr sofort vergeben und Gott sei Dank versprochen, die Adoption von Haustieren nicht noch einmal anzusprechen. Uzuri seufzte. Irgendwann würde Uzuri ihren Ausbruch erklären müssen.

„Hey, Hübsche." Ein blonder Mann winkte sie zu sich. Er hatte es sich auf einem Ledersessel bequem gemacht, trug ein schwarzes T-Shirt mit ebenso farbenen Jeans, die im Schaft von Militärstiefeln steckte. Sein Blick schweifte über sie und verweilte auf ihren Brüsten. Er leckte sich über die Lippen.

Sei höflich, sagte sie sich. Master Z betonte stets, dass Subs nicht jeden Dom mögen mussten, aber Höflichkeit sei erforderlich. „Darf ich dir etwas zu trinken bringen, Sir?"

„Ja, ich nehme einen Drink." Als er sich vorlehnte, trat sie unwillkürlich einen Schritt zurück. „Ich mag Race-Play. Stehst du da auch drauf?"

Sie rollte nicht mit den Augen, aber viel hatte nicht gefehlt. „Du meinst, du willst mich wie Dreck behandeln und mich beschimpfen, mich als Niggerschlampe, dreckige schwarze Hure oder Sklavin bezeichnen?"

„Oh ja." Seine rötliche Gesichtsfarbe verdunkelte sich und er atmete schneller. „Genau das will ich. Ich kann –"

„Nein." Sie zwang sich, keine Schwäche zu zeigen. Stattdessen drückte sie die Schultern durch und gab alles, um ihre bebende Stimme selbstsicher klingen zu lassen. „Ich leide schon im alltäglichen Leben unter dieser Art von Verhalten, und das ist sicher nicht mein Kink. Sir." Sie wollte sagen: *Such dir ein weißes Mädchen, das du herabwürdigen kannst*, aber sie hatte viele weiße Freunde, und auch sie hatten es schon mit Arschlöchern wie ihm zu tun gehabt. Schwestern – egal welcher Hautfarbe – mussten zusammenstehen.

Seine Augen nahmen einen gemeinen Ausdruck an. „Du –" Doch er schluckte die Beleidigung herunter und schickte sie weg.

Subs waren nicht die einzigen, die höflich bleiben mussten.

Sie lief mit erhobenem Kopf davon, obwohl sie sich wünschte, ihr Tablett nach ihm werfen zu können. Nur war er nicht der erste Dom, der an Race-Play interessiert gewesen war. Es war einfach ein weiterer Fetisch. Es war gut möglich, dass er eine schwarze Sub fand, die sich dafür interessierte, genauso wie einige Frauen es genossen, Schlampe und Hure genannt zu werden. Beiderseitiges Einverständnis war hier das entscheidende.

Dennoch war es kein gutes Gefühl gewesen. Innerlich bebte sie noch immer.

Als sie die lange ovale Bar in der Mitte des Clubraums erreichte, stellte sie ihr Serviertablett auf die glänzende, mahagonifarbene Theke. Master Nolan und seine rothaarige Frau Beth bereiteten Getränke vor, was bedeutete, dass Master Cullen wahrscheinlich eine Session mit Andrea spielte.

„Ich bin gleich bei dir, Zuri", rief Beth von weiter unten an der Bar.

Zuri, hmm? Beths Jüngster hatte Uzuri auf Zuri verkürzt und irgendwie verbreitete sich der Spitzname unter ihren Freunden. Auch ihr gefiel, wie es klang.

Beth eilte zu ihr und nahm ihr Tablett. „Wow, ich liebe dein Outfit. Nur du schaffst es, weiß und süß für einen Abend in einem BDSM-Club zusammenzubringen."

„Danke." Das befriedigende Kompliment kam von einer Frau, die die beeindruckendste Fetischkleidung im Club besaß. Heute Abend machte das Korsett in dem satten Blauton das Beste aus Beths schlanker Figur und brachte die Farbe ihrer Augen zum Vorschein. *Ausgezeichnete Wahl.*

Lächelnd nahm Beth die Getränkebestellungen entgegen. „Ich bin so froh, dass Master Z wieder unsere eigenen Mitglieder als Kellner einsetzt. Es war seltsam, Außenseiter im Club zu haben."

„Da stimme ich zu." Uzuri rümpfte die Nase. Als das Auszubildendenprogramm endete, hatte Master Z versucht, Kellner einzustellen. Die Art und Weise, wie sie gestarrt hatten, war abschreckend gewesen. „Es ist schön, dass ich dadurch einen Rabatt bei den Mitgliedsbeiträgen bekomme."

„Kluger Master Z. Kein Wunder, dass es so viele Freiwillige gibt." Beth machte sich auf den Weg, um die Bestellungen zu erfüllen.

Da Uzuri die letzte ledige Auszubildende war, hatte Master Z zu ihr gesagt, dass sie gar nichts zahlen müsse, da dies einer der Vorteile des Auszubildendenvertrags gewesen war. Es fühlte sich jedoch falsch an, etwas zu nehmen und nichts zurückzugeben. Außerdem war sie nie eine typische Auszubildende gewesen. Alle anderen hatten nach dauerhaften Doms gesucht. Sie hatte sich nur einen sicheren Ort gewünscht, um ihre unterwürfige Natur zu erkunden, Erfahrungen mit Männern zu sammeln und ihre Ängste zu überwinden.

Bei dem ersten Bewerbungsgespräch hatte sie erwartet,

dass Master Z sie sofort rausschmeißen würde. Stattdessen hatte er gesagt, dass das Auszubildendenprogramm flexibel genug sei und ihr wahrscheinlich entgegenkommen würde. Als er jedoch herausfinden wollte, warum sie Angst hatte, lehnte sie es ab, mit ihm darüber zu sprechen, und sagte ihm ihr Credo: *„Mein Leben begann hier; ich habe keine Vergangenheit."*

Sie konnte immer noch nicht glauben, dass sie zu Master Z *Nein* gesagt hatte.

Er war so nett gewesen. Er hatte ihr erlaubt, dem Club beizutreten. Allerdings mit der Maßgabe, dass sie, wenn sie ihre Probleme nicht alleine bewältigt bekam, sie den Mastern von ihrer Vergangenheit erzählen musste, sodass sie ihr helfen konnten. Zudem wartete eine Strafe auf sie, weil sie ihre Probleme zu lange vor sich hergeschoben hatte.

Hoffentlich hatte er das alles vergessen. Schließlich war sie keine Auszubildende mehr.

Und das war gut. Ja, das war es.

Sie schüttelte den Kopf. Vor nicht allzu langer Zeit hatte sie von einer Karriere in der Modebranche und einem hinreißenden Ehemann – einem Dom – geträumt, der sie verehren und sich um sie kümmern würde, genauso wie sie ihn verehren und sich um ihn kümmern würde.

Nach Jarvis war ihre Sehnsucht nach diesem Traummann in Rauch aufgegangen.

Obwohl ein schlechtes Kleidungsstück auf einem Gestell nicht bedeutete, dass die gesamte Designerlinie verdorben war, und ein verrückter Stalker nicht hieß, dass alle Männer böse waren, war sie nicht bereit, das Risiko einzugehen. Wieder enttäuscht zu werden, war eine Sache, aber dass geliebte Menschen dabei verletzt wurden? Niemals wieder.

„Hier ist das Bier. Und das ist Wasser für dich, weil ich weiß, dass du vergisst, auf dich aufzupassen." Beth kehrte mit einem zur Hälfte beladenen Tablett zurück. Sie winkte Master Nolan zu, der

Rum in ein Glas goss. „Er kümmert sich gerade um die Mixgetränke."

„Danke." Dankbar trank Uzuri von dem Wasser und erkannte erst jetzt, wie durstig sie gewesen war. „Wie geht es Grant und Connor?"

„Prima geht es ihnen." Die Erwähnung ihrer beiden schon bald adoptierten Jungs brachte Beth ein Lächeln ins Gesicht. „Connor kann bereits das Alphabet aufsagen; er wird lesen können, bevor er aus dem Kindergarten kommt."

Uzuri lächelte. „Sie sind unglaublich. Brauchst du dieses Wochenende einen Babysitter? Ich könnte etwas Zeit mit den Kleinen gebrauchen."

Mit einer Flasche in der Hand sah Master Nolan hinüber. „Hast du am Sonntagnachmittag von zwei bis fünf Uhr Zeit? Wir müssen etwas ohne die Jungs erledigen."

„Ja, das geht, Sir. Dafür bin ich genau die richtige Person."

„Okay." Beth grinste Uzuri und ihren Master an. „Shopping!" Sie tanzte ein wenig an Ort und Stelle und beeilte sich dann, eine Getränkebestellung von einem Dom am Ende der Bar zu erfüllen.

„Du musst um etwas im Gegenzug bitten, Sub. So funktioniert das." Ein Mundwinkel von Master Nolan hob sich in seiner Version eines Lächelns. Selbst nachdem sie gesehen hatte, wie süß er mit den Kindern war, fand sie den Dom immer noch ein wenig unheimlich. Er stellte die Rum Cola auf ihr Tablett und nickte jemandem hinter ihr zu.

Uzuri drehte sich um und entdeckte Master Z und Alastairs Cousin Max.

Stirnrunzelnd grüßte Max den anderen Dom mit einem Nicken und verschwand.

„Z." Nolan nahm den Wodka. „Es ist eine Weile her, seit du einen ganzen Abend hier unten verbracht hast. Entfliehst du deiner Miniatur-Domina?"

Uzuri kicherte. Die Tochter von Master Z war jetzt etwa sieben Monate alt – und bezaubernd anspruchsvoll.

„Auf eine Weise. Nach einem Tag mit meinen Schwiegereltern kehrten sie und Jessica mit einer Wagenladung Geschenke zurück. Jedes Spielzeug gibt ohrenbetäubende Geräusche ab." Der mächtigste Dom im Club – wahrscheinlich auf der ganzen Welt – schüttelte bedauernd den Kopf. „Mir war nicht bewusst, wie sehr mich meine Schwiegermutter hasst."

Nolan entkam ein raues Lachen. „Also bist du in den Club geflohen."

„So ist es." Master Z legte seine Hand auf Uzuris Schulter, warm und verbindlich. „Ich muss deine Bardame stehlen, Nolan. Austin wird für den Rest ihrer Schicht einspringen."

Uzuri erstarrte. „Du willst mit mir reden?" *Oh nein!*

Er hob tadelnd eine Augenbraue.

Was lief nur falsch mit ihr? Schnell sagte sie: „Du möchtest mit mir sprechen, *Sir?*"

„Schon besser. Ja, ich muss mit dir sprechen."

Als Uzuri sich nicht bewegte, legte Master Z seine Hand auf ihren Rücken und führte sie direkt zu seinem Heiligtum – sein Büro. Er sprach nicht, als sie nebeneinander liefen, und ihre Blicke zu seinem ausdruckslosen Gesicht boten keine Einsicht.

Als die schwere Holztür hinter ihnen zufiel, verblassten die Musik und die Geräusche von Peitschenhieben und Stöhnen zu einem kaum hörbaren Flüstern. Er zeigte auf das schwarze Ledersofa und die Sessel in der Mitte des Raumes. „Bitte nimm Platz."

Nervös ließ sie sich in einer Ecke der Couch nieder. Ihre Riemchensandalen sanken so tief in den dunkelbraunen Teppich, dass sie ihn an ihren Zehen spürte.

An seinem antiken Schreibtisch auf der anderen Seite des Raumes blätterte Master Z durch einige Papiere. War das ihre Akte?

Sie gab vor, die Kunstdrucke von Tizian zu bestaunen, Akte der italienischen Renaissance, die die cremefarbenen Wände schmückten, letztendlich aber beobachtete sie ausschließlich Master Z. Obwohl sie ihn nun schon so lange kannte, wurde er einfach nicht weniger einschüchternd. Sie hatte keine Ahnung, woran das lag. Schließlich war er nur ein Mann. Groß, schlank und doch muskulös, in seinen Vierzigern. Immer in Schwarz gekleidet. Wie Alastair kaufte er offensichtlich in Europa ein und bevorzugte tadellos geschnittene Hemden und Hosen. In den letzten Jahren hatte sich das Silber in den schwarzen Haaren von seinen Schläfen ausgebreitet. Sie würde Jessica die Schuld geben, aber in Wirklichkeit hielt ihn die sprudelnde Blondine – und das Baby – wahrscheinlich jung.

Geräuschlos durchquerte er den Raum und lehnte sich mit der Hüfte an die Couch.

Als er die Arme über seiner Brust verschränkte, lief ein besorgter Schauer über ihren Rücken, sodass sie zuerst annahm, dass sich der Reißverschluss geöffnet hatte. Sie behielt einen gelassenen Ausdruck auf ihrem Gesicht und schenkte ihm ihre volle Aufmerksamkeit. „Gibt es ein Problem, Sir?"

Seine Lippen zuckten. „Gibt es einen Grund, warum du deine Reaktionen vor mir verbergen willst?"

Der kühle Schauer verwandelte sich in einen panischen Sturm. „Natürlich nicht, Sir. Bin ich in Schwierigkeiten, Sir?"

„Nein, du steckst nicht in Schwierigkeiten. Aber ... deine Zeit ist abgelaufen, Sub. Du bist seit über zwei Jahren hier. Wir haben vor deiner Aufnahme in diesen Club die Vereinbarung getroffen, dass, wenn du deine Probleme nicht alleine bewältigst, die Master helfen würden."

„I-Ich ... aber –"

Die leichte Neigung seines Kopfes lud sie ein, frei zu sprechen – jedoch auf eigene Gefahr. Denn er hatte Recht; sie hatte nicht an ihren Problemen gearbeitet. Sie senkte ihren Kopf. „Ja, Sir."

In einem sanfteren Ton sagte er: „Was muss zuerst geschehen, damit die Master dir helfen können, deine Zurückhaltung gegenüber Männern zu überwinden?"

Ihr Atem stockte in ihrer Kehle. Oh, sie kannte die Antwort –

und hatte sie bisher gemieden. „Ich werde ihnen sagen müssen, was passiert ist."

„Ich fürchte ja, Kleines. Ich habe dir gesagt, dass es eine Strafe geben wird, wenn du es hinauszuögerst, oder?"

Oje. Warum musste er ein so gutes Gedächtnis haben? Sollte er mit vierzig nicht langsam etwas senil werden?

Ohne den Blick von ihr zu nehmen, wartete er, bis sie widerwillig nickte.

„Du hast die Wahl. Besprich jetzt alles mit mir. Oder — und das ist deine Strafe — du kannst dir einen männlichen Shadowlands-Master aussuchen und ihm deine Geschichte erzählen."

Männlich? Sie konnte nicht zu Mistress Anne oder Olivia oder Cat gehen? „Aber ... warum?"

„Sag du es mir."

Sie richtete den Blick nach unten, denn sie kannte die Antwort. „Weil ich in der Lage sein muss, einem Dom — jedem Dom — vor einer Session zu sagen, was passiert ist, und da ich an männlichen Doms interessiert bin, muss ich mir einen von ihnen aussuchen."

„Sehr gut." Mitgefühl schenkte seinen grauen Augen etwas Wärme. „Das erste Mal ist es am schwersten, dann wird es leichter. Für die Zukunft erwarte ich, dass du dich deinen Sessionpartnern anvertraust."

Dieser Abend wurde immer schlimmer. „Ja, Sir. Also werden am Ende alle Master Bescheid wissen?"

„Es tut mir leid, Kleines, aber ja. Um dir zu helfen, müssen sie wissen, was der Ursprung deines Problems ist."

Auf keinen Fall. Sie knirschte mit den Zähnen. *Ich bin hier raus.*

Nur war dieser Club in gewisser Weise ihr ... zuhause. Sie wollte nicht aus dem Club austreten.

Sie spürte, wie er sich neben sie setzte. Er nahm ihre Hand in seinen festen Griff. „Uzuri, wir machen uns Sorgen um dich. Du schläfst nicht gut. Du bist angespannt."

Bei der Besorgnis in seiner tiefen Stimme brannten ihre Augen vor unvergossenen Tränen.

„Was auch immer mit dir ist, muss angegangen werden, bevor es schlimmer wird. Wenn du möchtest, kannst du stattdessen einen Therapeuten aufsuchen."

Als sie in Cincinnati zu einem gegangen war, hatte es geholfen, ja, aber diese panische Angst war sie nie losgeworden. Sie wollte es nicht zugeben, aber Master Z hatte Recht; es wurde immer schlimmer. Und wenn sie Hilfe wollte, mussten die Master erfahren, was ihr passiert war. Das Ziel von ihnen war, Trigger und Traumata zu vermeiden und gleichzeitig bei Problemen zu helfen. „Hier. Ich möchte hier daran arbeiten."

„Okay. Mit wem willst du reden?"

Dachte er, sie würde ihn wählen? *Nein, nein, nein, keine Chance.* Es gab Gerüchte, dass er Gedanken lesen konnte, und selbst wenn das nicht stimmte, war er Psychologe. Wie der Therapeut damals würde er alles zerreden wollen. Und so platzte es ihr heraus: „Nicht du."

Zu ihrer Erleichterung schien er sich davon nicht angegriffen zu fühlen. Wenn überhaupt, sah er amüsiert aus. „Wen dann?"

Holt. Sie könnte das alles auf Holt abladen. Da sie ihn eher als Freund und nicht als Liebhaber sah, war Holt vielleicht nicht genau, was Master Z als *Sessionpartner* betrachten würde, aber ... Hmm, vielleicht wäre es besser, ihre Wahl nicht zu erwähnen. „Ich werde ... ich werde jemanden finden."

Er musterte sie für eine Weile. „In Ordnung. Heute Abend, Uzuri. Keine Verzögerungen mehr."

„Ja, Sir."

KAPITEL VIER

Nachdem sie einmal durch den Club gelaufen war, ohne Holt zu finden, begann Uzuri, sich Sorgen zu machen. Wo war er? Es war nicht lange her, da hatte sie ihn im Hauptraum in der Aufseherweste gesehen. Obwohl seine Schicht wohl jetzt vorbei war, würde er nicht gehen, ohne eine Session zu spielen. Vielleicht war er mit jemandem ins Obergeschoss gegangen? Sie zog die Augenbrauen zusammen. Zwar hatten die privaten Zimmer winzige Fenster in den Türen, aber sie wollte sicher nicht in jedes schauen, um ihn zu finden.

Stattdessen ging sie hinaus in den Eingangsbereich. „Hey, Ben."

Der riesige Türsteher schaute von einer professionellen Fotozeitschrift auf und runzelte die Stirn. „Gehst du schon? Gibt es ein Problem?"

Mistress Anne neckte ihn oft, weil er sich immer zu viele Sorgen machte. „Nein. Ich suche Holt. Er ist noch hier, oder?"

„Nein. Er musste sein Flugzeug kriegen und ging gleich nach seiner Schicht als Aufseher. Z hätte ihm erlaubt, die Schicht ausfallen zu lassen, aber Holt wollte davon nichts hören."

Master Z hatte gewusst, dass Holt heute früher gehen würde.

Sie hätte wissen sollen, dass sie bei ihm mit hinterhältigem Verhalten nicht durchkommen würde. Panik setzte ein. Wenn Holt nicht hier war, mit wem könnte sie dann reden?

Sie schluckte schwer. Die meisten Master waren jetzt in festen Beziehungen oder hatten Kinder, also rotierten sie ihre Abende im Club. „Welche Master sind heute hier?"

„Nicht viele." Er fuhr mit dem Finger über die Anwesenheitsliste. „Dan, Nolan und Sam sind anwesend. Cullen und Andrea sind bereits gegangen. Genau wie Sally und ihre Männer. Jake und Rainie und Saxon sind vor einer Weile los. Hmm. Oh, Alastair und Max sind auch noch im Club."

Richtig, Master Z hatte verlauten lassen, dass Max jetzt ein Master war. „Das ist alles?"

„Gibt es ein Problem?" Er runzelte die Stirn. „Kann ich dir vielleicht helfen?"

Der Riese hatte ein *riesen*großes Herz. „Leider nein. Master Z hat mir eine Aufgabe gegeben."

„Ah. Na dann viel Glück."

„Danke, Ben." Mit dem Kopf gesenkt ging sie zurück in den Clubraum und schaffte es geradeso, einer Domina auszuweichen. Diese führte ihren Sub an einer Leine, die mit Wäscheklammern an seinen Eiern befestigt war.

Sprich mit einem Master. Aber mit wem? Master Dan? Nein. Obwohl er ein guter Dom war, war er auch furchtbar streng – wahrscheinlich brachte das der Beruf eines Polizisten mit sich.

Keine Polizisten.

Nolan besetzte die Bar für den Rest des Abends, also war er nicht verfügbar.

Master Sam? Auf keinen Fall. Er war nett, ja, dennoch war er ein Sadist.

Ach Gottchen, das war nicht gut. Alastair war auch raus. Sie konnte sich ihm nicht stellen, nachdem sie ihn in der Öffentlichkeit angeschrien hatte. Sie bezweifelte, dass er es vergessen hatte.

Wie wäre es mit seinem Cousin Max? Ihre Stimmung hellte

sich auf. Da Max ein brandneuer Master war und sie ihn kaum kannte, würde er sie doch sicher nicht drängen, ihm mehr zu sagen, als sie wollte. Oder?

Sie erschauerte. Er sah so harsch aus wie Nolan und Dan – und die beiden waren sehr streng.

Jedoch erinnerte sie sich an das erste Kennenlernen mit ihm und da war er sehr nett gewesen. Noch besser war, dass er sie nicht als potenziellen Sessionpartner in Betracht zog. Tatsächlich hatte er auf Beths Party gesagt: *„Lass meine Tasche lieber in Ruhe, Sub. Ich glaube nicht, dass wir in der gleichen Gewichtsklasse spielen."* Sie hätte seine Worte vielleicht als Herausforderung betrachtet, aber sein distanzierter Gesichtsausdruck hatte deutlich gemacht, dass er sich nicht zu ihr hingezogen fühlte.

Sein mangelndes Interesse würde es einfacher machen, mit ihm zu sprechen. So gäbe es keine Unbeholfenheit. Da er sie nicht besonders mochte, würde er sich zweifellos mit einer kurzen – wirklich kurzen – Erklärung ihrer Vergangenheit zufriedengeben, sodass sie schnell Reißaus nehmen konnte.

Sie entdeckte ihn neben seinem Cousin Alastair. Sie verzog das Gesicht. Warum konnte Master Z nicht ein paar kleine Doms zu Mastern küren?

Die Cousins beobachteten eine Predicament-Bondage-Session und sprachen leise miteinander. Mit wild klopfendem Herzen stellte sich Uzuri vor die beiden.

„Uzuri." Master Alastairs widerhallende Stimme fühlte sich wie Samt in ihren Ohren an. „Gibt es ein Problem?"

Das hatte Ben sie auch gefragt. Ihr Gesichtsausdruck musste erschreckend sein. „Ähm, nicht direkt." Sie wandte sich an Max. *Master* Max.

Schweigend betrachtete er sie mit rasiermesserscharfen Augen.

„Könnte ich kurz mit dir sprechen, Sir? Es sollte nicht länger als, ähm, fünf Minuten dauern."

Seine dunklen Augenbrauen hoben sich und dann … nickte er.

„Was auch immer du brauchst, Darlin'." Zu ihrem Entsetzen streckte er ihr die Hand entgegen – etwas, das er auch auf der Party gemacht hatte.

Als sie ihre Hand in seine legte, wurde ihr durch die atemberaubende Hitze seiner Handfläche bewusst, dass ihre Finger eiskalt waren. Und zitterten.

Seine Augen verengten sich, aber er schloss einfach seine Finger um ihre. „Führe den Weg, Prinzessin. Ich bin gleich zurück, Cousin."

Alastair lächelte sie sanft an, bevor er zu Max sagte: „Ich bin für heute Abend fertig, also lass dir ruhig Zeit."

„Okay, dann sehen wir uns zuhause." Max wandte sich wieder an Uzuri.

Sie führte ihn zu einem abgelegenen Bereich im hinteren Teil des Clubs, wo sie sich in Ruhe unterhalten konnten.

Er hatte sich kaum auf das schwarze Ledersofa gesetzt, da legte sie bereits los: „Als ich dem Club beigetreten bin, stimmte Master Z meiner Mitgliedschaft nur zu, wenn ich –"

„Uzuri", unterbrach er in einem gleichmäßigen Ton und zeigte auf den Boden.

Oh. Richtig. Schnell kniete sie sich hin und nahm die Standardposition ein, mit dem Hintern auf den Fersen, die Handrücken auf den Oberschenkeln und dem Kopf gesenkt.

„Besser, aber ich will, dass du mich ansiehst."

Sie hob den Kopf.

Seine Augen waren ein atemberaubendes Kobaltblau. Als er ihrem Blick begegnete, rutschte ihr das Herz in die Hose. Er hatte seinen Master-Titel vielleicht noch nicht lange, aber er war sicher nicht neu im Lifestyle. Seine Dominanz zeigte sich in jeder Bewegung, in der Kraft seiner Stimme ... und dem kontrollierten Blick, den er über sie schweifen ließ. Oh, es war möglich, dass ihre Wahl nicht die Beste gewesen war.

„Das ist schon besser." Seine Stimme, nicht ganz so tief wie die von Alastair, zeichnete sich durch eine dunkle Rauheit aus. „Zu was hat Master Z zugestimmt?"

Sie schluckte schwer. *Fasse alles in ein paar Sätzen zusammen.* „Er stimmte zu, dass ich nicht über meine Vergangenheit sprechen müsste, wenn ich es schaffe, das Problem alleine zu bewältigen. Nur ist mir das nicht gelungen, was bedeutet, dass ich dir jetzt erzählen muss, was mir passiert ist, und dann musst du es den anderen Mastern sagen."

Er zog die Augenbrauen zusammen. „Den anderen? Ist das nicht eine Verletzung deiner Privatsphäre?"

Sein Unmut war ... ermutigend. „Master Z sagt, die Master können mir nicht helfen, wenn sie die Ursache nicht kennen."

„Verdammt. Da hat er nicht Unrecht." Er musterte sie für eine Sekunde. „Okay. Erzähl es mir."

„Vor Jahren habe ich mich von einem Mann getrennt. Daraufhin hat er mich monatelang gestalkt und mich dann zusammengeschlagen. Also habe ich ein bisschen" − *sehr viel* − „Angst vor großen Männern." Sie holte tief Luft. *Na bitte. Erledigt.* „Das war es schon."

Er starrte sie mit angespannten Muskeln an. Sein quadratischer Kiefer war zu Stein geworden.

Sie sprang auf die Füße. „Vielen Dank fürs −"

„Stopp. Habe ich gesagt, du könntest aufstehen?"

Sie erstarrte.

„Ein Stalker, ja?" Nach einer Sekunde atmete er langsam und hörbar ein. Er zeigte auf den Boden, lehnte sich dann zurück und streckte die Arme auf der Rückenlehne der Couch aus.

Als sie wieder auf die Knie sank, erkannte sie, dass seine Haltung die eines Doms war, der nicht vorhatte, in nächster Zeit aufzustehen. Ihr Mund trocknete aus.

„Wie hieß dein Stalker?"

„Jarvis."

Er machte eine *Und weiter*-Bewegung mit seinen Fingern, bis sie hinzufügte: „Jarvis Kassab."

„Jetzt gib mir eine Beschreibung."

Eine Beschreibung von Jarvis? Er war so riesig und schwer, dass er das ganze Licht im Raum blockiert hatte, als er sich über ihr positioniert hatte. Sein Gebrüll hatte in ihren Ohren geschmerzt, als sich sein dunkles Gesicht vor Wut verzerrt hatte. Dann kam das Messer zum Einsatz und ihr Blut spritzte an die Wände.

Ihre Hände ballten sich zu Fäusten. Eisenstangen der Angst umschlossen ihre Brust, bis sie nicht mehr atmen konnte.

„Oh, Baby, ganz ruhig." Langsam lehnte sich Max vor. Mit sorgfältig kontrollierter Kraft packte er ihre Arme, zog sie zwischen seine Beine und legte ihre Unterarme auf seine Oberschenkel.

Am ganzen Körper bebend schaute sie nach unten, starrte auf den Boden, da sie ihn auch jetzt schreien und brüllen hörte.

„Sieh mich an, Darlin'."

Als sie es schaffte, den Blick zu heben, schnitt die Intensität seiner Augen durch ihre Erinnerungen und durchtrennte die Verbindung zur Vergangenheit. Er legte warme Hände auf ihre Schultern. „Wenn du vor mir kniest, stehst du unter meinem Schutz. Nichts und niemand wird dir wehtun. Verstehst du das?"

Die absolute Gewissheit in seinen geknurrten Worten wickelte sich um sie und hüllte sie in Sicherheit. „Ja, Sir", flüsterte sie.

„Gut. Beschreibe jetzt dieses Arschloch Jarvis Kassab." Der Zorn in seiner Stimme sagte, dass er auf ihrer Seite war.

„Du glaubst mir?"

Sein Glucksen war kratzig, als er mit einem schwieligen Finger über ihren Kiefer streichelte. „Du bist eine wahre Schönheit. Ich muss dir aber sagen, dass Lügen nicht zu deinen Talenten gehört. Ja, ich glaube dir."

Irgendwo versteckte sich in seinen Worten eine Beleidigung und doch errötete sie. Er empfand sie als schön?

„Eine Beschreibung von Kassab, bitte."

„Deine Größe, aber breiter. Schwerer", flüsterte sie. Alastair war wie ein schlankes, muskulöses Rennpferd. Max war ein Percheron, ein Arbeitspferd – muskulöser, aber trotzdem wunderschön. Jarvis war eher ein ... Nashorn – schwer und unbeholfen. „Schwarzes Haar, schwarze Augen. Haut in meinem Farbton, nur sein Unterton ist mehr taupe als umbra."

„Was zum Teufel ist toop?"

Sie schaute ihm in sein männliches und sehr verwirrtes Gesicht. „T-A-U-P-E. Taupe. Ein graubraun im Gegensatz zu dem goldbraunen Umbra."

„Natürlich." Er warf ihr einen Blick zu, der fragte, warum sie das nicht einfach gleich gesagt hatte.

Und irgendwie half ihr dieser Ausdruck, sich zu entspannen. *Okay, erzähl ihm von Jarvis.* „Jarvis und ich sind beide gemischtrassig. So sind wir ins Gespräch gekommen. Er verstand, wie es ist, in der Mitte zu sein. Nicht wirklich weiß, niemals schwarz *genug*."

Oh Gott, was sagte sie denn da? Dieser Dom war weiß und würde das nicht verstehen.

Er nickte jedoch. „Alastair hat dieses Problem auch – er ist nicht nur eine Mischung aus westafrikanisch und weiß, sondern hat auch etwas Japanisches in sich. Trotzdem ist er nicht der Typ, der sich daran stört. Zumal England in dem Punkt zivilisierter ist." Als er seine Finger um ihren Unterarm legte, sickerte Wärme in ihre Knochen. „Wie fing das mit Jarvis und dir an? Wie kam es zu Verabredungen? Wart ihr intim miteinander?"

Intim. Ihr instinktiver Rückzug wurde durch seinen unnachgiebigen Griff unterbrochen. Oh, mit ihm zu reden, war so eine schlechte Entscheidung gewesen. Master Sam mochte es nicht, zu reden. Selbst als Sadist hätte er es ihr nicht *so* schwer gemacht.

„Antworte mir, Uzuri."

„Ich ging auf eine reine Mädchen-Highschool und hatte gerade erst angefangen, mich zu verabreden. Nur war ich von Jungs in meinem Alter nicht sehr beeindruckt." Sie war so naiv und ignorant gewesen. „Dann traf ich Jarvis, und er war älter und

schien immer zu wissen, was er tat. Er nahm mich mit zu meinen
ersten BDSM-Partys. Ich war, äh ...“

„Eine neue Sub.“ Max nickte. „Überwältigt von der Machtdy-
namik und nicht in der Lage, den Wunsch nach Unterwerfung
von dem zu trennen, was du für den Mann empfunden hast?“

Sie riss die Augen weit auf. „Ja.“ Genau das war passiert. Vor
Jarvis hatte sie geglaubt, gute Menschen von schlechten
Menschen unterscheiden zu können. Danach traute sie ihrem
Urteilsvermögen nicht länger. Vielleicht hatte sie die Fähigkeit
und war zu der Zeit einfach von ihrer Faszination für BDSM
geblendet worden. Dieser Gedanke besänftigte sie etwas.

„Was ist passiert?“

„Er wurde komisch und rief mich ständig an, sogar bei der
Arbeit, und bestand darauf, dass ich meine ganze Zeit mit ihm
verbringe. Ich erkannte, dass irgendwas mit ihm nicht stimmt,
und weigerte mich, mich mit ihm zu treffen. Eines Abends
wartete er vor meiner Wohnung, und er schrie mich an und
ohrfeigte mich.“

Die Hand um ihren Unterarm spannte sich an und lockerte
sich wieder. Max’ Stimme hielt keinen Hinweis darauf, was er
gerade dachte. „Wie hast du reagiert?“

„Ich schnappte mir mein Handy und wählte 911, während ich
ihm laut und deutlich mitteilte, dass ich kein Interesse an ihm
habe. Er ist gegangen, als meine Nachbarn herauskamen.“

„Sehr gut.“ Die offene Anerkennung in Max’ Stimme war
ermutigend. „Aber er hat die Trennung nicht akzeptiert?“

„Er folgte mir immer wieder und rief mich ständig an. Ich
habe meine Nummer geändert und zweimal eine nichtgelistete
Nummer bekommen, und er hat es trotzdem geschafft, mich
anzurufen. Er brach in meine Wohnung ein und zerstörte Dinge,
und ich sah ihn ... überall. Auf der anderen Straßenseite, in jeder
Bar, vor meiner Wohnung. Wenn ich jemanden besucht habe,
wurde diese Person auch belästigt.“ Es war schrecklich gewesen,
zu erkennen, dass sie ihren Freunden Probleme machte.

„Wie lange hat das angedauert? Hast du die Polizei einbezogen?"

„Fast ein Jahr, und ja. Es gab jedoch nicht viel, was sie tun konnten. Er war ... vorsichtig." Ihre Freunde hatten sich zurückgezogen – und sie auch, da sie nicht wollte, dass ihnen etwas passierte. Sie hatte sich regelrecht eingesperrt gefühlt und mit jedem weiteren Tag tauchte sie tiefer in eine Depression, sodass es nur eine Lösung gegeben hatte. „Ich arrangierte einen Umzug – um ihm zu entkommen –, und er fand es heraus und brach mitten in der Nacht in meine Wohnung ein und ... verlor vollkommen die Kontrolle."

„Inwiefern?"

Sie senkte den Blick und sah, wie Max sie zwischen seinen langen Beinen gefangen hielt.

Er packte ihr Kinn und zwang sie, ihn anzusehen. „Uzuri. Sag mir, wie schwer er dich verletzt hat." Der Befehl eines Dom.

„Er hat ein Messer an mir benutzt. Die Schulter hat er mir ausgerenkt. Ich hatte Schnitte und Prellungen." In ihren Albträumen hörte sie sich betteln und schreien. Er hatte sie getreten und seine Stiefel waren ... Da sie sich nicht mehr erinnern wollte, atmete sie aus und versuchte, ihre Muskeln zu entspannen.

Sein Blick schwankte nicht. Er wusste es.

Sie biss sich auf die Unterlippe und beendete die traumatische Erinnerung mit: „Er hat mich getreten und mir die Rippen und meinen Kiefer gebrochen." Das schreckliche Knacken, der Ansturm von Blut, heiß und flüssig, die Schmerzen. „Und ... das Messer." Er hatte über ihren Bauch geschnitten. Erst verhalten. Dann mit mehr Druck. Sie schüttelte den Kopf und verdrängte die Erinnerung, die Verzweiflung, das Wissen, dass er sie töten wollte. „Die Nachbarn riefen die Polizei und brachen die Tür auf."

„Sie haben ihn also auf frischer Tat mit einer tödlichen Waffe erwischt. Gut." Ein Muskel ragte in Max' Wange hervor. „Ich nehme an, er ist im Gefängnis gelandet?"

„Das ist er." Uzuri ließ Stille herrschen, bevor sie fragte: „Kann ich jetzt gehen?"

„Ist das in Pinellas oder in Hillsborough County passiert?"

„In Cincinnati." Sie starrte auf den Boden und spürte, dass sie am ganzen Körper bebte.

„Ohio?" Sein Blick fühlte sich so warm auf ihrer Haut an. „Er war im Gefängnis und doch bist du den ganzen Weg nach Florida gekommen? Warum?"

„Ich kam nicht zur Ruhe. Ich dachte immer, ich hätte ihn irgendwo gesehen, oder ich würde ihn einbrechen hören, oder ich hatte das Gefühl, dass er neben meinem Bett steht – sogar mit dem Wissen, dass sie ihn weggesperrt hatten. Nichts half."

„Das ergibt Sinn. Erinnerungen sind fest mit deinen Sinnen verbunden, sodass selbst ein bestimmter Duft oder ein Geräusch alles zurückbringen kann." Er klang, als wüsste er das aus eigener Erfahrung. Dass er so verständnisvoll war, löste den Knoten in ihrem Magen. „Also bist du hergezogen und hast dich hier niedergelassen. Und hast das Shadowlands gefunden?"

„Ich hatte gehofft, dem Club beizutreten, doch dann versuchte Master Z mit mir über meine Vergangenheit zu sprechen und ich … weigerte mich." Sie hob die Augen zu seinen. „Du weißt ja, wie er ist. Er wollte helfen. Er wollte darüber reden. Ich wollte einfach nur, dass die Tür zu meiner Vergangenheit geschlossen bleibt." Und verschlossen.

„Ja, das ist Z." Eine Lachlinie zeigte sich neben Max' Mund. „Klingt, als würde diese geschlossene Tür nicht funktionieren." Die Worte waren eine Aussage, die ohne Verurteilung daherkam.

„Mir ging es besser."

Er sah sie mit einem zweifelnden Blick an.

Leicht resigniert seufzte sie und verkündete: „Für eine Weile."

„Okay. Erzähl mir von den Problemen, die du jetzt hast."

„Was?" Sie starrte ihn an. „Master Z sagte, ich müsse dir von meiner Vergangenheit erzählen. Mehr nicht."

Seine Hand auf ihrer Schulter spannte sich an, als wüsste er, dass sie aufstehen und fliehen wollte. „Uzuri, du nimmst Befehle von Master Z entgegen. Da Z mir den Titel Master gegeben hat, bleibt dir nichts anderes übrig, als auch Befehle von mir zu akzeptieren." Die Stoppeln nach einem langen Tag konnten nicht verbergen, wie er den Kiefer anspannte.

Sturer, dummer, verfluchter Dom. Sie versuchte, ihn wütend anzufunkeln und ... konnte es nicht.

„Als wir uns auf der Party von Nolan und Beth trafen, hattest du Angst vor mir. Hast du Angst vor allen Männern oder nur vor großen Männern? Oder sind es aufdringliche Männer, die dich stören?"

„Große Männer." Nun, Holt war groß, aber sie hatte keine Angst vor ihm. War das nicht seltsam? Nur sah er sie nie an wie ... wie ... „Große Männer, die mich sehen als ... ähm, als ..."

Als jemanden zum Ficken.

Nach einer Sekunde zeigte sich Verständnis auf seinem Gesicht. „Männer, die ein sexuelles Interesse an dir haben?"

Sie nickte.

Er musterte sie für eine Weile. „Ich habe dich hier spielen sehen" – seine Lippen zuckten – „mit kleineren Männern. Nimmst du sie mit nachhause?"

Sie schüttelte den Kopf.

„Verabredest du dich mit ihnen?"

Sie schüttelte den Kopf.

„Datest du jemals? Irgendjemanden?"

Sie schüttelte den Kopf.

„Baby, das ist nicht gut." Er zog die Augenbrauen zusammen. „Hast du andere Freunde – Freundinnen –, die dich zuhause besuchen und mit denen du Spaß haben kannst?"

„Ja, ich verbringe viel Zeit mit meinen Freunden." Ihre Stimme klang angespannt. Sie war keine Einsiedlerin, aber ... sie verabredete sich nicht, und seine Reaktion machte sie nachdenklich. Sie wurde oft von Männern auf Dates eingeladen, jedoch lehnte sie stets ab. Jedes Mal. Sie hatte geglaubt, dass sie sich eigentlich ganz gut machte und dass ihr Problem nur bei großen Männern lag. Anscheinend hatte ihre Vergangenheit Auswirkungen auf ... alles.

„Okay." Sein unangenehm intensiver Blick drang tief, an Haut und Muskeln vorbei und bis zu ihrem Kern. „Fühlst du dich mit der Zeit in der Nähe von Männern wohler – oder wird es eher schlimmer?"

Sie spannte sich an.

„Schlimmer also." Er neigte den Kopf. „Ist der Täter noch im Gefängnis?"

Sie bebte am ganzen Körper. „Er wurde im Frühling entlassen."

„Ah, ich verstehe." Sein Blick war zu aufmerksam. „Hat er versucht, dich zu kontaktieren? Oder ist er hier aufgetaucht?"

„Nein. Ich weiß, dass er immer noch dort arbeitet. Ich habe Mistress Anne erzählt, dass ich einen Ex habe, der mir Sorgen macht, also überprüft sie ab und zu, ob er noch in Cincinnati ist." Die Mistress hatte versprochen, diese Information mit niemandem zu teilen.

„Kluges Mädchen."

Bei seiner offensichtlichen Anerkennung entspannte sie sich – und sie erkannte, dass er sanft über ihren Arm streichelte. Der Wunsch, zwischen seinen Beinen zu bleiben, wo sie sich sicher fühlte, war so überwältigend, sodass sie wusste, dass sie sofort von hier verschwinden musste. „Kann ich jetzt gehen?"

„Hmm." Sein beurteilender Blick fegte wie eine sanfte Brise über sie hinweg. „In Ordnung, Darlin'. Du hast Zs Anordnung befolgt. Ich werde mit ihm reden, und er wird sich um die weiteren Schritte kümmern."

Als er seine Beine öffnete und seine Hand von ihr nahm, erhob sie sich wenig anmutig. Sie ging ein paar Schritte rückwärts

und kämpfte um ihre Kontrolle. Natürlich wusste sie, dass ihm –
einem Master – das nicht entging. „Vielen Dank, Master.“

„Max. Ich halte nicht viel von Titeln.“ Er hob das Kinn. „Geh
nur. Hab ein wenig Spaß und ... du wirst den Rest des Abends
nicht mehr arbeiten. Ich werde es Nolan wissen lassen.“

„Okay, Sir.“ Bevor er seine Meinung ändern konnte, hastete sie
davon. Auf halbem Weg durch den Raum wurde sie langsamer
und runzelte die Stirn. *Er wird sich um die weiteren Schritte
kümmern.* Nach dem Ton zu urteilen, hatte Max nicht vor, ein
Teil von ihrem Heilungsprozess zu sein. Er würde ihre Probleme
Master Z übergeben und sich dann zurückziehen.

Das war gut, oder? Sie legte eine Hand auf ihren rebellie-
renden Bauch. Sie konnte immer noch die Wärme seiner Hand
auf ihrem Arm spüren, die Kraft seiner Finger, als sie versucht
hatte, von ihm auf Abstand zu gehen. Er war ... stark. Behutsam.
Kontrolliert und dominant.

Vor ein paar Jahren wäre er die Antwort auf all ihre Träume
gewesen – der Held, der die Jungfrau vor Schurken bewahrte.

Dieser Held war furchtbar nett, würde es jedoch einem
anderen überlassen, sie zu retten. Das war ... in Ordnung. War es.
Wirklich.

Obwohl es sie irgendwie verletzte.

Im abgeschirmten Bereich hinter dem Haus setzte sich
Alastair auf einen Stuhl und streckte seufzend die Beine aus. *Ein
Hoch auf Beth.* Als die Landschaftsgestalterin, eine Sub aus dem
Shadowlands, das Gelände neugestaltet hatte, hatte sie rechts von
der Terrasse ein Gartenzimmer mit einem kleinen Teich auf zwei
Ebenen hinzugefügt.

Obwohl er die Idee etwas seltsam gefunden hatte, schätzte er
die Ruhe, die der Bereich bot. Mit einem melodischen Rauschen
rieselte Wasser aus der oberen Ebene über Felsen in den unteren

Teich. Kleine Solarlichter waren am Rand zwischen den Zwerg-Rohrkolben, den Schwertlilien und den Cannas versteckt. Im dunklen Wasser blitzten immer wieder die Goldfische zwischen den nachtblühenden Seerosen auf.

Als er von seinem Laphroaig nippte und den geschmeidigen Rauchgeschmack des Whiskys in sich aufnahm, dachte er über den Abend nach. Die Session, die sie mit Alyssa gespielt hatten, war angenehm, wenn auch oberflächlich gewesen. Eine andere Sub hätte der Session möglicherweise mehr Tiefe und Emotionen verleihen können. Mit Alyssa war zwischen den dreien keine Bindung entstanden.

Und hier war er nun ... allein zuhause. Seufzend schüttelte er den Kopf. Wie konnte er sich über die Stille freuen und sich doch einsam fühlen?

Es war gut, wieder mit Max zusammenzuwohnen. Obwohl sie zu Unizeiten ohne Probleme zusammengelebt hatten, war er sich nicht sicher gewesen, ob es erneut – auch nach so vielen Jahren – funktionieren würde.

Natürlich war er nach vielen Sommern der Freiwilligenarbeit in Ländern der Dritten Welt und einem Jahr bei *Ärzte ohne Grenzen* an überfüllte Bedingungen gewöhnt. Tatsächlich schien dieses Haus auf den ersten Blick viel zu leer.

Max' Gesellschaft war so angenehm wie eh und je; was nicht verwunderlich war. Sein Cousin war schon immer sein bester Freund – sein Blutsbruder.

Alastair schnaubte. Als Jungs hatten sie die gesamte Zeremonie durchlaufen, mit einem Schnitt und allem, was dazu gehörte. Eine hässliche Narbe an seinem Handgelenk zeigte, dass sein erster „chirurgischer" Eingriff fast sein letzter gewesen wäre. In Anbetracht der Menge an vergossenem Blut waren sie definitiv „Brüder".

Er musste zugeben, dass Max' Abwesenheit ein Loch in seinem Leben hinterlassen hatte. Es war gut, ihn wieder bei sich zu haben.

Ein Schatten blockierte das Licht, und dann stellte Max ein mit dunklem Bier gefülltes Glas ab, senkte sich auf einen Stuhl und streckte seine Beine aus. Oberkörperfrei, barfuß, offensichtlich vom Abend im Club zuhause angekommen. „Hey, Doc. Bist du hier draußen, seit du den Club verlassen hast?"

„Nein." Alastair nahm einen Schluck von seinem Whisky. „Ich habe zuerst Mum angerufen, um ihr alles Gute zum Geburtstag zu wünschen."

„Mein Gott, Cousin. Ist es in London nicht mitten in der Nacht?"

„Es ist gegen Sonnenaufgang – und die beste Zeit, um sie zu erwischen. Ich wage zu behaupten, dass ihr heute Abend jemand eine gute Zeit bescheren wird." Seine Mutter hatte zu jeder Zeit eine Vielzahl von Beziehungen am Laufen.

„Das glaube ich dir sofort." Max grinste. „Sie ist wirklich faszinierend. Weißt du, wenn ich nicht mit ihr verwandt wäre, hätte ich wohl auch einen Annäherungsversuch gewagt. Ich hätte ihr jüngerer Liebhaber sein können."

„Das hätte bis zu dem Moment angedauert, in dem sie dir im Schlafzimmer einen Befehl gegeben hätte." Alastair grinste. Seine Mutter hatte nicht einen unterwürfigen Knochen in ihrem Körper, und als Neurochirurgin erwartete sie, dass jeder nach ihrer Pfeife tanzte. Max konnte Befehle annehmen, sonst hätte er nicht als Marine überlebt, aber er war nun mal zu hundert Prozent ein Dom.

Und, na ja, er wollte seine Mutter nicht mit Sex in Verbindung bringen. Der Gedanke erregte Alastairs Brechreiz. Er nahm einen großen Schluck und fragte: „Warum wollte Uzuri mit dir sprechen? Oder ist es etwas Privates?"

„Nicht privat, obwohl ich wette, dass sie das bevorzugen würde. Ihre Abmachung mit Z war, dass sie einem Master sagen muss, warum sie bei Männern so vorsichtig ist. Diese Information wird nun mit allen Mastern geteilt. Wieso sie mich ausgewählt hat, weiß ich allerdings nicht."

Alastair runzelte die Stirn. Max war so dominant und erfahren wie jeder andere Master im Club. *Aber ... ah.* Er salutierte seinem Cousin mit seinem Getränk. „Du bist der Neue. Vielleicht dachte sie, du würdest sie mit Ausflüchten davonkommen lassen."

Das war wohl nach hinten losgegangen. Der Detective mochte keine Geheimnisse.

„Verdammt. Und ich dachte, sie hätte mich wegen meines guten Aussehens ausgewählt." Max tauchte seine Zehen in den Teich und beobachtete, wie die neugierigen Goldfische an die Oberfläche schwammen. „Sie konnte sich dem Geständnis nicht entziehen − und ich muss sagen, es gefiel mir, ihr zu lauschen. Wenn sie nervös wird, laufen alle ihre Sätze ineinander."

Alastair grinste. Das war ihm auch schon aufgefallen.

„Wie auch immer", fuhr Max fort. „Ihre Geschichte geht so: Sie lebte früher in Cincinnati, aber ...."

Mit jedem Wort aus Max' Mund wurde Alastair wütender. Die kleine Sub war von ihrem Ex gestalkt worden. Verängstigt. Verletzt. Sie war so traumatisiert gewesen, dass sie aus ihrer eigenen Stadt geflohen war. „Wenn sie Angst vor großen Männern hat, warum hat sie dann Sam letztes Jahr gebeten, eine Session mit mir zu organisieren?"

„Sie meinte, dass es ihr für eine Weile besser ging." Max runzelte die Stirn. „Ich wette, Kassabs Entlassung aus dem Gefängnis hat sie zurückgeworfen. Ich hätte ihr dazu mehr Fragen stellen sollen."

Ja, jemand sollte tiefer graben. Alastair zügelte seinen Beschützerinstinkt. Sie hatte nicht darum gebeten, sich *ihm* anzuvertrauen; sie hatte Max gewollt. „Das kannst du das nächste Mal tun, wenn du wieder mit ihr sprichst."

„Es wird kein nächstes Mal geben." Max zog seinen Fuß aus dem Teich. „Sie gehört nicht mir. Ich habe kein Interesse an einer Sub mit so vielen Problemen, besonders nicht mit dieser Schwere. Oder an einer Frau, die weint, wenn ein Fingernagel bricht, oder die Stunden braucht, bevor sie für ein einfaches Mittagessen fertig ist." Die Verbitterung in seiner Stimme war eine Geschichte für sich.

Ja, sie kam mit Gepäck, aber der Rest klang nicht nach Uzuri – eher wie jemand anderes aus Max' Vergangenheit. Was war mit Max in Seattle passiert? Alastair runzelte die Stirn. „Ich mag eine Frau, die im Leben steht. High Heels und ein enger Rock sind ein klares Plus." Er lächelte. Selbst in High Heels kam Uzuri nicht annähernd an seine Größe heran.

„Ja, nun ... das stimmt." Max lehnte sich zurück und betrachtete ihn. „Apropos, ich habe deinen Gesichtsausdruck gesehen, als ich Z sagte, dass wir nicht nach einer festen Beziehung suchen. Zustimmung sieht anders aus."

Hier hatten wir einen Grund, warum er seinen Cousin so sehr mochte. Dem Polizisten entging kaum etwas.

Alastair nahm einen Schluck von seinem Drink und legte seine Gedanken dar: „Ich habe es genossen, von den verschiedenen Freuden zu kosten, die die Welt zu bieten hat, aber, mein Cousin und Bruder, ich bin bereit, mich niederzulassen. Ich bin bereit für eine Frau an meiner Seite." Er warf Max einen eindeutigen Blick zu. „An unserer Seite?"

„Darüber denkst du schon eine Weile nach, oder?" Max' Blick verharrte auf der glitzernden Oberfläche des Teichs, als er murmelte: „Ich verstehe das Bedürfnis, jemanden haben zu wollen, den man gern haben kann und mit dem man sein Leben teilt."

Alastair wartete.

„Seit dem College hatte ich immer langfristige Beziehungen. Ich war verheiratet. Und doch hatte ich immer das Gefühl, das etwas fehlt." Er sah zu Alastair. „Ich dachte, das fehlende Teil könntest du sein."

Eine Pause.

„Nichts fühlte sich jemals so richtig an, als die Zeit, in der wir zusammengewohnt und uns eine Frau geteilt haben."

„Geht mir auch so", sagte Alastair leise.

In dem Moment der Stille, der dieser Aussage folgte, erhob die ansässige Kreischeule in der alten knorrigen Eiche im Garten das Wort.

„In Ordnung." Max nickte. „Wir werden nach jemandem suchen, der uns beiden länger zusagt als für ein oder zwei Sessions."

„Was ist mit Uzuri? Wärst du daran interessiert, eine Session mit ihr zu spielen?"

„Ernsthaft, Cousin?" Max schüttelte den Kopf. „Sie hat Probleme."

„Ich bin mir ziemlich sicher, dass du niemanden ohne Problem finden wirst. Auch du und ich haben unsere Problemchen."

„Vielleicht. Aber es gibt Probleme und es gibt *Probleme*." Max zog die Augenbrauen zusammen. „Außerdem mag sie keine Hunde."

Alastair nahm einen Schluck von seinem Whisky, überlegte und nickte schließlich. Er genoss es, wenn sich eine Frau zurecht-machte, hatte nichts dagegen, bei Problemen zu helfen, aber er würde keine Zeit mit einer Frau verbringen, der es an Herz mangelte.

KAPITEL FÜNF

Nachdem das Meeting in Zs Wohnräumen im zweiten Obergeschoss beendet wurde, begaben sich alle auf den Weg ins Erdgeschoss.

Das Hauptthema war Uzuri gewesen.

Als Holt den anderen durch den Clubraum folgte, fühlte er sich, als hätte er ein Fass mit gemahlenem Glas verschluckt. Warum hatte Zuri ihm nichts von ihrer Vergangenheit erzählt?

Er hätte helfen können. *Um Himmels willen*, sie war oft genug für ihn da gewesen. Zum Beispiel an dem Tag, als bei einem Feuer das Gebäude über ihm eingestürzt war und er fast umgekommen wäre. Ein Feuerwehrmann war gestorben. Ein Freund von ihm. Und die weichherzige Zuri hatte sich zwei Tage bei ihm einquartiert, während Holt sich erholte – und trauerte.

Als Holt den privaten Umkleideraum der Master betrat, kam Z zu ihm.

„Alles okay, Z?" Mit der Hand auf seinem Schloss drehte sich Holt zu dem älteren Dom. Um ihn herum waren Gespräche in vollem Gang, es wurde gelacht und Schließfächer öffneten und schlossen sich.

„Ich wollte kurz über Uzuri sprechen. Sie hätte es dir gesagt.

Sie hat nach dir gesucht." Z war wie immer ganz in Schwarz gekleidet und Holt musterte ihn für einen Moment. „Ich habe extra gewartet, dass du gehst, bevor ich sie zwang, mit jemandem zu reden."

Holt erstarrte bei dem Gefühl des Verrats. „Warum, Z? Du weißt, dass wir Freunde sind."

„Ob sie es sich selbst eingesteht oder nicht, sie möchte jemanden, den sie lieben kann. Sie möchte einen Dom. Bis sie sich ihren Ängsten stellt – und diese mit Doms besprechen kann –, wird sie nicht vorankommen."

Holts Wut verblasste und er lehnte sich an das Schließfach. Er hatte noch nie jemanden kennengelernt, der bezaubernder war als Zuri, aber die Chemie zwischen ihnen war einfach nicht vorhanden. Nach einer Weile hatten sie es aufgegeben, zwanglosen Sex zu haben. Stattdessen bevorzugten sie es, Freunde zu sein.

Als Dom hatte er sie nie als *seine* Sub gesehen. *Zur Hölle nochmal.* Er hatte sie enttäuscht. „Ich hätte sie drängen sollen. Ich hätte sie nach ihrer Vergangenheit ausfragen sollen."

„Nein", sagte Z sanft. „Das war nicht deine Aufgabe. Ist es auch jetzt nicht. Das überlassen wir anderen."

Holt musterte ihn. Z, ein Psychologe und Dom, spürte auch diesen Drang, helfen zu wollen. Wenn der Besitzer des Clubs auf Abstand bleiben konnte, sollte auch Holt dazu fähig sein. „Verstanden."

Es half, zu wissen, dass Uzuri eigentlich mit ihm hatte reden wollen. „Danke für die Info."

Z nickte und ging in den Hauptraum.

Holt knöpfte sein Hemd mit einer Hand auf, entriegelte das Zahlenschloss und öffnete sein Schließfach. Zu Chaos.

Eine Flut aus Styropor strömte aus dem hohen Schließfach auf seinen Kopf und seine Schultern. „Was zum Teufel!"

Das Lachen der anderen Master hallte von den Wänden wider.

Unten im Schließfach saß eine blonde Ken-Puppe in einem

Footballtrikot. Eine verdammte Puppe. Holt schaute auf das Meer aus farbigen Styroporkugeln um seine Füße. Die Kugeln in der Größe von Tennisbällen waren orange und weiß, einige mit einem gestreiften B in orange und schwarz. Die Farben der Cincinnati Bengals.

Der Rest war Rotgold mit einem SF in Schwarz, Rot und Gold für die San Francisco 49ers. *Sein* Team. Natürlich waren diese Bälle kleiner. Golfballgröße.

Ein Knurren entkam ihm. „Dieses kleine Gör."

Mit einer Hand auf ihrem runden Bauch schüttelte Anne den Kopf. „Ich hätte Bälle zu den Gummischaben bevorzugt." Sie entließ ein gehässiges Lachen, als sie die Umkleidekabine verließ.

Holt runzelte die Stirn. Konnte sie nicht sehen, dass die Göre damit sein Team beleidigt hatte? Der Mistress musste das Sportgen fehlen.

„Was bedeuten die Bälle?" Der neueste Master – Max – kam jetzt erst in die Umkleide, gefolgt von seinem Cousin. Als Alastair zu seinem Schließfach ging, hielt Max an, um sich das Chaos genauer anzusehen. „Dekorierst du um?"

„Ganz sicher nicht."

„Farbenfroh." Mit dem Fuß stieß Raoul einen verirrten Ball zurück in das Meer aus Bällen. „Was denkst du? Rainie, Sally oder Uzuri? Oder alle drei?"

„Das war ganz sicher Uzuri", sagte Holt zu ihm. Die Puppe war ein verräterisches Indiz. „Die Cincinnati Bengals sind ihr Team."

„Uzuri? Ich bitte dich." Max schnaubte. „Dazu hat sie nicht die Eier."

Die verbliebenen Master im Raum lachten über Max' Unwissenheit.

„Mein Freund", sagte Raoul zu Max, als dieser sich abwandte, „du hast ja keine Ahnung."

Cullen kam vorbei und schlug Max auf den Rücken. „Mach sie ja nicht wütend, Kumpel. Sie wird Rache üben."

„Das kannst du aber laut sagen." Holt grinste Max an. Er würde Geld darauf wetten, dass die kleine Göre schon bald die beiden neuen Master ins Visier nehmen wird.

„Was hast du angestellt, um ihren Zorn abzubekommen, Holt?" Vances blaue Augen strahlten vor Belustigung.

„Verdammt, wir haben uns letzte Woche zum Abendessen verabredet, aber das Footballspiel, das ich sehen wollte, ging in die Verlängerung, weshalb ich zu spät kam." *So spät war es gar nicht. Verdammt.*

„Ah, daher die Anspielung auf deine eigenen Bälle." Vance grinste.

„Meine Gabi kann wirklich ein Gör sein" – Marcus schüttelte bewundernd den Kopf – „aber niemand ist so hinterhältig wie unsere kleine Uzuri."

„Wohl wahr", murmelte Holt. Wie zum Teufel hatte sie das Zahlenschloss geöffnet? Für den Moment ignorierte er die Bälle auf dem Boden und folgte den anderen aus der Umkleide.

Noch immer amüsiert von dem Streich, den die Sub dem Dom gespielt hatte, ging Max mit Holt hinter sich in den Hauptraum des Clubs.

Was ihm zuerst ins Auge fiel, war Uzuri auf der anderen Seite der Tanzfläche. Sie entdeckte Holt und Max sah den Schalk und die Belustigung in ihren Augen – eine wirklich verlockende Mischung.

Max wusste nicht, was er von seiner Reaktion halten sollte, und wandte den Blick ab, sodass ihm nun die Veränderungen auffielen. Die Andreaskreuze, Spanking-Bänke, Spinnennetze, Käfige, Pranger – jedes Gerät stand an den Wänden und wurde am heutigen Abend mit Seilen für tabu erklärt.

Auf dem Boden bildeten mehrere längere, schmale Teppiche einen Kreis, der an eine Rennstrecke erinnerte.

Die Ledersofas und -sessel und Couchtische blieben erhalten, jedoch fanden sich nun um den kreierten Bereich Matratzen, Trainingsmatten und Decken.

„Ich hätte den Shadowlands-Newsletter lesen sollen, bevor ich hergefahren bin", murmelte er zu Alastair. Oder er hätte seine Berichte schneller abarbeiten sollen, da er dann zu dem Master-Meeting rechtzeitig hier gewesen wäre.

Von Alastairs bedauernswertem Nicken zu urteilen, hatte auch er seine E-Mail nicht gelesen.

„Willkommen zu ‚Lichter aus in Rom'." Z schlenderte in die Mitte des Raumes.

Als sich die Master näherten, um besser hören zu können, bemerkte Max, dass sie alle Freizeitkleidung anstelle von Fetisch-wäsche trugen.

Z fuhr fort: „Während des Master-Abendessens im letzten Monat blieben wir bei zwei Themen hängen: wie die moderne Welt unsere Sinne überlastet, sodass unsere Wahrnehmung im Hinblick auf Selbstschutz leidet, und wie Vorurteile beeinflussen, wie wir auf andere reagieren.

Das war leider zur Normalität geworden, dachte Max. In Städten gab es zu viel Lärm, zu viele Gerüche und visuelle Über-reizungen.

Und zum Thema Vorurteile? Zum Teufel, als Polizist war es ein ständiger Kampf, die Menschen, mit denen er täglich in Kontakt kam, nicht zu stereotypisieren. Im Gegenzug wurde er in der Minute, in der er sagte, er sei Polizist, entweder als Retter oder als brutales Arschloch eingeordnet.

Z wies auf den Raum. „Heute Abend werden wir das Sehen und Hören eliminieren. Der Raum wird abgedunkelt. Nur die Notausgänge und die Toiletten bleiben sichtbar, aber werden gedimmt. Um Unfälle zu vermeiden, werden alle krabbeln. Niemand geht auf zwei Beinen. Niemand stellt sich hin."

Er wartete darauf, dass das Gemurmel aufhörte. „Stille wird herrschen. Niemand darf sprechen. Verhandeln wird nicht möglich sein, daher beschränkt sich sexuelles Spiel auf Finger und

Mund." Ein schiefes Lächeln zeigt sich bei ihm. „Es wird nicht gevögelt, Leute. Keine Spielzeuge. Penetration ist nur mit Fingern und Zungen zugelassen. Dies ist ein Spiel für die Sinne. Leichter Schmerz ist erlaubt, aber da man nicht sehen kann, ist jede Art von Impact-Play verboten."

Max zog die Augenbrauen hoch. *Interessant.*

„Für diejenigen, die in einer festen Beziehung sind, muss der Bottom Fesseln an Handgelenken und Fußknöcheln und ein Armband mit einem Anhänger tragen, das erstrahlt, wenn er sich in unmittelbarer Nähe zu seinem Top befindet. Wenn du ein lediger Top bist und einen Bottom mit Knöchel- und Handgelenksfesseln einfängst, lass ihn wieder frei. Du darfst nur mit ungebundenen Subs spielen. Ein lediger Top, der sich einen Bottom einfängt, kann ihn behalten oder freigeben."

Zwei der Master, Vance und Galen, verteilten elastische Armbänder mit Anhängern.

„Gibt es Fragen?" Als Z nur Stille empfing, fuhr er fort: „Die Bewegung wird durch Trommeln und Glocken reguliert. Wenn ihr spielt, dürft ihr damit fortfahren, bis die Glocke ertönt. Läutet sie, säubert ihr die Sub und euch selbst. Beim zweiten Glockenschlag kehren alle ledigen Bottoms zum Kreis aus Läufern zurück und krabbeln wieder los. Eine Trommel ist das Signal für die Bottoms, sich der Mitte des Raumes zu nähern."

Max schaute sich um. Also sollte sich jeder Dom irgendwo einfinden und dort bleiben. Es erinnerte an Löwen, die darauf warteten, Beute an einem Wasserloch zu machen.

„Stille wird erzwungen", sagte Z. „Wie immer gilt das Club-Safeword *Rot*, um alles zu stoppen. Jeder andere Laut wird notiert und später bestraft."

Jemand in der Menge räusperte sich. „Was ist mit der Verwendung von *Gelb*, um anzuzeigen, dass man sich etwas unwohl fühlt?"

„Nein." Der Besitzer des Shadowlands verschränkte die Arme vor der Brust. „Demnach erwarte ich, dass die Tops vorsichtiger vorgehen als sonst. Benutzt eure Sinne – insbesondere Tasten –, um zu deuten, wie sich der Bottom fühlt."

Max nickte. Interessante Lektion, wenn es darum ging, aufmerksam zu sein. *Das könnte lustig werden.* Er warf einen Blick zu Alastair und hob die Augenbrauen, um leise zu fragen, ob dies eine Team- oder Solonacht sein würde.

Alastair hielt zwei Finger hoch, um deutlich zu machen, dass er mit ihm toppen wollte.

„Um vor dem Ende des Spiels aufzuhören, einfach aufstehen und warten. Ein Kerkeraufseher wird dich zur Tür begleiten." Z nickte Marcus und Raoul zu, die beide Armladungen weißer Kleidungsstücke hielten. „Alle Tops tragen Togas. Switches tragen eine Toga, wenn ihr toppen wollt."

Max hätte fast gelacht, als sich eine unbehagliche Stille im Raum ausbreitete. Keiner der Subs wollte derjenige sein, der fragt.

Zu seiner Überraschung meldete sich Uzuri zu Wort: „Master Z? W-Was tragen die Bottoms, Sir?" Ihre sanfte Stimme war zaghaft – aber süß. So verdammt süß.

Belustigung funkelte in Zs Augen. „Ich dachte, ich würde es euch heute Abend leicht machen, Sub. Ihr krabbelt nackt. Wenn euer Haar länger als sieben Zentimeter ist, flechtet es. In den Umkleidekabinen liegen Zopfgummis und andere Haarutensilien dafür bereit."

Die Glocke läutete durch den Clubraum.

Uzuri drängte ihren erleichterten Seufzer zurück, als der Dom, der sie eingefangen hatte, ihre Brust mit einem genervten Grunzen losließ.

Gott sei Dank war diese Runde vorbei. Alle vorherigen in Master Zs verrücktem Spiel waren ziemlich lang gewesen; diese hatte erst wenige Minuten zuvor begonnen.

Natürlich mochte es Master Z Psychospielchen zu spielen – und er hatte ihre Dankbarkeit.

Ihre ersten drei Doms hatten Spaß gemacht, aber dieser Typ wusste nicht, wie man Körpersprache deutete – oder es war ihm einfach egal. Ihre Nippel brannten von seiner Folter, und ein paar Mal hatte sie seine Hände tatsächlich von sich geschoben. Er kannte die Bedeutung von leichtem Schmerz nicht.

Er klatschte ein paar Feuchttücher in ihre Handfläche und legte ihre Hand auf seinen Schwanz. Damit sie ihn säubern konnte?

So dankbar, Master Z. Bei einigen Doms würde sie alles tun, um ihnen zu gefallen; bei anderen würde sie es bevorzugen, deren Eier in Gelee zu verwandeln.

Rasch reinigte sie ihn – obwohl es nicht nötig war – und dann blieb ihr kaum genug Zeit, seine Berührung von ihrer Haut abzuwischen, bevor der zweite Glockenschlag ertönte.

Nachdem sie die Tücher weggeworfen hatte, kroch sie so schnell sie konnte davon. Das schwache Leuchten der Sockelleisten reichte kaum aus, um sie auf die Straße aus Teppichen zurückzuführen. Sie spürte die samtweiche Beschaffenheit des Läufers unter ihren Händen und ging nach rechts, um dem Verkehrsfluss zu folgen. Der Soundtrack von *Gladiator* übertönte die Atemgeräusche und das Krabbeln. Regelmäßig krachte sie auf der Strecke gegen die anderen Subs. Die Doms blieben an Ort und Stelle und warteten darauf, dass sich neue Subs in die Nähe ihrer Höhlen wagten.

Master Z kam wirklich auf die seltsamsten Ideen.

Die Trommel erklang nicht, also kroch sie weiter und immer weiter.

Hatte Master Z einen Plan, wenn es darum ging, wann er die Runden startete und beendete? Schließlich konnte er den Raum sehen, da er und die hinterhältigen Kerkeraufseher Nachtsichtbrillen trugen. Wenn sie ehrlich war, beruhigte sie das. Anscheinend galt die *Reden nicht erlaubt*-Regel nicht für die Aufseher, da

Master Raoul einen Dom dafür getadelt hatte, zu grob gewesen zu sein, und Master Marcus einen Sklaven sagte, er solle aufhören, Zeit zu schinden und die Straße endlich verlassen.

Ein Trommelwirbel ertönte. Zeit für die Subs, sich der Mitte des Kreises zu nähern, wo die Doms lauerten.

Uzuri zögerte. Der letzte Dom hatte ihre Begeisterung etwas zerschlagen. Zumal ihre Knie langsam wehtaten. Mit einem Seufzer kroch sie weiter, krachte gegen eine Matratze und krabbelte um sie herum. Dabei streifte sie jemanden und erschrak. Sie erstarrten beide. Ihre Schulter rieb gegen die *nackte* Hüfte eines Mannes, sodass sie annehmen musste, dass es sich um einen weiteren Bottom handelte.

Ohne zu sprechen, wandte sie sich ab und krabbelte weiter.

Ihre Hand stieß gegen eine andere Matratze und sie wollte sich gerade zurückziehen, als sich Finger um ihr Handgelenk schlossen. Wie ein Raubtier, das auf der Lauer lag, hatte ein Dom die Vibrationen wahrgenommen und angegriffen. Seine Hand war groß – *riesig!* – und ihr Herz setzte einen Schlag aus.

Aber im Dunkeln konnte sie seine Größe nicht erkennen, konnte nicht sagen, ob er wirklich groß war. Einige kleine Männer hatten große Hände, oder? Und obwohl er sie entschlossen auf die Matratze zog, war sein Griff kontrolliert – nicht schmerzhaft oder gemein wie bei dem letzten Dom.

Als sie sich in der Mitte der Matratze befand, drückte er ihr Handgelenk leicht, sodass sie stoppte, aber auf ihren Händen und Knien blieb. Ohne von ihrem Handgelenk abzulassen, streichelte er sinnlich über ihren Rücken, seine Handfläche hart und schwielig.

Finger legten sich unter ihr Kinn. Eine Hand fand ihre Wange und ein Daumen strich über ihre Lippen. Diese Hand war weich und geschmeidig.

Sie erstarrte und ihr stockte der Atem. Eine Hand auf ihrem Rücken, eine Hand, die ihr Handgelenk hielt – und eine auf ihrem Gesicht? *Zwei* Doms? Uzuri konnte sie nicht sehen. Ihr Herzschlag beschleunigte sich. Als die Angst sie fest packte, entkam ihr ein Wimmern.

Warmer Atem wehte über ihr Ohr. „Shh, shh, shh." Sanft streichelte er ihre Wange und sie erkannte, dass er versuchte, ihr zu helfen, der Bestrafung von Master Z zu entgehen.

Die Hand des anderen Doms ruhte auf ihrem Rücken, während er darauf wartete, dass sie sich entspannte.

Sie holte langsam Luft. Die beiden versuchten nicht, ihr Angst zu machen. Ganz im Gegenteil. Ihre Muskeln entspannten sich und sie senkte den Kopf. *Okay.*

Als hätte sie laut gesprochen, begannen sie, sich zu bewegen. Langsam, behutsam und leise erforschten sie ihren Körper. Einer fuhr mit den Händen über ihr Gesicht, ihre Schultern und Arme. Der andere rieb ihre nackten Füße und wanderte mit einer rauen Handfläche über ihre Waden. Er war derjenige, der ihre Hüften packte und sie auf ihren Rücken drehte.

Sie schnappte bei der verletzlichen Position nach Luft. Sie war blind und konnte die Größe und Stärke wahrnehmen, und wie sie über ihr schwebten. Instinktiv spannten sich ihre Muskeln an.

Wieder warteten sie, Hände auf ihr, aber unbeweglich. Sie kämpfte ihre Angst nieder.

Auf ein stilles Signal zwischen ihnen hin starteten sie erneut.

Der Dom, der neben ihrem Oberarm kniete, bewegte warme Hände über ihre Schultern, über ihr Schlüsselbein. Sie hob ihre Hände, um ihn zu berühren, doch er drückte ihre Arme in einem offensichtlichen Befehl an ihre Seiten zurück. Nur die Doms waren erlaubt, sie zu berühren.

Und das tat dieser Dom auch. Seine Hände fanden ihre Brüste, kneteten und streichelten. Als er jedoch einen missbrauchten Nippel zwischen seinen Fingern rollte, zuckte sie zusammen.

Er hielt inne.

Sie fühlte sich verletzlich und versuchte, sich aufzusetzen. Mit einer Hand auf ihrer Schulter hielt er sie fixiert. Im nächsten

CHERISE SINCLAIR

Moment wirbelte eine Zunge so zaghaft um ihre linke Brustwarze, als würde er damit den Schmerz an dieser Stelle lindern wollen.

Die Knospe reagierte, richtete sich auf, und er neckte sie mit seiner Zunge, bis sich tatsächlich Begierde in ihr erhob. Als seine Hand ihre andere Brust umfasste, erkannte sie, dass seine Hände riesig waren.

Auch der Dom, der sie eingefangen hatte, besaß gewaltige Hände. Wie groß waren diese beiden Männer? Ein warnender Schauer lief durch ihren Körper, aber sie konnte sie nicht *sehen*, sodass ihre Angst in Schach gehalten wurde.

Der Dom mit den schwieligen Händen kniete neben ihrer rechten Hüfte und seine weiche Toga strich über ihre nackte Haut. Mit beiden Händen massierte er ihre Oberschenkel, weiter nach oben, an ihrer Pussy vorbei zu ihrer Taille, bevor es wieder nach unten ging.

Der zweite Dom blieb neben ihrer linken Schulter. Er ließ ihre Brüste los und ... küsste sie. Seine Lippen waren weich, sanft und so erregend. Er neckte leicht ihren Mund und knabberte an ihren Lippen, bis sie sich ihm öffnete. Seine Zunge nahm Besitz von ihr, als sich seine langfingrige Hand unter ihrem Kinn und entlang ihres Kiefers bewegte, um so den Kuss zu kontrollieren.

Als seine Wange über ihre strich, spürte sie einen kurzen, getrimmten Bart. Jeder Atemzug brachte ihr den Duft eines würzigen Zitrus- und Vetiver-Aftershaves. Fühlte sich sein Kuss vertraut an?

Sie versuchte, zu denken, musste aber zugeben, dass die Aufmerksamkeit von zwei Doms doch etwas schwindelerregend war. In der völligen Dunkelheit wurde sie von vier Händen berührt. Sie wusste nicht, wo die Männer sie als nächstes betören würden. Sie wusste nicht, was sie als nächstes tun würden. Das Gefühl, keine Kontrolle zu haben, erschütterte sie. Und machte sie heiß.

Als ihre Mitte unerwartet mit Erregung überschwemmt wurde, wand sie sich unter den Männern.

Die schwieligen Hände des ersten Doms – der Mann, der sie eingefangen hatte – legten sich in unausgesprochener Dominanz um ihre Oberschenkel, und sie zwang sich, still zu halten. Als er Küsse auf ihrem Becken verteilte, spürte sie die Stoppeln, die nach einem Arbeitstag so typisch für einen Mann waren – rau und sexy. Ihr Bauch bebte und seine Lippen formten an ihrer Haut ein Grinsen.

Der Dom mit den Händen auf ihren Hüften lehnte sich über sie und drückte sie mit dem Rücken in die Matratze. Und irgendwie war das Gefühl, auf diese Weise festgehalten zu werden, nicht beängstigend, sondern ... berauschend.

Die Glocke läutete nicht, und die Musik war weiterhin zu hören, als die beiden Doms mit ihr spielten. Und sie genossen ihre Zeit mit ihr.

Sie genießen mich.

Dom-Bart knabberte an ihrem Ohr und am Hals, und Gänsehaut formte sich an ihren Armen. Als er über ihre Brustwarzen leckte, war seine Zunge heiß und nass.

Dunkles Verlangen summte direkt zu ihrer Pussy.

Als Reaktion darauf küsste sich Dom-Geiselnehmer von ihrem Bauch über ihren Venushügel nach unten und rieb sein Kinn direkt über ihre Schamlippen. Er schob ihre Beine etwa zwanzig Zentimeter auseinander. So verdammt gemächlich leckte er von ihrer Hüfte über ihren Oberschenkel und näherte sich ihren Schamlippen.

Sie sog scharf die Luft ein. Das Wachsen hatte ihre Haut so viel empfindlicher gemacht. Es gab keine kleinen Pickelchen, wie das so oft nach der Rasur der Fall war, sodass seiner Zunge und seinen Lippen keine Hürden in den Weg gelegt wurden. Jedes Nervenende fühlte sich extrem entblößt an und sie spürte, wie sie mit jeder Sekunde feuchter wurde.

Seine Zunge kam in Kontakt mit ihren inneren Schamlippen.

Zu intim. Ganz von allein schlossen sich ihre Beine.

Sanft knabberte er an der Innenseite ihrer Oberschenkel. Eine Verwarnung.

Sie erstarrte und ihr Atem stockte, als sie darauf wartete, bestraft zu werden.

Der Schmerz kam nicht. Stattdessen spreizte er ihre Beine wieder auseinander. Seine warmen, kontrollierten Atemzüge strömten über ihr Geschlecht, und dann kam die Kälte, als er sich zurückzog. Sein kraftvoller Griff fixierte ihre Hüfte, während seine andere Hand ihre Pussy bedeckte. Sie zuckte überrascht zusammen, wurde aber in ihrer Bewegung gestoppt.

Und schließlich hatte sie es mit zwei Doms zu tun.

Als sie gezuckt hatte, hatten sich die Hände von Dom-Bart um ihre Arme geschlossen und so ihre obere Hälfte eingeschränkt. In einer Warnung knabberte er an ihrer Schulter.

Sie kämpfte gegen das instinktive Bedürfnis an, die Flucht zu ergreifen, und schaffte es, liegen zu bleiben, während ihr Herz gegen ihren Brustkorb hämmerte und ihre Haut sich auf eine Weise erhitzte, die ihr neu war. Die Doms agierten so kontrolliert, sodass sie sich fallen lassen konnte und in das Subspace tauchte, das ihr bisher vorenthalten worden war.

Dom-Geiselnehmer schob einen Finger zwischen ihre Schamlippen, und sie keuchte bei der intimen Erkundung. Als wäre er nicht besorgt, von der Glocke unterbrochen zu werden, glitt er mit seinem Finger durch ihre Spalte nach oben zu ihrer Klitoris, ohne das Nervenbündel jemals zu berühren. Er hielt sie fest und neckte die Klitoris, bis sie anschwoll. Danach glitt er immer wieder zu ihrem Eingang, zurück zu ihrer Klitoris, erneut nach unten, bis ihre gesamte Pussy heiß kribbelte und sich immer empfindlicher anfühlte.

Dom-Bart hielt ihre Oberarme fest und verstärkte so das Gefühl, von ihnen gefangen genommen worden zu sein, während er ihre Brüste küsste und leckte. Er wechselte von rechts nach links, schenkte beiden Nippeln die Aufmerksamkeit, nach der sie sich sehnten. Sanft saugte er die Knospen in seinen Mund, da er sich offensichtlich daran erinnerte, wie empfindlich sie waren.

Ihre Brüste fühlten sich heiß und geschwollen an, die Brustwarzen heiß und wund.

Dom-Geiselnehmer packte ihre rechte Hüfte und machte sich weiter daran, ihre Pussy zu betören, startete aber mit einem Kuss auf ihren Venushügel.

Als sich seine Lippen tiefer bewegten, hielt sie den Atem an. Verdammt langsam fand er mit der Zunge die Vorhaut ihrer Klitoris.

Oh, mein Gott, was für ein Gefühl!

Sie versuchte, sich zu bewegen und hörte Dom-Bart an ihrer Brust glucksen. Sein Griff jedoch blieb fest. Dominierend. Er presste sie weiterhin auf die Matratze. Hilflos und der Gnade von *zwei* Doms ausgeliefert. Und doch wuchs ihre Erregung. Sie wuchs, bis sie vor Verlangen nach ihnen bebte. Ihre Oberschenkel zitterten und sie hob ihnen ihr Becken entgegen, flehte sie so um mehr an.

Sie spürte das leise Lachen von Dom-Geiselnehmer, aber die Warnung folgte, indem er den Griff an ihrer Hüfte festigte, bis sie wieder still lag. Der Stoff seiner Toga glitt über ihre Hüfte und ihren rechten Oberschenkel, als er sich ihr unaufhörlich näherte. Ohne Eile bewegte sich sein Mund nach unten ... und seine Zunge strich direkt über ihre pochende Klitoris.

Oh! Glühende Lust tanzte durch ihren Körper.

Indessen massierte Dom-Bart ihre linke Brust und saugte hart an ihrer missbrauchten rechten Brustwarze.

Oh, mein Gott! Der elektrisierende, erotische Schmerz schoss direkt auf ihre Klitoris zu und sie keuchte.

Als Dom-Bart den Kopf hob, streifte seine Toga ihre untere Brust und ihren Bauch.

Kühle Luft wehte über ihre nasse Brustwarze, sodass sich die Knospe immer mehr aufrichtete.

Dom-Bart bewegte seine Hände; eine landete auf ihrer

rechten Brust, die andere hielt ihren Oberarm, um sie für alles, was sie tun wollten, an Ort und Stelle zu halten.

Die Mischung aus Erregung und Nervosität führte zu einem Lustschauer, der ihren gesamten Körper durchschüttelte.

Dom-Geiselnehmer umkreiste ihre Klitoris mit seiner Zunge. Er hielt sie still, drang dann langsam mit zwei Fingern in sie hinein und füllte sie.

Die Wände ihres Geschlechts klammerten sich an die beharrlichen Eindringlinge. Als Dom-Geiselnehmer in sie stieß und weiterhin ihre Klitoris leckte, wurden die Empfindungen immer überwältigender. Dann hörte sie sich wimmern.

Dom-Bart lachte nahezu lautlos. Er schloss seinen Mund um ihre Brustwarze und saugte, während Dom-Geiselnehmer dasselbe mit ihrer Klitoris tat. Beide saugten lang und hart. Und hörten nicht auf.

Oh, oh, oh! Die rücksichtslosen Finger fuhren in einem stetigen Rhythmus in sie, sodass die exquisite Qual mit jeder Sekunde unerträglicher wurde. Sie traf auf den Abgrund und taumelte, als sich der Druck aufbaute, aber sie konnte nicht ... konnte nicht ...

Dom-Geiselnehmers Mund um ihre Klitoris ging jedoch unerbittlich vor.

Oh Gott! Das unmögliche, unaufhaltsame Vergnügen detonierte in ihrem Kern und die Lustwellen schossen nach außen.

Dom-Bart legte seine Hand auf ihren Mund und unterband so ihren Schrei.

Als sie sich von dem Orgasmus krümmte und sich wand, hielt Dom-Geiselnehmer sie an Ort und Stelle, ohne seine Attacke auf ihre Klitoris und ihre Pussy zu beenden, um ihr auch die letzte ekstatische Welle zu entlocken.

Langsam beruhigte sich ihr bebender Körper.

Ihr Herz pochte wie wild. Sie lag noch immer auf dem Rücken, und da sie von der Erlösung vollkommen lahmgelegt war, konnte sie im Moment nichts anderes tun, als an die dunkle Decke zu starren.

Nach einer Weile erkannte sie, dass die Doms sie ... streichelten. Die sanften Berührungen ihrer großen Hände fühlten sich an, als hätten sie genauso viel Befriedigung aus der Session gezogen wie sie. Sie hatte sich noch nie so wertgeschätzt gefühlt. Nur war es etwas beunruhigend, dass sie sich ihnen so nahe fühlte. Sie wusste ja nicht mal, wer sie waren, und doch wollte sie sich in deren Arme werfen und sie nie wieder loslassen.

Die Glocke läutete, einmal, was darauf hinwies, dass sie sich säubern sollten.

Uzuri hatte Mühe, sich aufzusetzen ... und wurde sogleich wieder von Dom-Geiselnehmer auf der Matratze fixiert.

Dom-Bart riss eine Packung mit Feuchttüchern auf, wischte ihr die Brüste ab und setzte so ihre Nippel in Brand.

Und obwohl sie sich dabei wand und quietschte, reinigte Dom-Geiselnehmer auch ihre Pussy. Nachdem sie fertig waren, half er ihr in eine sitzende Position. Eine Hand positionierte er auf ihrem Rücken, um sicherzustellen, dass bei ihr alles in Ordnung war.

Unerwartet füllten sich ihre Augen mit Tränen, und ihre Atmung veränderte sich. Nach dem grausamen Dom hatte sie sich verloren gefühlt, hatte sich dumm gefühlt und hinterfragt, was sie überhaupt in einem BDSM-Club zu suchen hatte. Aber ... diese beiden waren alles, wonach sie sich gesehnt hatte, als sie zum ersten Mal gemerkt hatte, dass sie unterwürfig war. Erfolglos versuchte sie, ein Schluchzen herunterzuschlucken.

„Shhh." Obwohl die Warnung sehr leise bei ihr ankam, konnte sie hören, wie tief Dom-Barts Stimme war. Seine Hand streichelte ihr Gesicht, fand die Rinnsale der Tränen auf ihren Wangen und hielt inne. Mit einem tiefen, tröstenden Laut setzte er sich hinter sie und zog sie an sich, sodass ihr Rücken an seiner harten Brust ruhte. Seine Arme schlossen sich vor ihren Bauch in einer festen, warmen Umarmung, die die Leere in ihr ausfüllte.

Nach ein paar Sekunden ergriff Dom-Geiselnehmer ihre Hand und legte ein feuchtes Tuch hinein. Als sie zögerte und sich nicht sicher war, was sie tun sollte, gab er ihr seine linke Hand. *Verstanden.* Sie sollte seine Hände abwischen.

Ihr Herz flatterte, und sie lächelte. Auch ohne Worte kam seine Dominanz laut und deutlich bei ihr an, und alles in ihr reagierte. Es gab nichts, was sie mehr wollte, als seiner Anordnung nachzukommen. Sie wollte sich nützlich und gebraucht fühlen. Sie wollte dienen.

Bodenlose Glückseligkeit erhob sich in ihr, als sie sich darauf konzentrierte, eine Hand und dann die andere zu reinigen. Als sie fertig war, drückte sie ihm Küsse auf den Handrücken.

Ein befriedigtes Summen war ihre Belohnung, zusammen mit einem verheerenden, gierigen Kuss, der ihr ein besseres Gefühl gab als so mancher Sex aus ihrer Vergangenheit. Der Duft seines Aftershaves war wie ein Spaziergang durch einen Wald im Frühling. Und so männlich.

Er zog sich langsam zurück, seine Hand noch immer auf ihrem Gesicht. Nachdem er ihr ein weiteres Tuch in die Hände gedrückt hatte, zog er sie aus Dom-Barts Umarmung und drehte sie um.

Da sie wusste, was diesmal zu tun war, griff sie nach Dom-Barts Händen und reinigte sie. Er hatte weniger Schwielen als der andere Dom, aber seine Hände waren größer, mit langen Fingern wie bei einem Künstler. Mit ihrem Herz bis zum Überfluss gefüllt, küsste sie am Ende noch seine Finger und rieb ihre Wange an der Handfläche, die auf ihrem Gesicht lag.

Als der zweite Glockenschlag ertönte, nahm er ihr Kinn zwischen Daumen und Zeigefinger und gab ihr einen süßen und so sinnlichen Kuss, bei dem sie regelrecht dahinschmolz. Dann verteilte er erregende Küsse auf ihrem Hals und ihrer linken Schulter. Dort kamen auch seine Zähne zum Einsatz, auf eine Weise, die sogar an Schmerz grenzte.

Sie erschauerte und ihr Verstand schaltete ab.

Als er ihre Schulter ein letztes Mal küsste, entließ sie zittrig den Atem.

Er lehnte sich zurück und ein Klaps auf ihren Arsch von Dom-Geiselnehmer schickte sie auf den Weg.

Nicht ganz sicher, was hier gerade passiert war, kroch sie wieder auf die Teppichstraße. Würde sie jemals herausbekommen, wer die beiden waren?

Für eine ganze Weile kreiste sie mit den anderen Subs, und dann ... gingen die Lichter an.

Das Spiel war vorbei.

Das Spiel war vorbei. Alastair erhob sich und überprüfte, ob ihn die verdammte Toga überhaupt bedeckte. Er war so entblößt, wie er es in einem Kilt wäre. Standen die Schotten auf eine kühle Brise?

„Wir müssen uns in der Nähe des Ausgangs zur Damenumkleide positionieren", sagte er zu Max. Als die Mitspieler aufstanden, sich streckten und mit anderen plauderten, ging er mit seinem Cousin zur Umkleide. Andere Mitglieder zogen in Richtung des Essens- und Getränkebereichs, wo Galen und Vance Wasser verteilten.

Unauffällig scannte Alastair den Raum und versuchte, die Sub zu finden, mit der sie als letztes gespielt hatten. Die ersten vier Frauen, die sie zu sich gezogen hatten, waren nicht unbefriedigend gewesen, aber diese letzte ... war etwas Besonderes. So verdammt empfänglich. Und obwohl sie offensichtlich schüchtern war, hatte sie seine Hände geküsst und dann ihr Herz und ihre Seele in einen Kuss mit ihm gelegt.

Ihre Tränen hatten ihn getroffen. Als er merkte, dass sie weinte, hatte er Max mit seinen nassen Fingern berührt. Sein Cousin hatte sofort verstanden. Eine Sekunde später hatte Max auf sein Bein getippt. Ein schnelles Tippen und drei ausgedehnte. In den Morse-Code-Abkürzungen, die sie schon als Jungs verwendet hatten, stand das für ein J, das bei ihnen *Ja* bedeutete.

In diesem Fall hatte Max damit sagen wollen: *Die Sub müssen wir uns nachher genauer ansehen.*

Alastair musterte die Frauen, an denen sie vorbeikamen. Die Sub, die sie wollten, war von durchschnittlicher Größe, kurvenreich, mit vollen Brüsten und einem knackigen Arsch. Wie das der anderen war ihr Haar geflochten gewesen und der Zopf hatte es nicht auf ihre Schultern geschafft. Lockiges Haar.

„Verflucht sei Z", murmelte Max.

Als sie die leere Tanzfläche überquerten, sah Alastair seinen Cousin verwirrt an. „Was meinst du?"

„Er hatte Recht. Schon wieder. Mir war nicht bewusst, wie sehr ich mich auf meine Augen verlasse."

„Was bedeutet, dass du bezweifelst, dass du sie erkennen würdest."

„Richtig. Was ist mit dir? Du bist hier schon länger Mitglied. Hast du sie erkannt?"

„Nein." Alastair lächelte. „Deshalb habe ich sie markiert."

„Du hast was?"

„Da sollte ein netter Knutschfleck auf ihrer linken Schulter sein."

„Gut gemacht, Doc." Als sie die Umkleide der Frauen erreichten, warf Max einen Blick auf die Menge, die sich im Essensbereich eingefunden hatte. „Willst du auskundschaften oder die Position halten?"

„Auskundschaften. Dann kann ich uns gleich Wasser holen."

Links neben der Tür lehnte sich Max mit einer Schulter an die Wand, sodass er die Mitglieder genau betrachten konnte, die an ihm vorbeikamen. „Ich nehme auch gerne ein paar Chocolote-Chip-Cookies." Er beäugte die ersten beiden Subs.

Sie bemerkten seine intensive Art, in der er sie anstarrte, sodass sie stehen blieben und ihm nervöse Blicke zuwarfen.

Alastair schüttelte den Kopf. Wenn er nicht lächelte, konnte sein Detective-Cousin sogar einen eiskalten Killer nervös machen. „Versuche doch bitte, die Subs nicht zu erschrecken, Max."

Als Max ihm einen amüsierten Blick zuwarf, entspannten sich die beiden Frauen und setzten sich wieder in Bewegung.

Alastair ließ Max zurück und durchquerte den Raum zum Snack-Bereich. Er musterte jede Frau, an der er vorbeikam, und selbst dann hätte er sie beinahe übersehen – denn im schwachen Licht des Shadowlands war sein Knutschfleck auf ihrer braunen Haut kaum zu erkennen.

Uzuri?

Sie hatten mit Uzuri gespielt. Also wenn das keine Überraschung war.

Wie immer machte sie einen großen Bogen um ihn, sobald sie ihn entdeckte. Anscheinend hatte sie keine Ahnung, dass er und Max in ihrer letzten Session die Doms gewesen waren.

Er drehte sich um, fing Max' Blick ein und wies so unauffällig wie möglich auf die gemischtrassige, kleine Sub.

Max folgte seinem Blick, blinzelte überrascht, dann verdunkelte sich sein Gesichtsausdruck und ... er schüttelte den Kopf. *Nein.*

Das wiederum überraschte Alastair kein bisschen und er setzte seinen Weg zu den Speisen und Getränken fort. *Uzuri.* Die Erkenntnis, dass jemand sie verletzt hatte, wollte ihm einfach nicht aus dem Kopf gehen. Jetzt wusste er, wie leidenschaftlich und emotional sie sein konnte, sodass er umso besorgter um sie war.

Verdammte Scheiße, er wollte helfen.

KAPITEL SECHS

Am **Sonntagnachmittag, als** Max vor der Haustür von Nolan King stand, fragte er sich, warum er so ein verdammter Narr war. Heute war sein freier Tag; warum zum Teufel spielte er also Polizist?

Weil er nicht aufhören konnte, sich Sorgen um die beiden Waisenkinder zu machen, die heute von einer Frau betreut wurden, die nicht einmal Hunde mochte. Erst im letzten Sommer war die drogenabhängige Mutter der Jungs gestorben, und sie brauchten keine weiteren Traumata in ihrem Leben.

Er wollte sicherstellen, dass es ihnen gut ging. Das war alles.

Max klingelte an der Tür der Kings und hörte, wie das Lied *The Yellow Rose of Texas* im Haus spielte, sodass er nicht anders konnte, als zu lachen. Texaner waren wirklich wahnsinnig.

Je länger er darüber nachdachte, desto breiter wurde sein Grinsen. Er musste herausfinden, wer Kings Türklingel programmiert hatte. Das Geld wäre es ihm wert, um Alastairs Gesichtsausdruck zu sehen, wenn deren Türklingel *God Save the Queen* spielte. Der Brite würde ausflippen.

Nur zum Spaß drückte Max erneut auf die Klingel.

Kleine Füße polterten auf der anderen Seite und schon wurde die Tür aufgerissen.

„Hey. Es ist Max!" Grant, Kings schon bald adoptierter Siebenjähriger, versuchte es mit einem kühlen Ton, doch konnte er sein Grinsen nicht lange zurückhalten.

„Max!" Der jüngere Connor krachte mit seinem ganzen Gewicht gegen Max' rechtes Bein, klammerte sich dort fest und strahlte zu Max auf. „Ich wusste nicht, dass du heute kommst."

„Ich wollte Nolan etwas vorbeibringen." Vor ein paar Monaten hatte Alastair die Jungen zu ihren Interaktionen mit einem inkompetenten Jugendamtmitarbeiter befragt. Max hatte eine Kopie der unbearbeiteten DVD mitgebracht, die die Jungs zeigte, wie sie davor und danach mit Alastair gespielt hatten. Die Kings würden die Aufnahmen sicher genießen, was ihm eine Ausrede für einen Besuch gegeben hatte. „Könnt ihr ihn für mich holen?"

Grant schüttelte den Kopf. „Er ist nicht hier."

„Er und Beff haben ein Date", erklärte Connor feierlich.

„Connor, Grant!" Die melodische Stimme kam aus dem Wohnzimmer. „Ich weiß, dass euch gesagt wurde, die Tür nicht ohne einen Erwachsenen zu öffnen. Was ist, wenn jemand Böses vor der Tür wartet?"

Als die hübsche Sub das Foyer betrat, versuchte Max, zu vergessen, wie süß sie unter seinen Händen gebebt hatte. Unter seinen Lippen. Wie sie seine Finger geküsst hatte.

„Ich habe zuerst nachgesehen, Zuri." Grant zeigte auf ein Fenster neben der Tür, durch das die Identifikation eines Besuchers möglich war. King hatte sein Haus mit Bedacht entworfen. „Es ist Max!"

Als Uzuri Max sah, erstarrte sie und trat einen Schritt zurück. „Hallo."

Connor, der sensibel auf Körpersprache reagierte, runzelte die Stirn. „Max ist kein böser Mensch."

Nein, *er* war das nicht. Aber was war mit *ihr*? Wenn sie keine

Haustiere mochte, standen kleine energische Jungen mit lauten Stimmen wahrscheinlich noch weiter unten auf ihrer Liste. Connor umarmte gerne – und hatte stets Erdnussbutter, Schlamm oder Gelee an den Händen. Wäre das nicht schlimmer als Fell auf der Kleidung? Was würde sie tun? „Hallo. Wann wird Nolan wieder hier sein?"

Sie warf einen Blick auf eine Uhr. „Jederzeit."

„Ich habe etwas für ihn. Ich werde einfach warten." Und in der Zwischenzeit würde er sicherstellen, dass die Kinder in Sicherheit waren.

„Aber –" Ihr Gesichtsausdruck sprach von Bestürzung. Solange sie kein Pokerface auflegte, war sie nicht schwer zu lesen. Gestern im Club hatte ihr Körper auch ohne Licht jede Emotion telegraphiert. *Verdammt*, das hatte ihm gefallen.

„Es ist okay, Zuri", sagte Grant. „Nolan sagt, Max darf uns besuchen. Er arbeitet mit Mr. Dan."

„Du bist *Polizist*?" Dass sie errötete, war einfach bezaubernd. „Ich meine … in der Strafverfolgung?"

Max nickte. „Jep. Hast du einen" – *sag nicht Mord, Drago* – „ein gestohlenes Fahrrad zum Auffinden?"

Connor nahm ihre Hand, als hätte er es schon oft getan. Andererseits hatte Connor diese Art von Persönlichkeit. „Können wir unsere Geschichte weiter lesen?"

„Äh …" Ihr Blick zu Max sagte, dass sie ihn aus dem Haus haben wollte.

„Ich werde auf Abstand bleiben."

„Bitte, Zuri?" Connor sah sie aus flehenden Augen an.

Ihr Seufzer klang resigniert. „Oh, okay."

Max hätte fast gelacht. Niemand war immun gegen Connors Hundeaugen.

Grant nahm ihre andere Hand. Interessant, dass sich der zurückhaltende Junge so wohl mit ihr fühlte. Als sie sich im Wohnzimmer auf die Couch setzte, krabbelte Connor direkt auf ihren Schoß und Grant kuschelte sich an sie, so wie er es auch bei Beth machte.

Max ließ sich auf einem Sessel gegenüber von ihnen nieder und lächelte, als er sah, dass das Buchcover eine Ente zeigte, die von anderen seiner Art umgeben war.

Sie las ihnen eine Seite vor und dann zog Connor an ihrem T-Shirt. „Ich will die lustigen Stimmen. Wie du es vorhin gelesen hast."

Obwohl sich ihr braunes Gesicht vor Scham verdunkelte, hielt sie ihren Blick fest auf das Buch gerichtet. „Okay." Sie las weiter und jedes Tier bekam eine einzigartige, urkomische Stimme.

Als Mr. Mallard mit einem New Yorker-Dialekt und einer düsteren Stimme daherkam, musste Max lachen.

Grant warf ihm ein Grinsen zu, und Connor kicherte.

Hin und wieder hielt Uzuri inne und bat Connor, die Buchstaben eines Wortes vorzulesen, Grant indessen ließ sie das ganze Wort sagen. Dann las sie weiter.

Die kleine Sub war eine verdammt gute Vorleserin und Lehrerin. Max runzelte die Stirn. Abgesehen von seiner Anwesenheit schien sie sich sehr wohlzufühlen und ihre Zeit mit den Jungen zu genießen. Sie hatte den Kindern offensichtlich schon genug Bücher vorgelesen, dass sie ihre eigene Routine hatten. Ihre Geduld war nicht vorgespielt, um Max zu täuschen.

Sie mochte die Jungs. *Seine* Jungs. Vielleicht gehörten sie den Kings, aber er betrachtete sie auch als seine.

Er musste zugeben, dass sie damit einige Punkte hinzugewonnen hatte.

Als er erkannte, dass er Punkte verteilte, wie es die Frauen taten, die er im letzten Monat in einer Bar belauscht hatte, schüttelte er den Kopf. *Mein Gott.* Sie hatten Männer für Sachen bewertet, die er nie für wichtig gehalten hatte. Das Gespräch hätte ihm fast Komplexe eingebracht.

Ein Lachen lenkte seine Aufmerksamkeit zurück auf Uzuri – oder *Zuri*, wie die Kinder sie nannten. Ihr Aussehen war heute anders. Sie hatte ihr krauses schwarzes Haar im Sleek Look zurückgekämmt und im Nacken einen Dutt geformt – wahrscheinlich, um mit den Jungs schwimmen zu können. Sie trug kein Make-up, und obwohl sie mit Make-up wunderschön aussah, gefiel es ihm irgendwie mehr, sie natürlich zu sehen. Ihre sanften, braunen Augen brauchten keine Hilfe, und ihre Haut war wie flüssige Schokolade, bei der ein Mann dazu verleitet wurde, zu kosten. Das brachte ihr weitere Punkte ein.

Amüsiert zog er Punkte für die Bügelfalte in ihren Shorts ab. Wer zum Teufel bügelte Jeanshorts?

Anstatt eines T-Shirts trug sie eine Bluse, aber er konnte nichts gegen den Schnitt einwenden, der ihre Kurven so perfekt in Szene setzte. Wir waren aus dem Minusbereich.

Sie war jedoch barfuß. Nachdem er mit einer Fashionista verheiratet gewesen war, wusste er, dass Maniküre und Pediküre wie ein schwarzes Loch war, das unendlich viel Geld schluckte, aber ... der rosa Nagellack an ihren niedlichen Zehen war verdammt sexy.

Und schließlich war es möglich, dass sie ihre Zehnägel selbst lackierte.

Als Connor sich näher an sie kuschelte, wusste Max, dass er sich bei der Wahl des Babysitters wohl geirrt hatte. Obwohl sie Tiere nicht mochte, schien sie doch eine Schwäche für Kinder zu haben. Die Jungen verehrten sie offensichtlich. Sicher, Kinder konnten getäuscht werden, doch Überlebende von Gewalt und Drogenmissbrauch kamen schnell dahinter, wenn jemand Zuneigung vortäuschte.

Trotzdem ... Nur weil sie eine der hübschesten Frauen war, die er je gesehen hatte, bedeutete das nicht, dass er seine Meinung ändern würde, wenn es darum ging, sie besser kennenlernen zu wollen. Dass sie Tiere hasste, war ein Deal-Breaker. Ja, die Art und Weise, wie sie die Jungs enger an sich zog, führte zu einem Kurzschluss in seinem Verstand, aber er musste unbedingt vermeiden, dass seine Hormone seine Handlungen steuerten.

Das hatte er sich im zweiten College-Jahr abgewöhnt.

Also gut. Mit dem Verstand wieder etwas klarer lehnte er sich auf seinem Sessel zurück, entspannte sich und genoss die Geschichte, so wie es die Kinder taten.

Uzuri las den letzten Absatz, als das Geräusch eines Garagentors zu hören war. Gott sei Dank waren Nolan und Beth zurück.

Max hatte seine langen Beine ausgestreckt und saß immer noch auf dem Sessel gegenüber von ihr und den Jungs. Seine Arme waren über seiner muskulösen Brust verschränkt, sodass sich die Ärmel seines T-Shirts um seinen Bizeps spannten. In dem natürlichen Licht, das durch die Terrassentüren fiel, hatten seine Augen die faszinierende Farbe von Ultramarin, so tief und wechselhaft wie das Meer, nach dem die Farbe benannt worden war. Sein Gesicht war von der Sonne dunkel gebräunt, sodass seine Augenfarbe noch deutlicher hervorstach. Sein schulterlanges Haar war gewellt und sah ... weich aus. Sie wollte es berühren.

War er einer der Doms gewesen, der letzte Nacht mit ihr gespielt hatte?

Um nicht identifiziert zu werden, hatten die langhaarigen Doms ihre Haare zurückgebunden. Der Kiefer von Dom-Geiselnehmer war rau gewesen. Obwohl Max heute glattrasiert war, könnte sie wetten, dass er nach einem langen Tag Stoppeln aufwies. Sie schaute auf seine Hände, um zu sehen, ob sie schwielig waren.

Was würde sie tun, wenn sie es waren?

Nichts.

Sie konnte immer noch nicht glauben, dass sie von zwei Doms gleichzeitig berührt worden war. Sie hätte nie gedacht, dass sie es mögen würde, aber es war so aufregend wie beängstigend gewesen. Wer auch immer sie waren, sie waren wunderbar geduldig gewesen. Und süß. Sie erinnerte sich an das tiefe „*Shhh*" des einen Doms, als sie ein Geräusch gemacht hatte. Bei der Erinnerung jagte ein Lustschauer durch sie.

„Uzuri?", fragte Grant.

Sie zuckte in die Realität zurück und traf auf Max' scharfsinnigen Blick. Er hatte sie dabei erwischt, wie sie ihn anstarrte. Sie fühlte, dass ihre Wangen heiß wurden. Im Moment war sie wirklich froh, dass sie nicht die Farbe einer Tomate annahm, wie es bei ihren Freunden stets der Fall war. Ein schwarzes Mädchen musste die wenigen Vorteile genießen, die die Welt ihr bot.

Schnell sagte sie: „Geht und sagt Hallo zu euren Eltern, Jungs."

Zwei große braune Augenpaare starrten sie an.

„Eltern. Wie eine Mutter und ein Vater, ja?" Grants Stimme klang zurückhaltend.

„Eine Mom und ein Daddy?", flüsterte Connor.

Oh, jetzt war sie aber wirklich ins Fettnäpfchen getreten. Sie wusste, dass Beth und Nolan noch nicht mit den Jungs darüber gesprochen hatten, sie etwas anderes als Beth und Nolan zu nennen. Immerhin war die Mutter der Kleinen erst letzten Sommer gestorben. Aber ... Beth hatte gesagt, sie wolle Mom oder Mommy genannt werden, hatte jedoch Angst, es zur Sprache zu bringen. Uzuri biss sich auf die Unterlippe und sah die Hoffnung in Connors Augen. Sie spürte das Zittern von Grants Hand. *Ich denke, die Zeit für langsam ist vorbei.*

Uzuri lächelte und sagte bestimmt: „Oh ja, wie Mommy und Daddy oder Mama und Papa oder Mom und Dad. Wenn ihr bereit seid, könnt ihr sie so nennen."

Mehr brauchte es nicht.

Die Jungs rannten quer durch das Haus zur Garage. Connor schrie: „Mommy, Mommy!" Grant war mit einem „Dad!" direkt hinter ihm.

Als sie sich den Blick auf Beths Gesicht vorstellte, spürte Uzuri, wie sich ihre Augen mit Tränen füllten.

Das Polster neben ihr senkte sich, als Max sich neben sie setzte und ihr ein Taschentuch anbot. „Gut gemacht, Darlin'. Ich wette, Beth heult sich auch die Augen aus."

Sie hob den Blick zu ihm ... und hob ihn und hob ihn, erneut von seiner schieren Größe in eine Schockstarre versetzt. Nach einer Sekunde flüsterte sie: „Geh weg."

„Uzuri." Sein tadelnder Ton lenkte ihre Aufmerksamkeit auf sein Gesicht und das Mitleid in seinen Augen. „Ich weiß, dass du Angst hast, aber sitze ich wirklich so nah neben dir?"

Sie schätzte den Abstand zwischen ihnen ein. Ein halber Meter. Das Problem war, dass er einschüchternd *groß* war. „Bitte geh", hauchte sie.

„Das werde ich, wenn das wirklich nötig ist. Lieber wäre es mir allerdings, wenn du den Mut findest, meine Nähe zu ertragen." Sein Blick blieb direkt auf sie gerichtet. „Baby, ich habe nicht vor, dich über meine Schulter zu werfen, dich wegzutragen und dir den Arsch zu versohlen." Er schnaubte. „Um mich dazu zu bringen, müssten wir zuerst verhandeln, und na ja, ich mag es, wenn meine Subs betteln. Was ich nicht mag, ist, meine Subs zu verletzen."

Ihre Lippen teilten sich, als er unverblümt ein Thema zur Sprache brachte, das in der Öffentlichkeit eigentlich nicht besprochen wurde.

Und er bewegte sich nicht.

Er hielt immer noch das Taschentuch und wollte sie so zwingen, ihre Starre abzuschütteln und das Taschentuch zu nehmen.

Stattdessen drehte sie den Kopf weg.

„Sei keine unhöfliche kleine Sub", sagte er sanft.

Unhöflich? Sie starrte ihn schockiert an. Sie war nie unhöflich. Unfähig, die Direktheit seines Blicks zu ertragen, schaute sie erneut nach unten. Er hatte Recht. Er hatte ihr ein Taschentuch angeboten. Er hatte ihr Komplimente gemacht und gesagt, sie hätte gut reagiert. Er saß ihr nicht zu nah.

Und was machte sie? Sie tat so, als hätte er die Pest.

„Es tut mir leid", sagte sie zu ihren Händen. *Zeige Mut, Mädchen.* Sie atmete tief ein, drückte die Schultern durch und nahm ihm das Taschentuch aus der Hand. Um sicherzustellen, dass er sich nicht bewegte, hielt sie ihren Blick auf ihn gerichtet, während sie sich die Augen trocknete. „Es tut mir leid, dass ich unhöflich war."

„Kein Problem. Ich höre Schlimmeres von meinem Partner." Seine blauen Augen verengten sich zu einer schmerzhaften Intensität. „Wie du wolltest, habe ich Z alles erzählt, was du mir anvertraut hast. Habt ihr schon miteinander gesprochen?"

„Er sagte, er wolle den Mastern – und mir –, erstmal die Möglichkeit geben, etwas darüber nachzudenken. Er will sehen, wie es bis dahin läuft. Wenn nötig, wird er handeln."

Es war überraschend einfach gewesen, sich Max anzuvertrauen, und war das nicht seltsam?

„Es ist gut, dass er dich nicht für immer ohne Ziel herumwandern lässt. Er hätte nicht so lange warten sollen." Bei ihrem finsteren Blick vertieften sich die Lachfalten neben seinen Augen. „Ich weiß, dass du nicht über deine Vergangenheit sprechen wolltest. Aber der Angst muss man sich stellen, Baby, sonst zeigt sie sich zu unangenehmen Zeiten."

„Ich –"

„Zum Beispiel, wenn dir jemand ein Taschentuch anbietet." Sein Lächeln veränderte sein ganzes Gesicht. Von kalt, kontrolliert und gefährlich zu sexy, amüsiert und charismatisch.

Sie schaffte es nicht, den Blick abzuwenden, und sie spürte, wie sich ihre Haut erhitzte.

Seine Augenbrauen hoben sich und motivierten sie zu einer Antwort.

„Ähm. Richtig. Ich werde daran arbeiten, Sir." Zwar waren sie nicht im Club, aber mit der Art und Weise, in der er Dominanz ausstrahlte, konnte sie das *Sir* nicht zurückhalten. Selbst wenn er nur neben ihr saß und redete, strahlte er eine Dominanz aus, bei der die Hitze in ihrer Mitte brodelte.

„Ich meine es ernst, Baby. Du musst an dieser Angst arbeiten. Hast du irgendwelche Ideen, was dir helfen könnte, sie zu überwinden?"

„Ich will darüber jetzt nicht reden."

„Ist das so? Dumm für dich, denn genau das werden wir tun. Beantworte meine Frage."

Dieses Mal zeichnete sich die Hitze mit Wut aus. Wie konnte er es wagen, sie so unter Druck zu setzen? Und wo zum Teufel waren Beth und Nolan? „Ich weiß nicht, was helfen würde. Ich versuche, nicht darüber nachzudenken." Sie funkelte ihn aufgebracht an. „Ich gebe mein Bestes, *nicht* an die Vergangenheit zu denken. Daran erinnert zu werden, ist –"

Ihre Erklärung wurde unterbrochen, als Connor und Grant in den Raum rannten.

„Zuri, Beff – Mommy – ist zurück!", rief Connor.

Grant hüpfte aufgeregt auf und ab. „Zuri, Nolanman hat uns *Fahrräder* gekauft!"

„Hat er das?" Uzuri erhob sich und streckte ihre Hände aus. „Na kommt. Die müsst ihr mir sofort zeigen."

Als sie den Raum verließen, sah sie ein letztes Mal über ihre Schulter. Max saß immer noch auf der Couch, die Arme auf der Rückenlehne ausgebreitet und ... er beobachtete sie.

Ein Schauer, sowohl heiß als auch kalt, lief ihr über den Rücken.

KAPITEL SIEBEN

In der goldbesetzten Weste eines Kerkeraufsehers schlenderte Alastair durch das Shadowlands und inspizierte die verschiedenen Sessions. An seinem Gürtel hatte er eine kleine Tasche für Notfälle. Der Inhalt erinnerte ihn an eine Arzttasche: Verbandschere, Mulltupfer, Alkoholstäbchen und Latexhandschuhe. Eine kleine Taschenlampe hing außen an der Tasche. Wie immer versuchte er, auf alles vorbereitet zu sein. Samstagabende im Club waren in der Regel ziemlich gut besucht.

Er stoppte am Andreaskreuz, um Olivia dabei zu helfen, ihre Sub von den Fesseln zu lösen. Noch immer im Subspace konnte die Bottom ihr eigenes Gewicht nicht tragen, also hob er sie in seine Arme und legte sie außerhalb des abgesperrten Bereichs auf eine Couch.

„Danke, Alastair." In einer schwarzen Bikerjacke und einer ebenso farbenen Lederhose und ihren kurzen, honigfarbenen Haaren, die zurückgegelt waren, sah die Mistress mehr als fähig aus. Hin und wieder brauchte jedoch jeder mal Hilfe.

„Gern geschehen."

„Ich habe noch nie mit ihr gespielt, und selbst bei dieser leichten Session ist sie tiefer abgetaucht, als ich erwartet habe."

Olivias britischer Akzent erinnerte ihn auf angenehme Weise an seine Heimat.

„Das nächste Mal wirst du es besser wissen." Nach einem Nicken fuhr er mit seiner Runde fort.

Für die nächste Stunde wanderte er durch den Club.

Er überreichte Gaze an einen Top, da er mit dem Flogger bei seinem Partner eine Wunde hinterlassen hatte, die nun blutete.

Als er ein „Rot, Rot" aus einem Sessionbereich hörte, eilte er los, aber der Dom hatte das Safeword beachtet und machte den etwas verängstigten jungen Mann los. So wie es aussah, war der Sub in Panik geraten, nur weil er gefesselt worden war.

Das kam vor.

Der Dom kümmerte sich angemessen um den Sub. *Sehr gut.*

Alastair machte einen Umweg, um sich ein Nadel-Play anzusehen, bei dem die Sub erschreckend laut war. Sie würde schreien und sobald der Dom stoppte, entschuldigte sie sich: „Es tut mir so leid, Sir. Es geht mir gut, bitte mach weiter." Die nächste Nadel kam und sie schrie erneut.

Verdammt, ihn persönlich würde sie damit wahnsinnig machen. Vielleicht sollte er ihrem Dom daran erinnern, dass Master Sessions ebenso unterbrechen konnten wie Subs. Allerdings war ihr Dom erfahren. Wenn er weitermachte, hatte er wahrscheinlich einen guten Grund.

Ein Blick auf die Uhr sagte Alastair, dass seine Schicht vorbei war. Als er sich auf die Bar zubewegte, hörte er die ätherischen Stimmen der Switchblade Symphony, die aus den versteckten Lautsprechern im Raum drangen. Er hatte vergessen, wie sehr ihm das Album *Serpentine* gefiel.

„Du hattest eine wirklich geschäftige Schicht, Kumpel." Als Barkeeper überreichte Cullen ihm einen Tanqueray Gin & Tonic. „Olivia richtet nochmals ihren Dank aus."

„Ging es der Sub danach gut?" Alastair genoss den Drink.

„Ging es. Klingt, als wäre sie tiefer abgetaucht, als Olivia erwartet hatte. Anscheinend stand ohnehin schon fest, dass die

Sub die Nacht mit zu ihr kommt. Dort ist sie in guten Händen." Cullen runzelte die Stirn. „Es wäre schön, wenn Olivia jemanden länger als eine Woche behalten würde, anstatt von Mädchen zu Mädchen zu hüpfen."

„Einige Tops ziehen es vor, sich" – Alastair grinste – „nicht an jemanden zu fesseln."

„So fühlte ich auch, bis mich ein freches Mädel angebettelt ... *angefleht* hat, sie zu heiraten und sie zu einer ehrlichen Frau zu machen." Cullen zwinkerte Alastair zu.

Cullen hatte alles gegeben, um Andrea dazu zu bringen, die Ehe mit ihm in Betracht zu ziehen, und hatte damit den Mastern viel Unterhaltung geboten. „Dich angefleht? Erbärmlich. Wo hat sie ihre Würde gelassen?"

Ein beleidigtes Keuchen kam von der atemberaubenden hispanischen Sub, die ein Bier zapfte. „Ich habe nie gebettelt." Aus ihren bernsteinfarbenen Augen sprühte Feuer, als sie den Kopf zu ihrem Dom drehte. „Du *Cabrón*, du hast *mich* gefragt. Los, sag es ihm." Obwohl sich ihre Stimme nicht erhob, schwenkte das Bier bedrohlich im Glas.

Cullens herzhaftes Lachen entlockte bei allen an der Bar ein Grinsen. „Oh, Liebes. Ich muss es ihm nicht sagen. Alastair weiß, wer von uns gebettelt und gefleht hat."

Andrea musterte ihren Verlobten misstrauisch. Als sie Alastairs Grinsen bemerkte, legte sie noch mehr Kraft in ihren Blick. „*Du*. Jeder denkt, dass dein Cousin der böse Junge ist, aber du bist mit deinem Anzug und deinem ernsten Auftreten so viel schlimmer."

„Danke. Das ist in der Tat ein Kompliment."

Ihre Augen blitzten auf. Gleichzeitig knurrte sie und hob das Glas Bier, als würde sie es gerne nach ihm werfen.

„Das würde ich nicht tun, Süße", warnte Cullen. „Ich habe diesen hinreißenden Arsch von dir schon lange nicht mehr versohlt und ..." Er hielt inne. „Es ist *wirklich* lange her. Ich bin ein Dom; ich brauche keine Ausrede, um mir etwas zu gönnen."

Er packte seine Frau, deren Augen nun weit aufgerissen waren, am Handgelenk und schnappte sich seine Spielzeugtasche aus dem Bereich hinter der Bar. „Alastair, sei so nett und kümmere dich um die Bar. Jake wird gleich kommen und für dich übernehmen."

Alastair nahm Cullens Platz ein. Als Andreas spanische Flüche abrupt abbrachen, lachte er. Der Dom hatte wahrscheinlich eine Hand über ihren Mund gelegt. Oder sie geknebelt. Die heißblütige Sub hatte ein beeindruckendes Vokabular, und trotz Cullens lockerer Persönlichkeit war er immer noch ein Dom. Die beiden führten sicher eine interessante Beziehung.

Alastair arbeitete die aktuellen Getränkebestellungen ab, froh, dass er nur einmal ein Rezept auf seinem Handy suchen musste.

„Hey, Alastair, ich dachte, du wärst heute als Aufseher und nicht als Barkeeper eingeteilt." Jake kam hinter die Bar.

„Das war ich." Alastair deutete mit dem Kinn auf den Sessionbereich rechts von der Bar. „Cullen musste eine unverschämte Sub zurechtweisen."

„Letzte Woche musste er Raoul fragen, mit was sie ihn beleidigt hatte. Es bedeutete so viel wie *sabbernde Schnecke*." Jake lachte. „Man muss die Frechen einfach lieben."

„Ich schätze ihre Vielseitigkeit sowie die Art und Weise, in der sie ihre Beleidigungen so leise an den Mann bringt." Temperament war gut; Lärm war das nicht. Vielleicht hatte er zu viel von der britischen Reserviertheit seiner Mutter geerbt. Selbst als er und Max fast das Londoner Haus abgefackelt hatten, hatte sie ihre Stimme nicht erhoben.

Und auf der weitläufigen Drago-Ranch in Colorado hielten sein Onkel und sein Vater das Volumen im Haus niedrig. Tante Gracie mit ihrem gewalttätigen Ex-Ehemann ertrug es nicht länger, Menschen schreien zu hören. Trotz dieses Handicaps war seine Tante kein Schwächling.

Nachdem er Beziehungen zu einigen schrillen Frauen gepflegt hatte, schätzte Alastair die Lautstärkeregelung.

Jake grinste. „Es gibt Tage, an denen ich denke, dass es besser ist, nicht zu wissen, als was mich meine Sub bezeichnet, wenn sie verärgert ist."

„Wo ist sie heute?", fragte Alastair. Rainie war immer eine Freude.

„Sie hat einen verwaisten Wurf Welpen aus der Klinik mit nachhause genommen." Der Tierarzt grinste. „Sobald sie entwöhnt sind, plant sie, Nolans Kindern einen zu geben, in der Hoffnung, dass es die Jungs davon abhält, Beth und Nolan um eine kleine Schwester anzuflehen. Für eine Weile." Nachdem sie mit Zs kleiner Sophia gespielt hatten, hatten die beiden Jungen entschieden, dass sie eine kleine Schwester brauchten.

Als Kinderarzt schätzte es Alastair, dass sie warteten. Nolan und Beth waren ausgezeichnete Eltern, aber eine Familie brauchte Zeit, um sich zu finden. „Guter Plan."

Jake füllte fachmännisch einen Bierkrug und schob ihn zu einer wartenden Sklavin mit Halsband. Vorsichtig hob sie den Krug hoch und trabte zurück zu ihrem Master. „Stehst du für nächstes Wochenende auf dem Plan?"

„Nicht Freitag. Ich bin den ganzen Tag in der Klinik auf Abruf – und wenn es zu einem Problem kommt, werde ich sicher bis in den Abend dort feststecken." Alastair trat hinter der Bar hervor. „Grüß Rainie von mir."

„Mach ich."

Bevor er den Ausgang erreichte, wurde er von Z aufgehalten. „Hast du kurz Zeit? Ich würde gerne etwas mit dir besprechen." Z deutete auf einen leeren Sitzbereich.

„Natürlich." Alastair setzte sich auf einen der bequemen Ledersessel.

„Maximillian hat einen guten Job mit Uzuri gemacht." Z lächelte. „Ich bin beeindruckt, dass er ihr so viele Informationen entlocken konnte."

„Er ist bei Vernehmungen sehr geschickt", sagte Alastair. „Und sie ist schließlich zu ihm gegangen."

Z gluckste. „Wahrscheinlich hat sie gehofft, dass ein neuer Master sie nicht so sehr unter Druck setzen würde, wie einer, den sie schon länger kennt."

„Max hat sich noch nie bremsen lassen." Das hatte er sich mit Sicherheit in seiner Zeit als US-Marine angeeignet.

Z brachte die Finger vor seinem Mund zusammen. „Uzuri stimmt zu, dass sie ihre Angst vor großen Männern überwinden muss. Ich suche nach erfahrenen – und hochgewachsenen – Doms, denen ich eine solche Aufgabe anvertrauen kann. Wärt ihr – du und dein Cousin – interessiert?"

Das war ein nettes Kompliment. Der Gedanke an die kleine Sub mit anderen Doms schmeckte ihm allerdings kein bisschen – mittlerweile noch weniger als vor ein paar Monaten. Alastair musterte Z. „Nach was für Qualifikationen suchst du noch?"

„Ah, das ist der knifflige Teil. Uzuri gab Maximillian gegenüber zu, dass sie keine Angst vor Holt hat, weil er sich sexuell nicht für sie interessiert." Z schüttelte den Kopf. „Ich habe mehrmals beobachtet, wie sie interagieren und dachte eigentlich, dass sie sich besser machte. Ich muss zugeben, dass ich diese Unterscheidung vollkommen übersehen habe."

„Ich glaube, keiner von uns hat es gemerkt." Nach einer Sekunde verstand Alastair, nach welcher *Qualifikation* Z suchte. „Ja, Z. Sowohl Max als auch ich sind sexuell an ihr interessiert."

„Dann wärst du bereit, hin und wieder mit ihr zusammenzuarbeiten? Wenn ich mich richtig erinnere, wolltest du nichts Festes."

„Max wird selbst mit dir sprechen müssen." Nachdem Max sie letzten Sonntag in Nolans Haus gesehen hatte, lehnte er nun eher Richtung unentschlossen. Er wollte sich nicht auf sie einlassen, aber er hatte das starke Bedürfnis, ihr zu helfen. „Ich für meinen Teil bin interessiert."

„Ausgezeichnet." Z sah sich um, entdeckte einen Sub und winkte ihn zu sich.

Eine Sekunde später eilte der schlanke braunhaarige Mann zu

ihnen und neigte unterwürfig den Kopf. „Master Z, wie kann ich dienen?"

„Austin, ich glaube, Uzuri beobachtet gerade im Kerker eine Session. Würdest du sie bitte herbringen?"

„Ja, Sir." Der junge Mann eilte los und platzte geradezu vor Freude, dienen zu können.

Der Anblick wärmte Alastair das Herz.

Innerhalb weniger Minuten war Austin zurück.

Uzuri folgte dicht hinter ihm und als sie Alastair entdeckte, biss sie sich in ihre volle Unterlippe.

Alastair unterdrückte ein Lächeln. Nun, er könnte genauso gut den Stein ins Rollen bringen. Er streckte die Hand nach ihr aus.

Sie blieb abrupt stehen, warf einen Blick zu Z, hatte von ihm aber keine Hilfe zu erwarten. Sie trat einen Schritt näher.

Alastair wartete. Der Dom, der ihn und Max zu Unizeiten ausgebildet hatte, war sehr auf stille Dominanz bedacht gewesen. Ohne einen verbalen Befehl musste die Sub eine Entscheidung treffen. Die angebotene Hand eines Doms zu akzeptieren, bedeutete, dass sie ihren ersten Verteidigungswall gesenkt hatte.

Sie legte ihre Hand in seine.

„Gutes Mädchen." Als er die Finger um ihre schlanke Hand schloss, spürte er, dass sie zitterte ... und obwohl die meisten Subs dem Clubbesitzer eher misstrauisch gegenüberstanden, lag Uzuris verängstigter Blick allein auf Alastair. Sie hatte Angst vor ihm.

Er wusste, dass ihre Angst unlogisch war, er ihre Reaktion nicht persönlich nehmen sollte, und doch brannte sie wie Säure. Er erkannte ihre unbeabsichtigte Beleidigung an und schob sie von sich. Ein Dom hatte keine Verwendung für verletzte Gefühle.

Stattdessen wies er mit ihrer Hand in seiner auf den Boden.

Sie sank anmutig auf die Knie und schaffte es, ihren Blick von seinem zu reißen, um Z anzusehen.

Z musterte sie. „Uzuri, hast du dich entschieden, ob Alastair wirklich an dir als Person interessiert ist? Oder denkst du noch immer, dass er dich nur wegen deiner Hautfarbe möchte?"

Alastair presste seine Lippen zusammen, um nicht zu lächeln. In der dunklen Sitzecke wäre es auf ihrer Haut nicht erkennbar, wenn sie errötete, also legte er die Rückseite seiner Finger an ihre Wange. Recht heiß.

Ihr Kopf senkte sich und ihre Stimme kam als Flüstern heraus: „Ich war nicht ... ehrlich, Master Z. Ich weiß, dass er nicht so ist."

Z warf ihm einen amüsierten Blick zu. „Ich freue mich, das zu hören, denn Alastair ist einer der Master, der mit dir daran arbeiten wird, deine Angst vor großen Männern zu überwinden."

Sie zuckte nicht zusammen. Nicht direkt, aber ... „Ja, Sir."

Alastair wartete, bis sie zu ihm aufblickte. „Deine Aufgabe für heute Abend ist einfach. Ich möchte, dass du uns zwei Flaschen Wasser von der Bar bringst und dich mir anschließt, bis wir mit dem Wasser fertig sind. Das ist alles, Sub."

Sie schluckte schwer. „Danke, Sir." Sie war weg, bevor er noch etwas hinzufügen konnte.

Als Z aufstand, hob Alastair eine Hand. „Letzte Woche, als die Lichter aus waren und du eine Nachtsichtbrille hattest, hast du da beeinflusst, wen wir zu fassen bekommen?"

Z lächelte schief und neigte den Kopf in Anerkennung. *Bingo.* „Sie wird dich wahrscheinlich nächste Woche meiden, aber bleib dran. Ich weiß, dass du Fortschritte machst, wenn sie dein Schließfach sabotiert."

Uzuri kehrte ein paar Minuten später mit zwei Flaschen Wasser zurück. Ihre Schritte waren langsam ... und zögerlich.

„Danke, Sub." Alastair nahm eine Flasche und klopfte dann auf seinen Schoß. „Setz dich bitte hier hin."

Sie erstarrte, und er konnte fast hören, wie sie sich selbst den Befehl gab, zu gehorchen. Er wollte sie trösten, wollte ihr sagen, dass er nichts weiter mit ihr vorhatte, aber ihre eigenen Ängste zu überwinden, war der Sinn der Übung.

Nach einer Minute setzte sie sich auf seine Oberschenkel. Steif wie ein Brett, aber sie saß.

„Gutes Mädchen." Nachdem er etwas Wasser getrunken hatte, legte er einen Arm um ihren angespannten kleinen Körper und führte sie in eine bequemere Position an seine Brust. Sein Arm blieb um ihre Taille und dann lehnte er sich zurück und entspannte sich.

Auch Minuten später blieb sie angespannt – eine Haltung, die ermüdend für Körper und Geist war. Sein Schweigen und sein offensichtliches Desinteresse kamen nur langsam bei ihr an.

Nach etwa zehn Minuten ruhte ihr Gewicht immer mehr auf ihm.

Als eine halbe Stunde um war, öffnete er seine Augen und lächelte, als er sah, wie sie sich an ihn kuschelte. Das reichte für heute. Guter Fortschritt.

„Du kannst gehen, Love. Unsere Zeit ist um."

Sie blickte zu ihm hoch. So große braune Augen, dunkel und wunderschön. Und verwirrt.

KAPITEL ACHT

In ihrem Büro im Kaufhaus Brendalls warf Uzuri einen Blick auf die Uhr und zuckte zusammen. Sie musste hier raus, wenn sie zu ihrer Freitagsschicht als Bardame im Shadowlands pünktlich sein wollte. Gott sei Dank war sie mit den Bestellungen fast durch.

Wieder einmal durchdachte sie ihren Plan für den Frühjahrseinkauf. Die klassischen Blazer, die sie bestellt hatte, würden jeder Figur schmeicheln, und die Farben waren satt und klar. Sie sollten sich gut verkaufen. Oh, und sie brauchte mehr Schwarz. Immer mehr Leute aus dem Nordosten zogen nach Florida, und sie liebten es, schwarz zu tragen. Wenn sie New York besuchte, fühlte es sich manchmal so an, als würden alle auf der Straße zu einer Beerdigung gehen.

Seufzend rollte sie ihre schmerzenden Schultern. Ein langer Tag. Sie wäre früher fertig gewesen, wenn sie sich diese Woche auf die Arbeit hätte konzentrieren können.

Zum Teil machte sie Master Z für ihre Konzentrationsschwäche verantwortlich. Sie konnte immer noch nicht glauben, wie er sie am vergangenen Wochenende einfach an Master Alastair übergeben hatte.

Und die Erinnerungen an ihre Zeit mit Alastair halfen auch nicht. Er hatte sie nicht zu einer Session gedrängt. Ebenso hatte er nicht versucht, sie anzugrabschen. Stattdessen hatte er sie auf seinem Schoß sitzen lassen. Ohne zu reden. Ohne sich zu bewegen. Ihre Ängste waren allmählich verebbt. Sie kam immer noch nicht darüber hinweg, wie sie sich an ihn gelehnt hatte. Wärme sammelte sich in ihrer Mitte, als sie sich an seinen männlichen Duft erinnerte. Sie hatte sich an ihn gekuschelt und hatte sich von seinen langsamen Atemzügen einlullen lassen, von seinem Arm um ihre Taille, der ihr Kraft geschenkt hatte.

Sie hatte davon geträumt, so gehalten zu werden – nichts tun oder sagen zu müssen, einfach nur Zeit mit jemandem verbringen. Er hatte ja keine Ahnung, was er ihr damit für ein Geschenk gemacht hatte.

Würde er heute Abend in den Club kommen? Sofort meldeten sich die Schmetterlinge in ihrem Bauch.

Was war mit Max? Es war möglich, dass sie beide kamen. Was wäre, wenn – sie schüttelte den Kopf. *Konzentrier dich, Mädchen. Arbeit.*

Sie starrte auf die Einkaufsliste. *Was halten wir von den geraden Röcken?* Sie würden sich wahrscheinlich nicht so gut verkaufen. Dieses Design erforderte eine bestimmte Figur, um sie gut aussehen zu lassen. Also weniger davon. Sie senkte die Anzahl.

Ihr Kopf hob sich, als sie hörte, wie ein paar der anderen Modeeinkäufer gingen.

„Zuri, schönes Wochenende wünsche ich dir."

„Bis Montag."

„Schönen Feierabend euch beiden." Die Leute hier oben in den Marketing- und Einkaufsabteilungen waren wunderbar, und sie hatte bereits Freunde gefunden.

Das war bei den Verkäufern in der Damenbekleidung nicht mehr der Fall. Der Vorfall mit Carole hatte sich zu einem Albtraum gemausert. Carole und ihre Freunde – alles ältere weiße Frauen – erzählten herum, dass Uzuri – jung und der

College-Abschluss noch neu – keine Ahnung hatte und Ärger verursachte.

Keine Ahnung? Uzuri schnaubte. Sie hatte im Alter von sechzehn Jahren in Cincinnati im Verkauf angefangen. Es stimmte, dass sie in diesem Kaufhaus noch neu war, aber sie hatte an dem Standort in St. Petersburg bereits ihr Talent als Fashion Buyer unter Beweis gestellt. Sie hatte sich den Arsch abgearbeitet, sowohl im Verkauf als auch in Abendkursen, um als Modeeinkäufer eine leitende Position an Land zu ziehen.

Das konnte sie aber wohl kaum jeder Person erklären, mit der sie in Kontakt kam, oder?

Ihr Magen rebellierte. Irgendwie musste sie diese Sache klären. Die Verkäufer waren an vorderster Front und hörten alles, was die Kunden über die aktuellen Waren sagten, was sie sich für den Laden wünschten und was ihnen nicht gefiel. Ein Modeeinkäufer musste in der Lage sein, sich mit den Verkäufern auszutauschen. Uzuri hatte diesen Teil der Arbeit stets genossen.

Und es ... verletzte sie, nicht gemocht zu werden. Ihr ganzes Leben war sie immer darauf bedacht gewesen, nett zu sein. Höflich, ob sie nun provoziert wurde oder nicht.

Kopfschüttelnd kehrte sie zu ihrer Liste zurück.

Einige Zeit später unterbrach sie das Summen ihres Handys. Eine SMS von ihrer Freundin Kayla wurde angezeigt. **„Hilfe! Habe ein Vorstellungsgespräch für die Personalabteilung. Welches Outfit?"** Zwei Spiegel-Selfies waren beigefügt.

Lächelnd lehnte sich Uzuri in ihrem Bürostuhl zurück und musterte die Fotos. *Hmm.* Für einen Job dieser Art musste man nicht besonders kreativ aussehen. Ein zuverlässiges, ehrliches und freundliches Auftreten wäre die beste Wahl.

Das erste Foto zeigte ihre große Freundin in einem hellblauen Kleid, das mit ihrer braunen Haut wunderschön aussah, aber ihre Kurven etwas zu sehr hervorhob. Zudem war der Saum zu kurz. Im zweiten Foto steckte Kayla in einem klassisch geschnittenen, anthrazitgrauen Kostüm. Viel besser. Die pinkfarbene Spitzenbluse musste weg, ebenso wie die High Heels mit dem Sieben-Zentimeter-Absatz. Eine Bluse in Blau würde Aufrichtigkeit projizieren. Schwarze Pumps waren langweilig, aber angemessener.

Uzuri schrieb eine SMS mit ihren Empfehlungen, erhielt die nächste Runde Selfies und segnete das Outfit schließlich ab. **„Perfekt."**

Als sie ihr Handy mit einem zufriedenen Gefühl zur Seite legte, wurde ihr klar, dass es vor ihrem kleinen Bürofenster bereits dunkel war. Ein Blick auf die Uhr zeigte, dass es schon weit nach acht Uhr war.

Was? Oh, mein Gott, wenn sie sich nicht beeilte, würde sie zu spät ins Shadowlands kommen. Sie nahm ihre Hand- und ihre Aktentasche und eilte aus ihrem winzigen Büro. Auf dem Weg zum Aufzug winkte sie dem Hausmeister zu.

Es regnete, als sie aus der Mitarbeitertür trat und so öffnete sie ihren Regenschirm. Die Parkplatzlichter leuchteten wie kleine Monde in der Dunkelheit. Sie waren ästhetisch anzusehen, aber spendeten nur wenig Licht. Uzuri stolperte über den Bordstein und wäre fast gestürzt.

Um Himmels willen, pass doch auf. Für die Zukunft sollte sie sich einen Alarm im Handy stellen und das Gebäude vor Sonnenuntergang verlassen. Sie schaute sich nach ihrem Auto um und lächelte. Es war kein Problem, es um diese Uhrzeit zu finden.

Es standen nur drei Fahrzeuge auf dem Parkplatz.

An ihrem Auto bemerkte sie, dass die kleine Taschenlampe an ihrem Schlüssel nicht mehr funktionierte. AAA-Batterien hielten anscheinend nicht lange. Sie jonglierte mit Regenschirm und Schlüsseln und brauchte ewig, die Tür zu öffnen. Schließlich war sie erfolgreich und warf ihre Sachen hinein.

Ein Windstoß schickte den Regen direkt gegen ihre Form, bevor sie den Regenschirm schließen und die Tür zumachen konnte.

Mit einem verärgerten Grunzen startete sie das Auto und fuhr zum Ausgang.

Warum drehte sich eines ihrer Räder so merkwürdig? Irgendetwas stimmte nicht. Noch immer auf dem Parkplatz stoppte sie, und zwar unter einer Straßenlaterne. Sie ignorierte den Regenschirm und sprang heraus. Ihre Beurteilung dauerte nicht länger als eine Sekunde.

Der Reifen auf der Fahrerseite war platt.

Oh, einfach toll. Sie zog die Augenbrauen genervt zusammen, als der kalte Regen auf ihren Kopf prasselte und durch ihre Kleidung drang. *Scheiß auf höflich.* Sie funkelte den Reifen an. „*Piké twa!*" Dann sah sie angewidert zum Regen. „Und du auch! Fick dich!"

So viel dazu, es pünktlich ins Shadowlands zu schaffen – oder überhaupt. Master Z würde das nicht gefallen.

Sie musterte den Reifen. Sie könnte ihn selbst wechseln. Auf dem dunklen, leeren Parkplatz? Im Regen? Auf keinen Fall.

Gott hatte aus gutem Grund Tankstellen erfunden. Ihr Handy war in ihrer Handtasche. Sie würde eine Abschleppfirma anrufen, sodass sie das für sie erledigen konnten.

Nachdem sie den Blick über den dunklen Parkplatz hatte schweifen lassen, schüttelte sie den Kopf. Nicht hier draußen. Nein, nein.

Sie schnappte sich ihre Handtasche, öffnete ihren Regenschirm und machte sich auf den Weg zurück zum Gebäude. Den Lichtkreis zu verlassen, fühlte sich an, als würde sie die letzten Anzeichen auf eine Zivilisation hinter sich lassen. Parkplätze waren nach Einbruch der Dunkelheit gruselig. Verdammt gruselig.

Vor allem seit Jarvis. In Cincinnati hatte sie nach einem Abend mit Freunden einen Club verlassen und ihn auf dem Parkplatz ein paar Autos weiter stehen sehen. Er hatte sie einfach nur ... beobachtet.

Gänsehaut formte sich bei der Erinnerung auf ihren Armen, und sie zog das Tempo an.

Sollte sie einen Abschleppwagen oder einfach ein Taxi rufen, um damit nachhause zu kommen? Sie zuckte bei dem Gedanken an die Kosten zusammen. Das ungute Gefühl in ihrem Magen nahm jedoch zu, und plötzlich wollte sie nur noch zuhause sein.

Taxi. Das war die bessere Wahl.

Der Regen hämmerte laut auf ihren Regenschirm, während sie versuchte, in der Dunkelheit etwas zu sehen.

Die Gegend um sie herum wurde plötzlich heller – und war das das Geräusch eines Autos? Sie warf einen Blick über ihre Schulter und wurde von den hellen Scheinwerfern geblendet, die auf sie zukamen.

Die zu schnell auf sie zukamen.

Mit einem Schrei sprang sie nach rechts. Die Stoßstange des Autos erwischte sie an ihrem linken Oberschenkel und katapultierte sie nach vorne. Sie landete auf ihrer Hüfte und rutschte über den nassen Bürgersteig. Eine Millisekunde später krachte ihr Kopf auf den unnachgiebigen Asphalt.

Und der Parkplatz – die ganze Welt – wurde dunkel.

In der Notaufnahme lächelte Alastair seine blasse, zehnjährige Patientin an, bevor er ihren Eltern einen versichernden Blick zuwarf. „Sie wird über Nacht bleiben, damit wir am Morgen die besprochenen Tests durchführen und ihr bis dahin Flüssigkeit zuführen können. Einer von Ihnen kann die Nacht mit ihr verbringen, wenn Sie das wünschen."

Als er die Eltern verließ, um darüber zu streiten, wer die Nacht bleiben würde – erfreulicherweise wollten sie beide bei ihrem Kind sein –, warf er einen Blick auf seine Uhr und seufzte zur späten Stunde.

„Hey, Doc. Die kleine Brianna ist wirklich bezaubernd." In rosa Krankenhauskleidung stoppte ihn eine Krankenschwester auf dem Weg zum Stationszimmer. „Die Pädiatrie weiß, dass sie gleich kommt."

„Danke, Madge."

„Kein Problem."

Als sie zusammen zum Zimmer der Krankenschwestern liefen, hörte er eine Stimme aus einem der Bereiche, die durch einen Vorhang abgeschirmt wurden.

„Mmm, gut. Müde." Die melodische Stimme der Frau war wie warmer Honig ... und ihm sehr wohl vertraut.

„Madge, wer ist da drin?"

„Keines deiner Kinder, Doc. Ein Fußgänger, der auf einem Parkplatz von einem Auto angefahren wurde." Madge blieb mit ihm stehen.

Stirnrunzelnd nahm Alastair das Klemmbrett aus der Halterung und checkte den Namen. *Uzuri Cheval.* Sofort hatte ihn die Sorge fest im Griff. „Wie schwer ist sie verletzt?"

„Sie hat Glück gehabt. Leichte Gehirnerschütterung, ein paar Schrammen, Hämatom an einem Oberschenkel, wo die Stoßstange sie erwischt hat, eine höllische Prellung an ihrer Schulter und an der anderen Hüfte, auf der sie gelandet ist."

„Ist jemand bei ihr?"

„Das ist ja das Problem. Sie meinte, sie hätte niemanden, den sie anrufen könnte, und bisher können wir sie nicht allein gehen lassen."

Eine Shadowlands-Sub – eine Auszubildende –, die dachte, sie hätte niemanden, den sie anrufen kann? Der Gedanke tat weh. Er schob das Klemmbrett in die Halterung, öffnete den Vorhang und trat ein.

Für eine Weile war Uzuri immer wieder weggenickt, nur durch die anhaltenden Schmerzen ins Bewusstsein zurückgekehrt, bevor sie erneut in den warmen Pool der Nacht zurückglitt. Die Nacht fühlte sich besser an.

„Uzuri."

Manche Männer hatten so schöne tiefe Stimmen.

„Uzuri." Diesmal konnte sie den Befehl heraushören.

Sie schaffte es, die Augen zu öffnen, und zuckte, als sie von dem hellen Raum geblendet wurde.

In einem maßgeschneiderten, saphirfarbenen Hemd stand Master Alastair über ihr. Warum mussten seine Augen so atemberaubend sein? Nicht perfekt waagerecht, sondern leicht angewinkelt. Nicht braun, sondern in diesem Licht ein rauchiges Grün und umrahmt von langen, schwarzen Wimpern, die keine Mascara brauchten. Selbst sein intensives Stirnrunzeln konnte nicht von seinem erstaunlich guten Aussehen ablenken.

„Du bist so hübsch." Ihre Stimme kam als kratziges Flüstern heraus.

„Danke." Seine sinnlichen Lippen formten sich zu einem Lächeln, das den fröhlichen Delfinen auf seiner Krawatte Konkurrenz machte.

Sie runzelte die Stirn. Er war Kinderarzt, kein Notarzt. „Was machst du denn hier?"

„Einer meiner Patienten ist in der Notaufnahme. Ich habe sie aufgenommen, als ich deine Stimme hörte."

„Oh." Sie versuchte, sich aufzusetzen – und stoppte. Jemand hatte einen Presslufthammer in ihrem Kopf angestellt. Ihre Hüfte und Schulter fühlten sich an, als wäre sie getreten worden. Eigentlich … tat alles weh.

„Lass mich sehen, was du davongetragen hast." So sanft wie möglich drehte er ihren Kopf. „Sieh mich an."

Licht stach in ihr linkes Auge, dann in das rechte, und ihr Kopf explodierte, der Schmerz lähmend. Als sie stöhnte, tätschelte er ihre Hand. „Tut mir leid. Ich musste nachsehen."

Sie konzentrierte sich darauf, durch den Schmerz zu atmen. Masochisten waren verrückt. *Wer möchte schon zum Spaß verletzt werden?*

Vorsichtig zog er die dünne Decke zurück, um ihre Schultern, ihre Hüfte und ihre Beine zu untersuchen. „Viele Kratzer und Prellungen. Du wirst morgen wund sein."

„Ich weiß."

Er strich über das hässliche Krankenhemd, das sie trug. Welcher Idiot hatte diese Dinger überhaupt entworfen? „Uzuri, wie bist du auf einem Parkplatz angefahren worden?"

„Das würde ich auch gerne wissen." Max marschierte in den Bereich.

Sie erstarrte, als sich die Männer zu beiden Seiten von ihr einfanden. Als ihr Blick jedoch auf Alastair landete, sah sie seine Sorge. Er *sorgte* sich um sie.

„Uzuri?", hakte Max nach. Obwohl seine Augen durchdringend und na ja, hart wirkten, sah sie, dass auch er um sie besorgt war.

„Ein Auto hat mich überfahren. Angefahren." Und wie. Ihr ganzer Körper schmerzte. Und ihr Kopf ebenso. Sie schloss halb die Augen, um zu versuchen, die Helligkeit zu reduzieren.

Max rückte näher.

Obwohl sein Sakko ein langweiliges Braun über einem weißen Hemd war, konnte sie sehen, wie breit seine Schultern waren. Mit dem Körper könnte er so viele Sakkos an den Mann bringen. Ob er damit einverstanden wäre, Mäntel in der Herrenabteilung zu modeln? „Und Alastair kann Anzüge präsentieren und dann –"

Max schnaubte. „Die kleine Sub ist im La-La-Land."

Sie fing an, den Kopf zu schütteln, und änderte bei dem pochenden Schmerz rasch ihre Meinung. Sie zwang ihre Augen auf. Wann hatten sie sich geschlossen? „Kann ich jetzt nachhause gehen? Ich will nachhause."

„Nicht so schnell, Fräulein." Alastair legte eine warme Hand auf ihren Arm und einige ihrer Sorgen verblassten. Er warf einen Blick zu seinem Cousin. „Was machst du hier?"

„Dan und ich kamen –"

„Ist jemand gestorben?", fragte Alastair.

„Niemand ist tot." Dan Sawyer kam durch den Vorhang.

Uzuri runzelte die Stirn. *Warum war Master Dan hier?* Sicher, er war ein Polizist aus Tampa, aber ... bei Mordfällen. Sie hatte doch niemanden getötet, oder? Nein. Und sie war auch noch am Leben.

Das war sie, oder?

Dan ging zum Bett. „Einer der Notrufdisponenten ist ein Clubmitglied, und sie hat mich über den Vorfall mit Uzuri informiert. Max und ich kamen vorbei, um sicherzustellen, dass es unserer Auszubildenden gut geht."

„Keine Auszubildende mehr." Sie runzelte die Stirn, als sie hörte, wie betrunken sie klang.

„Tut mir leid, Uzuri, aber für uns bist du eben immer noch eine Auszubildende." Dan grinste. „Tatsächlich bin ich mir nicht sicher, ob du diesen Titel jemals loswirst."

Okay ...

Mit zusammengezogenen Augenbrauen legte Max seine starke Hand um ihre. Seine *schwielige* Hand, die ihr *äußerst* bekannt vorkam. Ihr Blick richtete sich auf Alastair, der ihre linke Hand hielt. Ihre Augen konzentrierte sich auf seine langen Finger und seinen gepflegten Bart. Bart. *Dom-Geiselnehmer* und *Dom-Bart.*

„Uzuri." Max brach in ihre Gedanken ein. „Was ist passiert?"

Passiert? Oh, der Parkplatz. Ihr Verstand fühlte sich wie ein zerfledderter Stoff an, der vergessen hatte, was seine Aufgabe war.

„Ich verließ die Arbeit spät und es war dunkel und mein Reifen war platt und ich ging zurück zum Gebäude, um mir ein Taxi zu rufen, aber dann kam das Auto und fuhr direkt auf mich zu."

Max knurrte. „Absichtlich?"

„Ja. Nein. Ich weiß nicht. Es war schwer, das auszumachen. Es war dunkel und es regnete so stark und mein Kleid ist dunkelblau." Sie deutete auf ihre Kleidung, nur dass sie nun in einem Krankenhemd steckte. Sie drehte den Kopf und entdeckte die Überreste ihrer Kleidung. *Oh nein!* „Die Krankenschwestern haben mein Kleid ruiniert."

Max lachte. „Das ist ein verdammt süßer Schmollmund, Baby."

„Könnte sein, dass du nicht gesehen wurdest", bemerkte Dan.

Max runzelte die Stirn. „Aber der Fahrer hätte den Aufprall spüren müssen."

„Es sei denn, er – oder sie – war betrunken. Oder high. Es ist Freitagabend." Dan presste die Lippen zu einer missbilligenden Linie zusammen.

„Ich schätze, das ist möglich." Max drehte sich wieder zu ihr. „Kannst du das Auto oder den Fahrer identifizieren?"

„Nein." Alles, woran sie sich erinnerte, waren die beiden riesigen Scheinwerfer, die sich auf sie richteten, wie sie versucht hatte, aus dem Weg zu springen und dann ... Schmerz. Ihre Augenbrauen zogen sich zusammen. „Wie bin ich überhaupt hierhergekommen?"

„Jemand von der Reinigungscrew ging früher und wäre fast über deine Handtasche gestolpert. Als er anhielt, um sie aufzuheben, entdeckte er dich und wählte 911."

Gesegnet sei er. „Meine Handtasche ist hier?"

Max ging zu den Ruinen ihres Kleides. „Die Tasche ist hier. Geldbörse, Geld und Karten sind noch drin. Schlüssel. Regenschirm. Alles gut, Baby."

Alastair drückte ihre Hand. „Ich werde mich um dich kümmern. Max und Dan werden nach deinem Auto sehen." Er schaute über das Bett hinweg zu seinem Cousin, dann zu Dan.

Max nickte. „Ja, Doc. Du kümmerst dich um das Medizinische, wir um die Mechanik."

Eine brünette Krankenschwester in ihren Vierzigern trat ein, runzelte die Stirn, sah zu Max und Dan und näherte sich dann lächelnd Uzuri. „Du siehst wacher aus. Wie sieht es mit den Schmerzen aus?"

Die Krankenschwester trug ein fuchsiafarbenes Oberteil, das den Eindruck von Taille erweckte, was für ihre kurvenreiche Figur wie gemacht war, und Uzuri gab ihrer Krankenhauskleidung ein zustimmendes Nicken. „Ich fühle mich besser. Kann ich jetzt nachhause gehen?"

„Das werden wir gleich sehen." Die Krankenschwester wandte

sich an Alastair. „Dr. Drago." Ihr rechter Mundwinkel zuckte und sie zwinkerte Uzuri zu. „Ist Ms. Cheval nicht ein bisschen zu alt, um einer deiner Patienten zu sein?"

Alastair gluckste. „Uzuri ist eine Freundin von mir. Kann sie entlassen werden, Madge?"

Trotz der Schmerzen versuchte Uzuri, sich aufzusetzen und gesund auszusehen.

„Hmm, das kommt drauf an." Madge runzelte wieder die Stirn. „Der Radiologe hat auf dem Scan oder den Röntgenaufnahmen nichts Besorgniserregendes gefunden. Dr. Benson sagte jedoch, dass sie, da ihr Kopf auf den Asphalt geknallt ist, in den nächsten zwölf Stunden überwacht werden muss. Wenn niemand verfügbar ist, werden wir sie über Nacht behalten müssen."

Oh nein. „Mir geht es gut", flüsterte Uzuri. „Ich brauche niemanden, der –"

„Ich überwache sie", sagte Alastair.

„Was?" Uzuris Blick fand seinen, senkte ihn aber, als sie den Ausdruck in seinen Augen sah. Der Ausdruck eines Doms.

Die Krankenschwester nickte. „Ausgezeichnet. Ich hole die Entlassungsformulare."

„Klingt gut", sagte Max. „Dan und ich werden nach dem Fahrzeug sehen und ich berichte, wenn ich nachhause komme. Oder quartieren wir uns in ihrem Haus ein?"

Uzuri starrte ihn aus weit aufgerissenen Augen an. *Wir? Einquartieren?* „A-Aber ..."

„Bei uns", sagte Alastair.

„Okay." Max' Zustimmung verblüffte sie. Er beugte sich über sie und sah ihr tief in die Augen. „Sei ein braves Mädchen und mach Alastair keinen Ärger, Prinzessin." Seine Stimme senkte sich zu einem geflüsterten Knurren. „Keiner von uns peitscht Subs gerne aus, aber Alastair genießt es, ein Spanking auszuteilen."

Als sie scharf einatmete, lachte er und küsste ihre Wange. „Ich bin froh, dass du nicht schwer verletzt bist, Darlin'. Ich habe mir

Sorgen gemacht." Er richtete sich auf und nickte seinem Cousin zu. „Kümmere dich um sie und wir sehen uns in ein oder zwei Stunden."

Alastair setzte Uzuri im Gästebad auf den geschlossenen Toilettensitz und lächelte, als er ihren verwirrten Ausdruck sah.

Die kleine Miss war immer höflich, doch sie war recht einfach zu deuten, selbst wenn sie versuchte, ihre Gefühle und Emotionen zu vertuschen. Obwohl er zu der Zeit den Grund nicht verstanden hatte, war ihm bereits vor Monaten bei der Session aufgefallen, wann bei ihr Panik einsetzte.

Jetzt zeigte sie jedoch keine Angst und dabei war sie sogar allein mit ihm – wahrscheinlich aufgrund der Medikamente, die sie im Krankenhaus erhalten hatte. Eines Tages würde es vielleicht daher rühren, dass sie ihn kannte und ihm vertraute.

„Du musst ins Bett, aber zuerst müssen wir dich etwas säubern", sagte er sanft und hielt einen Waschlappen unter den Wasserstrahl. Um ihre Ängste nicht zu triggern, ging er neben ihr auf ein Knie. Ein Kratzer auf ihrem Wangenknochen glänzte mit antibiotischer Salbe. Vorsichtig reinigte er die Bereiche daneben, entfernte das getrocknete Blut von ihrer Wange und ihrem Kiefer.

„Das kann ich selbst machen." Sie versuchte, ihm den Waschlappen abzunehmen.

„Du kannst kaum aufrecht sitzen." Er wischte ihr Dreckspuren vom Hals. Die Krankenschwestern hatten die Abschürfungen und Schnittwunden bewässert, gereinigt und bandagiert, aber nur so viel von den anderen Bereichen gesäubert, um sicherzustellen, dass sie keine weiteren Verletzungen übersahen.

Er bewegte sich nach unten. Da ihre Kleidung in der Notaufnahme entfernt worden war, hatte das Personal Krankenhauskleidung angeboten. Stattdessen hatte er ein Hemd aus seinem

Schließfach geholt und es ihr gegeben. Das Hemd ließ sich viel leichter an- und ausziehen. Bevor sie verstand, was passierte, öffnete er die ersten Knöpfe.

„Sir. Nein."

„Sub, du bist voller Dreck und Blut."

Sie schaute nach unten, sah die roten Flecken auf dem Stoff und ihr gebeutelter Blick brach ihm das Herz. „Ich habe dein Hemd ruiniert."

„Blut wäscht sich raus." Als sich ihr unglücklicher Gesichtsausdruck nicht aufhellte, berührte er ihre Wange und sagte: „Ich bin Arzt; ich sollte es wissen. Aber wir müssen dich etwas säubern, bevor du unter die Bettdecke kriechst."

„Das kann ich selbst machen."

„Süße, du kannst dich kaum bewegen."

Ihre großen Augen konzentrierten sich auf sein Gesicht, als er das Hemd vollständig aufknöpfte und nur auf der rechten Seite ihre Schulter runterschob.

„Nein."

„Uzuri, ich habe nicht nur deine nackten Brüste gesehen, sondern auch mit ihnen gespielt. Zweimal."

Ihre Kinnlade klappte herunter. „Oh. Das hast du, natürlich. Ich verhalte mich albern. Aber ... *Zweimal?*" Ihre Stirn runzelte sich. „Wir haben eine Session zusammen gespielt und dann ... Du! Du warst es. Du und Max. Letztes Wochenende. Ich *wusste* es."

Interessant, dass sie das herausgefunden hatte. „Ja. Morgen werden wir über die Sessions sprechen, die wir zusammen gespielt haben, aber jetzt machen wir es uns erst einmal fürs Bett fertig." Sanft wischte er über ihr Schlüsselbein. Ihre Brüste, zweifellos von einem BH geschützt, waren sauber und unverletzt. Sie hatte wunderschöne Brüste. Sie waren schwer genug, dass sie ein wenig hingen, wie Tropfen an einer Fensterscheibe, sodass sie sich perfekt an seine Handfläche formten, wenn er sie berührte. Er mochte es, wenn Brüste eine Hand ausfüllten.

Nichtsdestotrotz war dies nicht der richtige Zeitpunkt.

Als er sie säuberte, katalogisierte er ihre Verletzungen. Ihre rechte Schulter war mit Kompressen bedeckt. Er wagte einen Blick und stellte fest, dass die Kratzer gut gereinigt wurden und mit antibiotischer Salbe glitzerten. Noch nässten die Wunden. Später würde er die Kompresse wechseln.

Ihre Seite und ihr Rücken waren mit Schmutz bedeckt, aber unbeschädigt. Ihre rechte Hüfte zeigte einige Abschürfungen und war geschwollen. Ihr knappes Kleid hatte keinen Schutz vor Beton geboten. „Das wird wehtun, Sub. Schön stillhalten." Er spülte den Waschlappen regelmäßig aus, reinigte diese Seite und zog mit einer Pinzette ein paar Stofffäden heraus, die die Krankenschwestern übersehen hatten.

Das tapfere Mädchen atmete durch den Schmerz und ertrug die Behandlung stillschweigend, obwohl sich in ihren großen Augen Tränen formten. Als er fertig war, musterte sie ihre Hüfte. „Kein Wunder, dass es weh tut."

„Ja, das glaube ich dir. Bleib sitzen." Max behielt seine Kleidung, bis sie regelrecht auseinanderfiel, sodass das Flanellhemd, das Alastair aus Max' Kommode zog, weich war und ihre Haut nicht reizen würde.

Da er sie nicht zusätzlich in Panik versetzen wollte, zog er ihr das Flanellhemd über ihre gereinigte rechte Seite, bevor er das blutbefleckte Hemd auf der linken Seite entfernte.

Nachdem er mit dem Waschen ihres Oberkörpers fertig war, sah er sich ihren linken Oberschenkel an. Geschwollen, heiß, von Blutergüssen bedeckt. Sie hatte Glück, dass der Knochen nicht gebrochen war.

Der Fahrer des Autos hatte nicht mal gebremst. Was für ein verdammter Wichser.

Alastair warf den Lappen in das Waschbecken. In den vom Krieg zerrissenen Ländern, in denen er Freiwilligenarbeit geleistet hatte, war er oft auf verstümmelte Körper getroffen. Es war jedoch der Anblick dieser kleinen, blutüberströmten Sub, der ihn tief erschütterte. „Fertig."

„Oh, gut." Ihr Lächeln könnte den Tag eines jeden Mannes erhellen.

Er schob ihren linken Arm in das Flanellhemd, knöpfte es zu und ... grinste. Sie war nicht wirklich klein, aber Max' riesiges Hemd ließ sie wie ein Kind in der Kleidung eines großen Bruders aussehen. Die Ärmel reichten weit über ihre Fingerspitzen hinaus. Eindeutig zu lang.

Nachdem er ihr die Ärmel hochgekrempelt hatte, stand er auf. „Ich lasse dich kurz allein, damit du dich erleichtern kannst, aber versprich mir, mich zu rufen, wenn du fertig bist, sodass ich dir aus dem Badezimmer helfen kann."

„Ich kann alleine laufen." Ihr Mund bildete eine hartnäckige Linie.

Erleichterung durchströmte ihn. Sie hörte sich wieder wie sie selbst an. „Das ist keine Option, die ich angeboten habe, oder?"

Nach einer Sekunde seufzte sie. „Okay."

War es nicht erstaunlich, wie eine volle Blase die Zustimmung beschleunigen konnte?

Er half ihr auf die Beine, hob den Toilettendeckel und überließ ihr den Rest. Ihr würde alles wehtun, aber diese Aufgabe konnte sie allein bewältigen.

Und dann würde er sie ins Bett stecken. Der Gedanke, dass sie friedlich unter seinem Dach schlief, war befriedigend.

Es war interessant, dass sein Cousin so bereitwillig zugestimmt hatte, ihr Unterschlupf zu gewähren. Trotz Max' Beteuerungen war er nicht immun gegen die Verlockung der kleinen Sub.

Gelbe Scheinwerfer kamen auf sie zu – direkt auf sie zu –, aber Uzuris Füße wollten sich nicht bewegen, als hätte jemand ihre Pumps festgeklebt. Das Auto krachte gegen sie. Der *Schmerz*. Schreiend flog sie –

Verzweifelt nach Luft schnappend schreckte sie aus dem Schlaf.

Ihre Hand umklammerte etwas Weiches. Eine Decke. Sie war nicht auf dem Bürgersteig, sondern lag auf ... einem Bett. Licht von ihrer linken Seite enthüllte ein Badezimmer mit Nachtlicht.

Oh. Sie war im Haus von Alastair und Max. Der Spalt in den Vorhängen zeigte Dunkelheit, und die Nachttischuhr bestätigte dies. Es war elf Uhr abends. Als sie sich umdrehte, musste sie ein Stöhnen unterdrücken. Eine Stunde Schlaf hatte ausgereicht, sodass nun jeder Bluterguss pochte und ihre Muskeln steif waren.

Zähneknirschend setzte sie sich auf. Ihre rechte Schulter und Hüfte schmerzten und die Kratzer auf ihrer Stirn brannten. Ihr Kopf fühlte sich an, als würde jemand ihr Gehirn auswringen. Jedoch musste sie dringend auf die Toilette. Zudem hatte sie Durst und verspürte das starke Bedürfnis, sich zu bewegen. Vorsichtig stieg sie aus dem Bett und hinkte ins Badezimmer.

Während sie sich danach die Hände wusch, entdeckte sie, dass jemand – ein Heiliger – ein Glas, eine ungeöffnete Zahnbürste und eine reisegroße Tube Zahnpasta für sie bereitgestellt hatte. Als sie sich unter Schmerzen die Zähne putzte, wünschte sie, er hätte ihr auch eine riesige Flasche Aspirin hinterlassen.

Bei einem Blick in den Spiegel zuckte sie zusammen. Was für eine Katastrophe. Eine Seite ihrer Stirn hatte sich bereits schwarz gefärbt, ihr Wangenknochen war geschwollen und ihr Teint erinnerte an Schlamm.

Ihr Augen-Make-up? *Oh, mein Gott!* Sie sah, wo Alastair die Reste ihres Mascaras von ihren Wangen gewischt hatte. Anstatt eines Clowns ähnelte sie einem Zombie. Einem nuttigen Zombie.

Zumindest das konnte sie richten. Sanft wusch sie sich das Gesicht.

Bei einem Geräusch öffnete sie die Badezimmertür. Alastair stand im Schlafzimmer.

Als sein Blick über sie glitt, war ihr plötzlich nur allzu bewusst, wie kurz das Flanellhemd war und wie ihre Brüste bei jeder noch so kleinen Bewegung unter dem dünnen Material schwangen.

Er lächelte. „Du siehst besser aus, obwohl ich gehofft hatte, dass du die Nacht durchschlafen würdest. Da du wach bist, möchtest du runterkommen, um etwas zu essen? Oder soll ich es dir hochbringen?"

Einen Shadowlands-Master die Treppe runter und wieder hochjagen? Der Gedanke war empörend. „Ich würde gerne nach unten gehen." Hoffentlich schaffte sie das, ohne sich das Genick zu brechen. Ihr schmerzender Kopf fühlte sich an, als wäre ihr Schädel mit Baumwolle gefüllt und ihre Beine schienen an jemand anderem befestigt zu sein – an einem Pinguin.

Wie um alles in der Welt sollte sie nachhause fahren?

„Ins Erdgeschoss. Geht klar." Als sie die Tür erreichte, legte er einen Arm um ihre Taille. Anstatt sich davon erschrecken zu lassen, gaben ihr seine Größe und Kraft Sicherheit, als sie die Treppe hinunterhumpelte.

Er wies sie an, sich auf einen butterweichen Ledersessel zu setzen, der im – wie er es nannte – Fernsehraum stand und drapierte dann einen weichen, beige-pinken Afghan über ihre nackten Beine. Er beugte sich vor, legte zwei Finger unter ihr Kinn, hob sanft ihren Kopf und musterte ihr Gesicht. „Du scheinst Kopfschmerzen zu haben."

Sie nickte vorsichtig.

„Dann wird es zu dem Essen eine Schmerztablette geben."

„Oh, ja. Bitte."

„Ich bin sofort wieder bei dir." Nachdem er ihre Wange geküsst hatte, verschwand er in der Küche.

Sie legte ihre Hand auf ihre Wange, wo die Wärme seiner Lippen verweilte. Warum war er so nett?

Trotz der Kopfschmerzen sah sie sich im Raum um. Wunderschön. Mit einer hohen Decke, Deckenleisten und gewölbten Fenstern. Beiger, venezianischer Putz an den Wänden diente als Kulisse für die dunkelbraune Couch und die Sessel. Ein dunkelrotbrauner Teppich im Western-Design bedeckte den glänzenden Hartholzboden. Aufwendig geschnitzte Bücherregale liefen entlang einer Wand. Ein Breitbildfernseher dominierte eine weitere. Die Möbel waren so ausgerichtet, dass man einen guten Blick darauf hatte. Dies war ein gemütlicher Raum für Filme und Popcorn, Gaming und Bier oder ein gutes Buch und heiße Schokolade.

Alastair trug ein Tablett mit Wein, Wasser, Toast und Suppe in den Raum. Er stellte alles außer dem Wein auf den Beistelltisch neben ihr. „Du bekommst nichts Besonderes, bis wir sehen, wie dein Magen auf Essen reagiert. Aber du musst etwas essen, bevor du eine Schmerztablette nimmst."

„Vielen Dank, Herr Doktor." Sie hatte es mit einem ironischen Tonfall versucht, aber die Worte kamen aufrichtig heraus – weil sie wirklich dankbar war. Sie nahm die schwere Tasse mit der Suppe, kostete zaghaft davon und lächelte über den vertrauten Geschmack. Bei jedem starken Schneefall hatte Mama Tomatensuppe für sie gemacht. Die Erinnerung war tröstlich, selbst als die Wärme der Suppe den letzten Rest der Kälte im Inneren vertrieb.

Sie seufzte und probierte von dem Brot. Das schwere Vollkorntoast war gebuttert und warm. Perfekt. „Ein wirklich schönes Zimmer."

„Uns gefällt es auch." Alastair nahm das Glas Wein, setzte sich auf die Couch zu ihrer Rechten und streckte seine langen Beine aus. Er trug nun eine lässige Khakihose und ein kurzärmeliges, hellbraunes Hemd. Seine Füße waren nackt, und selbst seine Zehen waren lang und elegant. „Die Kombination aus zwei Einrichtungen hat uns viel Gestaltungsspielraum geboten. In diesem Raum stehen hauptsächlich Max' Möbel."

„Ja, es sieht auch nach Max aus." Die Nähte der Ledersessel und der Couch waren mit antiken Nagelköpfen besetzt. Männlich in höchstem Maße.

Alastair grinste. „Meine Möbel gehen eher in Richtung des viktorianischen Stils. Max' zeigen den traditionellen Wilden

CHERISE SINCLAIR

Westen der USA. Wir sind beide viel gereist und kamen stets mit Schnickschnack zurück. Es war interessant, alles zusammenzuführen."

Wilder Westen und britisch. Schwarz und Weiß. „Ähm. Wie hast du und Max ... Ich meine, du bist schwarz und Max ist weiß. Du bist aus England und er ist Amerikaner."

Anstatt beleidigt zu sein, sah Alastair amüsiert aus. „Meine Mutter ist schwarz, britisch und liebt es, in armen Ländern Freiwilligenarbeit zu leisten. Sie traf meinen Vater – er ist weiß –, auf den Philippinen, wo er nach einem Erdbeben zur Hilfe gekommen war. Zwischen ihnen hat es gefunkt."

Uzuri nickte. Tod und Katastrophen. Perfekte Zutaten für eine leidenschaftliche Affäre. „Aber sie sind nicht zusammen geblieben?"

„Nein. Als ich meine Anwesenheit bekannt gab, heirateten sie, Mum ist allerdings ein Stadtmädchen durch und durch. Meinem Vater und Max' Vater gehört die Drago-Ranch in Colorado und sie sind mit Leib und Seele Rancher. Die Ehe hat einfach nicht funktioniert."

So nah, wie er und Max sich waren, hatte sie angenommen, dass sein Vater das Sorgerecht bekommen hatte. Aber nein. „Wenn du mit Max in den USA so viel Zeit verbracht hast, warum hast du dann einen Akzent?"

„Ich bin oft hin und her geflogen. Ich besuchte die Schule in London, verbrachte aber jeden Sommer auf der Ranch." Er lächelte. „Mum hat die kinderfreie Zeit für ihre Freiwilligenarbeit genutzt."

„Oh." Sie schaute sich wieder im Raum um. Max war erst seit dem Sommer in Tampa, und sie hatte gehört, dass Alastair das Haus schon lange davor gekauft hatte. Obwohl es bei ihrer Ankunft bereits dunkel gewesen war, hatte sie gesehen, dass das cremefarbene Backsteinhaus im italienischen Stil einen quadratischen Mittelturm hatte und wahrscheinlich weit über hundert Jahre alt war. Es war so klas-

118

sisch und konservativ, wie es in dieser Gegend nur ging. Sie würde wetten, dass die antiken, wunderschön geschnitzten Bücherregale von Alastair stammten – und doch fügten sie sich perfekt in diesen Raum. „Sich auf einen Stil zu beschränken, kann langweilig sein."

Auch sie vermied dies. Ihre Bürokleidung begann mit einem stilvollen, klassischen Kostüm oder einem Kleid. Dann fügte sie einen bunten Schal und Schuhe, eine auffällige Halskette oder einen Gürtel hinzu, um ihre Individualität innerhalb der Grenzen dessen zu zeigen, was im Kaufhaus zulässig war. Sie tat dasselbe mit ihren Haaren – zurückhaltend genug für die Arbeit, aber mit einem gewissen Etwas, um sich auszuleben.

Als Uzuri aß und sich umschaute, trank Alastair leise von seinem Wein. Sein Schweigen war ... anspruchslos, sodass sie sich nicht unter Druck gesetzt fühlte, die Stille zu füllen. Das alte Haus machte zudem einen friedlichen Eindruck – als hätte es seinen Anteil an Drama schon längst gesehen. Nichts konnte es mehr schockieren.

Und plötzlich ging ihre Fantasie mit ihr durch.

Sie schluckte den letzten Bissen Toast herunter. „Das war genau das, was ich gebraucht habe. Danke. Und danke, dass du mir ... ähm, geholfen hast, aus dem Krankenhaus auszubrechen."

„Es war uns ein Vergnügen, Sub."

„Wenn du mir sagst, wo mein Auto ist, werde ich verschwinden."

„Verschwinden? Ich genieße deine Anwesenheit."

Bei den Worten wurde ihr ganz warm ums Herz, auch wenn sie ihm nicht glaubte.

Er neigte den Kopf und spitzte die Ohren. „Um auf die Frage mit deinem Auto zurückzukommen, ich glaube Max ist jetzt zuhause."

Eine Tür schloss sich und Schritte ertönten im Foyer.

„Im Fernsehraum!", rief Alastair.

Max erschien. Sein Sakko hing über seinem Arm, sodass er

seine Pistole darunter zur Schau stellte. Er war *wirklich* ein Polizist.

Als sein Blick über sie schweifte, erhellte ein Lächeln sein raues Gesicht. „Nettes Hemd, Baby."

Sie blickte nach unten. Sie trug ein abgetragenes, blaues Flanellhemd – überhaupt nicht Alastairs Stil. Er hatte ihr eines von Max' Hemden angezogen. „Ich ..."

„Es gefällt mir an dir, Prinzessin." Er sah zu Alastair. „Ich brauche eine Dusche und saubere Kleidung. Ich bin in Kürze zurück."

Bevor sie nach ihrem Auto fragen konnte, verschwand er. Alastair beugte sich vor und reichte ihr eine längliche weiße Pille. „Bevor er zurückkommt, kümmern wir uns um deine Schmerzen."

Argh. Sie hasste es, Tabletten zu schlucken, dennoch tat sie es pflichtbewusst. Alles, um die Kopfschmerzen zu lindern.

Innerhalb weniger Minuten kehrte Max in einer blauen Jogginghose und einem weißen T-Shirt mit V-Ausschnitt zurück. An ihm war der lässige Look unglaublich sexy.

Mit einem Bier in der Hand setzte er sich auf den zweiten Sessel und lehnte sich vor, um sie einer Musterung zu unterziehen. „Wie fühlst du dich?"

„Gar nicht so schlecht. Alles gut."

Er sah zu Alastair und hob die Augenbrauen. „Doc?"

„Gut ist wohl etwas übertrieben, aber sie erlitt hauptsächlich Blutergüsse und Schürfwunden. Die Kopfschmerzen sollten bis morgen nachlassen. Das Hinken kann länger dauern. Sie hat Glück, keinen gebrochenen Oberschenkelknochen zu haben."

„Wohl wahr." Max nahm einen großen Schluck von seinem Bier. „Dein Auto ... Da heute Freitag ist und es regnet, sind die Abschleppunternehmen etwas hinterher. Dan und ich hätten den Reifen selbst gewechselt, wenn du einen Ersatz gehabt hättest."

Sie verzog das Gesicht zu einer Grimasse. „Den habe ich im letzten Monat benutzt und bisher habe ich es noch nicht geschafft, ihn zu ersetzen." Als er die Stirn runzelte, fühlte sie sich wie eine totale Versagerin.

„Keine Bange. Die Abschleppfirma wird einen Reifen mitbringen und ihn morgen Nachmittag austauschen."

„Morgen Nachmittag. A-Aber ..." *Okay, denk nach, Mädchen.* Sie würde heute Abend einfach ein Taxi nachhause nehmen. Morgen – oder sogar Montag – könnte sie dann mit einem Taxi zum Kaufhaus fahren, um ihr Auto abzuholen. „Wenn du mir die Kosten für den Service und den Reifen mitteilst, gebe ich euch das Geld nächstes Wochenende im Shadowlands."

„Mach dir deswegen keine Sorgen." Max' Mund spannte sich an. „So wie deine Reifen aussehen, müssen sie alle ersetzt werden."

Ja, das wusste sie. Sie nahm ihr Glas und schwenkte das Wasser. „Ich habe mich mit den Reifen zurückgehalten, weil ich mir ein neues Auto kaufen wollte. Ich hatte das Geld fast zusammen, aber dann musste ich umziehen, sodass ich eine Kaution und andere Dinge bezahlen musste." Die Studiengebühren hatten ihre Ersparnisse jahrelang aufgefressen. Durch ihre Beförderung war sie nun in der Lage, größere Beträge zur Seite zu legen.

„Ich sollte gehen, bevor es noch später wird." Sie erhob sich.

„Wie genau planst du, nachhause zu kommen?", fragte Alastair in einem sanften Ton.

„Dafür wurden Taxis erfunden." Sie brauchte ihre Handtasche und ihr Handy. Beides lag oben. Bei dem Gedanken, die Treppe hinaufzusteigen, protestierte ihre Hüfte. Sie hinkte zur Tür und ... wurde sogleich von ihren Füßen gefegt. Ihr Kopf drehte sich, doch sie lag bereits an einer steinharten Brust. „Hey!"

„Du gehst nirgendwohin." Max sah sie mit zusammengezogenen Augenbrauen an und legte sie sanft auf den Ledersessel zurück.

„Entschuldige mal bitte? Du kannst nicht ... kannst nicht ..." Da sie nicht wusste, wie sie den Satz beenden sollte, unternahm sie erneut den Versuch, aufzustehen.

CHERISE SINCLAIR

„Nicht. Bewegen."

Bei Max' geknurrter Anordnung streikten ihre Muskeln, und alles, was sie tun konnte, war, ihn anzustarren. „A-Aber ich muss nachhause."

„Du kannst kaum laufen, geschweige denn geradeaus sehen." Max schüttelte den Kopf. „Nein."

Sie wandte sich an Alastair, der sicherlich vernünftiger sein würde. Während des Dramas hatte er sich nicht einmal bewegt. Oh, hatte er doch; er hatte die Füße auf den Couchtisch gestellt.

„Als ich dir dabei geholfen habe" – sein Grinsen erschien und verschwand – „aus dem Krankenhaus *auszubrechen*, übernahm ich die Verantwortung für dich. Willst du wirklich, dass ich mein Wort breche?"

Sie starrte ihn an. Die Zeit in der Notaufnahme war lückenhaft, aber sie erinnerte sich, dass die Krankenschwestern nicht bereit gewesen waren, sie gehen zu lassen. Bis Alastair aufgetaucht war. „Ich kann nicht bleiben. *Nicht hier.*"

„Warum nicht?" Max stand vor ihr und sah sie verwirrt an. „Magst du das Bett nicht? Magst du uns nicht?"

Oh, mein Gott, sie war so unhöflich. „Es tut mir leid. Das habe ich nicht so gemeint. Das Zimmer ist wundervoll, und ihr wart wunderbar und –"

„Max, jetzt hast du es geschafft." Alastairs grünbraune Augen leuchteten amüsiert auf.

„Ich habe noch nicht einmal angefangen." Max nagelte sie mit einem durchdringenden Blick fest. Der Blick eines Polizisten.

Sie hob das Glas Wasser auf, um etwas in der Hand zu haben. „Stimmt etwas nicht?"

„Genau das versuche ich herauszufinden. Du hattest einen Platten, weil jemand das Reifenventil abgeschnitten hat."

Das Reifenventil. War das nicht das kleine Gummiding, an dem man Luft in den Reifen pumpen konnte? „Abgeschnitten?" Sie schüttelte den Kopf und wünschte, ihr Gehirn würde in Gang kommen.

„Jep." Mit dem Mittel- und dem Zeigefinger ahmte er eine Schere nach. „Es war absichtlich."

Nein. Als die Angst ihre Knochen mit Eis umhüllte, wurde ihre Hand schlaff und ihr Glas rutschte ihr aus den Fingern – nur um von Alastair in der Luft aufgefangen zu werden.

Er stellte das Glas ab, stand auf, hob sie dann sanft hoch und setzte sich auf ihren Platz – mit ihr auf seinem Schoß.

„Nein, nein. Lass mich los!" Panik fegte durch sie und sie wehrte sich gegen seinen Griff.

„Ganz ruhig, Süße. Du bist hier sicher. Ist ja gut." Die tiefe, melodische Stimme drang in den Nebel der Angst ein und fegte ihn weg.

Sie holte tief Luft. *Sicher. Nicht allein.* Mit den Fingern krallte sie sich an sein Hemd.

„Na bitte. Das ist schon besser." Alastair zog sie enger an sich, schlang seinen linken Arm um ihre Schulter und legte seinen rechten über ihre Oberschenkel.

Die Wärme seines Körpers sickerte in ihren und linderte das Zittern, das tief im Inneren begonnen hatte. Mit einem Seufzer lehnte sie ihren Kopf an seine Schulter.

Nach ein oder zwei Minuten sagte Alastair leise: „Mach weiter mit deinen Fragen, Max."

Max setzte sich auf den Arm der Couch und betrachtete sie. „So wie ich es sehe, haben wir drei Möglichkeiten, wer für deinen Platten verantwortlich sein könnte. Dein Stalker Kassab. Irgendein Arschloch, das einen Reifen ruinieren wollte – egal an welchem Auto. Oder jemand, der wütend auf dich ist."

Stoppeln nach einem langen Tag waren auf seinem Kiefer zu sehen. „Die Person, die die Luft aus deinem Reifen gelassen hat, könnte dieselbe sein, die dich angefahren hat. Oder vielleicht auch nicht."

Jemand hatte sie mit einem Auto angefahren. *Nicht Jarvis. Bitte lass Jarvis nicht hier sein.* Ihre Muskeln spannten sich an und ihr Kopf pochte schmerzhaft.

„Ganz ruhig, Darlin'." Max' Stimme wurde weicher. „Anne hat sich Kassab für mich noch einmal angesehen. In seiner Fabrik absolviert er drei bis vier Zehn-Stunden-Schichten in der Woche und bisher hat er keine Arbeitstage verpasst. Sie hat es gecheckt. Ich möchte nicht wissen, wie sie das macht, aber sie konnte sicherstellen, dass er in Cincinnati nicht in ein Flugzeug gestiegen ist. Wenn er also nicht einen ganzen Tag damit verbracht hat, hierher zu fahren – was möglich, aber unwahrscheinlich ist –, ist er nicht dein flüchtiger Fahrer."

Uzuri stieß erleichtert den Atem aus.

Ein versicherndes Rumpeln klang tief in Alastairs Brust. Zu ihrer Erleichterung blieben seine Arme um sie, eine Barriere gegen die Welt.

Max lehnte sich vor. „Gibt es außer Kassab noch jemanden, der dir Kummer bereiten möchte? Vielleicht jemand bei der Arbeit?"

Sie verstand sich bei der Arbeit mit allen. Es gab niemanden ... außer Carole im Verkauf. Uzuri erstarrte.

Max' aufmerksame Augen schärften sich. „Das ist ein *Ja*. Wer?"

„Obwohl sie ein wenig ... wütend auf mich ist" – Uzuri schüttelte den Kopf – „kann ich nicht einfach mit dem Finger auf sie zeigen. Sie hat wahrscheinlich nichts –"

„Ohne Zeugen und da du nichts gesehen hast, hätten wir ohnehin Probleme, die Tat zu beweisen." Max nahm ihre Hand. „Trotzdem möchte ich die Dinge im Auge behalten. Vielleicht kann ich mit ihr sprechen, damit sie weiß, dass sich die Polizei dafür interessiert."

Die Polizei schicken, um mit Carole zu sprechen? Das würde alles noch schlimmer machen. „Ich möchte nicht –"

„Zuri. Gib mir ihren Namen, oder ich werde bei Brendalls auftauchen und jeden einzelnen befragen, vom Besitzer bis zum Hausmeister." Sein Tonfall ließ keine Kompromisse zu.

„Das würdest du nicht." Sie starrte ihn schockiert an.

„Sag es ihm, Love." Alastairs tiefere Stimme war genauso unnachgiebig.

„Carole Fuller. Sie ist Verkäuferin für Damenbekleidung."

„Sehr gut." Max drückte ihre Finger, bevor er ihre Hand losließ.

„Es ist spät und sie ist erschöpft." Alastair stand auf und hob sie mit Leichtigkeit hoch. „Zeit fürs Bett, Sub."

Max erhob sich ebenfalls. Er trat näher und legte eine Hand auf ihre Wange. „Gute Nacht, Prinzessin." Dann küsste er sie sanft auf die Lippen.

„Aber ... Mein Auto. Ich brauche −"

Max schüttelte den Kopf. „Wir möchten, dass du die Nacht sorglos schlafen kannst. Morgen besprechen wir, wie es weitergeht."

„Aber ..."

„Das steht zu diesem Zeitpunkt nicht zur Diskussion", sagte Alastair zu ihr und Stahl unterlegte den sanften Ton in seiner Stimme. Dieser Dom war genauso kompromisslos wie sein Cousin.

Mit einem resignierten Seufzer lehnte sie ihren Kopf an seine Brust und ... und akzeptierte einfach das wohlige Gefühl, das damit einherging, von jemandem getragen, umsorgt und ... beschützt zu werden.

KAPITEL NEUN

Max betrat am Vormittag das Gästezimmer und lächelte. Zuri schlief immer noch tief und fest. Er und Alastair hatten letzte Nacht abwechselnd nach ihr gesehen, obwohl er darauf bestanden hatte, dass sein Cousin die Untersuchungen durchführte. Licht in die Augen der Menschen zu leuchten und idiotische Fragen zu stellen, sollte den Sadisten auf dieser Welt überlassen werden.

Max setzte sich auf die Bettkante und nahm sich einen Moment Zeit, um ihren Zustand zu bewerten. Ihre Atmung war gleichmäßig und die Farbe in ihrem Gesicht besorgte ihn nicht länger.

Verdammt, sie war eine hübsche Frau, mit ihrer samtweichen Haut und den langen Wimpern. Ihre Lippen waren leicht geschwungen, ihre Unterlippe voller als die obere. Er wollte hineinbeißen. Ihre schlanken Finger waren mit einem himmelblauen Nagellack versehen. Sie konnte sich keine Reifen leisten ... Bedeutete das, dass sie sich ihre eigenen Nägel machte oder warf sie das Geld für ein Nagelstudio zum Fenster hinaus?

Sie lag auf dem Rücken, einen Arm über dem Kopf, wunderschön und entspannt. In seiner Gegenwart schien sie immer ange-spannt. Angesichts ihrer Vergangenheit verstand er, warum, aber es freute ihn, dass sie ihm und Alastair genug vertraute, um so ruhig und gelassen schlafen zu können.

Der Rest würde kommen.

Nein. Nein, das würde es nicht.

Um Gottes willen, was hatte er sich dabei nur gedacht? Mit diesem kleinen Bündel bestehend aus Problemen gab es für ihn keine Zukunft. Vor allem wenn er daran dachte, was mit der letzten Frau passiert war, der er zu helfen versucht hatte.

Kopfschüttelnd verließ er das Zimmer.

Ein paar Stunden danach genoss Max auf der Terrasse eine späte Tasse Kaffee, als ein Geräusch seine Aufmerksamkeit erregte.

Die Doppeltüren waren geöffnet. Uzuri stand auf der Schwelle und wollte ihn offensichtlich nicht stören. Ihre Augen waren vom Schlaf noch geschwollen, ihre Haare saßen in einem unordentli-chen Knoten auf ihrem Kopf. Sie trug einen seiner alten Bade-mäntel, den er ihr aufs Bett gelegt hatte. „Guten Morgen?"

„Ja, das ist es. Komm nur raus, Baby." Er zeigte auf den Stuhl auf der anderen Seite des Terrassentisches.

Sie bewegte sich noch recht steif und senkte sich langsam auf die Kante des Stuhls.

„Wie fühlst du dich?", fragte er. „Hast du die Schmerztablette und die Milch von Alastair auf dem Nachttisch gefunden?"

„Ich fühle mich besser, und ja, danke." Ihr Kinn hob sich. „Ich weiß es zu schätzen, dass ihr euch um mich gekümmert habt. Ich werde mir jetzt ein Taxi rufen, damit ich euch nicht länger im Weg bin."

„Nein."

Fuck, er mochte es, wenn sie noch nicht wach genug war, um ihre Emotionen zu verbergen. Auf die Überraschung folgte eine gesunde Menge an Wut. Sie war verdammt süß.

„Du kannst mich hier nicht festhalten."

„Nun ja, nein. Das verstößt wohl gegen das Gesetz." Er kratzte sich an der Wange. „Denke ich. Manchmal vergesse ich die Buchstaben des Gesetzes."

Ihre Augenbrauen zogen sich zusammen und sie begann, aufzustehen.

„Z besteht jedoch darauf, dass du noch eine Nacht bei uns bleibst. Tatsächlich will er bis zum nächsten Wochenende niemanden von uns im Club sehen."

Sie sank zurück auf den Stuhl. „Master Z?" Sie sprach den Namen aus, als wäre der Shadowlands-Besitzer Gott selbst.

Max unterdrückte ein Lachen. Für die unterwürfigen Mitglieder stimmte das wohl. „Alastair ließ ihn wissen, was dir passiert ist."

Ihre großen braunen Augen wurden noch runder. „Oh nein, ich hatte gestern Abend eine Schicht an der Bar! Ich habe nicht angerufen, um zu sagen, dass ich nicht kommen würde. Wie konnte ich das vergessen?" Sie sah aus, als hätte sie ein Auspeitschen zu erwarten.

Max runzelte die Stirn. Hatte er eine sadistische Ader im Shadowlands-Master übersehen? Nach einer Sekunde fragte er vorsichtig: „Wird Z dich deswegen körperlich bestrafen?"

„Oh nein, natürlich nicht. Es ist nur ... er hat so viel für mich getan. Ich hasse es, ihn zu enttäuschen."

Sie machte sich keine Sorgen um sich selbst, sondern konnte es einfach nicht ertragen, Z zu enttäuschen. Vor ihm saß eine wahre Sub – eine Sub, die mehr dienen als nehmen wollte. *Okay ... wow.*

„Aber er sagte, ihr müsstet mich für eine weitere Nacht hier behalten? Warum?" Ihre Frage kam ihr wimmernd über die Lippen.

Diesmal konnte Max sein Lachen nicht unterdrücken. „Zwei Gründe, Baby. Erstens: Du bewegst dich noch nicht besonders gut und er scheint zu ahnen, dass du es gleich wieder übertreiben würdest. Zweitens: Als die Krankenschwester in der Notaufnahme fragte, ob du jemanden hast, der dir helfen könnte, hast du mit *Nein* geantwortet. Laut Z hast du viele gute Freundinnen, die alles fallen lassen würden, um dir beizustehen. Ich muss sagen, wenn ich eine deiner Freundinnen wäre, würde mich diese Aussage tief verletzen."

Max' Worte trafen Uzuri unerwartet. Mitten ins Herz. Trotz der Schmerzen in ihrer Schulter schlang sie ihre Arme um sich, um den unvorhergesehenen Schlag einzudämmen. Sie hatte ihre Freunde verletzt?

Sie schluckte schwer. „Ich wollte niemandem Umstände machen. Ich wollte nicht ... wollte niemandes Gefühle verletzen."

Warme Hände legten sich auf ihre Schultern. Alastair stand hinter ihrem Stuhl. „Alles ist gut, Uzuri."

Nein. Nein, das ist es nicht. Tränen füllten ihre Augen.

Max' Ausdruck wurde sanfter. „Warum, Baby? Warum hast du sie nicht angerufen?"

Sie konnte nicht sprechen. Sie war sich nicht einmal sicher, ob sie eine Antwort hatte.

In einem weißen Tanktop und khakifarbenen Shorts, die muskulösen Beine enthüllt, setzte sich Alastair neben sie und nahm ihre Hand. „Ich kannte eine Service-Sub, die überglücklich war, zu geben, sich aber schuldig fühlte, wenn sie selbst Hilfe brauchte. Hinzu kommt das Bild der starken Schwarzen Frau, das in diesem Land so weit verbreitet ist ..."

„Und so landet eine kleine Sub schnell in einer Falle, aus der sie nicht mehr alleine herausfindet." Max runzelte die Stirn. „Trifft es das, Prinzessin?"

Uzuri nickte. Hilfe zu brauchen, fühlte sich wie Versagen an.

Sie war stark. Nichtsdestotrotz wusste sie, dass ihre Freunde alle aufeinander zählen konnten. Sie riefen einander an, wenn jemand Hilfe brauchte. Uzuri runzelte die Stirn. Warum hatte sie also noch nie jemanden gefragt? Die Antwort kam an die Oberfläche, dunkel und hässlich. *Weil ich es nicht verdie –*

„Verdiene?" Alastairs Hand festigte sich um ihre.

Oh, mein Gott, sie hatte laut gesprochen!

Max hockte sich vor Uzuri, nahm ihre andere Hand und fragte in einem sanften Knurren: „Erkläre es mir, Darlin'. Glaubst du nicht, dass du Hilfe verdienst?"

Sie schüttelte den Kopf und biss sich dann auf die Unterlippe. Das war komisch, oder? Nicht normal?

„Was ist der Grund dafür?" Alastair rieb seinen Daumen über ihren Handrücken. „Hat dir deine Mutter das Gefühl gegeben, du seist es nicht wert?"

Wie konnte sie sich zwischen den beiden Doms gleichzeitig gefangen und ... umsorgt fühlen? „Mama war wundervoll. Sie war immer stolz auf mich. Sie hat mich sogar in eine Privatschule eingeschrieben, damit ich die bestmögliche Ausbildung bekomme."

„Deine Mitschüler vielleicht?", fragte Max. „Haben sie dir das Gefühl gegeben, dass du keine Hilfe verdient hast?"

„Eine Privatschule kann grausam sein, stimmt's?", hakte Alastair nach.

Uzuri schüttelte den Kopf. Sicher, ein paar schnöselige Mädchen in ihrer katholischen Privatschule hatten das arme schwarze Mädchen nicht in ihren Klassen gewollt. Andere waren ihre Freunde geworden, und sie waren alle klug und witzig gewesen. Sie hatten sich gegenseitig bei allem geholfen, einschließlich dabei, den Lehrern Streiche zu spielen. Ihre Augenbrauen zogen sich zusammen.

„Was haben die Lehrer getan, Zuri?", fragte Max.

„Einige von ihnen dachten, dass ich nicht in diese Schule gehöre. Sie antworteten nie auf meine Fragen und halfen mir nicht, wenn ich etwas nicht verstand. Es war, als würde ich nicht existieren. Ich *sollte* nicht existieren." Sie erkannte, dass sie die Hände um die der Männer anspannte.

„Weil sie dich nur als schwarzes Mädchen gesehen haben?", fragte Max.

Sie blinzelte. Der Dom war furchtbar unverblümt.

Max warf seinem Cousin einen amüsierten Blick zu. „Ich habe die kleine Sub mal wieder schockiert, hmm?"

Als sie zu Alastair blickte, um seine Reaktion zu sehen, war seine Aufmerksamkeit auf sie gerichtet, nicht auf Max. „War das der Grund, warum sie dich nicht gebilligt haben, Uzuri?"

„Vielleicht." Sie seufzte. „Oder weil wir nicht reich waren. Meine Mutter war Sekretärin und hat am Abend in meiner Schule Überstunden geleistet, um die Schulgebühren aufbringen zu können. Das schien einige Leute zu stören."

Ein kleines Lächeln formte sich auf Alastairs sinnlichen Lippen. „Ah. Das klingt schon eher nach der britischen Art. Wenn du in der unteren Schicht bist, spielt es keine Rolle, ob du schwarz oder weiß bist."

Max schnaubte. „In dem Fall ist es gut, dass du mit einem silbernen Löffel zwischen deinen Lippen geboren wurdest, Cousin."

„Wohl wahr." Alastair musterte Uzuri. „Bist *du* der Meinung, dass du weniger Hilfe verdienst als alle anderen?"

„N-Nein. Nicht, wenn ich länger darüber nachdenke. Ich verdiene Hilfe. Ich bin schlau. Und stark." Sie runzelte die Stirn. „Ich arbeite hart und ich bin ehrlich und ... und ich bin ein netter Mensch."

Die Sonnenlinien neben Max' Augen vertieften sich. „Gut zu wissen. Aber es ist nicht gut, dass du als Kind so oft abgelehnt wurdest."

„Und wahrscheinlich auf eine Weise, die weh tat." Alastairs Gesichtsausdruck zeigte ein Verständnis, an das sie nicht gewöhnt war. „So sehr, dass du es jetzt instinktiv vermeidest, um Hilfe zu bitten."

„Auch an dieser Reaktion werden wir wohl arbeiten müssen." Max drückte ihre Hand und erhob sich. „Ich werde mir etwas Football ansehen. Komm zu mir, wenn du sehen willst, wie die Buffaloes den Wildcats in den Arsch treten."

Als Max im Haus verschwand, wandte sich Uzuri an Alastair. „W-Was meinte er damit, an meiner Reaktion arbeiten zu wollen?"

„Wir sind Doms. Du bist eine Sub mit einem Problem. Was denkst du also, was er damit meinte?"

Oje. „Aber Master Z hat euch nur gebeten, mir dabei zu helfen, große Männer in meiner Nähe akzeptieren zu können. Nichts weiter."

Seine Lippen zuckten. „Keine Sorge, kleine Miss. Wir sind ziemlich flexibel." Alastair tippte auf ihr Kinn. „Während ich dir etwas zu essen besorge, möchte ich, dass du darüber nachdenkst, was wir besprochen haben und warum du in der Lage sein musst, um Hilfe zu bitten."

Leise ging er ins Haus und ließ sie auf der Terrasse allein. Mit *Hausaufgaben.*

Eine Stunde später öffnete Alastair die Haustür und schenkte Jakes Frau Rainie ein Lächeln. In einem leuchtend blauen Sommerkleid, das ihre bunten Tattoos zur Schau stellte, strahlte die kurvenreiche Sub ihn an. „Seid ihr bereit für euer neues Familienmitglied?"

„Das sind wir." Er schaute nach unten und sah, dass hinter ihr ein Hund kauerte. Die Art und Weise, wie der junge Hund mit verängstigten, dunkelbraunen Augen zu ihm aufsah, brach ihm das Herz.

„Hunter ist ein wenig schüchtern", sagte Rainie. „Nach dem Tod seines Besitzers hatte er eine harte Zeit."

„Ich verstehe." Alastair machte eine einladende Bewegung mit der Hand. „Kommt rein."

„Ähm, ich habe eine hysterische Katze im Auto." Rainie warf einen Blick zurück auf ihren Lieferwagen. „Jessica meinte, Uzuri sei hier?"

„Ja, ist sie."

„Sie kennt Hunter und die Adoptionsroutine. Sie wird dich durch das Verfahren führen."

„Warum sollte Uzuri wissen –"

„Ich muss los!" Ohne darauf zu warten, dass er den Satz beendete, überreichte Rainie die Leine und eine Mappe. „Ich komme zurück, sobald sich die Calico in ihrem neuen Zuhause eingewöhnt hat." Sie eilte zu ihrem Fahrzeug und öffnete die Tür des Lieferwagens.

Alastair konnte die Katze kreischen hören. Kein Wunder, dass Rainie es eilig hatte.

„Nun, Hunter." Er sah nach unten. Zuerst bestand das Ziel darin, den Hund ins Haus zu holen. Dann konnte er sich darauf konzentrieren, sich mit ihm anzufreunden. „Lass uns mal schauen, ob Uzuri dich wirklich kennt." Obwohl das angesichts ihrer Abneigung gegenüber Tieren unwahrscheinlich schien.

Die Nägel des Hundes klickten über den Eichenboden, als Alastair ihn durch das Haus und auf die Terrasse führte. Um den eingezäunten Pool befanden sich Tische und Stühle sowie der Teich, von wo sie die Aussicht auf den wunderschön gestalteten Garten im Südwesten hatten. Obwohl es eine Menge an Material gebraucht hatte, um den Pool als auch die Terrasse abzuschirmen, schätzte er die insektenfreie Zone.

Er schaute auf den kleinen Teich zu seiner Rechten. Die hübsche Sub lag auf einem Liegestuhl im Schatten einer hohen Eiche.

„Uzuri, Rainie hat Hunter vorbeigebracht."

„Rainie?" Sie setzte sich auf, sah den Hund und ... „Hunter!"

Mit einem aufgeregten Bellen zog Hunter an der Leine, riss sich von Alastair los und stürmte über die Terrasse.

Mit großen Augen beobachtete Alastair, wie die selbsternannte Hundehasserin von der Liege auf den betonierten Boden glitt. Obwohl es eindeutig war, dass sie Schmerzen hatte, zog sie Hunter auf ihren Schoß, als wäre er ein Welpe statt eines dreißig Kilogramm schweren Hundes.

Hunter zappelte vor Aufregung am ganzen Körper und bedeckte ihr Gesicht und ihren Hals mit Hundeküssen, als wollte er sagen: *Rainie hat mich hergebracht, weil meine beste Freundin hier ist!*

Alastair schaute einfach zu. *Hundehasser also, ja?*

Dass Uzuri immer wieder eine Grimasse zog und zusammenzuckte, zeigte, dass sie Schmerzen litt, aber ihr Fokus lag einzig und allein darauf, den Hund zu trösten. „Es ist alles okay, Hunter. Hier wird es dir gut ergehen. Das ist ein schönes Haus, mein Kleiner. Mit netten Bewohnern." Ihre Stimme war ruhig und sanft – so wie Alastair mit verängstigten Kindern sprach –, und innerhalb weniger Minuten kam der Hund zur Ruhe und war bereit, sich umzusehen.

Uzuri biss sich auf die Unterlippe und sah zu Alastair. „Bitte sei nicht böse auf ihn. Sein Besitzer war alt und lebte allein. Hunter hatte es im letzten Monat nicht leicht."

„Alles gut."

Für jemanden, der Haustiere hasste, schien sie sich sehr wohl dabei zu fühlen, sie zu umarmen und zu knuddeln. Sie hielt den Hund an sich gedrückt und kraulte durch sein kurzes Fell.

Alastair gab sowohl dem Hund als auch der Frau etwas Zeit und setzte sich mit der beigefügten Mappe gleich neben der Tür auf den Boden.

Hunter und Uzuri entspannten sich langsam. Alastair lächelte, als sich Hunters Nase hob und in seine Richtung zeigte. Er erkundete die verschiedenen Gerüche, jetzt, da er keine Angst mehr hatte.

„Er ist ein wunderschöner Hund." Alastair öffnete die Mappe. Die Formulare waren mit Sternen versehen, wo Unterschriften benötigt wurden. Der Einfachheit halber lag der Mappe ein Stift bei. Ziemlich gut organisiert. „Rainie sagte, du kennst dich mit dem Prozess für eine Adoption aus?"

„Ich helfe ihr gelegentlich." Uzuri rieb ihre Wange über den Kopf des Hundes, wurde mit Hundeküssen belohnt, die sie zum Kichern brachten. „Es gibt mir die Chance, meine Obsession mit Welpen und Kätzchen zu stillen."

„Ah." Er nahm die Formulare heraus und musterte diese genauer. Die Akten zu Shadowlands-Mitgliedern konzentrierten sich auf BDSM-Präferenzen, inklusive der medizinischen und persönlichen Geschichte, da solche Informationen die Sessions beeinflussen konnten. Obwohl Z durch eine obligatorische Hintergrundprüfung an mehr Informationen kam, behandelte er das meiste davon vertraulich. „Was genau machst du bei Brendalls?"

„Ich bin ein Fashion Buyer."

„Tatsächlich? Kein Wunder also, dass du immer so wunderschön und stilvoll gekleidet bist."

Sie strahlte ihn an. „Danke."

Als er die Formulare durchlas, lächelte er. Stilvoll passte heute nicht ganz, da sie Max' riesigen Bademantel und kein bisschen Make-up trug. Trotz ihres Ausbruchs vor Rainie, als sie meinte, dass sie Hunde nicht mochte, schien es ihr egal zu sein, dass gerade Fell auf ihrem einzigen Kleidungsstück landete. Alastair unterschrieb zwei Formulare über Hundepflege, bevor er Hunters braune Nase neben seinem Bein bemerkte. *Fortschritt.* Er arbeitete sich durch ein weiteres Formular, dann streckte er seine Hand mit der Handfläche nach oben aus.

Hunter schnupperte an seinen Fingern, senkte schließlich den Kopf und damit seinen Blick. Alastair streichelte sein kurzes Fell und wurde bei dem vertrauten Gefühl an seinen Verlust erinnert. Auch jetzt noch vermisste er Jeeves.

Hunters Schwanz begann zu wedeln.

„Du bist ein guter Junge, ja, das bist du", murmelte Alastair. Das Wedeln nahm an Geschwindigkeit zu.

Nachdem er sich mehr Streicheleinheiten von ihm gegönnt hatte, rannte der Hund zurück zu Uzuri und sprang direkt auf ihren Schoß, sodass Alastair von ihr ein Stöhnen vernahm. Ihm kamen ihre Verletzungen in den Sinn und er wollte Hunter zurückrufen, doch er sah, wie sich die Arme der kleinen Sub um den Hund schlangen.

Hunter leckte ihr über das Kinn.

Kichernd küsste Uzuri ihn auf den Kopf.

„Na schau mal, wer den Weg zu uns gefunden hat." Max' raue Stimme war zu hören, bevor er aus der Tür auf die Terrasse trat. Er grinste und hockte sich hin. „Hey, Kleiner."

Offensichtlich fühlte sich Hunter nun schon wohler in seinem neuen Zuhause und trabte hocherfreut zu dem Neuankömmling, um an den nächsten Fingern zu schnuppern und sich ein paar Streicheleinheiten abzuholen. Rasch erkundete er auch die Terrasse, nur um die Tour immer wieder zu unterbrechen, da es ihm nach mehr Zuneigung dürstete.

Max beobachtete ihn. „Er ist achtsam, hmm?"

„Aber hat keine Angst, verletzt zu werden. Ich würde sagen, seine Welt wurde mit dem Tod seines Besitzers aus der Bahn geworfen, sodass er nun etwas vorsichtiger mit neuen Menschen ist." Alastair lächelte und streckte seine Hand aus. „Hunter, komm."

Der Hund rannte mit wedelndem Schwanz und in Erwartung von mehr Zuneigung zu ihm.

Alastair kraulte ihm hinter den Ohren. „So ein braver Hund. Gutes Hündchen."

Hechelnd und schwanzwedelnd rannte er zurück zu Uzuri und sprang erneut auf ihren Schoß, um seine Glückseligkeit mit ihr zu teilen.

Lachend umarmte sie ihn und wurde wieder von ihm abgeschleckt.

Alastair warf Max einen Blick zu und sah, dass auch er verwirrt war. Uzuri war schließlich ziemlich nachdrücklich gewesen, als sie Rainie sagte, was sie von Tieren hielt. *„Ich hasse Haustiere. Ich hasse Hunde. Überall sind Haare und sie lecken ständig das Gesicht und ... und ruinieren meine Kleidung."*

Er hatte Fragen.

Alastair ließ Max neben der Tür zurück, sodass er sich mit Hunter vertraut machen konnte, während er ins Haus ging und sich um Nachmittagssnacks kümmerte – Eistee und seine liebsten Kekse. Gingersnaps.

Zurück auf der Terrasse stellte er das Tablett auf einen Tisch und schaute sich um.

Max hatte Hunter aus dem verglasten Sommergarten geführt, sodass er den Garten erkunden konnte. Uzuri saß immer noch auf dem Boden. Wahrscheinlich hatte sie Probleme, aufzustehen.

Alastair ging zu ihr und streckte seine Hand aus. „Na komm, Love. Ich helfe dir hoch."

Er schien sie mit seiner Anwesenheit erschreckt zu haben, denn sie zuckte zusammen. Eine Sekunde später hatte sie die Fassung wiedererlangt und ließ sich von ihm auf die Beine ziehen.

Alastair nahm neben ihr Platz und stellte die Gläser ab. „Du bist nicht vor mir zurückgeschreckt, als wir die Session zusammen gespielt haben. Erst später wurde es ein Problem. Hast du jetzt mehr Angst vor Männern als letztes Jahr?"

Offensichtlich Zeit schindend nahm sie einen Schluck von ihrem Eistee. Ihre Augen trafen schließlich auf seine. Er hatte von Augen, die an geschmolzene Schokolade erinnerten, gehört. Heute wurde er jedoch das erste Mal davon Zeuge, dass die übertriebene Beschreibung auf jemanden zutraf. *Wunderschön.*

„Eigentlich habe ich mich ganz gut gemacht. Bis der Frühling kam." Ihre Hände spannten sich um ihr Glas an. „Letztes Jahr ...

Es tut mir leid, dass ich dich beschuldigt habe, mich nur zu wollen, weil ich nicht weiß bin."

„Ja, ich muss sagen, dass deine Reaktion – deine Wut – als Überraschung kam."

Max ließ Hunter im Garten und trat lautlos auf die Terrasse. Durch seinen jahrelangen Militärdienst in einer Spezialeinheit bewegte er sich leiser als eine Raubkatze auf der Jagd. Nach einem Blick auf Alastair blieb er hinter Uzuri stehen und hörte dem Gespräch interessiert zu. Hinterhältiger Mistkerl.

Ihr schuldiger Ausdruck war ziemlich bezaubernd. „Hat Master Z ... dir Probleme bereitet?"

„Keine Sorge, Sub. Mit Vorlieben hat er kein Problem. Schließlich mag er kurvige Frauen, Cullen bevorzugt große Subs und manche Doms wollen ruhige Persönlichkeiten. Z mag es jedoch nicht, wenn ein Dom aus Bequemlichkeit Entscheidungen trifft." Alastair nahm ihre Hand. „In dem Punkt muss ich ihm zustimmen. Nichtsdestotrotz wusstest du ganz genau, dass ich zugestimmt habe, weil ich dich kannte und dich als Person mochte."

Reuevoll holte sie Luft und begegnete seinem Blick. „Es tut mir leid."

„Eine Entschuldigung reicht nicht aus. Du schuldest mir eine Session, Uzuri."

Ihre Kinnlade klappte herunter. Er sollte es nicht genießen, sie zu schockieren, aber ... *bei Gott*, das tat er.

Hinter ihr grinste Max ihn an. Ohne zu sprechen, ging er zurück zur Terrassentür und entließ einen schrillen Pfiff durch die Zähne.

Hunter kam angerannt, hielt inne, um sich streicheln zu lassen, und steuerte dann direkt auf Uzuri zu. Er legte eine Pfote auf ihr Knie und keuchte ihr ins Gesicht, als würde er dem Chef Bericht erstatten.

Sie umarmte ihn. „Hattest du eine gute Zeit, mein Großer? Hast du die bösen Eichhörnchen aus dem Garten vertrieben?"

„Das hat er." Rechts von Uzuri ließ sich Max auf einen Stuhl nieder und rückte sogleich näher an sie heran.

Wieder erstarrte sie.

Als Max sich zurücklehnte und offensichtlich nicht vorhatte, sie anzuspringen, entspannte sie sich. Hunter behielt seine Pfote auf ihrem Oberschenkel, als sie seinen Kopf streichelte und ihm hinter den Ohren kraulte.

Max wies mit dem Kinn auf den Hund. „Also, Baby, warum hast du Rainie gesagt, dass du Hunde hasst?"

Sie erstarrte, bevor sie Hunter sanft nach unten drückte. „Ich hasse Hunde nicht. Ich wollte einfach keinen Hund und musste mir eine gute Ausrede einfallen lassen. Rainie kann aufdringlich sein."

Rainie *war* aufdringlich. Nur war sie auch verständnisvoll und Uzuri konnte sich gut ausdrücken. Ihre panische Ausrede bedeutete, dass sie nicht über den wahren Grund sprechen wollte. Hundertprozentig hatte es etwas mit ihrem Stalker zu tun. „Ist etwas mit einem Haustier passiert? Vielleicht durch den Mann, der dich in der Vergangenheit gestalkt hat?"

„Jarvis Kassab", knurrte Max.

Ihr Gesicht nahm einen grauen Unterton an. Nach einem langen Moment sprach sie fast unhörbar. „Er hat meinem kleinen Hund wehgetan." Die Tränen in ihren sanften braunen Augen konnten einem Mann wirklich das Herz brechen. „Ich hätte nie gedacht, dass er es tun würde." Sie holte zittrig Luft. „Ich musste Hugo meinem Cousin geben, musste ihn aus Cincinati raushlen, um dafür zu sorgen, dass er in Sicherheit war."

Alastair erinnerte sich an den Tag, an dem Jeeves sich das Bein gebrochen hatte; sein Herz schmerzte nur bei der Erinnerung. Wie viel schlimmer war es, wenn ein Ex absichtlich ein Haustier verletzte? Schließlich würde sie sich dafür die Schuld geben. Wie verdammt hilflos sie sich gefühlt haben musste, um die Entscheidung zu treffen, ihren Hugo für seine eigene Sicherheit aufzugeben. Und er und Max hatten sie für gefühllos gehalten.

Stattdessen fühlte sie zu viel. Alastair konnte nicht anders, riss sie vom Stuhl und setzte sie auf seinen Schoß. „Es tut mir leid, Love."

Sein Cousin lachte gedämpft.

Ja, ein Kind oder eine Frau verletzt oder verängstigt zu sehen, hatte Alastair noch nie ignorieren können. Sein erster Instinkt war es, einen sicheren Ort anzubieten – so wie er es letzte Nacht getan hatte. Wenn es so weiterging, würde Uzuri ziemlich viel Zeit auf seinem Schoß verbringen.

Damit hatte er kein Problem. Als sich ihr kurviger Körper, weich an den richtigen Stellen, langsam entspannte, ließ seine Wut nach. In der Lage zu sein, auf diese Weise Trost zu spenden, fühlte sich berauschend an. Es erfüllte ein Bedürfnis, von dem er bis jetzt nichts gewusst hatte. Als sie ihren Kopf an seine Brust legte, festigte er die Arme um sie.

Mit einem sanften Winseln schob Hunter seine Nase unter ihren Ellbogen.

Sie streckte die Hand aus, um über seinen Kopf zu streicheln. „Es ist alles okay, mein Kleiner. Das verspreche ich."

Alastair fühlte sich wie ein kompletter Trottel, als er beobachtete, wie sie Hunter tröstete. Ja, er war eindeutig ein Idiot. Die Frau hatte Rainie angelogen. Sie hasste Hunde nicht, und weder er noch Max hatten es gemerkt. Ja, ihr Aussehen war ihr wichtig; ihre Kleidung belegte jedoch den zweiten Platz hinter den Bedürfnissen eines Hundes. Sie hatte ihre eigenen Sorgen und ihr Unbehagen beiseitegelegt, um dem Hund zu versichern, dass alles in Ordnung war.

Sie hatte ein fürsorgliches Herz.

Alastair hatte lange genug gelebt, um zu wissen, wie selten dies in einem Menschen war. In Kombination mit einem hübschen Gesicht und einem heißen Körper, Intelligenz und einem Sinn für Humor? Einfach unwiderstehlich.

Was dachte Max? Alastair sah zu ihm und hob fragend eine Augenbraue hoch.

Max' Ausdruck wirkte verunsichert, und Alastair erhielt weder ein zustimmendes Nicken noch ein Kopfschütteln. Max war nicht bereit, schon eine Entscheidung zu treffen.

Anscheinend war sein Cousin so dickköpfig wie die Rinder auf der Drago-Ranch. Es war fair, dass Max Zeit zum Nachdenken brauchte. Jedoch könnte es nicht schaden, ihm einen kleinen Stoß in die richtige Richtung zu geben.

Wofür waren Cousins sonst da?

Nach dem Abendessen, das Max und Alastair gekocht hatten und bei dem Uzuri weder beim Kochen noch beim Aufräumen helfen durfte, war sie wieder nach draußen gegangen. Die Sonne war untergegangen, und winzige Lichter um den kleinen Gartenteich leuchteten in der zunehmenden Dunkelheit. Aus dem Inneren des Hauses war klirrendes Geschirr und das leise Gemurmel der Dragos zu vernehmen.

Ihnen nicht zu helfen, schien falsch und machte sie unruhig.

Alastair hatte jedoch darauf bestanden, dass sie die Zeit nutzte, um über Wege nachzudenken, wie sie ihre Probleme überwinden konnte. Er und Max planten, ihre Ziele später mit ihr zu besprechen. Es gab Zeiten, in denen Dr. Dom sie an einen ihrer College-Professoren erinnerte.

Nichtsdestotrotz sollte sie sich besser einige Ziele überlegen.

Sie legte den Kopf zurück und genoss die sanfte, nach Salzwasser duftende Brise. Die Hillsborough Bay war nur einen Block entfernt. Max plante, am Morgen mit Hunter entlang des Bayshore Boulevard joggen zu gehen. Am Wasser. Das würde Hunter sicher gefallen.

Der Kurzhaar hatte sich leichter eingelebt, als sie erwartet hätte. Andererseits hatte er ein „Rudel" für sich gefunden, das zwei dominante Männer beinhaltete, die ihm sagten, was er zu tun und zu lassen hatte.

Sehr dominante Männer.

Vor einigen Jahren hätte sie so ziemlich alles aufgegeben, um einen von ihnen für sich zu gewinnen. Nicht mehr. Sie seufzte und umarmte ihre Knie.

Sich auf einen Kerl einzulassen, war gefährlich. Schließlich hatte sie Jarvis zunächst für wundervoll gehalten. Und sie hatte sich extrem geirrt. Er hatte sie nicht nur zusammengeschlagen, sondern hatte auch ihr Haustier und geliebte Menschen verletzt, hatte ihre Freunde und alle potenziellen Bekanntschaften belästigt und vertrieben.

Sie hatte ihn ins Gefängnis geschickt und doch kontrollierte er ihr Leben noch immer. Sie hatte Angst vor großen Männern. Sie traute sich nicht auf Dates und ließ niemanden zu nah an sich heran. Sie hatte nicht einmal ihren besten Freunden von ihrer Vergangenheit erzählt. Sie lebte in ihrem selbst geschaffenen Gefängnis in Angst.

Jarvis würde es sicher gefallen, dass er ihr Leben ruiniert hatte.

Doch er war nicht der Einzige, der sie negativ beeinflusst hatte. Stirnrunzelnd überlegte sie, was die Dragos gesagt hatten – dass sie wegen der *Gewohnheiten*, die sie in der Schule entwickelt hatte, nicht um Hilfe bat. Weil einige Lehrer sie für unwürdig gehalten hatten. Da Mama sich so gefreut hatte, dass sie in diese Schule aufgenommen worden war, hatte Uzuri die kleinen Grausamkeiten nie erwähnt. Sie hatte einfach härter gekämpft, um zu beweisen, dass sie dorthin gehörte.

Ich glaube nicht, dass ich es nicht verdient habe.

Etwas in ihr tat das jedoch.

Ihre Lippen pressten sich fest aufeinander, als die Wut in ihr loderte. Jarvis und diese Lehrer – wollte Uzuri sie gewinnen lassen? Wollte sie, dass sie ihr Leben bestimmten?

Nein.

Ihre Karriere war auf Kurs, aber der Rest ihres Lebens war ein Trümmerhaufen. Sie musste ihre Ängste überwinden und aufhören, sich von der Vergangenheit bremsen zu lassen. Wenn sie jemals einen Liebhaber, einen Dom, einen Ehemann wollte, musste sie endlich die Kurve kriegen.

Nummer eins: Sie musste es schaffen, die Nähe von großen Männern zu ertragen. Ein Schauer jagte durch sie. Leichter gesagt als getan. Größe war wichtig, und ein Mann konnte sie leicht überwältigen. Andererseits war Mistress Anne keine große Frau und sie konnte jeden fertigmachen, egal ob männlich oder weiblich.

Uzuri jedoch ... könnte sich nicht mal gegen eine Zehnjährige behaupten.

Sie war selbst schuld. Durch die Wette, die sie gegen Holt verloren hatte, war sie nun gezwungen, an dem Selbstverteidigungskurs der Shadowkittens teilzunehmen. Nur war sie nicht mit Leib und Seele dabei. Wie dumm war das bitte? Vielleicht sollte sie die Kombinationen üben, die Anne sie gelehrt hatte.

Ideen tanzten durch ihren Kopf und Uzuri erhob sich. Sie brauchte ein Notizbuch, sodass sie sich eine Liste machen konnte. Ihr Leben würde sich schon bald ändern. Oh ja, das *würde* es.

Als sie ins Haus trat, schaltete Max gerade den Geschirrspüler ein.

Alastair lächelte sie an. „Wir haben beschlossen, dass heute Tequila-Nacht ist. Wie fühlst du dich?"

„Ziemlich gut." Sie schüttelte vorsichtig den Kopf, dann kräftiger. „Meine Kopfschmerzen sind weg, und Alkohol würde den anderen wunden Stellen helfen." Ein Drink klang gut.

Max zog eine Flasche Casa Dragones aus dem Schrank. „Bevorzugst du es, den Tequila pur zu trinken?"

Eklig. „Äh, nein." Sie zögerte und bot dann an: „Ich mache gute Erdbeer-Margaritas, wenn ihr die auch mögt."

Max zog einen Mixer heraus. „Ich trinke meinen Tequila pur, aber der Doc bevorzugt ihn mit etwas gemixt. Mach dich an die Arbeit, Baby."

Ein Drink am Abend mit zwei Doms. Das Ziel war, sich an sie

zu gewöhnen. Nur hatte sie nicht geplant, diesen Punkt sofort abzuhaken.

Sie würde diesen Drink wirklich brauchen. Sie hob das Kinn, warf die Schultern zurück und durchquerte die Küche.

Ausgestreckt auf der Couch, ein Fuß oben, der andere auf dem Boden, hatte es sich Max bequem gemacht. Er stellte sein leeres Glas – seinen vierten Shot – auf den Beistelltisch und biss in eine Limettenecke. Er genoss es, dass der Alkohol sein Gehirn vernebelte – obwohl er es morgen bereuen würde, weshalb er dies nicht allzu oft tat.

Hunter lag zu Alastairs Füßen.

Auf der anderen Seite des Raumes goss Uzuri mehr von dem Erdbeer-Margarita für Alastair in ein Glas, bevor sie ihr eigenes wieder auffüllte. Alastair sah immer noch nüchtern aus, Uzuri weniger. Max lächelte, da sie jetzt so viel entspannter wirkte.

Nachdem er sie mit Grant und Connor gesehen hatte, war ihm klar gewesen, dass sie eine lustige Trinkkameradin sein würde. Natürlich war sie mehr als das. Er hatte noch nie jemanden getroffen, der gleichzeitig so witzig und doch so höflich war.

Ja, es war eine Schande, dass er und Alastair geplant hatten, sie gleich aus dem Gleichgewicht zu bringen. Während sie die Küche gesäubert hatten, hatten sie über deren Verantwortung gegenüber der kleinen Sub gesprochen und festgestellt, dass sie nicht viel Zeit hatten, um deren Magie wirken zu lassen. Im Moment war ihr Verteidigungswall unten.

Als sie zu ihrem Sessel ging, warf Max einen Blick zu Alastair und zog eine Augenbraue hoch.

Sein Cousin nickte.

Die Zeit ist um, Baby. Als Uzuri an der Couch vorbeiging, packte Max ihr Handgelenk.

Sie erstarrte nur für eine Sekunde, bevor sie sich wieder entspannte. *Es wird besser. Gut.*

„Du hattest heute etwas Zeit zum Nachdenken, Darlin'." Ausgestreckt auf der Couch, mit dem Rücken gegen die Armlehne, zog er sie nach unten und platzierte sie auf seinem Bauch. Hoffentlich wäre sie nicht zu verängstigt, wenn er unter ihr war. So war sie ihm jedoch nah genug, dass er sie berühren und ihre Reaktionen abschätzen konnte. „Bist du zu interessanten Schlussfolgerungen gekommen?"

Mit dem Glas in der linken Hand saß sie steif und unbeweglich wie eine in die Enge getriebene Maus auf ihm. Sie atmete langsam ein und nickte. „Zu mehreren. Ja."

Er legte seine Finger um ihre rechte Hand und freute sich, nur ein leichtes Zittern zu spüren.

„Die richtige Antwort lautet: *Ja, Sir.*" Alastairs Korrektur ließ sie wissen, dass sie als Doms vorgingen, nicht als ihre Freunde.

Ihre Stimme wurde noch sanfter: „Ja, Sir."

Alastair trank unbekümmert von seinem Margarita und nahm so etwas die Spannung aus der Situation. „Ausgezeichnet. Teile deine Schlussfolgerungen mit uns."

Wenn möglich, war sie nun noch steifer. Ihre Körpersprache war so aufschlussreich wie ein Schrei.

Max biss sich in die Wange, um die Belustigung aus seiner Stimme zu halten. „Heute noch, Prinzessin."

Sie kaute auf ihrer Unterlippe herum, bevor sie ihren Mut fand – Mut, den er nicht länger anzweifelte – und Alastair direkt in die Augen sah. „Mir ist klar geworden, wie sehr meine Vergangenheit mein Leben beeinflusst – wie ich mich von meinen schlechten Erfahrungen und meinen Ängsten in einen Käfig stecken lasse."

„Gut. Was gedenkst du deswegen zu unternehmen?"

Sie schnaubte. „Ich wollte mir grad ein Blatt Papier und einen Stift holen, um eine Liste zu machen, als ich zum Trinken verführt wurde."

Max drückte ihre Finger. „Wir helfen dir beim Brainstorming. Und Alastair vergisst nie etwas, auch nicht, wenn er ein paar Drinks intus hat."

„Niemals?" Sie sah besorgt zu Alastair. „In der Schule ist das sicher praktisch. Geht es aber um Erfahrungen ... Mir ist zu Ohren gekommen, dass du an einigen gruseligen Orten Freiwilligenarbeit geleistet hast."

Wohl wahr. Max wusste, dass Alastair genauso viele Albträume hatte wie er. Der einzige Unterschied war, dass Max eine Waffe geschwungen und damit getötet hatte. Nichtsdestotrotz waren die Folgen einer Schlacht unschön, egal was ein Mann dort getan hatte. Max war dankbar, dass seine schlimmeren Erfahrungen mittlerweile verschwommen daherkamen. Alastairs Erinnerungen waren zweifellos noch viel zu scharf.

„Das ist einer der Gründe, warum ich meine Freiwilligenarbeit in Kriegsgebieten beendet und Veränderungen in meinem Leben vorgenommen habe." Alastair zuckte mit den Schultern, als würde er die Vergangenheit abwerfen. „Was sind die Veränderungen, die du für dich planst?"

Die kleine Sub sah aus, als würde sie Alastair jetzt gerne umarmen, wäre sie dazu gerade in der Lage. So weichherzig.

Nach einer Sekunde nahm sie einen Schluck von ihrem Getränk. „Ich will mit meinen Freundinnen sprechen, ihnen von Jarvis und meiner Schulzeit erzählen und versuchen, zu erklären, warum ich ihnen bisher nichts davon anvertraut habe." Ihre Augen füllten sich mit Tränen. „Ich bin mir jedoch nicht sicher, wie ich es angehen soll. Es wird sie verletzen, dass ich nicht ehrlich zu ihnen gewesen bin."

„Es tut weh, wenn man ausgeschlossen wird", sagte Alastair sanft. Sein Blick landete auf Max und spiegelte Schmerz wider.

Oh. Fuck.

Max schloss die Augen. Ja, er war ein Idiot. Er ließ Uzuris Hand los und drehte sich, um sich einen weiteren Shot einzuschenken, den er zugleich seine Kehle hinunterkippte. Er brauchte den Mut, den der Tequila bot, weil er den Raum nicht verlassen würde, bevor er sich Alastair anvertraut hatte. Und Uzuri, da sie tatsächlich etwas gemein hatten. Sein Nicken gab Alastair die Bestätigung, dass er gewonnen hatte.

Alastairs Nicken sagte, dass ihm das sehr wohl bewusst war. *Arschloch.*

Max räusperte sich. „Guter Start, Zuri."

Ihre Augen waren der stillen Kommunikation gefolgt, aber im Gegensatz zur großen Mehrheit der Menschen ließ sie es unkommentiert. Das schätzte er.

Max fuhr fort: „Du hättest dich in Cincinnati vielleicht besser gemacht, wenn du Leute gehabt hättest, die dich unterstützen. Was hast du noch vor?"

„Ich habe Angst vor großen Männern und manchmal habe ich nur Angst. Was ich damit meine ... manchmal bin ich paranoid. Ich muss härter daran arbeiten, um das alles zu überwinden, nur bin ich mir nicht sicher, wie ich das tun soll."

Das klang nach etwas, bei dem er helfen konnte. „Hast du daran gedacht, Selbstverteidigungskurse zu besuchen?"

Ihre Schultern sackten nach unten. „Das tue ich schon, mit den Shadowkittens. Andrea und Anne leiten uns an."

Max runzelte die Stirn. „Nur Frauen im Kurs?"

„Mmmhmm. Es ist nett, dass es nur Frauen sind, und ich bin nicht die Einzige, die ..." Ihre Stimme verstummte.

Die von einem Bastard angegriffen worden war? Ja, Dan hatte ihn über den Sklavenring informiert, der BDSM-Clubs ins Visier genommen hatte. Ein reiner Frauenkurs wäre für diese Überlebenden sicher bequemer; Komfort war jedoch nicht der Sinn von Selbstverteidigungskursen. Sie mussten lernen, wie es sich anfühlte, gegen männliche Angreifer zu kämpfen – trotz ihrer Angst.

„Die Nähe von größeren Männern zu suchen, wird helfen, Sub", betonte Alastair. „Es hat dir bereits geholfen, uns um dich herum zu haben."

„Wirklich?" Nachdem sie ein oder zwei Sekunden nachgedacht hatte, strahlte sie ihn an. „Du hast Recht."

Verdammt, sie war süß.

„Deine Ängste mit deinen Freunden zu teilen, sollte dir auch helfen, die Dinge ins rechte Licht zu rücken." Max verzog das Gesicht. *Folge deinem eigenen Rat, Drago.* „Mal sehen, ob es funktioniert." Er sah zu seinem Cousin. „Es wird Zeit, dir zu erzählen, was in Seattle passiert ist."

Alastair setzte sein Getränk ab, streckte die Beine aus und bereitete sich darauf vor, zuzuhören. Still und ohne Vorurteile. Eine der feineren Eigenschaften seines Cousins.

Max warf einen Blick auf Uzuri. „Vor einem Jahr arbeitete ich als Polizist in Seattle. Der Grund, warum ich umgezogen bin, ist ..." Als er sich an den Albtraum erinnerte, zu dem sein Leben geworden war, spannte er den Kiefer an, bis er das Gefühl hatte, dass seine Zähne unter dem Druck zerbröckelten.

Alastairs Stimme brach in seine Gedanken ein: „Uzuri, ich glaube, Max könnte jemanden gebrauchen, an dem er sich festhalten kann."

Immer noch auf seinem Bauch sitzend schaute sie auf ihn hinunter und ihre Augen füllten sich mit Mitgefühl. Zu seiner Überraschung stellte sie ihr Glas auf den Boden und legte sich auf ihn.

Er bewegte sich nicht, als sie ihren Kopf auf seine Schulter legte, sich an ihn kuschelte und ihm ihre Wärme gab – das schönste Geschenk, das eine Sub machen konnte. Sie war weich, kurvig und warm. Seine Arme schlangen sich langsam um sie, während er darauf achtete, dass sie sich nicht eingeengt fühlte. Als sie sich an ihn schmiegte, atmete er den Duft von Lavendel und Rose ein, dem Duschgel aus dem Gästebad.

Wirklich nett. Er hätte nichts dagegen einzuwenden, sie für die nächsten ein oder zwei Jahre in den Armen zu halten.

Alastair räusperte sich. „Der Grund für deinen Umzug ..."

Er wollte von Seattle erzählen. Richtig. „Eines Nachts bin ich als

Verstärkung zu einem Fall von häuslicher Gewalt angerückt. Der Täter war wohlhabend, einflussreich und um einiges älter als seine Frau, die in ihren Dreißigern und auch reich war. Er hatte sie immer wieder verprügelt, seit sie ein paar Monate zuvor geheiratet hatten. Nachdem er im Gefängnis gelandet war, hatte sich ihre Familie um sie versammelt, aber aus irgendeinem Grund hat sie eine Faszination für mich entwickelt. Ich versuchte, sie zu unterstützen. Ich dachte, dass sie einfach nur die zusätzliche Ermutigung nötig hatte, um gegen ihren Mann auszusagen. Es braucht Mut, sich vor Gericht einem Täter zu stellen."

Er spürte die winzige Bewegung, als Uzuri nickte. Ja, sie würde es wissen.

Max streichelte über ihren Rücken und wünschte, er wäre da gewesen, um zu helfen, als sie sich ihrem gewalttätigen Stalker gegenübergestanden hatte. „Der Ehemann wurde zu einer Gefängnisstrafe verurteilt. Sie hat sich scheiden lassen. Alles erledigt. Zumindest dachte ich das. Als ich ihr nach dem Prozess jedoch alles Gute wünschte, ist sie ausgeflippt. Sie hat geweint und meinte immer wieder, sie könne nicht ohne mich leben."

Alastair runzelte die Stirn. „Eine Frau war das Problem? Das habe ich nun wirklich nicht erwartet."

Max hätte fast gelächelt. Sein Cousin hatte wahrscheinlich gedacht, Max sei in eine Schießerei geraten.

Alastair runzelte immer noch die Stirn und verschränkte die Arme. „Ich kann mir nicht vorstellen, dass dich eine anhängliche Frau aus Seattle vertrieben hat."

„Ja, na ja", sagte Max leichthin. „Das Problem war, egal wie oft ich ihr sagte, dass ich kein Interesse habe, sie zu daten, ihr besitzergreifendes Verhalten eskalierte immer weiter. Ging ich mit jemandem aus, würde sie auftauchen und eine Szene verursachen. Ignorierte ich sie, rief sie in meiner Station an und beteuerte, dass jemand hinter ihr her sei. Sogar 911 hat sie gewählt, um einen Begleitschutz zu fordern. Sie nutzte den Einfluss ihrer Familie und versuchte, mich zu ihrem Leibwächter zu ernennen."

„Hast du ihr geglaubt?", fragte Alastair.

„Sie zeigte uns ein halbes Dutzend bedrohlicher Notizen. Ich wusste nicht, was ich glauben sollte."

Uzuri hob den Kopf. „Du bist ein Polizist. Du wusstest, dass sie wahrscheinlich alles erfindet, um dich an ihrer Seite zu haben. Nur konntest du es nicht riskieren, sie zu ignorieren, wenn die Möglichkeit bestand, dass sie in Gefahr war. Richtig?"

Max' Arme strafften sich um sie. Uzuri kannte ihn nicht wirklich, und doch verstand sie ihn. „Richtig."

Alastair neigte den Kopf. „Du hast eine Ermittlung eingeleitet? Was bedeutete, wieder in ihrer Nähe zu sein?"

„So ist es. Sie log und erzählte meinem Leutnant, dass wir intim gewesen seien. Und er war darüber kein bisschen erfreut. Er sagte mir, dass ich dieses Chaos bereinigen muss, sodass ich mit der Ermittlung belastet wurde." Max spürte, wie er den Kiefer anspannte. *Fuck*, er hatte sich im Stich gelassen gefühlt. Er hatte dort jahrelang gearbeitet und nur seine engsten Freunde in der Station hatten ihm geglaubt.

„Was ist dann passiert?", fragte Alastair.

„Die bedrohlichen Notizen waren immer auf ihrem Schlafzimmerkissen. Ohne es ihr zu sagen, habe ich dort eine Kamera installiert. Die Aufnahme zeigte, wie sie die Notizen selbst schrieb." Obwohl der Leutnant gezwungen war, sein Unrecht zuzugeben, glaubten die meisten auf der Station immer noch, dass Max etwas getan haben musste, um diese Reaktion in ihr zu entfachen.

Uzuri legte ihre Hand in einer überraschend besänftigenden Geste auf seine Brust. „Gab sie nicht auf, nachdem herauskam, dass sie gelogen hat?"

„Sie fühlte sich bestätigt. Nur so war es ihr möglich, meine Aufmerksamkeit für sich zu gewinnen. So wollte sie mir beweisen, dass wir zusammengehörten. Sie hat wieder Druck ausgeübt."

„Ich habe nie daran gedacht, dass Männer Stalker haben können", flüsterte Uzuri wie zu sich selbst. Mit ihrer kleinen

Hand streichelte sie in tröstenden Bewegungen über seine Schulter.

Sie war wirklich ein Schatz.

Dankbar küsste er sie auf den Kopf. „Als Alastair sich hier in Tampa niederließ und mich bat, mich ihm anzuschließen, schien es der richtige Zeitpunkt zu sein." Seattle hatte sich nicht länger wie sein Zuhause angefühlt.

Und er hatte seinen Cousin vermisst. Seinen Blutsbruder.

Alastairs grimmiger Ausdruck verschwand mit seinem strahlend weißen Grinsen. „In diesem Fall werde ich ihr vielleicht einen Dankesbrief schreiben."

„Es hat Vorteile, aus dem Nordwesten vertrieben zu werden." Max drückte den warmen Körper, der auf ihm lag. „Es hat mir eine süße Sub zum Kuscheln gebracht."

Der kurvige Körper erstarrte, und er grinste, bevor er flüsterte: „Du hast meine Größe vollkommen vergessen, oder?"

Ein winziges Knurren entkam ihr. „Jetzt erinnere ich mich." Sie versuchte, sich nach oben zu drücken.

Er ließ jedoch nicht von ihr ab und vertiefte seine Stimme zu einem Befehl: „Bleib liegen, Baby."

Verdammt, und wie sie sich sofort entspannte, obwohl sie ein paar Sekunden brauchte, bis sie ihren Kopf wieder auf seine Brust senkte. Doch sie tat es.

Wie verdammt anziehend konnte eine Frau sein? Er würde nicht vergessen, wie sie ihre Ängste beiseitegelegt hatte, um ihm Trost zu spenden.

Und sie liebte Hunde.

Alastair zog fragend eine Augenbraue hoch. *Und? Was sagst du?*

Nach einem Blick auf Uzuri schüttelte Max leicht den Kopf. *Erkunden, ja. Keine Versprechungen.*

Trotz des Schnaubens, mit dem Alastair ausdrückte, was er von Max' Zurückhaltung hielt, hob Alastair zustimmend sein Glas und stand auf. Er blieb neben der Couch stehen, strich mit den Fingern über Uzuris Wange und schenkte Max ein sanftes

Lächeln. „Ich muss morgen früh ins Krankenhaus, also gehe ich jetzt besser ins Bett.“

„Gute Nacht, Cousin“, sagte Max.

„Gute Nacht“, wünschte Uzuri. Als sie versuchte, sich aufzusetzen, straffte Max seine Arme um sie.

Alastair rief Hunter zu sich und zusammen verließen sie den Raum.

Alastair hatte Hunter; Max hatte Uzuri. Guter Deal.

Max fuhr mit den Händen über ihren Rücken. Er erinnerte sich von dem Abend, an dem sie im Shadowlands mit ihr gespielt hatten, an ihre Kurven. Langer, schlanker Hals. Kräftige Schultern. Die Taille, die zu kurvigen Hüften führte. Er konnte nicht widerstehen, legte eine Hand auf ihren runden Arsch und spürte, wie sie erschauerte.

Sein Schwanz wurde hart, forderte mehr.

Wirklich schade, denn heute würde sein Schwanz wohl leiden müssen.

Sicher, Zuri hatte Max’ intime Berührungen während des Blackout-Spiels im Club genossen, und sie kannte ihn mittlerweile ziemlich gut. Und er kannte sie wahrscheinlich besser als viele ihrer Freunde.

Sie waren jedoch beide nicht nüchtern, und es war ein emotionaler Abend gewesen. Dies war nicht die Zeit, die Dinge mit Sex zu verkomplizieren – besonders wenn sie so verdammt verletzlich war. *Okay.* Er packte ihre Schultern und drückte sie hoch, damit sie ihm ins Gesicht sehen und er ihren Ausdruck deuten konnte. „Ich werde dich jetzt küssen, Prinzessin“, flüsterte er. „Und dann begeben wir uns in unsere eigenen Betten.“

Ihre Lippen formten sich zu einem kleinen Schmollmund und sie entspannte sich etwas. Sie wollte ihn und tat es doch nicht.

Ja, das war für heute die richtige Entscheidung.

Er zog sie höher, genoss das Gefühl ihrer vollen Titten an seiner Brust, legte dann eine Hand in ihren Nacken und führte sie zu seinen Lippen. Genau wie im Shadowlands hatte sie einen großzügigen Mund mit weichen, willigen Lippen. Der Schauer, der durch sie lief, hatte nichts mit Angst zu tun.

Lange bevor er aufhören wollte – denn er wollte sich in ihr vergraben –, löste er die Hände von ihr und half ihr auf die Beine. Von der Art, wie sie sich bewegte, würde ihr Körper noch etwas brauchen, um sich von dem Unfall zu erholen.

„Komm, Darlin'." Er legte einen Arm um sie, führte sie die Treppe hoch und gab ihr einen weiteren Kuss, bevor er sie in ihr eigenes Schlafzimmer schob. Allein.

Er war verdammt nochmal ein Heiliger.

KAPITEL ZEHN

A m **Dienstag folgte** Max Detective Edith Umbers durch die Damenabteilung bei Brendalls. Als Max fragte, ob er sie bei den Ermittlungen in Bezug auf die Fahrerflucht begleiten könnte, hatte die grauhaarige, schlanke Polizistin in ihrem für New England typisch kurz angebundenen Ton gesagt: „Sicher."

Brendalls war ein Luxuskaufhaus, Tampas Version eines Nordstroms. Max folgte dem weiblichen Detective an einer Parfümtheke vorbei, wo exotische Düfte in der Luft schwebten. Die Unterwäscheabteilung war als Nächstes dran, und ihm fiel eine Schaufensterpuppe mit einem hauchdünnen, rosa Negligé ins Auge. Darin würde Zuri fantastisch aussehen! Leider führte das dazu, dass er sich fragte, ob sie bereits sexy Nachtwäsche besaß ... und was sie normalerweise im Bett trug ... und wie viel Spaß es machen würde, alles, was sie trug, von ihrem Körper zu entfernen. Sogar Sweatshirts, Jogginghosen oder T-Shirts würde er ihr gerne langsam ausziehen.

Und das war nicht der richtige Zeitpunkt, um Szenarien dieser Art durchzuspielen. Obwohl er gerne ihre Reaktion sehen würde, wenn Alastair sich ihnen anschloss und –

Reiß dich zusammen, Drago.

Schade, dass sie am Sonntag nachhause gegangen war. *Verdammt*, sie war nur zwei Nächte bei ihnen gewesen, und er vermisste es bereits, sie im Haus zu haben. Er war sich nicht sicher, ob er etwas Ernsteres wollte als eine Session hier und da, was bedeutete, dass er sich wie ein Idiot verhielt.

Aus diesem Grund übernahm Alastair mit der kleinen Sub die Führung. Nichtsdestotrotz konnte er nicht anders, als im Geschäft nach ihr zu suchen, obwohl sie wahrscheinlich noch nicht zur Arbeit zurückgekehrt war.

Wieder vollkommen konzentriert trat er mit der verantwortlichen Polizistin ins Büro der Managerin.

Nachdem sie über die Sache mit dem platten Reifen und der Fahrerflucht aufgeklärt worden war, informierte Max sie über Carole Fullers Feindseligkeit gegenüber Uzuri. Anscheinend hatten Carole Fuller und eine Freundin von ihr an diesem Abend das Kaufhaus zusammen verlassen.

Max lehnte sich an die Wand. Ohne eine Leiche gab es auch keinen Mordfall. Er kam nicht umhin, zu denken, dass Uzuri auf diesem Parkplatz hätte sterben können. Dann wäre der Fall seiner Abteilung zugewiesen worden. Der Gedanke war so schrecklich, dass er das Bedürfnis hatte, seine Faust in die Wand zu rammen.

Die Managerin warf einen Blick auf ihn und trat einen Schritt zurück. „Ich hole Carole und Retta Jean." Sie sprintete regelrecht aus dem Raum.

Edith schnaubte. „Drago, wenn du die Verdächtigen in Angst und Schrecken versetzt, bekomme ich kein Wort aus ihnen heraus. Entspann dich."

„Tut mir leid." Er zwang seine Muskeln, sich zu entspannen, aber ein Lächeln würde er nicht hinbekommen. „Wie wäre es, wenn ich den schweigsamen, bösen Cop spiele?"

„Dann würde ich sagen, dass du diese Rolle wirklich drauf hast." Sie drehte sich um, als die Managerin zwei Frauen ins Büro brachte. Plötzlich fühlte sich der Raum überfüllt an.

Die Managerin deutete auf die stämmige Frau und ihr

brüchiges blondes Haar, das über die Grenzen des Möglichen toupiert war. „Das ist Carole Fuller." Die andere Verdächtige, eine Brünette in ihren späten Vierzigern, trug den Ausdruck einer unzufriedenen Bulldogge. „Und das ist Retta Jean Potter."

Edith zeigte ihren Dienstausweis. „Meine Damen, ich bin Detective Umbers."

Beide Frauen traten einen Schritt zurück und jegliche Farbe wich aus ihren Gesichtern.

Oh ja, sie haben es getan.

Edith ignorierte die nervösen Blicke zu Max und fuhr fort. „Ich habe ein paar Fragen, die sich um den letzten Freitagabend drehen. Warum sagen Sie mir nicht, was Sie auf dem Parkplatz getan haben?"

Die Bulldogge sah zu Carole. „N-Nichts. Wir haben rein gar nichts gemacht. Wir sind nur nachhause."

„Sie haben also Uzuri Cheval nicht angefahren und sind dann einfach geflüchtet?" Edith warf den Frauen einen kalten Blick zu. „Das nennt man Fahrerflucht. Möglicherweise versuchter Mord."

„Was?" Carole schnappte nach Luft und ihre Hand schoss zu ihrer Kehle. „Ich würde niemals ... Wir haben nur ihren Rei −" Ihr Mund klappte zu.

„Sie haben das Reifenventil abgeschnitten und so dafür gesorgt, dass sie einen Platten hatte. Stimmt das?", fragte Edith in einem zugänglicheren Ton.

Carole antwortete nicht.

Zeit für den bösen Cop. Max drückte sich von der Wand weg, verschränkte die Arme vor der Brust und kniff die Augen zusammen.

Unter der stillen Einschüchterung brach die zurückhaltende Retta Jean. „Das haben wir!" Die Brünette schluckte. „Ich gab Carole meine Schere und sie schnitt das Ventil ab."

Als Carole sie wütend anfunkelte, erwiderte die Bulldogge den bösen Blick. „Ich wusste, dass wir so etwas Dummes nicht hätten tun sollen. Wo sind wir hier? In einer Highschool?" Ihr Blick landete auf Max, bevor sie sich an Edith wandte: „Das ist alles, was wir getan haben. Wir fuhren beide gleichzeitig vom Parkplatz. Ich habe Miss Cheval nicht gesehen."

„Wann war das? Und sind Sie direkt nachhause gefahren?", stellte Detective Umbers die Fragen an Carole.

Caroles Schultern sackten zusammen. „Gegen sieben Uhr, vielleicht auch sieben Uhr dreißig." Sie wusste, dass sie erwischt wurde. „Wir gingen zum Abendessen zu dem Buffet nicht weit von hier. Danach hatte ich meine Enkelkinder bei mir, sodass meine Tochter auf ein Date konnte."

„Ich, äh, bin nachhause gefahren." Die Bulldogge errötete. „Mein Vater lebt bei mir. Er kann dies bestätigen."

Familienmitglieder würden alles sagen, um einen geliebten Menschen vor Ärger zu bewahren, Max jedoch hörte keine Lügen. Sie hatten Uzuris Auto mutwillig beschädigt, waren aber nicht diejenigen gewesen, die sie angefahren und Fahrerflucht begangen hatten.

Eine Frage blieb: War der Fahrerflucht ein Unfall vorausgegangen oder handelte es sich um Vorsatz?

KAPITEL ELF

Uzuri **stand in** der Tür des Kleiderschranks und starrte auf ihre nach Farben geordnete Auswahl. Sie hatte einiges an Klamotten – für jede Gelegenheit etwas –, warum also fiel es ihr heute so schwer, etwas für ihr Freitagabend-Date auszuwählen?

Die Antwort war leicht: Weil es ein Date mit *Alastair* war.

Er hatte sie Mittwoch angerufen und sie für heute Abend eingeladen. Normalerweise würde sie an einem Freitag ins Shadowlands gehen, aber Master Z hatte ihr gesagt, sie solle erst wieder kommen, wenn sie sich schmerzfrei bewegen konnte.

Sie fühlte sich ziemlich gut. Immerhin war es eine ganze Woche her, seit sie angefahren wurde. Allerdings humpelte sie noch ein bisschen, sodass der anspruchsvolle Master sie mit Sicherheit nachhause schicken würde.

Anstatt heute Abend also in den Club zu gehen, hatte sie ein Date. Mit einem Mann.

Einem *Dom.*

Es war der erste Punkt auf ihrer Liste, um zu garantieren, dass sie sich aus ihrem selbst auferlegten, paranoiden Gefängnis befreite. *Das machst du prima, Mädchen!*

Also ... was in aller Welt sollte sie nun anziehen?

Während sie darauf wartete, dass die Inspiration zuschlug, spürte sie, wie die Schmetterlinge in ihrem Bauch Saltos schlugen. Sie hatte ein Date mit *Alastair*.

Und letzten Samstag hatte sie Max geküsst. Oh, mehr als das – sie hatte mit ihm rumgemacht. Hätte er den Kuss nicht abgebrochen, hätten sie direkt dort im Fernsehraum Sex gehabt.

Sie legte eine Hand auf ihren Bauch und erinnerte sich, wie verzweifelt sie ihn gewollt hatte! Wie erregt sie gewesen war! Jedes lange unterdrückte Hormon in ihrem Körper war zum Leben erwacht. Seine Hände waren hart und entschlossen vorgegangen. Er hatte ihren Mund auf eine Weise in Besitz genommen, sodass sie regelrecht dahingeschmolzen war.

Sie hatte von ihm geträumt ... und von Alastair. Von beiden.

Das schien so unangebracht. Sie seufzte.

Heute Abend würde sie also mit Alastair ausgehen. Einem Mann, der ihr ein bisschen Angst machte, obwohl sie sich eingestehen musste, dass sie ihn schon so lange wollte. Seit sie ihn zum ersten Mal gesehen hatte, war sie hin und weg. Es war so offensichtlich gewesen, dass es Master Sam aufgefallen war, der ihr sofort das Angebot gemacht hatte, eine Session mit ihm zu arrangieren. Nur hatte sie die ganze Session mit ihrer Panikattacke ruiniert.

Mittlerweile wusste Alastair von ihren Ängsten ... und er hatte vor, ihr damit zu helfen. Die Schmetterlinge in ihrem Bauch wuchsen zu Godzilla-Größe heran.

Ihr Handy klingelte und sie ging zur Kommode, wo es lag. *Alastair* wurde auf dem Display angezeigt.

„Hallo, Sir. Ähm, Alastair." Dies war ein Date. Wie sollte sie ihn nennen?

Sein Glucksen war so tief und perfekt, dass sie erschauerte. „Wir werden später darüber sprechen, wie du mich anreden sollst. Für den Moment ..." *Für den Moment*. Er klang ... seltsam. Grimmig.

„Stimmt etwas nicht?"

Er hielt inne, als wäre er überrascht. „Ja und nein, Sub. Ich hatte einen Tag, der mich nicht gerade zu guter Gesellschaft macht, und ich fürchte, ich kann heute Abend keine Menschenmenge tolerieren. Können wir das Date auf morgen verschieben?"

Obwohl sie extrem enttäuscht war, nahm die Sorge um Alastair überhand. Sie hatte ihn noch nie so ... traurig gehört. Was auch immer passiert war, sie wusste – *wusste* –, er sollte nicht allein sein. Zögernd biss sie sich auf die Unterlippe. Sie wollte lernen, mutig zu sein. Warum musste das so beängstigend sein?

Sie packte ihr Handy fester und gab sich alle Mühe, ihre Stimme stark klingen zu lassen: „Wir können unsere Pläne ändern, sicher, aber wir verschieben das Date nicht auf morgen. Komm her und ich koche dir Abendessen."

Die Stille am anderen Ende der Leitung war beunruhigend, jedoch schrie er sie nicht an, sodass sich ihre Finger etwas entspannten.

Schließlich sagte er: „Du willst kochen? Für mich?"

Ihre Lippen formten sich zu einem Lächeln. „Ja, Sir. Für dich. Hier." Wenn er dem widerstrebte, sollte sie einfach darauf bestehen und ihm keine Wahl lassen. „Ich erwarte dich um sieben."

Wieder herrschte Stille. Dann ... „Also gut."

Als sie den Anruf beendete, fühlte sich ihr Inneres so schaumig an wie eine Bucht während eines Sturms. Mit neuer Vorfreude wandte sie sich ihrem Kleiderschrank zu.

Also ... was sollte sie für ein entspanntes Date bei sich zuhause tragen?

Alastair klopfte an die Tür von Uzuris Doppelhaushälfte und fragte sich, wie sie es geschafft hatte, ihn umzustimmen. Für eine so höfliche Sub konnte sie verdammt überzeugend sein.

Als sie die Tür öffnete, bot sie in einer königsblauen Bluse und einer Khakihose einen verlockenden Anblick. Sogar ihr schulterlanges Haar war für das Date eher lässig gestylt. Sie musterte ihn abschätzend. „Du siehst schrecklich aus."

„So grüßen mich meine Dates normalerweise nicht." Er versuchte, zu lächeln. „Die Sache mit heute Abend tut mir leid." Er hätte zuhause bleiben sollen. Stattdessen setzte er sie jetzt seiner Trauer aus.

„Oh, Alastair." Sie nahm seine Hand, zog ihn ins Haus, schloss die Tür und schlang ihre Arme um ihn.

Überrascht stand er eine Sekunde lang stocksteif im Eingangsbereich, bevor er die Arme um sie wickelte und sie eng an sich zog. Sie bestand nur aus weiblichen Kurven und fühlte sich herzerwärmend lebendig an. Erst jetzt wurde ihm bewusst, wie dringend er diese Umarmung gebraucht hatte.

Ohne auch nur ein Wort zu sagen, schmiegte sie sich an ihn und ... hielt ihn einfach für eine Weile. Von innen konnte er die Musik von Libera hören, und wie die klaren Stimmen in eine Hymne anstiegen.

Schließlich schaffte er es, sie gehen zu lassen. „Danke, Süße. Genau das habe ich gebraucht." Er küsste sie auf die Stirn.

„Komm." Mit überraschender Kühnheit nahm die kleine Sub seine Hand und zog ihn in ihr Wohnzimmer.

Die cremefarbenen Wände und der neutrale beige Teppich – typisch bei einem Mietshaus – dienten als Kulisse für eine dunkelgrüne Couch, grünblaue Sessel und eine bunte Mischung aus Kissen. Auf dem Couchtisch standen zwei Gläser Wein. Der Duft von Olivenöl und Knoblauch wehte aus der Küche zu ihnen.

An einer Wand hingen gerahmte Prints von Modenschauen in einer asymmetrischen, aber ausgewogenen Anordnung über einem Regal und ... Er neigte den Kopf. *Barbie-Puppen?*

Ja, eindeutig. In Designerkleidung waren die Puppen aufgereiht wie die fotografierten Models an der Wand. „Was ist das?"

Sie folgte seinem Blick. „Oh, ich verwende manchmal die Puppen, wenn ich Verkäufern zeige, wie man ein Outfit zusammenstellt. Zwar ist der Computer einfacher, aber manche Leute benutzen lieber ihre Hände. So ist es besser, wenn sie die Puppen in klein und groß anziehen."

Am Ende des Regals befand sich eine Puppe, die Andrea sehr ähnlich sah. Sie trug ein Hochzeitskleid und stand neben einer größeren, männlichen Puppe im Smoking. Rasiert, zotteliges braunes Haar, grüne Augen – ein Mini-Cullen, der hinter dem Rücken eine Peitsche hielt. Alastair schnaubte. „Kommt das auf die Hochzeitstorte?"

Uzuri brach in Gelächter aus. „Kannst du dir die Reaktion ihrer Großmutter vorstellen? Nein, nein. Es ist ein kleines Hochzeitsgeschenk – ein privates."

„Du hast ein Talent dafür, Sub. Machst du das schon lange?"

Sie strahlte ihn bei dem Kompliment an. „Als ich klein war, habe ich Kleidung für meine Barbies genäht. Da sie nie wie meine afroamerikanischen Freunde oder ich aussahen, habe ich sie angemalt und auch ihre Haare neu gestylt. Da Mama stolz darauf war, zu den Louisiana Kreolen zu gehören, lernte ich, ethnische Kleidung herzustellen."

Kreolin. Aus Louisiana? Er zog die Augenbrauen zusammen. „Ich dachte, du wärst aus Cincinnati."

„Daddy und Mama lebten in New Orleans, bis er in Ohio stationiert wurde. Er war bei der Air Force." Traurigkeit überschattete ihr Gesicht. „Er starb während einer Militärübung, bevor ich ihn wirklich kennenlernen konnte."

„Das tut mir leid, Love." Um die Trauer aus ihren Augen zu bekommen, zeigte Alastair auf eine Puppe, die wie Michael Jackson aussah. Fragend zog er die Augenbrauen hoch.

Uzuri lachte. „Einen Teil meiner Studiengebühren konnte ich bezahlen, indem ich einzigartige Promi-Puppen bei eBay verkauft habe."

Interessant. Sie hatte eine Fülle von kreativen Talenten. Und sie strahlte so verdammt hell, wenn sie über ihr Hobby sprach.

„Sollte ich fragen, ob es andere Shadowlands-Master in Puppenform gibt?"

„Wage es ja nicht, Master Sam von meiner Sammlung zu erzählen. Wage es bloß nicht!" Sie trat tatsächlich einen Schritt zurück.

„Ist ja gut." Er legte eine Hand auf ihre Wange und beobachtete, wie sich ihre Pupillen bei seiner Berührung weiteten. „Deine Geheimnisse – alle deine Geheimnisse – sind bei mir sicher, Uzuri."

Ihre Lippen teilten sich.

Unfähig, dem zu widerstehen, lehnte er sich vor, fand ihren Mund mit seinen Lippen und begnügte sich mit einem sanften, viel zu kurzen Kuss.

Als er von ihr abließ, starrte sie ihn an, bevor sie hörbar Luft holte. Nach einem Moment nahm sie wieder seine Hand und zog ihn zur Couch, wo sie sich nebeneinandersetzten.

Tapfere, kleine Sub.

Sie griff nach dem Glas und reichte es ihm. „Ich wusste nicht, welche Art von Wein du magst, aber ich mache Pasta, also bekommst du Chianti."

Er nahm einen Schluck, lächelte und nahm einen weiteren. „Sehr nett."

„Alastair ... Ähm, Sir." Sie machte ein frustriertes Geräusch. „Wie soll ich dich nennen?"

„Ah." Ihre Frage war nicht ungewöhnlich. Subs wollten einem Dom gefallen, und zwar, indem sie alles richtig machten. „Max und ich sehen das recht locker. Wir bevorzugen jedoch *Sir*, wenn wir eine Session spielen."

Ihre Augenbrauen zogen sich zusammen. „Nicht Master? Oder Master Alastair?"

Er berührte sanft ihre Wange. „Der Titel hat für manche unschöne Assoziationen. Obwohl ich mich freue, im Shadowlands diesen Status zu haben, und es mir an sich nichts ausmacht, Master genannt zu werden, mag ich es nicht besonders." Grinsend erinnerte er sich an Max' Ausdruck, als Z ihn Master Maximillian genannt hatte. „Auch Max bevorzugt *Sir*."

Uzuri nickte, bevor sie erneut die Augenbrauen zusammenzog.

Mit einem Finger zeichnete er die perfekt geschwungene Kurve ihrer Augenbrauen nach. „Hast du noch eine Frage?"

„Ein Date ist keine Session. Oder?"

Immer so besorgt. Sie berührte wirklich sein Herz. „Du wirst es wissen, wenn wir in einer Session sind." Er grinste. „Da ich ein sexueller Dom bin, möchte ich auch dann respektvoll angesprochen werden."

„Oh."

Er streichelte ihre Wange und bemerkte die Wärme, was darauf hinwies, dass sie von seiner Berührung rot wurde. „Im Alltag, wenn du dich in einer unterwürfigen Stimmung fühlst, habe ich nie etwas dagegen, *Sir* genannt zu werden."

Ihr besorgter Gesichtsausdruck verblasste, als sie seine Worte verarbeitete. Tatsächlich sah sie zufrieden aus. Ja, sie waren auf der gleichen Wellenlänge. Sie nahm ihr Glas und trank etwas Wein.

Er lehnte sich zurück, streckte seine Beine aus und tat es ihr gleich.

Nach etwa einer Minute drehte sie sich ihm zu. „Kannst du mir sagen, was heute passiert ist, dass dich" – ihr Kopf neigte sich – „traurig gemacht hat?"

Mitgefühl. Es in ihren Augen zu sehen, war wie über einen lebensspendenden Fluss in der Wüste zu stolpern. Denn er fühlte sich ausgetrocknet.

Über die tragischen Aspekte seines Berufs zu sprechen, war jedoch nicht etwas, was er normalerweise tat. Im Laufe der Jahre hatte er gelernt, die Verluste zu absorbieren, den Schmerz zu verbergen und mit dem Leben weiterzumachen. Das Problem war, je länger er Arzt war, desto schwieriger wurde es, alles zu begraben. Anstelle des ruhigen Waldes aus seiner Jugend war sein Verstand zu einem Friedhof geworden, der mit Gräbern übersät war, die Trauer, Wut und Frustration markierten. „Nichts Wichtiges, Sub."

Eine kleine braune Hand legte sich über seine. „Erzähl mir trotzdem davon, Sir. Bitte." Der respektvollste Befehl, der ihm je zu Ohren gekommen war.

Er seufzte. „Uzuri, es ist nichts, was du wissen willst. Es würde dir nur Schmerz bereiten."

Zu seiner Überraschung hob sie ihr Kinn. „Vielleicht. Nur tut es auch weh, ausgeschlossen zu werden."

Das waren seine eigenen Worte, die ihm nun in den Arsch bissen. Er musterte sie. Er hatte gesehen, wie sie ihre Ängste beiseitegeschoben hatte, um Max zu helfen.

Und jetzt ihm. Sie war stärker, als er gedacht hatte.

Er drehte seine Hand um und legte seine Finger um ihre. „Ich bin Kinderarzt", sagte er leise. „Ich liebe meinen Job. Kinder sind voller Energie und Lebensfreude. Sie sind offen und allerliebst und entzückend."

Sie nickte. „Ich habe dich letzten Sommer mit Grant und Connor gesehen. Sie lieben ihren Doktor *Dragon*."

Doktor Drache. Sein Lächeln über den Namen verblasste schnell. Beths Jungen waren Waisen, hatten herzzerreißenden Missbrauch und Vernachlässigung erlebt und doch zeigten sie eine Begeisterung für das Leben, die ihnen durch die harte Zeit geholfen hatte. Obwohl die Vergangenheit der Jungs sie zweifellos heimsuchen würde, wusste er, dass Beth und Nolan ihnen bei allem beistehen würden.

Es gab Kinder, die hatten nicht so viel Glück.

„Alastair?" Uzuri drückte seine Hand und brachte ihn zurück in die Gegenwart.

„Sogar Kinder können AIDS haben, weißt du ..."

Sie nickte und er sah die Traurigkeit in ihren Augen. „Ich weiß."

„Sie ist vier. Sie hatte Behandlungen bekommen und es ging ihr gut. Leider ..."

„Was ist passiert?"

Er presste die Lippen aufeinander. „Sie steht unter der Obhut ihrer Großmutter, aber die Frau ist ..." Er seufzte. „Sie kommt mit ihrem eigenen Leben nicht klar. Sie hat einige psychische Probleme, ist alkoholabhängig und hat eine Behinderung. Sie hörte auf, der Kleinen ihre Medikamente zu geben, und bemerkte keine Anzeichen einer zunehmenden Viruslast." Er wollte schreien. Er wollte etwas treten. Er wollte seine Wut darüber auslassen, dass es Menschen gab, die so verdammt blind sein konnten. „Als sie das Kind zu uns brachte, war es bereits zu spät." Multiorganversagen.

„Warst du noch für sie verantwortlich?"

Er schüttelte den Kopf. „Spezialisten hatten ihre Behandlung übernommen, und viele Patienten überspringen es, ihre regulären Ärzte zu sehen, wenn sich Spezialisten um sie tummeln. Da sie offiziell immer noch meine Patientin war, teilte mir das Krankenhaus mit, wann sie aufgenommen wurde. Sie ist vor zwei Stunden gestorben."

Uzuris Augen füllten sich mit den Tränen, die Alastair nicht vergießen konnte. „Das tut mir so leid." Sie schlang ihre Arme wieder um ihn.

Sie ging mit ihrem Mitgefühl und ihrem Verständnis außergewöhnlich großzügig um. *So wertvolle Geschenke.*

Uzuri wusste nicht, wie man einen Mann tröstete. Oh, wenn er eine ihrer BFFs wäre, würde sie es wissen. Sie sprachen über alles, weinten und wüteten gemeinsam, tranken Alkohol und redeten noch mehr. Manchmal backten sie auch Chocolate-Chip-Cookies oder Brownies.

Ihr Daddy war jedoch gestorben, als sie klein war. Sie hatte keine Brüder. Mit Männern kannte sie sich also nicht aus.

Alastair unterdrückte seine Gefühle noch mehr als sie, und seine Geschichte brach ihr einfach das Herz. Ihn zum Reden zu drängen, hatte sich richtig angefühlt. Vielleicht sollten Subs das nicht tun, aber er war auch ein Mann. Ein wundervoller Mann mit einem blutenden Herzen.

Und hey, er und Max hatten sie gezwungen, über ihre Probleme zu reden, und das Mitgefühl der beiden hatte geholfen.

Reden hatte auch Alastair geholfen. Während sie ihn hielt, strafften sich seine Arme um sie. Seine Atmung veränderte sich, vertiefte sich. So wie bei ihr, als sie es mit geprellten Rippen zu tun gehabt hatte.

Sein Herz hatte einiges abbekommen.

Mit den Armen um ihn rieb sie ihre Wange an seinem weichen, grünen Hemd und atmete seinen sauberen, maskulinen Duft ein. Trotz der Stärke seiner Arme hatte sie keine Angst, dass er sie verletzen würde. Er war immer unglaublich kontrolliert. Immer höflich. Immer reserviert. Er war der Kinderarzt für die Kinder vieler Clubmitglieder, einschließlich der Tochter von Master Z, also musste er einfach herausragend sein. Er hatte für *Ärzte ohne Grenzen* Freiwilligenarbeit geleistet, was ihr sagte, dass er ein guter Mensch war. Nur war ihr bisher nicht bewusst gewesen, wie involviert er mit seinen Patienten war.

Schließlich lockerten sich seine Arme.

Als er ihren Haarschopf küsste, wurde ihr klar, dass sie kurzzeitig vergessen hatte, dass er ein Mann war. Ihn zu umarmen, hatte sie nicht mal nervös gemacht.

„Danke, Süße." Er lehnte sich zurück, seine reservierte Art wieder zugegen, und nahm sein Glas Wein. Er musterte sie für eine Weile. „Du siehst besser aus. Arbeitest du wieder?"

Fast hätte sie gelächelt. Dies war kein Mann, der seine Verletzlichkeit zu lange zur Schau stellen würde. Tatsächlich hatte sie das Gefühl, als hätte er ihr ein Geschenk gemacht – als hätte er ihr ein Stück seiner Seele gezeigt. „Seit heute. Immerhin war ich eine Woche daheim."

„Ah. Waren die beiden, die den Platten verursacht haben, auch dort?"

„Nein." Uzuri bewegte ihre Schultern unbehaglich. „Carole und eine andere Verkäuferin wurden am Dienstag gefeuert. Gerüchte über den Grund machen die Runde."

„Warum habe ich das Gefühl, dass du niemandem erzählt hast, was passiert ist?" Er streichelte seinen Bart, während er sie beobachtete.

Sie senkte den Blick.

„Wirst du sie anzeigen?"

„Nein. Sie haben ihre Jobs verloren. Das ist genug." Warum sie sich deswegen schuldig fühlte, ergab keinen Sinn, aber so war es nun mal.

„Du hast ein weiches Herz, Sub. So leicht verzeihe ich nicht. Ich muss sehen, wie gut du heilst, bevor ich mich entscheide."

Sie bewegte ihre Arme. „Ich bewege mich gut. Siehst du? Alles verheilt."

„Mmmhmm." Er rutschte näher zu ihr, fuhr mit den Händen über ihre Arme, sodass ihre Haut kribbelte. Dann fing er an, ihre Bluse aufzuknöpfen.

„Hey!"

Sein Blick traf auf ihren. „Steht irgendetwas auf dem Herd, das anbrennen könnte?"

Sie schluckte schwer. Die Nudeln waren noch nicht im Wasser. Die Soße köchelte im Slowcooker vor sich hin und könnte das stundenlang tun. Sie schüttelte den Kopf.

„Ausgezeichnet." Er öffnete einen weiteren Knopf. Er hatte dasselbe im Badezimmer in seinem Haus getan, nur dass seine Augen damals nicht mit Hitze gefüllt waren.

Ihr Herz drängte sich in ihre Kehle. „Sir. Bitte." Sie bedeckte seine Hand mit ihrer, sodass er innehielt.

„Uzuri", sagte er leise. Mit den Fingern unter ihrem Kinn hob er ihre Augen zu seinen. Kontrollierter Blick. „Hast du wirklich etwas dagegen? Oder erhebst du aus Gewohnheit Einwände?"

„Ähm ..." Welches war es? Die Hitze, die sich auf ihrer Haut ausbreitete, hatte jedenfalls nichts mit Angst zu tun. Was ihr jedoch Angst machte, war, wie sehr sie ihn wollte.

Nur hatte sie sich selbst das Wort gegeben, nach Mut zu streben. Okay. *Okay.* Sie schaffte es, ihre Finger von seiner Hand zu lösen. „Gewohnheit. Ich bin ... nervös. E-Es tut mir leid, Sir."

Seine sinnlichen Lippen formten sich zu einem anerkennenden Lächeln. „Nervös ist in Ordnung, zumal ich dich ein wenig unter Druck setzen werde. Wenn es etwas gibt, das dir nicht gefällt, sag es mir. Verstanden?" Ohne auf ihre Antwort zu warten, machte er sich wieder daran, ihre Bluse aufzuknöpfen.

Sie musste schlucken, bevor sie antworten konnte. „Ja, Sir."

Er schob ihr die Bluse von den Schultern und die kühle Luft wehte über ihre entblößte Haut.

Mit einem wertschätzenden Summen glitt er direkt über dem blauen Spitzen-BH mit den Fingerspitzen über ihre Brust. „Ich mag deine Unterwäsche ... und wie du sie ausfüllst."

Wie eine gerade gezündete Wunderkerze tanzten Funken über ihre Haut, wo er sie berührte.

Er löste den vorderen Haken ihres BHs, schob ihn ihre Arme herunter und stellte sie dann auf die Füße. Er saß immer noch auf der Couch, während er sie zwischen seine langen Beine zog. Anschließend öffnete er ihre Khakihose und beförderte sie auf ihre Knöchel. Damit blieb ihr nur ihr blauer Tanga. Doch auch dieser folgte schon bald auf dem Weg nach unten.

Sie hatte sich im Shadowlands bereits so oft ihrer Klamotten entledigt.

Das jedoch fühlte sich gänzlich anders an.

Als sie schließlich nackt vor ihm stand, lehnte er sich zurück und musterte sie mit den Augen eines Doms. Er ließ sich Zeit, bevor er die Hand hob und den Zeigefinger in der Luft rotierte, womit er sie anwies, sich für ihn zu präsentieren.

Als sie der Anweisung nachkam, breitete sich die Wärme von ihrer Brust in ihre Wangen aus. Mit jeder Sekunde, die verging, wurde ihre Pussy feuchter, ihre Herzfrequenz stieg, ihre Brüste kribbelten.

„Du heilst gut. Das freut mich."

Er hatte nur ihre Blutergüsse überprüfen wollen? Enttäuschung strömte durch sie hindurch. Sie war erregt, während er keinerlei Interesse an ihr hatte. Die Demütigung kam dem Stachel von tausend Bienen gleich. Und sie konnte ihre Reaktion nicht zurückhalten. „Super, da bin ich ja froh." Sie beugte sich vor und schnappte sich ihre Khakihose.

Als er einen Fuß auf die Hose stellte, um sie daran zu hindern, diese aufzuheben, funkelte sie ihn genervt an. „Lass das!"

„Ich bin mir nicht sicher, warum du wütend bist, Sub, aber du weißt, dass du nicht so mit mir sprechen kannst." Sein britischer Akzent fügte dem leicht missbilligenden Ton eine maßvolle Formalität hinzu. „Vielleicht ist es gut, dass wir das jetzt aus dem Weg räumen, damit du keine Angst mehr davor haben musst, was ich tun werde, wenn du mir gegenüber frech wirst."

Er lehnte sich vor, packte ihren Arm, bewegte ein Bein nach links und zerrte sie über sein Knie.

„Was machst du denn?" Sie trat um sich, sodass sich ihre Füße in ihrer Hose verhedderten.

„Die Master haben über deine Situation gesprochen, weißt du." Während sie von seiner rücksichtslosen Handfläche zwischen ihren Schulterblättern festgenagelt wurde, massierte er ihren Hintern. „Als du dich dem Shadowlands angeschlossen hast, ordnete Z an, dass du nicht unter Druck gesetzt werden sollst – was bedeutete, dass du nie mehr als ein paar sanfte Klapse bekommen hast. Jedes Bondage war sehr leicht. Deine Gnadenfrist endete jedoch letzte Woche, kleine Miss."

„Was?" Uzuri konnte nicht glauben, wie der Abend verlief. Zuerst war sie unhöflich zu ihm gewesen – was sie fast nie war –, und nun plante er, sie zu bestrafen? Echt jetzt?

Seine Hand schlug leicht auf ihren Hintern – wie eine Warnung auf das Kommende.

„Warte. Nicht." Sie bekam einen Fuß aus der Hose.

„Du hast allen gesagt, dass du keinen Schmerz magst." Seine Stimme blieb ruhig, als er sie etwas härter schlug. „Jedoch hat kein Master bisher deine Grenzen bewertet. Wir werden heute Abend damit beginnen. Du darfst *Rot* als Safeword verwenden."

Obwohl sich ihr Körper in intensiver Erwartung anspannte, blieb die Panik aus ... weil er ihr ein Safeword zugeteilt hatte.

Entschlossen übte er mit der Hand Druck auf ihren Rücken aus, kraftvoll genug, dass sie nicht entkommen konnte, aber nicht grausam. Seine Handfläche schlug langsam und regelmäßig auf ihren Hintern ein, jeder Schlag so genau bemessen wie der eines Chirurgen, jeder Klaps sorgfältig berechnet, sodass der davor brennen und verblassen konnte.

Nach einer Weile breitete sich das Brennen aus und begann zu schmerzen. Als sie sich hilflos wand, bebte ihre Welt ... alles bebte. Er würde nicht aufhören. Sie hatte keine Kontrolle über diesen Moment. Er war es, der das Sagen hatte.

Ihre Finger gruben sich in den Teppich, als die unbekannten Gefühle durch sie schossen.

„Spreize deine Beine, Uzuri." Der Befehl war leise.

Ihre flehenden Worte herunterschluckend öffnete sie ihre Knie.

„Weiter, Sub."

„Bitte nicht. Das gefällt mir nicht." Widerwillig teilte sie die Beine. Ihr Hintern brannte.

„Ist ja gut." Seine langen Finger glitten zwischen ihre Oberschenkel und streichelten über ihre feuchte – *ihre verdammt feuchte* – Pussy, und das elektrisierende Gefühl, das dabei durch sie schoss, war mit nichts zu vergleichen.

Er entließ ein befriedigtes Geräusch, bevor er ihre Klitoris mit einem Finger umkreiste. Sie spürte, wie das Nervenbündel anschwoll und sich verhärtete.

Dann entfernte er seine Hand und setzte das Spanking fort. Härter, so viel härter. *Schlag, Schlag, Schlag.*

„Du wirst höflich zu Doms sein, Uzuri." Seine tiefe, widerhallende Stimme hielt eine Härte bereit, die sie bisher noch nicht von ihm gehört hatte. „Oder du wirst bestraft."

Unter seiner gnadenlosen Hand breitete sich feuriger Schmerz über ihren Hintern aus, und sie trat keuchend um sich, wand und krümmte sich auf ihm.

Doch irgendwie flammte die Hitze auch anderswo auf, denn ihre Pussy pochte und kribbelte.

Als er aufhörte, mit seinen Fingern durch ihre feuchte Spalte zu gleiten, erwachte in ihr ein köstlicher Funke zum Leben. Er stieß einen Finger in sie und entzündete einen Sturm der Lust, und ihr erregtes Stöhnen war demütigend.

„Es scheint, als hätte dich schon zuvor mal jemand über deine Grenzen hinweg treiben sollen." Er schnellte über ihre Klitoris, hart und viel zu fachmännisch.

Da sie nicht aufhörte, sich zu winden, presste er die Hand stärker auf ihre Schultern, sodass er sie weiterhin betören konnte. Höher und höher trieb er sie.

Alles in ihr bündelte sich zu einem harten Knoten, jedes Atom einzig und allein auf den talentierten Finger konzentriert. Ihre Beine zitterten, als sie auf der Klippe zu einem Orgasmus balancierte und nur wimmern konnte.

„Oh, du machst mir wirklich Freude." Er bewegte seine Hand und schlug sie noch dreimal schockierend hart, bevor sein Finger zu ihrer Klitoris zurückkehrte und über das Bündel schnellte. Einmal. Zweimal.

Sie *kam.*

Überwältigende, furchterregende Lust brach über sie herein und schüttelte sie wie eine Puppe durch. Als er zwei Finger hart in sie stieß, fiel sie in einen Ozean der Empfindungen und wurde weggetrieben.

Mit seiner gnadenlosen Berührung entlockte er ihr auch den letzten Rest, bis sie so schlaff wie ein durchnässtes Hemd über seinen Oberschenkeln lag.

Selbst seine Hand, die über ihren wunden Hintern rieb, entlockte ihrer Kehle nur ein geflüstertes Wimmern.

„Hoch mit dir, Süße." Nachdem er sie auf seinem Schoß positioniert hatte, vergrub sie ihr Gesicht an seinem Hals. Jeder Atemzug brachte ihr sein Aftershave, einen sauberen Duft, der an einen Spaziergang über eine Sommerwiese erinnerte. Seine Finger fanden ihren Weg in ihre Haare und zogen sanft an den Enden. Sie seufzte glücklich und war froh, dass sie es auf eine Weise gestylt hatte, sodass er damit spielen konnte.

Schließlich rutschte die Realität wieder in den Fokus, und sie erstarrte.

„Was ist los, Love?"

Sie hob ihren Kopf und begegnete seinem Blick. Seine Augen waren umwerfend. Niemals die gleiche Farbe zweimal. Das Goldbraun um die Pupille zeigte sich heute in einem dunkelgrünen Farbton.

„Uzuri?"

„Oh. Ähm." Worüber hatte sie sich gleich noch Sorgen gemacht? „Es ist nur so, dass ich ..."

Als er ihr über den Rücken rieb, wurde ihr klar, dass sie nackt war und auf seinem Schoß saß. Während er vollständig bekleidet war!

Seine vollen Lippen zuckten belustigt. „Sprich weiter."

„Wie konntest du mir einen Orgasmus entlocken? Du hast mir ein Spanking gegeben, und es tat weh, aber es fühlte sich auch ... aufregend an. Niemandem ist es jemals gel —" Als Jarvis sie geschlagen hatte, war alles, was sie gefühlt hatte, Schmerz gewesen. Was sie mit anderen Doms gefühlt hatte, war weit entfernt von der heutigen Erfahrung.

„Ah." Er legte ihren Kopf zurück an seine Brust und sie kuschelte sich an ihn. Das Gefühl der Sicherheit war, als hätte sie jemand in eine von der Sonne gewärmten Decke gewickelt. „Ich kann nur raten, Sub."

Sie lächelte an seinem Hemd. So ein achtsamer Arzt. Wilde Vermutungen waren nicht sein Ding.

„Ich bezweifle, dass du ein Masochist bist, der Schmerz um des Schmerzes willen genießt. Bist du jedoch erregt, ist das ein anderes Thema. Schmerzen tragen oft zu erotischen Empfindungen bei und nähren Erregung. In anderen Momenten warst du möglicherweise nicht ... erregt. Oder ...“

Als er innehielt, runzelte sie die Stirn. „Oder was?“

„Vielleicht hast du den anderen Doms nicht genug vertraut, um dich gehen zu lassen?“

„Ähm. Vielleicht.“ Sie vertraute Holt, jedoch schaffte er es nicht, sie so heißzumachen. Er fühlte sich zu sehr wie der Bruder, den sie nie gehabt hatte. Andere Doms waren sexy gewesen, aber ihnen wiederum hatte sie nicht vertraut.

Beim Reden, während des Spankings, als sie kam und auch danach war die kleine Sub einfach entzückend gewesen. Alastair rieb die Wange an ihrem schwarzen Haar. Er wusste nie, wie sie es von einem Tag auf den anderen tragen würde, und er lernte, dass der Stil oftmals einen Hinweis auf ihre Stimmung gab. Heute Abend hatte sie sich frei genug gefühlt, um es lose zu tragen.

Die Verwirrung in ihrer Stimme zu hören, als sie ihn fragte, warum sie nach einem Spanking gekommen sei, war interessant gewesen. Sie hatte keine Ahnung, was für ein Kompliment sie ihm damit gemacht hatte. Welcher Dom würde sich nicht darüber freuen, zu wissen, dass eine Sub ihm auf diese Weise vertraute?

Zeit, mit der Lektion fortzufahren. Er stand mit ihr in den Armen auf und gluckste, als sie mit beiden Händen sein Hemd packte. „Ganz ruhig, Sub. Ich werde dich nicht fallen lassen.“

Ihre schönen Augen waren riesig. Alastair konnte der Verlockung nicht widerstehen, senkte seinen Kopf und küsste ihre Lippen. Sie schmeckte so süß.

Als er den Blick wieder hob, sah er zu der Tür ihres Schlafzimmers und setzte sich in Bewegung.

In gedämpften Blau- und Cremetönen gab sich ihr feminines Schlafzimmer als ruhiger Rückzugsort. Der blaue Bettrock mit den Rüschen, der aufwändige florentinische Barockspiegel und das venezianische Kopfteil sagten, dass sie im Herzen eine Romantikerin war. Als Arzt genoss er es, dass sie ihre Umgebung ordentlich und aufgeräumt hielt.

Nachdem er sie auf die Tagesdecke mit dem Blumenmuster gelegt hatte, lächelte er, als sie versuchte, sich aufzusetzen. „Nein, kleine Miss. Auf den Rücken. Hände über den Kopf. Beine gespreizt."

Ein Schauer durchlief sie, sodass ihre Brüste erotisch schwangen. Die dunklen Brustwarzen hatten sich aufgerichtet und bettelten um Aufmerksamkeit.

Für sie zündete er die Kerzen auf der Kommode an und schaltete das Deckenlicht aus. Ihre Haut leuchtete im sanften Kerzenlicht, ihre Kurven erzeugten verlockende Schatten. Aus dem Wohnzimmer war leise Musik zu vernehmen.

Er ließ sich Zeit, zog sich komplett aus und rollte sich ein Kondom über. Nach dem Spanking und der Show, die sie mit ihrem Orgasmus geboten hatte, war er nun unglaublich hart.

Vom Bett beobachtete sie jede seiner Bewegungen mit großen Augen, und er erkannte, dass sie ihn noch nie nackt gesehen hatte. Schließlich hatte er die gemeinsame Session im Shadowlands aufgrund ihrer Panikattacke abgebrochen.

Die wachsende Hitze in ihren Augen gefiel ihm, obwohl sie sich auch nervös auf die Unterlippe biss, als sie einen Blick auf seinen Schwanz wagte.

Während er sich langsam auf das Bett zubewegte und sich kniend zwischen ihren Schenkeln einfand, musterte er sie, um frühe Anzeichen von Angst oder Panik zu erkennen. Er lehnte sich vor, nahm ihr Gesicht zwischen seine Hände und genoss einen tiefen, nassen Kuss mit ihr. Einen Kuss, der gemächlich genug war, um sie wissen zu lassen, dass es heute Abend keine Eile geben würde.

Ihre Muskeln entspannten sich, ihr Mund wurde nachgiebiger. Er nahm – und sie gab großzügig. Wunderschön. Noch schöner war, dass sie artig die Hände über dem Kopf ließ.

„Du bist so ein gutes Mädchen", murmelte er und genoss die Art, wie ihre Augen bei seinen Worten strahlten. Gab es etwas Anziehenderes, als das Bedürfnis einer Sub, einen Dom zu befriedigen?

Er setzte sich zurück und erforschte mit seinen Handflächen und Fingerspitzen ihren Hals, ihre Kehle, ihr Brustbein und ihren weichen Bauch. Dort breitete er seine Hände aus, glitt über ihre Rippen nach oben und umfasste ihre Brüste. Warm und weich, schwer in seinen Handflächen, als er sie zusammendrückte. *Hinreißend.* Da er nicht widerstehen konnte, lehnte er sich vor und leckte mit der Zunge über einen harten Nippel.

Ihre Brust hob sich, als sie scharf die Luft in ihre Lungen sog, und er lächelte.

Welcher Mann mochte eine solche Reaktion nicht? „Weißt du, wie wunderschön du bist, Frau?"

Die Überraschung in ihren Augen sagte, dass sie es nicht tat.

Ihre Hände blieben über ihrem Kopf, und als er um ihre Brustwarze leckte, legte er seine Handfläche um ihren rechten Oberarm, um ihre Reaktion abzuschätzen. Vorsichtig schloss er seine Zähne um die Knospe und biss zu, bis sich ihre Muskeln unter seiner Hand aus Protest anspannten.

„Ganz ruhig, Süße." Er hob den Kopf und leckte über die empfindliche Brustwarze.

Sie schnappte nach Luft.

Er griff nach unten, um ihre Pussy zu streicheln, und lächelte, als er feststellte, wie feucht sie war. Einfach weil er es wollte, schob er einen Finger in sie, während er sich ihrer anderen Brust zuwandte.

Er leckte, knabberte und neckte, bis ihre Brust anschwoll,

dann biss er sanft in ihren süßen Nippel. Bevor er ihre Schmerzgrenze erreichte, stoppte er.

Ihre Pussy hatte sich wie ein Schraubstock um seinen Finger zusammengezogen.

„Wie es scheint, gefällt dir das. Habe ich nicht Recht?"

Sie schüttelte den Kopf.

Sie war immer noch nicht ganz ehrlich zu sich selbst, hmm? Er lächelte nur, als er ihr Gesicht musterte. Ihre Augen waren von Leidenschaft vernebelt, Lippen und Wangen gerötet.

Um ihr Gefühl der Hingabe zu verstärken, fixierte er mit einer Hand ihre Handgelenke über ihrem Kopf und neckte mit der anderen ihre Brüste. Es dauerte nicht lange, bis sie sich in ihrer Verzweiflung unter ihm wand.

Es schien, dass er Uzuri mit Lust und der richtigen Menge an Schmerz an die Klippe eines Orgasmus treiben konnte. *Bei Gott*, sie war perfekt.

Als sie wimmerte, ließ er ihre Handgelenke los und küsste sich ihren Körper nach unten. Langsam, um jeden Millimeter von ihr zu genießen. Ihr Bauch war sanft gerundet, ihre Rippen hübsch gepolstert. Ihre Pussy war nackt, die dunklen äußeren Schamlippen geschwollen. Ihr Duft war unendlich weiblich, der Geschmack ansprechend.

Es brauchte nicht viel, bis ihre glitzernde Klitoris aus der Vorhaut stieß.

„Bitte", flüsterte sie. „Oh, bitte ... ich will dich in mir haben." Ihre Hände lagen auf seinem Kopf, und trotz des Unterarms, den er über ihr Becken gelegt hatte, streckte sie ihm ihre Hüfte entgegen.

„In Ordnung, Süße." Da auch er es nicht länger abwarten konnte, kniete er sich zwischen ihre Schenkel und positionierte seine Eichel an ihrem feuchten Eingang.

Auf jeden Fall eng. Als sich ihre Fingernägel in seine Schultern bohrten, arbeitete er sich langsam in ihre nasse Vagina. Ihre Augen weiteten sich. Er kam voran, versuchte jedoch, Geduld zu beweisen, während sie sich an seine Größe gewöhnte. Obwohl die Hitze, die ihn umgab, seine Kontrolle erschütterte, ließ er sich nicht stressen. Er würde sich die Zeit nehmen, die sie brauchte.

„Na bitte, Sub. Alles drin."

Ihr Seufzen bestand zu gleichen Teilen aus Erleichterung und Lust.

Langsam zog er sich aus ihr zurück, nur um erneut in sie zu gleiten. Über ihr schwebend platzierte er einen Unterarm neben ihrem Kopf und überwachte weiterhin ihre Reaktionen. Ihre Augen wirkten immer noch besorgt, ihr Mund leicht angespannt. Ihre Handflächen lagen auf seinen Schultern und sie stieß ihn nicht von sich, sie zog ihn aber auch nicht zu sich.

„Ganz ruhig, Baby. Das wird schon."

Rein, raus. Rein, raus.

Als sie ihm mit der Hüfte entgegenkam und sich ihre Lippen in einem erregten Seufzer teilten, lächelte er und erhöhte seine Geschwindigkeit. Ihre Arme glitten um seinen Hals. Es war ein wahrer Genuss, sie zu ficken – und er konnte es nicht erwarten, Max dazu zu holen, und sie an all ihren Grenzen vorbeizuführen.

Er hielt seine Bewegungen langsam, bis ihr Körper bebte und sie ihre Nägel erneut in seine Schultern grub. Ein feiner Schweißfilm erschien auf ihrer Haut. Als sich ihre Pussy um ihn zusammenzog, lehnte er sich für einen Kuss nach unten. Gleichzeitig änderte er seinen Winkel, sodass er mit dem Schambein ihre Klitoris betörte.

Als hätte sie in eine Steckdose gefasst, spannte sie sich plötzlich unter ihm an und dann bebte sie am ganzen Körper. „Oh, mein Gott!" Ihre Stimme war tief, kehlig. Wunderschön.

Lachend fuhr er fort und stieß tief in sie. Dabei kam er jedes Mal in Kontakt mit ihrer Klitoris. Die Wände ihres Geschlechts pulsierten um seinen Schwanz. Er hob ein zitterndes Bein um seine Taille, öffnete sie weit und drang tiefer und immer tiefer in ihre Hitze.

Ihre abgehackten Atemzüge wehten über seine Kehle – bis

ihre Atmung mit einem Mal stoppte. Sie kratzte über seine Schultern, als sich ihre Pussy um ihn zusammenzog.

Ihr Hals streckte sich und ihr reizender Lustschrei hallte durch den Raum. Ihre Mitte pulsierte um seine Länge, immer und immer wieder, und er stöhnte vor Vergnügen.

Er gab seine Kontrolle auf, stieß hart in sie und spürte, wie sich der Orgasmus in ihm erhob. Mit einem tiefen Stöhnen vergrub er sich bis zum Anschlag in ihr und kam so hart, dass er die Engel singen hörte.

Als der Chor sein Ständchen beendete und er sich genug erholt hatte, um ein paar funktionierende Gehirnzellen zu lokalisieren, zog er sie an sich und rollte mit ihr in seinen Armen zur Seite. „Danke, Sub, dass du mir nicht erlaubt hast, den Abend abzusagen."

Ihr heiseres Lachen brachte ihn zum Grinsen. „Gern geschehen, Sir." Mit einem glücklichen Seufzer kuschelte sie sich an ihn, die Wange an seiner Brust und ein Bein über seine Oberschenkel. Weich und warm und herzallerliebst.

Alastair atmete ihren sexy Duft ein, fuhr mit der Hand über ihren Rücken und schwelgte in der Perfektion des Augenblicks. Er hatte nie ein Problem damit gehabt, intelligente Frauen zu finden – weder für ein Date noch fürs Bett. Eine intelligente, unabhängige Sub zu finden, die zudem verheerend mitfühlend und großzügig war?

Diese Sorte verteilte das Universum nicht gerade in großer Zahl.

Er küsste sie auf ihren Haarschopf und lächelte. „Schlaf, Love. Solange du noch kannst."

KAPITEL ZWÖLF

I n dem kleinen Café gegenüber dem Karatestudio hörte Uzuri zu, wie jede ihrer Freundinnen die Ereignisse der letzten Woche wiedergab. Sie waren heute nur zu siebt: Jessica, Sally, Beth, Gabi, Andrea, Kim und Uzuri.

Kim erzählte ihnen von einem Benefizessen für Feuerwehrleute, bei dem sie und ihr Master in Holt und sein Date gerannt waren. Raoul war anscheinend von der Rothaarigen nicht beeindruckt gewesen, was ... ein Problem darstellte.

Uzuri runzelte die Stirn. Hoffentlich meinte es Holt mit ihr nicht allzu ernst.

Als Kim fertig war, fragte Jessica: „Wer ist der nächste?"

Um Zeit zu schinden, trank Uzuri von ihrem Kaffee. Wo sollte sie überhaupt anfangen? So viel war passiert, seit sie ihre Freundinnen vor zwei Wochen gesehen hatte.

Am Freitag hatte sie Sex mit Alastair gehabt! *Oh, mein Gott*, sie hatte sich in ihrem ganzen Leben noch nie so überwältigt gefühlt. Er war so dominant gewesen. Und doch behutsam und vorsichtig ...

Hatte sie wirklich gedacht, Max wäre der Gruselige?

Alastair hatte ihr Schmerzen zugefügt – absichtlich – und sie wusste immer noch nicht genau, wann sich der Schmerz in heiße Lust verwandelt hatte. Alles, was er getan hatte, war mit jeder Sekunde intensiver geworden, bis ihre ganze Welt ... explodiert war. Und danach, als sie in seinen Armen gebebt hatte, hielt er sie an seine Brust gedrückt und murmelte ihr in diesem tiefen Akzent ins Ohr.

Sie waren schließlich aufgestanden, um das vernachlässigte Abendessen zu essen. Danach hatte er sie wieder ins Bett gebracht und sie die ganze Nacht gehalten. Sie hatte noch nie so gut geschlafen. Nicht einmal.

Im Morgengrauen war sie kaum bei Sinnen gewesen, als er sie auf ihren Bauch gerollt und sie hart und schnell gefickt hatte. Wenn sie ehrlich war, hatte sie Morgensex immer gehasst, aber er hatte ihre Klitoris mit diesen magischen Fingern gefunden, und sie war gekommen, bevor sie vollständig das Traumland verlassen hatte.

„Sehr nett, Süße", hatte er gesagt, und schließlich hatte er ihren Arsch getätschelt, ihr einen sanften Kuss gegeben und sie wieder zugedeckt. Er war verschwunden, bevor sie ihm überhaupt Frühstück anbieten konnte.

Er war wundervoll.

Sie seufzte und erkannte, dass Sally sie mit gerunzelter Stirn beobachtete. „Zuri?"

Uzuri war nicht bereit, zu reden, sodass sie Andrea fragte: „Wie laufen die Hochzeitsvorbereitungen?"

Andrea schloss die Augen und schüttelte den Kopf. „*Dios*, ich brauche ein paar Drinks, bevor ich darüber reden kann."

Gabi runzelte die Stirn. „Warum? Was ist passiert?"

„*So viel*. Der Empfang wird immer größer, weil *mi abuelita* und *tía* immer mehr Leute einladen und Cullens Vater und Stiefmutter dasselbe tun, obwohl sie von Chicago herfliegen. Als meine Tante gestern anrief, wusste ich nicht, wo ich mit meinen Emotionen hinsoll und ... na ja, schon kamen die Tränen."

Uzuri schnappte nach Luft. Andrea war nicht der Typ, der weinte. War sie einfach nicht.

Jessica nahm ihre Hand. „Was können wir tun, um zu helfen?"

„*Nada*. Einfach gar nichts." Andrea lächelte schief. „Mittlerweile ist es mir egal, wie sich der Empfang gestaltet. Ich will einfach nur, dass es vorbei ist. Cullen fühlt genauso. Es wird schon."

Vielleicht. Die Sache mit dem Empfang schien nicht gerade etwas zu sein, das Andrea normalerweise aus dem Gleichgewicht bringen konnte. „Was stimmt noch nicht?"

Gabi nickte entschlossen. „Sag uns, was dich beschäftigt, Freundin."

Andreas goldene Augen füllten sich mit Tränen. „Es ist dämlich."

Beth schnaubte. „Mein Master meint immer" – sie senkte ihre Tonlage, um Master Nolans harsche Stimme nachzuahmen – „dass Gefühle eben Gefühle sind. Sie haben keine Etiketten wie *dämlich* oder *klug*."

„So wahr." Gabi lächelte. „Erzähl schon, 'Drea."

„Ich vermisse Papa." Andrea wischte sich eine Träne weg. „Ihr kennt das vielleicht, wenn man schon als junges Mädchen davon träumt, wie irgendwann die eigene Hochzeit sein wird? In meinem Traum führte mich mein Vater immer zum Altar, und er wäre stolz auf mich und so." Sie lachte leise. „Das ist das Dämliche daran. Er ist seit Jahren tot, und bevor er starb, hat er ständig getrunken und war oft ... gemein. Ich schätze, dass ich" – ihre Stimme brach – „mich einfach ein wenig e-einsam fühle."

Uzuri war die erste, die aufsprang, um sie zu umarmen, und die anderen folgten sogleich.

Inmitten der Blase aus Frauen vergoss Andrea ein paar Tränen und lachte dann. „D-Danke." Sie atmete tief ein. „Mir war nicht klar, wie schwer mir das auf der Seele lag. Vielleicht kann ich es jetzt loslassen."

Vielleicht könnte sie das, aber Uzuri konnte das nicht. Bestimmt gab es einen Weg, wie sie helfen konnte.

Als sie sich alle wieder setzten, sah Andrea mit gerunzelter Stirn zu Uzuri. „Du bist dran. Zwar hast du uns wegen der Sache mit der Fahrerflucht angerufen – der Kampf Zuri gegen Auto … Auto gewinnt –, aber ich kann sehen, dass es noch mehr gibt, das dich beschäftigt. Glaube nicht, dass wir es nicht bemerkt haben."

Auf den Punkt gebracht. Sei mutig. „Ich möchte euch … erzählen, warum ich nach Florida gezogen bin." Uzuri holte tief Luft und trat durch die Tür, die sie mit Max geöffnet hatte. „Es ist so …"

Master Z behielt Recht. Beim zweiten Mal war es einfacher.

Als Uzuri von ihrer Vergangenheit erzählte, starrte sie auf die Tischplatte, um sich dem Vorwurf in den Augen ihrer Freundinnen nicht stellen zu müssen. Nach einer Weile nahmen Sally ihre rechte und Kim ihre linke Hand. „… und dann habe ich es geschafft, Max alles zu erzählen, und er hat es Master Z gesagt, und so wissen es jetzt alle Master, und ich wollte, dass ihr es auch wisst."

Ihr Blick lag auf den kastanienbraunen Servietten. Nicht die beste Wahl für ein Café mit einem orangen Farbschema. „Es ist nicht so, dass ich euch nicht vertraue – das tue ich –, nur wollte ich einfach nicht an meine Vergangenheit denken oder daran erinnert werden. Ich habe sie hinter mir gelassen."

Ein Schnauben von Jessica ließ sie aufblicken. „So etwas dachte ich mir schon."

Beth nickte: „Wir wussten, dass du es uns eines Tages erzählen würdest. Ich dachte bei dir eher an einen gewalttätigen Ehemann oder Freund. Ein Stalker ist ein ganz anderes Thema. Abartig. Schließlich hast du ihn in die Wüste geschickt und sein Ego war es, das ihn zurückgebracht hat, um dir wehzutun. Ich bin stolz auf dich."

Stolz? „Ihr seid nicht sauer?" Sie ließ den Blick über ihre Freunde schweifen und sah auf jedem Gesicht Verständnis und Mitgefühl.

„Warum hast du erwartet, dass wir wütend sein würden? Wütend auf ihn vielleicht. Am liebsten würde ich ihm in den Arsch treten! In die Eier!" Andrea erinnerte mit ihrem entschlossenen Ausdruck an eine hispanische Wonder Woman, bevor sich ihr Gesicht zu einem Lächeln formte. „Nein, *Chica*. Wir sind Freunde, ob wir die Details aus unserer Vergangenheit miteinander teilen oder nicht."

„Sprich für dich selbst. Ich persönlich erwarte, jedes noch so kleine Detail zu hören." Sallys Augen verengten sich. „Kein Wunder, dass du großen Typen aus dem Weg gehst. Oder dich zurückziehst, wenn ein Dom zu aufdringlich wird."

„Oder sie spielt ihnen Streiche." Andrea grinste Uzuri an. „Cullen spricht immer noch von der Puppe, die du wie ein ‚Bar-Ornament' an seine Bar gebunden hast."

In ihrem weichen Georgia-Dialekt sagte Kim: „Das erklärt, warum du aus dir herauskommst, wenn wir unter uns sind, jedoch so ruhig und schüchtern daherkommst, wenn andere dabei sind."

„Um ehrlich zu sein, kann ich Jarvis nicht die ganze Schuld dafür geben, dass ich mich mit Frauen wohler fühle als mit Männern." Uzuri verzog das Gesicht. „Meine Mutter hat mich schließlich auf eine katholische Mädchenschule geschickt."

Da Andrea selbst katholisch erzogen worden war, brach sie in Gelächter aus.

„Echt jetzt? Es gibt immer noch reine Mädchenschulen?" Die in Kalifornien aufgewachsene Beth starrte sie schockiert an. „Was hat das aber mit deiner Reaktion auf Männer zu tun?"

„Ich wusste nicht einmal etwas über die männliche Anatomie, bis ich die Highschool verließ. Erster Kuss? Ich war zwanzig. Ihr habt wahrscheinlich schon im Kindergarten geflirtet und euch verabredet, oder?"

Jessica neigte den Kopf. „So ungefähr, ja."

„All das ist an mir vorbeigegangen. In der Highschool arbeitete ich in Teilzeit in einem Kaufhaus und nach dem Abschluss wechselte ich zu Vollzeit. Dann wurde Mama krank, also habe ich mich in meiner wenigen Freizeit um sie gekümmert." Uzuri schüttelte den Kopf. „Selbst jetzt kommen nicht viele Männer in meinen Bereich. Das andere Geschlecht erscheint mir auch jetzt noch wie seltsame Kreaturen."

Kim rollte mit den Augen. „Süße, Männer *sind* seltsame Kreaturen. Daran gibt es keinen Zweifel."

„Und in Bezug auf die Streiche. Also ..." Uzuri grinste. „Meine Freunde haben es zu einer Kunstform gemacht, den Priestern und Nonnen Streiche zu spielen. Bin ich also wütend auf jemanden, kehre ich zu dieser Verhaltensweise zurück – aber nur mit den Mastern, die ich mag."

„Wow." Gabi starrte sie an. „Ich kann mir nicht vorstellen, einem Priester Streiche zu spielen. Unheimlicher Gedanke."

Uzuri schnaubte. „Eigentlich waren die Nonnen viel gemeiner. Stell dir Mistress Anne mit einem Lineal anstelle eines Rohrstocks vor."

„Da kann man wirklich von einer Welt voller Schmerzen sprechen", murmelte Kim.

Uzuris Lächeln verblasste. „Aber ... ich muss daran arbeiten, mich Männern zu stellen, anstatt hinterhältig zu sein und meine Kämpfe mit Streichen zu bestreiten."

„Verdammt richtig." Die Stimme des Mannes ertönte hinter ihr.

Mit weiten Augen blickte Andrea auf etwas über Uzuris Schulter.

Uzuri drehte sich um.

Max hielt einen To-Go-Becher und stand auf der anderen Seite einer Trennwand, die vollständig aus Pflanzen bestand.

Hatte er alles gehört? „Wie lange belauschst du uns schon?"

Er hatte ein durch und durch verheerendes – wenn auch niederträchtiges – Grinsen auf den Lippen. „Nicht lange." Er nahm einen Schluck von seinem Kaffee. „Was ich jedoch vernommen habe, erklärt eine Menge."

Uzuri errötete, dann runzelte sie die Stirn. „Solltest du nicht bei der Arbeit sein, um die Straßen für die gesamte Menschheit sicherer zu machen?"

„Eigentlich bin ich hier, um genau das zu tun – für die Frauenwelt." Er warf einen Blick auf seine Uhr und leerte seinen Kaffee in zwei großen Schlucken. „Ich werde euch heute bei eurem Selbstverteidigungskurs assistieren. Kommt nicht zu spät."

Mit aufgeklappter Kinnlade beobachtete Uzuri, wie er das Café verließ. *Oh, mein Gott!*

Die Geburt eines Witzboldes. Das erklärte einiges. Max lächelte immer noch, als er die Straße zum Kampfkunststudio überquerte. Sie hatte Holts Spind mit Bällen gefüllt, die farblich Footballteams repräsentierten, weil der Dom sie genervt hatte – und weil sie sich mit ihm wohl fühlte.

Hmm. Max runzelte die Stirn. Er und Alastair hatten sie ein paar Mal genervt, als sie bei ihnen geschlafen hatte. Bisher hatte Uzuri ihnen jedoch keinen Streich gespielt.

Anscheinend fühlte sie sich immer noch nicht vollkommen wohl mit ihnen. Der Gedanke war ein bisschen enttäuschend. Mit etwas Glück würde sich das hoffentlich bald ändern und ihr Komfortlevel würde steigen. Am Freitag hatte Alastair seine Zeit mit ihr sehr genossen. Noch besser war, dass er sich wieder mehr wie er selbst fühlte. Entspannter. Weniger gestresst.

Der kleine Witzbold war gut für ihn.

Max rieb sich das Kinn. Vielleicht sollte er sich zurückziehen, damit Alastair sie für sich haben konnte.

Der Gedanke scheuerte jedoch wie Schleifpapier über seine Nervenenden.

Doch selbst wenn sie sich entscheiden sollten, Uzuri zu teilen, könnte es sein, dass auf Dauer nichts daraus wurde. Er und sein Cousin hatten starke Persönlichkeiten. Konnte sich die Sub nicht behaupten, war es möglich, dass eine Dreiecksbeziehung ihren Fortschritt bremste.

Kopfschüttelnd betrat er das Studio. Anne, eine der Shadowlands-Mistresses, stand am anderen Ende des verspiegelten Raums. Er ging zu ihr. „Hey, Anne."

„Max, danke, dass du uns aushilfst." Die schwangere Brünette lächelte ihn an. „Ich mag deine Idee, männliche Gegner einzuführen."

„Das freut mich. Und wie es aussieht, sind die anderen *Gegner* pünktlich." Max hob die Hand, um die Aufmerksamkeit der drei Detectives auf sich zu ziehen, die gerade das Dojo betraten. Obwohl sie große Kerle waren, hatte er Männer ausgewählt, die mit unerfahrenen Kämpfern sanft umgehen würden. „Wie vorsichtig müssen wir sein?"

„Na ja ... Die Frauen treffen sich schon eine ganze Weile und lernen von Andrea und mir – und von Sensei, wenn er Zeit hat. Sie haben sich Fähigkeiten antrainiert. Uzuri ist jedoch erst kürzlich zu ihnen gestoßen. Sie holt immer noch auf." Anne rieb sich unbewusst den Bauch. „Das Problem ist, dass die meisten in der Vergangenheit Missbrauch oder Gewalt erfahren haben. Ich bin mir nicht sicher, wie sie auf männliche Gegner reagieren werden."

Die Shadowkittens aus dem Café überquerten die Straße zum Studio.

Anne runzelte die Stirn. „Eine Frau mit einer Vergangenheit voller Gewalt erstarrt oft, wenn sie mit einem Mann konfrontiert wird. Uzuri ist das im Frühling passiert."

„Ihr Stalker war hier?", fragte Max mit angespannter Stimme.

„Nein, das war etwas anderes." Anne wies ihn an, ihr zu folgen, sodass die Frauen, die ihre Sachen neben den Matten in Fächern verstauten, das Gespräch nicht hören konnten. „Ein gewalttätiger Bastard kam samt Freunden zu meinem Haus, um die Adresse des Frauenhauses aus mir herauszubekommen. Es kam zu einer Auseinandersetzung."

„Ich hoffe, du hast ihm die Scheiße aus dem Leib geprügelt."

Ihr zufriedenes Grinsen erinnerte ihn daran, dass sie nicht nur bei den Marines gedient, sondern auch eine Weile als Polizistin gearbeitet hatte. „Das haben wir. Uzuri jedoch verfiel in Schockstarre. Zu diesem Zeitpunkt hatte sie den Grund mit uns nicht teilen wollen."

Max nickte. Dieser verfluchte Stalker.

„Diesen Sommer hat sie an unseren Kursen teilgenommen, aber ihr Herz ist nicht bei der Sache. Und obwohl sie in vielerlei Hinsicht Fortschritte macht, bezweifle ich, dass sie sich wehren wird, wenn ihr Angreifer männlich ist."

Ja, das war auch seine Sorge. „Dafür sind die Jungs und ich hier." Der Gedanke, Frauen zu erschrecken, besonders eine kleine Sub mit großen braunen Augen, gab ihm jedoch kein gutes Gefühl.

Anne warf ihm einen verständnisvollen Blick zu, bevor sie ihre Stimme erhob: „Meine Damen, wir haben heute ganz besondere Gäste."

Die Augen der Frauen weiteten sich, als sie die Wand aus übergroßen Männern sahen, denen sie sich heute stellen mussten. Es brach Max das Herz, als er sah, wie die kleine Zuri einen Schritt zurücktrat.

Eine Stunde später, nachdem er Sally, seinem aktuellen „Opfer", eine Pause zugewiesen hatte, ließ Max den Blick durch den Raum schweifen. Er musste echt zugeben, dass er Spaß hatte. Abgesehen von Anne waren alle Frauen unterwürfig, aber – wie jeder Dom schnell erfuhr –, waren Subs keine Feiglinge oder Schwächlinge. Wenn sie sich entschieden zu kämpfen, konnten sie sehr effektiv sein. Hinzu kam, dass kleine Fäuste verdammt wehtun konnten. Es war, als würde man von einem Besenstiel statt von einem flachen Paddel getroffen.

Marcus' Gabi hatte ein paar gute Schläge gelandet, und trotz seiner Polsterung hatte er wahrscheinlich ein oder zwei blaue Flecken davongetragen.

Auch Kim machte sich gut. Raoul hatte offensichtlich mit

seiner brünetten Sklavin trainiert. Sie kämpfte mit einer Mischung aus Karate und Methoden aus dem Straßenkampf.

Wie er jedoch befürchtet hatte, froren die meisten Frauen kurzzeitig ein, wenn sich ihnen jemand näherte und angriff. Es brauchte Zeit, um diese Reaktion abzulegen, aber dann würden sie in einem echten Kampf gut abschneiden. Bei Beth war er sich in dem Fall sicher, da er die Prellungen an dem Bastard gesehen hatte, der letzten August ihre Kinder angegriffen hatte.

Uzuri war jedoch eine ganz andere Geschichte. Sobald einer seiner Detectives angriff, geriet sie sichtlich in Panik. Nachdem sie es noch einmal versucht hatte, gab sie auf und zog sich an die Seitenlinie zurück. Ihre Angst zu sehen, aktivierte bei Max den Beschützerinstinkt. *Verdammt*, er hatte dem Detective, der ihr Angst gemacht hatte, wirklich eine reinhauen wollen.

Auch wollte er dem Detective, der mit ihr geflirtet hatte, zeigen, wo der Hammer hing. *Und das, meine Freunde, nennt man Eifersucht.*

Wann war er das letzte Mal eifersüchtig gewesen? Er blendete die Schreie und das Grunzen der Zweikämpfe um ihn herum aus und überlegte. Nicht seit der Highschool, als die „Liebe seines Lebens" ihn für einen Basketballspieler verlassen hatte. Nur zwei Wochen später war Max' Zuneigung bereits auf eine blonde, schlanke Schwimmerin übergegangen.

Seitdem hatte es ihm an Aufmerksamkeit von Frauen sicher nicht gemangelt, aber niemand hatte seine territorialen Instinkte geweckt, wie das Uzuri tat. Was zum Teufel sollte er in dem Punkt tun?

Nachdem er Sally zu einem anderen Detective geschickt hatte, überquerte er die Matten zu Uzuri. *Fuck*, sie war so hübsch. Ihr Haar lag geflochten von der Krone bis zum Hinterkopf flach gegen ihre Kopfhaut, bevor sie in glänzende Korkenzieherlocken übergingen. Enge Leggings zeigten ihre wohlgeformten Beine. Sie trug ein lockeres T-Shirt über einem Tanktop, das wahrscheinlich ihren Körper verbergen sollte – und somit auch ihr Dekolletee.

Sie hatte jedoch keine Ahnung, wie der Saum erotisches Kuckuck mit ihm spielte und immer wieder ihren verlockenden Arsch zur Schau stellte.

Er hasste es, zu kämpfen, wenn er hart war.

Er ignorierte das unbehagliche Gefühl und richtete seinen Fokus auf seine aktuelle Aufgabe: Ihr das Kämpfen beizubringen, obwohl das arme Baby so nervös war, dass sie ihre Hände vor ihrem Bauch rang.

Ihre mangelnde Vertrautheit mit jeglicher Art von Gewalt trug zum Problem bei. Als er alle nach deren Vergangenheit befragt hatte, erfuhr er, dass Sally eine Weile in einer Polizeistation gearbeitet hatte. Als Teenager hatten Gabi und Andrea gezwungenermaßen Zeit auf der Straße verbracht. Kim war in der Nähe der Docks aufgewachsen. Gewalt im Allgemeinen würde die meisten von ihnen nicht in eine Schockstarre zwingen.

Uzuri jedoch ... Katholische Mädchenschulen zeichneten sich nicht gerade durch Faustkämpfe aus. Ihr Beruf hielt sie in netten, ruhigen Kaufhäusern, obwohl ... diese Black Friday-Verkäufe? Gruseliger Scheiß. Cincinnati hatte raue Gegenden, aber ihre Mutter war zu einer Zeit krank geworden, in der Mädchen normalerweise die Gefahr suchten. Uzuri war wahrscheinlich noch nicht einmal Zeuge von Blutvergießen geworden, bis dieses Arschloch sie verdammt nochmal zusammengeschlagen hatte.

Kein Wunder also, dass sie sich heute an die Seitenlinie zurückgezogen hatte. Sie war mental noch nicht bereit, sich gegen einen fremden Mann zu verteidigen. Für diese Lektion würde er also selbst mit ihr arbeiten. Zumindest kannte sie ihn ein wenig.

„Es wird Zeit, dass wir etwas spielen, Prinzessin." Er streckte die Hand nach ihr aus.

„Ich stehe hier ganz gut", flüsterte sie.

„Wir werden nicht kämpfen. Ich möchte mit dir an deiner Eins-Zwei-Kombination arbeiten." Danach würde er vielleicht ... mehr wagen.

„Du wirst mich nicht angreifen?" Ihre großen braunen Augen

trafen so plötzlich auf seine, dass es sich wie ein gänzlich anderer Angriff anfühlte. Ein Angriff auf seine Sinne. „Mit den anderen hast du keine Kombinationen geübt. Warum also …"

Konzentriere dich, Drago. „Sie hatten bereits genug Unterricht, sodass ihre Reaktionen instinktiv kommen. Du hast dieses Niveau noch nicht erreicht." *Zum Teufel,* es war offensichtlich, dass sie sich kaum dazu durchringen konnte, eine Person zu schlagen.

„Ich bin nicht mutig", flüsterte sie.

„Du hast überlebt, Zuri. Mut bedeutet nicht, keine Angst zu haben. Bei den Marines würden wir sagen: Mut bedeutet, für einen weiteren Moment Durchhaltevermögen zu beweisen."

Sie starrte ihn an und ihre Lippen wiederholten lautlos: „Für einen weiteren Moment."

„Ja, mehr braucht es nicht." Langsam bewegte er seinen Arm, legte die Finger um ihr Handgelenk und ignorierte, dass sie zusammenzuckte. „Mach eine Faust."

Als sie es tat, nickte er. „Das sieht schon mal sehr gut aus. Jetzt schlag mir in den Bauch."

„Was?"

Er schlug auf die schwere Polsterung, die seine Brust und seinen Bauch bedeckte. „Du wirst mir nicht wehtun."

Sie zögerte immer noch. Die Frauen waren es gewohnt, die Schläge beim Kontakt mit der Kleidung eines Gegners zu bremsen. Das reichte ihm nicht. Er und seine Freiwilligen hatten Schutzkleidung angezogen und erwarteten vollen Kontakt.

Er legte mehr Härte in seine Stimme. „Komm schon, kleines Weichei. Du bist nicht hier, um mich anzustarren."

Sie schlug ihn. Sanft.

„Tut mir leid, Baby. Das würde nichts erschrecken, das größer als ein Pudel ist. Hast du überhaupt Muskeln?"

Sie warf ihm einen mitleiderregenden Blick zu.

„Uzuri, sieh dir Kim an." Mit Schweiß im Gesicht schlug die Brünette mit den Fäusten auf die gepolsterten Pratzen ein, die ein

Detective in den Händen hielt. Ein Grunzen begleitete jeden Schlag. „Diesen Einsatz will ich auch bei dir sehen."

Ihre Augen verbargen so viele Emotionen: Der Wunsch einer Sub, das zu tun, was ein Dom verlangte. Ihre Angst, ihn zu verletzen. Ihre Abscheu vor Gewalt.

„Dafür bist du hier. Wir wollen doch die Zeit, die wir hier verbringen, nicht verschwenden, oder?" Er wartete geduldig und dann .... blitzte Entschlossenheit in ihrem Ausdruck auf.

Der nächste Schlag kam schon mit mehr Wumms.

„Besser." Er packte ihren Arm und bewegte ihre Faust an eine Stelle, wo sie ihn unterhalb seines Brustbeins treffen würde. „Nächstes Mal hier hinzielen." Er ließ sie los und trat zurück. „Los."

Der nächste Schlag war perfekt und auch weitaus härter. Sie hatte ihren ganzen Körper in den Schlag gelegt und ihre Hüfte eingesetzt. „Sehr gut. Benutze jetzt beide Arme und gib mir eine Eins-Zwei-Drei-Kombination."

Mit nur einer Sekunde des Zögerns kam sie der Anweisung nach. Die drei schnellen Schläge auf seinen Solarplexus waren hart genug, dass er fast eine Grimasse gezogen hätte. Wunderschön.

Lachend packte er ihre Schultern und drückte sie leicht, um die Sorge aus ihrem Blick zu vertreiben. „Perfekt. Das war perfekt."

„Wirklich?" Bei dem Strahlen in ihren großen Augen krampfte sich sein Herz zusammen. *Fuck*, sie war bezaubernd.

Er trat einen Schritt zurück. „Nochmal. Und härter."

Uzuri konnte immer noch die Kraft seiner Hände auf ihren Schultern spüren. Sie schüttelte das Gefühl ab und konzentrierte sich, so wie Anne es ihr beigebracht hatte, setzte sie ihre Hüfte ein, um mehr Kraft in den Schlag zu bekommen, und stellte sich vor, wie ihre Faust direkt durch das Ziel schoss. Nicht den Körper – das Ziel.

Schlag, Schlag, Schlag.

Ihre Fingerknöchel brannten. Oh, sie hatte ihn so hart getroffen.

Als sie jedoch zurücktrat, hörte sie sein fröhliches Glucksen. „So ein gutes Mädchen." Sein viel zu verheerendes Grinsen führte in seinen Wangen zu Grübchen.

In ihrem Bauch spürte sie ein Flattern, das nichts mit Angst zu tun hatte.

Er – der Dom – sah alles und seine blauen Augen verdunkelten sich. Ein hitziger Blick, der direkt auf sie gerichtet war.

Eine Sekunde später war er wieder ihr Lehrer. „Ich werde jetzt nach dir greifen. Ich möchte, dass du meinen Arm blockst und mich schlägst. Eine Eins-Zwei-Kombi; blocken, dann schlagen."

Ihr Herz raste bereits … von seiner Nähe, von der Anstrengung, von der Aggression um sie herum. Als er also versuchte, sie zu packen, stolperte sie zurück.

„Nein", sagte er. „Versuch es nochmal." Wieder griff er nach ihr.

Sie zögerte zu lange, kämpfte gegen den Instinkt an, zu fliehen, und er schlug ihr leicht gegen die Schulter. „Lass das. Die Runde hast du verloren. Versuch es nochmal."

Erneut griff er nach ihr.

Ihr Block war schlampig und schwach ausgeführt, aber er erlaubte ihr einen Erfolg und ließ sich von ihrem Unterarm blocken. Ihr darauffolgender Schlag kam nicht mal in Kontakt mit ihm.

„Besser. Sieh mal, Zuri." Er streckte ihren Arm direkt neben seinem aus. „Ich bin ein Mann und habe lange Arme. Du musst näher herankommen, um mich zu erwischen."

Sie schüttelte den Kopf. „Dann wirst du mich schlagen."

„Vielleicht. Das kann passieren."

„Was?"

„Wenn du in einen Kampf gerätst, weißt du, dass du verletzt werden könntest, aber, Baby, ich möchte, dass du mit Selbstvertrauen reingehst. Ich möchte, dass du davon überzeugt bist, dass du am Ende diejenige bist, die noch aufrecht steht." Sein blauer Blick brannte in ihren und seine Worte kamen bei ihr an. Nach einer Sekunde zog er sich zurück. „Nochmal."

Sie wiederholten die Kombi immer und immer wieder, bis sie ihn nicht mehr fürchtete ... bis sie ihn *hasste*.

„Nochmal."

Er griff an, sie blockte und schlug mit einem Arm zu, der sich mittlerweile wie eine gekochte Nudel anfühlte. Nichtsdestotrotz landete er mit Wumms auf der Polsterung, und sein Grunzen war unheimlich befriedigend.

Grinsend lehnte er sich vor und gab ihr einen harten Kuss auf die Lippen. „Das ist ein Mädchen, das sich erfolgreich gegen einen Angreifer stellen kann. Gut gemacht."

Seine Anerkennung zündete ein Feuer in ihr.

Er richtete sich auf. „Anne, wir müssen los. Wir sehen uns nächste Woche zur gleichen Zeit." Seine Detectives schlossen sich ihm an.

Uzuri starrte ihm nach, als er zum Ausgang ging. Sein Gang war täuschend lässig, sodass nicht gleich jedem auffiel, wie tödlich er sein konnte.

Jarvis war aufgrund seiner Größe und seines Zorns beängstigend.

Max jedoch war furchterregend.

Bevor er zur Tür hinausging, blickte er zurück, fing ihren Blick ein und hielt ihn. Und hielt ihn. Die Matte unter ihr schien plötzlich zu beben.

Er lächelte und dann war er weg.

KAPITEL DREIZEHN

„Umdrehen." **Uzuri kniete** am Donnerstagabend im Keller der katholischen Kirche auf dem Boden, nahm sich eine weitere Nadel und lächelte die Teenagerin an, die unbeweglich vor ihr stand.

Der gesamte Raum war mit Frauen gefüllt, die auch Säume oder Ausschnitte, die Ärmel und die Taille für die unterprivilegierten Teenager änderten. Nicht mehr lange bis zu den Homecoming-Proms.

Andere halfen den Mädchen, passende Accessoires zu finden – von Schmuck über Schuhe bis hin zu Taschen. Nicht weit von ihr gab jemand Make-up-Unterricht.

Nachdem Uzuri den wunderbaren Einfluss beobachtet hatte, den Master Marcus und die anderen Master auf eine Gruppe von Jungen im Teenageralter hatten, war Uzuri zu der Erkenntnis gekommen, dass es auch Mädchen im Teenageralter gab, die Unterstützung dieser Art brauchten. Mit ein paar Frauen von der Kirche hatte sie etwas Ähnliches organisiert.

„Die Farbe sieht an dir atemberaubend aus, Makayla." Uzuri steckte die letzte Nadel rein und verlagerte ihr Gewicht mit einem gedämpften, schmerzbehafteten Stöhnen. Jeder einzelne

Muskel in ihrem Körper schmerzte. Es war offensichtlich, dass Selbstverteidigung eher zu ihrem Tod als zu dem des Serienmörders führen würde.

Uzuri sah zu dem Mädchen auf. „Hast du ein Date für den Prom oder gehst du mit Freunden?"

Das Leuchten auf dem Gesicht des Mädchens erhellte den ganzen Raum. „Joshua hat mich gefragt. Ich kann nicht glauben, dass er mich gefragt hat!"

Uzuri hielt ein Wort der Warnung zurück. „Das ist wundervoll. Ist ... ist er ein guter Junge?"

„Das ist er. Er ist klug. Und nett. Er gehört nicht zu den Mobbern aus dem Footballteam. Suzi ging mal mit ihm aus, und er hat sie nicht irgendwie begrabscht oder so."

„Sehr gut. Das ist sehr gut." Beruhigt nahm Uzuri die Schachtel mit den Stecknadeln und erhob sich. Für später plante eine der Mütter ein Gespräch über Sicherheitsmaßnahmen fürs Dating ... sowie darüber, wie man höflich und durchsetzungsfähig *Nein* sagte. Das würde hoffentlich genügen. „Zieh dich um, und dann zeige ich dir, wie du den Saum deines Kleides ändern kannst."

Makayla erhob sich aufgeregt auf die Zehenspitzen, und Uzuri wusste, dass es nicht nur an der Freude lag, ein schönes Kleid zu erhalten, sondern auch daran, eine neue Fähigkeit zu erlernen. Die Mutter des Mädchens saß im Gefängnis. Makaylas Vater arbeitete zwei schlecht bezahlte Jobs, sodass wenig Zeit blieb, um das Mädchen und ihre beiden Brüder zu erziehen.

Ein Mädchen konnte Unterstützung von ihren besten Freunden bekommen, aber ... es gab nichts Besseres als die Fürsorge einer Mutter oder einer erwachsenen Frau, um eine Tochter zu erden. Darum ging es in dieser Gruppe.

Uzuri liebte es, den Mädchen all die Geheimnisse beizubringen, die sie von ihrer Mutter mitbekommen hatte. Wahrscheinlich eines der wichtigsten war, dass die Welt eine Person in der Regel zuerst nach ihrem Aussehen und erst später nach ihrer

Kompetenz und ihrem Charakter beurteilte. *„Ich sage nicht, dass es fair ist, Kind. Jedoch ist es die Realität."*

Mama würde ihr sagen, dass eine kluge Frau ihre „Rüstung" anziehen musste, bevor sie aufbrach. *„Kleide dich, sodass dir Respekt entgegengebracht wird, Uzuri."* Die sogenannte „Rüstung" beinhaltete mehr als nur Kleidung, es schloss auch Haare und Make-up sowie Körperhaltung und Ausdrucksweise ein.

Die Werkzeuge zur Vorbereitung auf einen Prom konnten auch zur Vorbereitung auf einen Job angewendet werden. Im nächsten Monat und bei Bedarf planten sie, Kurse zum Einstieg in die Arbeitswelt anzubieten.

„Lanna, dein Make-up ist wunderschön", sagte Uzuri zu einer hübschen Blondine, die von den Schminktischen an ihr vorbeikam. „Sehr dezent."

„Das liegt daran, dass dies mein Business-Gesicht ist. Juliet meinte, ich soll nächste Woche vorbeikommen, sodass sie mir das Date-Gesicht beibringen kann." Lanna rümpfte die Nase. „Wenn ich versuche, sexy auszusehen, wirkt es oft billig."

Uzuri lächelte. „Wie bei so vielen Sachen ist das eine Fähigkeit, die man lernen kann. Sobald du die Tricks verinnerlicht hast, wirst du das gut hinbekommen."

Als das Mädchen durch den Raum eilte, um sich ihren Freunden zu präsentieren, ließ sich Uzuri in einer ruhigen Ecke neben ihrem Nähkästchen nieder. Wer hätte gedacht, dass Freiwilligenarbeit so viel Spaß machen konnte? Andererseits hatte es sie schon immer befriedigt, Kleidungsänderungen vorzunehmen. Noch bevor sie buchstabieren konnte, hatte sie Kleidung für ihre Puppen genäht. Dann war sie dazu übergegangen, ihre Freunde anzuziehen. Auch jetzt noch flehten ihre BFFs sie an, mit ihnen shoppen zu gehen.

Sie fädelte einen Faden in die Nadel ein und lächelte. Die Jagd nach einem Hochzeitskleid hatte so viel Spaß gemacht. Andrea würde in ihrem Kleid einfach hinreißend aussehen.

Als ihre Telefonerinnerung losging, brachte Uzuri den Alarm

zum Schweigen und schüttelte den Kopf. *Wo war sie nur mit ihren Gedanken?* Nachdem sie, Kim, Gabi und Rainie gestern über ihre *Mission* gesprochen hatten, hatte sie heute Jessica anrufen wollen – und hatte es vergessen.

Zum Glück hatte das Waxing mit Sally und Andrea sie daran erinnert, sodass sie sich einen Alarm auf ihrem Handy eingerichtet hatte. Bei der Erinnerung an die spanischen Flüche musste sie grinsen. Master Cullen schätzte hoffentlich die Folter, die seine Sub für die anstehenden Flitterwochen über sich ergehen lassen musste.

Uzuri sah sich im Raum um. Lanna stand immer noch bei ihren Freunden. Zeit, den Anruf zu tätigen. Sie wählte Jessicas Nummer.

„Uzuri." Anstatt von Jessicas sprudelnder Stimme begrüßt zu werden, hörte sie die tiefe, elegante Tonlage von Master Z.

„Äh …" Sie starrte auf das Telefon. Hatte sie nicht Jessica angerufen?

„Jessica badet gerade Sophia. Wie geht's dir?"

Oh, unangenehm. „Mir geht's gut. Ich wollte morgen wieder in den Club kommen."

„Das freut mich. Allerdings habe ich für dieses Wochenende allen Freunden von Andrea frei gegeben. Ich weiß, dass ihr in Hochzeitsvorbereitungen versunken seid."

„Oh, echt?" Uzuri seufzte erleichtert. „Das wird helfen."

„Sehr gut. Soll ich Jessica etwas ausrichten?"

„Ja. Nein."

Unter dem Gewicht seines Schweigens schloss Uzuri die Augen. Wie konnte er den Druck eines Doms ausüben, ohne dabei auch nur ein Wort zu verlieren? „Sir. Eigentlich würde ich gerne etwas mit dir besprechen."

„Sprich weiter."

„Es geht um Andrea. Ähm, sie vermisst ihren Vater und die Hochzeit steht bevor …" Ungeschickt verriet Uzuri, was Andrea gesagt hatte und … dass Tränen geflossen waren.

Als Uzuri fertig war, seufzte sie. Würde sie jetzt ihre Freundinnenkarte verlieren, weil sie Geheimnisse an jemanden außerhalb der Gruppe enthüllt hatte?

„Ich verstehe", sagte Master Z. „Danke, Kleines. Du hast gut daran getan, es mir zu sagen."

Der Knoten in Uzuris Brust löste sich, sodass sie es schaffte, einen Atemzug zu nehmen. „Okay. Gut. Ähm, tschüss."

Kopfschüttelnd steckte sie das Handy wieder in ihre Handtasche. Wenn sie daran dachte, wie unbeholfen sie geklungen hatte ... Sie seufzte. So war sie nun mal. Im professionellen Umfeld machte sie sich prima. Im Umgang mit Frauen war sie geschmeidig und selbstbewusst. Ging es aber ums Daten oder um Doms? Dann schrumpfte sie zu einem nervösen Wrack zusammen.

Nur spielte das keine Rolle, oder? Sie würde ihr tölpelhaftes Verhalten überleben, solange Master Z mit Master Cullen über Andrea sprach.

Denn sie wollte Andrea glücklich sehen.

Uzuri lächelte. Andrea würde eine wunderschöne Braut abgeben. Master Cullen würde so breit grinsen, wenn er seine Frau den Gang herunterkommen sah. Er liebte sie so sehr.

Uzuri rieb über die schmerzende Stelle unter ihrem Brustbein, die sich verdächtig nach Neid anfühlte. Es wäre schön, hätte sie jemanden, der sie so ansah.

Wenn sie so darüber nachdachte ... Alastair hatte ihr ein warmes Lächeln geschenkt, als er zu ihrem Haus gekommen war. Ein warmes Lächeln. Mehr als ein *Ich will dich ficken*-Blick. Es war ein *Ich mag dich*-Lächeln.

Gestern, während des Selbstverteidigungskurses, hatte sie Max dabei erwischt, wie er auf ihren Arsch gestarrt hatte. Nur war er nicht anzüglich vorgegangen. Der Ausdruck auf seinem Gesicht hatte sie eher an jemanden erinnert, der etwas Neues und Glänzendes entdeckt hatte. Im nächsten Moment war ihm jedoch klar geworden, was er tat und war sofort wieder zur Tagesordnung übergegangen. Er hatte ihr nicht das Gefühl gegeben, billig zu sein, nein, sie hatte sich wunderschön und begehrt gefühlt.

Es war ein gutes Gefühl gewesen. Wenn auch ein wenig verwirrend.

Da sie mit Alastair ins Bett gesprungen war, bedeutete das nun, dass sich Max zurückziehen würde? Nur waren die Drago-Doms dafür bekannt, im Club auch mal zusammen zu toppen. Teilten sie sich auch feste Freundinnen?

Nur war sie nicht die Freundin. Nicht wirklich. Nur jemand, den Alastair in sein Bett gezogen hatte. Nun ja, in ihrs. Natürlich hatte er danach angerufen, also war sie mehr als ein One-Night-Stand, oder? Wenn sie die letzten zwei Tage nicht für eine Modenschau die Stadt hätte verlassen müssen, hätte er sie vielleicht schon um ein Date gebeten.

Oder vielleicht auch nicht. Er war so höflich. Das könnte der Grund sein, warum er nicht angerufen hatte. Zudem bestand die Möglichkeit, dass sie langweilig und schlecht im Bett war.

Sie schnaubte. *Sei doch noch ein bisschen unsicherer.* Unsicher, ja, das war sie. Es gab Zeiten, in denen sie ihren Mangel an Erfahrung bereute – nur konnte sie ausschließlich sich selbst dafür verantwortlich machen.

Als Uzuri sah, wie sich Makayla näherte, klopfte sie auf den Platz neben sich. „Setz dich und wir legen –"

Ihr Handy summte und sie zog es heraus. Alastair. Sollte sie rangehen? *Lass den Anrufbeantworter rangehen.*

Auf keinen Fall.

„Hallo?"

„Guten Abend, Love. Bist du wieder in der Stadt?"

„Ähm. Hi. Ja. Das bin ich." Oh, sie klang gerade so intelligent.

„Ausgezeichnet. Max' Schichtplan wurde geändert, was bedeutet, dass wir beide morgen einen freien Abend haben. Ich weiß, dass du mit Andreas Hochzeit beschäftigt bist, aber wenn du uns reinquetschen kannst, würden wir uns freuen. Wir haben ein paar Freunde zum Abendessen eingeladen. Wir möchten, dass du kommst." Sie konnte das Lächeln in seiner Stimme hören, als er hinzufügte: „Hunter vermisst dich – und ich auch."

Ihre erste instinktive Reaktion war, ihm eine Ausrede aufzutischen. Sie erkannte ihre Feigheit – *oh, wie erbärmlich, Mädchen* –, also hob sie entschlossen ihr Kinn. *Mut.* Sie konnte mutig sein. Ja, das konnte sie. „Ich komme gerne."

„Gutes Mädchen." Die Anerkennung in seiner tiefen Stimme wärmte sie, als würde sie gerade das Gesicht zur Sonne heben. „Gegen sieben. Und packe eine Tasche, damit du hier übernachten kannst, Sub."

Bevor sie auf seine unverschämte Annahme reagieren konnte, hatte er bereits aufgelegt.

„Oh, mein Gott, diese Stimme!" Makayla stand direkt neben Uzuris Stuhl und fächelte sich mit der Hand zu. „So britisch und tief und ... Oh, mein Gott, er klingt wie der supercoole Stiefvater von Arrow."

Uzuri schaffte es, sitzen zu bleiben, aber im Inneren hüpfte sie auf und ab und sang: *„Oh, mein Gott, er hat angerufen! Alastair hat mich angerufen!"*

Mit Mühe sagte sie in einem ruhigen Ton: „Ja, er klingt wie Walter Steele, oder?" Oh, und wie er das tat. Totaler Stimmen-Porno. So heiß.

Benimm dich. Sie schob den Nähkasten zu dem Mädchen. „Lass uns damit beginnen, dein Kleid umzunähen. Weißt du, wie man eine Nadel einfädelt?"

KAPITEL VIERZEHN

Am Freitagabend öffnete Max die Haustür und lächelte Uzuri an. Was für eine wunderschöne Frau sie doch war. Heute zeigte sie sich völlig anders als noch vor zwei Wochen, als sie im Haus in seinem Flanellhemd herumgelaufen war, Haare in dicken Twists und kein Make-up.

Heute trug sie ihre Haare eng an die Kopfhaut geflochten, wo sie vom Nacken lose auf ihre Schultern fielen. Seine Finger zuckten mit dem Bedürfnis, mit ihren Haaren zu spielen. Sie trug Make-up – genug, um ihre Augen riesig und ihre Lippen glänzend zu machen. Ihre pralle Unterlippe könnte einen Mann ruinieren. Ihr Sommerkleid hatte die Farbe einer tiefroten Rose, und die Ohrringe, ihr Lippenstift und ihre Nägel waren passend dazu gewählt.

Als Mann konnte er nicht anders, als sich danach zu sehnen, die Schleife in ihrem Nacken zu lösen, die das Neckholder-Kleid an Ort und Stelle hielt.

„Bin ich zu früh?", fragte sie. „Du runzelst die Stirn."

Ja, das tat er. Zudem war er steinhart. Als er die Kontrolle über sich selbst wiedererlangte, ließ er den Blick erneut über sie schweifen. „Weißt du, du bist wirklich umwerfend."

Sie blinzelte bei seinem Kompliment, bevor sie ihm ein strahlendes Lächeln schenkte. „Danke."

„Nichts als die Wahrheit." Er nahm ihre Hand, zog sie ins Haus und dann in seine Arme. Wenn sie ihren Lippenstift erneut auftragen müsste, war das eben so.

Er riss sie an sich und küsste sie auf ihren großzügigen Mund. Zu seinem Vergnügen erwiderte sie den Kuss. Und nein, er hatte nicht vergessen, dass sie einfach alles in einen Kuss legte.

Als er schließlich den Kopf hob, leckte er sich über die Lippen. „Du schmeckst nach Erdbeeren."

„Ich habe welche gegessen, während ich mich fertiggemacht habe."

Weil sie ihr nicht viel Zeit zwischen Feierabend und dem Partybeginn gelassen hatten. Er zog die Augenbrauen zusammen. „Ich sollte dir etwas zu essen holen. Es wird eine Weile dauern, bis das Abendessen fertig ist."

„Sally hat Recht. Doms *sind* überfürsorglich." Es gefiel ihm ungemein, dass sie sich daraufhin auf ihre Zehenspitzen hob und ihm einen Schmatzer auf die Lippen gab. „Ich komme schon klar."

„Also gut." Er würde Alastair sagen, die Appetitanreger früher zu servieren. „Komm. Hunter will dich sehen."

Ausgehend von Hunters Begeisterung hatte er die kleine Sub definitiv vermisst. In dem Moment, als sie nach draußen traten, stieß Hunter ein Bellen aus und stürmte über die Terrasse. Uzuri fiel auf die Knie und gab Umarmungen und Streicheleinheiten. „Hübsches Hündchen. So ein hübsches Hündchen."

Sein kurzer Schwanz wedelte wie verrückt. Eigentlich tat das der ganze Hund. Er wackelte und bebte und drehte sich im Kreis und leckte sie, wo er sie erreichen konnte. Und Uzuri lachte.

Grinsend trat Max zurück, um von den beiden nicht niedergemäht zu werden. Er schnaubte. Die kleine Hundehasserin. *Is' klar.*

Galen und Vance schlossen sich ihm an. „Das ist ein netter Anblick", sagte Galen.

„Oh ja." Leise fügte Max hinzu: „Ich möchte diese Hände auf *mir*, verdammt."

Vance schlug ihm auf die Schulter. „Es wird auch Zeit, dass jemand mit Hirn kommt und sich die kleine Sub schnappt. Langsam befürchtete ich, dass jeder Dom im Club blind ist."

„Den Doms kann man nicht die Schuld geben. Sie wollte keinen Mann an sich heranlassen", sagte Max.

Galen atmete angewidert aus. „Die Ängste einer Sub sollten einen entschlossenen Dom nicht abschrecken – nicht, wenn sie sich zu ihm hingezogen fühlt. Oder ihnen."

Galen sprach wahrscheinlich aus Erfahrung. Von dem Klatsch, der ihm zu Ohren gekommen war, hatte sich Sally mit ihnen eine Schlacht geliefert, bevor ihre beiden Master sie für sich gewinnen konnten.

Selbst wenn sie es schaffen sollten, Uzuri über ihre Ängste hinwegzubringen, bezweifelte Max, dass sie sich mit zwei Männern auf einmal wohlfühlen würde. Anscheinend war sie immer nur mit *einem* Dom zusammen gewesen.

Als er jedoch mit Alastair gesprochen und angeboten hatte, sich zurückzuziehen, hatte sein Cousin die Idee vehement abgelehnt. Alastair wollte eine D/s-V-Triade – zwei Doms, die sich eine Sub teilten, ohne selbst intim zu sein. Schluss und aus. Max schüttelte den Kopf. Der Doc war nicht annähernd so knallhart wie Max, aber er konnte unglaublich stur sein.

Was eine Erleichterung war, denn Max wurde viel schneller hineingezogen, als ihm lieb war.

Er sah zu den beiden Doms. „Habt ihr einen Rat für mich?"

Vance runzelte die Stirn. „Geh es langsam an, aber gib ihr nicht die Chance, dass ihre Ängste ihren Mut hinter sich lassen."

„Wir fanden, dass es einfacher war, zusammenzuleben, als zu versuchen, sich zu verabreden. Die Interaktionen sind natürlicher. So seid ihr nicht gezwungen, ständig zu versuchen, miteinander zu interagieren." Galen lehnte sich an die Wand. „Bei einer Ménage-à-trois existieren so viele Dynamiken. Ihr habt beide eine einzigartige Beziehung zu eurer Frau, dann gibt es die Beziehung zu deinem Co-Dom, und nicht zu vergessen, die Dynamik, wenn ihr zu dritt zusammenkommt."

„Stimmt. Zusammenzuleben macht es entspannter. Es gibt weitaus mehr ruhige Momente." Vance sah zu ihm. „Sie war für ein paar Tage hier. Wahrscheinlich hattet ihr beide, ohne groß darüber nachgedacht zu haben, etwas Zeit allein mit ihr."

Interessante Beobachtung. „Das stimmt."

Galens Blick wandte sich Max zu. „Sie ist wirklich ein Schatz, weißt du."

„Ja, langsam wird auch mir das klar." Max grinste, als Uzuri Hunter umarmte und ihm einen Kuss auf seinen Kopf gab.

Ein Schatz war sie auf jeden Fall. Aber war sie stark genug für eine Beziehung mit ihm und Alastair? Für eine Beziehung mit zwei Doms?

Uzuri rieb ihr Kinn über Hunters Kopf und lächelte bei dem weichen Fell an ihrer Haut. Oh, sie hatte ihn genauso sehr vermisst wie die beiden Doms. „Du bist so ein Süßer."

Er bellte seine Zustimmung.

„Okay, mein Kleiner, ich muss jetzt aufstehen."

Er rührte sich keinen Millimeter vom Fleck. Ein etwa dreißig Kilo schwerer Hund lag auf ihrem Schoß ausgebreitet ... und da sie ein Kleid trug, konnte sie nicht einfach unter ihm hervorkriechen. Natürlich konnte sie das, aber dann würde sie jedem auf der Terrasse einen sehr intimen Einblick bieten.

„Ist es möglich, dass du Hilfe brauchst?", hörte sie Alastair fragen.

„Ja, bitte, Sir." Das *Sir* war ihr irgendwie herausgerutscht. Wie schaffte er das nur?

„Hunter, komm." Er schnippte mit den Fingern. Sofort sprang der Hund von ihrem Schoß und setzte sich zu den Füßen des Doms hin. „Guter Junge."

Nachdem Alastair Hunter einen Leckerbissen zugeworfen hatte, streckte er seine Hand nach Uzuri aus. Obwohl er über ihr aufragte, entspannte sie sich, als sie in seine dunklen Augen sah. Seine Hand schloss sich um ihre und er zog sie auf ihre Füße.

„Danke."

„Sub, so dankst du einem Dom?" Als er sie näher zog, fuhr er mit den Fingern in ihr Haar und ... packte es. Das Gefühl sandte ein Kribbeln durch sie, das ihr Körper in Erregung versetzte.

„Ich mag es, wenn du dein Haar offen und lockig trägst", murmelte er. „Ich mag es, dass ich dann damit spielen kann."

Oh wow, er konnte alles anfassen, was er wollte. Möglich, dass sie nie wieder Haarverlängerungen verwenden würde. Als er ihren Kopf zurückzog und seine Lippen auf ihre presste, verwandelte sich ihr Inneres in eine Kernschmelze. Wie konnten die Lippen eines Mannes so weich und doch so fest sein? Sie spürte seinen perfekt getrimmten Bart, eine gänzlich andere Beschaffenheit als die sauber rasierte Haut daneben. Jeder Atemzug brachte ihr den verlockend sonnigen Zitrusduft seines Aftershaves.

Mit einem leisen, vergnüglichen Summen fuhr er mit seiner freien Hand über ihren Rücken und drückte sie an sich. Obwohl sie ihre Arme um seinen Hals geschlungen hatte, kontrollierte er ihre Bewegungen, als er ihre Lippen, ihren Mund und ihren Kiefer gründlich erforschte. Langsam stellte sich bei ihr das Gefühl ein, dass er sie nun besser kannte als irgendjemand zuvor in ihrem Leben. Eine Hitzewelle nach der anderen schoss durch sie, bis sich ihre Haut anfühlte, als würde sie radioaktive Strahlen abgeben.

Schließlich hob er seinen Kopf und ihre Beine bebten.

Die Muskeln in seinem Arm fühlten sich wie Eisen um ihre Taille an. Ein Lächeln formte sich auf seinen Lippen. „Hunter ist nicht der Einzige, der dich vermisst hat, Sub."

„Ich ..." Sie hatte eigentlich immer eine höfliche Antwort parat, gerade aber konnte sie keinen klaren Gedanken fassen. Sie konnte ihn nur anstarren.

Belustigung ließ seine Augen grün erscheinen. Er nahm ein Glas Wein von dem Terrassentisch neben ihm und reichte es ihr. „Das habe ich für dich geholt. Komm und schließe dich den anderen an."

An einem Tisch in der Nähe des Gartenteichs hatten Sally, Rainie und Jake die Show offensichtlich genossen. Vance und Galen schlenderten zum Tisch – ebenfalls grinsend – und setzten sich zu beiden Seiten von Sally hin. In der Nähe der Tür, die ins Haus führte, lächelte Max sie an.

Oh, ehrlich jetzt? Hatte noch nie jemand zwei Menschen küssen sehen? Als sich Uzuris Wangen erwärmten, rieb sie eine Hand verlegen über ihr Kleid, drückte die Schultern durch und ging zum Tisch. „Es ist schön, euch alle zu sehen. Ist das Wetter nicht einfach wundervoll?"

Vances rechter Mundwinkel zuckte. „Das ist es, wenn auch etwas schwül. Du wirkst ein bisschen erhitzt."

Sie unterdrückte das Bedürfnis, ihn genervt anzufunkeln, sagte er aber noch etwas, würde sie seine Peitschen und Flogger schon bald in Makramee-Kunstwerke verwandeln.

Mit seinen gewohnt tadellosen Manieren rückte ihr Alastair den Stuhl zurecht. „Hättest du als Aperitif gerne einen Negroni? Oder lieber etwas anderes?"

„Der Negroni klingt wunderbar. Danke."

Als er ging, trat Max hinter Uzuri. Während er mit Galen und Vance über die Freuden der Adoption eines Hundes sprach, ruhten seine schwieligen Handflächen auf der nackten Haut ihrer Schultern.

Indessen konnte sie nur daran denken, dass ihr Neckholder-Kleid vielleicht nicht die beste Idee gewesen war. Und doch wollte sie nicht, dass er sich bewegte. Niemals wieder.

„Wir könnten uns einen Welpen holen. Schließlich sind wir jetzt mehr zuhause", sinnierte Galen. „Zumindest Sally und ich."

„Ein ausgewachsener Hund könnte eine klügere Wahl sein."

Vance schüttelte den Kopf. „Glock würde einen Welpen wohl als proteinreichen Snack betrachten."

„Glock?", fragte Max.

Uzuri neigte den Kopf zurück und lächelte ihn an. „Sie haben einen großen, grauen Kater, der über das Haus herrscht."

„Er bringt jedem Nagetier den Tod", fügte Vance hinzu. „Und die Hunde in der Nachbarschaft fürchten ihn."

„Was für ein Name." Max schnaubte ein Lachen heraus. „Rainie, für nächstes Jahr kannst du uns für eine Katze im Gedächtnis behalten. Am besten eine, die wie ein Colt aussieht."

„Ein Colt kommt gegen eine Glock nicht an", sagte Galen.

Uzuri genoss das Gespräch und ihr fiel auf, wie wohl sich Max zu fühlen schien. Obwohl er ein Gesicht hatte, das so hart und tödlich war wie das von Master Nolan, wies er nicht sein wortkarges Wesen auf. Er mochte Menschen und unterhielt sich gerne mit ihnen.

Und als er untätig ihre Schultern massierte, entspannte auch sie sich. Jarvis hatte sie ständig berühren müssen, hatte ihren Arsch gepackt oder versucht, ihre Brüste in der Öffentlichkeit zu streicheln. Max' Hände verließen nie ihre Schultern.

Als Alastair sich ihnen anschloss, ließ er sich neben Uzuri nieder, nahm ihre Hand und verwob deren Finger.

Die Doms behandelten sie, wie es ein Mann mit einem Date machen würde. Seiner Partnerin. Seiner Ehefrau. Besitzergreifend.

Beide von ihnen.

Später an diesem Abend stand Uzuri im Badezimmer und überprüfte ihre Haare und ihr Make-up. Alles sah gut aus. Besser als gut. Sie strahlte regelrecht.

Der Fokus von zwei sehr dominanten Männern zu sein, fühlte

sich unglaublich an. Sie fühlte sich sexy und wunderschön. Sie fühlte sich gewollt.

Es gab selten einen Moment, in dem Max oder Alastair sie nicht berührten. Ein Arm um ihre Taille, eine Hand auf ihrem Rücken, oder Finger, die sich mit ihren verwoben.

Zuerst hatte sie befürchtet, dass die öffentliche Zurschaustellung von Zuneigung nur dazu diente, an ihrer Angst vor Männern zu arbeiten. Nur ... vielleicht war das nicht der wahre Grund.

Alastair mochte sie. Ja, sie glaubte wirklich, dass er das tat.

Max auch. Sein Kuss war heiß gewesen. Als hätte er sie gebrandmarkt.

Aber beide? Das war so verwirrend!

Im Moment jedoch war es ihr egal. Sie hatte Spaß.

Wenn Uzuri den Dragos aber sagte, dass sie nicht mehr von ihnen berührt werden wollte, weil es sie nervös machte, würden sie Uzuri wohl mit noch mehr Aufmerksamkeit überschütten. Doms liebten es, die Grenzen zu testen und dann zu übertreten.

Abgesehen von ihren Sorgen war der Abend wunderbar gewesen. Das Essen – Wildhühner aus Cornwell, die über Wildreis mit einer Shiitake-Pilzsauce serviert wurden – war hervorragend, das Gespräch dynamisch und voller Lacher. Sie hatten Uzuris besten Freunde eingeladen, und sie bezweifelte, dass die Gästeliste zufällig ausgewählt war.

Obwohl Alastair zurückhaltender war als Max, war er artikuliert und interessant. Er hatte auf der ganzen Welt gelebt und war viel gereist. Er und Jake waren sich sehr ähnlich. Galen und Vance waren in der Strafverfolgung und verstanden Max' Jargon. Rainie und Sally waren nicht nur genial, sondern auch unzähmbar. Wirklich ein lustiger Abend.

Ein lautes Gewitter hatte sie in das Wohnzimmer getrieben, wo Alastair einen Spätlese-Primitivo geöffnet hatte, den er in Frankreich gekauft hatte. Dazu hatte er zum Nachtisch eine Auswahl an Obst- und Käsekuchen serviert.

Uzuri schüttelte den Kopf. Der Primitivo war wahrscheinlich

der Grund, warum sie sich so angeheitert fühlte. Das letzte Glas war eins zu viel gewesen.

Als sie ins Wohnzimmer zurückkehrte, hörte sie, dass es an der Tür klingelte. Erwarteten die Dragos mehr Gäste?

Auf dem Weg zur Haustür blieb Alastair stehen, berührte sanft ihre Wange und löste damit ein Kribbeln in ihr aus.

Wie konnte er alle ihre Sinne so leicht in Erregung versetzen?

Abermals beunruhigt nahm sie Platz und lächelte bei dem Gedanken, wie stark sich der Fernsehraum vom Wohnzimmer unterschied. Die Möbel im Fernsehraum waren größtenteils von Max, und der Raum war einzig und allein auf Komfort ausgelegt.

Das würdevollere Wohnzimmer wurde dazu konzipiert, Gäste zu empfangen. An den blassgrauen Wänden herrschten Alastairs europäische Möbel – ein weißes Camelback-Sofa mit geschnitzten Beinen und mehrere burgunderrote Ohrensessel. Der Kristallarmleuchter verlieh dem Raum einen sanften Glanz, den der handgeschnitzte Kamin aus Kalkstein nötig hatte.

Als sie ihr Getränk nahm, erinnerte sie sich an etwas, das sie fragen wollte. „Was ist mit den Seerosen im Teich passiert? Waren letzte Woche nicht noch mehr von ihnen da?"

„Der Hund ist passiert." Max wies mit dem Kinn auf Hunter, der zu Rainies Füßen eingeschlafen war. „Wir haben gestern draußen gefrühstückt. Hunter bemerkte die Goldfische ... und beschloss, angeln zu gehen."

Jake, der Tierarzt, schnaubte. „Ein Deutsch Kurzhaar und Wasser. Du kannst sie nicht trennen."

„Oh nein ..." Uzuri konnte es sich nur zu gut vorstellen.

„Ich denke, die Goldfische schmollen immer noch." Max sah auf, als Alastair den Raum betrat.

Alastairs Ausdruck war unlesbar. „Max, du hast Besuch, fürchte ich."

Uzuri blinzelte. Das war eine schrecklich negative Art, einen Besucher anzukündigen.

„Ja?" Max stand auf.

Eine Blondine trat in den Raum, und als sie Max sah, warf sie sich sofort in seine Arme. „Oh, Liebling, ich habe dich so sehr vermisst!" Sie schlang ihre Arme um seinen Hals und vergrub ihr Gesicht an seiner Schulter.

Das seltsame Gefühl in Uzuris Magen war ... schrecklich. Mit Mühe schaffte sie es, dieses Gefühl nicht auf ihr Gesicht zu übertragen.

Die beiden sahen aus, als ob sie zusammengehörten. Die große, schlanke Blondine war außergewöhnlich schön, mit ihren feinen Gesichtszügen und dem dicken, welligen Haar. Ihr türkisfarbenes Seidenkleid betonte ihre blauen Augen, die mit Freudentränen glitzerten.

Max hatte eine Freundin.

Warum glaubte ich, dass er sich für mich interessieren könnte? Uzuri fühlte sich, als würde sie bei einer intimen Wiedervereinigung stören, und so wandte sie sich an die anderen Gäste. „Vielleicht ist es Zeit, den Abend zu beenden und den beiden etwas Privatsphäre zu geben."

„Ich glaube nicht, dass er das will." Rainie starrte das Paar mit gerunzelter Stirn an. „Gerade glücklich sieht der Mann nicht aus."

„Was?" Uzuri schaute über ihre Schulter und ihre Kinnlade klappte herunter.

Mit seinem Gesicht vor Wut rot gefärbt zog Max die Arme der Frau von seinem Hals und machte einen Schritt zurück.

„Max." Schmerz zeigte sich auf dem Gesicht der Blondine. „Wie kannst du nur?"

„Vielleicht, weil ich dich nicht sehen, hören oder mit dir sprechen will?" Seine Stimme war roh und krächzend. „Ich habe dir oft genug gesagt, dass zwischen uns niemals etwas laufen wird. Warum zum Teufel glaubst du, bin ich weggezogen?"

„Oh, mein Liebling." Nach einem Blick auf die Menschen im Raum legte sie ihre Hand auf seine Brust. „Lass uns unter vier Augen miteinander sprechen. Ich bin mir sicher, dass −"

„Nein, Hayley." Sein eisiger Blick traf auf Uzuris. „Siehst du, Darlin'? Auch Männer haben Stalker."

Uzuri blinzelte. *Oh, mein Gott*, das war sein Stalker? Die Frau, die ihn aus Seattle vertrieben hatte?

Max seufzte. „Tut mir leid, Leute. Dafür haben wir euch nicht eingeladen." Er nickte Hayley zu. „Okay. Lass uns in einen anderen Raum gehen."

Nein. Ganz sicher nicht. Max allein zu bekommen, gehörte doch zum Plan dieser Frau. Jarvis hatte dasselbe getan und Situationen geschaffen, in denen Uzuri nachgegeben hatte, um ein Spektakel zu vermeiden.

Als Hayley sich an Max' Arm klammerte, brodelte in Uzuri die Wut über. Diese Frau musste lernen, wie unangenehm ein *Spektakel* sein konnte.

Uzuri spannte den Kiefer an und marschierte entschlossen durch den Raum, wo sie sich zwischen Hayley und Max schob und mit der Hüfte die Frau wegstieß. Wutentbrannt schmiegte sich Uzuri an Max und schlang ihre Arme um ihn, als gehöre er ihr.

Zu ihrer Überraschung zog er sie noch enger an sich – und sie konnte nicht anders, als die schiere Stärke seines Körpers zu bemerken.

Sie war nicht bereit, sich seinem zweifellos entsetzten Gesichtsausdruck zu stellen, also legte sie ihre Wange an seine Brust und fragte laut: „Ist das die ätzende Kuh, von der du mir erzählt hast, Max?"

„Was?" Hayley sah aus, als wäre sie geschlagen worden.

Uzuri spürte kurz Mitleid aufflammen, doch das Gefühl verdampfte schnell. Stalker verdienten es, in Verlegenheit gebracht zu werden.

Hinter Hayley nickte Alastair Uzuri zu und formte mit den Lippen: „Mach weiter."

Also gut. Sie richtete ihren genervten Blick auf Hayley. „Du wurdest nicht zu unserer Party eingeladen. Niemals wirst du eine Einladung erhalten. Wie hart muss der Zaunpfahl noch geschwungen werden, Mädchen? Verschwinde und wage es nicht, zurückzukommen." Jedes Pronomen implizierte, dass Max und Uzuri ein Paar waren. *Unsere* Party. *Uns.*

Hayley zuckte kaum merklich zusammen und kniff dann die Augen zu.

Uzuri zog Rainie mit einer hochgezogenen Augenbraue aus ihrer Starre. Ihre langjährige Komplizin reagierte: „Es scheint, dass sie an der Westküste keine Manieren lehren. Läuft jeder in Seattle so nuttig herum?"

Uzuri schnaubte. „Ich hoffe nicht. Max möchte im nächsten Frühjahr mit mir hinfliegen."

Sally sagte zu Vance in einem lauten Flüstern: „Ich kann nicht fassen, wie sich diese Frau an Uzuris Mann ranschmeißt. Das ist so *billig*."

Hayley sah Sally und Rainie finster an.

Als sie sich Max zuwandte, waren ihr Lächeln und ihre Stimme so zuckersüß, dass Uzuris Zähne schmerzten: „Liebling, du kannst unmöglich diese ... Person mir vorziehen."

Max' Arm fühlte sich wie eine Eisenstange um Uzuris Taille an und schien nicht daran zu denken, von ihr abzulassen. Mit den Augen auf Uzuri gerichtet, strich er mit den Fingerknöcheln über ihre Wange und sagte leise: „In jeder Hinsicht, die ich mir vorstellen kann, ziehe ich Zuri dir vor."

Natürlich sagte er das nur, um Hayley zu schockieren, und trotzdem drangen seine Worte so tief in sie vor, dass ihre Knie weich wurden. Sie konnte nicht von der besitzergreifenden Hitze in seinem Blick wegschauen.

Der Ausdruck in seinen Augen füllte ihre ganze Welt.

Irgendwo in der Ferne hörte sie Hayley protestieren und jammern: „Nein. Max ... aber wir ... *Max!*"

Max' Lippen berührten Uzuris. Fest und doch sanft. Fordernd und doch behutsam. Überwältigend. Als der Boden unter ihren Füßen wegfiel, konnte sie sich nur noch festhalten. An ihm.

Einige Zeit später hob er den Kopf. Ein weiterer kleinerer Kuss folgte. „Mmm." Nach einer Sekunde schaute er auf.

Uzuri blickte über ihre Schulter.

Hayley hatte eine Hand auf dem Mund. Ihr Gesichtsausdruck zeigte blanken Horror.

Hinter ihr zog Alastair eine amüsierte Augenbraue hoch, bevor er seine Hand auf die Schulter der Blondine legte. „Du bist hier nicht willkommen. Ich zeige dir die Tür."

Hayley wehrte sich zunächst, ihr Blick flackerte zwischen Uzuri und Max vor und zurück, bevor ihre Schultern resigniert nach unten sackten. Ohne auch nur einen Laut von sich zu geben, folgte sie Alastair aus dem Raum.

Max starrte der Frau hinterher, die ihm in Seattle das Leben zur Hölle gemacht hatte.

Er konnte nicht glauben, dass sie einfach gegangen war. Wie oft war sie in seine Abende eingefallen, nur um seine Dates in Verlegenheit zu bringen? Sie hatte das Schlachtfeld nie verlassen ... bis jetzt.

Ihr Ausdruck hatte so resigniert ausgesehen, dass er sich sicher war, dass sie diesmal wegbleiben würde.

Auf der anderen Seite hatte sich noch nie eine Frau so für ihn eingesetzt. Keine Frau hatte es jemals mit Hayley aufgenommen. Und Uzuri war nicht nur gegen sie angetreten, sie hatte sie zudem gedemütigt.

Und als Hayley ihn gefragt hatte, was er fühlte, hatte sicher niemand die Wahrheit in seiner Stimme überhören können.

Er fühlte, wie Uzuri sich zappelnd aus seinen Armen zu befreien versuchte.

Max grinste. Nein, er würde sie nicht entkommen lassen – es sei denn natürlich, dass sie ihm wirklich entkommen *wollte*. Ein Dom sollte keine Mutmaßungen anstellen.

Alastair kam zurück in den Raum, sein dunkles Gesicht von

einem Stirnrunzeln beherrscht, das er normalerweise bei unheilbaren Krankheiten, harten Kreuzworträtseln und Menschen, die er nicht einschätzen konnte, aufsetzte. Als sich ihre Blicke trafen, schaute Max auf die kleine Sub hinunter. Er straffte die Arme um sie und nickte.

Alastairs Stirnrunzeln verschwand und es formte sich ein Lächeln auf seinen Lippen.

Nachricht verstanden.

Zum Teufel damit. Er wollte nicht mehr warten und sehen, wohin die Sache führte. Die Sache würde dorthin führen, wo Max und Alastair sie hinlenkten.

Wir behalten sie ... wenn sie denn behalten werden will.

„Okay, überbiete das: Niesen, während du Wimperntusche aufträgst." Als Max in die stille Nacht lachte, runzelte Uzuri die Stirn. *Stille* Nacht? Sie schaute sich auf der dunklen Terrasse um. Wo waren alle hin?

Nachdem sich Hayley verdampft hatte, waren die Gäste vom Wohnzimmer in die Küche und auf die Terrasse gegangen. Mehr Wein war geöffnet worden, als alle von Dates erzählten, die nach hinten losgegangen waren.

Dann hatten sie und Max irgendwie angefangen, sich traumatische Momente aus ihren Teenagerzeiten zu erzählen. *Oh, mein Gott,* sie hatte gedacht, es sei demütigend, den gefürchteten roten Fleck von einer starken Periode zu bekommen – nicht, dass sie diese Erfahrung mit ihm teilen würde. Er hatte jedoch mit seiner Geschichte gewonnen, in der er in einem Shakespeare-Stück mitgespielt und auf der Bühne mit einem Ständer in Strumpfhosen zum Star der Aufführung avanciert war.

Aber ... sie runzelte die Stirn. Wie hatte sie es übersehen, dass sie der letzte verbleibende Gast war? Sie erinnerte sich vage daran, wie sich Rainie und Jake verabschiedet hatten. Wann waren Sally und ihre Master gegangen? Wo war Alastair?

Uzuri sah zu der Flasche auf dem Tisch. Wie viel hatte sie getrunken?

„Stimmt etwas nicht, Prinzessin?"

„Alle anderen sind gegangen." Sie setzte sich auf dem Liegestuhl auf. „Obwohl ich vor Hayley angedeutet habe, dass ich hier lebe, tue ich das nicht. Ich sollte gehen."

„Oh nein." Max grinste. „Du musst bleiben, was bedeutet, dass du nicht wirklich gelogen hast. Gilt das nicht als Sünde oder so?"

„Ich riskiere es."

Seine Stimme hielt die Härte eines Doms. „Dir wurde aufgetragen, für die Nacht eine Tasche zu packen. Hast du das gemacht?"

„J-Ja, Sir." Wie hatte sie vergessen können, dass sie geplant hatte, zu bleiben? Andererseits war es nicht Max, der ihr gesagt hatte, sie solle eine Tasche packen. „Wo ist Alastair?"

„Der Doc wurde müde. Er war heute Morgen früh auf, um im Krankenhaus seine Visite zu machen. Er ist vor einiger Zeit mit Hunter nach oben gegangen."

„Er ist ins Bett gegangen?" Uzuri erstarrte.

Die winzigen Solarlichter zwischen den Blättern und der zunehmende Dreiviertelmond über ihren Köpfen boten genug Licht, sodass sie Max' Belustigung sehen konnte. „Jep. Es sind nur noch wir beide übrig. Macht dir das Angst, Baby?"

Als er sich erhob, groß und kraftvoll, schoben sich seine breiten Schultern vor den Mond.

Zu groß.

Unter seinem stetigen Blick verschwand jedoch ihre Angst. Stattdessen durchlief sie ein Lustschauer und ein zweiter folgte, als er sich auf dem Liegestuhl neben sie setzte. Das Geräusch von Wasser, das in den unteren Teich sprudelte, vermischte sich mit der Musik von Celtic Woman, die aus dem Inneren des Hauses zu ihnen drang.

Max lehnte sich vor, hob langsam ihre Arme um seinen Hals und fing dann ihre Lippen mit seinen ein. Oh, wie er küsste! Nicht sanft oder neckend, sondern ... besitzergreifend.

Könnte sie mit seinem Körper verschmelzen, hätte sie es getan. Sein dickes Haar neckte ihre Arme, und sie fuhr mit der Hand nach oben und schob die Finger von seinem Nacken in die seidenweichen Strähnen. Sie zog ihn näher an sich heran und führte mit seiner Zunge einen Tanz auf, was ihn anscheinend dazu motivierte, mehr von ihr zu nehmen.

Als er den Kopf hob, kam seine Atmung schneller. „Fuck, du kannst küssen, Prinzessin." Er glitt mit einem Finger über ihre Oberlippe, dann ihre Unterlippe. „Ich habe von deinem Mund geträumt."

Sie spürte, wie die Hitze in ihre Wangen stieg, während sie sich vorstellte, seinen Schwanz in den Mund zu nehmen, daran zu saugen und ihn zu necken. Und schon wurde sie feucht.

„Und seit du heute Abend hier aufgetaucht bist, wollte ich das hier tun." Mit einer schnellen Bewegung löste er die Schleife in ihrem Nacken und entblößte sie so von der Taille aufwärts. Die Brise von der Bucht wehte über ihre nackten Brüste und sie schnappte nach Luft.

Als sie versuchte, sich zu bedecken, schüttelte er den Kopf. „Nein, kleine Sub." Er umfasste ihre Handgelenke mit einer großen Hand und fixierte sie über ihrem Kopf.

„Max, du –"

„Wer?"

Oh Gott, sie kannte diesen Ausdruck. Diesen Tonfall. Er befand sich im Dom-Modus.

Jeder Knochen in ihrem Körper erschlaffte in völliger Kapitulation. „Sir", flüsterte sie. Was hatte sie geplant, zu ihm zu sagen?

„Mmm. Die beiden sind so hübsch, wie ich es mir vorgestellt habe." Als ob er das Recht hätte, streichelte er eine Brust und wog sie in einer warmen, schwieligen Handfläche. Sein Daumen umkreiste den Nippel. Mit seinem Blick auf sie gerichtet, lächelte er, als könnte er ihr ansehen, wie sich ihr Körper für ihn erhitzte.

Mit jeder Umkreisung richteten sich ihre Brustwarzen weiter auf.

„Sieh dich nur an", hauchte Max. Er beugte sich vor und küsste sie sanft, erkundete ihren Mund, während er ihre Nippel zwischen Daumen und Zeigefinger rollte, zuerst die eine Brustwarze und dann die andere.

Ein langsamer Puls erwachte zwischen ihren Beinen und sie rieb ihre Oberschenkel aneinander. *Nein.* Sie sollte sich nicht so fühlen. Als die Schuldgefühle über sie hinwegfegten, entkam ihr ein protestierender Laut.

Er lehnte sich zurück, sein Blick aufmerksam. Nach gründlicher Musterung sagte er leise: „Du wirkst zerrissen, Darlin'. Sag mir, was los ist."

„Das ist nicht ... Ich habe diese Woche mit ... Alastair. Ich kann nicht – das ist nicht richtig."

„Natürlich. Das verstehe ich, Prinzessin." Er ließ ihre Handgelenke los und setzte sich neben sie, seine Hüfte gegen ihren Oberschenkel. „Ich dachte mir schon, dass das passieren würde. Viele Frauen wollen keine Beziehung mit mehr als einem Mann. Wie wäre es, wenn ich dich zu Alastair bringe? Oder, wenn dir das lieber ist, fahre ich dich auch gerne nachhause."

Behutsam nahm er ihre Hand in seine, und sein Daumen streichelte beruhigend über ihren Handrücken. Seine gesamte Körpersprache hatte sich verändert, seine intensive Sexualität begraben. Er meinte, was er sagte.

„Ich wollte keine zwei Männer", sagte sie.

„Das ist okay, Zuri." Er wollte gerade aufstehen, da packte sie ihn und zog ihn wieder neben sich.

„Ich bin noch nicht fertig." Ihre Stimme kam härter heraus, als sie wollte, und sie atmete tief ein, um ihre Nerven zu beruhigen. „Tut mir leid, Sir."

Eine Augenbraue ging hoch. „Eigentlich mag ich es, zu wissen, dass du dich behaupten kannst. Gut für dich. Sprich weiter."

„Ich habe mich falsch ausgedrückt. Ich meinte, dass ich ... dass es mir in der Vergangenheit nie in den Sinn gekommen ist, etwas mit zwei Männern gleichzeitig anzufangen." Wirklich kurzsichtig von ihr. „Mittlerweile bin ich mir bei gar nichts mehr sicher. Ich weiß nicht mal, wie das funktionieren soll." Sie hätte Sally ein paar Fragen stellen sollen.

„Wie was funktionieren soll?", fragte Max sanft.

„Na ja, weil ich doch mit Alastair ... geschlafen hab. Nur mit ihm. Allein. Jetzt bist du hier und er ist das nicht." Sie wies mit der Hand zwischen den beiden hin und her. „Das ist demnach kein ... ähm, Dreier, oder?"

„Ah, ich verstehe." Sein Glucksen war trocken. „Was du wissen musst, ist, dass jede polyamoröse Beziehung andere Regeln hat."

„Ähm. Okay. Hast du das schon mal gemacht? Außerhalb des Clubs?" Die Worte fielen ihr sicherlich nicht leicht von den Lippen.

„Hab ich, ja."

Ihre Augen weiteten sich und er schnaubte.

Wann hatte er – wie auch immer das hieß – gemacht? „Ich dachte, du und Alastair wärt seit dem College nicht mehr zusammen gewesen."

„Das stimmt. Im College fanden wir zu BDSM und Polyamorie. In unserem letzten Jahr mieteten wir ein Haus, und unsere Sub wohnte mit uns zusammen. Obwohl wir unsere Zeit zu dritt genossen haben, wollte keiner von uns etwas Ernstes. Nach dem Abschluss sind wir alle in verschiedene Richtungen aufgebrochen."

„Oh."

Er streichelte ihre Wange. „In meiner Zeit beim Militär war ich kurz verheiratet."

Verheiratet? Der Gedanke gefiel ihr nicht. Natürlich würde jemand, der so sexy war wie er, nicht ewig Single bleiben.

Nur war er jetzt nicht verheiratet. „Was ist passiert?"

„Nichts Dramatisches. So oberflächlich es auch klingen mag, ich fiel auf ihre Schönheit herein, wusste jedoch rein gar nichts über sie. Die meiste Zeit unserer Ehe kämpfte ich im Ausland, während sie eine Karriere als Geschäftsfrau einschlug. Am Ende hatten wir nichts gemeinsam. Sie ist eine gute Frau. Das Problem war: die Dinge, die sie für wichtig hielt, waren Ärgernisse für mich. Um fair zu sein, sah sie mich immer als jemanden mit einem Stock im Arsch."

Stock im Arsch? Ein Ex-Marine – und ein Cop? *Nun ja.* Uzuri versagte in dem Versuch, ihr Kichern zurückzuhalten. Was seine Frau betraf ... „Sie hat zu viel Wert auf ihr Aussehen gelegt?"

Sein Grinsen strahlte im Dunkeln weiß auf. „Zu *viel* Wert auf ihr Aussehen."

Uzuri erstarrte. Das tat sie auch.

„Nein, Darlin', du bist nicht wie sie. Sie legte ihr Make-up auf, bevor sie überhaupt das Schlafzimmer verließ. Sie würde nie einen Hund umarmen oder sich das Kinn lecken lassen. Nicht in einer Million Jahren."

„Oh." Die Wärme in seinem Blick überflutete Uzuri und schwemmte den Schmerz von ihrer Seele.

„Dein Aussehen ist dir wichtig – das verstehe ich." Er streichelte ihre Wange. „Aber Welpen und Menschen stehen auf deiner Prioritätenliste höher."

Ähm, ja, natürlich. Sie verstand jedoch, was er meinte. Schließlich hatte sie Männer kennengelernt, die genauso selbstbezogen waren.

Er fuhr fort: „Selbst als ich noch nicht lange verheiratet gewesen bin und ich glücklich war, vermisste ich, was Alastair in eine Beziehung bringen kann. Leider war meine Frau nicht offen für Polyamorie. Um genau zu sein, war sie angewidert, als sie herausfand, dass Alastair und ich in der Vergangenheit eine Frau geteilt hatten."

Von zwei Männern geteilt zu werden ... Warum hatte Uzuri diese Möglichkeit so vehement ausgeschlossen, als Sally es erwähnt hatte? Im Moment war der Gedanke, sowohl mit Alastair als auch mit Max zusammen zu sein, ein wenig angsteinflößend, aber weder ekelte sie es an, noch erschreckte es sie. „Also, ähm, wie funktioniert es?"

„Das hängt von den Bedürfnissen und Wünschen aller Beteiligten ab."

Oh, okay, das sagte ihr nicht viel. Wären alle intim miteinander? „Seid du und Alastair bisexuell?"

Anstatt sich beleidigt zu fühlen, lachte Max. „Nein. Wäre wohl einfacher so, aber unsere Hormone sehen es anders." Er nahm ihre Hand, knabberte an ihren Fingern und schickte elektrisierende Empfindungen durch sie. Als sie erschauerte, zuckten seine Lippen. „Wir leben gerne zusammen, mögen Dreier mit einer Sub, aber schätzen es auch, sie mal ganz für uns allein zu haben." Ein Grübchen zeigte sich in seiner Wange. „Sich abzuwechseln, funktioniert ziemlich gut."

Ihr Mund öffnete sich bei seiner unverblümten Erklärung. Und die Erregung sprudelte in ihr über, als sie sich vorstellte, sie wäre die Sub auf einem Bondage-Tisch und der Gnade dieser sehr erfahrenen, sehr fokussierten Doms ausgeliefert. Oder wie sie eine Nacht mit Max und die nächste mit Alastair verbringen würde. Ihre harten Brustwarzen schmerzten und sehnten sich danach, wieder berührt zu werden.

Max legte seine Finger unter ihr Kinn und hielt ihren Blick gefangen. „Also, Prinzessin. Soll ich dich nachhause bringen? Oder nach oben zu Alastair? Oder willst du hier bleiben? Bei mir?"

Ihre Stimme kam flüsternd über ihre Lippen: „Hier." Ihre Muskeln spannten sich an. Oh, was hatte sie getan?

„Ganz ruhig, Zuri." Die Lachfalten neben seinen Augen

vertieften sich. „Heute Abend – oder an anderen Tagen mit Alastair oder mir – erwarten wir von dir, dass du uns sagst, ob du dich an etwas störst, sei es eine Stellung, der Mann oder die Beziehung."

Die Sorge in ihr löste sich auf. „Okay."

„Gut. Falls du es heute Abend brauchst, dein Safeword ist *Rot*."

„Safeword?" Wie bei einer Session?

„Ja, Prinzessin. Ein Safeword." Eine Sekunde später hob er ihre Arme über ihren Kopf und fesselte ihre Handgelenke am Kopfteil der Liege.

Max beobachtete, wie sich die Augen der kleinen Sub weiteten, als sie ohne Erfolg an ihren Handgelenken zerrte. Schließlich fragte sie in entzückender Empörung: „Was für Leute haben bitte Riemen an ihren Liegestühlen?"

„Doms, Baby. Doms." Er genoss es, wie die Position dazu führte, dass ihre wunderschönen Brüste zur Schau gestellt worden. Lächelnd umfasste er sie. Wie schafften es ihre Brüste, gleichzeitig so fest und so weich zu sein? Er zog an einer Brustwarze und beobachtete, wie sie härter und härter wurde, bis sie vor ihm salutierte.

„Wunderschöne Zuri." Er lehnte sich vor und küsste sie hart und gründlich. Als er den Kuss vertiefte, spürte er, wie sie erneut erstarrte. Er setzte sich zurück und musterte sie. Ihre Schultern und Armmuskeln waren nicht angespannt. Sie zog nicht an den Fesseln. Es war nicht die Einschränkung, die sie nervös machte. „Sprich mit mir, Baby."

„Ich –" Ihr Blick war abgewandt. Hmm. Ihre Nippel waren noch hart, ihre Wangen zeigten Erregung. Ja, sie war eindeutig heiß auf ihn. Er bereitete ihr keine Angst, und die Fesseln erregten sie.

Moment mal. Sie *war* erregt – Max erregte sie, obwohl sie letzte

Woche Sex mit Alastair hatte. Ein Gespräch über Ménage-à-trois und Dreier war alles schön und gut, aber möglicherweise fühlte es sich zu real für sie an, plötzlich die Hände eines anderen Mannes auf ihr zu spüren. Es gab nur einen Weg, das herauszufinden.

„Stört es dich, dass ich dich auf diese Weise errege, nachdem du mit Alastair intim warst?"

Sie biss sich auf die Unterlippe – diese wunderschöne, volle Lippe – und nickte.

„Fühlt es sich wie fremdgehen an? Oder fühlst du dich vielleicht wie eine ... Schlampe?"

Wieder ein Nicken. Ihre braunen Augen zeigten ihre Sorgen.

Verdammt, ihre Schuldgefühle führten nur dazu, dass er sie noch mehr mochte. Seine Ex-Frau hatte ihm beigebracht, dass Schönheit eben nicht alles war. Hübsch war nett; es war jedoch die Persönlichkeit, worauf eine echte Beziehung aufgebaut war.

„Ich verstehe, Darlin'. Lass es mich so sagen: Wenn du Kinder hättest, würdest du nur eins lieben und den Rest der Rasselbande ignorieren?"

Schockiert schüttelte sie den Kopf. „Natürlich nicht."

„Du kannst also mehr als eine Person gleichzeitig lieben?"

Sie verstand, worauf er hinauswollte, und warf ihm einen verärgerten Blick zu. „Ja."

„Okay, Prinzessin. Dann weißt du auch, dass dich mehr als ein Mann erregen kann." Er presste ihr einen harten Kuss auf die Lippen. „Alastair und ich lernten, zu teilen, noch bevor wir laufen lernten, um Neid und Eifersucht zu vermeiden. Sind wir allerdings in einer Beziehung und du entscheidest, einem anderen Mann hinterherzujagen, würde mich das doch etwas nerven."

Ihre wunderschön geformten Augenbrauen zogen sich zusammen. „Ihr zwei werdet nicht eifersüchtig aufeinander?"

„Nein." Er streichelte ihre Wange, erfreut, dass sie sich nicht von ihm zurückzog. „Wenn die Dinge aus dem Gleichgewicht geraten, dann erhebt die unglückliche Person das Wort." Als Kinder hatte es einige bemerkenswerte Kämpfe gegeben, bis sie gelernt hatten, miteinander zu reden. „Es hilft, dass wir beide auf Fairness pochen."

„Oh." Sie stieß einen kleinen Seufzer aus. „Es fühlt sich tatsächlich an, als würde ich ihn verraten. Bist du sicher, dass er kein Problem damit hat, dass ich gerade Zeit mit dir verbringe?"

„Baby, warum glaubst du, ist er früh ins Bett gegangen – und hat Hunter mitgenommen?"

Die Art und Weise, wie sich ihre Augen weiteten, war zu süß.

Er beugte sich vor und schloss seine Lippen um eine samtweiche Brustwarze. Ihr Keuchen war noch süßer. Er streichelte, neckte, massierte und knetete ihre Brüste, leckte und saugte an ihren Nippeln, bis er hören konnte, wie ihre Arme an den Fesseln zogen. *Perfekt.*

Ach du lieber Himmel. Ihre Brüste fühlten sich zu geschwollen an, und ihre Nippel waren so hart, dass sie schmerzten.

Max legte seine Handflächen auf ihre Brüste und musterte sie für einen langen Moment, bevor er lächelte. „Wie lautet dein Safeword, Baby?"

Safeword. Safeword. Richtig. „Rot. Sir. Rot." Warum fragte er sie das?

„Gut." Er griff unter ihr Kleid und zog ihr das Höschen über ihre Beine. „Übrigens, Zuri, wenn du das nächste Mal einen Slip in unserem Haus trägst, werden entweder Alastair oder ich ihn dir vom Leib schneiden."

„Was?"

Ohne zu antworten, packte er ihr linkes Bein und hob es über die Armlehne des Liegestuhls, sodass ihr Unterschenkel baumelte. Ein Riemen mit Klettverschluss legte sich um ihren Knöchel, die Fessel nur eng genug, um sicherzustellen, dass ihr Bein über der Armlehne blieb. Mit rücksichtslosen Händen tat er dasselbe mit ihrem rechten Bein.

„Max!" Sie riss an den Handgelenksfesseln, dann an den Einschränkungen um ihre Fußknöchel.

„Es ist eine ziemlich robuste Liege. Ich glaube nicht, dass du sie auf diese Weise zerstören kannst." Sein Grinsen blitzte auf und verschwand, als er mit einem Finger von ihrer Brust langsam zu ihrem Bauch glitt und dann entlang der Oberseite des Stoffes, der um ihre Taille gebündelt war.

Ihre Muskeln bebten unter seiner Berührung.

„Mal sehen, was du hier drunter versteckst." Er klappte den Rock ihres Kleides um und musterte sie dann einfach für eine Weile.

Für eine lange, verlockende Weile.

Er strich mit den Fingerknöcheln über ihren Venushügel und ein Schmunzeln formte sich auf seinen Lippen. „Ich erinnere mich an diese saftige kleine Pussy. So verdammt weich."

„Ähm." Die ganze Welt erhitzte sich, bis sich jeder Atemzug der feuchten Nachtluft schwer in ihrer Kehle anfühlte.

Ohne Hast umkreiste er ihren Eingang und verteilte die Nässe um ihre Klitoris. Er wollte nur ein bisschen ... spielen. „Ich mag es, dich so weit gespreizt vor mir liegen zu haben", sagte er. „Es ist, als würde man sich nach dem Abendessen einen Nachtisch gönnen."

Sie versuchte, ihn anzufunkeln, aber was er mit seinen Fingern tat, war ... war ...

Er schob einen Finger in ihre Hitze und sie hörte sich bei der elektrisierenden Empfindung nach Luft schnappen.

„So verdammt nett." Seine raue Stimme löste ein Schauern in ihr aus. „Ich will die Wände deiner Pussy um mich spüren, Prinzessin."

Wie angewiesen, straffte sie die Muskeln um ihn herum.

„Perfekt. Behalte diesen Zustand bei ... oder alles stoppt."

Was meinte er damit?

Eine Sekunde später rutschte er nach unten und kniete sich am Fuße des Liegestuhls vor sie hin. Er war so groß, dass er, wenn er sich nach vorne lehnte, ihre Pussy und die Innenseite ihrer Schenkel küssen konnte. Seine warmen Lippen neckten die empfindliche Haut, und sie bebte.

„Weißt du, ich habe vergessen, mich heute vor der Ankunft der Gäste nochmal zu rasieren." Vorsätzlich rieb er seinen kratzigen Kiefer über ihre Schenkelinnenseiten, in einer erotisch rauen Liebkosung, sodass jeder Millimeter von Kopf bis Fuß erwachte.

Langsam drückte er wieder einen Finger in sie hinein. Gleichzeitig bedachte er sie mit einem Blick, der einen leisen Befehl an sie vermittelte.

Wie angewiesen, straffte sie die Wände ihres Geschlechts um seinen Finger.

„Gutes Mädchen." Sein Finger war immer noch in ihr, als er mit der Zunge einen Kreis um ihre Klitoris zog.

„Verdammte Scheiße", hauchte sie.

Glucksend hob er den Kopf. „Ich habe dich noch nie fluchen hören, Prinzessin."

„Nicht ... höflich", keuchte sie.

Als er seinen Finger jedoch um ihren Eingang kreisen ließ und dann in sie eindrang, wusste sie nicht, ob sie gerade geflucht hatte oder nicht. Vielleicht war es auch ein Gebet gewesen.

Mit einem Lächeln auf den Lippen senkte er den Kopf, leckte über ihre Klitoris, neckte und betörte sie, bis die Funken flogen. Als er seine Lippen um das Nervenbündel schloss und saugte, taumelten ihre Sinne vor fassungsloser Lust.

Die Hitze sammelte sich und sickerte wie heiße Lava in ihren Kern. Oh, *oh*, gleich würde sie kommen. Ihre Oberschenkel bebten vor Verlangen. Sie öffnete die Augen, sah um sie herum den Mond glühen und spürte nur die nasse Zunge, die exquisite Kreise zog, während er langsam mit dem Finger immer wieder in ihre Enge stieß.

Dann stoppte er.

Ihre Stimme kam heiser heraus: „Nein!"

„Ich will deine Pussy flattern fühlen, Darlin'." In ihr bewegte sich sein Finger in einer eklatanten, fleischlichen Erinnerung an seinen Befehl.

Sie spannte die Muskeln an und spürte, wie die unaufhaltbare Lustwelle durch sie rauschte.

„Gutes Mädchen." Er küsste ihren Bauch. „Das erwarte ich von dir, wenn ich in dir bin. Im Moment üben wir." Das dunkle Versprechen in seinem Blick ließ ihre Pussy reagieren und die Wände pulsierten um ihn herum.

Er lachte und schloss seinen Mund um ihre Klitoris. Das Gefühl, als er saugte, peitschte durch ihren Körper. Seine Finger – zwei Finger – stießen in einem berauschenden Rhythmus in sie. Rein, raus, härter und schneller, und trieben sie hoch und höher.

Alles in ihr ballte sich um seine Finger zusammen, als der Druck in ihr zunahm. Schweiß brach auf ihrem ganzen Körper aus. Dann tanzte seine Zunge über ihre Klitoris und so versuchte ihre Hüfte, seinem Mund näherzukommen.

Er platzierte seine freie Hand auf ihren Venushügel und drückte sie wieder nach unten auf die Liege. Mit den Fingern derselben Hand teilte er ihre Schamlippen und legte die äußerst empfindliche Klitoris vollständig frei.

Arme über dem Kopf, Beine gespreizt ... Pussy seinen Handlungen ausgeliefert. Das hilflose und verletzliche Gefühl schauderte durch sie hindurch und erschütterte sie bis ins Mark.

Seine Zunge tippte wiederholt direkt auf ihre Klitoris, und das Nervenbündel schwoll weiter an und wurde unglaublich empfindlich.

Ihre Atmung stockte, als sich jeder einzelne Muskel in ihr anspannte.

Seine Zunge schnellte über ihre Klitoris. Jede Berührung schoss direkt zu ihrer Mitte. Wieder und wieder betörte er sie mit seiner Zunge.

Der Orgasmus näherte sich unaufhaltsam, der Druck stieg, wartete nur darauf, losgelassen zu werden, was sie an die schicksalhafte Pause zwischen einem Blitz und dem darauffolgenden Donnerschlag erinnerte.

Seine Zunge ließ nicht nach, schnellte über ihr empfindliches Bündel und –

Ihre Erlösung explodierte aus ihr heraus und die Empfindung rollte in Wellen quälenden Vergnügens durch sie hindurch. Seine Hand auf ihrem Becken hielt sie auf dem Stuhl. Seine Finger in ihr fühlten sich riesig an, als sich ihre Pussy um ihn zusammenzog. Der Orgasmus schien kein Ende zu nehmen, bis sogar die Welt um sie herum bebte.

Mit einem letzten Lecken seiner Zunge hob er den Kopf, zog die Finger zurück und schickte so eine weitere Lustwelle durch ihren Körper. Trotz des Rauschens in ihren Ohren hörte sie sein „Mhmm" klar und deutlich.

Dann vernahm sie den Laut eines Reißverschlusses. Ein Knistern.

„Die Fesseln." Sie zog an ihnen und versuchte, sich zu bewegen. „Bitte."

„Du bist genau da, wo ich dich haben will, Baby. Und so schön gespreizt und feucht." Seine Handfläche drückte sich stärker auf ihren Venushügel, während er mit einem Finger Druck auf die empfindliche Klitoris ausübte.

Erneut pulsierte ihre Pussy, was sich in ihrem ganzen Körper ausbreitete.

Er bewegte sich und der Liegestuhl knarrte, als sich seine Knie zwischen ihren Beinen einfanden. Er packte eine Brust, beugte sich vor und stützte sich mit einem Arm neben ihrer Schulter ab. Seine Lippen trafen auf ihre, seine Zunge neckend und fordernd. Sein Gewicht senkte sich auf sie.

Als der Liegestuhl unter ihm nachgab, zog das berauschende Meer der Erregung sie nach unten.

„Zuri, sieh mich an."

Sie öffnete die Augen. Er hatte sein Hemd ausgezogen. Das Mondlicht glänzte in einem herrlichen Schauspiel aus Licht und

Schatten auf den Ebenen seiner muskulösen Schultern und Arme. Sein Brusthaar formte über seinen anschaulichen Brustmuskeln ein dunkles, auf dem Kopf stehendes Dreieck. „Du bist wunderschön", hauchte sie.

„Danke." Als sie weiter abtauchte, lauschte sie seinem amüsierten Glucksen. „Nein, Baby. Augen zu mir und behalte sie dort."

Als sie in seine Augen schaute, spürte sie, wie sich seine Eichel an ihrem Eingang einfand. Er war ... groß. Und wirklich, wirklich dick. Zu dick.

Max sah, wie sich ihre Augen bei dem Unbehagen weiteten, und er hielt inne, damit sie sich langsam an seine Größe gewöhnen konnte. Obwohl sein Schwanz nicht überdurchschnittlich lang war, konnte der Umfang für einige ein Problem darstellen. Er hatte gelernt, mit neuen Bettpartnern verdammt langsam vorzugehen. „Ganz ruhig, Baby. Es besteht keine Eile."

Er lächelte sie an und fügte die Warnung eines Doms hinzu: „Aber du wirst mich vollständig in dich aufnehmen."

Die Hingabe in ihren vertrauensvollen Augen ließ sein Herz für einen kurzen Moment aussetzen.

Nach einer Sekunde drückte er sich wieder in sie, und sie dehnte sich um ihn herum. Sie war verdammt eng und legte sich wie ein Schraubstock um seinen Schwanz. Als er weiter in sie vordrang, behielt er ihr Gesicht im Blick, ihre Augen, um festzustellen, wann er aufhören musste.

Pause. Pressen. Pause.

Sie keuchte, und ihre Augen wirkten leicht wild, als er sich schließlich bis zum Anschlag in ihr vergrub, so intim wie ein Mann mit einer Frau nur sein konnte.

Er nahm sie in Besitz – und wurde im Gegenzug ebenso von ihr in Besitz genommen. Gott hatte in dieser Welt einen höllischen Sinn für Gleichgewicht.

Mit einer Hand griff er nach oben und löste den Klettverschluss von ihren Handgelenken. „Du kannst mich berühren, Zuri."

Begleitet von einem befriedigten Geräusch legte sie ihre Hände auf seine Schultern.

Er lächelte sie an, folgte mit den Augen der sanften Kurve ihres Kiefers und ihres Kinns. *Sie war ganz Frau.* „Fühlt es sich jetzt gut an?"

Sie nickte.

„Gut. Dann werde ich dich jetzt hart nehmen."

Ein Funke leuchtete in ihren Augen auf und verdammt, sie lächelte und schlang ihre Arme um seinen Hals. Besser ging es nicht. Sie genoss Bondage, liebte es, dominiert zu werden ... und mochte ihren Sex ein wenig auf der rauen Seite.

Sein Schwanz zuckte in ihr, und er zog sich zurück und stieß dann in ihre Hitze. Testend.

Ihr tiefes, lustvolles Stöhnen reichte aus und er zog das Tempo an. *Verdammt,* sie fühlte sich gut an. Ihre Brüste waren weich und schmiegten sich an seine Brust. Ihre Stirn lag an seinem Hals, und sie drehte den Kopf, um an seinem Schlüsselbein zu knabbern.

Fuck, ja! Er ließ von seiner eisernen Kontrolle ab und hämmerte in sie.

Ihre Finger packten sein Haar und versuchten, ihn näher zu ziehen. Trotz der Fußfesseln kam sie ihm ein Stück mit dem Becken entgegen.

Die Hitze in seiner unteren Hälfte wuchs, der Druck stieg, als er wahrnahm, wie sich ihre Pussy um ihn zusammenzog.

Ihr Ausdruck sprach von Konzentration, um seine Anweisung nicht aus den Augen zu verlieren. *„Ich will deine Pussy flattern fühlen, Darlin'."*

Sie wollte ihn zufrieden stellen.

Nichts gefiel einem Dom mehr. Mit jedem Stoß rotierte er seine Hüfte, um mit dem Schambein über ihre Klitoris zu reiben, sobald er sich tief in ihr vergrub. Sie fühlte sich so feucht und heiß an, so verdammt erstaunlich. Er stieß schneller in sie. Härter. Der Druck wuchs, ein heißes, schweres Gewicht an der Basis seiner Wirbelsäule.

Ihre keuchenden Atemzüge wehten heiß über seinen Hals; ihre Fingernägel gruben sich in seine Schultern. Und dann stieß sie einen hohen Schrei aus und sie warf den Kopf in den Nacken, und er spürte, wie sich ihre Pussy rhythmisch um seinen Schwanz zusammenzog.

Gutes Mädchen. Einen Herzschlag später ergab auch er sich der Erlösung. Feurige Lust loderte in seinen Eiern und schoss durch seinen Schwanz, als ihre pulsierende Pussy ihr Bestes tat, ihm alles zu entlocken, was er zu bieten hatte.

Als er ihre Beine losließ und für ein paar Minuten tief in ihrer Hitze blieb, vergrub sie ihr Gesicht an seiner Schulter. Hatte sie geplant, dass er ihr geflüstertes *Danke* hören sollte?

Einige Zeit später, als er hoffte, dass seine Beine wieder Gewicht tragen konnten, zog er ihr das Kleid aus, hob sie in seine Arme und trug sie durch das Haus in sein Zimmer. Zu seinem Bett.

Dort zog er sie mit einem zufriedenen Seufzer in seine Arme, ihr Rücken gegen seine Brust, ihr Arsch gegen seine Leiste. Bereits im Halbschlaf legte sie ihren Kopf auf seinen Oberarm und hielt seine Hand wie ein Kuscheltier zwischen ihren Brüsten.

Er hatte sie für kaltherzig gehalten.

Er brauchte eindeutig eine Brille.

KAPITEL FÜNFZEHN

Am nächsten Morgen ging Uzuri nach einer Dusche in die Küche. Die frühe Morgensonne schien ihr Licht in die luftige Küche im toskanischen Stil, mit ihren dunkelbraunen Arbeitsplatten aus Quartz, den goldbraunen Ahorn- und Glasfrontschränken und der hellen Küchenrückwand aus Travertinfliesen.

Hunter lag neben der quadratischen Kücheninsel. Die Männer standen Seite an Seite am Herd. Alastair sah in seinen khakifarbenen Shorts, einem weißen Poloshirt und den Bootsschuhen einfach zum Anbeißen aus.

Max war das auf seine eigene robuste Weise. Er hatte sich nicht die Mühe gemacht, sich zu rasieren, und sein Kiefer offenbarte dunkle Stoppeln. Sein kragenlanges, braunes Haar war von einer Dusche noch etwas nass. Sein schwarzes T-Shirt zeigte einen Zombie, der einem Schwertkämpfer gegenüberstand und es las: FECHTEN – EINE POSTAPOKALYPTISCHE ÜBERLEBENSTAKTIK.

Es war eindeutig an der Zeit, die Schwertkunst zu meistern – na ja, sobald sie sich im Nahkampf besser machte. Wer wusste schon, wann die Zombies in die USA einmarschieren würden ...

Lächelnd atmete Uzuri den Duft von Bacon ein. Warum musste alles, was ungesund war, so gut riechen? Andererseits hatte sie letzte Nacht genug Matratzensport gemacht, um eine ganze Packung Bacon rechtfertigen zu können.

Es war wirklich seltsam, dass es ihr letzte Nacht an Schlaf gemangelt hatte, und doch spürte sie, wie sie heute am ganzen Körper strahlte. Leider war es auch möglich, dass sie nach letzter Nacht etwas komisch lief. Der Mann hatte viel zu viel Ausdauer.

Er hatte sie zu einer gottlosen Stunde geweckt und gesagt, er würde joggen gehen. Dann hatte er darauf bestanden, dass sie ihn entsprechend verabschiedete, falls er von einem Auto angefahren werden sollte. Wirklich jetzt?

Sie hatte versucht, sich von ihm wegzudrehen und wieder ins Traumland abzutauchen.

Der teuflische Dom hatte sich davon nicht lumpen lassen. Gnadenlos hatte der Bastard sie auf den Rücken gedreht und einen Vibrator an ihre Klitoris gehalten. Als sie stöhnte und einem Orgasmus nah war, hatte er sie auf ihre Hände und Knie gedreht und sie von hinten genommen. Wieder mit dem Vibrator an ihrer Klitoris. Die Kombination war ... heimtückisch gewesen.

Sie erinnerte sich an ihren lautstarken Orgasmus und spürte, wie ihre Wangen heiß wurden. Obwohl Max' Schlafzimmer im Erdgeschoss und das seines Cousins im ersten Obergeschoss war, hatte sie Alastair wahrscheinlich damit geweckt.

Zumindest hatte Max sie wieder einschlafen lassen und nicht darauf bestanden, dass sie sich ihm und Hunter beim Joggen anschloss. *Kotz.*

„Sieht aus, als wäre unser kleines Dornröschen erwacht." Max' Blick schweifte über sie und machte ihr bewusst, dass sie kein Make-up trug, sie barfuß war und sie ihre Haare einfach in einem Pferdeschwanz hatte. Er lächelte. „Ich mag den lässigen Look, Prinzessin."

Als Alastair nichts sagte, durchlief sie ein Rinnsal des Unbehagens. Max hatte gesagt, dass sie gerne teilten, aber was, wenn er sich irrte? Was, wenn Alastair verärgert war? Sie hätte nie mit Max geschlafen, wenn das Alastair verletzen würde.

Alastairs Blick fegte über sie, und ihre Nervenenden klingelten. Dann schenkte er ihr sein herzerwärmendes Lächeln.

Oh, Gott sei Dank, er war nicht wütend.

Er trat vom Herd weg und streckte schweigend eine Hand nach ihr aus.

Sobald sie ihn erreichte, zog er sie an sich und drückte ihr einen feuchten, heißen Kuss auf die Lippen. Als er diesen beendete, wusste sie, dass er nicht im Geringsten verärgert war. „Du siehst aus, als hättest du mit Max letzte Nacht eine gute Zeit gehabt. Das freut mich."

Sie runzelte die Stirn. „Er sagte, du bist mit dem Hintergedanken ins Bett gegangen, sodass wir Zeit zu zweit bekommen."

Seine weißen Zähne blitzten auf und sein Grinsen verriet alles. Das hatte er tatsächlich.

Er fuhr mit einem Finger um ihre offensichtlich geschwollenen Lippen. „Da du ziemlich befriedigt aussiehst, solltest du mir danken, anstatt mich anzuschreien."

Als ob sie jemals schreien würde.

Max lehnte sich an die Arbeitsfläche und verschränkte die Arme über seiner Brust. „Das sehe ich auch so. Sag zu Alastair: *Danke, Sir, dass du mich mit deinem Cousin geteilt hast.*"

Aber ... Das fühlte sich so falsch an.

Wenn Alastair amüsiert war, zeigte sich seine Iris eher grün als braun. Im Moment waren sie extrem grün. „Wirst du ungehorsam sein, kleine Miss?"

„Ich ..."

„Ich hoffe." Max grinste. „Dann kann ich dich dort auf den Rücken werfen." Er wies mit dem Kinn zu dem Tisch in der Frühstücksecke. „Ich werde deine Füße zu deinem Kopf drücken, um sicherzustellen, dass dem Arzt eine gute Angriffsfläche geboten wird. Während er deinen Arsch mit einem Paddel versohlt, spiele ich mit deiner Klitoris."

Bei der Hitzewelle, die durch sie jagte, bebten ihre Knie.

„Setz dich, bevor du noch fällst, Uzuri." Lachend führte Alastair sie an den Tisch.

Ehe sie etwas lostrat, von dem sie nicht sicher war, ob sie bereit dazu war, platzten ihr die Worte heraus: „Danke, Alastair! Sir. Danke, dass du mich mit deinem Cousin geteilt hast."

„Sehr nett, Love."

Als Max einen Stapel Pancakes zur Sitzecke trug, sagte er zu Alastair: „Eine Schande. Ich hatte gehofft, sie würde nichts sagen."

„Wir werden weitere Chancen bekommen." Alastairs Augen waren immer noch auf sie gerichtet und hielten genug Wärme inne, um den Ozean in Brand zu setzen.

Während sie das Geschirr auf dem Tisch arrangierte, holten die beiden Doms Rührei und Bacon, einen Krug Orangensaft und eine Kanne Kaffee. Auf dem Tisch stand bereits eine antike Teekanne.

Max nahm den Stuhl zu ihrer Rechten.

Da Hunter stets dem Essen folgte, fand er sich unter dem Tisch ein. Sie hatte nicht mal einen Biss genommen, da spürte sie, wie er eine Pfote auf ihren nackten Fuß setzte – eine Erinnerung, dass sie Bacon hatte ... und dass das kleine Hündchen doch nur noch aus Haut und Knochen bestand und Futter brauchte.

Nachdem er Butter und Sirup auf den Tisch gestellt hatte, setzte sich Alastair links von ihr hin. „Was habt ihr beiden für heute geplant?"

„Ich helfe Andreas Familie mit ein paar Last-Minute-Sachen für den Empfang." Uzuri konnte nicht mehr dazu sagen, da sie geschworen hatte, es nicht zu verraten.

Max warf einen Blick auf die Küchenuhr. „Heute Nachmittag hole ich einige Verwandte von Cullen vom Flughafen ab. Anscheinend beschlossen sie in letzter Minute, doch zu der Hochzeit zu kommen. Dann werde ich etwas Zeit auf dem Schießstand verbringen."

In dem Moment wurde ihr bewusst, warum Max ein guter Schütze sein musste, und der Gedanke besorgte sie. Der Appetit war weg und sie starrte ihn an. „Dies ist keine gute Zeit, um ein Polizist zu sein. Die Leute hassen euch."

„Manche tun das, andere nicht." Max' blaue Augen wurden weicher. „Es ist eine einfache Tatsache: Unser Land hat eine Menge Rassenprobleme." Er nahm ihre Hand.

„Das stimmt." Alastair seufzte. „Alle Menschen neigen dazu, zu einer bestimmten Gruppe von Menschen gehören zu wollen. Vielleicht werden Grüppchen eines Tages ganz von der Erde verschwinden und verbannen damit hoffentlich, dass einige nur ein Land, eine Rasse oder eine Religion akzeptieren."

Ja. Das wäre nett. Ein Ziel, nach dem sie streben sollten. Ihre Finger umfassten Max' Hand. „Nichtsdestotrotz ist dein Job gefährlich."

„Darlin'." Er bewegte seine Schultern. „Ich bin ein Detective und gehe nicht auf Streife."

Alastair zeigte auf Max' Teller, der mit Bacon vollgepackt war. „Er ist in größerer Gefahr durch das, was er isst, zu sterben, als von jemandem erschossen zu werden. Hinzu kommt –"

Max schnaubte. „Danke, Doc. Das reicht."

„– der Stress", fuhr Alastair fort, als wäre er nicht unterbrochen worden. „Er muss lernen, sich etwas zu entspannen."

„Ich verstehe." Uzuri nickte Alastair zu, der ihrer Meinung nach gerade ein ärztliches Rezept an sie übergeben hatte. *Oh ja, das hat er.* Sie kannte viele Wege, um einen Dom dazu zu bringen, sich zu entspannen.

Lächelnd warf sie einen kurzen Blick auf Max, bevor sie sich an Alastair wandte und ihn musterte. Auch Ärzte standen oft unter Stress, oder? *Na mal sehen.* Als sie an einem Stück Bacon knabberte, klopfte eine Pfote auf ihren Fuß. Bei der Erinnerung brach sie ein Stück ab, um es unter den Tisch zu halten.

Max betrachtete sie mit einem strengen Ausdruck. „Wir haben Regeln, wenn es darum geht, was Hunter zu fressen bekommt, Baby. Pass auf, dass du nicht in Schwierigkeiten gerätst."

„Nicht im Traum würde ich daran denken, mir Schwierigkeiten einzuhandeln." Sie klimperte unschuldig mit den Wimpern, ihr Blick auf den großen, bösen Dom gerichtet, als Hunter unter dem Deckmantel des Tisches sanft den Bacon von ihren Fingern nahm.

Alastair trank einen Schluck von seinem Kaffee. „Uzuri, ich hatte keine Gelegenheit, dich zu fragen, wie es dir in diesen Tagen geht. Wie läuft es bei Brendalls?"

Das war kein so angenehmes Thema. „Alles prima in den Marketing- und Einkaufsabteilungen. Im eigentlichen Laden läuft es nicht so gut. Die Verkäufer, die mit Carole befreundet sind, haben böse Gerüchte darüber verbreitet, warum sie gefeuert wurde. Und über mich. Möglich, dass sie bald das Interesse verlieren. Ist dies nicht der Fall dann …"

„Dann wirst du es regeln", sagte Max entschlossen.

„Ja, das wirst du." In Alastairs Augen sah sie, dass er Vertrauen in ihre Fähigkeiten hatte – und der Anblick fühlte sich wundervoll an und stärkte ihr Selbstvertrauen.

Sie holte tief Luft. „Ja, das werde ich."

Alastair schenkte sich eine weitere Tasse Tee ein und betrat die Wendeltreppe zum zweiten Obergeschoss. Uzuri hatte noch beim Aufräumen geholfen hatte und war dann gegangen. Für ihn ging es jetzt durch die Glasschiebetür auf die Dachterrasse, wo er tief Luft holte. Florida hatte im Herbst das beste Wetter der Welt. Die erfrischende Morgenluft roch salzig. Unten in der Nähe des Pfades entlang des Bayshore kreischten Möwen über den Touristen und Joggern.

Max saß auf einer der vier Terrassenliegen und hatte seine nackten Füße auf dem niedrigen Tisch. Hunter hatte sich unter seinen Beinen ausgestreckt. „Hey, Cousin. Wollen wir über Zuri sprechen?"

Max kannte ihn gut. Im Gegenzug kannte Alastair seinen Cousin gut. Heute war Max auf eine Weise entspannt, die Alastair nicht gesehen hatte, seit sein Cousin sich entschieden hatte, den Marines beizutreten. Er sah nicht nur eine körperliche Befriedigung bei ihm, sondern auch eine seelentiefe Zufriedenheit, die alles andere überstrahlte. Uzuri war gut für ihn.

Mit ihr zusammen zu sein, fühlte sich ... lebensbejahend an.

Und mehr. Noch nie war er bisher mit jemandem so auf einer Wellenlänge gewesen. Obwohl sie reserviert war, hielt sie sich in intimen Momenten nicht zurück. Sie war großzügig und bezaubernd. Und in dieser ruhigen Persönlichkeit lebte eine Quelle voller Humor, die auf entzückende Weise an die Oberfläche sprudelte. Sie hatte eine faszinierende Mischung von Eigenschaften – die ihn alle ansprachen.

Ob logisch oder nicht, seine Emotionen hatten sich bereits verpflichtet. „Ja. Ich will mehr."

Max schnaubte. „Und ich dachte, ich wäre der Impulsive."

„Nein", sagte Alastair mit Bedacht. „Du bist der Paranoide."

Sein Cousin lachte laut auf. „Stimmt. Aber verdammt, wenn es um sie geht, kann ich nicht länger paranoid sein. Es gibt nicht einen boshaften Knochen in dieser kleinen Sub. Da wir jetzt wissen, was sie verheimlicht hat, gibt es keine Geheimnisse mehr. Was du bei ihr siehst, ist, was du bekommst. Das gefällt mir."

„Und?"

„Fuck, ich fühle wie du. Sie passt zu uns, wie es zuvor noch nie jemand getan hat. Ich bin dabei."

„Wir könnten so weitermachen, wie bisher", sagte Alastair, um alle Punkte abzudecken. „Ein Date hier und da. Oder sie zu uns einladen."

„Nein. Unsere Jobs machen das nicht möglich, da wir sie sonst nur ein paar Mal im Monat zu Gesicht bekommen würden."

Alastair verzog das Gesicht. Uzuri arbeitete viel und lang und verließ oft die Stadt für Messen. Max' Schichtplan war bestenfalls unberechenbar, da es immer auf die Menge der Tötungsdelikte ankam. Mit wechselnden Bereitschaftszeiten war es bei Alastair wohl am schlimmsten. „Da hast du nicht Unrecht."

„Ich habe nachgedacht ..." Max griff nach unten und zog sanft an Hunters Ohren. „Obwohl Anne sagt, dass Zuris Stalker in Cincinnati ist, kann ich Uzuri ansehen, dass sie stets damit rechnet, dass er hier auftaucht. Sie würde in unserem Haus besser schlafen."

Alastair hob seine Tasse an die Lippen und stoppte bei Max' Worten. Er hatte ihre unterschwellige Nervosität bemerkt und dass ihre Anspannung nie zu verschwinden schien. Er hatte es ihrer Angst vor ihm zugeschrieben – ihrer Angst vor Männern. Auf der anderen Seite schien sie sich hier weitaus wohler zu fühlen als in ihrem eigenen Haus. „Ich frage mich, wie viele ihrer Probleme daher rühren, weil sie sich selten völlig sicher fühlt."

Max' entschlossener Blick traf auf seinen. „Das können wir ändern."

„Können wir." Das Bedürfnis, dies zu tun, war so stark in ihm ausgeprägt, dass es ihn schockierte.

„Okay, dann lass sie uns davon überzeugen, bei uns einzuziehen." Max grinste. „Am Sonntag wäre perfekt."

Andreas und Cullens Hochzeit war am Sonntag. *Frauen und Hochzeiten.*

Alastair gluckste. „Das ist schon fast machiavellistisch."

KAPITEL SECHZEHN

A m **Sonntag bezahlte** Uzuri den Taxifahrer und eilte über den Bürgersteig zur katholischen Kirche. Als sie eintrat, hielt sie inne, tauchte ihre Finger in das Taufbecken und bekreuzigte sich, bevor sie das Vestibül durchquerte. Sie genoss, wie die Buntglasfenster in der späten Nachmittagssonne erstrahlten, und atmete langsam ein. Ältere Kathedralen hatten ihren eigenen, ganz speziellen Duft, der durch eine Mischung aus Kerzen, Weihrauch, Blumen und den Gebeten mehrerer Generationen entstand.

Als sie weiterlief, entdeckte sie schließlich Holt. Sie ging zu ihm und küsste ihn auf die Wange. „Du bist spät dran, Süße."

Für eine Erklärung war dies nicht der richtige Zeitpunkt. Stattdessen sagte sie: „Du siehst toll aus." Alle Shadowlands-Master, die keine Trauzeugen waren, halfen auf andere Weise – und hatten sich entsprechend angezogen. Sie würde sich sicherlich nicht beschweren. „Du solltest öfter einen Smoking tragen."

Sein „Ganz bestimmt nicht" wurde von einem *Nicht mal, wenn die Hölle zufriert*-Ausdruck begleitet. Er ließ den Blick über sie schweifen. „Du siehst fantastisch aus."

„Danke." Mit einem zufriedenen Lächeln glättete sie ihr

ärmelloses, blassblaues Midikleid. Passend für die Kirche bedeckte ein Spitzentuch ihre nackten Schultern und das Dekolletee mit Rundhalsausschnitt. Mit einem resignierten Seufzer hatte sie sich gegen ihre *Fick mich*-Stilettos entschieden und stattdessen nach den bescheideneren Sandalen in blau und beige gegriffen. Sie sah gut aus – und auch für den Empfang würde das Kleid funktionieren.

„Na komm, ich zeig dir deinen Platz, bevor es zu spät wird." Holt steckte ihre Hand in seinen Ellbogen und eskortierte sie den Gang hinunter.

Eine erstaunliche Anzahl von Menschen hatte sich im Kirchenschiff eingefunden. Trotz der immensen Größe der Kirche hatten es Andreas und Cullens Familien und Freunde geschafft, den Platz zu füllen.

Zu ihrer Überraschung führte Holt sie auf der Seite der Braut in die zweite Reihe, bevor er sie mit einer Handbewegung anwies, sich zu setzen. „Andrea hat diese beiden Reihen für euch reserviert."

Die Kirchenbank war mit allen Freunden von Uzuri gefüllt, und sie spürte, wie sich Tränen ankündigten, als sie alle mit Mimik und Gestik ausdrückten, wie sehr sie sich freuten, dass sie hier war.

Nach einer Sekunde wurde ihr klar, dass es sich bei der zweiten und dritten Reihe hauptsächlich um Shadowlands-Leute handelte. Die Brautjungfern Jessica, Kari, Beth und Sally waren natürlich nicht hier, da sie der Braut zusammen mit einer Fülle an Andreas Verwandten beim Ankleiden halfen.

Andrea hatte eine riesige hispanische Familie; Cullen eine riesige chicago-irische. Nach vielen Diskussionen darüber, wie man sich zwischen Geschwistern, Cousins, Cousinen und besten Freunden entscheiden sollte, hatten die beiden ihre Brautjungfern und Trauzeugen aus den Shadowlands-Mitgliedern ausgewählt, da sie es waren, die dabei geholfen hatten, das Paar zusammenzubringen. Oder, wie Cullen es mit seinem dröhnenden Lachen gesagt hatte: Sie hatten dazu beigetragen, sie *wieder* zusammenzubringen.

Lächelnd winkte Uzuri allen zu. Gabi, Kim, Linda, Rainie, Dara, Austin, Maxie und Cat. Andreas Kumpel Antonio saß neben seinem Freund. Mistress Anne neben Ben. Olivia hatte ihren neuesten Partner mitgebracht. So viele Menschen.

Als Holt wieder an seinen Platz am anderen Ende des Ganges ging, nahm Kim Uzuris Hand und zog sie neben sich. „Wo warst du denn? Wir haben dir alle geschrieben und auch versucht, dich anzurufen."

„Es tut mir leid, dass ich die Nachrichten nicht beantwortet habe. Es gab ein ... Problem." Uzuri setzte sich und bemerkte verspätet, dass ihre Wortwahl unglücklich geklungen hatte.

„Was meinst du damit? Was für ein Problem?" Kim packte ihren Arm. „Was ist passiert?"

Auf Kims anderer Seite lehnten sich Gabi und Linda mit besorgten Blicken vor.

„Das ist gerade nicht von Bede −" Uzuri brach den Satz ab, als Kim sie ungeduldig durchschüttelte. *Okay, richtig.* Sie musste lernen, Probleme in ihrem Leben mit anderen zu teilen. Sie atmete tief ein. „Jemand hat einen Stein durch mein Fenster geworfen. Überall lagen Scherben, und ich musste den Vermieter anrufen. Sie fanden einen Handwerker, der das Fenster zunächst provisorisch abgedeckt hat, da die Glasfirma es erst morgen ersetzen kann."

„Oh, mein Gott! Du kannst dort nicht bleiben", unterbrach Kim. „Übernachte heute bei −"

„Heute Abend schläfst du bei uns", sagte Gabi. „Marcus und ich haben ein Gästez −"

„Du kommst heute Abend mit mir nachhause", kam es von Linda. „Sam und ich werden uns um dich kümmern."

Zum zweiten Mal in fünf Minuten spürte Uzuri, wie Tränen ihre Augen fluteten. „Danke." Sie drückte Kims Hand und lächelte die anderen beiden an. „Es war sicher nur der Streich von ein paar Kindern. Aber ... danke."

Zu ihrer Erleichterung trat der Priester ein, und Uzuri ließ sich in den Trost der vertrauten Zeremonie fallen.

Kim ließ ihre Hand nicht einmal los.

Als Cullen und seine Trauzeugen auftauchten, entspannte sich Uzuri. Und sah Cullen nicht einfach hinreißend aus? Überhaupt nicht nervös. Einfach nur glücklich. Nur ... Uzuris Augen verengten sich. Neben ihm standen Master Dan, Nolan und Raoul. Drei, nicht vier Trauzeugen?

Der Priester lächelte alle wohlwollend an und sprach in das Mikrofon: „Die Braut bittet darum, dass alle sitzen bleiben."

Uzuris Blick richtete sich auf die alte Frau, die auf dem Platz saß, der normalerweise von der Mutter der Braut besetzt wurde. Andreas geliebte *Abuelita*. Obwohl die kleine Großmutter einen eisernen Willen hatte, schafften es ihre Gelenke nicht mehr, sich für eine längere Zeit hinzustellen.

Andrea hatte dem Priester gesagt, dass sie an der Tradition kein Interesse hatte, wenn ihre Großmutter dadurch Schmerzen erleiden müsste. Und so blieben alle sitzen, damit ihre Großmutter sehen konnte.

Cullen hatte einmal gesagt, dass seine Frau wunderschön war, aber es war Andreas weiches Herz, das ihn wirklich umgehauen hatte.

Die Musik änderte sich zu Pachelbels *Kanon in D*, und die Leute reckten die Hälse, um nichts von der Prozession zu verpassen.

In einem blaugrünen Brautjungfernkleid lief Jessica an ihnen vorbei. Wunderschön sah sie aus, ihre Haare gelockt und bei jedem Schritt schwingend. Dann Kari. Die Lehrerin ging vorsichtig, als würde sie jeden Schritt genau berechnen. Beth war die Nächste und das Kleid hatte fast den gleichen Farbton wie ihre Augen. Sie mochte es nicht, im Mittelpunkt zu stehen, aber für Andrea würde sie einfach alles tun. Endlich erschien Sally und ihr

Lächeln war so breit, dass es ansteckend war. Bis sie den Altar erreichte, lächelte jeder in der Kirche.

Auch Uzuri. Auf Sally war immer Verlass. Sogar eine traditionelle Hochzeit in der Kirche konnte sie mit ihrer Art erhellen.

Andrea erschien in der Doppeltür hinter dem Blumenmädchen und sie hielt ihren Blumenstrauß aus goldenen und elfenbeinfarbenen Rosen. Ihr trägerloses Hochzeitskleid im klassischen A-Linie-Stil zeigte ihre Schultern, und der champagnerfarbene Ton harmonierte wunderschön mit ihrer goldbraunen Haut. Kristallperlen auf dem bodenlangen Kleid fügten etwas Prunk hinzu.

Perfekt.

Dann runzelte Uzuri die Stirn. Die Braut sollte strahlen. Stattdessen sah sie ... traurig aus.

Andreas Herz schmerzte, als sie sah, wie ihre winzige Cousine ihren Weg zum Altar meisterte. *So süß.* Missy streute pflichtbewusst Blütenblätter in alle Richtungen – und warf sie gelegentlich über sich selbst und kicherte.

Ich bin dran. Andrea holte tief Luft und machte sich bereit, den ersten Schritt zu tun.

Die Kirche war mit ihrer Familie und ihren Freunden gefüllt. Ihre Tante und *Abuelita* und so viele Verwandte drängten in der vorderen Kirchenbank nebeneinander. Ihre Freunde in der zweiten und dritten Reihe strahlten sie an.

Und da war ihr geliebter *Señor*, der ganz am Ende auf sie wartete. Niemals hätte sie ahnen können, dass ihr Herz zu so viel Liebe fähig war – und es sich gleichzeitig so hohl anfühlen konnte.

Selbst den Grund zu kennen, half nicht. Nicht in diesem Moment. Nicht heute.

Warum bist du nicht hier, Papa? Er war nicht der beste Vater aller Zeiten gewesen, und doch hatte er sie geliebt und sie hatte ihn geliebt und jetzt ... vermisste sie ihn. War das nicht total dämlich?

Schließlich hatte sie eine ganze Kirche, die mit ihren Liebsten gefüllt war. Wie konnte sie so dumm sein, jemanden neben sich haben zu wollen, der schon vor Jahren gestorben war?

Warum musste der Gang zu ihrem *Señor* nur so lang und einsam aussehen?

Starke Hände schlossen sich um ihre Schultern und drehten sie herum, bis sie in silbergraue Augen blickte.

„Master Z?" Sollte ein Trauzeuge nicht neben Cullen stehen?

Er lächelte sie an. „Na komm, Kleines. Ich glaube nicht, dass dein Master bereit ist, noch länger auf dich zu warten." Er hakte ihren Arm bei sich ein.

„Du wirst ... mich an den Bräutigam übergeben?" Sie hatte nicht gewollt, dass sich dieser Aufgabe jemand annahm, oder?

Er lehnte sich vor und flüsterte: „Eine Sub mag denken, dass sie weiß, was sie will. Es ist jedoch die Aufgabe eines Masters, dafür zu sorgen, dass sie bekommt, was sie braucht. Da dein Vater nicht hier sein kann, ist es mir eine große Ehre, einspringen zu dürfen."

Oh. Erst jetzt wurde ihr bewusst, wie sehr sie sich diese Tradition für sich selbst gewünscht hatte. Ihre Augen füllten sich mit Tränen, ihre Kehle schnürte sich zu, und alles, was sie tun konnte, war, zu nicken.

„Gutes Mädchen." Er küsste ihre Wange, drehte sich nach vorn und nickte. Die prächtigen Akkorde von *Prince of Denmark's March* erfüllten die Kirche.

Auch das war nicht auf ihrem Kopf gewachsen.

Es war wie der Traum aus ihrer Kindheit. Sie konnte die Musik und das Gemurmel um sie herum hören:

„Wunderschön sieht sie aus."

„Hinreißend."

Ihr Kleid raschelte beim Laufen.

Ohne die führende Hand von Master Z wäre sie vielleicht in eine Kirchenbank gerannt ... denn plötzlich waren die Tränen weg und alles, was sie sehen konnte, war Cullens Gesicht. So beständig. So voller Liebe. Ihr Blick verließ seinen nicht mal für eine Sekunde, als sie den Gang auf ihn zu schwebte.

Wie lustig, dass sie sich so lange Sorgen gemacht hatte, dass sie stolpern würde. Master Z würde sie niemals fallen lassen.

Und vom heutigen Tag an hätte sie Cullen an ihrer Seite. Hand in Hand. Sie würden den Weg gemeinsam gehen und sich gegenseitig über die schwierigen Momente hinweghelfen. Sie würde ihn auf Spanisch tadeln. Er würde laut lachen und somit die ganze Welt zum Strahlen bringen.

Sie würden alt werden ... zusammen.

Als Master Z ihre Hand an *Señor* überreichte, war Andrea so glücklich, dass sie ihre Arme um Cullen schlang und ihn mit aller Kraft umarmte.

Der Priester stotterte und stoppte.

Cullen hingegen ließ sich nie beirren und so zog er sie an sich, küsste sie lange und hart, und als er sich von ihren Lippen trennte, hallte sein dröhnendes Lachen durch die Kirche.

Dios, wie sehr sie ihn doch liebte.

Uzuri stieß einen glücklichen Seufzer aus. Als sie Master Z angerufen hatte, war sie sich nicht sicher gewesen, ob er verstand, was sie ihm über Andrea hatte sagen wollen. Aber das hatte er. Natürlich hatte er das.

Andrea hatte gestrahlt, als sie an seinem Arm zum Altar gelaufen war.

Und sie hatte geglüht, als sie Cullen enthusiastisch in die Arme gefallen war.

Eine unerwartete, lang verlorene Hoffnung meldete sich tief in Uzuri zu Wort. Eines Tages wäre sie vielleicht diejenige, die über diesen Gang schwebte. Seit Jarvis hatte sie diese Idee vergraben gehalten, aber jetzt ... na ja, vielleicht könnte sie wirklich jemanden finden, der sie so ansah, wie Cullen Andrea ansah. Jemanden, der mit ihr lachen und sie umarmen würde, als hätte er noch nie jemanden gesehen, der atemberaubender war.

Das will ich auch.

Natürlich hätte sie ein ähnliches Dilemma wie Andrea, wenn sie jemals heiraten würde. Uzuri hatte keine Mutter. Und auch keinen Vater, der sie zum Altar führen würde. Keine nahen Verwandten. Sie war auf dieser Welt ganz allein und sie spürte, wie sich ein Schmerz in ihrer Brust einnistete.

Sie beobachtete Master Z, der seinen Platz neben Cullen einnahm. Mit einem schiefen Lächeln schüttelte er den Kopf, als er Jessica sah, wie sie in der Reihe mit den anderen Brautjungfern gegen Tränen ankämpfte. Schließlich ließ er den Blick über die anderen Gäste schweifen und ... fand Uzuri. Er nickte ihr zu, womit er ihr sagte, dass sie ein gutes Mädchen war.

Dann kniff er die Augen zusammen. Eine Sekunde später schüttelte er tadelnd den Kopf, und sein schwaches Lächeln sagte, dass sie nicht so eine alberne Sub sein sollte.

Was er ihr damit sagen wollte? Er wäre auch für sie da.

Die Enge in Uzuris Brustkorb löste sich. Sie war nicht allein, oder? Wie seltsam, dass sie dieses Gefühl haben konnte, wenn sie doch von ihren Freunden umgeben war. Ihre besten Freunde – und alle Shadowlands-Master – würden ihr zu Hilfe kommen, wenn sie sich nur dazu bringen könnte, zu fragen.

Von weiter unten auf der Bank lehnte sich Rainie vor und fand ihren Blick, bevor sie mit ihren Händen ein Herz formte. Raine hatte anscheinend herausgefunden, wer Master Z von Andreas Problem erzählt hatte.

Mit einem glücklichen Lächeln lehnte sich Uzuri zurück und genoss einfach den Rest der schönen Hochzeitszeremonie und speicherte die Höhepunkte ab, die sie nicht vergessen wollte.

Wie die Art und Weise, in der Andrea in Cullens Augen blickte, als sie die Gelübde ablegten. Ihre Stimme mit dem sanften Akzent war klar und deutlich zu hören und schwankte kein bisschen. So wie es sein sollte.

Nachdem sie die Ringe ausgetauscht hatten, stoppte Cullen das normale Verfahren und verkündete: „Bei Zs und Jessicas Hochzeit schenkte er ihr etwas, das ihre gemeinsame Reise symbolisierte. Die Idee gefiel mir."

Er lächelte seine Braut an, legte eine Hand auf ihre Wange und schob die Finger in ihre goldenen Haare. „Als ich dich zum ersten Mal sah, dachte ich, du wärst eine Amazone, und dies hat sich in unserer gemeinsamen Zeit nicht geändert. Du hast jede Prüfung gemeistert, die dir das Leben bereitet hat und bist dadurch nur stärker geworden. Du bist wahrlich eine Wonder Woman. Ich weiß, dass du das manchmal vergisst, und ich möchte, dass du erkennst, dass du dich deinen Schlachten nicht alleine stellen musst. Niemals wieder." Seine Lippen zuckten. „Wenn ich versuchen würde, dich dazu zu bringen, ein Superhelden-Brustschild und einen niedlichen kleinen Rock zur Arbeit zu tragen, würdest du mir wahrscheinlich eine reinhauen, also habe ich diese Idee schweren Herzens aufgegeben."

Als Andrea den Mund öffnete und schnell wieder zuklappte, lachten die Gäste.

„Stattdessen habe ich mich dafür entschieden – in der Hoffnung, dass es dich jeden Tag an deinen Mut und deine Stärke erinnern würde –, und damit du nicht vergisst, dass du einen Partner an deiner Seite hast, auf den du bauen kannst."

Nolan lehnte sich vor und übergab etwas.

Cullen hielt ein goldenes Armband, das mit Diamanten besetzt war, und befestigte es um Andreas Handgelenk.

„Wow", murmelte Kim.

„Es ist wunderschön." Uzuri stieß einen weiteren glücklichen Seufzer aus. Ein so breites Armband würde an ihr zu überwältigend daherkommen, aber für Andrea war die Größe perfekt, und das Gold sah auf ihrer goldbraunen Haut hinreißend aus. Noch besser war, dass das Armband ein Klassiker war, das Andrea mit allem tragen konnte, von Jeans bis zu formeller Kleidung. Wie Feenstaub würde es ihrem Tag funkelnde Schönheit verleihen.

Cullen legte zwei Finger unter Andreas Kinn, hob ihren Kopf und fand ihre Augen mit seinen, während sich seine andere Hand um das Armband schloss. Seine tiefe Stimme erreichte die ersten paar Reihen: „Du. Gehörst. Mir."

Sie schmolz an ihm dahin.

Uzuri lächelte. Nur Master Cullen würde so ein Hochzeitsgeschenk machen – schließlich wurden die Armbänder von Wonder Woman auch Armbänder der Unterwerfung genannt.

Uzuri hörte ein Schniefen. Kim hatte ihre Hand zu ihrem Halsband gehoben, ihre Finger streichelten das kleine herzförmige Vorhängeschloss. Sie schaute nach unten und blinzelte mehrmals.

Aus der Reihe der Trauzeugen wurde sie von Raoul beobachtet, seine dunklen, dunklen Augen sanft und auf seine Sklavin fixiert.

Jessica, die bei den Brautjungfern stand, fuhr mit einem Finger über ihre eigene Halskette und lächelte ihren Mann und Master an.

Mit Zs Blick auf sie gerichtet, konnte Uzuri sehen, dass sein Ausdruck voller Liebe war.

Uzuri sah auf ihren Schoß und biss sich auf die Unterlippe. Sie hatte nie etwas gewollt, das als Sklaven-Halsband bezeichnet wurde. Trotzdem beneidete sie Andrea um das Armband, das ihre Unterwerfung als auch die Liebe ihres Doms zu ihr verbarg und doch präsentierte.

Würde sie jemals so jemanden für sich selbst finden?

Als die Hochzeitszeremonie zu einem Ende fand, wartete Uzuri, dass ihre Bank an der Reihe war. Schon jetzt fühlte sie, wie sich die Realität in den Moment einschlich. Nachdem sie Zeuge davon geworden war, wie sich all ihre Freunde und deren Doms gefunden hatten, fühlte sie sich wie der letzte Single auf diesem Planeten. Vielleicht würde sie sich bei dem Empfang nur kurz zeigen.

Sie hatte gehofft, gestern Abend von Alastair oder Max zu

hören, aber keiner hatte angerufen. Und es wäre albern von ihr, zu denken, dass sie das würden, da sie genau wusste, dass die beiden einen Job hatten und auch sie bei den Hochzeitsvorbereitungen geholfen hatten. Zudem war ihnen bewusst gewesen, dass sie Uzuri heute sehen würden.

Allerdings hatten sie bereits Sex mit ihr gehabt, und es war nicht ungewöhnlich, dass ein Mann das Interesse verlor, nachdem er bei der Frau gelandet war. Könnte sie es ertragen, wenn sich die Dragos beim Empfang ihr gegenüber höflich, aber distanziert geben würden? Nicht heute.

Kim stieß sie mit dem Ellbogen an. „Wir sind dran, Zuri."

„Richtig, okay." Uzuri erhob sich und erschrak, als ein Mann ihren Arm packte und sie auf die Seite zog. Ruckartig hob sie den Blick.

Alastairs besorgte grünbraune Augen trafen auf ihre. „Wo bist du gewesen, Sub? Wir haben dich gesucht." Er packte ihr Kinn und küsste sie mit einem besorgten Blick auf die nasse Wange. „Du hast geweint."

„Ja, na ja." Sie atmete tief ein und wurde von seinem maskulinen Duft verführt. Die Schmetterlinge in ihrem Bauch erwachten.

„Frauen und Hochzeiten." Die raue Stimme gehörte zu Max, der die Gäste auf der anderen Seite der Kirche anwies, die Bänke zu verlassen. „Lass sie nicht entwischen, Cousin. Wenn sie unerlaubt verschwindet, muss ich ihr den Arsch versohlen."

Alastair schnaubte. „Und alle würden wir die Show gebannt genießen." Als Kim sich auf den Ausgang zubewegte, packte Alastair auch sie am Arm. „Bleib bitte hier, Kim. Da Raoul für die Hochzeitsfotos anwesend sein muss, bat er uns, dich zum Empfang zu fahren."

„Oh. Okay."

Nachdem sich die Reihe geleert hatte, wies Alastair Uzuri und Kim an, sich wieder zu setzen. „Nachdem wir dem Rest der Gäste den Weg gewiesen haben, fahren wir euch beide zum Empfang."

Uzuri schüttelte den Kopf. „Ich kann –"

„*Euch beide*." Alastairs Ausdruck war der eines Dom. Ein Dom, der irgendwie wusste, dass sie einen Rückzug in Betracht zog.

„Aber ..." Sie schüttelte den Kopf und seufzte. Sie hatte nicht die Kraft, mit ihm zu streiten.

Kim nahm ihre Hand. „Ich bin froh, dass wir zusammen zum Hochzeitsempfang fahren können." Sie lehnte sich zu ihr und flüsterte: „Aber sag Raoul nicht, dass ich geweint habe, okay?"

Und einfach so hob sich Uzuris Stimmung.

Sie legte ihre Hand auf ihren Mund, um ein Kichern zu unterdrücken. „Zu spät. Er hat jede deiner Reaktionen beobachtet."

Als sich die Limousine zum Hotel aufmachte, wo der Empfang stattfand, strahlte Andrea ihren *Señor* an. Ihren Ehemann. *Mi esposo*. Sein schwarzer Smoking schmiegte sich betörend an seine breiten Schultern. Sein normalerweise zerzaustes braunes Haar war ordentlich gestylt. Doch nichts konnte seinen kraftvollen Rahmen und sein hartes Gesicht zivilisiert aussehen lassen. Und genau so wollte sie es.

Sie konnte immer noch nicht glauben, dass sie verheiratet waren. Oh, es war schön, für diesen kurzen Zeitraum mit ihm allein zu sein. „Ich wünschte, wir könnten jetzt einfach weglaufen."

Er gluckste und zog sie näher an sich. „Wem sagst du das, Liebes. Es wird schwer sein, den Empfang durchzustehen und Interesse an dem Essen vorzutäuschen, wenn ich nur daran denken kann, dich endlich nackt unter mir zu haben."

Hitze schimmerte über ihre Haut. Wie machte er das nur? Sie lebten jetzt seit Monaten zusammen, hatten Sex ... oft ... und er schaffte es immer noch, ihr mit einem Blick den Boden unter den Füßen wegzuziehen.

Zuneigung füllte seine grünen Augen. „Danke, kleine Sub."

Sie runzelte die Stirn. „Für was?"

„Dafür, dass du mir vertraust. Dafür, dass du mich liebst. Dafür, dass du mich geheiratet hast."

„Ich vertraue dir, *mi Señor,* und ich liebe dich so sehr", flüsterte sie mit einem Lächeln auf den Lippen. „Wir werden eine gute Ehe haben."

„Wäre nett, wenn wir damit jetzt sofort anfangen könnten." Er lehnte sich zu ihr und küsste sie so verheerend leidenschaftlich, dass sie nur an die kommende Nacht denken konnte.

Schließlich erkannte sie, dass die Limousine angehalten hatte und der Fahrer ausstieg. *Dios.* Lachend richtete Andrea ihr Haar und wischte etwas Lipgloss von Cullens Kinn.

Der Chauffeur öffnete die Tür und bot ihr seine Hand an.

Andrea sammelte ihr Kleid zusammen, stieg aus und ... ihre Augen weiteten sich. „Wo sind wir?"

Dies war nicht das langweilige Hotel, in dem der Empfang stattfinden sollte. Nach einer Sekunde des Schocks erkannte sie den Ort.

Sie drehte sich zu Cullen, der neben sie getreten war. „Das ist die Straße meiner *Abuelita.*"

Die Nachbarschaft war fast nicht wiederzuerkennen. Dekorierte Sägeböcke und Barrieren sperrten die Straße für den Verkehr. Am anderen Ende befanden sich Stühle und runde Tische mit blaugrünen Tischdecken. Auch sah sie das massive Lautsprechersystem. Blaugrüne und goldfarbene Luftschlangen und -ballons schmückten Häuser, Straßenlaternen und Bäume. Verschiedene Stände und Buden fanden sich auf den Rasenflächen.

Andreas Tante und *Abuelita* standen mit Cullens Vater und Stiefmutter am Eingang. Und alle strahlten sie an.

Andrea gestikulierte hilflos. „Das ist nicht ..."

„Es ist anders, ja?" Tante Rosa lächelte. „Wir haben gesehen, wie du mit jedem weiteren Gast auf der Gästeliste unglücklicher wurdest. Alles wurde so viel größer und formeller." Sie tauschte

Blicke mit Andreas Großmutter aus. „Uns war der ... wie du es nennst ... Veranstaltungsort egal. Am Ende wollten wir nur, dass alle Menschen, die dich lieben, Teil an deinem Glück haben können."

„*Mija*", sagte ihre Großmutter. „Wir wussten nicht, dass wir dich traurig gemacht haben, bis deine *Amigas* zu uns kamen."

Andrea blinzelte. „Meine Brautjungfern sind zu euch gekommen?"

„Nein." Ihre *Abuelita* wirkte verlegen. „Ich glaube, von ihnen habe ich schon zu viele Ideen abgelehnt. Deine anderen Freunde haben mich besucht."

Die Augen ihrer Tante füllten sich mit Tränen. „Du hast viele gute Freunde. Das gefällt mir." Sie zählte sie an den Fingern ab. „Es waren Kim und Gabi und Uzuri und Rainie. Und Linda, die selbst eine Mutter ist, meinte, dass ein Mädchen die Hochzeit haben sollte, die sie will und nicht eine, die sich ihre Familie wünscht."

Cullens Vater griff die Geschichte auf: „Rosa rief uns an und wir haben Alternativen besprochen. Cullen, als du und Andrea euch verlobt habt, sagtet ihr beide, ihr würdet eine Straßenparty einer schicken Affäre vorziehen. Wir haben uns entschieden, euch genau das zu geben."

„Eine Straßenparty?" Um nicht laut zu quietschen, legte Andrea ihre Hände auf ihren Mund. Die Leute auf der Straße sahen die Limousine und drehten sich um – und sie alle waren Verwandte und Freunde von ihnen. Und dann brach der Jubel aus, ein Jubel, der wie eine Welle durch die Straßen fegte.

Tante Rosa tätschelte Cullens Arm. „Die Tanzfläche ist an diesem Ende. Der DJ hatte kein Problem damit, hier anstelle des Hotels aufzubauen. Am anderen Ende stehen das Buffet und die Getränke – nichts Ausgefallenes mit zugewiesenen Sitzplätzen oder so. Der Brautführer – heißt er wirklich Zed? – und die Trauzeugen haben das Programm und werden euch zusammentreiben, wenn etwas Wichtiges ansteht, wie den Kuchen anzuschneiden."

Cullens Vater schnaubte. „Dein Trauzeuge Dan sagte, er würde jeden verhaften, der bei seinen Reden länger als zwei Minuten in Anspruch nimmt, und nun ja, er hat eine Stoppuhr und eine Waffe dabei."

Auf Cullens Lippen formte sich ein Grinsen.

„Vielen Dank." Andrea war vor dem Gedanken an ein formelles Abendessen zurückgeschreckt und musste ach so höflich sein. Jetzt löste sich ihre Panik in Luft auf und machte Platz für grenzenlose Freude. „Oh, danke, danke, danke!"

Hinter den Absperrungen, die in ihren Hochzeitsfarben Gold, Blaugrün und Champagner verziert waren, warteten die Shadowkittens.

Als sich die Musik zu Bruno Mars' *Just the Way You Are* änderte, eskortierte Master Cullen seine Andrea auf die provisorische Tanzfläche.

Mit einem erfreuten Quietschen streckte sich Uzuri auf ihrem Platz, um besser sehen zu können.

Neben ihr am runden Tisch hielt Alastair ihre Hand. Zu ihrer Linken hatte Max seinen Arm über die Rückenlehne ihres Stuhls gelegt. Sie saß zwischen zwei wirklich heißen Männern.

Einschüchternd selbstbewusst trug Alastair seinen schwarzen Smoking so lässig, als wäre er in Jeans. Das Ensemble betonte seinen langen, stromlinienförmigen Körper. Sein kurzer Bart umriss sein eckiges Kinn und seinen kräftigen Kiefer und ließ ihn gefährlich aussehen.

Im Gegensatz zu seinem Cousin trug Max seinen Smoking wie eine Uniform – und seine militärische Körperhaltung törnte sie an. Der ausgezeichnete Schnitt zeigte seinen steinharten Körper, seinen flachen Bauch und seine Schultern, die gar kein Ende fanden. Sein zurückgestyltes, dickes, braunes Haar hatte einen Haarschnitt bekommen und lockte sich nun direkt am Kragen.

Darf nicht mit seinen Haaren spielen, sagte sie sich. Allerdings war dies Max, also würde er wohl eher mit ihren spielen.

Auf der anderen Seite des Tisches hielt Rainie Händchen mit Jake, und Sally saß zwischen ihren beiden Ehemännern. Alle drehten sich um, um das frischvermählte Paar tanzen zu sehen.

Nach einer Minute grinste Rainie. „Cullen singt das Lied für sie."

„Er kennt nicht mal die Definition von schüchtern, oder?" Uzuri tauschte ein Lächeln mit den anderen Frauen aus. Bei allem, was er tat und sagte, zeigte Master Cullen, wie viel Andrea ihm bedeutete.

Als Uzuris Lippen zu beben begannen, richtete sie ihren Blick auf sicherere Ziele. Da jeder Tisch voll war, gab es viel zu beobachten. Wer hätte gedacht, dass ein Hochzeitsempfang so unterhaltsam sein konnte? Als Uzuri und die anderen mit Andreas Großmutter darüber gesprochen hatten, wie traurig Andrea war, nun ja, sie hatte nicht erwartet, dass die Familie sich auf diese Weise auslassen würde.

Und das in letzter Minute. Ihre Großmutter war entsetzt gewesen. Nichtsdestotrotz hatten alle − einschließlich der gesamten Nachbarschaft − mitgeholfen, den neuen Veranstaltungsort sowohl unterhaltsam als auch ansprechend zu gestalten.

Die Sonne ging unter und badete das Brautpaar in sanftes, goldenes Licht. Andreas Cousinen schalteten die Lichterketten aus winzigen goldenen und blaugrünen Glühbirnen an. Um jeden Lampenmast, Baum und Stand gewickelt, verwandelten die Lichter die Straße in ein Märchenland.

„Die Kittens können stolz auf sich sein." Alastair drückte ihre Hand.

Auf ihrer anderen Seite fuhr Max mit den Fingern über ihren nackten Arm und schickte ein berauschendes Kribbeln über ihre Haut. „Ja, das könnt ihr wirklich. Die Braut und der Bräutigam kommen aus dem Lächeln gar nicht mehr heraus."

„Das ist alles, was wir wollten." Uzuri beobachtete das Paar beim Tanzen. Als sie mit Andrea für ihr Kleid im Brautladen gewesen war, hatten sie ihr geraten, eines mit einem abnehmbaren Rock zu kaufen. Obwohl der Gedanke gewesen war, in einem Hotel zu tanzen, passte der Rat auch hier. Der bodenlange Unterrock war weg und hinterließ einen abgewinkelten Spitzensaum, der vorne knie- und hinten knöchellang war. Perfekt zum Feiern auf der Straße.

Auf der anderen Seite des Tisches lehnte sich Jake vor. „Hey, Dragos. Hat Uzuri erwähnt, dass jemand einen Stein durch ihr Fenster geworfen hat?"

Rainie warf Uzuri einen schuldigen Blick zu.

„Bitte was?" Bei Max' Knurren formte sich Gänsehaut auf Uzuris Armen. Er drehte sich zu ihr und nagelte sie nur mit der Kraft seines Blicks fest.

Alastairs Hand zog sich schmerzhaft um ihre zusammen. „Haben wir vergessen, deine offensichtliche Kommunikationsunfähigkeit zu besprechen?" Seine widerhallende Stimme hielt eine Härte bereit, die sie nervös machte.

Sie versuchte es mit einem Lächeln. „Jungs, wir sind hier auf einer Hochzeit. Das ist nun wirklich nicht der richtige Ort, um über ... hässliche Sachen zu reden."

Als hätte sie es mit dem DJ abgesprochen, endete das Lied, und Cullen küsste seine Braut zu einem mitreißenden Jubel, der Max' Antwort zum Glück übertönte.

Ein weiteres Lied begann. Uzuri wusste, dass Andrea dem DJ gesagt hatte, er solle den üblichen Vater-Tochter-Tanz überspringen. „Das ist Cullens Tanz mit seiner Stiefmutter." Vor einigen Monaten hatte Cullens Vater eine alte Freundin der Familie geheiratet. Cullen hatte erwähnt, dass sie ein Schatz war und dass sein Vater schon lange nicht mehr so glücklich gewesen war.

„Cullen muss sich noch ein wenig in Geduld üben." Alastair stand auf. Sein Ausdruck war beunruhigend. „Nicht vom Fleck bewegen, Sub. Wir haben *einiges* zu besprechen."

Max erhob sich und legte eine Hand auf ihre Schulter. „Sei

artig. Wenn wir nach dir suchen müssen, werden dir, das kann ich dir versprechen, die Konsequenzen nicht gefallen."

Ihre Kinnlade klappte herunter. Eine Drohung? Alastair gab ihr Befehle und Max drohte ihr, als wären sie ihre Doms oder so. „Das könnt ihr nicht zu mir s-sagen."

„Baby." Max gab ihr einen harten Kuss, bevor er an ihren Lippen flüsterte: „Ich habe es gerade getan."

Alastair folgend marschierte er auf die Bühne zu, so groß und bedrohlich, dass ihm die Leute instinktiv aus dem Weg gingen.

Uzuri lehnte sich in ihrem Stuhl zurück. Ihr Herz raste, als wäre sie diejenige gewesen, die gerade getanzt hatte. *Okay.* Alastair und Max waren nicht ihre Doms. Nicht wirklich. Sicher, sie war mit ihnen im Bett gewesen, aber ein bisschen Sex bedeutete noch lange nicht, dass die Männer jetzt für sie verantwortlich waren. Oder?

Sie versuchte, Unmut heraufzubeschwören und ... konnte es nicht. Weil das Gefühl, umsorgt und angeknurrt und herumkommandiert zu werden, erstaunlich war. Wundervoll. Nach einer Weile erkannte sie, dass sie ihnen hinterherstarrte. *Mach den Mund zu, Dummkopf.*

Auf der anderen Seite des Tisches kicherten Sally und Rainie um die Wette. Auf Uzuris Kosten. Die beiden schauten überrascht auf, als auch ihre Doms aufstanden.

Tatsächlich bewegten sich alle Shadowlands-Master auf die Tanzfläche zu. Gleichzeitig eskortierte Master Z Andrea in die Mitte des Tanzbereichs. Die Musik änderte sich zu ...

Uzuri runzelte die Stirn. War das nicht ein Lied aus einem Disney-Film? „Ist das von *Dornröschen?*"

„Ist es. Es ist Tschaikowskys *Dornröschenwalzer*. Disney hat es benutzt." Rainie grinste. „Sollte uns nicht wundern, schließlich gehört Master Z nicht gerade zu der Sorte, der zu Country-Western tanzt."

Als Master Z und Andrea zu der romantischen Komposition tanzten, waren von jedem Tisch Seufzer zu vernehmen. Andrea lächelte – und weinte – und dann wirbelte Master Z sie von sich weg und in Master Dans Arme.

Master Dan drehte sich mit ihr, ohne einen Schritt zu verpassen, und sagte etwas, das sie zum Lachen brachte. Auf halbem Weg um den Tanzbereich schickte er sie mit einer Drehung zu ... und da war Master Nolan.

Uzuris Mund formte ein überraschtes O.

Geschmeidig tanzte jeder Master seine Runde mit der Sub, die einst eine Auszubildende des Shadowlands gewesen war. Raoul, dann Sam. Vance, Galen, Jake, Holt, Alastair, Saxon und Max.

Rainies Blick traf auf Uzuris. Da sie ohne Väter aufgewachsen waren, hatten sie in der Schule mehrere Vater-Tochter-Tänze ohne Vater ertragen müssen.

Deren Freundin war für eine Nacht eine Prinzessin und bekam einen Tanz, den sie nie vergessen würde.

Als die Musik zu einem Ende kam, führte Cullen seine Stiefmutter zum Tanzbereich – vorbei an seiner Braut, um ihr einen Kuss zu geben.

Max eskortierte Andrea zum Tisch, aber sie hielten an, um mit Madeline Grayson zu sprechen. Uzuri bewunderte das anthrazitgraue Kleid der Frau passend zu ihren Augen. Mithilfe eines Schals in Dunkelviolett und Blau brachte sie Farbe ins Spiel. Mrs. Grayson war stets elegant gekleidet und schien immer so gelassen, dass es beeindruckend war.

Master Z war seiner Mutter sehr ähnlich, oder?

Uzuri spürte die Trauer in ihr aufflammen. Kam ein Mädchen jemals über den Verlust ihrer Mutter hinweg? Ihre gesellige Mutter hätte Andreas Hochzeit geliebt. Und sie wäre stolz auf Uzuri gewesen, dass sie es möglich gemacht hatte.

Ich vermisse dich, Mama.

Mit einem Seufzer ließ sie ihren Blick schweifen. So viele Menschen. Überall waren Shadowlands-Mitglieder, zusammen mit einer Menge Feuerwehrleuten, die mit Cullen und Holt arbeiteten. Andrea besaß ein Reinigungsunternehmen, und auch ihre

Mitarbeiter und Kunden waren gekommen. Aus Chicago musterten Cullens muskulöse, blonde und rothaarige Verwandte Andreas hispanischen Cousinen. Heute Abend würde es einige interessante Paarungen geben.

Im Gegensatz zu anderen Hochzeitsempfängen waren hier Gäste jeden Alters willkommen gewesen – von Neugeborenen bis zu Senioren. In der einbrechenden Dämmerung spielten drei Kinder im Vorschulalter Fangen und rannten dabei an tanzenden Paaren vorbei. Als sie von einer leicht erzürnten Mutter mit einem Schmunzeln auf den Lippen weggescheucht wurden, entdeckte Uzuri aus dem Augenwinkel eine riesige ... massige ... Form auf der anderen Straßenseite. Die Person war vollkommen unbeweglich. Die Lichter einer Bude flackerten über seine dunkle, rasierte Kopfhaut.

Sein Gesicht war ihr zugewandt – und sie konnte seinen Blick regelrecht auf sich spüren.

Ein Schauer lief ihr über den Rücken, und sie erhob sich halb aus ihrem Stuhl.

„Uzuri, willst du etwas zu trinken?", fragte Rainie.

„Was?" Verwirrt sah Uzuri zu ihrer Freundin und richtete dann ihre Aufmerksamkeit erneut auf den Mann.

Er war verschwunden.

Langsam setzte sie sich wieder hin, wo sie alles geben musste, um keine Panikattacke zu bekommen. Lächerlich. Paranoid. Jarvis war in Cincinnati. Selbst wenn nicht, wäre er niemals in den Partybereich gekommen. Sie hatten Leute, die am Eingang Einladungen kontrollierten. Nicht, dass das eine entschlossene Person aufhalten würde.

Und jemand hatte einen Stein durch ihr Fenster geworfen. Das ungute Gefühl in ihrem Bauch löste sich auch nicht auf, als sie Rainie mit einem Kopfschütteln antwortete. „Ich brauche nichts, aber danke."

„Hey, Leute." In Begleitung von Max näherte sich Andrea und umarmte Uzuri, dann Sally und Rainie, bevor sie sich in typischer

Andrea-Manier auf einen Stuhl plumpsen ließ. Sie holte tief Luft und wischte mit einem Finger die Tränen unter ihren Augen weg. *„Dios*, ich bin so froh, dass du mir mein Hochzeitsgeschenk frühzeitig gegeben hast, Zuri, sonst hätte ich bereits schwarze Streifen auf den Wangen. Bin ich noch präsentabel?"

Als Max wieder seinen Platz einnahm, tippte Uzuri das Gesicht ihrer Freundin nach oben und musterte sie. Das wasserfeste Make-up, das sie Andrea geschenkt hatte, war der Aufgabe mehr als gerecht geworden. Keine Striemen. „Du siehst wunderschön aus. Perfekt sogar."

„Dass du wie ein Stern strahlst, hilft auch, Mrs. Frischvermählte." Rainie schenkte ein Glas Eistee ein und überreichte es ihr.

„Ich denke, ein Teil dieses Strahlens kommt von der Hitze." Andrea trank die Hälfte des Tees in einem Zug. „Meine nächste Hochzeit wird in Alaska stattfinden."

Cullen näherte sich mit Holt, hörte, was seine Sub sagte und legte seine Hand auf ihre Schulter. „Es wird kein nächstes Mal geben, Liebes. Ich habe dir einen Ring und ein Armband angelegt. Du gehörst mir."

Andrea rieb ihre Wange an seinem Handrücken. *„Sí, Señor."*

Als die Musik zu *Hotel Nacional* wechselte, füllte sich der Tanzbereich mit dem jüngeren Publikum. Holt zog einen leeren Stuhl heraus und setzte sich gegenüber von Uzuri hin. „Gut gemacht mit der Deko, Süße. Alles sieht wundervoll aus."

Andrea hörte ihn. „Das war deine Arbeit, Zuri?"

Uzuri wedelte mit der Hand. „Deine Familie hat die ganze harte Arbeit geleistet. Ich habe nur bei der Planung geholfen."

„Ich hätte es wissen sollen. Du bist die Einzige, die ich kenne, die es schaffen würde, eine Straßenparty edel *und* spaßig zu gestalten." Andrea legte den Kopf in den Nacken und grinste ihren Mann an. „Wollen wir eine Runde drehen und alle begrüßen, die wir bisher noch nicht gesehen haben?"

„Wollen wir." Nachdem Cullen ihr aufgeholfen hatte, warf er

einen abfälligen Blick auf den Krug, der auf dem Tisch stand. „Ich nehme an, das ist Tee?"

„Ja, *mi amor*." Sie tätschelte seine Hand. „Tut mir leid."

Alastair kam zum Tisch und hatte anscheinend gehört, was Cullen gesagt hatte. „In der Hütte mit den Getränken wurde Guinness für dich bereitgestellt."

Ein Lächeln erhellte Cullens Gesicht. Er tätschelte Uzuris Schulter. „Behalte diesen Dom, Sub. Er ist ein guter." Nach einem Blick zu Max ergänzte er: „Wenn ich so darüber nachdenke, Liebes, solltest du sie beide behalten."

Bevor sie antworten konnte, führte Cullen seine Braut ohne Umwege zur besagten Bude.

Mit seinem tiefen, grollenden Lachen ließ sich Alastair neben Uzuri nieder und eignete sich ihre Hand so beiläufig an, als ob ... nun, als ob er das Recht dazu hätte. „Apropos behalten", sagte er, „Max und ich haben über dein zerbrochenes Fenster und deine Ziele gesprochen."

Sie erstarrte. Über ihr Haus zu reden, war eine Sache. Ziele waren jedoch privat und nicht etwas, das auf einer Party besprochen werden sollte.

„Wir haben entschieden, dass du für zwei oder drei Wochen bei uns einziehen wirst. So kann dein Fenster repariert werden. Und wir können dir bei diesen persönlichen Zielen helfen."

„Was?" Ein unbekanntes Wetterphänomen hatte gefühlt die ganze Luft direkt aus Tampa gesaugt. Sie kämpfte um ihren nächsten Atemzug, ihr Blick auf Alastairs elegantes, dunkles Gesicht gerichtet. „Das kann ich nicht tun."

Jedoch hörte sie diese kleine Stimme in ihrem Kopf, die sie drängte, *Ja* zu sagen. Sie hatte sich noch nie so sicher gefühlt wie mit ihnen. Nun ... sicher in einer Hinsicht.

„Natürlich kannst du das", sagte Max. „Du hast doch schon einmal bei uns übernachtet." Sein Arm lag wieder auf der Rückenlehne ihres Stuhls, und seine kräftige Hand fand ihre Schulter.

„Das war, weil ich verletzt war. Jetzt gibt es keinen Grund

dafür." Ihr Herz raste, als ob sie im Brendalls von einem Ende zum anderen gerannt wäre. Max und Alastair wollten sie?

Oh, sie sehnte sich danach, *Ja* zu sagen, das tat sie wirklich.

„Du musst lernen, um Hilfe zu bitten", betonte Max. „Daran können wir arbeiten."

„Aber –"

„Du musst deine Angst vor Männern überwinden", fügte Alastair hinzu. „Mit zwei Doms zusammenzuleben, sollte bei dem Problem helfen."

Doms. Das machte deutlich, was für eine Art Aufenthalt es sein würde. Sahen sie es als ihre Pflicht, sie aufzunehmen?

Sie wollte keine Pflicht sein.

Denn sie wusste, dass es so leicht wäre, sich in die beiden zu verlieben. Nach einer Sekunde hatte sie ihre Stimme unter Kontrolle. Ihr Herz? Eher nicht. „Ich glaube nicht, dass das triftige Gründe sind."

Wie ein britischer Lord küsste Alastair sanft ihren Handrücken, und seine widerhallende Stimme wehte über ihre Haut. „Erlaube mir, dir einen weiteren Grund zu nennen: Wir *wollen*, dass du bei uns einziehst."

Der Handkuss und die Aussage ließen sie sprachlos zurück. *Oh, heilige Mutter Gottes.* Max und Alastair wollten sie!

Alastair wartete geduldig.

Und Max? Sein Schweigen war so laut wie ein Schrei.

Sie drehte sich zu ihm.

Sein fesselnder Blick war ein glühendes Blau, so wie das heiße Zentrum einer Flamme. „Sag *Ja*."

„Lass mich noch etwas einwerfen." Holt schaute amüsiert zu. „Mein Vermieter baut den Wohnungseingang um, und der Baulärm hält mich wach. Ich könnte eine Unterkunft gebrauchen."

Uzuri runzelte die Stirn. „Du willst bei Max und Alastair einziehen?"

„Nein, Süße. Das ist nicht so mein Ding." Holt zwinkerte ihr zu. „Wenn *du* aber bei ihnen einziehst, kann ich in deinem Haus schlafen. Ich werde sogar die Scherben für dich beseitigen."

„Oh."

Max drehte ihr Gesicht zu sich und wiederholte: „Sag *Ja*." In seinem gemeißelten Antlitz zeigten nur seine Augen sein Verlangen nach ihr.

Sie schaute zu Alastair und sah auch bei ihm den Befehl. *Sie wollen mich.*

Aber ... zwei bis drei Wochen? Das konnte man mit dem letzten Mal nicht vergleichen. Sie hatte Sex mit ihnen gehabt. Das wollten sie bestimmt auch jetzt.

Aufregung und Angst krochen ihr die Wirbelsäule hinauf, denn auch sie wollte mehr davon. Sie wollte mit ihnen Liebe mac – Sie wollte Sex. Sie wollte in starken Armen aufwachen. Sie wollte bei ihnen im Bett schlafen, wissend, dass sie vollkommen sicher war. Sie wollte am Morgen die tiefe Stimme eines Mannes hören.

Könnte ihr Leben noch verwirrender werden? Noch nie hatte sie so für jemanden empfunden – und jetzt mochte sie direkt zwei Männer? Gleichzeitig? Zwei Doms!

Nein. Nein, das war verrückt. Sie konnte das nicht tun.

Als die Musik zu einer romantischen Melodie wechselte, wurde die Tanzfläche zunächst geräumt, bevor sich mehrere Paare auf dem Bereich einfanden. Cullens Großeltern. Gerald und Martha aus dem Shadowlands. Zwei Männer, die beide graue Haare hatten. Und ein paar mehr. Alle waren Senioren. „Was ist los?"

Alastair streichelte einen Finger über ihre Wange. „Dieser Tanz ist für diejenigen, die schon länger als vierzig Jahre zusammen sind."

„Wow. Sie haben es geschafft, gemeinsam alle Hürden zu meistern und zusammen zu bleiben." Wie würde es sich anfühlen, länger mit jemandem zusammen zu sein, als sie am Leben war? Die Schlachten, die auf Jungverheiratete zukamen, die Langeweile, die Versuchungen und der Stress, bevor man schließlich einen Moment erreichte, an dem alles passte und die Zufriedenheit und der Komfort einsetzte. Immer noch verliebt.

Max küsste ihre Wange und flüsterte: „Ja, sie sind immer noch zusammen, aber Zuri, das sind sie nur, weil sie mutig genug waren, den ersten Schritt zu tun. Sag *Ja*, Darlin'.“

Wie im Dojo forderte er sie heraus, ihren Mut zu finden. Darauf gab es nur eine Antwort.

Sie holte tief Luft, sah ihm in die Augen, dann in Alastairs, und hauchte: „Ja.“

KAPITEL SIEBZEHN

Am **Montagabend nach** der Arbeit trug Alastair Uzuris Koffer die Treppe hinauf. Er konnte nicht glücklicher sein, die kleine Sub im Haus zu haben. Obwohl sie auch die letzte Nacht nach dem Hochzeitsempfang mit zu ihnen gekommen war, konnte man das nicht mit dem heutigen Tag vergleichen. Schließlich würde sie nun mehrere Wochen bleiben.

Wenn nicht sogar länger ...

Als sie das kleine Gästezimmer ansteuerte, schüttelte er den Kopf. „Wir haben ein anderes Zimmer für dich."

„Aber ... warum?"

Ohne zu antworten, führte er sie den Flur hinunter zu einer der drei riesigen Suiten des Hauses und trat an die Seite.

Mit ihrem großen Korb, in dem Nähmaterialien, Farben und einige unbekleidete Puppen zu finden waren, betrat sie den Raum und sogleich klappte ihr die Kinnlade herunter. „Wirklich? Hier darf ich schlafen?"

„Ja, Sub." Er und Max hatten sich am Samstag und den größten Teil des Sonntags den Arsch aufgerissen, um die leere Suite für sie vorzubereiten. Sie waren rechtzeitig fertig geworden, aber es roch immer noch leicht nach Farbe.

Zufrieden, dass sie so begeistert war, schaute sich Alastair um. Wie in den anderen großen Schlafzimmern war das Bett ein extra langes King-Size-Bett – groß genug für sie alle. Das weiße Himmelbett hatte filigrane Schnitzereien an Kopf- und Fußenden und hauchdünne Vorhänge.

Es hatte auch einige Befestigungsbohrungen, falls sie Sessions spielen wollten.

Nachdem er das Schlafzimmer in ihrem Haus gesehen hatte, hatten er und Max ihr Farbschema aus Weiß, Creme und Blau aufgegriffen. Hellblaue Blumenvorhänge abgestimmt auf die blauen Sessel und das cremefarbene Sofa. Ein blauer Orientteppich hellte den dunklen Parkettboden auf. Es war offensichtlich kein Raum für einen Mann – obwohl Max darauf bestanden hatte, dass die Möbel sowohl bequem als auch robust waren. *„Schließlich werden wir viel Zeit in diesem Raum verbringen."*

Sein Cousin war ein kluger Mann.

Als Uzuri durch den Raum wanderte, bewies Alastair Geduld. Max hatte ihm die Orientierung überlassen, da Alastair die Führung wohl weniger stumpf gestalten würde. In der Tat würde jede Diskussion über Sex ein gewisses Taktgefühl erfordern, wenn man bedachte, wie schüchtern die kleine Sub war.

Sie kehrte von ihrer Tour zurück und stellte sich direkt vor ihm hin. „Ein wirkliches schönes Zimmer. Danke."

„Gern geschehen. Und jetzt … möchte ich mit dir sprechen." Er schlang einen Arm um ihre Taille, setzte sich in einen der Ohrensessel und zog sie auf seinen Schoß.

Es fühlte sich wundervoll an, als sie sich an ihn kuschelte. „Okay, ich bin bereit."

„Mit zwei Doms zusammen zu sein, ist neu für dich und kann zunächst merkwürdig sein. Wir möchten, dass du nicht vergisst, dass es keinen *wahren Weg* gibt. Wenn etwas nicht funktioniert, musst du es uns sagen. Okay?"

Es wäre schwierig für sie, ihre Bedenken laut auszusprechen.

Sie war zu höflich, zu unterwürfig. Sie müssten sie genau beobachten und sie ermuntern.

Ihre Stirn war gerunzelt, aber sie nickte.

Er fuhr fort: „Zudem hoffen Max und ich, dass du abwechselnd in unseren Betten schläfst. Gelegentlich kann es vorkommen, dass jemand allein sein möchte – auch du, Sub. In diesem Fall sagt das die Person den anderen."

„Ich kann alleine schlafen, wenn ich will?" Ihre Stimme kam als Flüstern heraus.

„Das kannst du. Wenn du es jedoch vorziehst, oft alleine zu schlafen, deutet das darauf hin, dass etwas nicht stimmt, sodass wir annehmen müssen, dass ein Gespräch notwendig ist." Mit zwei Fingern unter ihrem Kinn hob er ihren Kopf. „Ziele oder keine Ziele, wir hätten dich nicht gebeten, einzuziehen, wenn wir dich nicht bei uns haben wollen würden, Uzuri."

Sie schien kaum zu atmen. „Wirklich?", hauchte sie die Frage.

Ah, sie könnte einem Dom mit Leichtigkeit das Herz stehlen. „Wirklich." Er rieb mit der Nase über ihre Ohrmuschel und spürte, wie sie erschauerte.

Sie schmiegte sich enger an ihn und ihre Hand glitt über seinen Nacken in sein kurzes Haar.

„Oft wird es vorkommen, dass wir dich beide wollen."

Sie erstarrte. „Das habe ich noch nie gemacht."

Richtig, ihre Aufzeichnungen im Club hatten keine Dreier aufgeführt. Angesichts ihrer begrenzten sexuellen Erfahrung war er nicht überrascht. „Wir werden es langsam angehen, Süße."

Sanft küsste er sie und versuchte, sie durch Berührung zu beruhigen. In Anbetracht ihres herzzerreißenden Mutes verstand er, warum Z sie ins Shadowlands aufgenommen hatte. Und warum der Master über sie wachen wollte, während sie an ihrem Trauma arbeitete.

Für den Moment würden Alastair und Max diese Aufgabe übernehmen.

„Kommen wir zu den unangenehmen Themen: Hattest du, seit der vierteljährliche Bluttest im Shadowlands durchgeführt wurde, Sex mit jemandem abgesehen von Max und mir?"

Sie schüttelte den Kopf.

„Ausgezeichnet. Wir auch nicht. Um genau zu sein, ist es Jahre her, seit Max oder ich eine Frau ohne Kondom hatten. Da wir alle sauber sind und du hier lebst, würdest du dich wohl fühlen, auf Kondome zu verzichten? Nimmst du die Pille?"

„Ich nehme die Pille." Sie zögerte. „Ich habe noch nie ... Ähm, ja?"

Ihre Bereitschaft, trotz ihrer Unsicherheit neue Dinge auszuprobieren, empfand er als charmant. „Wie wäre es also mit Fluid-Bonding? Polytreue."

„Heißt das, dass ich mit niemandem außer dir oder Max spielen darf?"

„Richtig. Das gilt auch für uns."

„Okay." Das schien sie glücklich zu machen, und war das nicht reizend?

„Gut." Er stand auf und stellte sie auf ihre Füße. „Geh und packe aus. Dann zieh dir Sportsachen an – am besten nichts Loses – und komm runter. Weißt du, wo unser Kraftraum ist?"

„Ja, aber ... Sportklamotten?" Sie starrte ihn mit einem regelrecht entsetzten Ausdruck an.

„Ja." Alastair lächelte sie an und verließ das Zimmer.

Vor der geschlossenen Tür wartete er, bis er hörte, wie ihr Koffer geöffnet wurde. Gut. Sie bewegte sich, und er hatte es geschafft, sie aus dem Gleichgewicht zu bringen, ohne sie zu erschrecken. Ausgezeichneter Start.

Zumindest hatte sie Sportkleidung eingepackt, obwohl sie dabei einen schönen Spaziergang entlang des nahegelegenen Bayshore Boulevards im Sinn hatte, kein Fitnessstudio zuhause.

Uzuri trat in karierten Capri-Leggings und einem schwarzen Sport-BH unter einem leuchtenden fuchsiafarbenen Tanktop in den Kraftraum der Dragos. Sie schaute sich um und fragte sich, ob der riesige Raum mit den hohen Decken früher mal als Ballsaal verwendet worden war.

Der Parkettboden war versiegelt worden und glänzte einladend. Gegenüber der Tür zeigte die cremeweiße Wand Schwerter aller Art, von dünn und spitz bis zu einem gigantischen Teil, das aussah, als wäre es im Film *Braveheart* zum Einsatz gekommen. Die rechte Wand bestand aus Spiegeln und der Bereich davor war mit dunkelblauen Matten ausgelegt. Sie vermutete, dass es der Karate-Bereich war.

Max entdeckte sie und ging zu ihr. Sein Haar wurde achtlos mit einem schwarzen Band zu einem kurzen Pferdeschwanz zurückgebunden. Sein schwarzes Tanktop war schweißnass und schmiegte sich an seine breite, muskulöse Brust. Sein Bizeps und seine Brustmuskeln waren so aufgepumpt, dass die Haut straff darüber lag und die Venen auf seinen muskulösen Unterarmen hervortraten. Die schwarze Shorts zeigte seine definierten Beine.

Ihr Mund trocknete aus. Kein Mann sollte so sexy sein dürfen. Dagegen sollte es ein Gesetz geben.

Er streckte die Hand nach ihr aus. „Zuri. Lass mich dir eine kleine Tour geben."

Sie reichte ihm ihre Hand und spürte, wie er vorsichtig seine Finger um ihre schloss.

Er zeigte auf den Bereich mit der Matte und der Spiegelwand. „Dort drüben werden wir an deinen Selbstverteidigungstechniken arbeiten. Zudem fechten Alastair und ich dort, wenn wir in der Stimmung sind."

Der Schauer, der durch sie jagte, hatte nichts mit Angst zu tun. Man stellte sich die männlichsten Typen vor, die man je gesehen hatte, und wie sie gegeneinander antraten. Mit Schwertern.

„Das würde ich gerne sehen." Matten- und Spiegelbereich? Nein, das war nun die erogene Zone.

„Sei ein braves Mädchen, dann geben wir dir auch Fechtunterricht."

„Danke, aber ich würde lieber zuschauen."

Auf der anderen Seite des Raumes befanden sich Regale mit Hanteln und Eisenplatten. In einem weißen Tanktop und einer Trainingshose saß Alastair auf einer Bank an einer Maschine, die aussah, als gehöre sie in eine mittelalterliche Folterkammer.

Sie wollte nicht in die Nähe dieses Geräts kommen. „Ich, äh, nehme an, dass ich trainieren werde?"

„Oh, Baby, du hast ja keine Ahnung." Lachend küsste Max sie und ... er ließ sich Zeit. Er war heiß vom Training und seine Lippen schmeckten salzig.

„Bevor das passiert" – Max warf eine Matte auf den Boden und zeigte darauf – „muss ich sehen, in welcher Form du bist. Mache innerhalb einer Minute so viele Sit-ups wie möglich."

Sit-ups? War er wahnsinnig? Sie starrte ihn an. „Ganz sicher nicht. Ich werde einfach ein bisschen aufs Laufband gehen." Mit einem guten Hörbuch könnte sie das stundenlang machen.

Sie schaute sich um. Kein Laufband.

Ein Klirren lenkte ihre Aufmerksamkeit zurück zu der Maschine, wo Alastair an einer Stange zog, um einen riesigen Stapel Gewichte zu heben. Die stählernen Muskeln in seinem Rücken tanzten für sie und bündelten sich auf eine Weise, die sie faszinierte.

Es juckte ihr in den Fingern, ihn zu berühren.

Nachdem Alastair die Stange wieder nach oben und somit die Gewichte nach unten geführt hatte, drehte er sich um. „Süße, zu lernen, wie man kämpft, bringt am Ende nicht viel, wenn dir die Muskeln fehlen, um Wucht in einen Schlag zu legen. Oder wenn du nach wenigen Minuten schon vollkommen außer Atem bist."

„So ist es." Max nickte. „Vergiss das Laufband. Du wirst mit mir und Hunter joggen."

Joggen? Eindeutig nicht alle Tassen im Schrank. „Hast du heute morgen vergessen, deine Medikamente zu nehmen?"

Oh, unhöflich.

Bevor sie sich entschuldigen konnte, grinste Max sie an. „Nicht gleich drei Meilen ... aber mit der Zeit. Wir gehen es langsam an."

„Meintest du nicht, dass du kein Sadist wärst?"

„Nicht mehr als jeder andere Drill Sergeant." Er zeigte auf die Matte. „Setz dich."

Als sie auf der Matte Platz nahm, fügte er hinzu: „Ich werde dir einen Trainingsplan erstellen. Wir erwarten von dir, dass du Zeit im Kraftraum verbringst, auch wenn niemand hier ist, um dich zu beaufsichtigen. Wirst du nachlässig, wird Alastair dir deinen süßen Arsch versohlen. Und dich dann ficken."

Mit offenem Mund blickte sie zu Alastair.

Das schiefe Lächeln auf seinen Lippen ließ sie erschauern.

„Und ich? Na ja." Max nagelte sie mit seinen intensiven blauen Augen fest. „Ich werde dich Liegestütze und Kniebeugen machen lassen, bis deine Muskeln nachgeben ... und wenn du da liegst und dich nicht mehr bewegen kannst, werde ich dich ficken."

„Aber" – ihre Mitte ging in eine Kernschmelze über – „dann werde ich ganz verschwitzt sein."

„Oh ja." Die Hitze in seinen Augen nahm tatsächlich zu. „Ich werde dich aus den engen Klamotten schälen – zumindest genug, um Zugang zu dem zu bekommen, was ich will."

Alastair gluckste. „Wenn du weiter so redest, wird sie nie die Art von Training bekommen, die wir von ihr erwarten."

„Ich hasse es, wenn du Recht hast." Max warf einen Blick auf die Wanduhr. „Sit-ups, Zuri. Jetzt. Fang an."

Nach fünfzehn Wiederholungen brannte ihre Bauchmuskulatur und sie stöhnte.

Als Alastair zu einem Schrank in der Ecke ging und die Tür öffnete, neigte sie den Kopf, um zu sehen, was er tat.

Wow, die Regale enthielten BDSM-Spielzeug. „Ihr lagert das Zeug in eurem Trainingsraum?"

„Mach weiter", knurrte Max. „Und ja. Dies ist ein guter Raum zum Spielen."

BDSM im Kraftraum? Genügend Bänke gab es auf jeden Fall. *Zwanzig Sit-ups. Einundzwanzig.* Sie war auf halbem Weg zum nächsten, stoppte und fiel nach hinten auf die Matte.

„Nicht schlecht, aber auch nicht gut", sagte Max. „Der Plan ist, dass du in zwei Wochen weitere zehn schaffst."

Nein, oh nein. Das wird nicht passieren.

Als sie ein Klicken hörte, schaute sie über ihre Schulter.

Alastair hatte an einer der beiden Spielzeugtaschen im obersten Regal ein Vorhängeschloss angebracht. Er lächelte sie an, verschloss die andere Tasche und fügte den Schlüssel zu seinem Schlüsselring hinzu. „Wir haben gehört, dass du es einfach nicht schaffst, dich von Spielzeugtaschen fernzuhalten."

Sie würde es ja so was von schaffen, das Schloss zu knacken. „Ein abscheuliches und widerliches Gerücht."

Max schnaubte. „Es gibt viele Gerüchte über dich und deine kleine Gang aus Subs, Darlin'. Wir haben gesehen, was du Holt angetan hast."

Ein Kichern entkam ihr. Holts Gesichtsausdruck, als er die Umkleidekabine verlassen hatte, war fantastisch gewesen. Was für ein Erfolg!

„Wir sind nicht deine katholischen Schulmädchen, Prinzessin." Max' Baritonstimme senkte sich zu einem ominösen Knurren. „Bring dich nicht in größere Schwierigkeiten, als du bewältigen kannst. Halte dich von unseren Spielzeugtaschen fern. Wir meinen es ernst."

Ein Angstschauer durchlief sie ... und löste sich auf. Er und Alastair waren gute Doms. Sie könnte in Schwierigkeiten geraten, sicher, aber sie würden ihr nie wirklich wehtun. Das wusste sie. Und dieses Wissen zu haben, fühlte sich erstaunlich an. Wie eine Erlösung.

Gespielt geschockt riss sie die Augen auf. „Niemals würde ich auch nur daran denken, etwas Böses anzustellen."

Hinter ihr hörte sie ein leises Lachen von Alastair.

Sie konnte es kaum erwarten, sich kreativ an ihnen auszulassen.

Als Max sie jedoch mit zusammengezogenen Augenbrauen ansah, ruderte sie etwas zurück. Was, wenn er sie mit Sit-ups bestrafte?

KAPITEL ACHTZEHN

Am **Freitag nach** der Arbeit hatte Uzuri ihre männlichen Puppen auf dem Couchtisch im Fernsehraum aufgereiht. Eine langjährige Kundin für ihre individuell angefertigten Puppen wollte einen Khal Drogo von *Game of Thrones*.

So cool. Uzuri grinste. Sie nahm eine afroamerikanische Ken-Puppe und musterte sie. Nicht die richtige Farbe für Khal. Eigentlich sah diese eher wie Alastair aus. Die Puppe hatte sogar hellbraune Augen. Sie bräuchte also nur etwas Grün. Und die Haare mussten kürzer sein.

Kichernd holte sie ihre Farben und Werkzeuge heraus.

Puppenzeit bedeutete für sie Zeit zum Nachdenken. Und die brauchte sie, um die letzten fünf Tage zu verarbeiten. Was für eine Achterbahn der Gefühle.

Im Alltag war sie eine Geschäftsfrau – kreativ, durchsetzungsfähig und professionell.

In der Nacht jedoch war sie eine Sub. *Da kann man wirklich von Rollentausch sprechen.* Und doch rutschte sie in der Gegenwart von Max oder Alastair direkt in die Kapitulation.

Tatsächlich ließ der bloße Gedanke an die beiden – sie legte ihre Hand auf ihren Bauch –, die Schmetterlinge in ihrem Bauch flattern.

Wie Max und Alastair jedoch betont hatten, war sie eine sexuelle Sub, keine Sklavin oder Dienerin. Obwohl die Jungs sie in die Kochrotation aufgenommen hatten, kam jede Woche eine Haushälterin, die das Haus säuberte, den Kühlschrank auffüllte und Wäsche wusch. Verwöhnte Doms. Andererseits arbeiteten sie beide lang und hart.

Leider glaubten sie auch an Bewegung. *Ätzend*, wie ein Schwein hatte sie geschwitzt!

Sie runzelte die Stirn. Schwitzten Schweine? Verleumdete sie gerade die süßen Schweinchen?

Jedenfalls hatte sie noch nie in ihrem Leben so hart trainiert. Sie war zweimal mit Max und Hunter joggen gegangen. Na ja, ob man das Joggen nennen konnte. Die meiste Zeit davon war sie eher gehend unterwegs gewesen.

An den Tagen danach schloss sie sich abends Alastair an, um mit ihm Runden im Pool zu schwimmen. Das machte mehr Spaß – obwohl der Sadist sie antrieb, bis ihre Muskeln so erschöpft waren, dass sie zu ertrinken drohte.

Sie wollte nicht einmal darüber nachdenken, wie hart sie Uzuri im Kraftraum rangenommen hatten. Mit einem finsteren Blick hob sie ihren Arm und sah nach, ob sie jetzt einen Bizeps aufzeigte. *Nein. Nichts zu sehen.*

Abgesehen von der unglücklichen Affinität der Dragos zum Sport hatte sie bisher eine wunderbare Zeit gehabt.

An den meisten Abenden versammelten sie sich alle im Fernsehraum, um fernzusehen oder zu lesen. Sie saß jedoch nie allein. Alastair bestand darauf, dass ihr das Kuscheln mit ihnen helfen würde, ihre Ängste zu überwinden. Max hatte lachend hinzugefügt: *„Eigentlich wollen wir dich nur begrabschen."*

Sie hatte so viel Spaß mit ihnen. Max und Alastair stritten sich regelmäßig, wenn es darum ging, welche Shows sie sehen wollten, da Max ein Sport-Junkie war und Alastair Dokumentationen mochte. Nach ein paar Tagen hatte sie sich in die Schlachten eingemischt und darauf bestanden, dass auch sie ein Mitsprache-recht haben sollte. An *Fashion Police* hatten die Männer keinen Spaß gefunden, an *Scandal* allerdings schon.

Den ganzen Sex im Fernsehen zu sehen, hatte danach zu sehr interessanten Aktivitäten geführt. Im Nachhinein hatten sie gesagt, dass sie jederzeit *Scandal* mit ihr schauen würden.

Zudem überraschten die Doms sie immer wieder mit Nettig-keiten. An einem Abend, als sie nachhause kam und sich beschwerte, dass ihre neuen Schuhe ihre armen Füße misshandel-ten, hatte Alastair ihr eine Fußmassage gegeben. Es hatte nicht lange gedauert, bis sie sich glücklich stöhnend auf der Couch entspannt hatte, sodass er den Moment genutzt und sich küssend an ihrem Körper hochgearbeitet hatte. Sie entließ einen sanften Seufzer. Dieser Dom hatte magische Hände, egal, wo er sie damit beglückte.

Als Max in den Fernsehraum gekommen war, hatte er sich lachend umgedreht und die Tür hinter sich zugemacht. Sie schüt-telte erstaunt den Kopf. Die Dragos waren wirklich nicht eifer-süchtig aufeinander.

Nach der Fertigstellung der Alastair-Puppe griff sie nach einer weiteren Ken-Puppe. Mit mehr Muskeln und blauen Augen. Ja, das würde funktionieren.

Bei den Dragos ging es nicht immer nur um Sex, was ... wirk-lich nett war.

Eines Abends, als Alastair ins Krankenhaus gerufen wurde, hatten sie und Max ein seltsames Brettspiel namens *Pandemie* gespielt, bei dem es um die Bekämpfung von Viren wie die Pest und Ebola ging. Wirklich irre. Bevor sie das Heilmittel für eine Krankheit gefunden hatten, war ganz Asien ausgelöscht worden.

Sie hatte sich so schuldig gefühlt – und Max hatte sich über sie lustig gemacht. Der Blödmann.

Ja, Max und Alastair waren großartig.

Jede Nacht schloss sich ihr einer von ihnen in ihrem Bett an.

Sie lächelte, als sie an Alastairs Puppenbart arbeitete. Im Bett hatten Max und Alastair wohl nur eine Sache gemeinsam: Beide waren sie großzügig. Sie kam immer mindestens einmal – wenn nicht sogar mehrmals. Nur an deren Talente zu denken, sandte eine kleine Hitzewelle durch sie.

Max liebte es, Spielzeug zu benutzen – und er war ein eklatant herrischer Dom.

Alastair war ein subtilerer Dom, und doch wusste sie stets, wer das Sagen hatte. *Puh.* Er brachte sie gerne an die Grenze des Schmerzes, an die Klippe zum Orgasmus – und es war beängstigend, wie gut er sie deuten konnte.

Meistens behandelten die Männer sie wie eine Mitbewohnerin. Dann wechselten sie plötzlich ohne Vorwarnung in den Dom-Modus. Wie an dem Tag, als sie den Film *Set It Off* geschaut hatten, in dem es eine sexy Szene mit Öl und einer Massage gab. Die Art und Weise, in der Blair die Kette über Jadas Rücken gezogen hatte ... Der Anblick hatte sie so heiß gemacht.

„Du scheinst etwas überhitzt, Darlin'." Ja, Max war sofort aufgefallen, wie erregt sie gewesen war. *„Ich glaube, sie hat einen Kettenfetisch",* hatte Alastair eingeworfen. *„Das müssen wir uns merken."*

Sie hatte das Gespräch zwischen ihnen mehr als nur ein wenig beängstigend gefunden.

Auf dem Couchtisch hatte zu dem Zeitpunkt die lange Perlenkette gelegen, die sie als klobiges Armband zur Arbeit getragen hatte. Ohne etwas zu sagen, hatten sie Uzuri auf dem Couchtisch ausgebreitet und mit ihr gespielt. Und den Perlen. Sie hatten ihre Brüste und ihre Pussy geneckt, waren mit den Perlen über ihren Hals geglitten. Und sie war gekommen. Immer und immer wieder. Ein Orgasmus nach dem anderen. Alastair hatte sie danach selbstgefällig angelächelt. *„Da du nicht aufstehen kannst, kannst du auch für uns auf die Knie gehen."* Er hatte ihr befohlen, Max einen Blowjob zu geben – und dann ihm.

Auch jetzt fühlte sie, wie feucht sie allein die Erinnerung

machte. Die Dragos – ihre Drachen-Doms – waren einfach zu sexy, um real zu sein.

Als sie hörte, wie die Haustür aufging und sich hörbar zwei Personen näherten, hob sie den Blick und ihr Herz machte einen Salto.

Dann wurde ihr klar, woran sie arbeitete, und sie erstarrte. *Oh nein!* Sie schnappte sich den Korb, um die Puppen schnell zu verstecken. Aber ... zu spät.

„Uzuri, würdest du –" Alastair entdeckte die Puppe, die ihm mittlerweile zum Verwechseln ähnlich sah.

Der Bart war perfekt. An den Haaren arbeitete sie noch. Exakter Farbton für die Augen. Die Puppe trug einen weißen Arztkittel, und sie hatte sogar einen Stoff verwendet, der mit winzigen Kätzchen bedruckt war, um dem Kinderarzt eine kinderfreundliche Krawatte zu geben.

Alastair brach in Gelächter aus.

„Was ist?" Max erschien in der Tür und sah seine eigene Puppe mit dem aus der Stirn gestylten, schulterlangen, braunen Haar. Ein dunkler Schatten, der die Stoppeln darstellte. Intensive blaue Augen. In Jeans und einem T-Shirt, eine Pistole an der Taille ... und Handschellen, die an der Gesäßtasche baumelten.

Max lachte nicht. Max lächelte nicht. Er betrat nicht einmal den Raum.

Uzuri runzelte die Stirn. Tatsächlich hatte er sie nicht mal begrüßt. Das sah ihm nicht ähnlich. Als er sich umdrehte, um zu gehen, rief sie: „Max, ist alles okay mit dir?"

„Ja. Schlimmer Tag." Seine Maske verrutschte nicht, als er die Treppe zum Turmzimmer nahm.

Uzuri wandte sich an Alastair. „Ist er wütend?"

„Nein, Love." Alastair schüttelte den Kopf. „Manchmal ist er einfach so. Er hat einen schwierigen Job."

Sie konnte sich nicht einmal vorstellen, was für schreckliche Dinge ein Mordkommissar zu sehen bekam. Leichen, Tag für Tag. Als Sally es mit der Strafverfolgung versucht hatte, brauchte es nur ein paar brutale Morde und sie hatte die Karriere gewechselt. Max sah jeden Tag entsetzliche Dinge.

Würde er sich bis zum Abendessen besser fühlen?

Oje. Heute war sie mit dem Kochen dran. Sie hätte schon anfangen sollen. Da die Doms morgen ins Shadowlands mussten, blieben sie heute Abend alle zuhause.

Sie sprang auf. „Ich muss mit dem Abendessen beginnen." Sie hatte die Zutaten für Mamas Gumbo eingekauft, aber das würde zu lange dauern. Okay, ein Jambalaya wäre in einer Stunde fertig.

„Stress dich nicht, Süße", sagte Alastair. „Wir haben keine festen Zeiten fürs Abendessen."

Vielleicht nicht, aber Max war schon schlecht drauf. Auf der anderen Seite hatte er nicht gerade ausgesehen, als hätte er Appetit.

Sie gab ihre Essensvorbereitung auf und schenkte einen Schuss Casa Dragones in ein Glas. Nach dem Weg die Treppe hoch in das zweite Obergeschoss war sie leicht außer Atem, aber es war schon besser als noch vor ein paar Tagen. Vielleicht zahlten sich Joggen und Schwimmen tatsächlich aus.

Sie trat auf die Dachterrasse.

Max saß auf einem der dunkelroten Sofas, sein Blick auf dem dunklen Wasser der Hillsborough Bay und die Skyline von Davis Island. Obwohl er sich seiner Umgebung stets bewusst war – und schließlich hatte sie sich auf der Treppe lautstark angekündigt –, entging ihm ihre Anwesenheit.

Sie näherte sich ihm. „Das Abendessen wird in einer Stunde fertig sein."

Er nickte.

Sie stellte seinen Tequila auf den Couchtisch, zögerte und setzte sich dann neben ihn. „Es tut mir leid, dass du einen schlechten Tag hattest."

Er warf ihr einen flüchtigen Blick zu und schaute zurück zum Wasser.

Okay, das hatte nicht funktioniert. Vielleicht sollte sie ihm einen Schlag auf den Hinterkopf geben. Das hatte ihre Mutter immer getan, wenn sich Uzuri wie ein Arschloch aufgeführt hatte.

Nur war es nicht besonders klug, einen Dom zu schlagen – besonders einen wie Max.

Vielleicht verstand er nicht, dass sie gekommen war, um zu helfen. „Ich bin eine gute Zuhörerin, weißt du."

„Gibt nichts zu erzählen." Stirnrunzelnd griff er nach dem Glas, nahm einen Schluck und bedankte sich widerwillig.

Mit stählernen Nerven wagte sie es erneut. Er würde ihr nicht wehtun, nur weil sie aufdringlich war. Jarvis hätte das getan; Max würde das nicht. „Du hast gesagt, dass das Teilen mit Freunden dazu beiträgt, die Dinge ins rechte Licht zu rücken. Rede mit mir. Lass mich dir helfen."

Seine Stimme kam krächzend heraus: „Hör zu, Prinzessin: Ich will deine Hilfe nicht; ich will in Ruhe gelassen werden. Geh und spiel mit deinen Puppen."

Sie konnte ihr Zucken nicht unterdrücken, obwohl er keine Bewegung auf sie zu gemacht hatte. Er hatte ihr nicht wehgetan – warum hatte sie also das Bedürfnis, zu weinen? Abrupt stand sie auf. „Es tut mir leid, dass ich dich g-gestört habe, Sir."

Als sie sich umdrehte, sah sie Alastair in der Tür stehen. Er hatte alles beobachtet. Sein Gesichtsausdruck verdunkelte sich. „Er hat dich nicht geschlagen. Das würde Max nicht tu –"

„Nein, er würde mich nicht schlagen." Sie blickte zurück zu der unbeweglichen Form auf der Couch. *Das hätte vielleicht weniger wehgetan.*

Die Bestürzung in Alastairs Augen ließ sie erkennen, dass sie die Worte laut ausgesprochen hatte. „Tut mir leid. Das habe ich nicht so gemeint."

„Doch, das hast du." Er streckte die Hand nach ihr aus. „Uzuri, lass uns –"

Sie trat um ihn herum und rannte die Treppe hinunter, in der Hoffnung, dass er nicht folgen würde – in der Hoffnung, dass er

Max nichts davon erzählte. Es wäre schrecklich, wenn sie so Ärger zwischen den Cousins verursachen würde.

Sie konnte wirklich rein gar nichts richtig machen, oder?

Da sie mit dem Kochen dran war, konnte sie sich nicht mal in ihrem Zimmer verstecken. Ein Teil von ihr wollte Max verhungern lassen, aber ... das wäre nicht richtig. Was er gesagt hatte, war nicht *so* schlimm gewesen, jedoch hatte er sie von sich gestoßen, sie ausgeschlossen. Sie hatte das auch schon getan, und die beiden hatten danach nicht geschmollt.

Komm drüber weg.

Am Fuße der Treppe wartete Hunter. *Er* liebte sie. Sie kniete sich vor ihm hin, schlang die Arme um ihn und drückte ihr Gesicht in das Fell an seinem Hals.

Max spürte, dass sich jemand neben ihn setzte und innerlich seufzte er. Sie war wirklich hartnäckig, oder? Bestimmt würde sie verschwinden, wenn er sie lange genug ignorierte.

Sie *musste* ihn in Ruhe lassen. Alles in ihm fühlte sich roh an, in winzig kleine Stücke gehackt. Was er gesehen hatte, was diese Familie ertragen musste, sollte nicht –

„Max."

Nicht Uzuri, sondern Alastair. Seufzend drehte sich Max um.

Alastair trug noch immer sein weißes Hemd und die braune Hose. Er hatte sich also noch nicht umgezogen. Eine Transformers-Krawatte hing lose um seinen Hals.

„Problem?", fragte Max und *heilige Scheiße*, er hoffte wirklich, dass es keins gab. Er war gerade nicht in der Position, jemandem zu helfen. „Brauchst du mich für etwas?"

Alastair warf ihm einen vielsagenden Blick zu. „Ich möchte, dass du aufhörst, deine Probleme in dich reinzufressen. Erlaube anderen, dir zu helfen. Insbesondere mir ... und der Frau, die wir teilen."

„Nein." Max schüttelte den Kopf. Bei dem Gedanken wurde ihm übel. „Das war heute grausam. Ich kann nicht –"

„Du kannst deine Emotionen nicht weiter begraben, sonst wirst du entweder bald unter dem Druck zusammenbrechen oder auf schädliche Methoden zurückgreifen, um sie zu bewältigen." Alastair schenkte ihm ein wohlwollendes Lächeln. „Wir sind uns sehr ähnlich, weißt du. Wir sind nicht gerade dafür bekannt, schmerzliche Momente miteinander zu teilen."

„Stimmt wohl."

„Als es Uzuri jedoch gelang, mich dazu zu bringen, über ein Kind zu sprechen, das gestorben war" – der Verlust war auch jetzt deutlich auf seinem Gesicht zu erkennen – „nun ja, es hat geholfen. Mehr, als ich gedacht hätte."

„Du weißt ja nicht, mit welcher Scheiße ich es jeden Tag zu tun bekomme, Cousin. Keiner von euch kann das –"

Alastairs bitteres Lachen unterbrach ihn. „Ich habe Jahre damit verbracht, an Körpern zu arbeiten, die von Sprengfallen, Granaten und Maschinengewehren zerfetzt worden." Alastair begegnete seinem Blick. „Und meine Patienten waren normalerweise Frauen und Kinder."

Fuck. „Tut mir leid. Das hätte ich nicht sagen sollen."

Alastair hegte nie Groll. Er nickte, und dann nahm sein Gesicht einen harten Ausdruck an. „Ich glaube, Uzuri würde die hässliche *Scheiße* lieber hinnehmen, solange du sie nur nicht wegstößt. Sie hat nicht geplant, dass ich es höre, aber sie sagte, dass es weniger schmerzhaft gewesen wäre, hättest du sie einfach geschlagen."

Das zu hören, fühlte sich für ihn nun wie ein Schlag in den Magen an. „Zur Hölle nochmal. Ich habe nicht … ich habe versucht, sie zu beschützen."

„Ich weiß das, aber sie weiß es nicht. Oder wenn sie das tut, nimmt sie von der Situation jetzt nur mit, dass sie nicht stark genug ist, sich selbst zu helfen, geschweige denn jemand anderem."

„Sie ist ..." Max hielt inne, bevor er sagte, dass sie nicht stark genug war, denn das stimmte nicht. Sie hatte verdammt viel überlebt, und anstatt sich aus Angst in Cincinnati einzubunkern, hatte sie gepackt, war umgezogen und hatte ein neues Leben begonnen. Sie hatte eine zufriedenstellende Karriere, gute Freunde – und arbeitete jetzt sogar daran, auch ihre letzten Probleme zu überwinden. Sie war alles andere als schwach. „Sie ist wahrscheinlich mutiger als ich."

Max kippte den Tequila, den sie mitgebracht hatte, seine Kehle runter, drückte dankend Alastairs Schulter und machte sich zur Treppe auf, um zu versuchen, Wiedergutmachung zu leisten.

Sie war nicht in ihrem Schlafzimmer.

Sie war nicht im Fernsehraum. Er verweilte auf der Türschwelle und runzelte verwirrt die Stirn. Dann wurde ihm klar, warum der Raum anders aussah. Sie musste den Abstellraum im Obergeschoss gefunden haben. Die Kissen in Dunkelrot und Weiß, die er in Bagdad im Militäreinkaufszentrum erworben hatte, lagen nun verteilt auf dem Ledersofa. Sah ... heimelig aus. Wirklich nett.

Sie war nicht im Wohnzimmer.

Schließlich fand er sie. In der Küche stand sie am Herd und rührte etwas, das verdammt gut roch.

Er setzte sich an die Kücheninsel, und als sie ihn gekonnt ignorierte, erhellte sich seine Stimmung von einer Minute zur nächsten. *Fuck*, sie war süß, wenn sie sauer war.

Ihre Lippen waren zusammengepresst und ihr Blick landete überall, nur nicht auf ihm. Sie war offensichtlich schon eine Weile zuhause, da sie klassische Shorts und eine ärmellose Bluse trug, die irgendwo zwischen Rosa und Lila lag. Seltsame Farbe, aber sie ließ ihre braune Haut erstrahlen.

Hunter kam zu ihm und legte seinen Kopf auf Max' Oberschenkel.

Lautlos streichelte Max den Hund und zog sanft an seinen Schlappohren. „Uzuri."

Sie erstarrte. Nach einem langen Moment sah sie zu ihm.

„Es tut mir leid." Er suchte nach den Worten, die erklären würden, warum er so ruppig gewesen war.

„Schon okay." Sie wandte sich von ihm ab, um das gekochte Huhn, den Reis und die Tomaten zu dem Gemüse in dem Topf zu geben. Nachdem sie den Topf abgedeckt hatte, reduzierte sie die Hitze, sodass der Inhalt vor sich hin köcheln konnte.

Er ließ den Blick über die Arbeitsfläche schweifen. Seine Mutter hatte ihm beigebracht, dass schwierige Gespräche nicht geführt werden sollten, wenn der Koch beschäftigt war. Aber sie hatte nichts, auf das acht gegeben werden musste. Nur der Topf, der gerade auch ohne sie auskam. *Also los.*

Er stand auf und überwand den Abstand zu ihr. „Zuri." Sanft legte er die Hände auf ihre Schultern, drehte sie um und drängte sie gegen den Schrank. „Lass mich bitte zu Kreuze kriechen."

„Nicht nötig."

„Darlin', es ist mehr als nötig. Ich war unhöflich, obwohl du nur versucht hast, zu helfen. Das ist inakzeptabel." Er presste seine Stirn an ihre. „Weißt du, jeden Tag bekomme ich es mit Arschlöchern zu tun, die auf mich schießen" − er spürte, wie sie erstarrte, er jedoch sprach weiter − „mit einem Chef, der auch mal rumbrüllt. Es kommt nicht oft vor, dass mir das nahe geht, aber wenn das der Fall ist ..."

Als sie ihm endlich in die Augen sah, wusste er, dass er zu ihr durchgedrungen war.

„Was ist heute passiert, Max?", fragte sie vorsichtig.

Er schluckte schwer. Obwohl er wusste, dass er angeboten hatte, es ihr zu erzählen, war es nicht einfach. „Ich arbeite in der Mordkommission. Der Tod ist nie ein schönes Thema, Baby, aber einige ... einige sind ..." Dafür gab es keine Worte. *Finde die Worte!* „Ein Teenager war der Meinung, dass er seine Freunde dafür bestrafen muss, dass sie über ihn gelacht haben. Das tat er, indem er sich das AR-15 seines Vaters nahm. Warum ein Zivilist ein Sturmgewehr besitzen muss, werde ich nie verstehen. Der Junge hat seine Freunde gefunden und abgedrückt." *Gott*, es war ein unschöner Anblick gewesen.

Uzuris Hand fand seine.

Max fuhr fort: „Viele Kugeln haben nicht die eigentlichen Ziele getroffen. Er hat auch andere Leute erwischt." Er seufzte. „Eine schwangere, junge Frau." Sie war noch jünger als Zuri, *verdammt*. „Der Besitzer des Kunsthandwerksgeschäfts." Er war kürzlich in Rente gegangen und war dort eingezogen. Seine Frau meinte, dass er sein ganzes Leben lang davon geträumt hatte, seine Freude an seinem Handwerk mit anderen zu teilen. „Dann ein Taxifahrer." Ein jüngerer Mann mit drei Kindern, der Überstunden leistete und für ein Haus sparte. Der amerikanische Traum – *mit Kugeln durchlöchert und nicht länger unter uns.*

Max' Stimme klang heiser. „Eine Waffe. So verdammt viele Menschenleben ruiniert."

„Oh nein. Wie furchtbar." Mit einem Schluchzen presste Uzuri ihr Gesicht an seine Brust und schlang die Arme um seine Taille. Ihre Tränen durchtränkten sein Hemd. „Wie s-schaffst du das nur?"

Mit ihren Tränen, ihrem Eingeständnis des Horrors, den er auch jetzt noch in seiner Seele spürte, und ihrer Verzweiflung – für ihn – schaffte sie es, ihn zu besänftigen. Die Welt hörte auf, zu beben, und schnappte in seine ursprüngliche Position zurück. Gleichgewicht wieder hergestellt.

Und *verdammt*, nachdem er sie wie ein Arschloch angeschnauzt hatte, umarmte sie ihn jetzt und spendete Trost. Von ihnen beiden war er wahrscheinlich der Schwächere.

Er seufzte. „Ich war nie gut darin, über meine ... Gefühle zu reden. Es fühlt sich an, als würde ich all diese Gewalt nachhause bringen. Ich will, dass du dich hier sicher fühlst."

Sie entließ ein kaum hörbares Schnauben. „Also hast du deine schlechte Laune mit nachhause gebracht? Was ist der Unterschied? Ich würde es bevorzugen, den Grund zu wissen, wenn du verärgert bist." Sie drückte ihn fester. „Ich kann es ertragen, Max.

Und ich würde es vorziehen, wenn du dir so etwas von der Seele redest. Ich meine, du kannst ein bisschen schmollen, aber dann solltest du es jemandem erzählen."

Da war aber jemand herrisch. „Ich werde mein Bestes geben."

Sie hob überrascht den Kopf. „Wirst du?"

„Ja." Er küsste ihre weichen Lippen. „Es tut mir leid, dass ich dich verletzt habe, Baby."

Sie umarmte ihn fest und ihre Mundwinkel formten sich zu einem Lächeln. „Alles gut. Ich werde schon einen Weg finden, um mich zu rächen."

Er schmunzelte. „Natürlich wirst du das." Weichherzige Sub.

Ein paar Stunden später, nach einer heißen Dusche, einem fantastischen Essen und einem langen Spaziergang mit Hunter, fühlte sich Max schon fast wieder wie der Alte. Obwohl er sich immer noch schuldig fühlte, wenn er daran dachte, wie er mit der kleinen Sub gesprochen hatte. Jemand sollte ihn auspeitschen.

Als er mit Hunter auf die Terrasse trat, sah er Alastair im Pool seine Runden drehen. Aus irgendeinem seltsamen Grund zog der Arzt das Schwimmen am Abend dem Joggen bei Sonnenaufgang vor.

Wie üblich begann Hunter den Pool zu umkreisen. *Fangen spielen mit dem schwimmenden Menschen, juhu!*, dachte Max etwa dreißig Sekunden, bevor der Hund ins Wasser sprang.

Alastair sah Hunter, dann Max und stoppte. Er lächelte. „Du siehst besser aus."

„Ich fühle mich besser. Habt du oder Zuri vor, heute Abend den Fernsehraum zu benutzen?"

„Ich nicht, nein, und Uzuri ist mit ihren Mädels ausgegangen", sagte Alastair. „Der Fernsehraum gehört ganz dir."

„Großartig." Max ließ Hunter bei Alastair, sodass er ihn ein wenig nerven konnte, und ging für ein Bier in die Küche. Im

Fernsehraum fiel er auf die Couch und *zur Hölle*, er vermisste bereits jetzt Zuris Gesellschaft.

Sie war ... warm. Rücksichtsvoll. Entzückend witzig. Aufmerksam. Auf eine ruhige Art selbstbewusst. Es schien, als ob viele Frauen – einschließlich seiner Ex – wie die Brisen vor einem Sturm waren. Laut, ständig in andere Richtungen unterwegs, alles aufwirbelnd.

Zuri war eher wie der sanfte Wind, der an einem sonnigen Tag vom Golf von Mexiko kam.

Solange sie nicht Tequila in sich hatte. Max grinste. Nichts ging über eine schrullige Persönlichkeit, um das Leben interessant zu gestalten.

Aber sie war heute Abend nicht hier. Zeit für sein Sportprogramm.

Er lehnte sich vor und griff nach der Fernbedienung, jedoch lag sie nicht auf dem Couchtisch. Oder dem Beistelltisch. Er stand auf und sah auf dem Boden nach, dann unter den Sofakissen.

Auf einem der Sessel vielleicht? Der rechte Sessel war leer. Der linke ...

Er erstarrte. Eine von Zuris Puppen – eine männliche – saß auf dem Sessel. Braunes Haar, blaue Augen, quadratisches Kinn, muskulös. Sie trug Jeans mit einem Riss im rechten Knie und ein schwarzes T-Shirt mit abgerissenen Ärmeln. Max warf einen Blick auf seine eigene Kleidung – Jeans mit Rissen im Kniebereich, schwarzes T-Shirt ohne Ärmel.

Verdammt. Er grinste. Sie war verdammt talentiert – die Ähnlichkeit war erschreckend.

Nur gut, dass die Plastik-Bastarde anatomisch nicht korrekt waren.

Nach einer Sekunde bemerkte er, dass seine Nachbildung ein aufgerolltes Papier hielt.

In Ordnung, ich beiße an. Er griff nach dem Papier und rollte es auf. „Stressed *ist* desserts *rückwärts geschrieben.*" Was zum Teufel wollte sie ihm damit sagen?

Fernbedienung fehlte. Kleine Sub fehlte. Er hatte einen Verdacht. Er warf einen Blick auf die Puppe und hätte schwören können, dass sie schmunzelte.

Max knurrte. *Okay, kleine Sub, die fehlende Fernbedienung stresst mich definitiv.* Andererseits stand in der Notiz etwas von *Desserts.* Etwas Süßes? Das hatte Potenzial.

In der Küche sah er in den Kühlschrank. Nichts Interessantes zu finden, obwohl er vorhatte, die Reste des Jambalaya vor dem Schlafengehen zu verspeisen.

Küchenschränke? *Bingo.* Hinter der dritten Tür saß eine Alastair-Puppe auf einer Kuchenform. Kuchen?

Er nahm Alastair herunter – „Sorry, Cousin" –, griff nach der Form und hob den Deckel.

Karottenkuchen mit dickem Frischkäse-Frosting.

Oh ja! Ein Biss und jedes Stressmolekül in seinem Körper löste sich auf. *Verdammt*, aber die Prinzessin konnte backen.

Nach seinem ersten und zweiten Stück leckte er sich den Zuckerguss von den Fingern und musterte die Puppe. Bart. Stethoskop. Arztkittel. „Niedliche Krawatte, Cousin. Wie wäre es, wenn du mir jetzt verrätst, wo sie meine Fernbedienung versteckt hat?"

Und in dem Moment entdeckte er das aufgerollte Papier. *„Die Erde hat Musik für diejenigen, die zuhören."* – William Shakespeare

Okay. Die kleine Sub hatte ein Spanking vor sich. Wirklich genervt war er jedoch nicht. Frosting – das schnellste Beruhigungsmittel der Welt.

Er runzelte die Stirn, als er ein zweites Mal die Notiz las. Er *könnte* ohne Fernbedienung fernsehen. Nein, dann würden sie ihn aus der Liga der Männlichkeit werfen.

„Die Erde hat Musik für diejenigen, die zuhören." Die *Erde* würde er nicht im Haus finden. Draußen auf der Terrasse schaute er sich um. Nichts zu sehen. Alastair war nicht mehr hier.

Max trat aus dem abgeschirmten Bereich.

Schwanzwedelnd verließ Hunter die Hundehütte und kam zu ihm, um *Hallo* zu sagen.

„Hey, Kumpel. Willst du mir helfen, das Gelände zu durchsuchen?" Er packte einen Gummiball und warf ihn über den weiten Rasen. Mit einem aufgeregten Bellen jagte Hunter los.

Max folgte langsamer und inspizierte die verschiedenen Pflanzen.

A-ha!

Der Vogelfutterspender im Ahornbaum hatte einen neuen Bewohner hinzugewonnen. Auf der breiten Plattform saß eine braunhäutige Barbie-Puppe mit dem Gesicht zur Sonne geneigt. Ihre Beine stützten auf seiner verlorengegangenen Fernbedienung.

Diese kleine Göre.

Glucksend schnappte sich Max die Fernbedienung und die Puppe. Vielleicht sollte er genervt sein, aber ihr Streich war einfach zu entzückend. Außerdem hatte er sich die Schikanen durch seine unhöfliche Art wirklich verdient.

Und sie hatte ihm Kuchen gebacken.

Ja, er würde sie dafür, dass sie sich mit ihrem Dom angelegt hatte, vom Haken lassen.

Max machte es sich mit Hunter zu seinen Füßen auf der Couch bequem und schaltete zu seinem Sportprogramm.

Spanisch? Das Programm sollte nicht auf Spanisch sein. In wachsendem Unglauben schaltete er zum Nachrichtensender. *Spanisch.*

Zuri hatte die Einstellungen *seines* Fernsehers geändert.

„Okay, Baby", knurrte er. „Lasst die Spiele beginnen."

KAPITEL NEUNZEHN

Uzuri **betrat an** diesem Abend das Haus recht spät. Mit etwas Glück waren die Doms bereits im Bett. Hoffentlich war zumindest *Max* schon schlafen gegangen. In den letzten Stunden war sie immer nervöser geworden.

Rainie und Sally hatten sich von ihr verabschiedet, als wären sie sich nicht sicher, ob sie Uzuri jemals wiedersehen würden. Freunde konnten ja so aufmunternd sein. Nicht.

Leise schloss sie die Tür, zog ihre Schuhe aus und ging auf Zehenspitzen zur Treppe. Aus dem Fernsehraum hörte sie einen Film laufen. Auf Englisch, nicht auf Spanisch. Sie musste ein Kichern zurückhalten.

Als sie auf halbem Weg in das erste Obergeschoss war, erschien Hunter und stürzte die Treppe hinauf. Bei seiner lautstarken Begrüßung verzog sie das Gesicht.

„Ruhig, Junge", flüsterte sie. „Ich hab' dich auch lieb, aber bitte ... *beruhige dich*."

„Es gibt keinen Grund, still zu sein, Sub." Die raue Stimme war ihr nur allzu vertraut.

Erwischt. Sie richtete sich langsam auf.

Max lehnte an dem unteren Treppenpfosten. Muskelbepackte Arme vor der Brust verschränkt. Hartes Gesicht unlesbar.

„Ähm. Guten Abend." Sie schluckte schwer. „Sir."

„Ein guter Abend, ja, das kannst du laut sagen." Er sah sie mit einem strengen Blick an. „Obwohl ich einen Teil davon verschwendet habe, um die Standardsprache des Fernsehers auf eine Sprache zurückzusetzen, die ich auch verstehe."

Sie klatschte beide Hände auf ihren Mund, aber ihr Kichern war definitiv zu hören.

Er reagierte nicht, sagte jedoch viel zu leise, viel zu bedrohlich: „Fernsehraum. Sofort."

Ihr Mund trocknete aus und ihre Füße wollten sich nicht von der Treppe bewegen. Ein nervöses Flattern breitete sich von ihrem Bauch in ihrem ganzen Körper aus. Wenn sie es wagte, etwas zu sagen, würde es wohl als ängstliches Wimmern herauskommen ... oder als Kichern. Oh, sie steckte ja so was von in Schwierigkeiten.

Als sie auf den Raum zuging, schnippte Max mit den Fingern und sagte: „Hunter. Du gehst raus."

Er brachte den Hund nach draußen, was bedeutete, dass sie keine Rettung auf vier Pfoten zu erwarten hatte.

Von der Couch blickte Alastair auf, als sie eintrat. Seine Mundwinkel zuckten. „Ich fürchte, dass du es einen Schritt zu weit getrieben hast, als du mit dem Fernseher des Mannes herumgespielt hast, Sub."

Ja, diesen Eindruck hatte sie mittlerweile auch.

Und sie hatte Angst gehabt, als Mistress Anne herausfand, wer ihr Schließfach mit Gummikakerlaken sabotiert hatte. Lächerlich.

Dies war eine ganz neue Ebene der Angst.

„Scheint mir so, als hättest du vorhin eine gute Zeit gehabt", sagte Max, als er hinter sie trat und sie gnadenlos in den Raum schob. „Da wir uns in dieser Beziehung abwechseln, denke ich, dass wir jetzt an der Reihe sind, etwas Spaß zu haben."

„*Wir?*" Ihr Blick flog zu Alastair. „Ich habe dir nichts getan."

„Max und ich teilen." Alastair zog eine Augenbraue hoch. „Unser Haus, unser Essen, unsere Sub. Unsere Probleme."

Max hob einen Fuß auf den Couchtisch und platzierte seine definierten Unterarme auf seinen Oberschenkel. „Du hast Puppen benutzt, um mich zur Fernbedienung zu führen. Daran haben Alastair und ich uns ein Beispiel genommen." Er deutete auf etwas. Auf dem Couchtisch neben seiner offenen Spielzeugtasche standen drei Puppen.

Es waren dieselben Puppen, die sie für seine Schnitzeljagd benutzt hatte: Detective Drago, Dr. Drago und ihr eigenes Ebenbild, nur war die Zuri-Puppe nackt und lag über Dr. Dragos Schoß, ihr Arsch in der Luft. Detective Drago war auf einem Knie ... seine Hand zwischen den Beinen der Zuri-Puppe.

„Ausziehen, Sub", sagte Max erschreckend leise.

„Aber –"

Er hob das Kinn. Und wartete.

Aber, aber, aber ... Mit zitternden Fingern zog sie sich ihre Kleidung aus und faltete sie zu einem ordentlichen Haufen auf dem Couchtisch.

Die Doms, denen sie vertraute – *das tat sie ... meistens* –, schwiegen, als sie sich aufrichtete, die Arme hinter den Rücken nahm und ihren Blick senkte.

„Du bist wirklich wunderschön, kleine Miss." Alastairs Worte lösten in ihr ein Leuchten aus.

„Kleine Miss? Wohl eher kleine *Unruhestifterin*." Max funkelte sie an. „Warum dachte ich, dass die Geschichten über dich übertrieben wären?"

Nicht lachen, nicht lachen. Sie hielt die Augen gesenkt.

„Sieh sie dir an. Sie gibt alles, um nicht zu lachen." Max machte ein angewidertes Geräusch.

Oh Gott, sie konnte es nicht länger ertragen!

Ihr Kichern explodierte aus ihr heraus – und sie konnte nicht aufhören. Selbst die Hände auf den Mund zu legen, half nicht.

Als sie aufblickte, sah sie, dass auch Alastair lachte.

„Du Bastard, du bist mir gerade keine große Hilfe." Max'
Ausbruch machte es nur schlimmer.

Schließlich konnte sie sich fassen, obwohl ihre Wangen und
ihr Bauch schmerzten und sie sich Tränen von den Wangen
wischen musste.

„Ich habe sie noch nie so lachen gehört. Du?", kam es
von Max.

„Ein oder zwei Mal mit den Shadowkittens", antwortete
Alastair.

Hmm, das stimmte. In der Gegenwart von Männern verlor sie
nie ihre Fassung. Wie seltsam, dass sie in Schwierigkeiten steckte
und trotzdem aus dem Lachen nicht mehr herauskam.

Max runzelte die Stirn. „In Ordnung, Darlin'. Da ich meinen
Film so spät angefangen habe –"

Spät, weil er die Fernbedienung nicht finden konnte. Sie ignorierte
das Geräusch, das ihr entkam, und zwang sich, einen ernsten
Ausdruck aufzulegen.

Er zeigte auf sie. „Fange ja nicht wieder an, zu lachen. Der
Film ist noch nicht vorbei und Alastair und ich wollen das Ende
sehen. Du darfst dich dazusetzen und wirst uns nicht stören."

„Natürlich, Sir."

„Gut. Wir haben auch darüber gesprochen, dich auf Analsex
vorzubereiten."

Sie brauchte eine Sekunde, um den Themenwechsel zu verarbeiten. Anal was? *Oh, mein Gott*, Analsex! Sie hatten es ein paar
Mal erwähnt und gefragt, ob sie daran Interesse hätte.

Obwohl es im Shadowlands auf ihrer Liste für Grenzen stand,
hatte sie nicht *Nein* gesagt. Zudem hatte Sally gemeint, dass es
Spaß machte.

Natürlich war Sally dafür bekannt, dass sie etwas verrückt war.

„I-Ich … Jetzt?" Sie quietschte wie eine Maus, deren Schwanz
abgebissen worden war.

Alastair lockte sie mit dem Zeigefinger zu sich. „Heute ein
kleiner Plug. Innerhalb der nächsten Tage werden sie größer, bis

du bereit für einen Schwanz bist. Drehe dich um und beuge dich vor, Süße."

Als seine geschmeidige Baritonstimme zum Befehlston eines Doms wechselte, verschwand ihre Willenskraft. Sie drehte sich um. Hitze stieg in ihr Gesicht, als sie sich vorbeugte. Sie schloss die Augen und packte ihre Knie in einem Todesgriff. Schockierend kühles Gleitgel rieselte zwischen ihre Pobacken.

Alastair drückte den glatten Analplug gegen ihr Loch.

Ah! Ihr unfreiwilliges Zusammenzucken und ihr Versuch, sich aufzurichten, wurden unterbunden. Max' rücksichtslose Hand auf ihrem Nacken hielt sie gebückt.

Alastair verschwendete keine Zeit. Langsam – erbarmungslos – drückte er den dicken Kopf des Plugs in sie. Ihre Anusmuskeln schlossen sich um den dünneren Teil.

Etwas an dieser Stelle zu haben, fühlte sich seltsam an. Schmutzig und falsch und zudem auf eine intensive Weise erotisch.

„Hoch mit dir." Max half ihr, sich aufzurichten. „Da wir gerade unser Spielzeug dekorieren, sollten wir es richtig machen." Er zog Nippelklemmen aus seiner Spielzeugtasche, warf sie zu Alastair und drehte sie so, dass sie beiden zugewandt war. „Halt still, Prinzessin."

Er rollte ihre Brustwarzen zwischen seinen Fingern, zwickte in die Knospen. Lust schwirrte durch sie, als er weitermachte, bis die Nippel hart waren. „Das sollte reichen."

Während Max an einem Nippel zog, legte Alastair ihr die erste Klemme an und zog die Schraube langsam fest.

Der Druck wuchs und wuchs, und sie wimmerte.

Sofort stoppte er, trotzdem war er damit weitergegangen, als jemals ein Dom vor ihm. Das Ding fühlte sich an, als würde es in ihre Brustwarze beißen. *Hart.*

Ohne zu warten, machten sie sich an die andere Brust.

Der brennende Schmerz in beiden Brustwarzen schockierte sie so sehr, dass sie sich keinen Millimeter bewegte. *Au, au, au!*

„Uzuri." Alastair legte seine großen Hände auf ihre Wangen und zwang sie, ihn anzusehen. Sein ruhiger, aufmerksamer Blick fing ihren ein. „Einatmen. Tiefer. Ausatmen. Nochmal."

Sie klammerte sich wie bei einer Rettungsleine an seinen blaugrünen Blick, und nach ein paar Sekunden verebbten die Schmerzen zu einem stetigen Pochen, das auf das unangenehme Gefühl in ihrem Arsch abgestimmt zu sein schien. Die nackte Haut an ihrem Körper fühlte sich heiß und sensibilisiert an. Unter ihren Füßen spürte sie den kalten Hartholzboden. Alastairs Hände auf ihrem geröteten Gesicht nahm sie als kühl wahr.

„Gutes Mädchen." Er lächelte sie an und trat zurück.

„Die noch, kleine Unruhestifterin." Max drückte ihre Schulter, bevor er eine dünne Kette zwischen den Klemmen befestigte. Das kühle Metall kam in Kontakt mit ihrem nackten Bauch. Das Gewicht zog an ihren Nippeln und die Empfindung schoss direkt zu ihrer immer feuchter werdenden Pussy.

Unbehaglich verlagerte sie ihr Gewicht – und erstarrte, als sie sah, dass die Doms sie beobachteten, beide mit einem Lächeln auf den Lippen.

„Eine letzte Sache noch", sagte Max. Er nahm ein U-förmiges, rosa Sexspielzeug aus seiner Tasche. Ein Kabel lief zu einer Steuerung. „Spreize deine Beine, Zuri."

Ihre Beine waren dem Befehl extrem abgeneigt, und es schien ewig zu dauern, bis sie der Anweisung zu seiner vollsten Befriedigung nachkam.

Lächelnd sagte er: „Da du den Film nicht schauen kannst, wollte ich vermeiden, dass dir langweilig wird. Das sollte helfen." Er griff zwischen ihre Beine und schob ein Ende des Us in ihre Vagina. Als er stoppte, ruhte das andere Ende direkt auf ihrer Klitoris.

Max hielt das Spielzeug an Ort und Stelle und sah zu ihr auf. „Schließe deine Beine."

Sie zog ihre Beine zusammen und spürte den Fremdkörper in sich. Zwei Fremdkörper.

Nackt. Zwei Löcher gefüllt. Und in Schwierigkeiten. Oh, das war gar nicht gut.

„Alastair und ich haben dein Verhalten besprochen." Max machte eine bedeutungsschwangere Pause. „Wir mögen deinen Sinn für Humor, Zuri. Normalerweise würde dich so etwas wie das Verstecken der Fernbedienung nicht in Schwierigkeiten bringen – besonders wenn du es tust, um mir mit meiner schlechten Laune zu helfen."

Alastair fuhr fort: „Das Problem ist, wenn man auf Rache aus ist."

Uzuri runzelte die Stirn. „Ich verstehe nicht ganz."

„Max hat die Beherrschung mit dir verloren", sagte Alastair, „aber ich glaube, er hat sich entschuldigt, stimmt's?"

Sie nickte. Das hatte er. Er war wirklich süß gewesen, auf eine Weise, die sie selten sah.

„Wie du die Fernbedienung versteckt hast, war amüsant." Max lächelte. „Dazu der Karottenkuchen ..."

„Das war genial", sagte Alastair.

„Bis ich zur Fernbedienung kam, hatte ich gute Laune." Max schüttelte den Kopf. „Zu dem Zeitpunkt wollte ich dich belohnen und meinen Spaß mit dir haben. Bestrafung hatte ich da nicht im Sinn."

Uzuri spürte ein warmes Leuchten in sich aufkeimen.

„Leider ..." Max' Lächeln verblasste.

Sie erstarrte.

„Die Sprache am Fernseher zu ändern ... damit wolltest du deinem Dom nicht helfen oder zeigen, wie süß du sein kannst." Er richtete einen unterkühlten Blick auf sie. „Das war schlichtweg Rache."

„Wie hast du dich gefühlt, als du die Einstellungen geändert hast? Siehst du den Unterschied?", fragte Alastair leise.

Ihre Schultern sackten nach unten. Tatsächlich tat sie das. Als sie die Schnitzeljagd umgesetzt hatte, war ihr Ziel nur gewesen, Max zum Lachen zu bringen – damit er sich besser fühlte.

Dann hatte sie sich daran erinnert, wie gemein er zu ihr gewesen war. Ja, die Sache mit dem Fernseher war nicht für Max gewesen, sondern für sie. Rache. Obwohl er sich entschuldigt und sie ihm vergeben hatte. Nur hatte sie das anscheinend nicht. Nicht wirklich. Und wie unfair war das, bitte? „Du hast Recht", flüsterte sie. „E-Es tut mir leid, Sir."

Als sie es wagte, aufzuschauen, war Max' strenger Gesichtsausdruck verschwunden. Er fuhr mit dem Finger unbeschreiblich sanft über ihre Wange. „Wir müssen alle lernen, miteinander auszukommen, Darlin'. Und wir werden es zweifellos hin und wieder versauen."

Alastair fügte hinzu: „Wenn wir einen Fehler machen oder anderer Meinung sind, besprechen wir das Problem, und zwar ohne zu lügen, damit wir es schnell aus der Welt schaffen. Es besteht keine Notwendigkeit für rachsüchtige Handlungen – und dementsprechend werden sie bestraft."

Sie nickte. Aber ... sie spielte gerne Streiche. Aus Spaß. Sie biss sich auf die Unterlippe. „Was aber, wenn –"

„Ah." Alastair lächelte. „Spaßiger Unfug wird dir Funishment einbringen."

Falsche Bestrafung, an der alle Beteiligten Spaß hatten. Gabi hatte mal darüber gesprochen, wie sie sich von Marcus ein Funishment „verdiente", und wenn Uzuri ehrlich war, hatte sie zu dem Zeitpunkt nichts daran verlockend gefunden. Mit den Drago-Doms würde sie das vielleicht sogar genießen. „Ähm. Heute Abend?"

„Heute Abend gibt es ein bisschen von beidem", sagte Max.

„Beginnend mit der Bestrafung." Gleich wo sie stand, setzte sich Alastair auf die Couch. „Wir beenden den Abend mit Spaß. Zumindest für uns."

Moment mal ... Das klang nicht gerade gut.

„Erinnerst du dich an die Position der Puppe, Prinzessin?" Max packte sie, drehte sie um und beugte sie über Alastairs Oberschenkel.

Alastair fand ihren Arm, zog sie den ganzen Weg nach unten und positionierte sie so, dass ihr Arsch in die Höhe ragte. Seine Oberschenkel fühlten sich unter ihrem Bauch wie Eisen an. Als sich Uzuri mit ihren Handflächen auf dem Boden abstützte, fühlte sie sich ... gedemütigt. Es war peinlich genug gewesen, als Alastair ihr dieses eine Spanking gegeben hatte. Aber an dem Tag waren sie zu zweit gewesen. Mit beiden Doms im Raum? Irgendwie machte das das Ganze so viel schlimmer.

Für eine stille Minute massierte Alastair einfach ihren Hintern mit einer Hand. Seine andere lag auf ihrem Rücken und übte Druck aus, um sie wissen zu lassen, dass sie nicht entkommen konnte.

Die Kette, die zu ihren Brüsten führte, baumelte herunter und das Gewicht zog an ihren Nippeln. Alastair setzte seinen nackten Fuß auf das Ende. „Ich empfehle dir, diese Position nicht zu verlassen, Sub."

„Ja, Sir." Verankert unter seinem Fuß hatte die Kette immer noch genug Spielraum, sodass Uzuri durchatmen konnte, aber jede ruckartige Bewegung würde an ihren empfindlichen Brustwarzen ziehen. *Nicht bewegen, nicht bewegen.*

Alastair schlug sanft auf ihren Hintern. „Sicher fühlt sich ein Spanking mit einem Plug ganz anders an."

Sie erstarrte, als sie erkannte, was er meinte – und dann landete seine Hand das erste Mal auf ihrem Arsch.

Schlag, Schlag, Schlag.

Jeder schnell ausgeführte Klaps rüttelte den Analplug durch, sodass sie sich auf ihm wand. Das Brennen der Schläge war nicht so schlimm, nicht am Anfang.

Nach einer Weile jedoch legte er mehr Kraft in seine Schläge, und der Schmerz nahm zu. Und nahm zu. Tränen füllten ihre Augen. Sie zappelte auf ihm, unternahm den Versuch, aufzustehen, sodass die Klemmen schmerzhaft an ihren Nippeln zogen. Schmerz an ihren Brüsten, Schmerz auf ihrem Hintern. All diese

Empfindungen stürzten über ihr ein und ... es machte ihr Angst. „Gelb", wimmerte sie.

Alastair stoppte sofort.

Max hockte sich vor ihr hin und hob ihren Kopf mit zwei Fingern unter ihrem Kinn. „Sprich mit uns, Baby."

Als sie schniefte, wischte er ihr mit einem Taschentuch, das ihm Alastair gereicht hatte, die Tränen von den Wangen.

„Es tut weh", sagte sie zu ihm.

„Ich weiß." Max' Gesicht war angespannt, seine blauen Augen dunkel und unglücklich. „Das ist eine Bestrafung und soll keinen Spaß machen. Aber wir werden nicht über das hinausgehen, was du ertragen kannst, Darlin'. Hast du diesen Punkt erreicht?"

Als sich seine warme Hand um ihr Kinn legte, spürte sie, wie Alastair beruhigend über ihren Rücken streichelte. Ihr Hintern brannte, ihre Brüste pochten, aber ... nichts davon war unerträglich. Nicht wirklich. Nicht jetzt, wo ihr ein Moment gewährt wurde, um zu reflektieren. „Ich schätze, ich bekam einfach Angst." Sie atmete tief ein.

Sie hatten sofort aufgehört, als sich Uzuri überwältigt gefühlt hatte. Und die beiden hatten mit ihr gesprochen. Uzuri wusste, dass sie die Strafe verdient hatte, aber Max und Alastair würden nicht weitermachen, wenn Uzuri es nicht ertragen könnte. Der dünne Faden des Vertrauens zwischen ihnen verstärkte sich. „Es geht mir gut."

„Okay." Alastair rieb mit seiner Hand über ihre brennenden Arschbacken. „Das reicht erstmal. Wir werden in der Werbepause fortfahren."

„Was?" Ihr empörter Schrei brachte ihr einen Schlag auf ihren wunden Hintern ein.

„Und denk beim nächsten Mal daran, durch das Unbehagen zu atmen, Love."

Bitte was? Nur ein Arzt würde ein gemeines, fieses Spanking als „Unbehagen" bezeichnen. Wenn sie eine Spritze zur Hand hätte, würde sie ihm die Nadel ins Bein jagen. Stattdessen musste sie langsam Luft holen und ihr Bestes geben, sich zu entspannen.

„Gutes Mädchen." Als sie über Alastairs Beinen lag, streichelte er sie wie ein Kätzchen.

Max setzte sich zu ihren Füßen auf die Couch und rutschte näher zu Alastair, bis er ihre Oberschenkel streicheln konnte. „Halte durch, kleine Unruhestifterin."

Das U-förmige Sexspielzeug zwischen ihren Beinen erwachte zum Leben. Die Vibration war sowohl in ihr als auch an ihrer Klitoris zu spüren und machte sich wellenartig bemerkbar. *Br, brr, brrr, brrr, BRRR.*

Oh, mein Gott!

Alastair tätschelte ihren Hintern. „Wir wollten nicht, dass du dich während des Films langweilst." Der Fernseher wurde angestellt.

Ernsthaft? Ernsthaft? Mit Alastairs Fuß auf der Kette und seiner Hand auf ihrem Rücken blieb ihr nichts anderes übrig, als still zu liegen, während der Vibrator in erregenden Wellen ihre Klitoris betörte und in ihr summte. Die Wellen jedoch waren kurzweilig, brachten sie an die Klippe und ... rissen sie genauso schnell zurück.

Sie versuchte, ihre Oberschenkel aneinander zu reiben, und erhielt einen Schlag auf ihr Bein. „Aua!" Max' Hand konnte mit der Härte eines Eichenpaddels mithalten.

„Still liegen bleiben, kleine Unruhestifterin."

Verzweifelt nahm sie wahr, dass gerade ein Autowerbespot lief.

„In Ordnung, Sub." Alastair schlug ihr auf den Arsch. Hart und gleichmäßig und gnadenlos. Das Brennen blühte auf und wuchs. Schmerz erfüllte sie und obwohl sie ihre Zähne zusammenbiss, konnte sie das Schluchzen nicht zurückhalten.

Er stoppte. „Sag mir, warum du bestraft wirst, Uzuri."

Lass dir Zeit. Je länger sie brauchte, um zu antworten, desto ...

Schlag. „Ich will die Antwort heute noch hören, Love."

Ein Wimmern entrang ihr. „Weil meine Motivation nicht war, meinem Dom zu helfen, sondern Rache zu nehmen."

„So ist es." Alastair hielt inne. „Du verstehst den Unterschied?"

„Ja, Sir."

„Ausgezeichnet. Ich glaube, du kannst diesen Werbespot überspringen, Max."

Ihre kurzzeitige Dankbarkeit löste sich auf, als er mit dem Spanking fortfuhr.

Zumindest war die Werbepause auf diese Weise viel kürzer.

Als der Abspann des Films über die Leinwand rollte, lehnte sich Alastair auf der Couch zurück, während Uzuri immer noch über seinen Oberschenkeln ausgebreitet lag. Er streichelte ihren wunderschönen, runden Arsch und spürte die erhitzte Haut unter seiner Handfläche.

Seine eigene Hand brannte.

Er seufzte. Obwohl er es schätzte, wie sie sich unter dem Vibrator wand, hatte er die beiden Spanking-Intervalle nicht genossen.

Genauso wenig wie Max. Aufgrund der Vergangenheit seiner Mutter mochte Max keine körperliche Bestrafung.

Alastair ... nun, er hatte genug Sadismus in seiner Seele, dass er Spaß daran hatte, kleinen Subs den Arsch zu versohlen. Er bevorzugte jedoch erotischen Schmerz.

Leider hatte Uzuri diese Lektion nötig gehabt. Streiche getrieben von Rache gehörten nicht in eine D/s-Beziehung.

Andere Streiche? Nun ja, einige Subs besaßen einfach eine schelmische Natur. Genau wie Max mochte er diese Seite an Uzuris Persönlichkeit. Sie waren beide in stressigen Berufen mit hohen Einsätzen tätig. Mit ihrer Wärme, Großzügigkeit und ihrem entzückenden Sinn für Humor hatte Uzuri ihr Leben wieder ins Gleichgewicht gebracht.

Zudem konnte er sehen, dass auch Uzuri sie in ihrem Leben gebraucht hatte. Im Laufe der Woche war ihre Anspannung verschwunden. Sie war weniger nervös, viel entspannter, lachte öfter. Und dieses Kichern. Er lächelte. Einfach wunderschön.

Daher würden sie ihre „Bestrafung" jetzt mit etwas weitaus Angenehmerem beenden.

Auf seinem Schoß begann Uzuri wieder, sich zu winden. Alastair warf Max einen Blick zu. Sein Cousin hielt die Fernbedienung zu dem Vibrator und spielte zweifellos mit der Einstellung. Von den Geräuschen und dem Gezappel zu urteilen, hatte Max eine gute Stufe für sie gefunden – eine, die sie zwar erregte, nur nicht genug, um sie zum Höhepunkt zu führen.

Max bemerkte seinen Blick, nickte und schaltete den Vibrator aus. *Weiter geht's.*

Alastair nahm seinen Fuß von der Kette, hob Uzuri hoch und setzte sie auf seinen Schoß.

Sie zuckte zusammen, als ihr schmerzender Po mit seiner Jeans in Kontakt kam und ihr Analplug tiefer in sie gedrückt wurde.

Er grinste. *Es sind die kleinen Dinge im Leben …* Er legte seinen rechten Arm um ihren Rücken und betrachtete sie aufmerksam.

Schweiß und Tränen hatten dazu geführt, dass sich ihr Mascara über ihre Wangen verteilt hatte. Ihre Lippen und Wangen zeigten, wie erregt sie war. Ihre schönen braunen Augen waren glasig, ihr Gesichtsausdruck sprach von Verwirrung. Und Hilflosigkeit. Sie wusste nicht, was sie erwarten sollte.

Die Kette von den Nippelklemmen strich über seine linke Hand. Er sah zu Max. „Festhalten oder entfernen?"

Max musterte Uzuri und lächelte. „Oh, festhalten." Er stand auf, brachte ihre Handgelenke hinter ihrem Hals zusammen und hielt sie dort in einer Hand.

Sie sah ihn verwirrt an. „Ich habe mich nicht bewegt."

Max lachte und fand mit seiner freien Hand ihre linke Nippelklemme.

„Vergiss das Atmen nicht, Süße." Alastair schraubte die Klemme auf und entfernte sie.

Als das Blut in ihren missbrauchten Warzenhof zurückfloss, weiteten sich Uzuris Augen. „Au, au, *aua*!" Sie riss an ihren Armen.

Max ließ ihre Handgelenke nicht los. „Nur noch eine, Baby." Er wandte sich der rechten Nippelklemme zu.

„Du ... du ..." Sie funkelte ihn wütend an. „Meintest du nicht, dass du kein Sadist seist?"

Alastair musste ein Lachen unterdrücken. Sie wehrte sich, als er die Klemme löste und entfernte.

Eine Sekunde später ertönte ein hoher Schrei, obwohl ihr Mund fest geschlossen war.

„Langsam verstehe ich, warum es dir so viel Spaß macht, kleine Subs zu quälen." Glucksend und ihre Handgelenke immer noch in seiner Hand sah Max zu Alastair.

„Dieser Teil macht noch mehr Spaß." Mit seiner Hand unter ihrer linken Brust kippte Alastair sie so weit zurück, dass er mit seinen Lippen eine empfindliche Brustwarze fand.

Ihr Quietschen war befriedigend. Er umkreiste den samtigen Brustwarzenhof mit seiner Zunge und wusste, dass das Gefühl zugleich sinnlich und schmerzhaft sein würde. Er saugte leicht und hörte, wie sie nach Luft schnappte. Sanft blies er über die geschwollene Knospe, um das Brennen zu lindern, leckte sie erneut, bevor er sich zur anderen Brust aufmachte.

Während Max' Hand ihre Handgelenke für seinen Cousin fesselte, spürte Uzuri, wie die Welt um sie herum verschwamm. Alastairs Zunge wirbelte so sanft um ihre Brustwarze, doch jede Umkreisung brannte an den Stellen, wo sich die Zähne der

Nippelklemme in ihre Haut gebohrt hatten. Ihr Nippel zog sich zusammen und richtete sich pochend auf.

Heißes Vergnügen schoss in einem geschmolzenen Strom von ihren Brüsten zu ihrer Pussy.

Als Alastair sich aufrichtete, zog er sie mit dem Arm um ihren Rücken näher an sich. „Ich denke, sie ist bereit für dich, Max."

„Bereit für was?" Uzuri biss sich auf die Unterlippe. Sie konnte keinen klaren Gedanken fassen.

„Bereit für mehr." Nachdem er von ihren Handgelenken abgelassen hatte, lehnte sich Max vor und küsste sie so tief und leidenschaftlich, dass die Welt seitwärts kippte. „Hübsche Zuri."

„Jetzt zu diesen Armen." Er musterte sie eine Sekunde lang und verschränkte dann ihre Arme unter ihrem Busen, sodass ihre Brüste nach oben gedrückt wurden. „Bleib so, Baby. Das wird Alastair genießen."

Alastair gluckste. „Das werde ich in der Tat." Mit dem Arm um ihren Rücken lehnte er sie leicht nach hinten, legte seine freie Hand auf eine Brust und … brachte sie zum Quietschen.

Als Alastair mit ihr spielte, schwoll ihre Brust noch mehr an, pochte und schmerzte und schickte heiße Empfindungen zu ihrer Pussy.

Sie hörte Max sprechen. Sie hörte die Worte, aber die Bedeutung war für ein oder zwei Sekunden unerreichbar. Dann öffnete sie die Augen und hob den Kopf.

Er kniete zwischen ihren Beinen und drückte ihre Knie auseinander.

„Was machst du?"

Die Lachfalten neben seinen Augen vertieften sich. „Öffne. Deine. Beine."

Oh. Beine. Sie kam der Anweisung nach und spreizte sie.

Nachdem Max den Vibrator aus ihrer Pussy gezogen hatte, glitt er damit über ihre empfindliche Klitoris. Sie zuckte und versuchte, sich aufzusetzen.

„Ganz ruhig, Love." Alastairs Arm um ihre Taille festigte sich um sie, und mit der Hand auf ihrer Brust drückte er sie nach unten, sodass sie gezwungen war, zurückgelehnt zu bleiben. Sie unterlag völlig seiner Kontrolle.

Mit wild pochendem Herzen schaute sie an sich herab.

Max fand sich zwischen ihren Knien ein. Mit intensiven blauen Augen musterte er sie. Er lehnte sich vor und fuhr mit unfehlbarer Präzision mit seiner Zunge über ihren Venushügel direkt zu ihrer noch immer geschwollenen Klitoris.

Lust schoss durch sie hindurch und hinterließ pulsierende Begierde. „Oh, mein Gott, oh!"

Max schob einen Finger, dann zwei in ihre Vagina und drang langsam in sie ein. Er dehnte sie und alles kribbelte. Als sich ihre Pussy um ihn zusammenzog, murmelte er: „Sehr nett."

Sein schwelender Blick hielt sie gefangen, während seine Finger rein und raus glitten. Und dann fand er mit der anderen Hand ihren Analplug und ... wackelte daran.

„Ah!" Ihre Hüfte zuckte nach oben, als jede Zelle an dieser Stelle zum Leben erwachte. Das Gefühl war unglaublich.

Max leckte über ihre Klitoris und das Bündel schwoll bei jedem Zungenschlag weiter an.

Sie sackte an Alastairs Arm zusammen.

„Uzuri, sieh mich an." Alastair legte eine Hand auf ihre Brust. Als sein Daumen ihren Nippel umkreiste, überwältigten sie die Empfindungen von allen Seiten.

Sie hob den Blick.

Grünbraune Augen, im Moment zum Großteil grün, drangen tief in sie vor.

Er hielt ihren Blick gefangen, als Max ihre Klitoris mit seiner heißen, betörenden Zunge neckte. Seine Finger stießen unerbittlich in ihre geschwollene, feuchte Pussy. Rein, raus, rein und wieder raus, während er mit dem Analplug wackelte. Ihre gesamte untere Hälfte fühlte sich mittlerweile extrem empfindlich an, jeder Zungenschlag, jede Berührung und jede Handlung zu exquisit, um es in Worte zu fassen. Der Druck in ihr wuchs, die Wände ihres Geschlechts und des hinteren Lochs um den Plug und seine talentierten Finger zogen sich zusammen.

Ihre Muskeln spannten sich an, ihre Fingernägel gruben sich in ihre Handflächen. Lustschauer schossen durch sie hindurch.

Alastair gab ein zustimmendes Knurren von sich. „Jetzt."

Unerwartet wurde sie weiter nach hinten gelehnt, und schon schlossen sich Alastairs Lippen um ihre Brustwarze, und er saugte. Hart und immer härter.

Indessen wurde ihre Klitoris von Hitze eingefangen – und auch Max saugte. Hart und immer härter.

Alles in ihr verschmolz zu einer starren Kugel. Sie bebte tief im Inneren, die ersten Anzeichen eines ekstatischen Erdbebens. Elektrisierende Empfindungen machten sich in ihr bemerkbar, der Druck wuchs und wuchs, ihr Körper wurde durchgeschüttelt, das Beben durchbrach Grenzen und Barrieren und veränderte ihr Sein. *So viel Lust.*

Ein weiteres Beben überwältigte sie erneut. Und noch eins.

Langsam kam die Erde zur Ruhe, sanfte Nachbeben folgten.

Ihr Herz schlug immer noch wie wild in ihrem Brustkorb, als sie spürte, dass Max sich zurückzog und den Analplug herauszog, sodass sie sich ... leer fühlte. Er ging ein paar Schritte von ihr weg, und sie spürte die Kälte zwischen ihren Schenkeln, wo zuvor seine Wärme geherrscht hatte.

Als Alastair sie in eine aufrechte Position brachte, klickte die Welt in ihre Achse zurück, und sie fühlte sich ... allein. Seltsam und erschüttert. Sie war bestraft worden. Ohne Erbarmen.

Sie hatte es verdient.

Das Spanking von Alastair hatte sie wütend gemacht. Es hatte wehgetan. Wirklich reumütig war sie zu Beginn nicht gewesen.

Aber jetzt ... meldeten sich die Schuldgefühle. Sie war böse gewesen und hatte sie beide enttäuscht und –

Sie war keine gute Sub. Tränen stiegen ihr in die Augen.

Sie war fies zu Max gewesen und anstatt fies zurück zu sein, war sie von ihnen diszipliniert worden – obwohl sie keinen Spaß daran fanden –, nur um ihr anschließend Lust zu bereiten. *So viel Lust.*

Für sich selbst hatten sie nichts genommen.

Max stand neben ihr. Sie sah ihn aus verschwommenen Augen an. „Es ... es tut mir leid. Ich wollte nicht böse sein."

Die Härte in seinen Augen verlor an Intensität. „Das wissen wir, Baby."

Sie drehte sich um und traf auf Alastairs grünen Blick. Ihre Brust fühlte sich beengt an, ihre Worte kamen heiser heraus: „E-Es tut mir leid, Sir. Bitte sei mir nicht mehr böse."

„Süße, das waren wir nie. Komm her, Love." Er zog sie auf seinem Schoß an seine Brust, schlang seine Arme um sie und führte ihren Kopf zärtlich und doch entschlossen zu seiner harten Schulter.

Begleitet von einem Schluchzen drückte sie ihr Gesicht gegen ihn.

Und dann weinte sie.

Sie wusste nicht einmal, warum, aber jede Emotion in ihr kam in einem Wasserfall aus Tränen zum Vorschein. Als sie sich an ihn festkrallte, nahm sie seine Arme als Sicherheit und Stärke wahr.

Mit einer großen Hand rieb er ihr über den Rücken und sprach tröstende Worte in ihr Ohr.

Schließlich stoppten die Tränen und sie beruhigte sich.

„Na bitte. Schon besser." Alastairs tiefe Stimme polterte in seiner Brust, sein britischer Akzent wie eine tröstende Salbe. „Bring sie ins Bett. Du kannst die Versöhnungssession beenden."

„Das musst du mir nicht zweimal sagen." Max beugte sich vor und hob sie auf. Breitere Brust, muskulösere Arme, ein anderer Duft, rauere Stimme – und doch war das Gefühl der Sicherheit das gleiche.

Sie fing wieder an zu weinen, und anstatt sich zu beschweren, zog er seine Arme fester um sie. Er schaukelte sie sogar leicht, wie ein Baby, mit seiner Wange auf ihrem Kopf. „Ist ja gut", flüsterte er.

Er brachte sie zu seinem Bett und legte sich mit ihr hin, wo er sie in den Armen hielt, bis sie einschlief.

Als er sie mitten in der Nacht weckte und sagte, es sei an der Zeit, sich zu versöhnen, und er sie daraufhin so hart fickte, dass sie keinen Muskel mehr rühren konnte, war sie nur noch in der Lage gewesen, zu kichern.

KAPITEL ZWANZIG

„M^{ax.}"

Am Montagabend schaute Max von den Nachrichten auf und entdeckte Zuri. „Hey, Prinzessin. Willst du dir mit mir die Katastrophen des Tages ansehen?" Erfreut klopfte er auf das Kissen neben sich. In der Woche, seit sie bei ihnen lebte, hatte er erkannt, wie sehr er es genoss, die Nachrichten mit ihr zu schauen. Die verrückte Welt schien nicht annähernd so aus dem Gleichgewicht, wenn sie sich mit ihrem weichen Körper an seinen kuschelte und sie ihre logische, aber freundliche Sicht auf die Menschheit abgab.

„Nein, heute keine Nachrichten."

Als er ihren Ton bemerkte, schaltete er den Fernseher aus, wandte sich ihr zu und musterte sie.

Körperhaltung steif, weiche Lippen zu einer entschlossenen Linie.

„Spuck es aus, Baby. Ich werde zuhören."

Ihr anerkennendes Nicken ähnelte so sehr dem seiner Mutter, dass er am liebsten gelächelt hätte. Sie reichte ihm das kalte Bier, mit dem sie reingekommen war. „Kannst du auf die Dachterrasse gehen?"

CHERISE SINCLAIR

Sie schien um seine Antwort besorgt, denn er sah, wie sich ihr ganzer Körper anspannte. Bei dem Anblick fiel es ihm nicht schwer, die richtigen Worte zu finden. „Natürlich, Prinzessin." Er stand auf und fing ihr Kinn ein, damit er ihr in die Augen sehen konnte. „Gibt es ein Problem?"

„Nicht direkt." Sie rieb ihre Wange an seiner Handfläche. „Ich ... bitte?"

Nun, sie würde es zweifellos erklären, sobald sie dazu bereit war. „Dann sehen wir uns oben."

Ihr erleichterter Seufzer wehte über sein Handgelenk. Nach einem kleinen Kuss auf ihre Lippen ging er in das zweite Obergeschoss. Wenn es etwas gab, das sie belastete, würde er alles tun, um es aus der Welt zu schaffen.

Zum Teufel, es gab nicht viel, was er nicht tun würde, um sie glücklich zu machen.

Oben auf der Dachterrasse hob Max seine nackten Füße auf den Couchtisch, nippte an dem kalten Fat Tire Ale – ausgezeichnetes Bestechungsgeld – und wartete.

Kurz darauf erschien sie mit seinem Cousin.

Alastair trug Whisky in einem tulpenförmigen Glas und setzte sich auf die gegenüberliegende Couch. Ohne sich zurückzulehnen. Ohne sich zu entspannen. Grimmige Linien zeigten sich um seinen Mund und seine Augen waren leer. Der Arzt war in einer miesen Stimmung.

Stirnrunzelnd richtete sich Max auf.

Bevor er sprechen konnte, schüttelte Zuri den Kopf. Sie setzte sich neben Alastair und lehnte sich trotz seines angespannten Körpers an ihn.

Das würde nicht funktionieren, wollte Max ihr sagen.

Aber sie tat nicht mehr, als sich an seinen Cousin zu kuscheln und ihren eigenen Drink zu schlürfen. „Ich hatte heute einen miesen Tag." Ihre Stimme war leise, ihr normalerweise belebter Ton nicht herauszuhören. „Obwohl der Umsatz für das gesamte

310

Geschäft angemessen war, sind die Zahlen für den Bereich der Damenbekleidung rückläufig."

Nach einer Sekunde warf Alastair ihr einen verwirrten Blick zu.

Max verstand. Die kleine Sub sprach selten über ihre Probleme. Sie musste für gewöhnlich gedrängt werden – etwas, das er und Alastair erkannt hatten und nun regelmäßig taten.

Er beobachtete, wie sie mit der Hand über Alastairs Arm nach unten glitt und ihre Finger mit seinen verwob – auch etwas, das sie selten tat.

Okay. Er würde mitspielen, bis er verstand, welches Spiel sie spielte. „Warum steht die Damenabteilung schlechter da?"

Sie seufzte. „Die Moral ist furchtbar. Es gibt Gerüchte, dass ich daran schuld bin, dass Carole gefeuert wurde, weil ich sie nicht mochte. Das obere Management hat nicht enthüllt, wie ich verletzt wurde."

Alastair schien langsam aufzuwachen. „Was wirst du tun?"

„Ein paar Ideen hätte ich. Sobald ich einen zusammenhängenden Plan habe, möchte ich ihn zur Feinabstimmung mit euch besprechen."

„Natürlich", stimmte Alastair zu.

Zuri nahm einen Schluck von ihrem Getränk. „Max, wie war dein Tag?"

Er war wieder zu einem Mordfall gerufen worden. Bevor er der Frage ausweichen konnte, sah er den flehenden Ausdruck in ihren braunen Augen, und er verstand. Sie sprach. Max sprach. Dann müsste Alastair sprechen. *Clevere Sub.* Er nickte ihr zu. *Ich bin dabei.*

Ein Schluck seines Biers half, um den Motor anzuwerfen. „Der Tag begann höllisch. Ich musste zu einem Mord in einer Gasse in Ybor. Am Ende war es ein Drogendeal, der nach hinten losgegangen ist. Der Dealer hatte sich verrechnet und nicht in Betracht gezogen, wie verzweifelt sein Kunde sein würde."

Als Zuri erschauderte, runzelte Alastair die Stirn und legte einen Arm um sie. „Sub, Max' Job ist wirklich kein gutes Gesprächsthema."

Ha, das war dumm von dir, Cousin.

Zuris Kinn kam hoch, und erneut erinnerte sie ihn an seine Mutter – das war der missbilligende Blick, den seine Mom auflegen würde, wenn Max mal wieder frech gewesen war.

Die gute Nachricht war, dass der Blick der kleinen Sub auf Alastair gerichtet war, ebenso wie ihre Worte. „Max hat einen gruseligen, düsteren Job, aber er muss in der Lage sein, seine schlechten Momente mit uns zu teilen. Er braucht Menschen in seinem Leben, die einen Teil seines Schmerzes für ihn übernehmen können. Ich bin einer dieser Menschen, und du auch. Das gehört zu *unserem* Job."

Alastair reagierte, als hätte sie ihm auf den Hinterkopf geschlagen, und Max musste ein Lachen unterdrücken.

Zuris Kopf drehte sich zu Max und sie gestikulierte wie eine Königin, um ihn dazu zu motivieren, fortzufahren. Pflichtbewusst erzählte Max von seinem Tag, wobei er die schlimmsten und blutigsten Details wegließ.

Die Umarmung und der Kuss, die sie ihm daraufhin gab, waren eine erfreuliche Belohnung. Seltsamerweise fühlte er sich tatsächlich besser – so entspannt, als hätte er ein paar Schüsse abgegeben.

Als Zuri sich wieder an Alastairs Seite schmiegte und Max anlächelte, wusste er genau, was sie von ihm erwartete. „Du bist dran, Cousin. Erzähl uns von deinem Tag."

Ausgehend davon, wie Alastair sich anspannte, hatte er wohl einen furchtbaren Tag hinter sich. Sein Blick auf die hübsche Sub neben ihm zeigte, dass er mittlerweile erkannt hatte, dass sie ihn in eine Falle gelockt hatte.

Nach all den Predigen, die sie Zuri über das Teilen ihrer Probleme gehalten hatten, war der Arzt jedoch am Arsch, und er wusste es.

Mit einem Seufzer legte er los: kluges Kind. Mountain Bike.

Unfall. Koma. Der Arzt war kein Neurologe, also war er nicht der Hauptverantwortliche für den Fall oder wie auch immer die Ärzte das nannten, aber Alastair wäre nicht Alastair, wenn ihm die Sache mit dem Kind nicht nahe gehen würde. Mit Sicherheit hatte er das Kind besucht – um sicherzustellen, dass sich die Familie einigermaßen gut hielt.

Die Sache hatte ihn tief getroffen. *Verdammt*, es würde jeden treffen, ein Kind so zu sehen, aber der Doc hatte wirklich ein weiches Herz. Allerdings wusste Max, dass ihm seine Zeit in Kriegsgebieten schon genug Wunden zugeführt hatte.

„Das war mein Tag", beendete Alastair. Er starrte auf seine Hände und drehte sie um, als hätten sie ihn irgendwie im Stich gelassen.

Uzuri rutschte auf seinen Schoß und er reagierte, indem er seine Arme um sie schlang. Mit einem zittrigen Seufzer legte Alastair seine Wange auf ihren Kopf. Mit sanfter Stimme sagte sie zu ihm: „Du kannst nicht alles und jeden retten, Sir. Zufälligerweise weiß ich, dass auch Master keine Götter sind."

Max schnaubte. „Baby, versuchst du, ihn noch weiter runterzuziehen? Du musst doch denken, dass wir auf dem Wasser gehen können."

Alastair glückste und Max beobachtete, wie sich Uzuris Schultern bei ihrem erleichterten Atemzug hoben.

„Oh, ist es das, was ich glauben soll?" Sie drehte ihren Kopf weit genug, um Max anzugrinsen. „Kein Wunder, dass kein Dom mich will."

Alastair lächelte jetzt sogar, lehnte sich zurück und stellte seine Füße auf den Couchtisch. Sein Arm blieb um ihre Taille und er hielt sie auf seinem Schoß. „Falsch, Sub. *Wir* wollen dich."

Als Alastair sein Getränk in die Hand nahm, tat Max dasselbe.

Max begegnete Uzuris Blick und hob sein Glas in einem stillen Toast. *Auf die großherzige Unruhestifterin.*

KAPITEL EINUNDZWANZIG

ua, aua, aua. Uzuri ließ den Kamm auf ihren Schoß fallen. Das Folterinstrument mochte nahtlos sein und breite Zinken haben, aber an diesem Dienstagabend waren ihre Haare nicht in der Stimmung, zu kooperieren – genauso wenig wie ihre Muskeln. Sie saß im Fernsehraum auf dem Boden und hatte *Project Runway* draufgemacht. Wirklich auf die aufgenommene Show konnte sie sich jedoch nicht konzentrieren. Stattdessen schmorte sie vor sich hin.

Sport ist scheiße. Mal ehrlich.

Gewichtheben? So unspaßig. Ihre Beine und ihr Hintern fühlten sich an, als hätte jemand mit einem großen Stock auf ihre Muskeln eingeschlagen. Max bestand darauf, dass er kein Sadist war, aber wer sonst hätte ihr eine Übung namens Kniebeugen zugewiesen?

Und Sit-ups? *Oh, Herr im Himmel!* Ihre Bauchmuskulatur schmerzte jedes Mal, wenn sie sich bewegte.

Aber um das Elend, das ihr Leben war, noch zu verschlimmern, hatte Max gestern beschlossen, dass sie mehr an ihrem Oberkörper arbeiten sollte.

Bankdrücken und Schulterdrücken und Schrägbankdrücken.

Als sie Max erzählt hatte, dass sie das Pressen und Drücken satthatte, musste sie plötzlich Ziehen. Pull-Downs und Klimmzüge. Und Rudern so ganz ohne Boot.

Er war ein gemeiner Mensch. Punkt.

Gesegnete Mutter Gottes, sogar die Muskeln unter ihren Brüsten waren wund. Das war einfach falsch.

Ihre Drachen-Doms versuchten eindeutig, sie umzubringen.

Jeden zweiten Morgen zog Max sie zu einer gottlosen Stunde aus dem Bett, um mit ihm joggen zu gehen. Noch vor *Morgengrauen*. Wer konnte schon fürs Schwitzen Begeisterung entwickeln, bevor der Tag überhaupt begonnen hatte? Nun ja ... sie lächelte. Schweiß sah auf Master Maximillian wirklich gut aus. Sein Tanktop verdunkelte sich dann zwischen seinen Brustmuskeln und schmiegte sich schön eng an seinen Waschbrettbauch. *Einfach zum Anbeißen.*

Aber warum musste auch sie schwitzen? *Danke, aber ich verzichte.*

An den Tagen, an denen sie nicht joggte, schwamm sie abends mit Alastair – auch so eine Augenweide. Geschmeidige, definierte Muskeln unter nasser, dunkler Haut. Wenn diese feingeformten Muskeln anschwollen, wollte sie die Ebenen so verzweifelt nachzeichnen. Mit ihrer Zunge.

Aber das Schwimmen? Wussten sie nicht, was Chlor mit ihren Haaren anstellte? Der Scheuerschwamm-Look war nicht für sie.

Heute war Schwimmtag. Da sie kein Idiot war, hatte sie sich davor die Haare nass gemacht und sie mit Conditioner behandelt. Nach dem Schwimmen hatte sie sich die Haare gleich gewaschen und sie erneut mit Conditioner gepflegt. Sobald sie weitestgehend trocken waren, hatte sie einen Leave-in-Conditioner einmassiert und die Strähnen mit Haaröl versiegelt.

Sie sollte Aktien der Conditioner-Unternehmen kaufen.

Jetzt musste sie die Haare kämmen. Nur fühlten sich ihre Arme an, als würden sie mindestens fünfzig Kilo wiegen – und sie wurden von Sekunde zu Sekunde schwerer.

Tu es einfach. Sie biss die Zähne zusammen, teilte ihre Haare in Sektionen ein und machte sich daran, sie zu kämmen.

Max war in der Küche. Er hatte an seinem Kochtag betrogen, indem er Fertigpizzen mit nachhause gebracht hatte. Zumindest würde es auch einen Salat geben, da Alastair bei jeder Mahlzeit auf ein Minimum an gesunder Nahrung bestand.

Keiner von ihnen dachte jedoch daran, Schokolade bereitzustellen.

Dumme Männer.

Sie hörte Schritte. Stiefel. Max. Sie kämmte weiter und ignorierte ihn. Die Couch hinter ihr stöhnte, als er sich hinsetzte. Auch sie würde gerne stöhnen.

Hunter war ihm gefolgt und rollte sich neben ihr zusammen.

Max stellte sein Bier auf den Couchtisch und griff nach ihrer Haarbutter. Nach einer Sekunde setzte er das Gefäß ab.

Als sie mit einem Haarabschnitt fertig war, machte sie eine Pause ... und überlegte, ob Schreien akzeptabel wäre. Noch fünf Abschnitte. Ihre Arme könnten abfallen. Sie war so stolz darauf gewesen, ihre Haare nach einem radikalen Schnitt wieder auf Schulterlänge bekommen zu haben. Blieb sie aber noch eine Woche hier, musste sie sich überlegen, ob ein Afro vielleicht die bessere Option war.

„Ich liebe dein Haar, wenn es so glänzend und lockig ist." Max begann mit den Haaren zu spielen, die sie bereits gekämmt hatte.

„Hey!" Ohne nachzudenken, schlug sie seinen Arm weg. „Ich bin doch kein Hund, den du ohne Erlaubnis streicheln kannst."

Oh. Oh, mein Gott!

Das Gewicht von Max' Schweigen legte sich schwer auf ihre Schultern. In dem Moment entdeckte sie Alastair mit einem ernsten Ausdruck auf der Türschwelle.

Mit einer gnadenlosen Hand packte Max ihr Haar und zog ihren Kopf in den Nacken.

Hilflos starrte sie in durchdringende blaue Augen.

„Willst du erklären, was zum Teufel das gerade war?" Er

machte sich nicht die Mühe, zu sagen, dass er sie als ihr Dom, ob vorübergehend oder nicht, berühren konnte. Überall, wo er wollte. Wann immer er wollte.

Schweigend setzte sich Alastair auf einen Sessel.

„Es tut mir leid." Uzuri versuchte, nach unten zu schauen, aber Max ließ sie nicht los.

„Das glaube ich dir. Lieber würde ich aber hören, warum du so reagiert hast." Er pausierte. „Habe ich irgendetwas getan, von dem ich nichts weiß?"

Scham erfüllte sie. Alles, was er getan hatte, war, ihr ein Kompliment zu machen. Und sie zu berühren. „Selbst wenn ich es erkläre, wirst du es nicht verstehen."

„Und wenn du es nicht erklärst, werde ich es ganz sicher nicht verstehen." Er ließ ihre Haare los, packte sie um die Taille, hob sie hoch und setzte sie auf die Couch. Als er sich ihr zuwandte, nahm die Härte in seinem Blick einen sanfteren Ausdruck an. „Sprich mit mir, Darlin'."

„Ich ... ich hatte einen schlechten Tag und habe es an dir ausgelassen."

„Mmm. Das hast du getan. Was hat diesen Tag zu einem schlechten Tag gemacht?"

Er würde das Thema nicht fallen lassen, oder? Sie musste sich alle Mühe geben, ihn nicht genervt anzufunkeln, was wohl ihren Blutdruck in eine gefährliche Zone brachte. *Na gut.* Er wollte von ihrem Tag hören? Dann würde er von ihrem Tag hören. „Ich wollte heute super feminin sein, also entschied ich mich für Korkenzieherlocken, die ich im Seitenscheitel trug."

„Ja, ich erinnere mich. Es sah toll aus." Er bemerkte immer ihre Haare. Er mochte ihre Haare.

„Nun, ich war auf einer Modenschau, und diese weiße Frau kommt auf mich zu und sagt mir, dass meine Haare so cool sind, und hat dann meine Locken angefasst. Meine *Haare*! Und dann schrie sie zu ihrer Freundin: ‚Das musst du fühlen. Deine Löck-chen sind ganz weich.'"

„Und das macht dich wütend."

„Wie würde es ihnen gefallen, wenn ich auf sie zuging und ihre Frisuren begrabschte?" Sie zwang die Schimpfwörter zurück. „Meine Haare gehören *mir*. Mein Körper, meine Haare. Ich bin kein Schoßhund, den jeder anfassen kann."

Neben ihr auf der Couch betrachtete Max sie schweigend und schien sich seine Worte sichtlich durch den Kopf gehen zu lassen. Sein Nicken war ... eine Erleichterung. „In Ordnung, Baby, ich verstehe, warum dich das verärgern würde. Jemanden gegen seinen Wunsch zu berühren, ist eine Form der Körperverletzung."

„Genauso ist es."

Er reichte ihr seine Hand mit der Handfläche nach oben und wartete, bis sie ihre Hand in seine legte. „Zuri, ich halte dich nicht für ein Tier, das man respektlos behandeln kann. Nichtsdestotrotz denke ich, dass du unsere Sub bist und das Berühren ohne Erlaubnis unter die Rechte eines Doms fällt. Es sei denn, du willst anders verhandeln."

Sie schüttelte den Kopf und fühlte sich wie ein Idiot. „Das will ich nicht. Ich habe reagiert, ohne nachzudenken."

„Weil du wütend warst", sagte Alastair.

Sie seufzte und gestand: „Ich bin schon den ganzen Tag etwas ... genervt."

Mit einem nachdenklichen Ausdruck stellte Alastair seinen Whisky ab und sah zu seinem Cousin. „Das Schöne an den eigenen vier Wänden ist, dass wir hier den Rassenstress beiseitelegen und uns entspannen können. Es gibt Tage, besonders hier in den Staaten, an denen es verständlich ist, wenn eine *Person of Color* wütend auf die ganze Welt ist ... und manchmal braucht es Zeit, um diese entspannte Phase zu erreichen."

Uzuri sah, wie Max die Augenbrauen zusammenzog. „Ich bin weiß. So wirklich verstehen werde ich das natürlich niemals." Sein Blick fiel auf sie. „Mache ich es noch schlimmer?"

Sie biss sich auf die Unterlippe. Diese beiden Männer waren unglaublich. „Nein, nicht schlimmer ..."

„Manche würden sie als Verräterin ihrer Rasse betrachten, weil sie mit dir zusammen ist." Alastairs Lippen zuckten. „Natürlich bedeutet das, dass meine Mutter – und die von Uzuri – auch Verräterinnen waren, weil sie Sex mit weißen Männern hatten. Als gemischtrassige Kinder gelten wir in gewisser Weise als beschädigte Ware."

Max schnaubte. „Also Sam sieht das ganz anders. Er ist bei keiner Spezies ein Freund von reinrassig. Er hat mir mal gesagt, dass er Hybriden bevorzugt – und dass Uzuris Schönheit ein leuchtendes Beispiel dafür ist."

Ihre Kinnlade klappte herunter. „Das hat Master Sam gesagt?" Der sadistische Rancher sagte nie etwas, was er nicht meinte.

„Oh ja. Aber ... Zuri, wir haben dich zu uns eingeladen, um dir zu helfen. Und weil wir sehen wollten, ob wir zusammenpassen. Auf keinen Fall wollen wir dein Leben komplizierter machen." Seine Hand öffnete sich und ließ ihre los. „Wenn es zu Problemen führt, dass du mit einem weißen Mann zusammen –"

„Nein." Sie legte ihre Finger um seine. „Es stimmt, dass es in gewisser Weise einfacher ist, wenn ich mir eine *Person of Color* suche. Es gibt eine gemeinsame Geschichte, die mit Schmerz und Akzeptanz einhergeht." Sie überlegte. „Ich glaube jedoch nicht, dass es für die Menschheit besser wäre, die Rassen getrennt zu halten."

Er nickte. Und wartete. Er und Alastair hatten die Fähigkeit wirklich zuzuhören – was sie unglaublich anziehend fand.

„Aber es ist schwer", gestand sie. „Und manchmal möchte ich rausgehen und dumme Leute schlagen."

„Mir geht es genauso", gab Alastair zu. „Diese Wut beschränkt sich jedoch nicht nur auf unsere Rasse." Er deutete mit seinem Glas auf Max. „Unser Cop hier wird von einem Bedürfnis nach Fairness und Gerechtigkeit getrieben – was bedeutet, dass er in Colorado öfter in Schlägereien geraten ist als ich."

Max schnaubte. „Ich habe noch nie verstanden, wie du bei

diesem Scheiß so verdammt ruhig bleiben kannst." Das Knurren in seiner Stimme war ... bezaubernd.

Uzuri drückte seine Finger. „Es gab Jahre, in denen ich jeden Tag mit der Wut auf die Welt gekämpft habe. Überall sah ich Ungerechtigkeit und Mobbing und Mikroaggressionen. An diesem einen Tag in der U-Bahn schaute mich diese Blondine immer wieder an, als hätte sie Angst, ich würde ihre Handtasche stehlen oder sie angreifen oder so. Ich wurde immer wütender."

Max runzelte die Stirn. „Als Polizist hoffe ich, dass du sie ignoriert hast. Persönlich hoffe ich, dass du ihr eine reingehauen hast."

Seine Verärgerung in ihrem Namen war laut und deutlich zu hören. Uzuri lachte. „Als ich an ihr vorbeiging, um an meiner Haltestelle auszusteigen, stand sie auf und sagte, sie hätte sich in mein Kostüm verliebt. Sie bat mich, ihr zu verraten, wo ich es gekauft habe."

Max starrte sie an, und dann formte sich ein Lächeln auf seinen Lippen. „Okay, damit habe ich nun wirklich nicht gerechnet."

In Alastairs Ausdruck konnte sie sehen, dass er verstand. Sie drückte Max' Hand. „Die Art und Weise, wie *People of Color* behandelt werden, ist nicht fair. Doch Feindseligkeit zu erwarten, ruinierte mein Leben. Jetzt versuche ich, jede Person und jede Interaktion ohne Vorurteile zu beurteilen."

Alastair nickte. „Wähle deine Schlachten und erhebe das Wort, wenn du etwas bewirken kannst."

„Obwohl es zu langsam ist, machen wir dennoch in jeder Generation Fortschritte." Ihre Großmutter hätte nie als Modeeinkäuferin arbeiten können. Alle Freunde von Mama waren schwarz gewesen; Uzuris kamen in allen Farben. „Die nächste Generation wird es noch besser machen."

Max nickte.

„Also ich wähle meine Freunde oder Liebhaber oder Doms nicht nach der Hautfarbe aus. Andere Dinge sind mir weitaus wichtiger." Vor nicht allzu langer Zeit hatte sie dazu sogar eine Liste erstellt. Daran gehalten hatte sie sich jedoch nicht. Die Drago-Doms waren in ihr Leben getreten, und sie hatte einfach *Ja* gesagt. „Die Antwort auf deine Frage ist, dass du die Dinge nicht verschlimmerst. Aber manchmal habe ich einen *Ich bin schwarz und ich bin wütend*-Tag."

„Okay. Dann wäre das ja geklärt ..." Max lächelte und zog sie auf seinen Schoß.

Sie quietschte – ein Geräusch, das sie hasste.

Skrupellos legte er eine Hand um ihre beiden Handgelenke. Typisch Dom. Das Problem war aus der Luft geschafft, sodass er sie jetzt daran erinnern würde, wer die Sub in der Beziehung war.

Sie *war* die Sub. Und im Moment gab es nichts, was sie sich mehr wünschte, als gehalten zu werden.

„Ich liebe diesen Bademantel." Er ließ ihre Handgelenke los und zog sie näher an sich. „Deine Morgenmäntel aus Seide sind verdammt sexy, aber dieser hier gibt mir das Gefühl, als würde ich mit einem Kätzchen kuscheln."

Ein Kätzchen. Sie musste einfach lächeln. Nachdem sie wütend genug gewesen war, um ihm die Augen auszukratzen, war ihr jetzt nach schnurren zumute. Offenbar hasste sie es, ohne Erlaubnis berührt zu werden oder sich wie ein Haustier zu fühlen – es sei denn, Alastair oder Max taten es.

Das Leben war verrückt. Oder vielleicht war sie die Verrückte.

Er fuhr mit der Hand unter ihr Haar, über ihre Schulter – und sie spannte sich an, als seine Finger auf ihre schmerzenden Muskeln trafen. Er erstarrte, lachte und übte Druck aus.

„Aua!" Er *war* ein Sadist. Sie versuchte, von ihm wegzukommen, und kam nirgendwohin.

„Du bist an so viele Workouts nicht gewöhnt – vor allem nicht an Krafttraining." Er sah zu Alastair. „Du magst es, kleinen Subs wehzutun. Warum massierst du sie nicht vor dem Schlafengehen?"

„Gute Idee." Alastair schmunzelte. „Sind ihre Brustmuskeln wund?"

Max ignorierte ihr Gezappel, festigte den Arm um ihre Taille, legte seine andere Hand zwischen ihre Brüste und grub sich zu beiden Seiten ihres Brustbeins in die Muskeln.

Ihr Quietschen ließ Hunter aufschrecken. „Au!"

Erbarmungslos fuhr Max fort, rieb fest über ihre Rippen, über unglaublich angespannte Muskeln.

Ihr Wimmern eskalierte, bis es sich anhörte, als würde sie jemand ermorden. „*Pauvre con*, hör auf!"

Das tat er.

Sie sackte gegen ihn.

„Ja, du wirst Spaß mit ihr haben, Cousin." Max legte zwei Finger unter ihr Kinn und hob ihre Augen zu seinen. „Aus Erfahrung kann ich dir sagen, dass die Massage von unserem werten Arzt höllisch weh tun wird, aber wenn er fertig ist, wirst du dich um einiges besser fühlen."

„Äh, das ist nicht notwendig. Ich werde meine Haare fertig machen und früh ins Bett gehen. Ich bin mir sicher, dass eine erholsame Nacht alles regeln wird." Das klang für sie nach einem viel weniger schmerzhaften Plan.

Alastairs tiefes Lachen erinnerte sie daran, dass es ihre Nacht mit ihm war – und wie eine Massage zu anderen Dingen führen konnte.

Instinktiv leckte sie ihre Lippen.

Als er sie anlächelte, wusste sie, dass sie eine Massage bekommen würde ... und noch einiges mehr. *Na gut ... okay.*

„Wenn ihre Schultern wund sind, kann es sich schwierig gestalten, die Haare zu kämmen", sagte Alastair.

„Hmm. Das stimmt." Zu ihrem Schock setzte Max sie auf den Boden und hob den Kamm auf. „Ich helfe dir mit deinen Haaren."

„Nein, das wirst du nicht." Sie streckte ihre Hand nach dem Kamm aus.

„Ich wurde gut ausgebildet, Baby." Zu ihrer Überraschung kämmte er durch den nächsten Abschnitt, als hätte er nie etwas anderes getan.

„Du hattest eine schwarze Freundin?"

„Ein paar. Noch wichtiger ist, dass ich eine schwarze Tante habe, die es liebt, wenn sich jemand anderes um ihre Haare kümmert." Er begann an den Enden und arbeitete sich sanft nach oben. „Sie ist eine Neurochirurgin und ihre Hände sind am Ende des Tages müde."

Alastairs Mutter war also eine Neurochirurgin. Warum überraschte sie das nicht?

Alastair streckte seine Beine aus und genoss den verwirrten Ausdruck der kleinen Unruhestifterin. Sie war es nicht gewohnt, verwöhnt zu werden – vor allem nicht von Männern.

Sie war wirklich ein Schatz und sie hatte alles überlebt, was ihr vor die Füße geworfen worden war. Es war gut, sie mit einem Temperament zu sehen, noch besser, ihr dabei zuzusehen, wie sie die Ursache ihrer Wut identifizierte. Sie hatte sich so süß entschuldigt.

Als er seinen Whisky trank, spürte er die Zufriedenheit in sich aufkeimen. Je besser er sie kennenlernte, desto mehr mochte er sie.

Sein Handy vibrierte. Er zog es heraus. „Drago."

Die Stimme war tief. „Holt hier. Ist Zuri außer Hörweite?"

„Gib mir eine Sekunde." Er betrat das ruhige Foyer. „Leg los."

„Es sind keine besonders guten Nachrichten", sagte Holt. „Irgendwann gestern Abend wurde vor Uzuris Haus meine Harley umgestoßen und mein Forerunner wurde von einem Schlüssel zerkratzt."

Alastairs Hand festigte sich um das Handy. „Verdächtigst du Uzuris Stalker?"

„Die Kinder aus der Nachbarschaft sind ein ziemlich netter Haufen, und ich bin nicht dazu geneigt, mit dem Finger auf sie zu zeigen. Allerdings gibt es auch hier Teenager."

„Teenager sind unberechenbar." Wenn der Vandalismus jedoch

nicht von jemandem aus der Nachbarschaft verursacht wurde, war Kassab möglicherweise in Tampa. Alastair hatte nicht vergessen, dass Zuris Fenster am Tag der Hochzeit eingeschlagen wurde.

„Ich habe Anne angerufen. Das Arschloch arbeitet lange Schichten in einer Fabrik, mehrere Tage am Stück, sodass er dann drei Tage hintereinander frei hat. Er hat weder gestern noch vorgestern gearbeitet. Er kaufte jedoch kein Flug- oder Busticket. Seine Kreditkarte wurde in diesen Tagen nicht benutzt ... nicht einmal."

„Was uns rein gar nichts sagt. Er könnte hier sein oder auch nicht."

„Richtig." Holt seufzte. „Nur für den Fall ... passt auf sie auf, okay?"

„Oh, das werden wir." Wut mischte sich in seine Stimme. Uzuri versuchte, sich von der Vergangenheit zu erholen. Die bloße Anwesenheit des Stalkers würde sie zurückwerfen. Mit angespanntem Kiefer beendete Alastair das Gespräch. Für Kassab würde er eine Ausnahme von seiner Regel machen, die besagte, dass er Person nicht zu blutigem Hackfleisch schlagen sollte.

Als er zurückkehrte, warf Uzuri ihm einen besorgten Blick zu. „Alles okay mit dir?"

„Ja, alles gut." Er sah zu Max.

Sein Cousin fing seine düstere Stimmung auf, und seine Augen kühlten sich ab, bevor er nickte. Ja, sie würden sich später unterhalten.

Vorerst sprach Alastair ein neues Thema an. „Wir hatten bisher noch keine Gelegenheit, von unserem Tag zu erzählen. Das würde ich gerne nachholen. Allerdings war dies ein ruhiger Tag für mich, nur ein Schniefen hier und ein Husten da. Wie steht's mit dir, Max?"

Max arbeitete den Kamm durch Uzuris Haare. „Auch ruhig. So kurz vor Halloween gibt es mehr Betrunkene und Vandalen als Morde. Ich habe den größten Teil des Tages im Gerichtsgebäude verbracht und in den Pausen Papierkram erledigt."

„Das ist eine nette Abwechslung." Uzuris Gesichtsausdruck wirkte erleichtert.

Max küsste sie auf den Kopf. „Und du, Baby?"

„Im Büro läuft alles gut." Ihre Mundwinkel zogen sich nach unten. „Aber ..."

Als sie nicht fortfuhr, schüttelte Max sie sanft, um ihr so die Informationen zu entlocken.

„Hör auf damit." Über die Schulter funkelte sie ihn an, dann Alastair, da er es wagte, zu lachen.

„Fair ist fair, Sub. Teilen ist unser Ding", sagte Alastair. „Wie läuft es mit diesen Gerüchten?"

„Nicht gut. Die Verkäufe sind aufgrund der schlechten Moral immer noch rückläufig, und die Verwaltung ist wütend."

Max erstarrte. „Auf dich? Wenn sie denken, dass –"

„Nein, nein, nein. Auf das Verkaufspersonal." Sie runzelte die Stirn. „Das Management erwägt, viele der Verkäufer zu ersetzen, aber einige dieser Frauen arbeiten schon fast ihr ganzes Leben dort. Das wäre schrecklich."

„Verdammt, Baby", sagte Max. „Du bist weichherziger, als es gut für dich ist."

Das war sie in der Tat.

Bei den süßen Worten holte Uzuri tief Luft und lächelte. Max und Alastair mochten sie und machten sich Sorgen um sie – und Max kämmte ihr die Haare. Sie war so glücklich und das trotz des Gesprächsthemas.

„Gibt es eine Alternative?", fragte Alastair.

„Na ja, vielleicht. Ich schlug vor, dass sie sich mit den Verkäufern hinsetzen und das Problem direkt ansprechen. Ich habe ihnen sogar gesagt, dass ich mit den Mitarbeitern sprechen und erklären würde, was mit Carole passiert ist."

Max' zynischer Ausdruck ähnelte dem ihres Chefs.

Das Management hatte den Vorschlag abgelehnt, jedoch war

sie entschlossen gewesen. „Sie stimmten schließlich zu, sagten aber, ich müsste mich um alles selbst kümmern. Das Meeting. Die Drohungen. Die Erklärungen. Alles."

„Ah." Belustigung zeigte sich in Alastairs Augen. „Fühlst du dich wie ein Opferlamm?"

„Irgendwie schon", murmelte sie. „Ich bin mir nicht sicher, ob ich die Verkäufer dazu bringen kann, zu verstehen, wie sich deren Verhalten auf das gesamte Geschäft auswirkt. Auf die Zukunft."

„Zeig es ihnen. Mit Diagrammen und so?", schlug Max vor.

„Das sind keine Menschen, die sich von Diagrammen beeindrucken lassen." Sie schüttelte den Kopf. „Vielleicht kann ich ihnen zeigen, dass Kunden nicht immer so sind, wie sie erscheinen, und dass eine Person, die sie heute vernachlässigen, zu jemandem werden kann, für den sie in Zukunft eine riesige Provision bekommen. Es besteht kein Zweifel daran, dass eine Kundin, die sich vernachlässigt fühlt, niemals zu Brendalls zurückkehren wird."

Während Max sich so sanft wie möglich durch ihre Haare arbeitete, genoss sie einfach das Gefühl, von ihm umsorgt zu werden. Als er ihren Kopf drehte, um zu einem neuen Abschnitt zu gelangen, bemerkte sie ihre drei Puppen auf dem Kaminsims. Die Zuri-Puppe hielt einen Topf. Der Detective Drago hatte einen Scheuerschwamm. Anscheinend war sie an der Reihe, morgen zu kochen, während er danach die Küche aufräumte.

Die *Puppen.* Sie hatte sie in der Vergangenheit bei der Arbeit benutzt, um mögliche Outfits zu präsentieren. Natürlich würden Puppen bei dieser Stimmung wohl nicht besonders gut ankommen. Aber ... vielleicht würden das echte Menschen.

Sie richtete sich auf und sofort zog Max tadelnd an ihrem Haar. „Wenn ich Menschen finde, die alle einen anderen wirtschaftlichen Status haben und verschiedene Ethnien aufweisen, könnte ich vielleicht dem Verkaufsteam zeigen, dass Reiche nicht immer reich aussehen."

„Klingt nach einem Plan", sagte Max.

„Aber das Meeting ist am Montag. Wie um alles in der Welt soll ich bis dahin die passenden Leute zusammenkriegen? Ich meine, schließlich gibt es dafür keine Agentur oder so."

Alastair schnaubte und fragte leise: „Hast du Freunde, Uzuri?"

„Natürlich habe ich das." Sie blinzelte. „Oh! Das habe ich!"

„Du scheinst ihre Existenz viel zu oft zu vergessen." Alastair und Max sahen einander an und hatten mal wieder eines ihrer unausgesprochenen Gespräche.

Ein sehr ominöser Austausch. Sie erschauerte.

KAPITEL ZWEIUNDZWANZIG

Am nächsten Abend kam Uzuri von der Arbeit nachhause und ging direkt auf die Terrasse. Sie hatte erwartet, Alastair im Pool zu finden. Stattdessen stand er im Garten neben einem Terrassentisch. Sein Poloshirt schmiegte sich an seine breiten Schultern und seine beeindruckenden Brustmuskeln, und das smaragdgrüne Material hob das Grün in seinen Augen hervor.

Auf dem Gras zu seinen Füßen lagen zwei Gummimatten. Fasziniert verließ sie die Terrasse, um sich ihm anzuschließen. „Was machst du? Was ist das?"

„Wir haben beschlossen, heute Abend ein aktives Spiel zu spielen." Er schüttete etwas aus einem Glas auf das Gummi. „Du brauchst einen Ruhetag von den Workouts, aber der Selbstverteidigungsunterricht wird fortgesetzt."

Hatte Max sie deshalb heute Morgen ausschlafen lassen und sie nicht in den Fitnessraum gezerrt? „Ein freier Tag klingt großartig."

Sie fing einen sommerlichen Duft auf und sah Kokosnussöl auf dem Tisch neben einer Spritzflasche und einem MP3-Player. Sie wurde misstrauisch. Die Doms hatten interessante Ideen, wenn es um Spiele ging. „Hat dieses *Spiel* einen Namen?"

Sein dunkler Bart umrahmte sein weißes Grinsen. „Ich denke nicht. Fang damit an, dass du dich ausziehst. Und zwar vollständig."

Sie starrte ihn an. „Wir sind im Freien."

„Das stimmt. Der Sichtschutzzaun wurde jedoch aus einem guten Grund errichtet."

Als sie sich nicht bewegte, kühlten seine warmen, grün-braunen Augen ab. „Heute noch, kleine Unruhestifterin."

Oje. Alastair war geduldiger als Max, aber der Brunnen war nicht unerschöpflich. „Ja, Sir. Tut mir leid." Sie knöpfte ihre rote Seidenbluse auf, legte sie zur Seite und fuhr mit ihrem schwarzen Bleistiftrock und der Unterwäsche fort, bis die schwüle Brise über ihren nackten Körper wehte.

Er lächelte. „Du bist eine wunderschöne Frau, Uzuri. Komm her."

Als sie neben ihm stand, fühlte sie sich im Vergleich zu ihm winzig.

In Shorts kam Max aus dem Haus geschlendert; in der Hand hielt er einen von Alastairs Rohrstöcken. Seine Augen schweiften über Uzuri, und die Begierde verdunkelte seine blauen Augen. „Ich denke, ich werde dieses Spiel mögen." Er warf den Rohrstock neben den Matten ins Gras.

Ein Rohrstock? Sie wandte sich an Alastair. „Ich mag keine Schmerzen."

„Das wissen wir, Sub." Er zog sein Hemd aus und öffnete den Reißverschluss seiner Shorts. „Deshalb ist es ein hervorragender Anreiz. Trete auf die Matte."

Ein Anreiz? Das klang überhaupt nicht gut. Ihre Finger gruben sich in ihre Handflächen, als sie sich auf die Gummimatte stellte und dabei die breite Ölpfütze in der Mitte mied.

Auch Max hatte sich mittlerweile ausgezogen. Das umgekehrte Dreieck aus braunem Haar konnte seine definierten Brustmuskeln nicht verbergen. Ein verlockender Pfad führte von seinem Sixpack zu seinem dicken und voll aufgerichteten Schwanz.

Oh, mein Gott. Sex im Freien und bei Tageslicht? War das überhaupt legal?

Es bedurfte einer gewaltigen Anstrengung, ihren Blick von ihm wegzuziehen. Ließ das Sonnenlicht eine Erektion größer aussehen – oder war sein Schwanz seit dem letzten Mal gewachsen?

Alastair war jetzt nackt – und auch er war hart. Mit einem schiefen Lächeln berührte er den MP3-Player, der an der kleinen Lautsprecherbox befestigt war, und die Musik aus dem Spiel *Call of Duty* erfüllte mit ihren kriegerischen Melodien die Luft.

Sollte das sexy sein?

Ohne ein Wort zu sagen, nahm Alastair die Flasche vom Tisch und spritzte den Inhalt über ihre Brüste.

„Sir!" Sie wischte über das Öl, das ihren Körper hinunterlief. „Was machst du denn?"

„Ich bereite dich vor." Er warf die Flasche zu Max, der ihren Rücken und ihre Beine besprühte.

Oh. Mein. Gott! Sie waren verrückt. Sie verschränkte die Arme über ihren öligen Brüsten und funkelte die beiden genervt an. „Weißer Junge, *du* brauchst vielleicht einen Teint, aber ich nicht."

Max schnaubte, ignorierte sie jedoch. „Das ist eine Art Rollenspiel. Die Matte symbolisiert dein Schlafzimmer – der Ort, an dem du höchstwahrscheinlich bist, wenn du von einem Eindringling angegriffen wirst."

„Was?" Ein Rollenspiel, bei dem sich eine hilflose Frau gegen einen Eindringling bewehren musste, klang kein bisschen nach Spaß.

Alastair tippte auf der Gummimatte mit dem Fuß auf eine breite grüne Linie. „Grün markiert die Tür – den einzigen Ausgang."

War es ihr erlaubt, dieses Spiel abzulehnen? Sie spitzte die Lippen. „Was ist mit Fenstern? Alle Schlafzimmer haben Fenster."

Er ignorierte sie. „Du musst innerhalb von drei Minuten aus dem Schlafzimmer entkommen." Er zeigte im Gras auf eine Küchenuhr. „Wenn du versagst, gibt dir der Eindringling mindestens fünf Schläge mit dem Stock. Wenn er schlecht gelaunt ist, macht er nach den fünf Schlägen vielleicht weiter. Anschließend wird er seinen Spaß mit dir haben – wie auch immer er das will –, bevor die Uhr zurückgestellt wird und wir von vorn beginnen."

Trotz der schwülen Abendluft lief ihr ein Schauer über den Rücken. „Aber –"

Er hob seine Hand, um sie zum Schweigen zu bringen. „Du hast jedoch einen Freund." Alastair lächelte. „Freunde können nützlich sein. Wenn der Schmerz – nach fünf Schlägen – zu viel wird, kannst du deinen Freund um Hilfe bitten."

Max' Arme legten sich von hinten um sie und gaben ihr kurzzeitig ein Gefühl der Sicherheit – bis er sagte: „Hast du das alles verstanden, Zuri? Du magst keine Schmerzen, also bitte deinen Freund um Hilfe. Und Darlin', kämpfe so hart, wie du kannst. Nicht in die Augäpfel stechen, kein Beißen. Ich will deine Fähigkeiten mit den Fäusten sehen. Blutergüsse und blaue Augen sind akzeptabel."

Ihr Mund fühlte sich trocken an, und wieder erschauderte sie.

Alastair fuhr fort. „Wenn du etwas anderes brauchst" – in seinem dunklen Gesicht leuchteten seine Augen amüsiert auf – „wirst du auch deinen Freund darum bitten. Was auch immer passiert, was auch immer du brauchst, frage deinen Freund."

Sie schluckte schwer. „Wer ist mein Freund?"

Alastair verschränkte die Arme vor der Brust. Wenn man bedachte, dass er nackt in seinem Garten stand, sollte das eigentlich lächerlich erscheinen. Stattdessen sah er tödlich und mächtig aus – wie ein legendärer afrikanischer Krieger. „In dieser ersten Runde ist Max der Eindringling und ich bin dein Freund. Danach wechseln wir die Rollen."

Sie war sich sicher, dass ein Rollenwechsel nicht bedeutete, dass sie jemals der Freund oder der Eindringling sein würde.

Max ließ sie los und zeigte auf die Ölpfütze in der Mitte. „Dort hinknien, Prinzessin."

„Prinzessinnen knien nicht."

Bei ihrem frechen Ton hob er das Kinn und das ungute Gefühl in ihrem Bauch verstärkte sich. Sie bewegte sich in die Mitte und fiel auf die Knie. Zumindest stellte das raue St.-Augustin-Gras unter der recht dünnen Matte eine schöne Polsterung dar. Sie sollte dankbar sein, dass das Spiel nicht auf der Zementterrasse stattfand.

Zu ihrer Überraschung sank Max neben dem Öl auf ein Knie. Damit hätte sie eine faire Chance, zu entkommen.

„Bereit?" Alastair nahm die Küchenuhr und drückte auf die Starttaste. „Los."

Bevor Uzuri sich bewegen konnte, stürzte sich Max auf sie. Er packte sie, zog sie lachend durch den Ölsee und verteilte Klapse auf ihren Arsch.

Mit einem schockierten Schrei schob sie ihn von sich.

Er riss sie zu sich zurück und schlug ihr auf den Oberschenkel. Diesmal härter. „Wehre dich, Schlampe." Seine Worte waren hässlich. „Es wird dir nicht gefallen, was ich sonst tun werde."

Angst nahm überhand, überwältigte sie auf eine Weise, sodass sie erstarrte.

„Oh nein, Zuri." Max' tiefe Stimme schwappte über ihre Sinne. Vertraut und sicher. „Nutze deine Angst. Schlag mich, Prinzessin."

Sie schaute in seine besorgten blauen Augen und hörte seine Worte aus ihren Trainingseinheiten: *„Wenn du in einen Kampf gerätst, weißt du, dass du verletzt werden könntest, aber, Baby, ich möchte, dass du mit Selbstvertrauen reingehst. Ich möchte, dass du davon überzeugt bist, dass du am Ende diejenige bist, die noch aufrecht steht."*

Langsam erwachte sie aus ihrer Starre und sie versuchte, ihn von sich zu stoßen. Jedoch nicht stark genug.

„Schwächling." Er schlug ihre Hand mit einem genervten Knurren beiseite. „Schlag mich ordentlich."

Sie versuchte, von ihm wegzukriechen, und er riss sie auf den Rücken. Dann zog er sie an einem Arm in die Mitte der Matte. Ihr Kopf lag in der Ölpfütze. *Meine Haare!*

Begleitet von einem empörten Schrei rollte sie sich auf die Knie und schlug ihm gegen die Schulter. Hart.

„Gutes Mädchen!" Er blockte den nächsten Schlag ab und rollte sie wieder auf ihren Rücken. Mit seiner Handfläche schlug er ihr auf den Oberschenkel und die Stelle zwiebelte.

„Du … du … du!" Sie trat ihm in den Bauch, drehte sich um und kroch zum Ausgang. Doch sie kam nicht weit. Schon eine Sekunde später packte er sie am Fuß und riss sie zurück. Seine Hände rutschten von ihrer öligen Haut, und sie schaffte es, sich zu befreien. Hastig versuchte sie, zum Ausgang zu gelangen.

Ding-ding-ding. Der Alarm ertönte.

„Eine Schande. Du hast verloren. Sieht so aus, als könnte ich dich schlagen", sagte Max.

Trotz seines gelassenen Tons konnte sie Elend vermischt mit Entschlossenheit hören. Er wollte sie nicht schlagen.

Und doch wollte er es.

Max drückte sie auf ihren Bauch, platzierte ein Knie in die Mitte ihres Rückens, hob den Rohrstock auf und verpasste ihr fünf schnelle Schläge.

Sie ertrug es und atmete durch den Schmerz, während Tränen ihre Augen füllten. Das waren fünf. Da sie davon ausging, dass er fertig war, versuchte sie, aufzustehen.

Sein Gewicht blieb auf ihr. Nach ein paar Sekunden schlug er sie erneut. Stoppte. Und schlug wieder zu.

Sie quietschte einen Protest: „Was machst du denn? Es sollten nur fünf sein!"

„*Mindestens* fünf." Seine Stimme war rau und angespannt. „Ich mache weiter, bis ich müde werde oder bis mich jemand dazu bringt, aufzuhören." Er schlug sie erneut, härter.

Sie würde blaue Flecken bekommen. Tränen rannen ihre Wangen hinunter. Er würde nicht aufhören.

Pause. Dann schlug er sie abermals. Er schlug und schlug ...
„Bis mich jemand dazu bringt, aufzuhören."

Jemand. Was hatte Alastair gesagt? *„Was immer du brauchst, frag deinen Freund."* Sie drehte den Kopf.

Alastair stand neben der Matte. In seinen Augen sah sie Besorgnis und ... erneut diese Entschlossenheit.

Sie versuchte, etwas zu sagen, bekam die Worte aber nicht heraus.

Der nächste Schlag mit dem Rohrstock brachte ein Brennen mit sich, das sich schnell ausbreitete.

„Bitte. Bitte hilf mir", flüsterte sie. „Alastair, Hilfe."

Sein Gesichtsausdruck änderte sich nicht, aber die Anerkennung strahlte in Wellen von ihm ab. „Eindringling, hör auf. Schluss mit den Schlägen."

Das Knie bewegte sich von ihrem Rücken weg, und sie holte tief Luft.

„Oh, zur Hölle, ich fing gerade an, mich zu amüsieren."

Max war so ein Lügner. Sein Gesichtsausdruck war angespannt und unglücklich. Er warf den Rohrstock ins Gras und drehte sie auf den Rücken.

Sie starrte in seine intensiven blauen Augen und sah, wie sie sich aufhellten.

„Und jetzt, Sub ..." Er streichelte ihre glitschige Brust und neckte den Nippel. „Öffne deine Beine so weit, wie du kannst."

„Was?" Bei dem Blick, den er ihr daraufhin zuwarf, fügte sie hastig hinzu: „Ja, Sir." Mal ehrlich, sie war eine Auszubildende gewesen. Warum fiel es ihr so schwer, deren Anweisungen zu befolgen?

Sie spreizte die Beine und spürte, wie die Brise auf ihre feuchte Pussy traf. Und dann fühlte sie die Wärme der Sonne. Nun, das erklärte es. Sie hatte Probleme, weil sich alles im Freien abspielte – nicht in einem ordnungsgemäß ausgewiesenen Sessionbereich des Shadowlands.

Sie schaute auf seinen angespannten Kiefer und öffnete ihre Beine noch weiter.

Der andere Grund, aus dem sie ängstlich war? Diese Doms. Im Shadowlands waren andere Doms vorsichtig mit ihr umgegangen. Niemand hatte sie unter Druck gesetzt. Diese beiden äußerst selbstbewussten Master machten sie absichtlich nervös und schubsten sie aus ihren so sorgfältig eingerichteten Komfortzonen.

Wenn sie es nicht gewesen wäre, die sie um Hilfe gebeten hätte, nun ja, dann würde sie die beiden wohl jetzt hassen.

„Das reicht." Max legte sich zwischen ihre gespreizten Schenkel ... und fing einfach an, ihre Pussy zu lecken. Mit jedem Zungenschlag jagte eine elektrisierende Empfindung durch sie. Die Erregung nahm zu, bis sie sich stöhnend unter ihm wand.

Glucksend stoppte er und sorgte so dafür, dass ihr nahender Orgasmus einen Rückzug machte. In der Sekunde, in der die Lust nachließ, brachte er seine Zunge wieder zum Einsatz und führte sie zurück an die Klippe, indem er ihre Klitoris neckte.

Für eine lange Zeit hielt er sie dort, an der Klippe balancierend, trieb sie an Lust vorbei und katapultierte sie an einen Ort, wo Lust an Schmerz grenzte, wo sich ihr Verlangen in Verzweiflung und Wut verwandelte.

Das Geräusch, das sie durch ihre zusammengepressten Zähne machte, klang jämmerlich.

„Gibt's ein Problem, Baby?" Er wirbelte wieder mit der Zunge über ihre Klitoris. Und stoppte.

„Ich brauche ..." Tränen sprangen ihr in die Augen. Wie konnte er ihr das nur antun? Sie hatte gedacht, dass er sie mochte.

„Was tun die meisten Menschen, wenn sie etwas brauchen und es sich nicht selbst besorgen können?"

Sie sah ihn verwirrt an. Dann ... oh! *„Frage deinen Freund"*, hatten sie gesagt.

Sie drehte den Kopf und sah Alastair. Seine Arme waren über seiner Brust verschränkt. Er zog eine Augenbraue hoch.

„Bitte, Sir, ich ...“

„Ja, Uzuri?“, fragte er sanft.

Warum war es so schwierig, um Hilfe zu bitten? Was, wenn er *Nein* sagte? Was, wenn er nicht glaubte, dass sie gut genug war? *Oh, mein Gott*, wie verrückt waren diese Gedanken? Sie ballte die Hände. „Ich ... ich ... ich will kommen. Kannst du – wirst du ...“

Aber was könnte Alastair schon tun?

„Gut genug.“ Alastair neigte seinen Kopf zu Max. „Sie war ein braves Mädchen. Bringe sie zum Orgasmus.“

Max warf ihr einen Blick zu. „Du hast Glück, dass du so gute Freunde hast, Zuri.“ Seine Augen hielten ihre gefangen, als er wartete, bis seine Worte bei ihr ankamen. Sie hatte gute Freunde.

Das hatte sie wirklich. Und sie sollte kein Problem damit haben, sie um etwas zu bitten. Diese hinterhältigen Doms mit ihrem kleinen Spielchen, um ihr beizubringen, zu kämpfen *und* um Hilfe zu bitten.

Seine Lippen zeigten ein Lächeln. „Du fängst an, es zu verstehen. Dein Freund möchte also, dass du belohnt wirst.“ Sein Kopf senkte sich und seine Lippen schlossen sich um ihre Klitoris. Seine Zunge machte sich an die Arbeit, schnellte heiß und nass und unwiderstehlich über das geschwollene Bündel.

Mit unheimlichem Geschick zog er sie vom Abgrund weg, trieb sie weiter den Berg hinauf, höher und höher und ... schubste sie über die Klippe.

Verheerendes Vergnügen schoss wie ein massiver Blitz durch sie hindurch und dehnte sich in knisternden Empfindungen in ihr aus. „Aaaaah, ah, ah, ah!“

Die Hand an ihrer Hüfte entfernte sich und stattdessen spürte sie seinen Unterarm auf ihrem Becken, der sie auf den Boden drückte, als er ihr erbarmungslos jede noch so kleine Lustwelle entlockte.

Sie lag verschwitzt, ölig und erschöpft auf der Matte.

Max streckte die Hand aus. „Zeit für die zweite Runde.“

„Was?" Ihre Hand fühlte sich in seiner starken schlaff an, als er sie in eine sitzende Position zog.

„Diesmal darf ich dein Freund sein." Er erhob sich und verließ die Gummimatte.

Wenn er diesmal ihr *Freund* wäre, bedeutete das, dass Alastair die Rolle des Eindringlings einnehmen würde?

Ihre Frage wurde beantwortet, als Alastair auf die Matte trat und vor ihr auf die Knie ging. „Hinknien, kleine Unruhestifterin. Denk daran, du hast nur drei Minuten, um zu entkommen."

Echt jetzt? Sie schüttelte den Kopf. „Aber —" Ihr Hintern schmerzte immer noch von Max' Schlägen mit dem Rohrstock — und *Alastair* war der eigentliche „Sadist" unter den Dragos. Ein Sadist mit einem Rohrstock. Ihr Herz hämmerte, als er auf ihre Stelle auf der Gummimatte zeigte.

Mit einem tiefen Wimmern begab sie sich in Position.

Max startete die Küchenuhr. „Beginnt."

Diesmal stürzte sie sich direkt auf den markierten Ausgang und ... hätte ihn auch fast erreicht.

Lachend folgte ihr Alastair und bekam ihren Knöchel zu fassen. Vom Öl glitschig entglitt sie ihm, und sie gewann noch ein paar Zentimeter dazu. Ihre Fingerspitzen lagen auf der grünen Linie, als er wie eine Tonne Ziegel auf ihr landete.

Sie schrie vor Wut, und in der Minute, in der er sein Gewicht von ihr nahm, versuchte sie erneut, den Ausgang zu erreichen. Und kam nirgendwohin.

„Mein Gott, schlag ihn, Zuri." Max' Stimme kam von der Seite.

Bei dem Befehl wagte sie einen Schlag.

Alastair grunzte, als ihre Faust auf seinen Bauch traf. „Keine Hilfe von der Seitenlinie, es sei denn, sie fragt."

Sie konnte noch einen Schlag landen.

„Verdammte Scheiße." Er grunzte. „Gut gemacht." Er blockte den nächsten Versuch, packte sie und drehte sie erneut auf den Bauch.

Ding-ding-ding. Der Alarm ertönte.

Er schob ihre Beine auseinander und kniete sich zwischen sie, wobei er ein Knie auf die Rückseite ihres Oberschenkels platzierte und sie so fixierte.

Instinktiv wehrte sie sich gegen seinen Griff. Sie war hilflos. *„Koulangèt!"*

„Ist das eines dieser kreolischen Wörter?" Max warf Alastair den Rohrstock zu.

Der verdammte Sadist schlug sie fünfmal, und zwar direkt auf die Stelle, die Max zuvor anvisiert hatte.

Okay, sie sollte den Namen Gottes nicht missbrauchen – nicht mal in einer anderen Sprache –, aber ... *au, au, au.*

Er pausierte nicht mal, bevor er ihr einen sechsten Klaps auf die Rückseite ihres Schenkels gab.

„Pike twa!"

„Ich weiß nicht, was du gesagt hast, kleine Miss, aber es klang nicht höflich." Er schlug sie erneut.

Ein *Fick dich* würde einfach nicht reichen.

Moment mal. Max wartete nicht weit von ihr. Ein *Freund.*

„Hilfe!" Sie hob den Kopf und bettelte. „Bitte hilf mir!"

„Jedes Mal, wenn du fragst, Darlin'", sagte er. Die Aufrichtigkeit in seiner Stimme drang bis in ihre Seele vor. „Tut mir leid, Cousin. Hör auf, ihr wehzutun."

Alastair gab ein anerkennendes Summen von sich. „Du hast dieses Mal schneller um Hilfe gebeten, Sub. Sehr gut." Noch immer zwischen ihren Beinen kniend zog er sie auf ihre Hände und Knie. Sein Griff festigte sich und sie erschauerte, als sie spürte, wie sich sein Schaft gegen ihre Pussy drückte.

Das war all die Warnung, die sie bekam, bevor er mit einem Stoß in sie drang.

Sie schnappte nach Luft. Als er sich zurückzog und sich erneut in ihr verlor, stöhnte sie bei dem feuchten und wundervollen Gefühl, ihn in sich zu haben.

Er schob seine Finger über ihren Nacken, in ihre Haare und

riss ihren Kopf in dem Moment zurück, als er erneut in sie hämmerte.

„Spielzeug, bitte", rief er und Max warf ihm etwas zu. Plötzlich wurde ein Vibrator gegen ihre Klitoris gedrückt, und die Vibrationen trieben sie hoch und hoch und ...

Er entfernte das Spielzeug, bevor sie kommen konnte. Sein Schwanz drosselte das Tempo, bewegte sich kaum noch, sodass sie direkt an der Klippe verharrte. Schon wieder. *Verflucht seien sie.*

In zunehmender Frustration ließ sie sich zurückfallen, spießte sich selbst auf ihm auf und lehnte sich wieder vor, sodass sie am Ende die ganze Arbeit machte.

Lachend riss er an ihren Haaren, hielt ihren Kopf zurück, bis sie sich nicht länger bewegen konnte – und rotierte dann seine Hüfte, sodass sein Schwanz in ihr Wundersames bewirkte. *Gott*, das fühlte sich gut an. Mit der anderen Hand drückte er den Vibrator für eine Sekunde gegen ihre Klitoris. Zwei Sekunden.

Und entfernte ihn wieder.

„*Cochon!*"

„Den Ausdruck kenne ich, Cousin. Ich denke, es ist französisch für Schwein." Max lachte. „Sie hat erwähnt, dass ihre Mutter Kreolin war."

„Ich muss die anderen Wörter nachschlagen", sagte Alastair in einem Ton, als wäre er ein verfluchter Professor. Als sein Schwanz langsam in sie glitt, dann wieder heraus, kam der Vibrator erneut mit ihrer Klitoris in Berührung.

Oh, oh! Ihre Erregung baute sich wieder auf und der Druck in ihr nahm schnell zu. Sie neigte ihre Hüfte und versuchte, mehr von ihm zu bekommen. Nur ein bisschen mehr. Sie musste so dringend kommen.

Er bewegte den Vibrator.

Verflucht sei er. Sie stöhnte. Ihre geschwollene Klitoris sehnte sich schmerzhaft pochend nach Erlösung.

Max – würde Max ihr helfen? Er war ihr Freund. Sie versuchte, ihren Kopf zu drehen, um ihm in die Augen zu blicken, aber Alastair ließ ihre Haare nicht los.

Ein Stöhnen brach tief und erbärmlich aus ihr heraus. „M-Max! Sir! Bitte!"

„Ja?"

Er würde ihr nicht helfen. Eine Träne rann über ihre Wange.

„Frag ihn, Uzuri", sagte Alastair mit heiserer Stimme.

„Bitte. Ich brauche ... Darf ich kommen?"

„Du musstest nur fragen, Baby." Max' Stimme war sanft. „Mach sie glücklich, Doc."

„Mit Vergnügen." Alastairs tiefes Lachen ertönte, und plötzlich hämmerte er hart in sie – und der Vibrator wurde fest gegen ihre Klitoris gedrückt.

Die Empfindungen schossen wie ein Wirbelsturm aus Elektrizität durch ihren Körper. Hoch und höher ging es für sie. Alles in ihr bündelte sich, bis sich ihre Vagina so eng um Alastairs Schwanz schloss, dass sie jede Vene spüren konnte. Und dann wurde der Druck abgelassen, die Wände ihres Geschlechts pulsierten und zogen sich um seine Länge zusammen. Die Ekstase zündete wie ein Feuerwerk und explodierte in einem schillernden Gefühlsausbruch.

Eine Sekunde später spürte sie, wie Alastair in ihr zuckte, und jeder harte Ruck seines Höhepunkts schickte neue Lustwellen durch sie.

Er begab sich wieder in eine kniende Position. Mit einem harten Arm um ihre Taille zog er sie nach hinten auf seine Oberschenkel und bettete sich noch tiefer in sie. Mit der anderen Hand rollte er ihre Brustwarzen zwischen seinen langen Fingern.

Von dem Gefühl aufgespießt zu werden, fühlte sie sich so überwältigt, dass sie erneut kam und sich hilflos in seinen Armen wand.

Als sie schließlich erschlaffte, lachte der Sadist, zog sich aus ihr zurück und legte sie auf die Gummimatte.

Nach Luft schnappend blieb sie liegen, wo er sie abgesetzt hatte.

„Ich bin dran." Max schlenderte auf die Matte und seine linke Augenbraue hüpfte nach oben. „Sieht nicht so aus, als wäre sie noch in der Lage, zu kämpfen."

„Ihr Hintern schmerzt sicher schon höllisch. Ich denke aber, dass sie dich überraschen wird." Alastair tätschelte einen besonders wunden Bereich, den er zuvor mit seinem Rohrstock bearbeitet hatte.

„Aua!" Sie rollte herum, setzte sich auf und entfernte so ihren empfindlichen Po aus seiner Reichweite. Ihr Kopf drehte sich für eine Sekunde. Sie atmete tief durch und spürte immer noch die Nachbeben ihres großartigen Orgasmus.

Alastair erhob sich, ging zum Tisch und kehrte mit einer Flasche Wasser zurück, die bereits geöffnet war. „Trink das, Love."

Sie kippte das Wasser ihre Kehle herunter und spürte, wie ihr ausgetrocknetes Gewebe wieder zum Leben erwachte.

Als sie fertig war, nahm Max die Flasche entgegen und warf sie auf das Gras. „Bereit?"

„Nein."

„Eine Schande." Er ging auf ein Knie und lächelte sie an. Das Funkeln in seinen Augen sagte, dass er plante, sie diesmal zu ficken. Hart.

Eine erregende Lustwelle formte sich in ihr. Noch war die Welle jedoch nicht hoch genug, um ihre Entschlossenheit, diesmal dem Stock zu entkommen, zu dämpfen.

Und doch verlor sie.

Am Ende des Kampfes säumten fünf weitere schmerzhafte Striemen ihren Oberschenkel, aber dieses Mal hatte sie Alastair recht schnell gebeten, einzugreifen, sodass sie nur fünf Schläge hatte ertragen müssen.

. . .

Max rollte Zuri auf ihren Rücken und lächelte sie an, als er ihre vollen Brüste mit seinen Händen streichelte. Die ölige Haut gefiel ihm.

Auch gefiel ihm, dass sie sich unter ihm wand. Er gluckste. Sie war schon zweimal gekommen. Sie hatte es offenbar genossen, mit dem Rohrstock leicht geschlagen zu werden – und sie waren wirklich sanft vorgegangen. Er fing Alastairs Blick ein und sah, wie sich ein Lächeln auf den Lippen seines Cousins formte.

Ja, sie konnte definitiv mit zwei Doms mithalten ... und er war sich sicher, dass sie bereit war, sie beide gleichzeitig zu akzeptieren.

Nur nicht heute. Ihr erster Dreier sollte romantischer sein.

Im Moment wollte er in ihr sein. Nach all diesem Vorspiel würde er nicht lange durchhalten. „Wirf mir das neue Teil zu, Cousin."

Alastair nahm das zweite Spielzeug, das sie vorbereitet hatten. Es erinnerte an einen Käfer.

Uzuri runzelte die Stirn, als er sich zurücklehnte und den runden Teil auf ihre Klitoris legte. Die weichen, schlanken „Arme" kamen auf ihre geschwollenen äußeren Schamlippen, um sie an Ort und Stelle zu halten. „Was ist das?"

Er drückte den Knopf am oberen Ende des Vibrators, um die höchste Stufe einzustellen, und grinste, als sie nach Luft schnappte. Er nahm ihre Hand und presste ihre Handfläche auf das Gerät. „Es verspricht spaßige Momente, Prinzessin. Halte es für mich fest."

Nachdem er ihre Beine um seine Taille gelegt hatte, lehnte er sich vor und stützte sich mit einem Unterarm neben ihrem Kopf ab. Langsam glitt er in ihre heiße, feuchte Pussy. *Oh ja.*

Ohne gefragt zu werden, kreuzte sie ihre Knöchel über seinem Arsch.

Er lächelte bei dem Gefühl, ihre weichen Schenkelinnenseiten an seiner Haut zu spüren. „Perfekt, Baby! Jetzt kannst du deine Arme um meine Schultern legen."

„Wir haben Vanilla-Sex? Echt jetzt?" Sie sah ihn aus ihren wunderschönen, braunen Augen an und ihr Grinsen war bezaubernd.

„Auf eine Weise." Er machte es sich bequem, und als sein Gewicht den weichen, summenden Vibrator gegen ihre Klitoris drückte, weiteten sich ihre Augen. Sogleich pulsierte ihre süße Pussy um seinen Schwanz und er lachte.

Dann legte er los, denn *verdammt*, sie fühlte sich so gut an – besonders mit ihren Armen und Beinen um seinen Körper geschlungen. Als er hart und schnell in sie stieß, fühlte er sich von Hitze und Weichheit umgeben. Die feuchten Laute, die sein Schwanz mit seinen harten Stößen produzierte, wurde von dem Summen des Vibrators begleitet. Die Vibrationen waren leiser, wenn sich sein Gewicht auf sie herabsenkte, lauter, wenn er aus ihr herausglitt.

Innerhalb einer Minute keuchte sie. Ihre Fingernägel, die sich in seine Schultern bohrten, erinnerten ihn an seine Aufgabe.

Dies ist eine Lektion. Behalte die Kontrolle, Drago. Er zog sich zurück, jetzt nur noch seine Eichel in ihrer Pussy, sein Gewicht nicht länger auf dem Vibrator.

Sie stieß ein frustriertes, ungläubiges Wimmern aus. Diesmal gab es kein Zögern. Auf der Suche nach seinem Cousin drehte sich ihr Kopf in eine Richtung, dann in die andere. Sie entdeckte ihn. „Sir. Bitte, bitte, bitte, Sir. Sei mein Freund! Ich will kommen. Bitte."

Alastairs Lachen machte deutlich, wie entzückt er war. „Ja, wir sind Freunde, Sub. Gib ihr, was sie braucht, Max."

„Nichts würde ich lieber tun." Max ließ sein Gewicht wieder auf sie fallen und stieß in sie. Mit jedem harten Stoß stimulierte er ihren G-Punkt. *Wenn, sollte ich es richtig machen.*

Es dauerte weniger als eine Minute.

Ihr kleiner Körper erstarrte, ihre Finger verwandelten sich in Krallen, und ihre Pussy pulsierte um ihn, bevor sich die Wände rhythmisch um seinen Schaft zusammenzogen. *Oh ja.* Als sie unter ihm zum Orgasmus fand, konnte er nicht aufhören zu grinsen. *Fuck*, sie war wunderschön, wenn sie kam.

Er warf das summende Spielzeug zur Seite. Mit den Ellbogen unter ihren Knien, hob er ihre Beine und damit ihr Becken hoch, sodass es ihm möglich war, tiefer in ihre Pussy zu tauchen, so viel tiefer.

Der Druck baute sich an der Basis seiner Wirbelsäule auf. Ihre Pussy pulsierte noch immer um ihn, als sich seine Eier anspannten. Hitze schoss nach unten, durch seinen Schwanz und in sie hinein. Es fühlte sich bewusstseinserweiternd an.

Als er ihre Knie losließ, damit er auf sie fallen konnte, wickelte sie ihre Beine wieder um ihn, anstatt sich seinem Gewicht zu widersetzen. Sein Schwanz steckte tief in ihr, ihre Arme und Beine klammerten sich an ihn, und er genoss einfach die intimste Umarmung der Welt.

Ein Gefühl tief in seiner Brust wies ihn darauf hin, dass er auf dem besten Weg war, sich in sie zu verlieben. Und zwar hart und schnell.

Uzuris Arme und Beine fühlten sich wie gekochte Spagetti an, als sie von Max für die nächste Runde auf ihre Hände und Knie gedreht wurde. Die nächste Runde mit Alastair. Ihr Hintern und ihre Oberschenkel brannten immer noch von den Schlägen. Gut möglich, dass sie in Tränen ausbrach, wenn sie noch mehr davon ertragen müsste.

Sie entließ ein leises Wimmern. Sie war jedes Mal gekommen, und alles, was sie jetzt wollte, war ein Nickerchen.

Alastair stellte sich hinter ihr auf.

Und Max rief: „Los."

Ohne zu warten, schlug Uzuri Alastair hart in den Bauch. Dann nahm sie Schwung, erwischte ihn an derselben Stelle und nutzte den Schub, um zum Ausgang zu springen – und darüber hinaus.

Schockiert kniete sie dort, während das grobe St.-Augustin-Gras sich in ihre Knie und Hände bohrte. Sie sah über ihre Schulter. Alastair saß auf der Matte und hielt sich grinsend seinen Bauch.

„Ich konnte entkommen?" Sie stand auf und brüllte: „Ich habe es geschafft!" Sie konnte nicht anders und vollführte einen Siegestanz.

Als sie sich drehte und kicherte und ihre Hüfte von links nach rechts warf, hörte sie ein *Yeehaw* von Max, während Alastair klatschte und lachte. Beide waren sie so erfreut wie sie, dass sie ihre Ängste überwunden hatte – dass sie sich gewehrt und gewonnen hatte.

Gott, sie liebte die beiden.

KAPITEL DREIUNDZWANZIG

Am nächsten Tag, einem Donnerstag, fuhr Uzuri zu ihrem Haus, da sie frische Kleidung brauchte. Holts Harley stand in der Einfahrt und es waren von der Maschine noch klopfende Laute zu hören. Er musste erst vor Kurzem nachhause gekommen sein.

Anscheinend hatte er ihr Auto gehört, da er bereits in der offenen Tür wartete. „Hey, Süße." Er zog sie für eine lange, warme Umarmung an seine Brust. Der Dom hatte aus Umarmungen eine Kunstform gemacht, sodass sich die Verärgerungen des Tages schnell auflösten und sich die Muskeln lockerten.

Mit einem glücklichen Seufzer drückte sie ihn. Holt war einer ihrer Lieblingsmenschen. Wie jede Frau im Shadowlands fand sie ihn attraktiv. Je besser sie ihn jedoch kennengelernt hatte, desto mehr hatte er sie an Nicky erinnert.

Sie hatte Nicky getroffen, als sie ihr Skateboard zu Schrott gefahren und weinend auf dem Bürgersteig gesessen hatte. Der große Teenager hatte Mitleid mit ihr gehabt, hatte ihre Knie verbunden und sie dann nachhause gebracht. Der zähe Blonde wohnte ein Stockwerk über ihr und war zu dem Bruder geworden, den sie nie gehabt hatte. Nicky hatte sie vor gemeinen Hunden, Tyrannen und Perversen beschützt, sie wegen ihrer Puppenkostüme gehänselt und doch neue Stoffe für sie gestohlen. Als er und sein Vater wegzogen, hatte sie ihn wie ein totes Familienmitglied betrauert.

Wie Nicky sah sie Holt als Teil ihrer Familie. Sie grinste ihn an. „Ich habe dich vermisst."

„Ich dich auch."

Sie trat zurück. „Wie läuft's? Holst du Schlaf nach, jetzt, wo du es ruhiger hast?"

„Jep." Er nahm ihre Hand und zog sie ins Haus. „Ich hatte vergessen, wie es ist, nicht in einem Apartment zu wohnen. Klar, ich kann Mrs. Avery manchmal hören, aber da sie – um die achtzig? – ist, steht sie nicht so auf Wandsex, Horrorfilme oder so lauten Grunge-Rock, dass das Geschirr rasselt. Und Doppelhaushälften teilen sich nur eine Wand mit jemand anderem. Nicht vier Wände und die Decke und den Boden."

Sie lachte. In ihrer letzten Wohnung hatte sie immer gewusst, wann der Bauarbeiter über ihr zuhause war. *Trampel, Trampel, Trampel.* „So wahr. Wenn die Kinder des Nachbarn in einer Wohnung neben mir geschrien haben, hat mich das leicht aggressiv gemacht. Wenn die Kinder hier im Freien spielen, fühlt es sich ... nett an. Wie ein Zuhause."

„So ist es. Genauso fühle ich auch." Er führte den Weg in die Küche. „Bier? Cola?"

„Wenn du eine Diet Coke hast, gerne."

„Da du ein Sixpack im Kühlschrank gelassen hast, ist die Antwort ... ja." Er reichte ihr eine Dose aus dem Kühlschrank und nahm sich ein Bier. „Ich muss zugeben, ich habe nicht erwartet, dich zu sehen. Hattest du einen Streit mit deinen Doms und willst jetzt dein Haus zurück? Oder bist du hier, um zu sehen, ob ich dein Eigentum zerstört habe? Oder vielleicht willst du nur ein bisschen von deinem Mädchenkram holen?"

Kichernd lehnte sie sich an einen Küchenschrank. „Antwort

C. Ich habe nicht viel gepackt, da ich dachte, ich wäre in ein paar Tagen wieder hier."

„Und doch bist du immer noch dort." Holt setzte sich an den Tisch, legte einen Stiefel auf den Stuhl neben ihm und musterte sie. Wie Max waren seine Augen blau, aber Max' waren eher ein intensives Karibikblau, tief genug, um darin zu ertrinken. Holts graublaue Augen erinnerten an den Himmel an einem windigen Wintertag.

„Bin ich. Aber ..."

„Aber?" Holt verschränkte die Arme vor der Brust und sein tätowierter Bizeps brachte das verblasste, schwarze *System of a Down*-T-Shirt an seine Grenzen. „Wie läuft es mit deinen beiden Mastern?"

„Ich bin mir nicht sicher." Uzuri glättete ihren dunkelroten Leinenrock. „Sie behandeln mich wie ... wie Jake Rainie behandelt. Wie Galen und Vance Sally behandeln."

„Als wärst du deren Sub?"

Sie nickte, als die Verwirrung wieder in ihr aufflammte. „Und als würden sie mich ... mögen."

Holts Augenbrauen zogen sich zusammen. „Wir alle mögen dich, Zuri."

„Ich weiß." Nun, vielleicht hatte sie es vorher nicht wirklich gewusst. Jetzt aber schon. „Max und Alastair verhalten sich jedoch" — sie runzelte die Stirn — „ähm ... besitzergreifend? Irgendwie anders."

Am Samstag im Shadowlands hatten sie keine Session gespielt. Sie hatte eine Schicht als Bardame und die Männer als Kerkeraufseher absolviert. Die beiden hatten ständig nach ihr gesehen und allen deutlich zu verstehen gegeben, dass sie unter deren Schutz stand. Dass sie ... ihnen gehörte.

„Richtig." Mit einem Finger rieb sich Holt über den Mund, als wolle er ein Lächeln wegwischen. „Ja, ich hatte den Eindruck, dass sie dich als ... hmm ... dauerhafter sehen, als du denkst."

Die Freude, die bei seinen Worten in ihr anschwoll, war beunruhigend. Nichtsdestotrotz hatte sie genau das hören wollen, weil sie anfing, Max und Alastair nicht nur als temporäre Master zu sehen. Sie sah die beiden als *ihre* Master. Sie konnte sich eine Beziehung mit ihnen vorstellen. „Denkst du das wirklich?"

„Ja, Süße. Aber wie fühlst du?"

Sie plumpste auf einen Stuhl neben ihm und erlaubte ihm, ihre Verzweiflung zu sehen. „Oh, Holt, ich glaube, ich bin verliebt."

Er nahm ihre Hand und rieb mit dem Daumen über ihren Handrücken. „Ja, so scheint es mir auch. Was ist das Problem? Willst du niemanden lieben?"

„Doch natürlich." Sie fuhr mit dem Zeigefinger durch einen Wasserfleck auf der Tischplatte. „Ich bin mit Geschichten über meinen wunderbaren Vater und all die süßen Dinge aufgewachsen, die er für meine Mutter getan hat. Ich erinnere mich nicht gut an ihn, aber sie waren völlig vernarrt ineinander. Sie kam nie darüber hinweg, ihn zu verlieren."

Seine Stimme klang nun finster: „Ich bin froh, dass dein Leben so begonnen hat."

„Und mir tut es leid, dass es bei dir nicht so war." Sie musterte die starke, schlanke Hand, die ihre hielt. Als sie ihn zum ersten Mal getroffen hatte, hatte sie ihn als kalifornischen Surfer-Typ abgestempelt. Von der Sonne gebräunt und muskulös, mit blondem Haar und gemeißelten Gesichtszügen. Er sah dem Schauspieler, der Thor spielte, erschreckend ähnlich. In der Tat hatte er sich zu Collegezeiten mit Modeljobs Geld dazuverdient.

Er war jedoch viel mehr als nur hinreißend. In Anbetracht des furchtbaren Starts, den er im Leben hingelegt hatte, hätte er zu einem brutalen, bösartigen Mörder heranwachsen können. Stattdessen war er einer der besten Menschen, die sie kannte.

Mit einem Achselzucken drückte er ihre Finger. „Ich bin froh, dass du die Liebe nicht aufgegeben hast und du die Erfahrung mit dem Arschloch-Stalker überwinden konntest."

„Endlich." Sie presste die Lippen zusammen. „Ich tue mein Bestes, um zu vergessen, dass er jemals existiert hat."

„Gutes Mädchen." Grübchen zeigten sich in seinen Wangen, als er lächelte.

„Meine Güte, du bist wirklich zu attraktiv, um es in Worte zu fassen."

Sein Lachen war wie der rauchige Whisky, den Alastair so sehr mochte. Eine Sub im Shadowlands hatte mal zu ihr gesagt, dass sie allein von seinem Lachen einen Orgasmus bekommen könnte.

„Sag mir, hast du dich in einen der Drago-Cousins oder in beide verliebt?"

„Beide." Uzuri schüttelte den Kopf. „Was seltsam ist, wenn man bedenkt, wie unterschiedlich sie sind." Max mit der typischen Strenge eines Polizisten, seiner recht aufgeschlossenen Art, während er gleichzeitig weniger vertrauensvoll gegenüber neuen Menschen war als Alastair, der trotz seiner britischen Zurückhaltung immer noch an die grundlegende Güte in Menschen glaubte. Max hatte ein riesiges Herz, besonders für die Schwächeren in der Gesellschaft. Alastairs Herz war genauso groß, aber ... der Arzt kam dem Sadismus beunruhigend nahe, denn er liebte es, sie auf der Grenze zwischen Schmerz und Lust wandeln zu lassen.

Komplizierte Kerle. Und sie liebte sie tatsächlich beide.

„Hast du ihnen gesagt, wie du empfindest?"

„Bist du wahnsinnig?"

Er brach in Lachen aus. „Möchtest du, dass ich deinen Mastern erzähle, wie du fühlst? Scheint etwas zu sein, das ein guter Freund tun sollte."

Könnte sie ihren sogenannten besten Freund abschlachten und seinen Körper in den Schrank stopfen? Nein, das wäre unhöflich. Sie entschied sich stattdessen für einen genervten Blick in seine Richtung.

„Ich hab' ja solche Angst." Er gab vor, zu erschaudern.

Vergiss Höflichkeit, welchen Schrank soll ich benutzen?

Andererseits würde ein Mord wohl zu Blutflecken auf ihren Teppichen führen, und sein Körper war sicher schrecklich schwer. Stattdessen probierte sie es mit dem Hundeblick, den Hunter so gut drauf hatte. „Du würdest es ihnen doch nicht sagen ... oder?"

„Nein, Süße." Ein Glitzern in seinen Augen sagte, dass er wusste, dass sie ihn beeinflusste. Dann wurde sein Gesichtsausdruck ernst. „Ich möchte jedoch wissen, warum *du* ihnen nicht mitteilst, was du für sie empfindest."

Sie seufzte. „Sie haben sich dazu bereiterklärt, mir für eine gewisse Zeit zu helfen. Sicher hatten sie nicht geplant, dass sich die schwächliche Sub jetzt ein Happy End mit ihnen wünscht."

„Ach?" Er schüttelte den Kopf. „Ich glaube eigentlich, dass der begrenzte Zeitraum eher für dich gedacht war, damit du nicht ausflippst, wenn sie den Einzug vorschlagen. Nichtsdestotrotz bezweifle ich, dass du dich lange wundern musst. Nicht mit diesen beiden."

Ein Hoffnungsschimmer erschien und ... verglühte. Nach seiner Erfahrung mit dieser Hayley hätte Max sicher erstmal keinen Bock, sich auf eine andere Frau einzulassen. Sie zwang sich zu einem Lächeln. „Ich muss meine Sachen holen und meinen Arsch in Bewegung setzen. Ich bin heute mit Kochen dran."

Als sie aus der Küche ging, entließ Holt ein mitleiderregendes Seufzen. „Ich will auch eine hausgemachte Mahlzeit."

„Oh, ich bitte dich. Du könntest jede Frau auf dieser Welt dazu bringen, dir etwas zu kochen." Nachdem sie ihren Nagellack und ihr Mani-Pedi-Set eingepackt hatte, suchte sie sich noch ein paar Kleidungsstücke heraus. Sie öffnete eine Kommodenschublade und starrte auf die Unterwäsche, die ... nicht ihre war. „Bist du jetzt ein Transvestit?"

„Bin ich ein *was*?" Er erschien in der Tür, sah die Schublade und gluckste. „Ich meinte zu Nadia, sie könne ein paar Sachen hierlassen."

„Ist sie die blonde Anwältin oder die rothaarige Maklerin?"

„Rothaarige."

Uzuri verzog das Gesicht. Master Raoul mochte diese Frau nicht.

Holt jonglierte seine vielen Frauen immer mit viel Geschick, Charme und Ehrlichkeit, sodass niemand einen Grund zur Beschwerde hatte. Und ... niemand durfte jemals Kleidung in seiner Wohnung lassen. Bis jetzt. „Meinst du es ernst mit ihr?"

„Nun ja ..." Die Art und Weise, wie er seine Schultern bewegte, sagte alles.

„Tust du!" Obwohl die Rothaarige nicht die Frau war, die Uzuri für ihn wählen würde, hatte er zumindest jemanden gefunden, den er mochte. „Ich freue mich für dich. Hast du es ihr gesagt?" Sie schüttelte den Kopf, als er nichts sagte. „Möchtest du, dass ich ihr sage, wie du fühlst? Scheint etwas zu sein, das ein guter Freund tun sollte."

Etwas bockig sah er sie an, als seine eigene Drohung zu ihm zurück kam. „Erinnere mich daran, deinen neuen Mastern von einigen deiner Abneigungen zu erzählen. Wenn ich mich richtig erinnere, hasst du es, wenn jemand deine Zehen anfasst."

Sie verengte ihre Augen. „Ich habe noch mehr von den Styroporkugeln, weißt du."

Unbeeindruckt lachte er nur und überließ sie ihrem Packen.

Ein paar Minuten später schleppte Holt ihre übergroße Tasche für sie zu ihrem Auto. „Komm nächste Woche vorbei und gib mir ein Update, ja? Außerdem wirst du bis dahin mehr Kleidung brauchen." Er zwinkerte ihr zu.

Wohl wahr. Sie würde definitiv mehr Kleidung brauchen. „Okay. Nur für den Fall solltest du dich aber bereitmachen, auszuziehen."

„Na aber sicher doch."

Sie warf ihre Arme um ihn und umarmte ihn herzlich. „Es war schön, dich zu sehen."

„Ja, das war es." Er küsste sie auf die Stirn. „Sei eine gute Sub und handle dir nicht zu viel Ärger ein, okay?"

„Pfft. Diese Drachen-Doms müssen etwas aufgerüttelt werden, findest du nicht auch?"

„Na ja. Du könntest ihnen sagen, dass du sie liebst."

Das sorgte dafür, dass sie die ganze Fahrt nachhause vor sich hin grübelte.

KAPITEL VIERUNDZWANZIG

An diesem **Wochenende** stand Uzuri vor dem Shadowlands und versuchte, die Tür zu öffnen. Wie erwartet, war sie so früh am Abend noch verschlossen. Sie drückte die Türklingel in der Form eines Drachen.

Nach ein paar Sekunden öffnete Ben die schwere Eichentür und lächelte sie an. Der muskulöse Sicherheitsmann war riesig, um einige Zentimeter größer als ihre Drago-Doms. „Komm rein, Zuri."

Uzuri folgte ihm in den Eingangsbereich und schüttelte bei seinem verblassten Willie Nelson-T-Shirt und seiner Jeans den Kopf. Anscheinend musste er sich nicht nach Master Zs Halloween-Themenabend richten.

Grinsend trat er hinter seinen Schreibtisch. „Bist du Wonder Woman?"

Uzuri warf einen Blick auf ihren metallisch anmutenden Brustpanzer, den kurzen goldenen Rock aus Lederstreifen und die langen goldenen Handschuhe. Ihr Kostüm und das von Andrea hatte ewig gedauert. „Nein, Andrea ist Wonder Woman. Ich bin Philippus, gelegentliche Königin der Amazonen sowie Dianas Trainerin."

Jessica saß in einem Supergirl-Outfit breit grinsend auf Bens Schreibtisch. Auch sie hatte sich letzte Woche Sallys Vorrat an Comics angesehen, um sich inspirieren zu lassen. „Ja, ich erinnere mich an sie. Sie war schwarz und knallhart und heiß. Du siehst großartig aus."

„Danke." Uzuri hob ihren rechten Arm und beugte ihn, um einen zweifelhaften Blick auf ihren Bizeps zu werfen. Möglicherweise war sie bei dem knallharten Teil der Aufgabe gescheitert. „Wo ist Sophia? Wer ist bei ihr?"

„Sie ist bereits im Bett." Jessica hielt ein Babyphon hoch. „Wenn sie aufwacht, werde ich es hören."

„Schon nett, dass du nur in den zweiten Stock musst", sagte Ben. „Wenn unser Baby kommt, werden Anne und ich Zeitpläne jonglieren müssen."

„Eigentlich erwägt Z, einen Manager für den Club einzustellen, und er will ihn oder sie in dem Bereich über dem Club einquartieren. Er möchte, dass Sophia in einer ruhigen, sicheren Nachbarschaft aufwächst, wo andere Kinder sind, mit denen sie spielen kann. Über einem BDSM-Club? Äh, nein."

Uzuri warf einen Blick auf die Tür, die in den Club führte, und dachte an die Paddel und Flogger, die die Wände schmückten, und an die Ketten, die von den Deckenbalken baumelten. „Ich würde mir auch Sorgen machen. Ich habe ständig rumgeschnüffelt, als ich klein war."

„Ich auch. Zumindest gibt es kein Problem, bis Sophia anfängt, zu laufen." Jessica grinste. „Und solange ich hier bin, kann ich bei den Streichen der Shadowkittens behilflich sein."

„Streiche, ja? Was hast du jetzt schon wieder vor, Uzuri?", fragte Ben. „Du weißt bereits, wie man ein Zahlenschloss öffnet. Zur Hölle nochmal, du bist schneller als ich."

„Das musste ich auch werden." Seit er ihr den Trick gezeigt hatte, übte sie ständig. In die Umkleidekabine der Master zu schleichen, war so tollkühn, als würde sich eine Maus in den Futternapf einer Katze trauen.

„Heute brauche ich damit Hilfe." Aus ihrem Jutebeutel zog sie das Vorhängeschloss, das sie extra dafür gekauft hatte.

Er nahm es ihr ab. „Warum? Z verwendet nur Zahlenschlösser an den Schließfächern."

„Ich weiß. Würdest du mir glauben, wenn ich dir sage, dass Alastair und Max ihre Spielzeugtaschen mit einem Vorhängeschloss verschlossen haben?" Sie sah ihn beleidigt an. „Jemand hat sie gewarnt."

Bens herzhaftes Lachen brachte die Wände zum Beben. „Wahrscheinlich hat jeder Dom im Club sie vor dir gewarnt." Er warf das Schloss in die Luft und fing es auf. „Keine Sorge, Süße. Die sind sogar noch einfacher zu knacken als Zahlenschlösser. Hast du eine Haarklammer?"

„Ich habe eine!" Jessica zog eine aus ihren Haaren und gab sie ihm.

„Zuerst bereiten wir unser Werkzeug vor." Er zog das Gummi von der Haarklammer und bog das Ende. „Haarklammern funktionieren gut. Es gibt aber Alternativen, die du verwenden kannst." Er hielt einen Kuli hoch. Nachdem er den Metalltaschenclip entfernt hatte, verbog er das Ende und steckte den Clip in das Schlüsselloch.

„Übe Druck aus." Er nahm sich die Haarklammer. „Dann kommst du mit dem welligen Teil, schiebst ihn rein und wackelst, bis du spürst, dass was passiert."

Der Laut war kaum hörbar. Er riss den Metallbogen nach oben. „Auf."

„Wow." Aufgeregt hüpfte sie auf und ab, warf ihr Cape zurück und streckte ihre Hand aus. „Darf ich es versuchen?"

Sorgfältig folgte sie seinen Anweisungen, während er sie beobachtete und Tipps gab, um sich auf verschiedene Schlösser einzustellen.

Als sie die Klammer über die Innenseite des Schlüssellochs zog, fühlte sie, dass etwas nachgab. Sie grinste. „Geschafft."

„Perfekt", sagte Ben. „Jetzt drehe den Hebel nach oben."

Das Schloss öffnete sich.

„Das hat Spaß gemacht!" Sie schnappte das Vorhängeschloss zu und versuchte es gleich nochmal.

Fünfzehn Minuten später folgte sie Jessica mit ihren Werkzeugen in die Umkleidekabine der Master und Mistresses.

Jessica warf ihr blondes Haar zurück und tippte in das Bedienfeld neben der Tür einen Code ein.

Nervös blickte Uzuri hinter sich in den stillen Clubraum. „Weiß Master Z, dass du uns regelmäßig hilfst?" Es war eine Sache, sich mit ihren Doms – oder sogar den regulären Mastern – anzulegen, aber Master Z war eine ganz andere Kragenweite. Bedrohlicher.

Jessica hielt die Tür auf. „Ich bin mir ziemlich sicher, dass er eine Vermutung hat. Zum Glück zieht er es vor, sich nicht in die Interaktionen zwischen anderen Doms und ihren Subs einzumischen. Wenn ich tatsächlich etwas tun würde, um einen Master zu … verärgern, könnte ich in Schwierigkeiten geraten, aber hey, ich halte doch einfach nur eine Tür auf, richtig?"

Uzuri schnaubte. „Versuche diese Ausrede besser nicht mit einem Gesetzeshüter."

„Polizisten sind schon etwas Besonderes. Gott sei Dank hat Dan einen Schatz wie Kari geheiratet und nicht eine hinterhältige Frau wie uns." Lachend boxte Jessica ihr in die Schulter. „Es ist jedoch möglich, dass du dir die falschen Doms für diesen Streich ausgesucht hast. Max wirkt so streng wie Dan."

„Du hast ja keine Ahnung."

„Ist das der Grund für den Überfall auf deren Taschen?"

„Absolut. Du hättest sehen sollen, wie gemein sie heute Morgen zu mir waren. Drei separate Bestrafungen." Das Paddel war so fies. Noch schlimmer war es, den riesigen Analplug tragen zu müssen. Sie war zwei Stunden lang wie eine Ente gewatschelt. Und die dritte Strafe …

Uzuri ging die Reihe der Schließfächer entlang und entdeckte die Namen ihrer Doms. Die beschrifteten Metallschilder, die Master Z verwendete, waren sehr hilfreich – nicht, dass sie das ihm gegenüber erwähnen würde.

„Wie kam es zu den Bestrafungen?", fragte Jessica.

„Oh …" Uzuri öffnete ihre Tasche und zog die Aufreißlasche einer Getränkedose heraus. „Ich habe einige Tage kein Krafttraining gemacht. Manchmal habe ich keine Lust auf das doofe Schwitzen."

„Ja, das verstehe ich." Jessica verzog das Gesicht. „Z entschied, dass ich nicht genug Bewegung bekomme, und jetzt muss ich jeden Morgen alle Wege im Garten ablaufen. Sogar wenn es regnet! Was waren die anderen Dinge?"

„Also –" Uzuris Wangen erwärmten sich. Sie hatte den Analplug seit zwei Tagen nicht mehr reingemacht. Denn … nun ja, wenn ein Dom ihn einsetzte, war es okay. Irgendwie schmutzig und doch sexy. Aber selbst etwas dort reinzuschieben, damit kam sie nicht klar. *Einfach eklig.*

Und Jessica davon zu erzählen, wäre doch etwas zu viel an Informationen.

Jessica saß auf der Bank und schaute erwartungsvoll zu ihr. „Sag schon."

„Ähm. Nichts weiter." Verlegen erzählte Uzuri von ihrer dritten Bestrafung. „Die dritte war die Schlimmste." Alastair hatte gefragt, ob sie jemanden für die Konferenz am Montag bei Brendalls angerufen hatte. Ihre Ausflüchte hatten nicht funktioniert – und er hatte darauf hingewiesen, dass er ihr zwei Tage gegeben hatte, um zu handeln. „Für drei Stunden haben sie mich gefesselt, und ich musste sie um Essen und Wasser bitten. Wenn es juckte, musste ich fragen, ob sie mir damit helfen können. Um Taschentücher musste ich bitten und sogar, wenn ich aufs Klo musste. Mein Gott, war das demütigend. Und das alles nur, weil ich meine Freunde nicht angerufen habe, um sie um Hilfe zu bitten. Ich kann nicht glauben, dass sie –"

„Warte mal ... Was für Hilfe?" Jessicas Augen verengten sich. „Bin ich nicht deine Freundin?" Sie wedelte mit der Hand. „Wir brechen zusammen ein, oder? Das macht uns zu Freunden. Warum hast du mich nicht angerufen?"

„Ich ..." Unfähig, Jessicas Unmut zu ertragen, konzentrierte sich Uzuri auf die Zahlenschlösser an den Schließfächern der Drago-Doms. Es dauerte nur ein oder zwei Minuten, um beide Schlösser mit der Aufreißlasche der Dose zu öffnen. *Danke, Ben.* Diese Fertigkeit war ihr und Sally schon einige Male zugute gekommen.

Welche Tricks diese Special Ops-Soldaten wohl noch vor ihnen verbargen?

„Uzuri!" Jessica tippte mit dem Fuß ungeduldig auf den Boden.

„Oh, Jessica, das klang fast wie Master Z." Mit einem resignierten Seufzer stellte sich Uzuri einer ihrer besten Freundinnen. „Mit Shadowlands-Streichen zu helfen, ist eine Sache. Ich weiß, dass du gerne einbezogen wirst. Aber das hat nichts mit dem Club zu tun, und dich – und alle anderen – an einem Montagmorgen zu meiner Arbeit zu bestellen, würde bedeuten, dass du Arrangements für das Baby treffen und dich regelrecht überschlagen müsstest, um –"

„Oh, mein Gott, Zuri, *frag* mich einfach."

Am liebsten würde Uzuri ihren Kopf gegen eine Wand schlagen. *Ich habe es wieder getan.* Sie war so begriffsstutzig. Sie musste über dieses Problem endlich hinwegkommen. Nach einem tiefen Atemzug startete sie in die Erklärung: „Bei meiner Arbeit gibt es ein Problem. Ich sah, wie die Verkäufer lediglich den wohlhabenden Kunden halfen und –"

„Carole? Die Frau, die die Luft aus deinem Reifen gelassen hat?"

Uzuri blinzelte, als ihr bewusst wurde, wie aufmerksam Jessica zugehört hatte. „Ähm, ja. Und seitdem geht die Moral dieser Abteilung in den Keller, was bedeutet, dass die Verkäufe ..."

Als Uzuri erzählte, stellte sie Alastairs Spielzeugtasche auf die

Bank. Nachdem sie ihr spezielles Werkzeug – den Stiftclip – in das Vorhängeschloss eingeführt hatte, kam die Haarklammer ins Spiel.

Klick. Sie zog das Schloss auf und sprang siegreich auf und ab.

„Gut gemacht. Und ich werde am Montag dort sein." Jessica zögerte. „Ich werde den Rest der Bande nicht kontaktieren. Deine Doms haben Recht; du musst lernen, um Hilfe zu bitten."

Uzuri beendete ihren Austausch, legte das Vorhängeschloss wieder an und stellte die Tasche in das passende Schließfach. Schließlich hob sie den Blick zu Jessica. „Ich verstehe. Es tut mir leid, dass ich dich nicht schon früher gefragt habe. Es fällt mir ... schwer."

„Andrea hat ein ähnliches Problem. Und jetzt hast du mich ja gefragt." Jessica runzelte die Stirn. „Du hilfst immer allen anderen, Zuri, bietest dich fürs Babysitten oder eine Modeberatung an, und du bist immer da, wenn einer von uns Probleme mit Männern hat. Deine Margarita-Therapie ist großartig. Manchmal musst du uns auch *dir* helfen lassen, damit wir hier ein Gleichgewicht beibehalten."

„Oh." So hatte es Uzuri bisher nie gesehen. Freundschaft sollte in beide Richtungen gehen.

„Lass mich dir eine Warnung geben: Wenn ich am Montag nicht einige unserer Freunde sehe, werde ich allen sagen, dass du Angst hattest, um Hilfe zu bitten. Kannst du dir den Kummer vorstellen, den sie auf dich ablassen werden?"

Uzuri sah sie entsetzt an. „D-Du kannst so fies sein."

„Coole Drohung, was? Kommt von meinem Leben mit Z." Grinsend erhob sich Jessica. „Ich wünschte, ich könnte dir hier helfen, aber ich muss sagen können, dass ich noch nie etwas in der Umkleide der Master berührt habe. Mit etwas Glück wird er mich nie auf den Code ansprechen."

„Wenn ich Master Z als Dom hätte, würde ich sicher keine Bedienfelder berühren." Uzuri zog Max' Tasche heraus und hätte sie beinahe fallen lassen. Was hatte er da drin – Bleigewichte?

Fast an der Tür angekommen, warf Jessica einen Blick auf die Wanduhr. „Du solltest dich besser beeilen. Das Master-Meeting wird nicht mehr lange dauern."

„Okay. Danke." Uzuri machte sich daran, in Max' Tasche zu stöbern und erkannte, dass sie dafür keine Zeit hatte. Stattdessen tauschte sie die verschiedenen Gegenstände aus und zog die Max-Puppe aus ihrem Jutebeutel. „Gefechtsbereit, Detective Drache? *Bereiter* könntest du gar nicht sein."

Jessica blickte über ihre Schulter und stotterte: „Oh, mein Gott, Max wird einen Anfall bekommen!"

„Mmmhmm." Kichernd fügte Uzuri Detective Drache der Tasche bei, verschloss sie und legte das Schloss wieder an, bevor sie das schwere Teil in den Spind hob.

Sie schlüpfte noch rechtzeitig aus dem Raum, denn sie hörte bereits, wie die Master die Treppe herunter und durch den privaten Eingang von Master Z kamen. Cullens dröhnende Stimme konnte einfach nicht überhört werden, wenn sie durch den Flur hallte.

Als Alastairs tiefes und Max' raues Lachen folgte, drehte ihr Herz einen aufgeregten Salto in ihrer Brust und sie lächelte. Sie war nicht nur glücklich, nein, sie war *verliebt*. Sie liebte Max und Alastair. *Verliebt. In. Max. Und. Alastair.*

Dann dachte sie an die sabotierten Spielzeugtaschen und erstarrte. Oh nein. Oh, *nein*, was hatte sie getan? Sicher, die Puppen waren lustig, und wenn ihre Master sie zuhause entdeckten, lachten sie sich halb tot.

Aber hier? In der Öffentlichkeit? Und mit dem Rest der Streiche, für die sie bekannt war?

Panisch rannte sie zurück zur Umkleidekabine. Sie musste das Zeug rausholen.

Nur war die Tür jetzt verschlossen und Jessica war nirgends zu sehen.

Mit der Spielzeugtasche über seiner Schulter und Alastair an seiner Seite führte Max deren kleine Sub durch den Clubraum in Richtung des Sessionbereichs, den sie für heute Abend gewählt hatten.

Er musste wirklich sagen, dass die Stimmung heute ausgezeichnet war. Es schien, als ob die Mitglieder des Shadowlands viel Spaß an Kostümabenden hatten – insbesondere, wenn es ein Halloween-Thema war. Die Subs steckten alle in bunten Superheldenkostümen. Er passierte ein „Little" in einem PowerGirl-Kostüm und zwei schwule Sklaven in Batman- und Robin-Outfits. Raouls Kim war als Aquagirl verkleidet.

Master Z hatte verfügt, dass das Gute heute Abend leiden würde, was bedeutete, dass Doms, Master und Tops alle als Schurken gekommen waren.

Max warf einen Blick auf deren kleine Superheldin. Er hatte ihr Kostüm zuvor nicht gesehen, da sie sich bei Andrea und Cullen umgezogen hatte. Schulterschützer wurden von mehreren Goldketten an Ort und Stelle gehalten. Er fuhr mit dem Finger über die Schützer und erkannte, dass sie aus Goldfolie bestanden und zu den Arm- und Schienbeinstulpen passten. Irgendwie hatte sie ein Bustier in etwas verwandelt, das wie ein goldener Metallbrustpanzer aussah. Ihr Hintern war von goldenen Lederstreifen bedeckt und sie hingen wie ein Gladiatorenkilt bis zur Mitte der Oberschenkel. Ein dunkelroter Umhang rundete den Look ab.

Sie war unglaublich sexy.

Ihr Haar war in Cornrows gestylt, passend zu einer Kriegerkönigin. Ihre Augenbrauen waren dunkler, goldener Lidschatten und dicker schwarzer Liner vergrößerten optisch ihre Augen.

Diese Augen waren auf den Boden gerichtet, anstatt all die anderen Kostüme zu bewundern. Er runzelte die Stirn. „Du bist ganz schön ruhig heute, Prinzessin. Bist du immer noch wütend über die Bestrafungen von heute Morgen?"

Schweigend schüttelte sie den Kopf.

Etwas besorgt musterte er sie genauer. Angespannte Schultern und sie lief weiter vor ihm als normal. Kopf geneigt. Augen gesenkt.

Wäre sie eine Verdächtige, hätte er sie für schuldig befunden.

Er alarmierte Alastair mit einem Blick. Sein Cousin lenkte seine Aufmerksamkeit auf deren hübsche Sub. Eine Augenbraue ging hoch.

„Hast du etwas geplant, von dem wir wissen sollten?", fragte Max.

Das leichte Zögern in ihrem Schritt und das Schulterzucken sagten alles. „Ich bin eine Frau. Ich plane immer etwas."

„Natürlich tust du das." Alastair deutete auf eine Stelle innerhalb des abgetrennten Sessionbereichs. „Dort hinknien."

Mit den Augen weiterhin auf den Boden gerichtet, senkte sie sich auf ihre Knie, und Max runzelte die Stirn. Jeder Muskel in ihrem Körper war angespannt.

Was auch immer sie angestellt hatte, sie würden es aus ihr herausbekommen und angemessen reagieren. „Gut, dass wir unsere Taschen verschließen", flüsterte Alastair ihm zu. Er zog seinen Schlüssel aus der Tasche. „Möchtest du heute Abend deine Lederfesseln benutzen? Sie passen ihr besser als meine."

„Ja." Alastair schloss seine Tasche auf und kramte durch den Inhalt. Seine Hand erstarrte. „Heilige Scheiße."

Max blickte fassungslos in seine eigene Tasche. „Echt jetzt?"

Ein Blick auf Uzuri zeigte, dass sie sich nicht bewegt hatte. Blick nach unten, die Hände auf ihren Oberschenkeln geballt. Die kleine Unruhestifterin war besorgt. Das sollte sie auch sein.

Als er die Ansammlung von Shadowkittens entdeckte, sagte er leise: „Wir haben ein Publikum, Cousin." Auch einige Doms hatten sich versammelt. *Verdammt*.

Er schaute wieder auf seine Tasche. Seine robusten Lederfesseln waren gegen ein niedliches rosa Set ausgetauscht worden. Mit Strasssteinen.

Alastair hob sein eigenes Paar hoch – blau mit silbernem Paisley-Muster.

Max' Seile zeigten nun ein Kunstwerk in Makramee.

Alastair zog seine Peitsche heraus. Derselbe Künstler.

Unter den Seilen fand Max den Hauptpreis. *Seine* braunhaarige Puppe mit Bart trug Jeans, ein weißes Hemd, Stiefel und einen Polizeigürtel mit einer Pistole und einem Schlagstock. Die Jeans war offen und weit genug heruntergezogen, um den Hoden der Puppe und den riesigen – steifen – Schwanz unterzubringen. Der Schwanz und die Hoden wurden in einem Foltergerät aus winzigen Ketten gehalten, das selbst die sadistische Mistress Anne beeindrucken würde.

Er spürte regelrecht, wie seine Eier bei dem Anblick zusammenschrumpelten. Ein Glucksen entkam ihm.

Alastairs tiefes Lachen ertönte, als er auf seine bärtige Nachbildung in der Tasche wies. Die Puppe trug einen Arztkittel – und sonst nichts. Um die große schwarze Erektion war ein winziges Stethoskop geknüpft.

Max beäugte die Schwänze der Puppen. Sie hatte sogar die Proportionen richtig gewählt. Seiner dicker; Alastairs länger. „Mein Gott. Das schreit nach einer Lektion."

„Oh ja. Hier und jetzt. Damit alle ihr Verbrechen verstehen." Noch immer grinsend hielt Alastair die beiden Puppen hoch.

Gelächter fegte durch den gesamten Bereich.

„Ich muss sagen, wir wurden gewarnt", murmelte Max.

Alastair steckte die Puppe wieder in seine Tasche. „Von mehr als ein paar Leuten. Ich dachte, wir hätten angemessene Vorsichtsmaßnahmen getroffen. Du hast deine Tasche überprüft, bevor wir los sind, oder?"

„Oh ja. Die Sabotage wurde hier durchgeführt." Max nahm das Schloss in die Hand. „Wie hat ein katholisches Schulmädchen gelernt, Schlösser zu knacken?"

Deren kleine Sub sah aus, als hoffte sie, es würde sich im

Boden ein Loch auftun, in dem sie sich verstecken konnte. Sie wusste, dass sie in Schwierigkeiten steckte.

Ein verständnisvolles Grinsen kam von den anderen Shadowlands-Mastern. Ja, viele von ihnen hatten am eigenen Leib erfahren, was die kleine Göre in petto hatte.

Z stand auf der anderen Seite der Absperrung, warf einen Blick auf das Vorhängeschloss in Max' Hand und wies mit dem Kinn zum Ausgang. „Ben."

Ben? Na klar. Der Sicherheitsmann hatte als Army Ranger gedient. Obwohl Streiche nicht sein Stil waren, würde der Kerl nicht davor zurückschrecken, eine helfende Hand anzubieten, wenn eine süße Kleine wie Uzuri um Hilfe bat. Max lächelte trocken. „Gut zu wissen."

Z neigte seinen Kopf, streckte dann einen Arm aus und zog Jessica zu sich ... an ihren langen blonden Haaren. „Ich glaube, es ist an der Zeit, dass wir über Bedienfelder und ihre Codes sprechen, Kätzchen." Er ignorierte ihr besorgtes Quietschen und führte sie weg. Nach hinten.

„Nun ja." Alastair zog die Augenbrauen hoch. „Anscheinend hat unser Mädchen kein Problem, um Hilfe zu bitten, wenn es ihr Ziel ist, unsere Taschen zu sabotieren."

„So scheint es." Wie damit umgehen?

Irgendwie mussten er und Alastair ihrer Sub beibringen, wo die Grenzen lagen ... ohne ihr Wesen zu brechen, denn, zum Teufel, er hatte gelacht. Wenn eine Sub ihren Dom lachen hörte, hatte er bereits die überlegene Position verloren.

Er rückte näher zu Alastair. „Ich gebe ihr Punkte für Originalität und Niedlichkeit. Die Puppen wären in Ordnung gewesen, hätten wir sie zuhause gefunden. Ich wünschte nur, sie hätte unsere Taschen in Ruhe gelassen."

„Geht mir auch so. Am ersten Tag hast du ihr deutlich zu verstehen gegeben, sie solle sich von unseren Taschen fernhalten – und direkter Ungehorsam geht einen Schritt zu weit." Alastairs

Ton war grimmig, als er mit zusammengezogenen Augenbrauen zu Zuri sah.

Sie sah so winzig aus. So hilflos. Keiner von ihnen mochte es, sie zu bestrafen, *verdammt*, und sie hatte bereits heute Morgen ein Spanking erhalten. Max schüttelte den Kopf. „Cousin, wir können ihr nicht noch einmal wehtun. Es muss etwas anderes sein."

„Ganz deiner Meinung." Alastair überlegte. „Wir haben es mit Ungehorsam und der Bloßstellung ihrer Doms zu tun. Was sind angemessene Konsequenzen?"

„Verlegenheit geht in beide Richtungen." Max schmunzelte. „Ich könnte es als Beleidigung sehen, Ketten um meinen Schwanz gewickelt zu finden."

Alastairs Blick traf auf seinen. „Ketten?"

Max grinste. „Ich packe immer welche ein, seit du sie deswegen geneckt hast."

„Öffentliche Konsequenzen und die Ketten. Das Arztzimmer oder der Bondage-Tisch oder ..." Alastair schaute in die Mitte des Raumes. „Cullen erwähnte, dass es in letzter Zeit nicht sehr viele Bar-Ornamente gegeben hat."

Max hatte beobachtet, wie eine Sub kurz nach seinem Beitritt an die Bar gefesselt wurde. Öffentlicher ging es nicht. „Nun, zur Hölle, dann sollten wir uns besser ranhalten, bevor Cullen launisch wird."

Alastair schüttelte den Kopf. „Willst du sie zu ihrem Bestimmungsort bringen oder soll ich?"

„Cousin, du weißt, dass du es magst, kleine Subs zu erschrecken, zumal du normalerweise so verdammt versichernd rüberkommst."

„Wenn sie nur wüssten." Alastair machte sich auf den Weg zu Uzuri.

Nachdem sich Max beide Spielzeugtaschen über seine Schulter geworfen hatte, verließ er den Bereich und passierte das Publikum, das sich vor der Absperrung versammelt hatte. Nolan, der neben Sam und Anne stand, ging ihm breit grinsend aus dem Weg.

In der Nähe der drei sagte ein neueres Mitglied zu seinem Freund: „Uzuri scheint ihre sogenannten Master nicht gerade zu respektieren."

„Ja, eindeutig." Sein Freund drückte die Schultern durch. „So etwas hat sie sich nicht getraut, als ich sie getoppt habe."

Mit zusammengezogenen Augenbrauen drehte sich Sam zu ihnen um. „Die Kleine spielt nur den Doms Streiche, denen sie vertraut. Mir hat sie es mal richtig gezeigt. Nolan auch. Und Anne." Die Reibeisenstimme des Sadisten war harsch genug, sodass die Welpen aufhorchten. „Wollt ihr also sagen, sie respektiert *uns* nicht?"

Beide Doms traten hastig mehrere Schritte zurück.

Der silberhaarige Rancher ignorierte sie vollständig und nickte Max anerkennend zu. „Ich habe mir Sorgen gemacht, als sie bei euch beiden eingezogen ist, aber ihr seid an ihrer Verteidigung vorbeigekommen und habt ihr Vertrauen verdient."

„Gut gemacht." Nolan schlug Max auf den Rücken. „Eine kleine Warnung: Lasst sie nicht in die Nähe eures Biers."

Bier auch? Verdammt. „Danke für die Warnung."

„Max." Anne hatte ein gefährliches Funkeln in den Augen. „Ich habe Z gehört. Weißt du, als Gummikakerlaken mein Schließfach befallen haben, habe ich nicht darüber nachgedacht, wie die Subs in meinen Spind kommen konnten." Die Mistress warf einen Blick zum Eingangsbereich. „Ben und ich werden uns ... ausführlich über seine Hilfsbereitschaft unterhalten. Sag Uzuri, dass die exzellente Zurschaustellung von Schwanz- und Hodenfolter durch ihre Puppe nicht umsonst gewesen ist."

Als sie zum Ausgang ging, warf Max einen Blick auf die anderen beiden Master. „Ich glaube, meine Eier haben gerade versucht, in meinen Bauch zu klettern."

„Ben ist am Arsch. Selbst ein Army Ranger kann nicht gegen

eine verärgerte Mistress gewinnen." Nolan schüttelte den Kopf. „Vor allem nicht gegen eine schwangere."

Sam schnaubte. „Der Junge wird eine Weile merkwürdig laufen."

„Oh ja." Max bedauerte den armen Bastard fast, als er seinen Weg zur Bar fortsetzte.

„Hey, Kumpel." Cullen sah von dem Getränk auf, das er zusammenbraute. „Ich hoffe, du hast eine böse Abschreckung geplant, damit Wonder Woman dort nicht auf dumme Gedanken kommt." Er wies mit dem Kinn auf Andrea, die gerade ein Bier zapfte.

Max wusste, dass Uzuri mit Andrea an ihrem Amazonen-Kostüm gearbeitet hatte. Andreas Brustpanzer war rot, der Lederrock dunkelblau, und sie hatte definitiv die Figur für das Outfit. Max warf ihr einen wertschätzenden Blick zu. „Großartiges Kostüm. Weißt du, ich denke, die Ehe stimmt mit ihr überein."

„Mit uns beiden. Ich kann es kaum erwarten, bis meine Superheldin versucht, mich zu verhaften." Mit seinem Zwei-Tage-Bart und der schmutzigen, dunklen Kleidung gab Cullen den perfekten Schurken ab.

„Mmm." Max bemerkte das goldene Lasso, das an Andreas Gürtel befestigt war. „Was für ein Glück, dass Wonder Woman sogar mit einem Seil für dich kommt."

Cullen grinste und wies dann auf die Spielzeugtaschen über Max' Schultern. „Soll ich die hinter der Bar verstauen?"

„Eigentlich haben wir uns gefragt, ob es bei dir Interesse an einem Bar-Ornament gibt. Oder, vielleicht sollte ich besser sagen, einer Bar-Show."

„Verdammt, ja! Es wird Zeit, dass jemand meine Bar dekoriert." Cullen breitete seine Arme aus. *Mi taberna es su taberna.*"

„Sollte das Spanisch sein?" Hinter ihm machte Andrea Würgegeräusche.

Cullen riss sie an sich. „Sei still, Frau." Er packte ein Bündel ihres Haars und küsste sie auf den Mund, was die perfekte Technik war, um sie zum Schweigen zu bringen.

Grinsend ging Max ans Ende der Bar. Um zu verhindern, dass Beobachter in die Session eingriffen, platzierte er auf die Hocker in der Nähe Handtücher und die Spielzeugtaschen und markierte somit die Grenze. Die Show versprach feucht und schmutzig zu werden, also breitete er auf dem Boden und der Theke Tücher aus.

Gut genug. Er schüttelte den Kopf. Der armen kleinen Zuri würde es heute an den Kragen gehen.

Er blickte auf. Der Sparren über der Bar hielt eine Fülle schwerer Ketten bereit. Er griff hoch und löste die beiden, die dem Ende der Bar am nächsten waren, sodass sie in Reichweite baumelten.

Ein schockiertes Keuchen war von rechts zu vernehmen und er drehte sich um.

Uzuri stand neben Alastair, seine Hand auf ihrer Schulter. Ihre weit aufgerissenen Augen waren auf die Ketten gerichtet.

„S-Sir, was machst du?" Das schiere Entsetzen in ihrer Frage sagte Max, dass die Session einen Traumstart hinlegte.

Perfekt. Er hatte nicht das Herz, sie streng zu bestrafen, nicht dafür. Nicht, wenn er ihre Streiche genoss. Doch alle D/s-Beziehungen erforderten von den Doms ein gewisses Maß an Kontrolle. Auf völligen Ungehorsam nicht zu reagieren, würde den unausgesprochenen Vertrag zwischen ihnen verletzen. Das würde sie alle verletzen.

Zuerst kam die Kommunikation. „Ich bereite eine Session vor, kleine Unruhestifterin. Leider musste unser Plan für eine erotische Privatsession geändert werden."

Ihr Blick fiel. „Es tut mir leid."

„Uns auch." Alastair stellte sich neben Max, bis sich ihre Schultern berührten, sodass sie sich deren Sub als solide Wand der Autorität präsentierten. „Sag uns, warum du in Schwierigkeiten steckst."

Trotz ihres harten Griffs um einen ihrer Handschuhe drückte sie ihre Schultern durch und schaute auf. „Ich habe eure Taschen und den Inhalt angefasst."

„Nun, das klingt nicht so schlimm, oder?" Max gab seiner Stimme die Schärfe, die sogar hartgesottene Kriminelle erschrecken würde.

Ihre Schultern sackten nach unten.

„Kannst du mir erklären, warum Max ... verärgert zu sein scheint?" Der warme *Du kannst mir vertrauen, lass mich helfen*-Ton des Doktors war auf eiskalt abgefallen.

Ihre Unterlippe bebte. „Er sagte mir, ich solle eure Taschen in Ruhe lassen, und ich ... habe nicht gehört."

„Ja, du hast einem direkten Befehl nicht gehorcht", hob Max seine Stimme, damit die Leute in der Nähe es hören konnten.

„Sprich weiter", sagte Alastair.

„Ich habe es getan, weil ich wütend war", flüsterte sie.

„Ich würde das in der Tat als rachsüchtigen Streich bezeichnen." Alastairs britischer Akzent klang kurz angebunden. „Fahre fort."

Mit jedem *Sprich weiter* oder *Fahre fort* schrumpfte sie ein bisschen mehr zusammen. „Ich hätte es nicht hier tun sollen."

„Ja, du hast dein Fehlverhalten so geplant, dass der gesamte Club es sehen konnte", stimmte Alastair zu.

Seine bewusste Formulierung drang zu ihr durch. Ihr Kopf zuckte nach oben und sie sah sich um, als wurde ihr erst jetzt klar, wo sie sich befand – und warum. Ihr Gesicht wurde ein paar Farbtöne heller.

In einer subtilen Bewegung rieb Alastair seine Schulter gegen Max'. *Übergabe.*

„Ich mag die Puppe, Zuri, aber ich muss sagen, ich mag es nicht, meinen Schwanz zur Schau zu stellen." Max ließ seine Stimme eisig klingen. „Ganz zu schweigen von einer Folterapparatur um meinen Schwanz und Hoden."

Wie nett sie doch zusammenzuckte.

Max entfernte ihr den Umhang und hob sie auf die Bar. Ihr nervöses Quietschen machte ihn hart.

„Da du gerne Ketten und Genitalien kombinierst, werden wir das als Thema für diese Session aufgreifen", sagte Alastair.

Ihre schönen braunen Augen weiteten sich und sie versuchte, von der Bar zu rutschen.

„Nicht. Bewegen", sagte Alastair leise, und sie erstarrte. Haken für Haken löste Alastair ihr goldenes Bustier und legte es dann auf einen Hocker.

Nachdem ihre Brüste freigelegt wurden, saß sie ruhig vor ihnen, jede Gegenwehr vergessen.

Sie brach ihm wirklich das Herz. Max entfernte ihre Schulter- und Schienbeinschützer, dann ihre Handschuhe, bevor er eine Hand in ihren Nacken legte. Er zog sie zu sich, damit er ihre bebenden Lippen küssen konnte.

Als er zurücktrat, wagte sie es, einen Blick auf ihn zu werfen, ihr Ausdruck von Nervosität durchzogen. „Bist du wirklich wütend auf mich?"

„Zuri, klingen wir wütend?", fragte Max. Mit etwas Glück würde sie nie merken, dass sie kein bisschen verärgert waren.

„Ja. Nein. Nicht so richtig. Ich ... ich mag keinen Schmerz."

Max glitt mit der Hand von ihrem langen, eleganten Hals über ihre Kehle und zu ihrer nackten Brust. Sanft zwickte er in eine samtweiche Brustwarze und erhöhte den Druck, bis sie nach Luft schnappte.

Das verräterische Rot der Erregung färbte ihre Haut – und beide Nippel wurden vor seinen Augen hart.

„Hin und wieder mag dein Körper Schmerz, Baby." Er drehte seine Hand um und strich mit den Fingerknöcheln über die harten Knospen. „Würden wir jemals etwas tun, dass du nicht ertragen kannst?"

Ohne auch nur zu zögern, schüttelte sie den Kopf. „Nein."

„Vertraust du uns?" Er war extrem versucht, die andere Frage zu stellen. *Liebst du uns?*

„Ja", flüsterte sie.

Nach einem Kuss auf ihre Stirn sah er zu seinem Cousin.

Alastair überreichte Lederfesseln, die stets hinter der Bar zu finden waren. Gut, dass Z dort Ersatzteile aufbewahrte. Kein Dom mit Selbstachtung würde rosafarbene Fesseln mit Glitzersteinchen verwenden. *Meine Güte.* Als Max Zuris Knöchel einschränkte, befestigte sein Cousin Fesseln an ihren Handgelenken.

„Leg dich hin, Sub." Alastair positionierte Zuri so, dass sie entlang der Bar lag und ihre Beine an der Kurve des ovalen Konstrukts baumelten. Er hakte ihre Handgelenksfesseln zusammen. „Kette?"

Max suchte in seiner Tasche und übergab ihm den gewünschten Gegenstand zusammen mit ein paar Karabinerhaken.

Alastair fädelte die Kette durch Zuris Fesseln und zog ihre Arme über ihren Kopf. Er hakte das andere Ende der Kette an einem der Eisenringe ein, die in die Theke eingebettet waren.

Max grinste. Er hatte noch nie eine Bartheke gesehen, die sowohl für Fesselspiele als auch zum Trinken konzipiert worden war. Er zog Zuri den Lederkilt aus, sodass sie abgesehen von den Lederfesseln nackt war. Nachdem er ein Ende einer kurzen Kette an ihrer rechten Knöchelfessel befestigt hatte, hob er ihr Bein an und hakte das andere Ende an die Kette, die vom Sparren herabhing. Ihr Bein zeigte nun an die Decke. Er tat dasselbe auf der linken Seite und trat zurück, um den Anblick zu genießen.

Nackte Sub auf einer Bar, auf dem Rücken, Arme über dem Kopf, Beine in einem schönen breiten V hochgezogen. Und ihr hübscher Arsch schloss mit der Kante ab.

Er legte einen Arm um ihr Bein, küsste die Innenseite ihres Oberschenkels und spürte das sanfte Beben unter der weichen Haut. Als er die Sorge in ihrem Gesicht sah, runzelte er die Stirn. „Zuri?"

War sie bereit dafür? Sie könnten den Plan überarbeiten ...

Sie sah ihn an, atmete langsam ein und nickte.

Okay. Also dann.

Alastair lachte und reichte ihm eine Sub-Decke. „Es ist seltsam, wie alle hier denken, dass *ich* der weichherzige Dom bin."

„Schon bald werden sie es besser wissen." Max war sehr wohl aufgefallen, dass der „Sadist" seine Finger sowohl zur Beurteilung als auch zur Beruhigung um Zuris Unterarm geschlungen hatte. Schmunzelnd stopfte Max die aufgerollte Decke unter Zuris Arsch, um ihr Becken weitere fünfzehn Zentimeter anzuheben, was ihr eine gute Neigung verlieh. Anschließend passte er die Beinketten an.

Hmm. Ein Hüftriemen?

Nein, heute nicht.

Mit den Handgelenksfesseln und den gespreizten Beinen in der Luft kam sie ohnehin nirgendwohin. Er und Alastair genossen es, eine Sub zappeln zu sehen, und Zuris Körper war wie dafür gemacht. „Fertig."

„Ist sie nicht reizend?", hauchte Alastair, als er deren gefesselte Frau anlächelte.

„Oh ja."

Ihre Augen waren hell, ihre Haut vor Erregung etwas dunkler, ihre Atmung schnell. Ein bisschen nervös. Nicht verängstigt, obwohl sie gefesselt war und zwei große Männer über ihr ragten. Sie vertraute ihnen.

Bei dem Wissen breitete sich Wärme in Max' Adern aus.

Alastair beugte sich zu einem langsamen Kuss vor und spielte dann mit ihren Brüsten. Schon bald salutierten ihre Brustwarzen.

Max grinste. Sein Cousin mochte Brüste, kein Zweifel, und Uzuris waren besonders hübsch. Parallel zu ihrem Oberarm platzierte Max seine Unterarme auf der Bar. „Ich denke, wir beginnen jetzt mit der Aufwärmphase. Deine Wahl, Doc."

Alastair ging zu seiner Tasche. „Ich hatte geplant, heute meinen weichsten Flogger zu benutzen, aber ich habe keine Zeit, die Knoten zu lösen."

Zuris schuldiger – und besorgter – Ausdruck war verdammt süß.

Tröstend drückte Max ihre Finger, während seine andere Hand zwischen ihren nackten Brüsten landete. Also das war mal ein schneller kleiner Herzschlag, hmm?

Außerhalb von Zuris Sichtfeld öffnete Alastair seine Tasche. Er entfernte den pilzköpfigen Hitachi-Vibrator, steckte ihn leise in eine Steckdose an der Basis der Bar und legte ihn zur Seite. „Vielleicht" – er hielt eine Gerte hoch – „könnte dies eine angemessene Alternative sein."

Max grinste. Man konnte sich immer darauf verlassen, dass ein Engländer etwas mochte, das zum Reiten erfunden wurde. Der lange schwarze Schaft endete in einem zwei Zoll breiten Quadrat aus schwarzem Leder. *Nein, warte.* Die Gerte hatte *zwei* Lederstreifen anstelle des traditionellen einen, was bedeutete, dass es ein noch lauteres Schlaggeräusch fabrizieren würde.

Mit der Handfläche auf Zuris Brust spürte Max, wie sie sich anspannte.

Alastair betrachtete sie für eine lange Weile. „Wie lautet das Safeword hier, kleine Unruhestifterin?"

Ihre Stimme war kaum zu hören: „Rot. Sir."

„Sehr gut. Du meldest dich, wenn es zu schmerzhaft wird." Alastair sensibilisierte ihre Haut und glitt mit den Lederquadraten der Gerte über ihren rechten Oberschenkel, ihren Venushügel, dann den linken Oberschenkel – und wieder zurück. Mit jeder Runde streifte er mit den Fingerknöcheln ihre Pussy und hielt sie so in einem erregten und gleichzeitig nervösen Zustand.

Unter Max' Handfläche schlug ihr Herz immer härter.

Um sie herum waren alle zu den normalen Clubaktivitäten zurückgekehrt. Cullen und Andrea servierten Getränke und unterhielten sich mit Mitgliedern an der Bar. Gespräche summten mit gelegentlichem Lachen. Aus dem Umkreis kamen das Klatschen von Paddeln und Händen, das Zischen von Peitschen, das mit Schreien und Stöhnen einherging. Eine Sub bettelte mit hoher Stimme um Erlösung; ein männlicher Sub fluchte und schluchzte und weinte.

Alastair schnippte sanft die Innenseite von Zuris rechtem Oberschenkel hoch und musterte zwischen jedem Schlag ihr Gesicht und ihre Muskeln.

Obwohl sie bei dem ersten Schlag scharf Luft geholt hatte, machte sie sich gut. Max bemerkte, dass sie trotz der lauten Gerte nicht einmal zuckte.

Damit war die Zeit gekommen, mehr Empfindungen hinzuzufügen.

KAPITEL FÜNFUNDZWANZIG

Die **Rückseiten von** Uzuris Oberschenkeln stachen von der Gerte, und langsam formte sich auch ein Brennen an ihren inneren Oberschenkeln.

Plötzlich schlug die Gerte mit diesem schrecklichen zischenden Laut auf ihre Pussy.

„Ah!" Die Ketten rasselten, als sie versuchte, ihre Knie zusammenzuziehen – ohne Erfolg. Ihre Füße ragten weit gespreizt in die Höhe, sodass sich ihre Pussy schrecklich entblößt anfühlte. Entblößt auf eine erotische Weise.

Sie hob den Kopf und blickte ihren Körper hinunter, wo sie Alastair eingerahmt von dem V ihrer Beine sah. Um dem Halloween-Thema treu zu bleiben, hatte er ein schwarzes Hemd an, das er sich von Max geliehen hatte. Dazu trug er ein Durag auf dem Kopf. Ein Pirat. Er hatte zwei Tage lang seinen Bart nicht getrimmt, und so wirkte er heute extra bedrohlich und gefährlich.

Als sein durchdringender Blick auf ihren traf, schien die Kraft in seinen Augen das gesamte Gebäude zu erschüttern. Bewusst hielt er ihren Blick mit seinem gefangen und legte seine Hand auf ihre Pussy. Bei der Hitze seiner Handfläche in ihrer Nässe und dem Druck auf ihrer pochenden Klitoris schoss die Lustwelle durch sie hindurch.

Ein schiefes Lächeln formte sich auf seinen Lippen und erinnerte sie daran, dass er gerne Schmerz als eines seiner Werkzeuge benutzte.

Und dann trat er zurück und setzte damit fort, sie mit der Gerte zu bearbeiten.

Das Brennen auf der Haut ihrer Beine nahm zu und sie riss wieder an den Fesseln ihrer Knöchel. Erfolglos. Sie knurrte frustriert.

Gelächter ertönte um sie herum.

Oh, mein Gott! Sie war nackt und lag gefesselt auf der Bar. Auf einer Bar! Mit den Beinen in der Höhe und ihrer Pussy entblößt. So demütigend.

„Ganz ruhig, Darlin'." Max drückte ihre Finger.

Sie brauchte diesen Trost. Das Schnippen, Schnippen, Schnippen der Gerte fühlte sich stetig härter an und grenzte mittlerweile an Schmerz. Was hatten sie mit ihr vor? Ihr Mund war so trocken, dass sie kaum in der Lage war, zu schlucken. Als Max ihre Hand losließ, geriet sie in Panik und versuchte, ihn wieder zu greifen, aber die Kette, die von ihren Handgelenken zu dem Sparren über ihr führte, hielt ihre Arme über ihrem Kopf. Ihr Herz trommelte in ihrer Brust. „Warte", wimmerte sie.

„Ganz ruhig, Prinzessin. Ich lasse dich nicht allein." Max' Stimme war ein heiseres, beruhigendes Rumpeln. „Nur brauche ich beide Hände, um mit diesen Schönheiten zu spielen." Seine schwieligen Handflächen waren verlockend rau, als er ihre Brüste zusammendrückte, sie knetete und massierte. Sie schwollen unter seinen harten Händen an, und die Haut wurde schmerzhaft straff.

Mit einem abschätzenden Ausdruck umkreiste er beide Nippel mit einem nassen Finger, wodurch eine kühle Stelle inmitten der pochenden Hitze entstand.

Als Alastair sie härter mit der Gerte traf, zuckte sie zusammen.

Max schmunzelte. „Lass mich dir mit diesem fiesen Schmerz helfen, Baby." Er beugte sich vor.

Sie sog scharf den Atem ein, als sich sein Mund um einen Nippel schloss und ihn in Hitze hüllte. Seine Hand packte ihre andere Brust und er rollte die Knospe zwischen Daumen und Zeigefinger.

Als ein dunkler Hunger in ihr aufblühte, änderte sich das Brennen der Gerte, und erinnerte schließlich eher an heißes Wasser, das auf sie niederrieselte. Empfindungen, die nicht ganz Schmerz waren, schossen direkt zu ihrer Mitte. Ihre Klitoris begann mit einem unersättlichen Bedürfnis zu pochen.

„Besser." Max hob den Kopf und lächelte sie an. Mit der Handfläche auf ihrer Wange und dem Daumen unter ihrem Kinn hielt er ihren Kopf unbeweglich, als er ihren Mund gewaltsam beanspruchte. Seine Zunge drang in ihren Mund. Besitzergreifend. Die glatte Baroberfläche schien unter ihr wegzufallen.

Als Max sich zurückzog, schlug Alastair mit der Gerte auf ihren Venushügel – direkt über ihrer Klitoris.

Die schmerzhafte – wundervolle – Empfindung schoss durch sie hindurch. „Oh!" Ihre Hüfte zuckte nach oben.

Mit einem tiefen Glucksen schnellte Alastair mit seinem Finger über ihre Klitoris und wanderte dann zu ihrem Eingang, um sie zu necken. Diabolisches Necken.

Ihre Hüfte zappelte unkontrolliert und hilflos, denn sie sehnte sich nach seinem talentierten Finger an ihrer Klitoris. Nach seinem Mund. Sie brauchte ... Sie entließ ein frustriertes Geräusch.

„Nein, Darlin'", flüsterte Max. „Du wirst dich nicht bewegen. Du wirst alles ertragen, was wir dir geben – und du wirst viel ertragen müssen."

„Ab jetzt." Alastairs Finger umkreiste weiterhin ihren Eingang, während er zu Max sah. „Sie ist so schön feucht. Und an einem guten Ort."

„Okay." Max wechselte mit Alastair den Platz und zog Dinge

aus seiner Tasche, die sie nicht sehen konnte. Eine Flasche? Eine riesige Tasche mit Reißverschluss, in der sich ...

„Sir? Was ist da drin?"

„Eine einen halben Zentimeter breite, aus Edelstahl gefertigte, sterilisierte" – Max schenkte ihr ein schiefes Grinsen – „Kette." Er hielt sie an einem Ende hoch. Sie starrte die Kette an. Jedes einzelne Glied war um die drei Zentimeter lang.

Oh nein. Nein, nein, nein. Warum hatte sie diese Kette um den Schwanz von Detective Drago gewickelt? Wollten sie diese Kette um sie herum wickeln? Was auch immer die Doms geplant hatten, sie wollte es nicht. Uzuri schüttelte den Kopf. „Sir. Nein. *Gelb.*"

„Süße." Alastair stand neben ihrer Schulter und drehte ihren Kopf zu ihm. In seinem intensiven, stetigen Blick war Hitze sowie ... Zuneigung zu sehen. Zuneigung für sie? Seine Lippen waren warm, als er sie zärtlich küsste. Seine Stimme war tief. Und stark. Wann war es dazu gekommen, dass sie sich auf seine Kraft verließ? „Obwohl dir diese Session einige Grenzen aufzeigen soll, geht es auch um Vertrauen. Du vertraust uns, Süße, und wir werden dieses Vertrauen nicht brechen."

Ihr Herz konnte nicht *Nein* sagen. Nicht zu ihm. Sie biss sich auf die Unterlippe.

„Zuri." Max fuhr mit der Hand über die Innenseite ihres Oberschenkels. Die Bräune des Sommers machte seine intensiven Augen noch blauer. „Wir dachten, du würdest das hier mehr genießen als Schmerzen."

Der dunkle Bartschatten entlang seines Kiefers ähnelte dem von Alastair. Gefährlich. Trotzdem gingen sie behutsam mit ihr um. Wie viele Doms wären immer noch nett zu ihr, nachdem sie die Männer in Verlegenheit gebracht hatte? Sie holte tief Luft. „Ihr werdet mir nicht wehtun."

„Nein, Love. Es wird nicht wehtun." Alastair streichelte ihre Wange. „Und wir werden aufhören, wenn es zu viel wird. *Vertraust* du uns?"

Sie schluckte und nickte.

Max spritzte das Zeug aus der Flasche über die Kettenglieder, und der Geruch von Kokosnuss erfüllte die Luft.

Etwas rasselte. Angespannt versuchte sie, den Kopf zu heben, um zu sehen, was er tat.

Alastair gluckste und drückte ihren Kopf nach unten. „Schließe deine Augen, Uzuri." Seine geschmeidige Baritonstimme konnte nicht missachtet werden.

Mit einem unglücklichen Laut schloss sie die Augen und versuchte, sich zu entspannen.

Sie spürte sehr nasse Finger, die Öl an ihrem Eingang und über ihrer Klitoris verteilten. Oh, bei der Empfindung zappelte sie.

Max' Lachen war tief und dunkel. „Keine Bange, Prinzessin. Du wirst in ein paar Minuten so oft kommen, dass du nicht mehr weißt, wo oben und unten ist."

Sie biss sich auf die Unterlippe, als die Welle der Erregung – und der Angst – von ihr Besitz ergriff. Wie konnte er das regelrecht bedrohlich klingen lassen?

Mehr rasselnde Laute, bevor Max sagte: „Das nennt man den Ketten-Trick. Ich habe die Kette selbst auf scharfe Kanten überprüft und sterilisiert. Manchmal zwicken die Glieder etwas beim Reinschieben." Sie konnte das Lächeln in seiner Stimme hören, als er hinzufügte: „Quietsche einfach, wenn das passiert."

Reinschieben? „Du willst das in mich reinstecken?" *In mich?*

Alastair nahm ihre Hände und sie packte ihn fest.

Max sah zu ihr. „Halt dich gut fest, Baby. Das wird dich so vollmachen wie eine Faust, ohne dass ich meine Hand durch eine enge Öffnung bekommen muss." Er schob etwas Kühles und Glitschiges, Dickes und Noppiges in sie hinein.

Und er hörte gar nicht mehr auf.

Immer mehr von der Kette fand ihren Weg in sie, und mit jedem zusätzlichen Glied wurde die Masse schwerer.

Max stoppte schließlich und dann lag sein Mund auch schon auf ihrer Klitoris, leckte und neckte.

Oh, oh, oh! Bei dem prickelnden Vergnügen pulsierten die

Wände ihres Geschlechts um ... etwas Hartes – ein Gewicht in ihr, dass sich auf beunruhigende Weise erotisch anfühlte.

Max hielt inne, bevor etwas Kühles und Feuchtes mit Struktur über ihre Klitoris glitt.

Ihre Augen flogen auf und sie hob den Kopf.

Er zog die öligen Kettenglieder über ihre Klitoris, auf und ab, und neckte sie mit dem glitschigen Metall.

Jedes Glied betörte das Nervenbündel dazu, mehr zu pochen. Unerträgliche Hitze wuchs in ihrem Zentrum, bis sie sich unter dem Ansturm der Empfindungen wand.

„Genau so, Baby." Lachend begann Max, mehr von der Kette in sie hineinzuschieben.

Alastair hielt immer noch ihre Finger mit einer Hand, während seine andere zu ihren Brüsten wanderte, um mit ihren Nippeln zu spielen, was neue Empfindungen direkt zu ihrer pochenden Klitoris schickte.

Bei jedem Glied, das Max in sie schob, schaffte er es, über ihren G-Punkt zu reiben. Immer und immer wieder.

Zu viele Empfindungen prallten auf sie ein. Fülle. Dehnen. Und so schwer. Ihre Mitte fühlte sich an der Bar verankert an; ihr Verstand schien zu schweben. Ihr Kern schmerzte vor Begierde, und trotzdem verlangsamte sich ihre Atmung.

Max pausierte. Als seine scharfsinnigen blauen Augen sie musterten, war seine Sorge um sie herzerwärmend offensichtlich. Er sah zu seinem Cousin, und so erkannte sie, dass Alastair sie genauso aufmerksam beobachtete. Seine Finger lagen sanft über ihrer Halsschlagader. Er war so ein Arzt.

Ein sprudelndes Kichern entkam ihr, und seine Augen erhellten sich zu dem Grün, das sie so an ihm liebte. „In Ordnung, Love. Du machst dich gut." Er nickte Max zu.

Sie spürte, wie Max' Finger ein weiteres Glied in ihre Pussy drückte. Und noch eins. Mittlerweile ging er langsamer vor. Gelegentlich zwickte ein Glied ihre Schamlippen, und irgendwie trug das Gefühl einfach zu den anderen Empfindungen bei.

Mehr und immer mehr.

Nach einer Weile erkannte sie, dass sie ihre Augen geschlossen hatte. Alastair leckte ihre Nippel und saugte sie sanft zwischen seine Lippen. Sie fühlte sich unglaublich voll und schwer, als ihre gesamte untere Hälfte vor heißer Begierde pulsierte.

Max stoppte. Nach einer Sekunde küsste er die Innenseite ihres Oberschenkels, sodass sein Bart sinnlich über die empfindliche Haut kratzte. „Fast ein ganzer Meter. Dabei belasse ich es. Sie gehört jetzt dir, Doc."

Die Berührungen an ihren Brüsten hörten auf, sodass sie sich etwas allein gelassen fühlte. In der nächsten Sekunde ertönte ein lautes Summen. Dieses Geräusch. Sie hatte es schon einmal gehört.

Sie schaffte es, die Augen zu öffnen.

Max, nicht Alastair, stand jetzt neben ihr. Er lächelte auf sie herunter und legte eine warme, besänftigende Hand unter ihre Brüste. „Bereit, Baby?"

Ihr Körper schien zu summen und vor aufgestauter Lust zu schimmern. „Hmm?"

Max nickte zum Ende der Bar hin.

Eingerahmt zwischen ihren Beinen hielt Alastair einen Hitachi-Massagestab.

Sie riss die Augen auf. „Oh nein. Nein, nein –"

„Oh doch", murmelte Max.

Anstatt den Stab gegen ihre Klitoris zu legen, drückte Alastair ihn an ihren Beckenknochen – und die starken Vibrationen erschütterten sie, bis sogar die Kette im Inneren zu vibrieren schien. Ein unerbittliches Pulsieren begann tief in ihrem Kern.

Langsam bewegte er das Gerät zu ihrer Klitoris – und drehte es hoch.

„Oh, mein Gott!" Bei der unerträglichen Ekstase spannte sich ihr ganzer Körper an – und dann explodierte sie in einem schockierenden Sturm der Empfindung. Ein Strudel der Lust stürzte über ihr zusammen ... und hörte einfach nicht mehr auf. Der

Hitachi-Stab blieb auf ihrer Klitoris und schickte sie erneut über die Klippe – und als sich ihre Vagina rhythmisch um die schwere Masse der Kette zusammenzog, dehnte sich alles in ihr aus, pulsierte, wirbelte und geriet außer Kontrolle. Jedes Pulsieren überwältigte und schüttelte sie durch. Das Vergnügen war eine heiße Lavawelle, die durch sie brannte, und sie konnte spüren, wie ihre Arme an den Fesseln zogen, als sich die Welt um sie herum auflöste.

Sie schnappte nach Luft, als Alastair schließlich den Stab hob. Ihr Körper wurde schlaff, obwohl ihre Vagina noch immer bebte. Oh, wenn das ihre Bestrafung war, akzeptierte sie diese nur zu gern. „Oh, mein Gott ..." Ihre Stimme klang heiser.

„Was für ein Spaß, oder, Baby?" Ein Grübchen zeigte sich in Max' Wange, als er sie anlächelte. „Erinnerst du dich, wie wir wollten, dass du uns um einen Orgasmus bittest, als wir draußen gespielt haben?"

Sie kicherte. „Diesmal musste ich dich nicht anflehen."

„Nein, musstest du nicht." Ein böses Glitzern zeigte sich in seinen Augen. „Tut mir leid, Darlin', aber dieses Mal musst du betteln, damit wir aufhören."

Bevor sie reagieren konnte, senkte Alastair den Hitachi wieder auf ihre Klitoris.

Die kleine Sub verfügte über eine verdammt beeindruckende Ausdauer, dachte Alastair eine Weile später. War das ihr vierter oder fünfter Orgasmus? Ihr Körper glänzte vor Schweiß und ihre Augen waren glasig.

„Bitte", flüsterte sie. „Nicht mehr. Bitte, bitte, bitte nicht. Sirs, bitte."

Max grinste. „Schau, sie *kann* danach fragen, wenn sie etwas braucht."

Nachdem Alastair den Stab zur Seite gelegt hatte, stellte er sich neben Max.

CHERISE SINCLAIR

Als Max in stiller Absprache zu ihm blickte, neigte Alastair seinen Kopf, um ihm zu verstehen zu geben, dass er verstanden hatte. Max nickte zustimmend und widmete sich nun Uzuri. „Wir wollen dich jetzt auf deinen Händen und Knien." Er wandte an der kleinen Sub seine Polizistenstimme an. „Eine Runde mit dem Stab wird es jedoch noch geben, damit du es dir zweimal überlegst, bevor du einen unserer Befehle missachtest. Verstanden?"

„Ja, Sir. Es tut mir l-leid, dass ich nicht gehorcht habe." Sie richtete ihre großen braunen Augen auf Alastair und wiederholte: „Es tut mir leid, Sir."

Hatte er jemals jemanden gekannt, der liebenswerter war? Alastair beugte sich vor, um ihre bebenden Lippen zu küssen. „Dir sei vergeben, Uzuri." Als er die Ketten von ihren Handgelenken entfernte, löste Max die Fesseln an ihren Beinen.

Nachdem sie Uzuri losgemacht hatten, grinste Max ihn an. „Ich überlasse dir die Ehre."

Die Kette herausziehen? „Fauler Yankee. Wenn es denn sein muss." Alastair stieß einen lauten Seufzer aus. „Du hast alles gegeben, um die Kette in sie zu bekommen; ich sollte meinen Teil dazu beitragen."

„Klugscheißer." Lachend nahm Max den Platz seines Cousins ein.

Sie wussten beide, dass es nichts Besseres gab, als die Kette zu entfernen.

Max drehte Uzuri um und positionierte sie auf ihren Händen und Knien. Als sich die Kette in ihr bewegte, spannte sie sich an und stöhnte unter einem weiteren Orgasmus. Um sie davon abzuhalten, zu erschlaffen und auf der Bar zusammenzubrechen, platzierte er eine Hand unter ihren Bauch.

Am unteren Ende bewegte Alastair ihre Knie weit auseinander, legte eine Hand auf ihren Arsch und schloss seine andere Hand um die Kette. Die silbernen Glieder sahen im Kontrast zu ihren dunklen Schamlippen einfach atemberaubend aus. Er sah zu seinem Cousin.

„Das letzte Mal mit dem Stab, Baby." Max hob den Hitachi auf und schaltete ihn an.

Uzuri hatte keinen funktionierenden Muskel mehr in ihrem Körper. Da sie nicht einmal ihren Kopf heben konnte, legte sie ihre Stirn auf ihre gefalteten Hände. Mit jeder Bewegung ruckelte die schwere Kette in ihr, dehnte sie und schickte Lust durch jede Zelle, bis sie nicht mehr sicher war, ob sie noch kam oder nicht.

Ihre Arme bebten so stark, dass sie zusammengebrochen wäre, würde sie nicht Max' Handfläche unter ihrem Bauch fühlen, mit der er sie stützte.

Er hatte etwas zu ihr gesagt, und jetzt ertönte ein Summen. Was war das? Dann erkannte sie es – und quietschte so laut, wie sie konnte.

Max legte den Hitachi-Stab gegen ihre Klitoris und übte genug Druck aus, sodass die Vibrationen auch die Kette zum Brummen brachten, und innerhalb weniger Sekunden – Sekunden! – bündelte sich alles in ihr und ein weiterer schaudernder Höhepunkt fegte durch sie hindurch.

Bevor der Orgasmus die Chance hatte, abzuebben, begann alles in ihr, sich zu bewegen.

Und die Wellen der Ekstase türmten sich von Neuem auf ...
„Nein!"

Alastairs tiefes Glucksen erklang, als er die Kette langsam und stetig herauszog. Jedes ... einzelne ... harte ... Glied rieb dabei über ihren G-Punkt. Jeder Zug bewegte die schwere Masse der Kette in ihr. Jede Verlagerung vibrierte in ihr.

„Oh Gott!" Die Wände ihres Geschlechts zogen sich dermaßen intensiv zusammen, dass sie bei so viel Lustempfinden das Gefühl bekam, gleich dahinzuscheiden. Von dem verheerenden Vergnügen zu verenden, war für heute nicht der Plan gewesen.

Der Höhepunkt setzte sich sogar fort, nachdem die Kette

verschwunden war, und auch jetzt rüttelten die Nachbeben sie durch. „Oh, oh, ooooooh!"

„Ganz ruhig, Prinzessin." Mit sanften Händen legte Max sie auf die Seite. Eine Hand fixierte sie, während seine andere über ihren verschwitzten Rücken rieb.

Als sie verzweifelt nach Luft schnappte, fiel ihr auf, dass das Summen diesmal nicht von dem Hitachi-Stab kam, sondern dem Rauschen in ihren Ohren.

Max ging etwas in die Knie, um mit ihr auf Augenhöhe zu sein, und lächelte sie an. „Süße, kleine Unruhestifterin. Atme, Zuri."

Alastair erschien neben ihm, legte eine Decke um sie und nahm ihre Hand. „Alles ist gut, Süße." Sein Blick war voller Zärtlichkeit.

Als die Master sie berührten, sie streichelten, über sie wachten, fühlte sie sich ... umsorgt. Erschöpft, befriedigt, verschwitzt – und sicher. Wertgeschätzt.

Oh, sie liebte die zwei so sehr. Ihr Herz schwoll von der Emotion an, bis es ihre Brust erfüllte und ihr Herz vor Sehnsucht schmerzte. Sie sah Alastair hilflos an, und als ob er sie hören konnte, beugte er sich vor, um sie sanft zu küssen.

Als er sich aufrichtete, füllten sich ihre Augen mit Tränen.

Max machte ein unglückliches Geräusch und legte eine Hand auf ihre Wange. „Baby, was ist los?"

Ich liebe dich. Nur kamen keine Worte heraus.

Nach einer Sekunde schüttelte er den Kopf und gab ihr einen langsamen, süßen Kuss. „Wir sollten unsere kleine Unruhestifterin nachhause bringen, Cousin."

Nach einer Dusche ging Max durch das ruhige Haus, um sich in der Küche ein Bier zu greifen.

Er und Alastair hatten Uzuri vor einer Weile ins Bett gesteckt.

Sie war so fertig mit der Welt, dass sie es kaum geschafft hatte, ihnen einen Gutenachtkuss zu geben. Beide hatten sie sich ans Bett gesetzt, bis sie in einen tiefen Schlaf gefallen war.

Er hätte sie die ganze Nacht beobachten können. Wie konnte es sein, dass es ihn mit so viel Zufriedenheit erfüllte, sie einfach in seiner Nähe zu haben?

Manche Frauen waren wie rauschende Flüsse, immer in Bewegung. Einige – wie Sally – waren eher wie sprudelnde Bäche. Uzuri jedoch ...

Er hatte einen Lieblingssee, hoch in den Bergen, wo das Wasser so tief war, dass es mitternachtsblau daherkam. Tagsüber funkelte und tanzte das Sonnenlicht auf der Oberfläche. Nachts zählte er die Sterne, die sich so deutlich im dunklen, stillen Wasser spiegelten ... und atmete die Ruhe ein.

Ja, das beschrieb Uzuri am besten.

Mit seinem Bier in der Hand trat er nach draußen auf die Terrasse.

Die winzigen Solarlichter um den Gartenteich zeigten Alastair mit einem Glas Whisky. Er blickte auf. „Ich sehe, wir sind heute Abend in der gleichen Stimmung."

„Scheint so." Max setzte sich und sofort kam Hunter zu ihm, um ihn zu begrüßen und sich zu seinen Füßen niederzulassen. Die Hitze des Tages hatte nachgelassen, und die Luft war feucht und kühl. Die Palmen, die den hinteren Zaun säumten, raschelten in der Brise kommend von der Hillsborough Bay.

Schließlich brach Max die Stille: „Was werden wir wegen Zuri tun?"

„Ihre zwei bis drei Wochen bei uns neigen sich dem Ende zu, hmm?"

„Mein Gott, ich habe vergessen, dass wir eine bestimmte Zeit festgelegt haben." Max starrte auf den Teich und er nahm ein Gefühl der Dringlichkeit in sich wahr. Sie mussten darüber reden, bevor es zu spät war. *Zur Hölle nochmal.* Er öffnete den Mund und ... schloss ihn wieder.

Es war verdammt schwierig, diesen Scheiß laut auszusprechen. Zumindest konnte er an seinem Cousin üben, bevor er alles vor Zuri ausbreitete. „Ich ... mag sie. Sehr."

„Du klingst, als würde dich jemand strangulieren." Alastair gluckste. „Du meinst, du *liebst* sie."

Die Luft entleerte sich aus Max' Lungen. „Ja. Ja, das stimmt." *Stehe deinen Mann, Drago.* „Ich liebe sie." Er trank mehr von dem Bier. „Fuck, das zu sagen, war schwer."

„So scheint es." Alastairs nerviges Grinsen wurde noch breiter.

Max beäugte den Stuhl seines Cousins. Es würde nicht viel brauchen, ihn – und Alastair – umzustoßen. *Nein.* Das würde zu der Diskussion nichts beitragen, obwohl es natürlich befriedigend wäre. „Was ist mit dir?"

„Oh, mir geht es ganz genauso. Ich liebe sie." Alastairs Lächeln verschwand, als er Max sorgfältig musterte. „Kann ich davon ausgehen, dass wir sie weiter teilen wollen, oder hast du zusammen mit der Liebe auch eine unerwartete Besessenheit für sie entwickelt?"

Max richtete sich auf und fühlte sich, als wäre er geschlagen worden. „Was zum Teufel? Hast du Zweifel an unserer Triade?"

„Ich – Nein. Ich liebe euch beide." Alastair rollte seine Schultern. „Aber das sind *meine* Gefühle. Du könntest anders empfinden, und Besitzgier passiert. Die meisten unserer Freunde in polyamorösen Beziehungen sind daran gescheitert."

Max entspannte sich langsam und lehnte sich begleitet von einem erleichterten Seufzen auf dem Stuhl zurück. „Ja, Besessenheit mag für andere ein Problem sein, aber wir sind zusammen aufgewachsen. Alles haben wir geteilt – auch Frauen. Zu sagen, dass du etwas von mir nicht haben kannst, wäre so, als würde meine rechte Hand neidisch auf meine linke werden. Wir teilen, Cousin. Das ist es, was ich will."

Exakt das. Alle drei von ihnen – eine stabile Ménage-à-trois. Jeder gab und nahm. Zwei Doms, um Uzuri glücklich zu machen. Sie wussten genau, dass Uzuri mehr als genug Liebe zu geben hatte, auch wenn die kleine Sub die drei Worte noch nicht zu ihnen gesagt hatte. In ihren Augen hatte er jedoch gesehen, was sie fühlte.

Alastair nickte. „Das will ich auch."

„Okay. Wir teilen." Max runzelte die Stirn, als er seine Gefühle untersuchte. „Hmm. Wie sich herausstellt, bin ich doch besitzergreifend."

Alastair runzelte die Stirn. „Was meinst du?"

„Wenn irgendein Bastard es wagen sollte, sie anzufassen, wird er am Ende nur noch einen blutenden Stummel haben."

Alastairs Grinsen blitzte auf. „Ganz deiner Meinung." Er stieß sein Glas gegen Max' Flasche, und der Deal war besiegelt.

KAPITEL SECHSUNDZWANZIG

A**m frühen Montagmorgen** parkte Uzuri auf dem Mitarbeitergelände von Brendalls und ging auf das Gebäude zu. Sie war doch etwas nervös. Seit sie von dem Auto angefahren worden war, fühlte sich der Parkplatz nie ganz sicher an.

Und dann war da wieder dieses seltsame Gefühl. Das Gefühl, beobachtet zu werden. Die Haare in ihrem Nacken stellten sich auf.

Mit den Händen geballt, drehte sie sich im Kreis und ließ den Blick über die Autos auf dem Parkplatz schweifen. Zwei Reihen weiter befanden sich ein paar andere weibliche Mitarbeiter. Der Manager der Schuhabteilung eilte zur Tür, sodass seine Krawatte über seine Schulter flatterte. Abgesehen von den Möwen, die auf den Lichtmasten hockten, war sonst keine Bewegung auszumachen.

Ein Licht flackerte an der Grundstücksgrenze, und sie blinzelte. Ein Mann lehnte an einem Auto. Das Lichtflackern war erneut zu sehen. Als würde von etwas Sonnenlicht reflektieren ... ein Fernglas? Beobachtete jemand den Parkplatz mit einem Fernglas?

Sie erschauderte und, da sie nicht wusste, was sie sonst tun sollte, ging sie ins Gebäude. Im Stechschritt. Sicherlich war er nur irgendein dahergelaufener Kerl, der Vögel beobachtete.

Nicht Jarvis.

Im Gebäude erzählte sie der Wache von dem Mann und war erfreut, als er direkt nach draußen ging, um nachzusehen. *Seht ihr, Drachen-Doms, ich habe um Hilfe gebeten.*

In Cincinnati hatte sie nie einen Wachmann auf Jarvis gehetzt. Sie hatte sich nicht wohl dabei gefühlt, um Hilfe zu bitten – und hatte nicht einmal bemerkt, dass sie sich abnormal verhielt. Wenn sie in der Lage gewesen wäre, nach Hilfe zu fragen, wäre ihr Leben vielleicht anders verlaufen. Zumindest hätte sie sich nicht so hilflos gefühlt.

Meine Doms, ihr habt mein Leben verändert.

In vielerlei Hinsicht. *Liebe.* Was für eine erstaunliche Emotion. Beschwingten Schrittes stieg sie in den Aufzug und fuhr in den vierten Stock. Im Moment fühlte sie sich, als hätte sie die Sonne verschluckt und würde Licht ausstrahlen. Sie liebte Max und Alastair. Beide. Wie verrückt und wundervoll und irre und erstaunlich war das bitte?

Sollte sie es ihnen sagen? Oder sollte sie warten? *Sie mögen mich ... oder?*

Die Unsicherheit dämpfte das Leuchten in ihr etwas. Was empfanden die Männer für sie?

Sie hatte gesehen, wie wahnhaft manche Leute sein konnten – wie Jarvis, der der Meinung gewesen war, dass sie ihm gehörte. Alyssa im Shadowlands war sich sicher, dass sie Nolans Sklavin sein sollte.

Stirnrunzelnd ging Uzuri den Korridor hinunter zu ihrem Büro und nickte gedankenverloren ihren Kollegen zu.

Es wäre besser, Max und Alastair den ersten Schritt machen zu lassen. Sie waren schließlich die Doms, oder? Nur war es nicht mehr lange und sie würde bei ihnen ausziehen. War ihnen das bewusst?

„Ms. Cheval, brauchen Sie noch etwas?"

Uzuri blieb stehen und blinzelte die grauhaarige Sekretärin an. Mrs. Everson hatte ihr eine Frage gestellt. „Für?"

„Für Ihr Meeting mit den Verkäufern."

Meeting. „Oh. Danke, aber alles sollte fertig sein."

„Sehr gut." Mrs. Everson schenkte ihr ein ermutigendes Lächeln. „Viel Glück." Flüsternd fügte die effiziente, unglaublich würdevolle Frau hinzu: „Mit den Arschlöchern."

Uzuri unterdrückte ihr Grinsen und schlenderte in ihr Büro, um sich auf das Meeting vorzubereiten.

Eine Stunde später stand Uzuri in einem von Brendalls Konferenzräumen.

Langsam füllten die Verkäufer aus der Damenabteilung den Raum. Die finsteren, kalten Blicke, mit den es Uzuri zu tun bekam, gefror ihr das Blut in den Adern.

Sie gab sich alle Mühe, ihre Frau zu stehen und hielt ihr Gesicht ausdruckslos. Dieses Meeting könnte hässlich werden. Nichtsdestotrotz musste etwas gegen die Situation unternommen werden. Die Kunden beschwerten sich, und die Abteilungsleiterin war mit ihrem Latein am Ende.

Zwei weitere Frauen traten ein, sahen Uzuri und wählten Plätze am Ausgang, während sie beleidigende Kommentare abließen. Ob ihnen klar war, dass mehrere Personen aus dem oberen Management in der hinteren Reihe saßen?

Uzuri atmete tief ein. Obwohl die Verkäuferinnen bewundernswert loyal waren, konnte es nur als töricht bezeichnet werden, dass sie ihre Arbeit schleifen ließen – besonders für jemanden wie Carole. Und wenn Uzuri die Meinung dieser Leute nicht ändern könnte, würde man sie feuern.

Ihre zitternden Hände fühlten sich an wie Eis, aber ... sie würde das hinbekommen. Das würde sie.

Als sie sich auf das Podium zubewegte, betraten Alastair, Dan und Max den Raum und ignorierten die verwirrten Blicke der Verkäufer.

Sie ließ den Blick über die Männer schweifen.

Alastair trug einen seiner wunderschön geschnittenen Anzüge. Er hatte sogar eine „erwachsene" Krawatte um den Hals; kein einziges Tier tummelte sich auf dem Stoff. Dan und Max steckten in ihrer üblichen Detective-Aufmachung, die aus einer dunklen Jeans und einem Sakko bestand.

Als sie in der Nähe der Tür Platz nahmen, erkannte sie, dass sie nur zu Brendalls gekommen waren, um sie zu unterstützen. Eine wohlige Wärme drang in ihre Adern und ließ die eisige Kälte dahinschmelzen.

Gestern Abend, als Max angeboten hatte, zu kommen und jeden Störenfried in der Menge zu erschrecken, hatte sie angenommen, er mache Witze. Sein blauer Blick traf auf ihren, und er tätschelte seine versteckte Schusswaffe.

Das hysterische Kichern, das sich in ihrer Kehle erhob, hätte beinahe zu einem Hustenanfall geführt. *Böser Max.*

Alastair nickte ihr zu, und sie konnte fast seine tiefe Stimme hören, die ihr sagte, dass sie alles schaffen konnte, was sie sich in den Kopf setzte.

Das konnte sie. Das würde sie. *Vielen Dank, Doc.*

Mit dem Kinn hoch und den Schultern durchgedrückt trat sie hinter das Podium und ließ den Blick über ihr Publikum schweifen. Über ein zumeist feindselig gestimmtes Publikum.

„Dann wollen wir mal anfangen", sagte sie. „Dieses Meeting wurde einberufen, um Bedenken hinsichtlich des Kundenservice in der Bekleidungsabteilung der Damen auszuräumen. Die Verwaltung hat festgestellt, wann die Probleme begannen – und sie kennen die Ursache."

Uzuri sah, wie sich die Mienen der Anwesenden verschlossen. Die Verkäufer kannten auch die Ursache – und gaben ihr die Schuld. „Falls Sie es nicht wissen, ich bin Uzuri Cheval, eine der leitenden Modeeinkäufer. Zweifellos ist Ihnen zu Ohren gekommen, dass es zwischen Carole und mir Spannungen gegeben hat und sie letztendlich entlassen wurde. Das obere Management hat zugestimmt, dass ich Ihnen die Fakten nennen darf. Ich weiß, wie sich Gerüchte verbreiten können. Schließlich war ich jahrelang selbst als Verkäuferin tätig."

Viele schienen überrascht, dass sie als eine von ihnen angefangen hatte. Carole hatte es so klingen lassen, als wäre Uzuri mit ihrem Abschluss hierher gekommen, nur um dann alteingesessene Mitarbeiter herumzukommandieren.

„Ich bin seit meinem sechzehnten Lebensjahr im Einzelhandel tätig, zumeist in der Damenbekleidung. Vor über drei Jahren habe ich bei Brendalls in St. Pete die Stelle als Verkäuferin angenommen. Gleichzeitig besuchte ich Abendkurse an der Universität. Als ich meinen Bachelor in der Tasche hatte, arbeitete ich bereits als Modeeinkäuferin. Letztes Jahr bin ich als leitender Einkäufer nach Tampa gewechselt." Sie schenkte allen Anwesenden ein schiefes Lächeln. „Nach einem Jahrzehnt im Einzelhandel glaube ich also nicht, dass ich als Blitzerfolg gelte."

Ein paar erwiderten ihr Lächeln.

„Das ist mein Hintergrund. Nun zum Konflikt. Vor einiger Zeit war ich in der Damenabteilung, um zu beobachten, welche Produkte sich wie verkauften. Eine Verkäuferin ging immer wieder von Kunden weg, die Hilfe brauchten, um Frauen, die wohlhabender erschienen, ihre Hilfe anzubieten. In meiner Anwesenheit tat sie dies dreimal. Bevor ich ging, drückte ich vor der Managerin meine Besorgnis aus." Uzuri nickte der Managerin zu, die an der Seite stand.

„Ms. Cheval hat genau das zu mir gesagt. Nicht mehr, nicht weniger." Die Wut der Managerin war offensichtlich. „Carole hatte bereits Beschwerden von Kunden angehäuft und auch von einigen ihrer Kollegen. Ja, von Ihnen." Sie zeigte auf die Verkäufer. „Ich hatte ihr schon zwei offizielle Warnungen gegeben. An diesem Tag sagte ich ihr, wenn sie weitere Beschwerden bekäme, müsste ich sie entlassen. Anstatt die Verantwortung für ihr eigenes Handeln zu übernehmen, zeigte sie mit dem Finger auf Ms. Cheval." Dass die Managerin von diesem Verhalten nicht viel hielt, war deutlich zu erkennen.

„Das war alles, was Uzuri getan hat?" Das Flüstern wehte zu ihr.

„Aber Carole wurde gefeuert."

Eine lautere Frau protestierte: „Cheval hat dafür gesorgt, dass sie gefeuert wurde!"

„Blödsinn." Offensichtlich verlor Max die Geduld und erhob sich.

Dan folgte ihm, legte eine Hand auf seine Schulter und sprach an seiner Stelle: „Mrs. Fuller war der Meinung, dass Reden nicht genug war. Stattdessen hat sie sich eines Abends für Vandalismus entschieden. Sie und eine andere Frau ließen die Luft aus einem Autoreifen an Ms. Chevals Fahrzeug. Sie wussten, dass Ms. Cheval nach Einbruch der Dunkelheit das Gebäude verlassen würde. Beide Frauen haben übrigens gestanden."

Er hielt inne, wartete, bis sich das Gemurmel im Raum legte und fuhr fort. „Es war dunkel und regnete stark, als Ms. Cheval den Platten fand. Sie versuchte, ins Gebäude zurückzukehren, um dort auf den Abschleppdienst zu warten."

Max knurrte: „Und wurde auf dem Parkplatz angefahren."

Schock zeigte sich auf jedem einzelnen Gesicht.

Dan schüttelte den Kopf. „Der Fahrer war nicht Carole Fuller, aber ihr rachsüchtiger Vandalismus hätte für Ms. Cheval tödlich enden können. Ms. Cheval weigerte sich, Anzeige zu erstatten." Dans hartes Gesicht zeigte, dass er es genossen hätte, Carole hinter Gitter zu bringen.

Eine Frau flüsterte: „Diese Männer sehen nicht aus wie unsere Sicherheitsleute."

Max stemmte seine Hände in die Hüften, was seine Jacke so weit zurückzog, dass seine Waffe und sein Abzeichen deutlich hervortraten.

Mehrere Frauen rutschten auf ihren Plätzen immer weiter nach unten. Andere gaben ihm interessierte Blicke, was in Uzuri das Bedürfnis anfachte, selbst mal Schläge auszuteilen. *Mein Mann.*

Anstatt gewalttätig zu werden, räusperte sie sich. „Das ist, was sich zwischen Mrs. Fuller und mir zugetragen hat. Kommen wir nun zu einem ernsteren Problem. Dies sind einige der Beschwerden, die das Unternehmen in der letzten Woche erhalten hat."

Sie reichte der Managerin das Mikrofon, die drei Briefe vorlas. Eine Beschwerde beschrieb eine unhöfliche Verkäuferin so gut, dass die Frau das Gesicht verzog.

Nachdem die Managerin fertig war, sagte sie: „Noch etwas: Nach Erhalt dieser Briefe, den mündlichen Beschwerden und Bewertungen erwägt die Verwaltung, jeden Angestellten in unserer Abteilung zu entlassen. Sie haben das Gefühl, dass sie mit neuen Mitarbeitern besser verfahren würden."

Vielen wich die Farbe aus den Gesichtern.

Uzuri nahm das Mikrofon wieder an sich. „Die Verwaltung hat zwei Bedenken. Zum einen, dass die Moral in der Abteilung beeinflusst, wie Kunden behandelt werden. Und zum Zweiten: Carole bot nur einer bestimmten Gruppe von Kunden ihre Beratung an. Leider steht sie in diesem Verhalten nicht allein dar."

Die Anwesenden schwiegen. Sie kamen Uzuri kein bisschen entgegen.

„Ich weiß, wie verlockend es ist, den Frauen zu helfen, die auf den ersten Blick mehr ausgeben können. Warum Zeit für den Rest verschwenden?" Uzuri breitete die Arme weit aus. „Schließlich sind es die Provisionen, die die Miete zahlen. Kunden, die jedoch ignoriert werden, verlassen wütend den Laden. Für jede Person, die sich tatsächlich beschwert, gibt es weitere, die ihr Geld in andere Geschäfte tragen. Brendalls kann sich das nicht leisten. Und wir auch nicht."

Sie hatte sie am Haken. Sie zeigten sich aufgeschlossen und stimmten mir ihr überein. Auch sah Uzuri, wie besorgt sie waren.

Alastair, der auf Emotionen sensibel reagierte, nickte ihr anerkennend zu.

Ermutigt fuhr sie fort. „Unsere Unternehmenspolitik ist es, dass jeder Kunde wie ein Star behandelt wird. Es ist uns egal, ob sich die Frau nur ein Paar Socken leisten kann oder Kleidung für einen Urlaub in Europa kauft. Wenn sie fabelhaft beraten werden, kommt die Frau, die dieses Jahr nur Socken kauft, im nächsten Jahr zurück, weil sie Business-Garderobe für einen neuen Job braucht. Wir denken nicht nur an den Verkauf von heute – wir pflegen die Beziehung zu unseren zukünftigen Kunden."

Nickende Köpfe. *Oh, mein Gott*, sie bekam zustimmendes Nicken!

„Und als Randnotiz: als ich Verkäuferin war, habe ich auf die harte Tour gelernt, dass man den Reichtum einer Person nicht nach ihrem Aussehen beurteilen kann. Es ist niemals eine schlechte Idee, *jedem* außergewöhnlichen Service zu bieten, denn wir wissen einfach nicht, mit wem wir es zu tun haben. Um das zu zeigen, dachte ich, dass wir jetzt ein kleines Spiel spielen."

Eine der Türen hatte ein Sichtfenster. Uzuri drehte sich in diese Richtung und hielt ihre Hand hoch, um Jessica wissen zu lassen, dass sie und die anderen drei hereinkommen konnten.

Uzuri stand fassungslos da, als eine ... ganze Meute eintrat. *Vier. Ich habe nur vier Leute gebeten, zu kommen.*

Ben trat in seiner üblichen abgetragenen Jeans ein, gefolgt von Marjory, eine afroamerikanische Freundin von ihr, die Uzuri von der Uni kannte. Sie trug einen roten Blazer und eine schwarze Stoffhose. Kari hatte heute ein Kostüm an, da sie in der Schule Elternsprechtag hatte.

Was machte Master Raoul hier? Der muskulöse, hispanische Dom trug seine übliche Jeans und ein Poloshirt.

Die nächste Person ... Uzuris Atem stockte. Die Mutter von Master Z, Madeline Grayson, war eine der reichsten Menschen der Stadt. Uzuri konnte mit Reichen umgehen, aber das war Master Zs *Mutter. Oh, mein Gott!* Wer hatte sie eingeladen? Zudem trug sie eine Jogginghose und ein T-Shirt. Das war so ein ungewohnter Anblick.

Ihr folgte Vance in seinem dunklen *Ich bin ein FBI-Agent*-Anzug. Gabi war in Jeans und einer ärmellosen Bluse. Auch ihr blauer Streifen im Haar fehlte nicht, während sie an ihrem Oberarm ein neues temporäres Keltentattoo präsentierte. Mistress Anne hatte sich in lässige Business-Kleidung geworfen – eine braune Stoffhose und ein blaues Männerhemd. Jessica trug die kleine Sophia auf dem Arm und sah aus wie eine typische Hausfrau in Jeans und einem ihrer übriggebliebenen Umstandstops.

Uzuri schluckte und versuchte, sich an ihre Rede zu erinnern. Da die Managerin ihr eine Liste von Verkäuferinnen gegeben hatte, die es ständig auf reichere Kunden abzielten, wählte Uzuri eine von ihnen aus. „Phoebe, wer würde dir wahrscheinlich die höchsten Provisionen verschaffen?"

Phoebe wählte Kari, Vance und Marjory. Zumindest nicht rassistisch, okay.

Zwei weitere wählten ähnlich, eine jedoch entschied sich für Anne anstelle von Marjory.

Die Managerin grinste und rief ungeplant drei weitere Verkäufer auf. „Meine Damen, welche drei würden Sie als letztes beraten wollen?" Die Managerin warf Uzuri einen hinterhältigen Blick zu.

Oh, Treffer. Zwei der Frauen entschieden sich für Ben, Jessica und Mrs. Grayson. Eine andere mochte anscheinend keine dunkelhäutigen Kunden, sodass ihre Wahl auf Master Raoul, Ben und Marjory fiel.

„Damit haben wir eine Wahl getroffen." Uzuri lächelte und wandte sich an ihre Freunde ... und die vielen Freiwilligen. „Ich habe euch alle gebeten, dass ihr kommt, ohne euch umzuziehen oder euch zu verkleiden. Ist das, was ihr normalerweise zu dieser Tageszeit tragen würdet?"

Alle nickten – auch die Leute, die sie nicht eingeladen hatte.

Wie Madeline Grayson. Jessicas Augen funkelten. *Hinterhältige Göre.*

Sie wollte so verzweifelt mit Mrs. Grayson beginnen, damit sie gehen konnte, aber Uzuri blieb stark und legte am anderen Ende los.

Sie ging zu Jessica, küsste Sophias Wange und lächelte bei dem Duft von Babypuder und Milch. Als sie Uzuri erkannte, gurrte der kleine Engel fröhlich vor sich hin, sodass ein „Oh, wie süß" durch das Publikum raunte. „Darf ich euch Jessica vorstellen? Sie ist Steuerberaterin und ihr Ehemann ist einer der führenden Psychologen der Stadt. Sie leben in einem Herrenhaus außerhalb der Stadt, wo Jessica wegen dieses kleinen Wonneproppens gerade von zuhause ihr Einkommen bestreitet."

Eine der Verkäuferinnen murmelte: „Herrenhaus? Sie hätte ich wählen sollen."

Uzuri zog weiter zu Mistress Anne. „Anne arbeitet als ... Ähm."

Anne gluckste. „Nennen wir es mal Privatdetektiv. Ich bin sicherlich nicht reich."

Die Frau, die sie gewählt hatte, wurde von ihren Freunden geneckt.

„Das ist Gabi." Uzuri bekam eine schnelle Umarmung. „Sie arbeitet als FBI-Opferspezialistin." Die Leute, die sie nicht als reich eingeschätzt hatten, lächelten, bis Uzuri hinzufügte: „Ihr Mann ist in dieser Stadt als Staatsanwalt tätig."

Augen weiteten sich.

Als Uzuri neben Vance stehen blieb, lehnte er sich vor und küsste sie auf die Wange. „Vance ist ein FBI-Agent."

Nächste Person. Uzuri erstarrte.

Madeline Grayson entließ ein winziges Schnauben, legte einen Arm um Uzuri und nahm das Mikrofon. „Bitte entschuldigen Sie meine legere Aufmachung." Sie lächelte Uzuri an, bevor sie erneut in das Mikrofon sprach. „Ich habe von deiner ... Party erst gehört, nachdem mein Personal Trainer bereits vor meiner Tür stand. Ich freue mich, dass ich dabei sein konnte." Ihre aristokratische Stimme trug die gleichen Intonationen wie die von Master Z.

„Danke fürs Kommen." Uzuri wandte sich an das Publikum. „Dies ist ..." *Oh, mein Gott,* wie sollte sie die Mutter von Master Z vorstellen?

Lachend sagte Vance die Worte, die Uzuri unmöglich aussprechen konnte: „Das ist Madeline Grayson, die Brendalls wahrscheinlich mit dem Wechselgeld in ihrer Kleidung kaufen könnte."

„Mein Junge, das klingt doch etwas protzig", sagte Mrs. Grayson missbilligend, selbst als ihre Augen ihre Belustigung zeigten.

„Oh, mein Gott, ich habe Sie auf dem Amtseinführungsball gesehen. Sie haben mit dem Gouverneur getanzt." Lautes Gemurmel raunte durch den Raum.

Uzuri schluckte und nahm das Mikrofon von Mrs. Grayson entgegen. „Vielen Dank."

„Gern geschehen. Bitte fahre fort; du machst das großartig."

Mit dem subtilen Tritt in den Hintern machte Uzuri genau das.

„Das ist Mas –" Sie brach abrupt ab und spürte, wie ihre Wangen heiß wurden. Master Raoul lachte nicht ... nicht ganz. „Das ist Raoul. Er ist Bauingenieur und besitzt sein eigenes Unternehmen."

„Das bedeutet, dass er reich ist", sagte Vance trocken, und als sie ihn anfunkelte, fügte er hinzu: „Schlag mich besser nicht, Zuri, sonst müsste ich dich verhaften."

Gelächter war zu hören und ihr wurde bewusst, was er getan hatte. Er hatte sie menschlich und bezaubernd und zugehörig erscheinen lassen.

„Das ist Kari. Sie ist Lehrerin."

„In einem Kostüm?" Eine von den Verkäuferinnen, die Kari gewählt hatte, machte ein ungläubiges Geräusch.

Kari lehnte sich vor und sagte in das Mikrofon: „Heute war

Elternsprechtag. Für diese besonderen Tage ziehe ich mich gerne etwas schicker an, da die Eltern besser zuhören, wenn ich im Kostüm vor ihnen sitze. Ich sehe nett aus, aber ich wäre der Kunde, der nur Socken kauft."

Die Stille im Raum bewies, dass sie ihren Standpunkt herübergebracht hatte.

„Und zu guter Letzt haben wir hier noch Ben." Zu ihrer Erleichterung umarmte er sie hart. Mistress Anne hatte ihn anscheinend nicht zu sehr gefoltert, nachdem er Uzuri mit den Schlössern geholfen hatte. Sie lächelte ihn an. „Besser bekannt ist er als der Fotograf BL Haugen."

„Heilige Scheiße." Die Ehrfurcht in den Stimmen und das Flüstern war so, so befriedigend.

„Gut gemacht, Süße", murmelte Ben in seiner rauen Stimme.

Uzuri trat zurück, sah ihre Freunde an ... *ihre Freunde* ... und versuchte alles, damit ihre Stimme nicht brach. „Vielen Dank für das Geschenk eurer Zeit. Ich bin mir sicher, wenn ihr das nächste Mal Brendalls besucht, wird die Damenabteilung den besten Kundenservice in der Stadt haben."

„Im ganzen Bundesstaat!", sagte eine der Mitarbeiterinnen.

Der zustimmende Beifall war wie die Sonne, die auch die letzten Schatten verjagte.

KAPITEL SIEBENUNDZWANZIG

Freitagmorgen **wurde Holt** dazu überredet, mit den Jugendlichen aus der Nachbarschaft eine intensive Runde Basketball zu spielen, da sie einen schulfreien Tag hatten. Joggen kam einfach nicht an ein Spiel wie dieses heran.

Als er während einer Pause auf sein Handy sah, zuckte er zusammen. Er hatte immer noch nicht gefrühstückt, und Uzuri würde in ein paar Stunden zum Mittagessen vorbeikommen. Bevor sie das tat, brauchte er etwas zum Essen und ... definitiv eine Dusche.

Wahrscheinlich sollte er auch etwas aufräumen, da Nadia heute Abend zu ihm kommen wollte, und sie war wirklich pingelig, wenn es um Sauberkeit ging. „Ich muss los, Jungs. Danke für das Spiel."

„Klar doch", entgegnete Duke.

Sein wortkarger Kumpel mit den vielen Piercings fügte hinzu: „Yeah."

„Danke, dass du mir diesen Korbleger-Trick gezeigt hast", sagte Wedge.

„Gern geschehen." Holt grinste die drei an. Alle ungefähr

fünfzehn Jahre alt. Zu jung, um zu fahren, zu alt, um mit den Jüngeren Fangen zu spielen.

„Morgen wieder?", fragte Duke.

„Ne, sorry. Ich muss arbeiten." Holt ging seinen Schichtplan durch. „Wie wäre es mit Sonntagnachmittag?"

Duke sprach sich schweigend mit seiner Crew ab und nickte. „Geht klar."

Holt verabschiedete sich, warf Duke den Basketball zu und machte sich auf den Weg nachhause. Das Workout hatte ein schönes Summen in seinen Muskeln hinterlassen.

Cooles Spiel. Gute Kinder. Sie waren es sicher nicht, die es auf seine Harley abgesehen hatten.

Als Holt zum Haus schlenderte, genoss er die Geräusche einer ruhigen Nachbarschaft: ein Rasenmäher summte, Kinder lachten, ein Anfänger spielte auf dem Piano *Für Elise*. In einem Fenster hüpfte ein winziger Pudel bellend auf und ab.

Nette Gegend. Obwohl sein Apartmentkomplex eher auf Singles angelegt war und er so einfacher Frauen kennenlernen konnte, war er die ständigen Partys und den Lärm wirklich mittlerweile satt. Schließlich hatte er jetzt eine Freundin und war nicht länger ein Single.

„Gah!" Ein Kleinkind, das seiner Mutter beim Jäten „half", hielt einen Löwenzahn für ihn hoch.

„Danke, Süßer." Er zwinkerte der Mutter zu, nahm die Blume an und betrachtete sie aufmerksam. „Das ist eine tolle Blume."

„Gah", stimmte der Zwerg zu.

Als er vom Bordstein trat, um die Straße zu überqueren, rieb er sich die Wange und spürte die Stoppeln. Rasieren sollte er sich auch. Nadia mochte es nicht, wenn er unordentlich aussah.

Zuri jedoch würde es wohl nicht mal bemerken. Sie war in diesen Tagen doch leicht abgelenkt. Sich Hals über Kopf zu verlieben, schaffte das.

Max und Alastair konnten sich glücklich schätzen. Die kleine Zuri hatte die ganze Süße einer Sub, kombiniert mit der mentalen

Stärke einer Person, die ihren eigenen Weg im Leben gegangen war.

Er wünschte ihnen alles Gute. Die Chemie zwischen ihm und Uzuri hatte nicht gereicht, um sie zu seiner zu machen, aber sie war eine verdammt gute Freundin.

Außerdem hatte er jetzt eine eigene Frau. Er lächelte, als ihm die Stimme seiner Tante in den Sinn kam. *„Alexander Sullivan Holt, die Frau, die meinen wunderbaren Neffen einmal für sich gewinnt, kann sich glücklich schätzen."* Nur hatte er gelernt, dass ein Mann, der eine gute Frau fand, der Glückliche war.

Nadia könnte die Richtige für ihn sein.

Er öffnete seine Haustür und trat ... in Dunkelheit. Hatte er die Jalousien nicht offen gelassen? Er drehte sich zum Lichtschalter und hörte einen wütenden Schrei: „Bastard! Sie gehört mir!"

Von hinten traf ihn jemand hoch an seiner Schulter.

Fuck. Jemand war im Haus. Instinktiv drehte sich Holt um und schlug den Arm seines Angreifers weg. Kalter Druck glitt über sein Gesicht. Er zuckte zur Seite, schlug blind um sich und traf auf ein Kinn ... oder Wangenknochen.

Der Mann brüllte vor Wut.

Warme Flüssigkeit strömte über Holts Gesicht – und noch mehr über seinen Rücken. Blut. Ein feuriger Schmerz blühte über seinem Schulterblatt auf.

Holt entdeckte ein Messer in der rechten Hand des Mannes. Der Wichser hatte auf ihn eingestochen.

Und der Bastard schwang erneut.

Holt sprang zurück – und wäre fast von dem Messer in der linken Hand des Mannes in Scheiben geschnitten worden. Was zur Hölle? Der Bastard hatte ein Messer in jeder Hand und hatte ihn gut erwischt. *Scheiße.*

Ein Messer hob sich. „Ich bin größer, Arschloch!" Der Kerl stürzte sich auf ihn.

Holt wich aus, blockte mit seiner Linken und holte aus. Bei

dem stechenden Schmerz in seiner rechten Schulter schnappte er nach Luft, was ihm der Möglichkeit beraubte, einen ordentlichen Schlag zu landen.

„Mein Schwanz ist größer!" Die Klinge schnitt über Holts Unterarm. „Ich bin besser!" Er attackierte und attackierte. „Du kannst sie nicht befriedigen!"

Holt blockte.

Der Bastard drehte sich und an Holts Arm flammte eine heiße Spur auf, als der Kerl ihn mit dem anderen Messer erwischte. „Du hast es gewagt, meine Schlampe anzufassen. Niemand fasst meine Schlampe an!"

Der Bastard holte immer wieder aus, sodass Holt nach hinten ausweichen musste. Seine Unterarme wurden in Fetzen geschnitten, als er versuchte, die Messer von seinem Oberkörper fernzuhalten. Ein Schritt zur Seite gab ihm die Chance, seine Fassung wiederzuerlangen, und Holt trat zu, landete einen Treffer gegen das Knie des Angreifers, um so etwas Abstand zu ihm zu gewinnen.

Sein Shirt war am Rücken vollkommen durchnässt – er blutete stark. Als sich seine Augen anpassten, konnte er endlich mehr von der schattenhaften Form sehen.

Dunkle Haut, dunkle Kleidung. Ein paar Zentimeter größer, vielleicht fünfundzwanzig Kilo schwerer. Viel zu gut bewaffnet. Holt packte eine Lampe, riss sie aus der Steckdose und schleuderte sie auf das Fenster zu.

Die schwere Keramikbasis glitt durch die billigen Jalousien und brach mit einem ohrenbetäubenden Scheppern durch das Fenster. Das sollte Aufmerksamkeit erregen. „Ruf die Polizei!" Holt sah, dass der Kerl erneut auf ihn zukam und sprang zurück.

Nicht weit genug. Das Messer schnitt durch sein Kinn. „Halte dich von meiner Schlampe fern, du Wichser!"

Holt sah sich nach Hindernissen um, bevor er weiter zurücktrat. „Von wem redest du?" *Nadia?* Moment, könnte das Zuris Stalker sein? „Meinst du Uzuri?"

Das wütende Brüllen bestätigte seine Annahme. „Du hast berührt, was mir gehört!"

„Du bist Jarvis." *Verdammt*, er musste diesen Bastard überwältigen. Holt umkreiste den Couchtisch und trat ihm gegen die Beine.

Vor Wut schäumend warf der Kerl den Couchtisch quer durch den Raum und stürmte mit wild schwingenden Messern auf ihn zu.

Holt wich seitwärts aus und schlug Jarvis auf den Unterarm. Ein Messer fiel.

Aber Jarvis vergrub die andere Klinge in Holts Bauch.

Fuck.

Holts Beine bebten. Er packte und verankerte das Messer mit einer Hand und schlug dem Mann wiederholt mit der Faust ins Gesicht.

Jarvis trat zurück und schüttelte den Kopf.

Jemand pochte an die Tür. „Holt? Hey, Holt?"

„Hier!"

Sonnenlicht strahlte in den Raum, als die Tür aufschwang.

„Nein!" Jarvis rannte zur Rückseite des Hauses und warf auf dem Weg Möbel um, um eine Verfolgung schwieriger zu gestalten.

Als Duke und seine Freunde in den Raum strömten, brach Holt zusammen. Er versuchte, sich auf der Couch abzufangen – nur funktionierte sein Arm nicht. Als er fiel, hörte er ein furchterregendes *Knacken*, bevor die Dunkelheit über ihn hereinbrach.

Uzuri summte Dornröschens *Ich kenn' dich* und vollführte einen Walzerschritt, als sie den Bürgersteig zu ihrer Doppelhaushälfte nahm. Holts Auto und Harley standen in der Einfahrt, also war er nicht wegen eines Feuers oder so gerufen worden, was gelegentlich auch an seinen freien Tagen passierte.

Sie konnte es kaum erwarten, ihm von dem Meeting am

Montag zu erzählen. Auch die Verwaltung war beeindruckt gewesen. Und heute Morgen hatten die Verkäufer sie begrüßt, als sie die Regale im Petite-Bereich geprüft hatte. Dass Madeline Grayson ohne Einladung aufgetaucht war und sie damit halb zu Tode erschreckt hatte, hatte ihre Beziehungen mit allen reparieren können. Zwei von ihnen hatten sich die Zeit genommen, mit Uzuri zu teilen, was Kunden über die Winterauswahl gesagt hatten.

Das Leben war gut. Sie lächelte zu den vereinzelten Wolken am blauen Himmel auf und atmete den Duft von frisch gemähtem Gras ein. Eine angenehme Brise forderte den Saum ihres kupferfarbenen Wickelkleides zum Tanz auf und ließ die hohen Palmen rascheln. Die friedliche Nachbarschaft war so ruhig, dass sie das leise Brummen des fernen Mittagsverkehrs hören konnte.

Tatsächlich war es zu ruhig.

Sie runzelte die Stirn. Wo waren all die Kinder? Die einzigen, die sie sah, waren Duke und seine Sportlerkollegen, die sich ein paar Häuser weiter auf der Veranda versammelt hatten.

Wie merkwürdig. Uzuri ging um die Pflanzen an der Haustür herum und ...

Was zum ...?

Gelbes Absperrband vor ihrer Tür ließ sie erstarren. Das Fenster neben der Tür – die Scheibe, die der Vermieter erst ausgetauscht hatte – lag in Scherben. Sicherlich war dafür kein Polizeiband erforderlich. Die Angst fuhr mit einer kalten Hand über ihre Wirbelsäule und sie trat mehrere Schritte zurück.

„Uzuri!"

Sie drehte sich um und sah, wie Duke über die Straße rannte. Der Teenager in Linebacker-Größe kam vor ihr zum Stehen. „Du kannst nicht reingehen. Die Bullen sind vor ein paar Minuten weggefahren und haben gesagt, dass niemand ins Haus darf."

Sein angespanntes Gesicht warnte davor, dass dies mehr als Vandalismus war, und sie packte ihn instinktiv am Arm. „Was ist passiert? Wo ist Holt?"

„Oh, Junge, ein Arschloch hat ihn angegriffen. Sie haben krass gekämpft und so. In deinem Haus." Duke erschauderte. „Es kam sogar eine Lampe durchs Fenster geflogen. Glasscherben überall. Holt brüllte, dass jemand die Polizei rufen soll. Wir kamen durch die Tür, woraufhin der riesige Angreifer durch die Hintertür abgehauen ist."

„Ist Holt –" Ihr Herz hämmerte so hart, dass sie die Worte nicht herausbekam.

Duke bemerkte davon nichts. „Wirklich ätzend, dass der Kerl entkommen konnte. Wedge versuchte, ihn einzufangen. Keine Chance. Das Arschloch rannte durch Mrs. Averys Blumenbeet und sprang über den Zaun."

Uzuri schüttelte ihn. „Wo. Ist. Holt? Wurde er verletzt? Ist er zur Polizeiwache gegangen?" *Bitte lass es ihm gut gehen.*

Holt war zäh. Er konnte sich gegen jeden behaupten.

„Fuck, Uzuri, er hat so stark geblutet. Sie haben ihn mit plärrenden Sirenen in einem Krankenwagen weggefahren."

Den Anweisungen der rosa gekleideten Dame folgend eilte Uzuri über den Krankenhauskorridor zum OP. OP – das konnte nicht gut sein. Mit kalten Händen und dem Herz wild klopfend platzte sie in das Wartezimmer.

Überall Menschen. Nach einer Sekunde entdeckte sie Holts Feuerwehrfreunde in einer Ecke. Warren, der wie ein Panzer gebaut war, sah sie und kam zu ihr. Sein normalerweise gebräuntes Gesicht war blass. „Uzuri, richtig?"

Sie starrte ihn an. „Wie geht es ihm?"

„Beschissen." Warren schüttelte den Kopf. „Herrgott, ich bin noch nie zu einem unserer eigenen Leute gerufen worden, weißt du?"

„Warren." Sie packte seinen Arm und zwang ihn, sie anzusehen. „Wie geht es ihm? Wird er durchkommen?"

„Ich weiß es nicht. Er wird wegen der Messerwunde in seinem Bauch operiert. Die Kinder sagten, er habe sich den Kopf an dem Fernsehtisch angeschlagen. Er war verwirrt, als wir ihn hergebracht haben."

„Er hat verdammt viel Blut verloren." Ein weiterer Feuerwehrmann mit einem australischen Akzent meldete sich zu Wort.

Ein rothaariger Kerl sagte: „Wer auch immer ihn angegriffen hat, hat ihn regelrecht filetiert."

Uzuri schluckte. „Filetiert? Mit ... einem Messer?" Ein *Messer*.

„Zwei Messer", sagte Warren. „Eins steckte noch in Holt. Das andere haben wir auf dem Boden gefunden."

Jarvis hatte damit geprahlt, zwei Messer zu benutzen. Er hatte ihre Dates angegriffen. Uzuri konnte sich nicht bewegen. Den ganzen Weg ins Krankenhaus hatte sie sich gesagt, keine voreiligen Schlussfolgerungen zu ziehen. Doch sie hatte es gewusst. Sie hatte es einfach gewusst.

Jarvis war hier. Er hatte Holt angegriffen – weil er in ihrem Haus lebte. Er war ihr Freund. *Mein Gott, was habe ich getan?* Wie eine Lawine raste die Verzweiflung auf sie zu und begrub sie unter sich, bis sie keine Luft mehr bekam.

Warren sagte mit rauer Stimme: „Auf seinem ganzen Arm hat er Schnittwunden. Mehr auf seinem Gesicht. Eine Stichwunde an seiner Schulter." Er legte seine Hände auf seinen Bauch. „Die Wunde im Bauch. Tief genug, um –"

Der Australier packte Warrens Schulter. „Übertreib es nicht mit der Beschreibung, Bruder. Du sprichst mit einer Zivilistin."

„Oh." Warren blinzelte. „Tut mir leid, Uzuri."

„Ist schon gut." Sie ging zu der Tür, die zu den Operationssälen führte und legte eine Hand flach auf die Oberfläche. *Oh, Holt*. Sie musste neben ihm sein und ihm Kraft spenden.

Sie musste ihm sagen, dass es ihr leid tat.

Sie hätte ihn nie bei sich einziehen lassen dürfen, hätte ihn nie berühren dürfen, hätte sich niemals mit ihm anfreunden sollen.

Sie sollte gar keine Freunde haben. Nicht einen.

„Sie werden dich nicht zu ihm lassen, selbst wenn er aus dem OP kommt", sagte der rothaarige Feuerwehrmann. „Er muss erstmal aufwachen und sicherlich zumindest eine Nacht auf der Intensivstation verbringen, und dort sind nur Familienmitglieder zugelassen."

Uzuri drehte sich um. „Er hat eine Freundin. Nadia. Weiß jemand, wie man sie erreichen kann?"

„Zur Hölle, stimmt." Der Mann zog sein Handy heraus. „Meine Frau wird ihre Nummer haben. Sie wird sie anrufen."

Uzuri ging zu einer abgelegenen Ecke und setzte sich. Jarvis. *Hier.* Todesangst klammerte sich an ihre Schultern, als sich sogar die Luft im Raum verdunkelte. *Es tut mir so leid, Holt.*

Er kämpfte um sein Leben, weil Jarvis dachte, sie wären in einer Beziehung.

Es lief ihr kalt den Rücken herunter. Was, wenn Jarvis von Alastair und Max erfuhr? Auch ihnen würde er auflauern. Ihr Herz setzte bei dem Gedanken, dass Max angegriffen werden könnte, einen Schlag aus. „... *regelrecht filetiert.*" Oder Alastair könnte die Haustür öffnen und Jarvis würde ohne Vorwarnung auf ihn einstechen, würde ihn verletzen, auf ihn eintreten.

Es schien sich nicht genug Luft im Raum zu befinden.

Jarvis wusste doch nicht, dass sie bei ihnen wohnte, oder? Er hatte Holt angegriffen, nicht ihre Männer. Nur ... wenn er sie weiter beobachtete, würde er es herausfinden. Oder er würde ihr von Brendalls zu Max' und Alastairs Haus folgen. Und er würde ihnen wehtun.

Vielleicht sogar töten.

„Uzuri?" Warren sah sie an.

Sie erkannte, dass sie aufgestanden war. Ihre Hände waren an ihren Seiten zu Fäusten geballt.

Jarvis würde ihre Doms töten. Sie durfte nicht zulassen, dass er von ihnen erfuhr. Egal, was mit ihr geschah, sie musste Max und Alastair beschützen.

Und Jarvis würde ihnen wehtun, wenn er von ihnen erfuhr.

Das würde er. *Oh Gott*, sie musste sich von ihnen fernhalten. Kalt jagte es ihr über den Rücken und dann ... rannte sie los. Mit klopfendem Herzen rannte Uzuri aus dem Wartezimmer.

Kurz nach dem Mittagessen fuhr Max mit Alastairs Fahrzeug vor sich in die Einfahrt. *Sein pünktlicher Cousin.* Sie hatten beschlossen, sich heute Nachmittag frei zu nehmen und für Uzuri eine kleine Überraschung vorzubereiten. Die kleine Romantikerin verdiente etwas Besonderes.

Nur war Zuris Auto unter dem Portikus geparkt. *Verdammt.* Damit war der Plan ruiniert, sie zu überraschen. Wenn sie jedoch den Nachmittag frei hatte, fiel ihm eine Menge anderer Möglichkeiten ein, davon zu profitieren, dass alle drei zur selben Zeit zuhause waren.

Und wenn sie fertig waren, konnten sie sich hinsetzen und reden.

Das Gespräch.

Zu Max' Verwunderung fuhr Alastair nicht in die Garage. Er parkte sein Auto direkt auf der U-förmigen Einfahrt, und Max musste auf die Bremse treten, um dem Idioten nicht hinten drauf zu fahren.

Alastair sprang aus seinem Auto und marschierte auf Uzuri zu.

Was ging hier gerade vor sich? Max schaltete das Auto ab und folgte ihm.

Uzuris Auto lief, und sie stieg ein. Ihr übergroßer Koffer stand aufrecht auf dem Rücksitz.

„Uzuri." Alastair verlängerte seine Schritte.

„Was zum Teufel?" Max rannte los.

Uzuri erstarrte und drückte dann die Schultern durch.

„Was geht hier vor sich?", fragte Alastair, als er sich dem Auto näherte.

Ihre Hand an der offenen Autotür zitterte sichtlich. Sie biss sich auf die Unterlippe und hob dann das Kinn. „Ich bin seit über zwei Wochen hier. Es ist Zeit für mich, nachhause zu gehen."

„Ist das so?" Es war klar, dass Alastair versuchte, seine Stimme gelassen klingen zu lassen, aber Max hörte, dass er schockiert und verletzt war.

Ja, es tat verdammt weh. Max starrte sie an. „Du schleichst dich also raus, ohne zuerst mit uns zu sprechen. Hast du uns eine Nachricht geschrieben?"

Sie verzog das Gesicht zu einer Grimasse.

Ja, sie hatte offensichtlich eine verdammte Notiz in ihrem Zimmer hinterlassen.

Sie packte die Autotür fester. „Ich dachte, eine Notiz wäre für uns alle einfacher."

Sein Zorn wuchs von Funken zu einem vollwertigen Lauffeuer, bei dem jedes Tier Reißaus nehmen würde. „Für dich vielleicht. Ich für meinen Teil hätte lieber ein paar verdammte Antworten. Als du heute Morgen gegangen bist, hast du uns umarmt und geküsst und konntest nicht genug bekommen. Und jetzt ... rennst du weg?"

Der Schmerz in den Augen des Arztes ließ Max' Wut aufflammen.

Es fühlte sich an, als würde jemand einen Hochleistungs-bohrer an seinem Herzen benutzen. Den ganzen Tag hatte er darüber nachgedacht, wie sie reagieren würde – was sie sagen würde –, wenn er und Alastair ihr erzählten, wie sehr sie Uzuri in ihr Herz geschlossen hatten. Anschließend hatten sie die kleine Sub fragen wollen, ob sie bleiben würde.

Und was hatte sie in dieser Zeit getan? Ihre Koffer gepackt.

„Zuri." Er bemühte sich, seine Stimme gelassen klingen zu lassen. Nichts davon ergab Sinn. *Zum Teufel*, das sah der kleinen Miss Höflichkeit so gar nicht ähnlich. Er nahm Härte aus seiner Stimme: „Zuri, haben wir etwas getan, um dich zu verärgern?"

„Sir. Ähm, Max. Es gibt nichts zu besprechen und ich schätze

die Hilfe und ... was auch immer das hier war, aber es ist vorbei."
Die Worte klangen nicht einmal nach ihr.

Sie schaffte es ja nicht mal, ihnen in die Augen zu sehen.

Dachte Uzuri, er und Max würden sie schlagen oder so?

Mein Gott.

Alastair machte einen vorsichtigen Schritt nach vorne, als hätte er es mit einem verängstigten Patienten zu tun. Sein Blick blieb auf ihr. „Ich denke, du solltest mit uns reden, Sub. Es ist offensichtlich, dass etwas nicht stimmt."

Oh ja. Etwas stimmte ganz und gar nicht. Ihr Verhalten ... das war nicht sie.

„Nein. Es ist vorbei. Für immer." Ihre Augen füllten sich mit Tränen. Sie sah hoffnungslos aus – hilflos –, als sie hinters Steuer rutschte, die Autotür zuzog und aufs Gas stampfte.

Als ihr Auto die Einfahrt runter schoss, sah Max zu Alastair. Er sah so fassungslos aus, wie Max sich fühlte.

Max fuhr sich mit den Händen übers Gesicht. „Wir sollten uns diese Notiz besser mal genau ansehen."

Bei Brendalls ließ Uzuri ihren Koffer beim Sicherheitsmann und ging nach oben. Nicht, um zu arbeiten. Sie brauchte einfach einen Ort, an dem sie sich sicher fühlte. Im Empfangsbereich hatte sie das Gefühl, es mit einer verzerrten Wahrnehmung der Realität zu tun zu haben. Aber hier zu sein, half ihr, ihre Fassung wiederzufinden. Tatsächlich hatte sie sich sofort stärker gefühlt, als sie durch die Tür getreten war. Meine Arbeit. *Mein Leben.*

Als sie auf *ihr* Büro zuging, wusste sie, dass sie nicht wieder rennen würde. Nein, diesmal würde sie kämpfen. Irgendwie.

Die Sekretärin runzelte besorgt die Stirn. „Ms. Cheval, Sie sehen gar nicht gut aus. Sind Sie krank?"

„Das Mittagessen schlägt mir nur ein wenig auf den Magen, aber mir geht es gut."

Nachdem sie ein Lächeln gemeistert hatte, trat sie in ihr Büro, schloss die Tür und lehnte sich dagegen. Der klimatisierte Raum fühlte sich kalt und trocken an und roch nach Reinigungsmitteln.

Oh, sie wollte zurück nachhause – zu Max' und Alastairs Haus. Sie wollte den Komfort und die Sicherheit und ... die Liebe einatmen. Das Haus ihrer Drachen-Doms enthielt den erfrischenden Duft des Meeres, das Parfüm der tropischen Blumen im Hof, einen Hauch von Chlor aus dem Pool – und manchmal mehr als einen Hauch von nassem Hund.

Der Fernsehraum würde nach Leder riechen und in jüngerer Zeit nach den Vanillekerzen, die sie auf dem Kaminsims aufgereiht hatte.

Morgens roch die Küche nach Kaffee und dem Bacon, den Max so sehr liebte – und den Alastair als schnellen Weg zu einem Herzinfarkt ansah. Und abends duftete es oft nach Popcorn.

Ihre Augen brannten. *Nicht gut, Mädchen. Nicht, wenn selbst die Erinnerung an einen Geruch dich zum Weinen bringt.*

Sie ging zum Fenster und sah auf den sonnenbeschienenen Parkplatz. Warum fühlte sie sich bei all dem Licht dennoch von Dunkelheit umhüllt? Als sie ihre Stirn gegen das kühle Glas legte, wurde ihr Blick eingeschränkt, da durch ihren warmen Atem die Scheibe anlief.

Alastair ... Sie hatte ihn verletzt. Und er war immer noch sanft mit ihr umgegangen.

Max war wütend gewesen. Dann besorgt. Eindeutig besorgt.

Ja, sie hatte sie beide verletzt. War es nicht interessant, dass sie die Männer so sehr lieben konnte und es doch schaffte, ihnen nur Schmerz zu bereiten?

Allerdings hatte es keine andere Möglichkeit gegeben. Niemals würde sie zulassen, dass Max und Alastair wie Holt verletzt wurden.

Oh, Holt. Alles in ihr drängte sie, zu ihm zu gehen – aber sie würde ohnehin nicht reinkommen. Sie stieß ein wütendes Knurren aus. Das Krankenhaus hatte ihr nicht mal eine Auskunft gegeben. Sie hatte Warren anrufen müssen. Holt war nicht mehr im OP. Der Arzt hatte nicht gesagt, wie die Chancen um ihn standen, jedoch hatte er angedeutet, dass es gut aussah.

Uzuri drückte die Schultern durch. Sie musste mit Anne sprechen – um sie über Holt zu informieren, damit er nicht allein war, wenn er aufwachte.

Und ... wenn der Angreifer Jarvis war – und er war es ganz sicher –, musste die Polizei informiert werden. Nur würden sie ihr nicht glauben; schließlich wohnte Jarvis in Cincinnati. Die Beamten würden den Fall wie die Polizei in Cincinnati handhaben – als wäre sie ein paranoider Idiot. Sie hatte ihre Lektion gelernt.

Aber Max und Dan waren Polizisten. Sie würden ihr glauben. Nur konnte sie nicht zu Max gehen, und Dan war sein Partner. Oh, was sollte sie nur tun?

Zuerst musste sie herausfinden, wo Jarvis war.

Uzuri zog ihr Handy heraus und zuckte zusammen. Es wurden keine verpassten Anrufe angezeigt ... weil sie die Nummern ihrer Drago-Doms blockiert hatte. Wenn sie die Stimmen von Alastair oder Max hörte, würde ihre Entschlossenheit schwanken. Schwanken? Sie würde wie ein jahrhundertealter Stoff zerfallen.

In ihrem Ohr stoppte der Wählton. „Hey, Uzuri. Was geht?"

„Anne." Uzuri drückte die Schultern durch. „Kannst du einen kurzen Check für mich machen? Zu Jarvis?"

„Ich bin schon am Computer. Gib mir eine Sekunde." Es herrschte Stille am anderen Ende der Leitung. „Er ist immer noch in der Fabrik beschäftigt."

„Oh." Uzuri spürte einen Ansturm der Erleichterung, dann strafften sich ihre Finger um das Telefon. Das schloss ihn nicht aus. Angestellt bedeutete nicht, dass er tatsächlich dort war.

„Uzuri." In Annes Stimme schwang die Autorität, die sie zu einer Domina machte. „Was ist passiert, dass dir Angst gemacht hat?"

„Es ist Holt. Er zog in mein Haus ein, und jemand hat ihn attackiert – mit zwei Messern. Auch Jarvis kämpfte so." Uzuri schluckte den Kloß herunter, der verdächtig nach Schuldgefühlen schmeckte. „Jarvis könnte davon ausgegangen sein, dass Holt und ich ein Paar sind. In Cincinnati griff er jeden Mann an, mit dem ich ausgegangen bin.“

Meine Schuld. Alles meine Schuld.

„Messer? Fuck. Wird Holt durchkommen?“

„Er wurde operiert und liegt gerade im Aufwachraum. Danach kommt er auf die Intensivstation.“

„Verstanden.“ Anne knurrte etwas, das Uzuri nicht hören konnte. „Ich habe ein ungutes Gefühl. Zuerst werde ich sehen, ob Kassab wirklich bei der Arbeit ist. Das wird eine Weile dauern. Bist du an einem sicheren Ort? Bitte sag mir, dass du bei den Dragos bist und nicht im Krankenhaus.“

„Ich bin in Sicherheit, danke. Kannst du ... den anderen von Holt erzählen? Sodass er Freunde bei sich hat?“

„Das werde ich. Und ich werde Kassab checken. Ich melde mich gleich wieder bei dir.“

Zehn Minuten später hatte Uzuri ihre Antwort.

Jarvis hatte sich gestern und heute krankgemeldet. Er war hier. In Tampa. Ihre Hände ballten sich zu Fäusten. Wie lange kam er schon regelmäßig nach Tampa? Was war mit den Momenten, in denen sie sich beobachtet gefühlt und sich selbst als paranoid bezeichnet hatte? Stalkte er sie bereits seit Monaten?

Ihr Magen verknotete sich und Galle stieg in ihre Kehle.

Was war mit den Vorfällen, die sie Teenagern zugeschrieben hatte? Der Müll vor ihrer Haustür, die tote Maus ... Sie erstarrte. War es möglich, dass er derjenige gewesen war, der sie auf dem Parkplatz angefahren hatte? Vor seiner Verurteilung hatte er als LKW-Fahrer gearbeitet. Demnach wusste er mit Fahrzeugen umzugehen. Sicherlich würde es ihm gefallen, ihr Schaden zuzufügen.

Und er würde nicht wollen, dass sie schnell starb.

Das hatte er ihr im Gerichtssaal zugebrüllt, als er weggezerrt worden war. *„Ich werde dich in Scheiben schneiden! Ich werde zusehen,* *wie du verreckst, du dumme Schlampe. Langsam wirst du verrecken, so langsam."*

Er hatte versucht, Holt in Stücke zu schneiden. Ihre Hände zitterten und sie packte die linke mit ihrer rechten. Er darf niemals von Max und Alastair erfahren.

Deshalb hatte sie ihr Auto in der Einfahrt neben Holts Harley stehen lassen. Zuerst hatte sie gedacht, in der Doppelhaushälfte zu bleiben und zu warten, dass Jarvis zu ihr kam, aber das war dumm. So würde sie ihn gewinnen lassen. Also war sie in ein Taxi gestiegen, hatte sichergestellt, dass sie nicht verfolgt wurde, und hatte direkt die Arbeit angesteuert.

Jetzt ... jetzt musste sie herausfinden, wie sie der Polizei helfen konnte, ihn zu fangen. Bevor er noch jemanden verletzten konnte.

Es tut mir so leid, Holt. Sie schloss die Augen, als sie daran dachte, dass sie ihre beiden Master verletzt hatte. Sicher hassten Max und Alastair sie jetzt. „Ohne mich ergeht es euch besser."

Schon witzig. Sie hatte gedacht, sie hätte alles eingepackt, aber irgendwie war ihr Herz immer noch bei ihnen.

Alastair saß an diesem Nachmittag in der Frühstücksecke und las die Notiz, die sie gefunden hatten, als würde es irgendetwas bringen, die Worte immer wieder zu lesen. Sein Herz schmerzte für sie alle.

Lieber Alastair und Max,

Alastair hätte fast gelächelt. Sie konnten darauf hoffen, dass Uzuri sich an die Form hielt.

Es tut mir leid, dass ich euch verlassen habe, ohne vorher mit euch gesprochen zu haben. Mehrere Wörter durchgestrichen. *Ich glaube, Jarvis ist in der Stadt. Holt wurde in meinem Haus angegriffen und befindet sich im Krankenhaus. Wenn Jarvis herausfindet, dass ich bei euch wohne, seid ihr beide in schrecklicher Gefahr.*

Ich musste ausziehen und ihr werdet mich nicht wieder sehen. Das ist für alle das Beste.

Bitte … bitte seid vorsichtig. Es wurden weitere Wörter durchgestrichen.

In Liebe,

eure Uzuri

Max steckte sein Handy in die Tasche und kam mit Hunter in den Raum. „Cullen hat in der Feuerwache angerufen und bekam ein Update. Holt geht es gut. Leider ist er im Moment nicht in der Verfassung, jemandem zu erzählen, was passiert ist. Er wird die Nacht auf der Intensivstation verbringen. Dort ist er in Sicherheit."

„Das ist gut." Alastair schüttelte den Kopf. „Und was unternehmen wir in Bezug auf Uzuri?"

Max' Mund spannte sich an, der Schmerz strahlte in Wellen von ihm ab. Die kleine Sub hatte den Polizisten einen harten Schlag in sein weiches Herz versetzt.

Alastair wusste genau, wie sehr er litt.

Heilige Scheiße. Bei ihrem Versuch, sie zu beschützen, hatte Uzuri eine ganz andere Art von Schmerz verursacht. „Irgendwelche Neuigkeiten?"

Max nickte. „Ja. Dan erkundigte sich bei den Detectives nach dem Fall. Die Nachbarskinder sahen den Angreifer. Beschreibung passt auf Kassab. Er hat Holt in Stücke geschnitten, ihm ein Messer in den Bauch gerammt und ein weiteres auf dem Boden zurückgelassen."

Alastair wusste nicht, was er sagen sollte. Als Feuerwehrmann war Holt an Gefahr gewöhnt, aber in seinem eigenen Haus angegriffen zu werden? „Ich nehme an, sie haben ihn nicht erwischt?"

„Nein." Max schüttelte den Kopf. „Noch etwas: Uzuris Auto ist in der Einfahrt geparkt. Sie ist nicht dort, aber ihr Auto schon."

„Warum ihr Fahrzeug dort stehen lassen?"

Max erhob sich und ging durch den Raum. „Weil …" Er lief auf und ab. „Verdammt. Sie hofft, dass der rachsüchtige Bastard denkt, dass sie immer noch dort lebt."

Alastair spürte die gleiche Wut. Und Angst. Anstatt unter dem Schutz von ihnen zu stehen, rannte sie draußen allein herum. Das war nicht zu tolerieren. Schweigend beobachtete Alastair seinen Cousin.

Nachdem Max noch zwei weitere Male von einem Ende des Raumes zum anderen marschiert war, ließ er sich auf einen Stuhl fallen, die Wut vollkommen aus seinem Ausdruck verschwunden. Alastair schätzte diese Eigenschaft. Max' Temperament, einmal geweckt, konnte einigen Schaden anrichten. Auf der anderen Seite vergab er so bereitwillig, wie er sich zum Schreien verleiten ließ. Nach einer Sekunde beugte er sich vor und streichelte Hunter hinter den Ohren. „Hast du eine Idee?"

„Das habe ich." Alastair tippte auf dem Tisch auf das Handy. „Galen rühmt sich, jeden finden zu können. Es scheint zu stimmen. Uzuri ist in ihrem Büro."

„Ist das so?", hauchte Max. „Also, Cousin, werden wir unsere kleine Sub mit diesem Verhalten davonkommen lassen?"

„Nein." Alastair schmunzelte. Er war froh, dass sie sich einig waren. „Nein, werden wir nicht."

KAPITEL ACHTUNDZWANZIG

Uzuri konnte hören, als die ersten Leute nachhause gingen. Die Abteilung neigte dazu, freitags frühzeitig Feierabend zu machen. An ihrem Schreibtisch starrte sie auf den Notizblock voller Ideen. Nicht eine davon ergab viel Sinn, sodass sie bezweifelte, dass ein Polizist sie ernst nehmen würde.

Sie sollte die Polizei einbeziehen und mit ihnen sprechen – obwohl Anne bereits gesagt hatte, dass sie Dan Bescheid geben würde.

Was sollte sie also tun? Sie rieb sich die Stirn und seufzte. Sie war so müde, dass sie direkt hier einschlafen könnte.

Sie lehnte sich auf dem Schreibtischstuhl zurück und schloss die Augen. Würde die Polizei sie ernst nehmen und ihr mit Jarvis helfen?

„Entschuldigen Sie bitte? Ich muss Sie zuerst ankündigen." Vor der Tür klang die Sekretärin gleichermaßen genervt und amüsiert. „Wenn Sie kurz warten –" Der Satz wurde abgeschnitten.

Als sie hörte, wie ihre Tür geöffnet wurde, öffnete Uzuri ihre Augen und ... setzte sich ruckartig aufrecht hin.

Max schloss die Bürotür. Alastair stand mit gerunzelter Stirn neben ihm.

Uzuri legte ihre Hand an ihre Kehle. „Was ..."

Wie choreografiert, spazierten sie durch ihr Büro. Von beiden Seiten umrundeten sie ihren Schreibtisch und blockierten so ihre Fluchtwege. In einem aquamarinfarbenen Hemd und einer sandfarbenen Hose lehnte sich Alastair mit der Hüfte an den Schreibtisch und machte es sich bequem. Max verschränkte seine Arme über seinem schwarzen T-Shirt und setzte sich auf ihren Schreibtisch.

Sie starrten Uzuri an wie Straßenkatzen, die gerade eine Maus in die Enge getrieben hatten.

Sie hasste es, dass sie sich räuspern musste, bevor sie sprechen konnte: „Was macht ihr hier? Ich dachte, wir hätten beschlossen, dass wir ... ähm ... miteinander fertig sind."

„Ich glaube nicht, dass *wir* einen Konsens darüber erzielt haben", sagte Alastair.

„Stell dir unsere Überraschung vor, als wir erfuhren, dass dein Kumpel Kassab in der Stadt ist." Max' Stimme war flach. Seine Polizistenstimme. Damit machte er ihr verständlich, dass sie in Schwierigkeiten steckte.

Sie versuchte, ihren Stuhl zurückzuschieben, aber einer der *Idioten* hatte einen Fuß hinter das Rad gesetzt. Sie holte tief Luft. *In Ordnung.* Sie waren wütend. Das verstand sie. Nichtsdestotrotz mussten sie verstehen, wie groß die Gefahr war. „Da ihr jetzt von Jarvis wisst, ist euch sicherlich auch klar, dass ihr euch von mir fernhalten müsst. Er attackiert alle – jeden Mann –, der an mir Interesse zeigt. Er hat es schon einmal getan, aber nie ..." Sie schluckte und erinnerte sich an den Gesichtsausdruck des Feuerwehrmanns, als er Holts Verletzungen beschrieben hatte. „Jarvis war damals nie so gewalttätig."

„Nur mit dir", knurrte Max.

„Aber ich habe noch nie mit jemandem zusammengelebt." Sie legte ihre linke Hand auf Alastairs und ihre rechte auf Max' Oberschenkel. „Er weiß nichts von euch. Wenn ihr euch von mir fernhaltet, wird er euch nichts tun."

Max legte seine Hand um ihre, sein Griff unnachgiebig, als sich seine blauen Augen in ihre bohrten. „Glaubst du wirklich, dass wir uns um unsere Sicherheit sorgen?" Sein Ton verriet, dass er ihre Worte als die schlimmste Beleidigung überhaupt ansah.

Ihr Herz rutschte ihr in die Hose. Was hatte sie sich bloß dabei gedacht? Jarvis' Gewaltausbrüche hatten ihre Cincinnati-Freunde vertrieben, aber sie waren keine Doms gewesen, geschweige denn überfürsorgliche Shadowlands-Master.

„Du hast versucht, uns zu beschützen. Das ist herzerwärmend, Love." Alastair legte seine große Hand auf ihre. „Ich denke jedoch, dass wir stattdessen versuchen sollten, *deine* Sicherheit zu gewährleisten. Das ist schließlich *unser* Job."

Sie konnte nicht sprechen, als sich die Einsamkeit und die Leere in ihr mit der Anwesenheit der Doms zu füllen begann. Das Gefühl, das durch sie fegte, war unbeschreiblich. Ein Gefühl, das sie noch nie zuvor gespürt hatte. In dem Moment erkannte sie, dass sie nicht die ganze Last selbst tragen, alle Entscheidungen treffen und immerfort Angst haben musste. Tränen füllten ihre Augen.

„Oh nein, mit dem Scheiß fangen wir erst gar nicht an", knurrte Max mit einem besorgten Ausdruck.

„Was für ein knallharter Polizist kann nicht mit einer weinenden Frau umgehen?" Ein zittriges Lachen entrang ihr, als sie sich die Tränen von den Wangen wischte. „Besser?"

„Fuck, ja." Er lehnte sich vor und presste einen harten Kuss auf ihre Lippen. „Der Arbeitstag ist vorbei, Baby. Wir bringen dich jetzt nachhause."

„A-Aber ..." Uzuri presste die Lippen zusammen. „Nein. Ihr müsst euch von mir fernhalten."

„Hat sie gerade *Nein* zu uns gesagt?" Max warf seinem Cousin einen ungläubigen Blick zu. „Unsere Sub hat *Nein* gesagt?"

„Die Schalldämmung scheint ausreichend zu sein." Die Belustigung in Alastairs tiefer Stimme konnte nicht die Autorität verstecken. „Wenn ich ihr ein Spanking gebe, wird die Sekretärin es nicht hören. Denke ich."

Empörung erhob sich in ihr. „Spanking? Hier? Das würdest du nicht wagen."

Ein Schmunzeln zeigte sich auf Alastairs Lippen. Er sah zu Max.

Als sie aufstehen wollte, zog Max sie mit dem Gesicht nach unten auf ihren eigenen Schreibtisch und hob ihr Kleid über ihren Arsch.

„Ich mag ihre Unterwäsche sehr." Alastair fuhr mit einem Finger über den Bund ihres apricotfarbenen Spitzentangas, bevor seine Hand auf ihren nackten Po schlug.

Klatsch. Das Geräusch hallte von der Wand ab, bevor sie ein Brennen wahrnahm.

Ihr Schrei wurde von Max' schwieliger Hand gedämpft. Ihr instinktiver Versuch, ihn zu beißen, führte zu einem schmerzhaften Zwicken in ihre Wange.

„Dieser Klaps war dafür, dass du *Nein* zu uns gesagt hast." Alastair klang, als würde er Lebensmittel auflisten: Brot, Mehl, Zucker. „Sie hat uns am Auto angelogen. Drei weitere Schläge."

Ihre Schimpfwörter kamen gedämpft heraus. „Mmmmph, mmmph, mmmph."

„Ich bin froh, dass ich nicht weiß, als was sie uns gerade betitelt hat", kommentierte Max.

Schlag, Schlag, Schlag.

Das Spanking schmerzte, denn Alastair behandelte sie nicht mit Nachsicht. Seine Wut war unter seinem widerhallenden Tonfall offensichtlich gewesen.

Sie hatte die Männer verletzt.

„Willst du noch mehr schreien?", fragte Max.

Sie schüttelte den Kopf. Als seine Hand weg war, flüsterte sie: „Es tut mir leid."

„Tut es das?" Max klang nicht so, als würde er ihr glauben.

„Ich will euch in Sicherheit wissen. Der Gedanke, euch zu verlieren ... Ich wollte euch nicht wehtun. Niemals würde ich –" Sie brach den Satz ab, als sich ein Schluchzen aus ihrer Kehle löste.

„Ah. Da haben wir es." Alastair half ihr auf und zog sie in seine Arme. Den Duft seines sommerlichen Aftershaves einzuatmen und sich an seine harte Brust zu kuscheln, war wie nachhause zu kommen.

Sie spürte, wie Max ihren Rock herunterzog.

Eine Minute später küsste Alastair sie auf den Kopf und drehte sie um. Max saß auf ihrem Schreibtisch. Ohne ein Wort zog er sie zwischen seine Beine und schlang seine Arme um sie. Eine weitere breite harte Brust und seine Umarmung war ebenso hart. Regelrecht strafend.

„Du hast mich zu Tode erschreckt. Mach das nicht noch einmal", knurrte er ihr ins Ohr.

„Max, es ist nicht sicher. Ich meine es ernst." Die Angst fegte wieder durch sie. Sie drehte den Kopf. Sicherlich wäre Alastair vernünftiger. „Es ist besser, wenn ich mich von euch fernhalte."

„Love, das wird nicht passieren. Wir bleiben bei dir." Klare und deutliche Worte in einem britischen Akzent. *Von wegen vernünftig.*

„Es ist uns egal, ob du zustimmst. Du bleibst bei uns." Max' Stimme hielt einen unbeugsamen, eisernen Unterton. „Verstanden?"

Oh, sie liebte die zwei so sehr. Sie blinzelte mehrmals.

Mit einem Schnaufen küsste Max sie auf die Nasenspitze. „Du weinst und ich peitsche dich aus."

„An deinen Drohungen musst du noch arbeiten." Fast hätte sie die Augen gerollt. Sie drückte ihn fest. „Was machen wir jetzt?"

„Jetzt gehen wir nachhause und treffen Vorkehrungen." Alastair schaute sich im Büro um. „Gibt es hier etwas, das du brauchst?"

„Nein. Mein Koffer ist unten im Sicherheitsbüro." Sie durchquerten das Büro und Uzuri wagte einen Blick in den Spiegel hinter der Tür. Sie wischte die Mascara-Rückstände weg und richtete ihre Haare.

Max grinste. „Unsere wartungsintensive Frau. Nichts bringt dich aus der Fassung."

Vor nicht allzu langer Zeit hätten seine Worte sie verletzt. Vor nicht allzu langer Zeit hätte er die Worte mit einer anderen Attitüde gesagt. Nun kamen seine Wertschätzung und seine Gefühle für sie deutlich rüber.

Sie schnaufte. „Gammeliger Cop. Ich werde wohl anfangen müssen, deine Kleidung für dich zu kaufen."

Treffer. Sein Ausdruck zeigte wahre Sorge.

Erfreut ging sie durch die Tür, die Alastair offenhielt und ... blieb abrupt stehen.

Die meisten Mitarbeiter auf dieser Etage standen erwartungsvoll im Empfangsbereich. Alles Frauen. Offenbar hatte Mrs. Everson von Uzuris attraktiven Besuchern berichtet.

Die Stille fiel über den Raum, als die Drago-Doms ihr aus dem Büro folgten. Zwei völlig unterschiedliche Typen von Männern, beide eine Augenweide. Uzuri hätte schwören können, dass jede Frau im Raum gerade einen spontanen Eisprung erlebte.

Mrs. Everson lächelte sie an. „Ich hoffe, es war in Ordnung, dass ich nicht den Sicherheitsmann gerufen habe. Diese Herren sagten, sie ... gehörten zu dir."

„Beide?", flüsterte eine Frau mit heiserer Stimme.

„Das ist korrekt. Uzuri macht für heute Feierabend." Alastair legte seine Hand auf Uzuris unteren Rücken, um sie nach vorn zu treiben.

Max runzelte die Stirn. „Ich dachte, *sie* gehöre *uns*."

„Ziemlich sicher, dass die Bedeutung die gleiche ist." Alastairs Lippen zuckten.

„Na gut." Max fuhr mit einem Finger über Uzuris Wange, die

Lachfalten neben seinen Augen vertieften sich und ... mehrere Seufzer wehten durch den Raum. „Ich schätze, dann ist es okay."

Auf dem Weg zurück zum Haus saß Max hinterm Steuer. Er behielt im Blick, ob sie verfolgt wurden. Wenn Kassab verrückt genug war, Holt anzugreifen, wusste nur Gott, was er als Nächstes versuchen würde.

Der Doc saß auf dem Rücksitz, Uzuri neben ihm, und telefonierte.

„Ja, sie ist in Sicherheit. Es geht ihr gut. Sie ist bei uns." Da Alastair klug war, bevorzugte er normalerweise Nachrichten anstelle von Anrufen.

„Wer ...?", fragte Uzuri.

„Einfach ... alle." Im Rückspiegel sah er ihren verwirrten Gesichtsausdruck, bevor er seine Aufmerksamkeit wieder auf die Straße lenkte.

Alastair erklärte: „Alle wollen wissen, was sie tun können, um zu helfen, sei es, um dir eine Unterkunft zu geben, um Wache zu halten oder um eine Falle zu stellen."

„Für mich?" Der fassungslose Ton in ihrer Stimme brach ihm wirklich das Herz. Wusste sie denn nicht, wie sehr sie geliebt wurde? „Aber ... was meinst du mit *Falle stellen?*"

Alastair antwortete: „Wir überlegen, wie wir das tun können, ohne deine Sicherheit zu gefährden. Wir müssen Kassab in die Hände bekommen."

„Oh, ja, richtig", kam es aus ihr heraus. „Der Meinung bin ich auch. Ich kann ein Köder sein, wenn mir die Polizei sagt, wie ich das am besten anstelle."

Max knirschte mit den Zähnen. „Nur wenn wir es in einer Weise tun können, in der du völlig sicher bist."

„Nur dann", stimmte Alastair zu.

Ohne abzubremsen, fuhr Max in die Garage. „Pass auf, dass sie hier bleibt", sagte er zu Alastair, als er aus dem Auto ausstieg. Mit der Hand auf seiner Waffe überprüfte er die Garage, trat dann ins Haus und schaltete die Alarmanlage aus. Die Anzeige gab an, dass in ihrer Abwesenheit niemand versucht hatte, das Haus zu betreten.

Nachdem er sichergestellt hatte, dass im Haus keine Gefahr bestand, ging er nach draußen. Hunter verließ seine Hundehütte im Garten und rannte zu ihm. „Hey, Junge. Sieh nur, wer zuhause ist."

Sofort begrüßten sich Hunter und Zuri auf eine Weise, bei der man denken könnte, sie hätten sich ein Jahr nicht gesehen. Anschließend führte Max sie zur Treppe.

Ihre Füße stemmten sich in den Boden. „Ich möchte Holt im Krankenhaus besuchen."

„Er wird die ganze Nacht auf der Intensivstation verbringen. Dort kannst du ihn nicht besuchen." Er blickte auf sie herunter und lächelte, als das Licht aus den Fenstern auf ihr Gesicht schien. Glatte Haut. Große, besorgte, samtbraune Augen.

Er und Alastair mussten sie jetzt erschöpfen, damit sie diese Nacht gut schlief. Sie bis zur Erschöpfung zu ficken, war nun mal eine Aufgabe, um die ein gutherziger Dom nicht herumkam.

Alastair gluckste. „Lass uns in dein Zimmer gehen, Max."

Sie waren sich definitiv einig. „Okay." Er wandte sich von der Treppe ab und steuerte sein Zimmer auf der Rückseite des Hauses an.

Er fühlte, wie sich Uzuris kleine Hand anspannte. „Warum Max' Zimmer? Warum nicht meins?"

Max neigte den Kopf nach unten, um ihr ins Ohr zu flüstern. „Das wirst du gleich sehen."

Normalerweise schliefen sie im Zimmer der kleinen Sub. Schließlich mochten Frauen es, ihren Mädchenkram in der Nähe und ein eigenes Badezimmer zu haben. Auch hatte sie ein Faible für Satin-Kissenbezüge.

Zweimal hatte er sie für eine Session in sein Zimmer gebracht, aber er hatte ihr nie *alles* gezeigt. Er reichte Alastair ihre Hand und durchquerte den Raum.

„Zieh dich komplett aus", sagte Alastair zu ihr.

„Aber ..."

Widerworte? Max drehte sich rechtzeitig um und sah, wie sich ihre Augen auf den Boden senkten. Wie reizvoll sie sich doch unterwarf. Sie machte sich daran, ihre Bluse aufzuknöpfen.

Die Situation mit ihrem Stalker war ein Desaster und trotzdem summte Befriedigung durch Max' Adern.

Zuri war wieder bei ihnen.

Lächelnd schob er die Glastür auf, um die frische Luft hereinzulassen. Der Wind war bereits stärker, ein Vorbote auf den Tropensturm, der schon morgen über die Gegend hereinbrechen würde.

Eine Stunde später lag Uzuri nach einem weiteren Orgasmus vollkommen verschwitzt und schlaff auf der blau-braunem Tagesdecke. Wie viele waren das jetzt gewesen?

Auf einem Ellbogen gestützt, lag Alastair neben ihr und streichelte sie sanft. Die Zärtlichkeit, die er zeigte, war ein verblüffender Kontrast dazu, wie er sie nur wenige Minuten zuvor behandelt hatte. Woher wusste er, welche schmerzhaften Empfindungen ihre Lust immer höher treiben würden?

Zwei Doms. Einer ein Master des Schmerzes, einer ein Master der Lust. Ihre Klitoris war von dem Vibrator, den Max benutzt hatte, außerordentlich empfindlich. Ihre Pussy und ihr hinteres Loch pochten immer noch von dem Doppeldildo.

Schmerz und Lust. Ihre Drachen-Doms waren wirklich, wirklich beängstigend.

Sie drehte den Kopf, um Max ausfindig zu machen.

Da war er ... neben dem Bett. Als er sein T-Shirt auszog, spannten sich die Muskeln unter seiner gebräunten Haut an.

„Du bist so hübsch." Ihre Stimme kam lallend heraus.

Als Max erkannte, dass sie ihn beobachtete, grinste er einfach.

Sie drehte den Kopf zu Alastair.

Sein aquamarinfarbenes Hemd war aufgeknöpft, und die glatte dunkle Brust durchzogen mit stromlinienförmigen Muskeln war ein Augenschmaus.

„Du auch." Wann war es passiert, dass sie bei der Größe ihrer Doms zu Bewunderung übergegangen war?

„Danke, Love." Amüsiert fuhr Alastair mit einem Finger über ihre Unterlippe, bevor er sich vorlehnte und ihr einen sanften Kuss gab.

Das Bett senkte sich ab, als Max sich neben sie legte. Er begann mit ihren Haaren zu spielen, löste einen ihrer geflochtenen Zöpfe und kämmte mit den Fingern durch die Strähnen.

Sie konnte nicht die Energie aufbringen, seine Finger wegzuschlagen. „Pass auf, dass ich dir nicht wehtue, weißer Junge." Langsam schlossen sich ihre Augenlider.

Max gluckste … und hörte nicht auf, an ihren Haaren herumzuspielen. „Ich freue mich auf die Schlacht, schwarzes Mädchen."

Ohne die Augen zu öffnen, lächelte sie. Es war seltsam, wie unangenehme Worte in einen Ausdruck der Zuneigung verwandelt werden konnten, wenn man jemandem nahe war.

Falls er sie jedoch wieder seine *nubische Prinzessin* nannte, würde sie seine Peitsche in den Aktenvernichter stecken.

„Nicht einschlafen, Uzuri", warnte Alastair. „Wir sind noch nicht fertig mit dir."

Es freute sie, das zu hören, sodass sie sogleich die Augen öffnete. Sie hatten mit ihr gespielt, aber Sex hatten sie bisher noch nicht gehabt. Keiner von den beiden war bisher gekommen. „Ich habe mich schon gefragt, wann wir zu den guten Sachen übergehen."

Er lächelte. „Wir werden in der Tat gleich zu den guten Sachen kommen. Zuerst gibt es etwas, das du wissen solltest."

„Oh. Okay." Warm und befriedigt, mit ihren beiden starken

Doms an ihrer Seite, wusste Uzuri, sie könnte alles ertragen, was sie zu sagen hatten. „Schieß los, Sir."

Er nahm ihre Hand in seine. Sein getrimmter dunkler Bart umrahmte Lippen, die ihr nur wenige Minuten zuvor verheerende Lust beschert hatten. Seine Augen, tiefbraun im schwachen Licht, trafen auf ihre. „Wir lieben dich, Uzuri."

„Was?" Ihr Herz setzte aus. Es übersprang einfach mehrere Schläge. Sie starrte ihn an. „Ihr liebt mich?"

„Ich habe dir doch gesagt, dass sie es nicht weiß." Max packte ihr Kinn mit seinen Fingern und drehte ihren Kopf zu sich. „Sieh mich an, kleine Unruhestifterin."

Ihre Augen trafen auf seine.

Polizistenaugen. Durchdringend. Entschlossen. Seine Stimme hielt ein leises Knurren, als er sagte: „Ich liebe dich mit allem, was mich ausmacht. Ich will dich als meine Frau. Meine Geliebte. Und meine Sub."

Liebe? Sie wusste nicht, wo plötzlich all der Sauerstoff hin war, sodass sie nur flüstern konnte: „Dein?"

„Mein – und *unsere*." Max sah über ihren Kopf zu seinem Cousin.

Mit einer Hand auf ihrer Wange drehte Alastair ihren Kopf zu ihm. „Ich liebe dich, Uzuri. Du gehörst mir – und *uns*. Wir wollen dich hier bei uns haben."

Bei der Wärme – der *Liebe* – in seinen Augen schwoll ihr Herz an, füllte ihre Brust und ihre Welt. „Ihr liebt mich." Unmöglich. Außergewöhnlich. Wundervoll.

Die Erde selbst schien zu beben, als unendliche Freude durch ihre Welt hallte. Max und Alastair liebten sie. Max und Alastair liebten *sie*. Und beide wollten, dass sie blieb. Sie könnte beide Männer haben.

Uzuri könnte sich um sie kümmern.

Könnte zu ihnen gehen, wenn sie beunruhigt oder verärgert war. Könnte sie trösten, wenn sie Probleme hatten.

Könnte einen von ihnen nachts ins Bett stecken und bei dem anderen schlafen. Könnte mit muskulösen Armen um sie herum aufwachen. Weil sie Uzuri liebten. „Oh, mein Gott." Ihre Finger schlossen sich um Alastairs Hand, während sie mit ihrer anderen Hand Max' suchte und fand. „Oh, mein Gott."

„Ah. Ich denke, jetzt ist es vollkommen bei ihr angekommen." Die Belustigung in Max' Stimme führte dazu, dass sie zu ihm sah.

„Ich liebe dich auch", flüsterte sie.

Die Belustigung in Max' Augen verwandelte sich in blaue Hitze.

Sie drehte sich zu Alastairs dunklem Gesicht. Klare Linien, kantiger Kiefer, Stärke in jedem Merkmal. „Ich liebe dich."

„Ich weiß." Er küsste sie sanft und verlockte sie zu einer leidenschaftlichen Reaktion. Seine starke Hand hielt sie an Ort und Stelle fixiert, als sein Kuss sich vertiefte, besitzergreifend und allmählich so fleischlich wurde, dass sich ihre Zehen unter der Hitzewelle anspannten.

Als Alastair sich zurückzog, rieb Max seine Fingerknöchel über ihre Wange. „Bist du bereit, uns diesmal beide zu akzeptieren?"

Beide? Auf einmal? Ihr Mund trocknete aus. Obwohl die Idee immer noch beängstigend war, musste sie zugeben, dass es sie auch erregte. Ihre Doms würden sie zusammen für sich beanspruchen. Sie erschauerte. „Ja."

„Sehr gut." Alastair lehnte sich vor und küsste erneut ihre Lippen. Der Raum drehte sich um sie, als sie ihm alles gab, was er wollte. Obwohl sie spürte, dass Max das Bett verließ, bewegte sie sich nicht. Konnte sie nicht.

Einige Zeit später hörte sie Max rufen: „Wir können, Cousin."

Alastair ließ von ihr ab, stand auf und zog sich neben dem Bett aus.

Sie seufzte bei dem befriedigenden Anblick. Breite Schultern, flacher Bauch und seine lange, lange Erektion. Ordentlich rasierte

Leistengegend – er hatte sie beim letzten Mal dazu gebracht, ihn zu rasieren. Vielleicht würde Max ihr eines Tages damit vertrauen, dasselbe für ihn zu tun. Sie konnte nicht widerstehen, streckte die Hand aus und streichelte über seinen Bauch.

„Komm her, meine Schöne." Er hob sie vom Bett und sie quietschte, als er sie zu den Glasschiebetüren trug. Die schokoladenfarbenen Vorhänge wurden zurückgezogen. Auf der Terrasse tanzten die letzten Strahlen der untergehenden Sonne über das Teichwasser.

Max wartete. Kraftvoll und männlich – mit einer prächtigen Erregung.

Mehrere Lederriemen hingen an Ketten, die in der Ecke des Raumes an einem großen Bolzen in der Decke verankert waren.

„Hing dort zuvor nicht etwas anderes?" Sie betrachtete die Decke und schaute sich um. Ja, ein Topf mit einer goldenen Efeutute hatte in der Schlafzimmerecke gehangen.

„Gutes Gedächtnis." Max hielt einen Riemen auf.

Alastair schob ihr rechtes Bein in die Öffnung. Nachdem sie dasselbe mit ihrem linken Bein gemacht hatten, passte Max die Riemen an ihre Oberschenkel an. Während Alastair sie in seinen Armen drehte, legte Max die Riemen um ihre Oberarme. Ein letztes Lederband lief zwischen zwei Ketten, um ihren Rücken zu stützen.

Alastair bewegte ihre Hände zu den Ketten neben ihren Schultern. „Festhalten."

Als sie dem Befehl nachkam, befestigte Max ihre Handgelenke mit Klettverschlüssen an den Ketten. „Wir sorgen nur dafür, dass uns deine Hände nicht im Weg sind."

Ihr Puls sprang in die Höhe. Beide auf einmal. In einer ... Das war eine *Sex*-Schaukel!

Als Alastair sie losließ und sich von ihr entfernte, starrte sie auf die Riemen um ihre Oberschenkel. Die Sexschaukel im Shadowlands ähnelte einer Lederhängematte, in der die Sub beinahe flach auflag.

Diese hier jedoch ...

Mit ihrem Gewicht, das von den Oberschenkelgurten getragen wurde, saß sie fast aufrecht. Wie bei einer echten Schaukel.

Sie hatte Schaukeln schon immer gemocht.

Mit einem unkontrollierbaren Kichern versuchte sie, die Schaukel in Bewegung zu versetzen.

Max gluckste. „Keine Sorge, Unruhestifterin. Schon bald wird es einiges an Bewegung geben." Als er ihre Beine auseinanderschob und zwischen ihre Oberschenkel trat, erkannte sie, dass die Höhe der Schaukel perfekt dafür geeignet war, in sie zu gleiten.

Ihr Lachen verstummte.

Sein intensiver blauer Blick traf auf ihren. „Bist du bereit?"

Für zwei Schwänze auf einmal. Sie biss sich auf die Unterlippe.

„Uzuri." Alastair stand neben ihr und fuhr mit der Hand über ihr loses Haar. „Wir möchten, dass du es einmal probierst. Wenn es dir nicht gefällt, werden wir nie wieder in dieser Aufstellung spielen."

Was aber, wenn ... Ihre Stimme meldete sich zittrig: „Werdet ihr mich dann trotzdem noch ..."

„Lieben?" Alastairs Gesichtsausdruck wurde sanft. „Würdest du mich immer noch lieben, wenn ich kein Interesse daran hätte, dich oral zu befriedigen?"

„Natürlich. Das hat nichts damit zu tun, dass –" Als Max schnaubte, verstand sie es. „Oh."

„So ist es." Max packte ihr Haar, neigte ihren Kopf zurück und küsste sie. Er ließ sich Zeit. Oh, er konnte so gut küssen.

Als er von ihr abließ, spürte sie Alastair hinter sich. Seine harte Brust wärmte ihren Rücken. Oh, oh, oh, sie wollten loslegen. Sie war noch nicht bereit.

„Fange besser an, Cousin, bevor unsere Prinzessin zu nervös wird." Max' Blick verweilte auf ihrem Gesicht, dann ihren Händen, wo sie einen Todesgriff an den Ketten pflegte. „Atme, Darlin'."

Sie versuchte es, das tat sie wirklich, nur hörte sie, wie Alastair ein Kondom überzog, und dann drückte er seine Erektion gegen ihren Anus, und sein Schaft fühlte sich so viel größer an als der Plug. Sie war immer noch feucht von dem Gleitmittel, das sie vor einiger Zeit aufgetragen hatten und –

Als Max mit dem Finger über ihre geschwollene, empfindliche Klitoris rieb, zuckte sie zusammen, da er damit das atemberaubende Vergnügen in ein Inferno verwandelte. „Oh, mehr ...“

„Du wirst mehr bekommen, Baby.“

Druck formte sich an ihrem Anus. „Komm mir entgegen. Drück dich gegen mich“, murmelte Alastair.

Sie versuchte es, denn sie wusste, dass es helfen würde, und nach einem unangenehmen Moment glitt seine Eichel in sie hinein. Er war riesig! Instinktiv versuchte sie, von ihm wegzukommen, aber ihre Handgelenke waren gefesselt. Sie fühlte sich so aufgespießt. Hilflos.

Und die Erkenntnis ließ sie erschauern.

„Ganz ruhig, Love.“ Seine sinnliche Baritonstimme beruhigte ihre Nerven. Langsam und sanft arbeitete er sich in sie. Als sie sich wand, packte Alastair ihre rechte Brust. Seine andere Hand festigte den Griff an ihrer Hüfte, während sein Schwanz die gnadenlose Penetration fortsetzte, bis sich seine Leiste gegen ihr Gesäß drückte.

Er beugte sich vor und küsste ihre Schulter. „Alles drin, Süße.“

„Okay.“ Ihr hinteres Loch pochte schmerzhaft um den Eindringling herum. Ihre Stimme brach, als sie ihre Antwort abänderte: „J-Ja, Sir.“

Max stand vor ihr und musterte sie erneut. „Ich weiß, es ist unangenehm, aber es wird besser.“

Alastair knurrte ihr ins Ohr: „Es besteht keine Eile, Love. Gewöhne dich erstmal an das Gefühl.“ Er bewegte sich nicht.

Sie keuchte leicht, blieb jedoch bewegungslos. Sie konzentrierte sich auf Alastairs warme Hand auf ihrer Brust, auf das

Gewicht von Max' Fingern an ihrer Pussy ... und den unfassbar brennenden Schmerz in ihrem hinteren Loch.

Allmählich reduzierte sich das Unbehagen zu einem milderen Brennen und zu ... mehr. Etwas Lüsternes und Heißes erhob sich in ihrer Mitte, und eine beunruhigende Erregung erwachte.

Max' scharfsinniger Blick wechselte von ihr zu seinem Cousin, und er nickte ihm zu.

„Ausgezeichnet." In aller Ruhe zog sich Alastair zurück, und sie hörte, wie er mehr Gleitmittel auftrug, bevor er wieder in sie eindrang. Sein feuchter Schwanz war kühl, als er in sie stieß, und dann erhitzte er sich in ihr. Rein und raus glitt er und schickte so mit der gemächlichen Bewegung einen elektrisierenden Strom direkt zu ihrer Mitte.

Begierde zündete ein Feuer in ihren Adern und sie erschauerte am ganzen Körper.

„Na bitte." Mit den Fingern einer Hand zwickte Alastair in ihren linken Nippel. Als seine Finger härter zudrückten, schoss eine schockierende Empfindung durch sie hindurch, und ihr Anus pulsierte um ihn herum, was ihn zum Lachen brachte. „Max, lass uns beginnen."

Als Alastair ihre Hüften fest packte, erinnerte sie sich, wie gut die beiden sie positioniert hatten, um sie hart nehmen zu können. Ihre Pussy und ihr Anus waren genau auf der richtigen Höhe, ihre Hände waren aus dem Weg.

Max stand zwischen ihren gespreizten Schenkeln und küsste sie sanft. „Kleine Unruhestifterin." Sie begegnete seinem intensiven Blick. „Du sagst uns, wenn etwas weh tut."

Nickend wappnete sie sich. Nicht, dass sie irgendetwas tun könnte, um zu helfen oder sie zu behindern. Und irgendwie verstärkte ihre Hilflosigkeit nur die erotische Hitze und sorgte für ein Flattern in ihrem Bauch.

Alastairs Hände auf ihren Hüften festigten sich, als er aus ihrem hinteren Loch rutschte. Gleichzeitig drückte sich Max stetig in ihre Vagina, bis sein Schwanz vollkommen in ihr war.

Ihr Atem stockte, als sie sich um die heiße, dicke Invasion dehnte.

Ohne kurz innezuhalten, glitt Max wieder aus ihr heraus.

Und Alastair stieß in sie. Das Gefühl − *oh Gott, das Gefühl* − von beiden gleichzeitig gefickt zu werden, war überwältigend. Alles da unten dehnte sich. Die beiden Schwänze glitten hinein und heraus, getrennt nur durch eine dünne Membran. Lust schwoll an und wehte nach außen, bis die Empfindung verheerend war.

Ihr Stöhnen erfüllte den Raum, und Alastair gluckste.

Als er sich zurückzog, beugte sich Max vor, küsste sie sanft auf den Mund und bedachte sie mit seinem stetigen blauen Blick. „Sie kann mehr ertragen, Cousin."

Alastair zog sich zurück; Max stieß zu.

„Dann geben wir ihr mehr." Alastair behielt eine Hand an ihrer rechten Hüfte und griff mit der anderen nach ihrer Pussy. Seine Finger betörten ihre Klitoris. Bei dem heißen Ansturm von Empfindung zog sich alles in ihr um Max' harten Schaft zusammen.

Max lachte. „Oh ja!" Seine rechte Hand packte ihre linke Hüfte und hielt sie fest. Mit der anderen neckte er ihre Nippel, bis sie zu schmerzenden Knospen wurden.

Als die Doms abwechselnd in sie stießen und sich zurückzogen, wurde die exquisite Qual so intensiv, dass sie zu zittern begann. Ihre Mitte zog sich stetig um die beiden Schwänze zusammen, bis jede winzige Bewegung ihre Welt aus dem Gleichgewicht brachte.

Alastairs Finger umkreiste unerbittlich ihre Klitoris.

Jeder Muskel in ihrem Körper spannte sich an, als die Wände ihrer Pussy und ihres Anus um die Eindringlinge pulsierten: vorne, hinten, vorne, hinten … „Oh, oh, oh!"

„Lass los, Love", flüsterte Alastair, und als hätte ihr Körper die Erlaubnis benötigt, erreichte sie ihren Höhepunkt … und jede

Lustwelle, die darauf folgte, fühlte sich intensiver und immer intensiver an. Ihre Mitte zog sich zusammen, pulsierte um Max' dicken Schaft, um Alastairs langen Schwanz, und sie schrie und schrie.

Als die Nachbeben nachließen und ihr Herz weiterhin in ihrer Brust verrückt spielte, verlangsamten die Männer ihre Bewegungen, um ihr Zeit zu geben, sich zu erholen. Die Schaukel schwankte leicht, ihre verschwitzten Handflächen glitten über die Ketten.

„Danke, dass du uns vertraust, Süße." Alastair küsste sie auf den Kopf.

„Mmmhmm." Oh, wie sehr Uzuri ihre beiden Männer doch liebte. Sie sah Max lächeln, und die Art, wie er sie ansah, als würde er nicht genug von ihr bekommen, ließ sie dahinschmelzen.

„Halt dich fest, Darlin'." Max warf Alastair über ihren Kopf hinweg einen Blick zu.

„W-Was?" Uzuri packte die Ketten.

„Gutes Mädchen." Alastair gluckste. „Jetzt, Max."

Zwei Paar Hände krallten sich zu beiden Seiten in ihre Hüfte, und plötzlich erhöhten sie die Geschwindigkeit. Alastairs langer Schaft stieß in ihren Anus – und zog sich zurück, als sich Max' Schwanz in ihrer Pussy verlor. Ihre Doms hämmerten in sie, schnell und hart, rücksichtslos, immer abwechselnd, sodass sie stets eine gewisse Menge an Schmerz verspürte.

Ihr Rücken wölbte sich, als die herrlichen Empfindungen durch sie pulsierten, als sich die Lust zu unmöglichen Höhen aufbaute und den Rest der Welt ausblendete.

Ein weiterer Orgasmus brach in schillernden Explosionen über ihr ein und ihr Körper bebte mit einer Intensität, dass der Raum weiß aufblitzte. Ihre Finger, ihre Zehen, sogar ihr *Haar* kribbelten vom Schock ihres Höhepunkts.

Alastair murmelte sein Vergnügen, drückte sich tief in sie, als auch Max in sie stieß. Beide füllten sie nun, sodass es weit über die Grenze von Schmerz hinausging. Als sie ihre seelenerschütternde Ekstase hinausschrie, schlangen Max und Alastair die Arme um sie, hielten sie zwischen ihnen, als auch ihre Männer zur Erlösung fanden. Alle drei. Gemeinsam.

Dieses Gefühl ihrer gemeinsamen Liebe war die größte Freude, die sie je gekannt hatte.

KAPITEL NEUNUNDZWANZIG

„Ja, das tut mir ja leid, aber ich werde dann noch hier sein."
Holt legte auf, bevor seine Stimme einen unhöflichen Ton
annahm. Die Feuerwehrleitung hasste es, sich auf Verletzungen einzustellen – insbesondere auf solche, die außerhalb des
Jobs passierten. Holts Anruf am Samstagnachmittag hatte sie
überhaupt nicht glücklich gemacht. Zu dumm. Wenn man
bedachte, dass die gesamte Station von dem Angriff wusste, hätte
sich der Typ rechtzeitig darauf einstellen können.

Holt beendete den Anruf. Zumindest lag er nicht mehr auf
der Intensivstation, sondern in einem normalen Krankenhauszimmer, wo er Leute sehen und telefonieren konnte. Er drehte sich
langsam um und streckte den Arm aus, um das Telefon auf den
Ablagetisch neben dem Bett zu legen. *Herrgott nochmal!* Diese
Bewegung reichte schon aus, um schmerzvolle Explosionen in
Bauch und Rücken auszulösen.

Bei einem Geräusch drehte er sich zur Tür. *Schmerz.* Er unterdrückte ein Stöhnen. *Gott, beweg dich nicht so ruckartig, du Idiot.*

„Oh, mein Gott!" Mit einem Fuß im Raum starrte Nadia ihn
an, ihre grünen Augen weit aufgerissen. „Warren sagte, du wärst
verletzt worden. Mir war nicht klar, dass ... Sieh dich nur an."

Danke, aber ich verzichte. Er schaute trotzdem nach unten. Gaze war um seine Arme gewickelt, um ihn davon abzuhalten, die Schnittwunden aufzukratzen. Zumindest bedeckte das hässliche Patientenhemd die größeren Verbände auf seinem Rücken und dem Bauch.

Nur ... schaute sie auf nichts anderes als sein Gesicht.

Ihr Blick lag auf dem langen Schnitt, der vom Wangenknochen bis zum Kiefer führte, und auf der Wunde an seinem Kinn. Ohne nachzudenken, hob Holt die Finger zu den Nähten. Die steifen Enden des Fadens fühlten sich an wie eine verdammte Angelschnur. Er versuchte es mit einem Lächeln und sagte leichthin: „Die Schweinerei tut mir leid. Der Kerl hatte ein großes Messer."

Warum zum Teufel entschuldigte er sich?

Nein, sei etwas nachsichtig mit ihr. Sie stand unter Schock. Er konnte ihr jede Emotion von ihrem Gesicht ablesen. Definitiv Schock.

Er sah auch verdammt viel Abscheu.

Holt räusperte sich. „Nadia. Bist du mit einer Freundin hier?"

„Ähm. Ja." Sie wedelte mit der Hand zur Tür. „Di hat mich gefahren, weil wir danach etwas trinken gehen wollen. Es ist Happy Hour."

„Ah." Sie hatte nicht geplant, lange zu bleiben, hmm? Das löste einen Schmerz in ihm aus, der nichts mit seinen Verletzungen zu tun hatte und sich unter seinen Rippen einnistete. Er hatte gedacht, zwischen ihnen wäre ... mehr, aber anscheinend nicht. Sie war intelligent und unterhaltsam, gesellig, interessant und gut im Bett. Es schien, als hätte er vergessen, nach Mitgefühl zu suchen. Viele der Subs im Shadowlands trugen ihre Herzen auf der Zunge, sodass er wohl einfach mehr erwartete.

„Also ... ähm, geht es dir gut?" Sie zögerte und fügte widerwillig hinzu: „Gibt es etwas, was ich dir bringen soll?"

Er hätte nichts dagegen, wenn sie ihm eine Partnerin mitbringen würde, die nicht sofort kalte Füße bekam, wenn es hart auf hart kam. Das war jedoch nicht das, was sie wissen wollte.

Er schüttelte den Kopf. „Ich komme klar. Geh nur und genieße deinen Abend."

„Okay." Die Erleichterung in ihrem Lächeln sagte ihm alles, was er wissen musste. *Zum Teufel,* sie hatte ihn nicht einmal berührt.

Bevor sie aus der Tür gehen konnte, entschied er, es hinter sich zu bringen. „Nadia."

Sie drehte sich um, sichtlich angespannt, als machte sie sich Sorgen, dass er sie bitten würde, zu bleiben.

Ganz sicher nicht.

„Ich werde dir die Sachen schicken, die du bei mir gelassen hast." Für den Fall, dass sie irgendwelche Zweifel hatte, was er meinen könnte, fügte er hinzu: „Ich hoffe, du findest einen Mann, der dich glücklich machen kann."

Sie errötete, dann wich ihr jegliche Farbe aus dem Gesicht, bevor sie das Zimmer verließ.

Nun ja. Das war nicht gerade schön gewesen.

Für einen Moment ging ihm durch den Kopf, dass er mit Frauen einfach kein Glück zu haben schien. Er knirschte mit den Zähnen – weil er Schmerzen hatte. Sollte er den Knopf für das Schmerzmittel drücken oder den Schmerz ertragen?

Bevor er sich entscheiden konnte, stürzte ein kleiner Wirbelwind in den Raum.

„Holt!" Uzuri rutschte neben seinem Bett zum Stehen. Ihr Gesichtsausdruck zeigte das gleiche Entsetzen wie bei Nadia – und dann füllten sich ihre Augen mit Tränen. „Oh, Baby." Sie nahm seine Hand, achtete aber darauf, ihn nicht durchzuschütteln, nachdem sie die schweren Verbände an seinem Handgelenk und seinen Armen gesehen hatte.

Seine Finger legten sich um ihre, und der Schmerz in seiner Brust wuchs. Genau das hatte er von Nadia gewollt. Sicher war es am besten, schon früh zu erkennen, dass er einen Fehler in

Bezug auf sie gemacht hatte, aber jetzt gab es diese ... Leere in ihm.

„Tut es weh?", flüsterte sie. „Wie schlimm ist es? Kann ich dir irgendetwas bringen? Solltest du eine Schmerztablette nehmen oder so? Oder ... da es in Krankenhäusern langweilig ist, wie wäre es mit ein paar Büchern oder deinem iPod oder –"

„Hey." *Fuck*, es tat weh, zu lachen. Er war schwer verletzt. Also ja, er brauchte Schmerzmittel. Leider hing die verdammte Schmerzpumpe für das Medikament auf Kissenhöhe. Es gab keine Möglichkeit, die Pumpe unauffällig zu drücken. Und er würde ganz sicher nicht zugeben, Schmerzen zu haben und damit die Sorge in ihren großen Augen verstärken. „Nein, es tut nicht weh. Es geht mir gut." Seine Augenbrauen zogen sich zusammen. „Du bist nicht allein hier, oder?"

„Sie ist mit uns gekommen." Max stand auf der Türschwelle.

Eine Bewegung hinter Uzuri erregte Holts Aufmerksamkeit. Alastair stand am Kopfende des Bettes. Er warf einen Blick auf die Schmerzpumpe, und seine rechte Augenbraue hob sich in einer stillen Frage. *Cleverer Kerl, dieser Doc.*

Holt nickte, um seine Zustimmung zu geben, und vermied es so, dass Uzuri Wind davon bekam. Stattdessen drückte er ihre Finger und sagte: „Ich dachte mir schon, dass ihr zwei in der Nähe sein würdet."

Alastair schüttelte den Kopf. Der arme Bastard hatte Uzuri in Bezug auf sein Schmerzlevel angelogen. Und das, obwohl er bereits die Zähne knirschte.

Andererseits war es besser, dass Uzuri nichts davon wusste, sonst würde sie in Tränen ausbrechen. Sie fühlte sich schlecht genug, weil sie der Meinung war, sie sei schuld an Kassabs Angriff.

Alastair warf einen Blick auf den bunten Blumenstrauß im Fenster. „Uzuri, wer hat die Blumen geschickt? Kannst du nachsehen?"

„Natürlich."

Als sie um das Bett zu den Blumen ging, legte Alastair unauffällig die Pumpe in Holts Hand und positionierte die Schnur auf eine Weise, dass sie nicht im Weg herumhing.

Der Feuerwehrmann drückte die Pumpe und warf Alastair einen dankbaren Blick zu.

„Sie sind von deiner Wache." Uzuri kehrte zurück und nahm wieder Holts Hand, als könnte sie ihm so all seine Schmerzen nehmen.

Das hartnäckige kleine Kätzchen. *Verdammt*, er mochte es nicht, dass sie sich außerhalb der Sicherheit ihrer vier Wände aufhielt. Nicht, bis Kassab hinter Gittern war.

Nur würde sie nicht auf ihre Doms hören. Er und Max hatten ihr gesagt, dass es nicht sicher sei, Holt zu besuchen, und boten Alternativen wie Skype und Videoanrufe an.

Alastair hatte nicht gewusst, dass sie so laut schreien konnte. Tatsächlich war sie leicht laut geworden. Sie hatte darauf bestanden, dass sie ihren Freund für sich selbst sehen musste, um sicherzustellen, dass er umsorgt wurde, um da zu sein, wenn er sie brauchte, um ihm – wenn erlaubt – ein paar Snacks zu bringen und so weiter und so fort.

Alastair lehnte sich neben Max an die Fensterbank. Dahinter prasselte der Regen in wütenden Böen gegen die Scheibe. Ihre Frau mochte denken, dass sie nicht mutig war, aber er bedauerte jeden armen Sack, der sich zwischen sie und jemanden stellte, den sie liebte.

Und sie liebt uns. Die Freude daran sang durch seine Adern wie eine massive Infusion von Endorphinen. Sie würde auch weiterhin bei ihnen wohnen bleiben.

Was eine gute Sache war, da er und Max Schwierigkeiten haben würden, sie jemals gehen zu lassen. Ihre Reaktion darauf, mit beiden gleichzeitig Sex zu haben, war erstaunlich gewesen, und hatte nicht nur die Liebe bekräftigt, die sie ihr gegenüber empfanden, sondern hatte auch die Bindung vertieft, die er seit

Jahrzehnten zu Max pflegte. Mit seinem Cousin zu teilen, hatte sich immer richtig angefühlt; jemanden zu teilen, den sie beide liebten, war ... unbeschreiblich. Mit ihrer schelmischen Art, ihrer Energie und ihrer Süße füllte sie den fehlenden Platz in dieser Dreiecksbeziehung auf eine Weise aus, wie es sonst niemand konnte.

Und sie liebt uns. Sie liebte *ihn.*

Er lauschte dem rauschenden Wind und dem hämmernden Regen und beobachtete seine Frau. Wie war es möglich, dass sie mit jeder Minute bezaubernder wurde?

Ihre Lippen waren geschwollen und ihre Wangen waren nach fast vierundzwanzig Stunden Liebesspiel von seinem Bart doch etwas rot. Aus Sorge, dass sie ihre Meinung über einen Besuch bei Holt ändern würden, hatte sie weder Make-up aufgetragen noch viel Zeit mit ihren Haaren verbracht.

Alastair schmunzelte. Max hatte ihre Braids während der Session geöffnet, sodass ihre Haare in alle Richtungen abstanden. Nachdem sie den Polizisten für eine Weile wütend angefunkelt hatte, band sie sich schnell die Haare hoch und steckte ihre Pracht genervt fest.

Eigentlich ziemlich beeindruckend.

„Alastair, Max." Dan Sawyer lief um einen kleinen Hausmeister am Handy herum und kam ins Zimmer. Nach einem Blick zu Uzuri, sah er zurück zu ihm und Max. „Ihr lächelt. Ihr beide. Ich nehme an, die Zurückeroberung eurer Sub ist gut gelaufen?"

„Du bist so neugierig wie die Subs im Club, Junge", murmelte Max. „Hast du mit dem Polizeichef über Zuri und diesen verdammten Stalker gesprochen?"

„Hab' ich. Er ist dafür, ihm eine Falle zu stellen. Tatsächlich will er heute länger in der Station bleiben, sodass wir nachher zu ihm fahren und uns zu fünft einen Plan ausdenken können."

„Dan, bist du hier, um mit mir zu reden?", fragte Holt.

Dan drehte sich um. „Schön, dich wach zu sehen. Und ja, ich habe einige Fragen."

„Das dachte ich mir. Obwohl ein paar Polizisten mich vorhin befragt haben, dachte ich mir schon, dass du und Max sicher auch noch vorbeikommen würdet." Holt drückte Uzuris Hand. „Lass mich diese Sache hinter mich bringen, Süße."

„Ist es okay, mit ihm zu sprechen, Doc?", fragte Max.

Alastair sah nach. Die Schmerzmittel wirkten, und die angespannte Muskulatur um Holts Augen und seinen Mund hatte sich gelockert. Er bewegte sich, anstatt starr in einer Position zu verharren. Alastair nickte Max zu.

„Also dann." Max trat näher an das Bett und Dan gesellte sich dazu.

Als Uzuri zu Alastair ging, runzelte er bei ihrem niedergeschlagenen Ausdruck die Stirn. „Du kannst jetzt aufhören, dir Sorgen zu machen, Love. Er macht sich gut."

Sie nickte, ohne aufzuschauen.

Hmm. Mit zwei Fingern unter ihrem Kinn brachte er ihre Augen zu seinen. Tränen schwammen in ihren Augen. Er legte seine Hand in ihren Nacken und fragte leise: „Was ist los, Sub?"

„Sein Gesicht. Er wird Narben haben, oder?"

Alastair zögerte. Die Wahrheit würde ihr wehtun. Dennoch war Ehrlichkeit das, was er seinen Freunden, seinen Patienten, seinen Sexpartnern gab. Jedem. „Ja. Keiner der tieferen Nerven wurde beschädigt, sodass er in seiner Bewegung nicht beeinträchtigt sein wird, aber er wird für eine Weile einen gewissen Gefühlsverlust bemerken." Holts Mundwinkel zeigten nicht nach unten, sondern wölbten sich auf beiden Seiten symmetrisch nach oben. „Die Narben werden langsam verblassen, bis nur noch weiße Linien übrigbleiben."

„Sie werden aber nicht ganz verschwinden. Er wird nie wieder so aussehen wie früher." Sie holte zittrig Luft. „Wegen mir."

„Nein. Das war nicht deine Schuld."

„Ich hätte nicht nach Tampa kommen sollen. Ich hätte mir keine Freunde suchen sollen. Ich hätte wissen müssen, dass Jarvis nicht aufgeben würde. Ich hätte Holt nicht in mein Haus ziehen lassen dürfen."

Die Panik in ihrer Stimme brach ihm das Herz, und er zog sie an sich. „Wenn Kassab nicht hinter dir her wäre, würde er eine andere stalken. Vielleicht jemanden, der verletzlicher ist?"

„Vielleicht." Ihr Blick fiel. „Wahrscheinlich."

„Na siehst du." Alastair sah, wie sich Max aufmerksam nach vorne lehnte, als Holt eine Frage beantwortete.

Was besprachen sie?

„*Sie gehört mir.* Kassab hat das gesagt ... und zwar oft." Holt versuchte, sich die Wange zu kratzen, und zuckte zusammen, als seine Finger auf die Schnittwunden trafen. Mit einem verärgerten Grunzen ließ er die Hand fallen. „Auch meinte er, dass er besser ist als ich."

„Besser? Inwiefern?", fragte Dan.

Holt sah, wie Uzuri zusah, und er grinste sie an. „Ich würde sagen, er meinte, dass er besser im Bett sei, da er gleich danach mit der Größe seines Schwanzes prahlen musste. Und dass ich niemals in der Lage wäre, sie zu befriedigen."

Max schnaubte und warf einen Blick auf deren kleine Sub. „Diesen Scheiß hört man zumeist von den unsicheren Bastarden. Was sagst du, Prinzessin? Ist er unsicher?"

Ihre Wangen verdunkelte sich leicht. „Wenn du mich fragst, ob er besser oder größer ist, dann ist die Antwort *Nein*."

„Sprich weiter."

Uzuri sah ihn genervt an. „Echt jetzt?"

Max wackelte mit den Fingern in einer *Gib mir mehr*-Geste.

„Oh, na gut. Er war, ähm, durchschnittlich lang und ... na ja, ein Bleistiftschwanz? Und er konnte lange durchhalten, aber seine Vorstellung von Sex bestand darin, mich wie ein Karnickel zu rammeln." Sie vergrub ihr Gesicht an Alastairs Brust.

Er küsste sie auf den Kopf. „Danke, Love." Die gesamte Unterhaltung löste bei ihm ein ungutes Gefühl aus, und doch konnte er nicht ignorieren, wie sehr ihn ihre Verlegenheit amüsierte.

Der linke Mundwinkel von Max kippte nach oben, als er Alastairs Blick begegnete.

Dan gluckste. „Seltsam, wie Frauen bis zur Erschöpfung mit ihren Freundinnen über Sex reden können und es peinlich finden, sobald es jemand anderes ist."

„Wohl wahr. Hast du diese Shadowkittens mal gehört?" Max schüttelte den Kopf. „Die Unterhaltungen können einem Komplexe geben."

Holt lachte und packte stöhnend seine Seite. „Fuck, Drago, wenn du lustig sein willst, mach es woanders."

„Tut mir leid." Max sah zu Uzuri. „Es ist allerdings gut zu wissen, was das Arschloch triggert. Man weiß nie, wann es sich während eines Verhörs als nützlich erweisen könnte."

„Diese Verhöre sind sicherlich sehr interessant." Holt grinste. „Ihr Donut-Verkoster seid einfach nur komisch."

Uzuri kicherte und Holt grinste sie an.

Max schüttelte den Kopf. „Zumindest spielen wir nicht ständig mit unseren Schläuchen wie ihr Schlauchjockeys."

Als Holt nach oben griff, um sein Gesicht zu kratzen, warnte Alastair: „Nicht."

Holt zog die Augenbrauen zusammen. „Es juckt."

Unter Alastairs Arm drehte sich Uzuri um und machte ein hilfloses Geräusch.

Holts Gesichtsausdruck wurde weicher. „Zuri, es sind nur ein paar Schnitte. Nichts, worüber man sich aufregen müsste."

„Es wird Narben hinterlassen", flüsterte sie.

„Das wird es", stimmte er in einem ruhigen Ton zu. „Glaubst du, dass mich das stört?"

„Aber ... Frauen werden ..."

„Wenn Alastair eine Narbe in seinem hübschen Gesicht hätte, würdest du dich von ihm abwenden?"

„Natürlich nicht!" Ihre Finger ballten sich in Alastairs Hemd. „Sag das nicht. Sowas darfst du nicht mal denken."

„Nun, Süße, das ist die Art von Frau, die ich will. Wenn die Oberflächlichen dabei auf der Strecke bleiben, sehe ich das nicht als Problem."

Nach einem Moment entspannten sich Uzuris Schultern. Alastair nickte Holt dankbar zu. Gut gehandhabt. Auf der anderen Seite ... hatte er da gerade etwas Verbitterung rausgehört? Hatte Uzuri nicht erwähnt, dass der Dom eine Freundin hatte?

Dan schaute auf seine Uhr. „Wir müssen los."

„Yeah." Max sah zu Holt. „Wirst du bald hier rauskönnen?"

„In ein paar Tagen. Aufgrund der Wunde in meinem Bauch werden sie mich eine Weile mit Antibiotika vollstopfen." Holt lächelte. „Der Vermieter beendet den Umbau morgen, also wird meine Wohnung schön ruhig sein."

„Wir kümmern uns darum, deine Sachen bei Uzuri zu packen und zu dir zu bringen", sagte Alastair.

Dan grinste. „Dir ist klar, dass dich die Shadowkittens für eine ganze Weile verwöhnen werden, oder?"

„Als ob ich etwas dagegen hätte, wenn mir jemand beim Kochen und Putzen zur Hilfe kommt." Holts Lippen formten sich zu einem schiefen Lächeln. „Seid gute Freunde und schickt die Singles. Und lasst sie diese süßen Schürzen mit den Rüschen tragen, die Z in den Kostümboxen aufbewahrt. *Nur* die Schürzen."

Max schnaubte. „Ja, es geht ihm eindeutig besser."

Nackte Subs? Das klang definitiv nach Holt, dachte Uzuri, und doch ... letzte Woche hatte er noch gesagt, er könnte sich mit der Rothaarigen etwas Ernstes vorstellen. Uzuri runzelte die Stirn. „Sollen wir Nadia eine Schürze schicken?"

Holts Gesicht nahm einen kalten Ausdruck an, bevor er

leichtfertig sagte: „Hey, ich muss doch sehen, was es noch an Angebot gibt. Erinnerst du dich?"

Angebot. Ah ja. Seine *Freundin* – die doofe Kuh – hatte mit ihm Schluss gemacht, oder? Sie hatte ihn verlassen, obwohl er gerade niedergeschlagen und verletzt war und eine harte Zeit durchmachte.

Uzuri ballte ihre rechte Hand. Wenn sie jemals auf die Frau traf, würde sie ihr die Haare rausreißen. Oder sie schlagen. Sie wusste jetzt, wie man richtig zuschlug.

Für den Moment zwang sie sich zu einem Lächeln und gab Holt, was er brauchte. „Holt, es gibt so viele Mütter mit hübschen Töchtern. Im Notfall – obwohl ich bezweifle, dass es dazu kommt – kannst du unsere Kuppeltante aka Master Z um Hilfe bitten."

Seine Lippen zuckten, nur erreichte das Lächeln nicht seine blauen Augen. „Du bist eine gute Freundin, Zuri."

Ihr Herz fühlte sich an, als würde es in zwei Hälften brechen. „Ich komme morgen wieder. Was kann ich dir bringen?"

„Es wäre sicherer, wenn du wegbleibst." Sein Blick richtete sich auf Max. „Haltet sie von hier –"

„Ich *werde* hier sein." Ihre Stimme kam hart und unbeugsam heraus – wie unhöflich war das bitte? Dann hatte sie eine Idee. Sie musste ihm natürlich einen flauschigen Bademantel kaufen – in Stahlblau, passend zu seinen Augen. Was noch? „Was soll ich dir besorgen?"

Max schnaubte. „Du solltest ihr besser antworten. Sie drohte uns, heimlich, still und leise zu verschwinden, wenn wir versuchen, sie davon abzuhalten, dich zu sehen."

Ihre Drachen-Doms. Uzuri funkelte sie an. Sie hatten tatsächlich darüber geredet, sie einzusperren. Zu ihrem eigenen Besten. *Pfft.*

„Sture Sub", murmelte Holt. Er grinste sie an. „Wie wäre es in diesem Fall mit meinem eReader? Er liegt noch in deinem Haus." Er erstarrte und schüttelte dann den Kopf. „Nein, wenn ich so darüber nachdenke, habe ich ihn wohl in der Arbeit liegen lassen. Da ich für ein paar Tage kein richtiges Essen bekomme, kannst du mir einen Milchshake bringen? Erdbeere."

„Natürlich." Uzuri küsste ihn sanft auf die Wange. Sein eReader war im Haus – sie hatte das Gerät dort gesehen. Wie ihre Drachen-Doms wollte er jedoch nicht, dass sie zu dem Haus ging, in das Jarvis eingebrochen war. Anstatt sich unterdrückt zu fühlen, gaben ihr all diese Doms mit ihrem Beschützerinstinkt ein Gefühl von Sicherheit. Sie fühlte sich umsorgt.

Sie würden alle zusammen gehen, um seinen eReader zu holen.

„Komm, Sub. Wir sollten aufbrechen." Alastair streckte seine Hand aus.

Sie nahm seine Hand und warf einen Blick aus dem Fenster. Blitze leuchteten unregelmäßig in den pechschwarzen Wolken auf. Der Donner grollte fast ununterbrochen, und der Regen schlug brutal gegen das Fenster. Es bliebe ihnen wohl nichts anderes übrig, als zum Auto zu rennen.

Vor dem Raum ging Dan voraus. Max und Alastair nahmen Uzuri in die Mitte, als sie durch den Krankenhauskorridor zum Aufzug gingen. Uzuri liebte es, wie alle, von den Hausmeistern bis zu den Ärzten, Alastair mit einem Lächeln, einem netten Wort oder einem witzigen Kommentar begrüßten.

„Drago. Hast du eine Sekunde?" Im Erdgeschoss auf dem Weg zum Ausgang hielt ein kurzer, grauhaariger Arzt die Gruppe an. „Ich habe eine Frage zu der medikamentösen Behandlung, die Laring bekommt."

„Natürlich." Alastair warf ihnen allen einen entschuldigenden Blick zu und lehnte sich näher zu seinem Kollegen.

Max legte eine Hand auf Uzuris Rücken und führte sie aus dem Weg.

Dan folgte. „Ganz vergessen. Hast du von der Leiche gehört, die sie in St. Pete gefunden haben? Der Fall könnte mit einem von unserem zusammenhängen. Im Bericht des Leichenbeschauers ..."

Als die beiden Polizisten über den grausigen Mord sprachen, trat Uzuri etwas außer Hörweite. *Eklig.* Der Inhalt des Magens einer Person sollte kein Gesprächsthema sein.

Ihr Handy ertönte mit einer eingehenden Nachricht, und sie zog das Gerät aus ihrer kleinen Handtasche und machte einen weiteren Schritt weg. Auf dem Display stand RAINIE – und Nachrichten von Rainie und Sally konnten extrem ... pervers sein.

Uzuri öffnete die Nachricht.

„WENN DU NICHT WILLST, DASS DIESE FOTZE STIRBT, DANN BEWEG DEINEN ARSCH ZU DEM SCHWARZEN VAN AUF DEM PARKPLATZ."

Was? Ein eisiger Dolch bohrte sich in ihre Brust. Sie las die Nachricht noch einmal. Fotze? Rainie?

Die Nachricht war von Rainies Handy gekommen ... und dann verstand sie. Jarvis hatte die Nachricht geschickt.

Er hatte Rainie. Ihre Knie drohten einzuknicken.

Er will mich rauslocken.

Er will mir wehtun.

... sie töten. Ihr Mund trocknete aus und ihre Hände begannen so stark zu zittern, dass sie fast ihr Handy fallen gelassen hätte. *Ich kann nicht.*

Sie griff das Handy fester, drehte sich zu Max und hob das Gerät hoch. Sie öffnete den Mund und –

Ihr Handy ertönte erneut und Worte rollten über den Bildschirm nach oben.

„WENN ICH DICH NICHT SOFORT HIER DRAUSSEN SEHE, FAHRE ICH WEG. WIE HOCH WIRD DIE SCHLAMPE SPRINGEN?"

Springen? Was hatte er vor? Wollte er Rainie überfahren?

Wenn Max und Dan mit ihr kämen, würde er sie sehen. Dann würde er Rainie töten und sich sofort aus dem Staub machen. *Meine Rainie.* Die großherzige Frau, die nach dem Angriff auf Mistress Annes Haus alles fallen gelassen hatte, um Uzuri Gesellschaft zu leisten. Wie Holt könnte Rainie verletzt oder gar getötet werden, weil sie Uzuri kannte. *Das darf ich nicht zulassen.*

Was sollte sie tun? Rausgehen? Zu Jarvis?

Er wird mich töten. Wie gelähmt stand Uzuri im Eingangsbereich. Ihr Herz fühlte sich an, als würde es gleich aus ihrer Brust springen, und sie bekam keine Luft. *Ich bin ein Feigling.*

Sie konnte es sich nicht leisten, ein Feigling zu sein. Rainie brauchte sie.

„Mut bedeutet, für einen weiteren Moment Durchhaltevermögen zu beweisen." Sie würde es schaffen.

Die Männer würden sie nicht gehen lassen. Sie hatte nicht die Zeit, mit ihnen zu diskutieren und es ihnen zu erklären. Sie rannte los.

„Uzuri." Max klang verwirrt. „Was –"

Sie drehte sich um und warf ihr Handy zu Dan. „Dan, Jarvis hat Rainie. Sorge dafür, dass meine Drachen clever agieren."

Sie rannte so schnell sie konnte und warf einen Blick zurück. Dan fing ihr Handy auf und packte Max mit der anderen Hand am Hemd. Alastair drehte sich gerade um.

Uzuri eilte aus der Tür und kam zum Stehen, als ein Donnerschlag den Boden unter ihren Füßen erschütterte. Wie brechende Wellen spritzte Regen auf den Boden, erst sanft, dann immer härter, vom Wind in eine böige Peitsche verwandelt. Die Palmen, die die Grenze des Parkplatzes markierten, verneigten sich unter dem Ansturm.

Die Sonne war nicht zu sehen und es machte den Anschein, dass die Nacht heute frühzeitig eingebrochen war.

Mit der Panik, dass Max oder Alastair sie einfangen könnten, eilte Uzuri zu dem dunklen Parkplatz und suchte nach dem schwarzen Van. Links oder rechts?

Willkürlich wählte sie rechts. Auf halber Strecke an der ersten Reihe von Autos vorbei wurde sie langsamer. *Da.*

Eine Frau stand bewegungslos vor der offenen Hintertür eines schwarzen Kleintransporters, während der Auspuff einen weißen

Nebel um sie herum bildete. In einem übergroßen Regenmantel mit Kapuze und hohen Kragen war Rainie kaum zu erkennen.

Oh nein. Uzuri ballte die Hände fest zusammen und trat vom Bordstein. Regen durchnässte ihre Kleidung und Haare, als sie zu den Autos ging – zu der Stelle, wo sie Jarvis vermutete. Ihre Beine, ihr Körper, alles in ihr wehrte sich dagegen. Jeder Schritt vorwärts war hart erkämpft.

Lauf, Rainie.

Warum rannte sie nicht weg?

Ein paar Schritte später erkannte Uzuri, dass ein Hundehalsband aus Leder um Rainies Hals geschnallt war. Das Halsband war an einer Schwermetallkette befestigt, die in den Van führte. Die Ärmel des Regenmantels waren leer. Waren ihr die Hände hinter dem Rücken gefesselt worden?

Uzuri war nun nah genug, sodass sie sah, wie die Kapuze zugezogen wurde, um das Klebeband über Rainies Mund zu verbergen. Im strömenden Regen würde es niemand bemerken. Täte das jemand, würde Jarvis sie wahrscheinlich töten.

Als Rainie sie sah, schüttelte sie verzweifelt den Kopf und versuchte, sie dazu zu bringen, wegzurennen.

Und falls Uzuri das täte? In der Nachricht hatte gestanden: *„Wie hoch wird die Schlampe wohl springen?"* Wenn Jarvis jetzt losfuhr, würde Rainie fallen und hinter dem Van hergezerrt werden. An ihrem Hals.

Dich hier lassen? Niemals.

Als Dan ihn am Hemd packte, drehte sich Max um und hob die Faust. „Lass mich los!"

„Warte einen Moment, Drago, verdammt. Alastair, komm her!" Dan zerrte Max den Korridor runter. Er sah um die Ecke, um aus den riesigen Fenstern sehen zu können, ohne selbst von draußen entdeckt zu werden, und gab Uzuris Handy an Max weiter. „Lies das."

Max rutschte das Herz in die Hose. „Oh Gott, nein."

Alastair lehnte sich vor, um über Max' Schulter zu lesen. „Kassab hat Rainie?"

„Uzuri geht auf die Autos zu. In Richtung eines schwarzen Transporters. Das könnte Rainie hinten sein." Dan ließ Max los und kniff die Augen zusammen. „Warum bewegt sich Rainie nicht? Ist sie an den Wagen gebunden? Ist das der Grund für die Drohung?"

Max zog die Augenbrauen zusammen. Sobald Kassab Zuri in die Hände bekam, würde er losfahren. Er würde jedoch auch wegfahren, wenn er sich bedroht fühlte – was der Fall wäre, wenn Max und Dan aus dem Gebäude auf ihn zu rennen würden.

Verdammt, was hatte sich die kleine Sub nur dabei gedacht?

Alastair packte seine Schulter. „Uzuri wird versuchen, Zeit herauszuschinden."

Ihm ging ein Licht auf. Natürlich würde sie das. Sie wusste, dass ihre Doms alles tun würden, um ihr zu helfen. Sie würde tun, was ihr möglich war. Max wagte sich weit genug in den Eingangs-bereich vor, um die Situation auf dem Parkplatz zu beurteilen. Der Van war so geparkt, dass die Rückseite auf das Krankenhaus zeigte. Wenn Kassab auf dem Fahrersitz säße, wäre es nur möglich, durch das Seitenfenster einen Schuss zu setzen.

„Ja, sie wird Zeit schinden." Max warf Dan einen Blick zu. „Alastair und ich werden uns von der linken Seite anschleichen und uns seine Aufmerksamkeit sichern. Du kommst von rechts. Wenn wir ihn ausschalten können, werden wir es tun. Du schießt, wenn die Bahn frei ist."

Dan hatte das Handy am Ohr, um Verstärkung anzufordern, und nickte.

Mit einem grimmigen und entschlossenen Ausdruck sah Alas-tair zu Max.

„Wir werden sie uns zurückholen, Cousin. Los." Angstschweiß formte sich auf seinen Handflächen, als Max den Eingangsbereich durchquerte. Als sich die Eingangstüren öffneten, schlenderten er und Alastair hinaus. Kalter, harter Regen schlug auf ihn ein. Der Wind peitschte sein Haar um sein Gesicht, als er sich nach rechts drehte.

Da stand der Van in einer Reihe mit mehreren Fahrzeugen, weit genug vorne, sodass er auch einen zweiten Parkplatz blockierte. Der kluge Bastard. So wäre er in der Lage, bei einem Fluchtversuch nach vorne zu fahren. Der weiße Rauch zeigte, dass der Motor lief. „Lass uns deinen Regenschirm benutzen."

Alastair öffnete seinen riesigen Regenschirm und konnte so beide vor neugierigen Blicken bewahren.

Ein Blick auf die Krankenhaustür zeigte, dass Dan herauskam. Max stoppte. „Warte kurz, Cousin." Jede Zelle in seinem Körper verlangte danach, auf Kassab loszurennen und Uzuri zu retten. Stattdessen bewies er Geduld.

Dan klappte seinen Kragen nach oben und lief an ihnen vorbei.

Langsam ging Uzuri auf Rainie zu und tätschelte ihre Schulter. „Hey, Rainie." Vielleicht könnte sie das Halsband entfernen?

Nein. Ein glänzendes neues Vorhängeschloss verriegelte das Halsband und befestigte die Kette an dem D-Ring.

„Wird auch Zeit, dass du kommst, du dumme Fotze." Der prasselnde Regen und der starke Wind übertönten fast die kratzige Stimme.

Aber nur fast. Die niederträchtige Befriedigung, die sie in seinem Ton vernahm, löste Gänsehaut bei ihr aus. Ihre Füße bewegten sich nicht.

„Steig ein, Schlampe." Sein Brüllen war wahrscheinlich von niemandem zu hören, der weiter entfernt war als nur ein paar Meter.

Ein Wimmern entrang ihr.

Wieder zuckte Rainie mit dem Kopf und murmelte etwas hinter dem Klebeband. „Lauf!"

Rainie zum Sterben zurücklassen? Niemals. Die Angst ließ nicht nach, aber sie konnte sich wieder bewegen. Sie zitterte so stark, dass sich der Boden selbst uneben anfühlte. *Besänftige ihn.* „Ich komme. Sir."

Schinde Zeit. Ihre Doms würden kommen; das wusste sie. In der Zwischenzeit musste sie sicherstellen, dass Jarvis hier blieb. *Meine Aufgabe.* So langsam wie möglich bewegte sie sich an Rainie vorbei, kletterte in den hinteren Teil des Transporters und schlug sich beim Einsteigen das Knie an. *Einfach super.*

Sie erinnerte sich, was Max gesagt hatte. *„Wenn du in einen Kampf gerätst, weißt du, dass du verletzt werden könntest, aber, Baby, ich möchte, dass du mit Selbstvertrauen reingehst. Ich möchte, dass du davon überzeugt bist, dass du am Ende diejenige bist, die noch aufrecht steht."*

Gut aufpassen, Sir. Als sie aufstand, berührte ihr Kopf die Decke. Die Schiebetür auf der linken Seite stand offen, und eine Reihe von Blitzen beleuchtete das Innere. Der Transporter war leer, mit Ausnahme eines langen Werkzeugkastens entlang der fensterlosen rechten Wand. Rainies Kette lief über den Boden und war an einen Metallbolzen über dem Werkzeugkasten befestigt.

Die rasierte Kopfhaut des Mannes im Van strahlte so hell, dass sie instinktiv in Panik geriet und erstarrte. *Oh Gott, nein.* Ihn wiederzusehen, war wie ein wahrgewordener Albtraum. Kugelkopf, dicker Hals, strammer Körperbau. Abgetragene Jeans und ein beflecktes, schwarzes Tanktop.

Die niedrige Decke zwang ihn, leicht gebeugt zu gehen. Er warf eine Pistole von einer Hand zur anderen.

Sie konnte ihre Augen nicht davon abwenden. Eine Waffe. Er hatte eine *Waffe.*

„Da bist du ja. Eingebildetes Miststück. Denkst, du wärst zu gut für mich, zu schlau für mich." Sein Gesicht verzog sich und er fletschte die Zähne. „Ins Gefängnis hast du mich geschickt. Wer ist jetzt schlau, Fotze? Ich fahre seit Monaten hier runter, und du hast es nicht bemerkt. Mochtest du die tote Maus?"

„Ich bin hier, Jarvis. Was willst du?" Sie stand außerhalb seiner Reichweite, so panisch, dass sie kaum atmen konnte. *Bitte kommt und helft mir, Sirs. Kommt schnell.*

„Wie doof du doch bist. Ich wollte dich und jetzt habe ich dich." Sein Lachen war ein hässliches, reibendes Geräusch, das an ihren Nerven kratzte. Er richtete sich leicht auf und schob die Pistole hinten in seinen Gürtel.

Und dann stürzte er sich auf sie.

Sie zuckte zurück, blockte instinktiv seinen Angriff, sprang zur Seite, und irgendwie schaffte sie es, ihm mit dem Fuß gegen sein Knie zu treten.

„Schlampe!" Er brach nicht zusammen.

Nicht hart genug. Max' Stimme tadelte sie. *„Schlag mich ordentlich."* Jarvis drehte sich zu ihr um, und sie ging auf ihn zu und schlug ihm mit aller Kraft aufs Auge.

„Scheiß Fotze!"

Ihr Erfolgsmoment endete, als seine Faust sie an der Wange erwischte und sie gegen den Beifahrersitz krachte.

Schmerz blühte auf und sie schüttelte den Kopf. Im dunklen Van hörte sie, wie er sich bewegte und blind nach ihr ausholte. Mit der Faust schlug sie ihm in den Bauch.

Er grunzte.

Sie duckte sich seitwärts.

Seine Rückhand erwischte ihre Schulter statt ihres Gesichts – und schickte sie dennoch auf den Boden. Er trat ihr in den Bauch, sodass sie sich zu einem Ball zusammenrollte.

Sie schnappte nach Luft. Es tat weh, es tat weh!

Am Heck versuchte Rainie verzweifelt, in den Van zu klettern. Mit den Händen hinter ihrem Rücken gefesselt, hatte sie jedoch keine Chance.

Jarvis packte Uzuri am Shirt, zog sie hoch und warf sie in Richtung des Werkzeugkastens. Ihre Hüfte traf auf die Metallkante. Der Schmerz kam sofort. Halb über der Kiste liegend, hob sie ihre Beine und trat um sich. Sie erwischte seinen Oberschenkel, sein Knie, seine –

Er schlug sie ins Gesicht und packte ihr Handgelenk. Handschellen legten sich um sie.

Mit ihrer freien Hand traf sie ihn direkt auf den Mund und spürte seine Zähne an ihren Fingerknöcheln.

„Dumme Schlampe!" Er packte sie an den Haaren und schlug ihren Kopf einmal, zweimal gegen die Wand des Transporters.

Betäubt, benommen und verletzt fiel sie auf den Werkzeugkasten.

„Ich werde es genießen, dich in Stücke zu schneiden. Scheiß Fotze." Mit groben Bewegungen fesselte er auch ihr anderes Handgelenk, und sie erkannte, dass die schwere Kette, die an der Metallwand befestigt war, zwischen ihren Armen zu Rainie hinauslief.

„Da hast du es, du dumme Schlampe. So gefällst du mir."

Der Werkzeugkasten bohrte sich in ihre Oberschenkel. Ihr Kopf drehte sich, als sie ihre Hände um die Kette schloss. *Schinde Zeit.* „Damit kommst du nie durch, du Dummkopf." Sie trat ihn, obwohl sie nicht in der Lage war, wirklich Kraft in den Tritt zu legen. Schließlich wusste sie, dass er ihr wehtun würde. Sie war sich jedoch sicher, dass er sie nicht erstechen oder erschießen würde. Noch nicht.

Seine Rückhand landete auf ihrer Wange und peitschte ihren Kopf zur Seite.

Der Schmerz ... *Oh Gott*, es tat weh. Als Blut heiß über ihr Kinn rann, stieg die Angst in ihr auf und sie kauerte vor ihm zurück.

„Schon besser. Wage es nicht nochmal, mich zu beleidigen." Er richtete sich auf, packte ein Bündel ihres Haares und riss ihren Kopf vor und zurück.

Ihr vom Regen durchnässtes Haar, das sie so sorgfältig gedreht und festgesteckt hatte, fiel ihr ins Gesicht. Die nassen Strähnen auf ihrer brennenden Wange ließen ihre Wut wieder zum Leben erwachen.

Mistkerl.

Ein Blitz beleuchtete den Van und zeigte ihr, dass Rainie immer noch vor der Hintertür stand.

Darf mich nicht unterkriegen lassen. Schmerzen oder nicht, Angst oder nicht. „*Mut bedeutet, für einen weiteren Moment Durchhaltevermögen zu beweisen.*" Ihre Doms waren auf dem Weg. Und obwohl der Schlagabtausch mit ihm ewig angedauert zu haben schien, waren es wahrscheinlich nicht mehr als ein paar Minuten gewesen.

Sie musste verhindern, dass er sich auf den Fahrersitz setzte. Was sollte sie tun?

Schreien? Durch den Regen waren keine Leute auf dem Parkplatz. Niemand würde sie hören und er würde wegfahren.

Ihn verführen? Hysterisches Lachen erhob sich in ihr. Er würde ganz sicher nicht glauben, dass sie es ernst meinte. Nicht nach alledem.

Reden? Er redete gerne.

„Jarvis." Sie legte ein zittriges Wimmern in ihre Stimme. Oder vielleicht war es schon da. „Lass Rainie gehen. Ich habe getan, was du gesagt hast. Bitte."

„Du bist so hohl." Er zog seine Pistole und ging auf das Ende des Vans zu.

„Nein! Nein, erschieß sie nicht." Uzuri kämpfte darum, auf die Füße zu kommen.

Neben der Werkzeugkiste war ein leises Winseln zu hören. Ein Blitz zeigte eine kleine Nase, die neben dem Werkzeugkasten aus den Schatten ragte. Eine winzige Zunge leckte ihren Knöchel. Was hatte ein Welpe in diesem Van verloren?

Sie schob den Welpen sanft in den Schatten zurück. *Versteck dich, Baby.*

Jarvis schielte aus der Hintertür.

Draußen stand Rainie im Regen und bebte vor Kälte. Als sie Jarvis sah, hob sich ihr Kinn.

„Glaubst du, du bist mutig?" Er richtete seine Pistole auf Rainie. „Nicht bewegen, Schlampe, sonst wird es peng, peng, *peng* machen."

Uzuri holte Luft und versuchte, nicht zu weinen – versuchte, nicht zu schreien. Der dümmste Grund würde ihm reichen, um Rainie zu erschießen. *Beeilt euch, Sirs.*

Jarvis lief zurück, packte Uzuri an den Handschellen und riss daran. „Du kannst hier sitzen und zusehen, wie deine fette Freundin hinter dem Van herhüpft. Sieh zu, wie sie verreckt."

Uzuri kämpfte darum, Sauerstoff in ihre Lungen zu bekommen. „Du Arschloch. Wage es dir n –"

„Ja, sie war ein guter Fick." Max' Stimme kam wie aus dem Nichts. Er lallte seine Worte, seine Stimme laut genug, um über dem Regen gehört zu werden. Er klang betrunken. „Für ein schwarzes Mädchen. Wie hieß sie doch gleich? U-Zur-irgendetwas?"

„Was?" Mit weiten Augen drehte sich Jarvis um und sprang zur offenen Seitentür.

Panische Angst schoss durch ihre Venen, als sie seine Pistole neben seinem Bein entdeckte. *Max, oh Gott, Max. Er wird dich erschießen. Verschwinde!*

Und wenn Max da draußen war, so war das auch Alastair. Für sie. *Nein, nein, nein.*

Panik war eine steigende Flut, die ihre Gedanken in Stücke riss, als sie verzweifelt an der Kette zog, die sie davon abhielt, Jarvis anzugreifen.

Ein Blitz erleuchtete den Bereich und ihr Blick traf auf Rainies.

Rainie, die immer noch vor dem Van stand. Gefesselt.

Gefesselt ...

Mit zitternden Fingern griff Uzuri nach oben und riss sich eine Haarnadel aus den Locken.

. . .

Zeit schinden, **dachte** Alastair. Zwischen ihnen und dem schwarzen Van war ein Auto. Sie waren nah genug, um gehört zu werden, aber nicht nah genug, um den Bastard in Panik zu versetzen. Er positionierte den Regenschirm auf eine Weise, sodass sie ihre Gesichter verbergen konnten, ohne ihre Sicht auf den Van zu behindern.

Das Innere von Kassabs Fahrzeug war dunkel. Gelegentliche Blitze zeigten Bewegung. Ein Mann stand in der offenen Seitentür.

„Fuck, er hält eine Pistole." Max erhob wieder seine Stimme: „Du hättest dabei sein sollen, Kumpel. Das Weib konnte ficken."

Auf der anderen Seite des Transporters war etwas Helles auszumachen. War das Uzuris Oberteil? Sie stand mit Kassab in einer Linie. Alastair wollte fluchen. So konnte Max nicht schießen, da das Risiko einfach zu hoch war, Uzuri zu treffen. Dan musste irgendwie zu einer freien Schussbahn kommen.

Bringe den Mann bewusst in Rage, hatte Max angewiesen – und Holts Wiedergabe der Ereignisse hatte ihnen einiges an Material geboten. „Ich mag dunkles Fleisch." Alastair sprach laut und lallte seine Worte, so wie Max das getan hatte. „Du kannst dich wirklich glücklich schätzen, du Bastard. Ist U-Zur-irgendetwas auf ihre Kosten gekommen?" Er warf Max das verbale Stichwort zu, da er wusste, dass sein Cousin darauf reagieren würde.

„Oh, zum Teufel, ja." Max blähte seine Brust auf. „Sie meinte, ich hätte den dicksten Schwanz, den sie je gesehen hatte. Sie bekam nicht genug von mir, und hey, ihr Mund war wie ein verdammter Staubsauger."

Aus dem Augenwinkel sah Alastair, wie sich die Form im Van aufrichtete. *Sie hatten den Fisch am Haken.* Er schlug Max auf den Rücken. „Bravo. Gott weiß, dass du groß genug bist, um sie glücklich zu machen."

Max lachte herzhaft, so authentisch, dass wahrscheinlich nur

Alastair die Spannung darunter hören konnte. „Oh ja, sie schätzte mein Repertoire. Die meisten Weiber tun das."

Alastair versuchte, seine Antwort hinauszuzögern. „Was meinst du damit?"

„Man muss mehr tun als nur die Missionarsstellung. Scheint so, als ob einige Idioten denken, dass Ficken nur darin besteht, auf die Frau zu klettern und loszurammeln. Alles Vollpfosten."

Alastair konnte die Wellen der Wut aus dem Van spüren. Kassab hatte sich jedoch nicht bewegt. Er stand einfach in der offenen Schiebetür. Dan sollte in Position se –

„Heilige Scheiße, hat dieser Kerl eine Waffe?" Der Schrei eines Mannes von der anderen Seite des Vans bestätigte, dass Dan gesichtet wurde. *Fuck.*

Fluchend griff Max nach seiner Waffe.

„Hurensöhne!" Kassab hob seine Pistole.

Max warf sich auf Alastair und zusammen krachten sie in ein Auto.

Auf den Laut von Kassabs abgefeuerter Waffe folgte ein metallischer Einschlag, da sich die Kugel in ein Fahrzeug bohrte.

Als die Seitentür des Vans zuschlug, rannte Max zur Fahrerseite.

Rainie. Alastair raste auf die Rückseite des Fahrzeuges zu.

Der Motor des Vans war die ganze Zeit gelaufen – und dann trat der Bastard auf das Gaspedal. Das Fahrzeug schoss nach vorne.

Alastair rannte hinterher.

Eine weitere Pistole feuerte. Lauter.

Der Van wich einem entgegenkommenden Auto aus, bog nach links ab und geriet ins Schleudern.

Max feuerte.

Das Dröhnen des Motors stoppte. Der im Leerlauf fahrende Transporter bewegte sich im Schneckentempo weiter.

Alastair packte die schwingende Hintertür und suchte nach

Rainie. Wenn er ehrlich war, wollte er Rainies Körper nicht sehen, denn –

Kein Körper.

Keine Rainie.

Auch keine Uzuri.

Der Laderaum des Kleintransporters war leer.

Alastair drehte den Kopf und sah sich um. Keine Körper auf dem Boden.

Die Beifahrertür öffnete sich. Dan griff nach oben und schaltete das Deckenlicht ein. Er schüttelte den Kopf als Reaktion auf das, was auf dem Fahrersitz vor Alastairs Blick verborgen lag. „Zur Hölle nochmal."

Max öffnete die Fahrerseite und sein Gesicht spannte sich an. Er blickte zu Alastair. „Du kannst ihm nicht mehr helfen, Cousin. Es war ein Kopfschuss."

Als Alastair sich abwandte, fragte Dan: „Wo sind unsere Mädchen?"

Das war eine ausgezeichnete Frage.

Mit dem Welpen in ihren Armen presste sich Uzuri gegen einen Reifen. Sie war verletzt und zitterte wie Espenlaub. War es vorbei? Die Angst um ihre Männer gefror ihr das Blut in den Adern. Da waren Schüsse gewesen. Waren sie verletzt? Nachdem sie jedoch einmal Max' und Dans Beschwerden darüber gehört hatte, dass Zivilisten oft aus den dümmsten Gründen bei Schießereien verletzt wurden, wusste sie, dass es klüger war, sich zu verstecken, bis die Luft rein war.

„Uzuri!" Das war Alastairs Stimme. Er lebte.

Sie wimmerte erleichtert.

Rainie erhob sich von dort, wo sie gekauert hatten. „Komm schon, Freundin, es klingt, als wäre der Krieg vorbei. Dieser trottelige Wichser ist sowas von erledigt." Nachdem Rainie die lange Kette um ihren Arm gewickelt hatte, streckte sie die Hand des anderen nach ihr aus. Ihre Handgelenke waren blutig – von dem Seil, das Jarvis benutzt hatte, um ihre Arme hinter ihrem Rücken zu fesseln.

Uzuris Finger waren von dem verzweifelten Öffnen der Knoten auch blutig. Natürlich waren sie zu dem Zeitpunkt beide hysterisch gewesen. Was wahrscheinlich nur Minuten her war, wirkte wie Stunden. Sie drückte den zitternden Welpen an ihre Brust und knirschte mit den Zähnen, als die Handschellen über ihre Haut kratzten. Uzuri schaffte es nicht auf die Beine, sodass sie Rainies angebotene Hand packte.

Rainie zog sie hoch.

Schmerz. Schmerzen überall. Ihr Bauch und ihr rechtes Bein und ihre Schulter taten so sehr weh. Ihre Hüfte auch. Und ihr Gesicht.

Und doch war es ihr egal. Warum hatte Max nicht nach ihr gerufen? Wo war er?

Hinkend eilte sie Rainie hinterher. Als sie aus der Reihe der Autos traten, schaute sie zu Jarvis' schwarzem Van. Das Fahrzeug hatte sich bewegt und stand nun auf einem Parkplatz.

Ein Stück davon entfernt lief Alastair durch die Reihen, Dan nicht weit von ihm. Offensichtlich suchten sie den Parkplatz ab. Ihrem Alastair ging es gut. *Gott sei Dank.*

Und da – da war auch Max. Ihre beiden Männer. Ihre Beine drohten bei dem Ansturm der Erleichterung einzuknicken.

Max entdeckte sie. „Zuri!"

Sie rannte los – so schnell, wie sie das eben konnte – und krachte so hart gegen seine Brust, dass er einen Schritt zurücktreten musste. Seine Arme schlangen sich um sie, seine stahlharten Muskeln, die sofort Sicherheit vermittelten. Hier. *Hier war sie zuhause.*

Schluchzend vergrub sie ihr Gesicht an seiner starken Brust, seine Wange auf ihrem Kopf, als er ihr sanft zusprach und hin und wieder einen Fluch einarbeitete. „Fuck, du hast mich zu Tode erschreckt ... Ich liebe dich ... Ich sollte dir ein Spanking verpassen."

Ihr Kichern klang hoch und hysterisch – eine Reaktion, die ihr besser erschien, als zu schluchzen. Sie hob den Kopf und sah, dass Dan einen Arm um Rainie geschlungen hatte, während er telefonierte. Wahrscheinlich mit Jake.

Einen Schritt von Max entfernt winkte Alastair die Polizei-autos zu sich, die gerade auf den Parkplatz strömten. Als er ihre Augen auf sich bemerkte, breitete er seine Arme aus.

Nachdem sie den Welpen an Max übergeben hatte, fiel sie Alastair in die Arme und bebte an seinem starken Körper. So warm. Das Rumpeln seiner Stimme in seiner Brust war das beru-higendste Geräusch der Welt. Sie atmete seinen wundervollen maskulinen Duft ein, als er sie noch enger an sich zog.

„Ich hatte solche Angst um euch beide", flüsterte sie. So verängstigt war sie.

Mehr Angst, als sie hätte haben sollen. Stirnrunzelnd zog sie sich zurück, und ihre Stimme kam hoch und wütend heraus: „Was habt ihr euch nur dabei gedacht? Ihr habt ihn praktisch angefleht, euch zu erschießen!"

Alastairs tiefes Lachen brach aus ihm heraus. „Wir mussten Zeit schinden, um Dan eine Stelle zu garantieren, von der er schießen konnte, während wir gleichzeitig verhindern wollten, dass er mit euch flieht." Er zog sie wieder an sich und küsste sie hart auf den Mund.

„War ja klar, dass ein *besorgter* Zivilist die Fresse aufmachen musste", murmelte Max.

„Ist er ..." Uzuri sah zu dem Transporter.

„Er ist tot, Süße", flüsterte Alastair.

Uzuri legte ihre Stirn gegen seine Brust. Tot. Sie würde den Verlust von Jarvis' Leben eines Tages vielleicht sogar betrauern. Im Moment fühlte sie nur Erleichterung.

Dan sprach mit Rainie und klang noch grimmiger als normal.

„Du warst an den Van gekettet. Als er losfuhr, dachte ich, wir würden dich ...“

Tot vorfinden.

Bei dem Gedanken bebte Uzuri noch härter.

„Das dachte ich auch.“ Rainies Versuch eines Lachens kam als Krächzen heraus. „Aber Uzuri konnte das Vorhängeschloss knacken, das die Kette am Van hielt.“

„Sie hat was getan?“ Dan drehte sich zu ihr um.

Rainie nickte. „Sie hat das Schloss geöffnet – und rannte zur Tür, als der Van losfuhr.“

„Ich bin aus dem Van gefallen“, murmelte Uzuri. Wie die anmutige Heldin, die sie eben war. Mit den Handschellen und dem Welpen in den Armen konnte sie sich nicht abfangen.

„Schlösser knacken?“, fragte Dan. „Wo zum Teufel hast du gelernt, wie man das macht?“

„Ben hat es mir gezeigt.“ Der Tag, an dem sie sich so gefreut hatte, die Taschen ihrer Sirs zu sabotieren, schien Jahre in der Vergangenheit zu liegen. Sie streckte ihre Handgelenke aus. „Die Handschellen bekam ich nicht auf.“

„Das Schloss hat sie geknackt. Genial.“ Alastair umarmte sie hart genug, dass ihre Knochen knackten. „Und mutig.“

Max nickte. Sein Stolz und seine Anerkennung reichten aus, um eine kleine Sonne in ihrer Brust entstehen zu lassen.

Rainies Blick war sanft. „Du hättest mich dort lassen können. Aber du bist zu meiner Rettung gekommen.“ Sie erschauderte und blinzelte heftig, bevor sie Uzuri fest zunickte. „Vielen Dank.“

Sie hielten sie für mutig.

Mut bedeutet, für einen weiteren Moment Durchhaltevermögen zu beweisen.

Sie *war* mutig gewesen.

Max zog einen Schlüssel aus der Tasche. „Ich habe immer einen Ersatzschlüssel dabei. Gib mir deine Handgelenke.“ Nachdem er den Welpen an Alastair übergeben hatte, löste er ihre Handschellen. Sein Gesichtsausdruck spannte sich an, als er die blutigen Abschürfungen sah.

„Ich denke, wir schulden Ben ein saftiges Steak", murmelte Max zu Alastair.

„Ganz deiner Meinung." Als der Welpe deutlich machte, dass er zu Uzuri zurück wollte, runzelte Alastair die Stirn, als würde er in dem Moment erst realisieren, was Max ihm gereicht hatte. „Warum halte ich einen Welpen? Woher kommt er?"

„Ich weiß nicht." Uzuri nahm den Welpen wieder an sich und er leckte erfreut und winselnd ihren Hals.

„Er war der Köder, mit dem es dieser Kerl geschafft hat, mich einzufangen." Rainie knurrte genervt. „Er trug ihn in die Tierklinik und sagte, er hätte noch drei weitere, die geimpft werden müssten. Sie waren angeblich aus ihrer Kiste entkommen und er bat mich, ihm zu helfen, sie reinzutragen."

Dan grunzte. „Natürlich bist du sofort mit ihm gegangen."

„Ja, sicher." Rainie sah genervt aus. „Er öffnete die Schiebetür, sagte: ‚Schnapp dir den‘, und als ich mich nach vorne beugte, um zu schauen ... na ja."

Uzuri streckte den Welpen zu ihr aus. „Hier, du hast ihn dir verdient."

Rainie schüttelte den Kopf. „Jake lässt mich keine weiteren Hunde haben und" – sie lächelte – „er ist bereits an dich gebunden. Das sieht man doch, oder?"

„Ich kann nicht ..."

Max grinste. „Das scheint nur fair. Ich glaube, du hast es vermisst, einen kleinen Hund zu haben."

„Aber ihr habt schon einen Hund."

„*Wir* haben bereits einen Hund", korrigierte Alastair. „Hunter wird sich über einen Freund freuen. Und wie es scheint, wird er ohnehin nicht sehr groß."

„Terrier-Pudel-Mix, schätze ich", sagte Rainie. „Du wirst ein Fellknäuel haben, das ein Schoßhund bleiben wird."

Uzuri drückte den Welpen näher an ihre Brust und spürte, wie ihr Herz mit Freude überschäumte.

Max sah zu Alastair. „Ich weiß nicht, ob du gesehen hast, dass sie humpelt. Du musst sie untersuchen. Rainie auch."

Alastair lächelte Rainie an. „Wir werden zur Notaufnahme fahren." Dann berührte er sanft Uzuris Wange. „Sobald wir alles hinter uns gebracht haben, werden wir besprechen, wie unsere Sub uns heute zu Tode erschreckt hat. Wenn die Verletzungen nicht ganz so schwer sind, wird der Arsch versohlt, bevor wir unsere Sorgen auf andere Weise ablassen."

„Arsch versohlen?" Sie blickte ihn finster an.

Und dann, als sie die schwelende Hitze in seinen Augen sah, löste sich ihr Zorn auf und eine Flamme zündete tief in ihrem Bauch. Wenn sie so darüber nachdachte, hatte sie auch ein paar Sorgen zum Ablassen.

Trotzdem ... „Entschuldigung, oh wundervolle Drachen-Doms, aber ich *habe* nach Hilfe gerufen, oder? Und ich wusste, dass ihr kommen würdet."

„Nun, das stimmt. Du hast darauf vertraut, dass wir kommen würden, und du warst sehr mutig. Also kein Spanking." Max berührte sanft ihr Gesicht, das bereits Blutergüsse zeigte. „Ihr ist kalt, Cousin. Untersuche sie, damit wir sie nachhause bringen können. Dann wärmen wir sie von innen heraus." Er lehnte sich vor und flüsterte: „Zumal ich es nicht abwarten kann, mich tief in dir zu vergraben ... verdammt tief."

Uzuris Knie wären fast eingeknickt.

Alastairs Lachen schüttelte sie durch. „Das ist doch ein Plan. Etwas, auf das man sich freuen kann." Er küsste sie auf den Mund. „Weißt du eigentlich, wie sehr wir dich lieben, tapfere kleine Unruhestifterin?"

Max und Alastair hatten ihr Leben riskiert, um sie zu retten.

Ja. Sie wusste es.

KAPITEL DREISSIG

Eine **Woche vor** Thanksgiving fuhr Uzuri in die Einfahrt und parkte in der Garage. Selbst als sie aus dem Auto stieg, ging sie mental alles durch, was sie erledigen musste, bevor sie sich auf den Weg in den Urlaub nach Colorado machen konnten.

Zur Ranch der Drago-Familie. Mit all den Dragos.

Auch eine Art, ein Mädchen in Angst und Schrecken zu versetzen.

Was trugen die Leute auf einer Ranch in Colorado?

Bevor sie die Tür von der dunklen Garage in die Küche erreichte, hörte sie ein hohes Winseln und Hunters tiefes Bellen. Diors kleine Pfoten kratzten auf der anderen Seite der Tür, als der Welpe versuchte, sich zu ihr durchzugraben.

Sie hörte Max' entspanntes Lachen. „Beruhig dich, Kleiner. Sie kommt ja."

Er öffnete ihr die Tür und sie trat in Licht und Wärme. Der Duft von Ingwer und Knoblauch wirbelte um sie herum. Chinesisch. Alastair kochte.

„Es wird auch Zeit, dass du nachhause kommst. Lass uns tauschen." In seinem üblichen schwarzen T-Shirt und einer Jeans nahm Max ihr die Hand- und die Aktentasche ab. Gleichzeitig gab er ihr den flauschigen Welpen und holte sich von ihr einen Kuss ab, während Dior vor Aufregung ihren Hals leckte.

„Mmm, du schmeckst gut", murmelte er. Er zog sie näher und vertiefte den Kuss. „Willkommen zuhause – und du bist spät dran."

„Spät dran?" Sie runzelte die Stirn und beugte sich dann vor, um Hunter Umarmungen und Streicheleinheiten zu geben. „Ich bin nicht zu spät. Ich komme immer um die Zeit nachhause."

In einem cremefarbenen, kurzärmeligen Hemd und einer Khakihose kam Alastair zu ihr und reichte ihr ein Glas Wein. Auch er küsste sie und nutzte die Tatsache voll aus, dass sie einen Pudel und Wein in den Händen hielt. „Wir haben dich vermisst, also bist du zu spät."

„Ah." Seltsamerweise ergab das sogar Sinn. Irgendwie. „Ich habe euch auch vermisst, also schätze ich, bin ich das wohl."

„Das Abendessen wird in etwa einer halben Stunde fertig sein", sagte Alastair. „In der Zwischenzeit haben wir dir etwas am Gartenteich hinterlassen."

„Oh. Okay." Hatte sie etwas bestellt und vergessen? Nach einem Schluck Wein – oder zwei oder drei – küsste sie Dior auf das flauschige Köpfchen, setzte ihn ab und spazierte auf die Terrasse. Die Sonne ging bereits unter und in den blauen Himmel mit den flauschigen Wolken mischte sich ein wunderschönes Rosa.

Die Luft war kühl mit Nebel von dem sprudelnden Teich. *Hmm.* Waren Barbie-Puppen auf den Felsen am Wasser angeordnet?

Oje. Das letzte Mal, dass die Jungs ihre Puppen angerührt hatten, war, nachdem Uzuri die Klingeltöne ihrer Handys neu programmiert hatte, sodass sie bei einem Anruf *It's a Small World* spielten. Für die Bestrafung hatte Dr. Drago ein Paddel gehalten, während sich die Detective-Puppe auf einen massiven Dildo gestützt hatte.

Das war ein toller Abend gewesen.

In letzter Zeit hatte sie jedoch keine Streiche gespielt. Nach einem weiteren Schluck Wein stellte sie ihr Glas auf einen Tisch und näherte sich dem Teich.

Ihre Zuri-Puppe war nackt und kniete. Okay, das war nicht beängstigend. Sie war schließlich unterwürfig.

In einem kurzärmeligen Hemd und einer Khakihose gekleidet stand Dr. Drago über der Zuri-Puppe und hielt ein breites goldenes Armband. Ein *echtes* Armband. Auf dem Band fand sich ein goldener Drachenkopf mit rubinroten Augen und Diamantbrauen. Der Schwanz enthielt mehr Diamanten.

In Jeans und einem schwarzen T-Shirt griff Detective Drago nach einem winzigen, herzförmigen Vorhängeschloss in Gold, das ebenfalls mit Diamanten besetzt war.

„Was ist das?", flüsterte sie.

„Wir haben keine Master-Sklave-Beziehung, keine 24/7-Beziehung, und doch ... wollten wir etwas, das symbolisiert, was wir miteinander teilen." Sanft lächelnd stand Alastair nun neben ihr. Er griff um sie herum und nahm das Armband seinem Ebenbild ab. „Wir dachten nicht, dass dir ein traditionelles Sklavenhalsband gefallen würde."

Genauso lautlos erschien Max neben seinem Cousin. „Traditionell oder nicht, wir wollten eine Möglichkeit, die zeigt – und uns alle daran erinnert –, dass du zu deinen Drachen-Doms gehörst."

Alastairs Stimme vertiefte sich. „Zieh dich aus, Love."

Sie starrte ihre Männer an. Seit einem Monat wohnte sie bei ihnen. Seit einem Monat war sie Max' und Alastairs Sub, und sie hatte geglaubt, dass die Beziehung zwischen ihnen ... definiert gewesen war.

Sie hatte nicht gedacht, dass etwas fehlte, also woher hatten ihre Master gewusst, dass sie sich nach etwas Greifbarerem gesehnt hatte? Nach Worten und einem Symbol.

Ihr Herz begann zu pochen, als sie aus ihren Pumps glitt. Ihr Kleid, ihr BH, ihr Tanga folgten. Als jedes Kleidungsstück entfernt wurde, tauchte sie an den friedlichen Ort, an dem Entscheidungen nicht mehr die ihren waren.

„Knie vor uns nieder, Prinzessin." Die Härte in Max' Stimme wurde von der Wärme gemildert. Von seiner Liebe zu ihr.

Ihre Beine wollten sie sowieso nicht länger aufrechthalten, und so kniete sie sich hin, auf der Terrasse ... nur um festzustellen, dass einer von ihnen vor ihr ein Kissen platziert hatte.

Alastairs Blick war zärtlich und ruhig, als er ihr Gesicht musterte und dann seine Hand ausstreckte.

Als sie ihre linke Hand in seine legte, küsste er ihre Finger auf eine Weise, die sie immer glücklich machen würde, und befestigte dann das Armband um ihr Handgelenk. „Das Armband ist ein Symbol für deine Unterwerfung zu uns, Uzuri." Er beugte sich vor und gab ihr einen luxuriösen Kuss.

„Und ein Symbol dafür, dass wir deine Hingabe schätzen und dich lieben und beschützen werden. Du gehörst uns – so wie wir dir gehören." Auch Max beugte sich vor und küsste sie, langsam und doch bestimmt. „Wir lieben dich, Zuri."

Als er sich aufrichtete, nahm er das Vorhängeschloss von seiner Puppe, fädelte es am Armband ein und klickte es zu. Die Lachfalten neben seinen blauen Augen vertieften sich. „Sogar du wirst wohl Schwierigkeiten haben, ein Vorhängeschloss mit einer Hand zu öffnen."

Für einen Moment wusste sie nicht, was sie sagen sollte, und sie sah nichts, weil Tränen ihr Sichtfeld einschränkten. Sie wischte sich über die Wangen, spürte das Gewicht an ihrem Handgelenk und ihr Blick fiel auf die funkelnden Diamanten. Der Drache betrachtete sie mit seinen strahlenden Augen. „Ich ... Es ist wunderschön."

Nach einer Weile gelang es ihr, zu flüstern: „Ich liebe euch. Ich liebe euch beide." Sie sah zu ihren Drachen-Doms auf, die Seite an Seite vor ihr standen und sie anlächelten. Die Liebe und die Wärme strahlten in Wellen von ihnen ab und hüllten sie ein.

Als Alastair ihr die Hand reichte, runzelte sie die Stirn. „Wartet ... Solltet ihr mich nicht *fragen?*"

„Du brauchst uns." Max schenkte ihr ein selbstgefälliges Lächeln. „Es ist unsere Aufgabe als deine Doms, dir zu geben, was du brauchst."

Sie zog die Augenbrauen zusammen.

Lachend hob Alastair sie auf die Füße und umarmte sie. „Wir alle wissen, dass du *Ja* sagen würdest."

Oh. „Das stimmt."

Max lehnte sich von hinten an sie, sodass sie nun zwischen ihren beiden Doms stand. „Ich denke, wir sollten feiern, findet ihr nicht auch?"

Er war hart. Alastair presste sich ebenso hart an ihre Vorderseite. Und sie begann, in reiner Lust dahinzuschmelzen. Unfähig zu widerstehen, griff sie nach unten und öffnete Alastairs Hose. Anschließend lehnte sie sich zurück, um zum Spielen mit seinem Schwanz ausreichend Platz zu haben.

Sie warf einen Blick nach unten und schnappte nach Luft. *Oh ... Ups.* Sie hatte vergessen, was sie getan hatte, als sie die Jungs heute Morgen geweckt hatte. *Oh, mein Gott*, das bedeutete Ärger.

Bei dem Geräusch, das sie machte, folgte Alastair ihrem Blick dorthin, wo ihre Hand um seinen Schwanz gewickelt war.

Obwohl Alastairs Lächeln verschwand, blieben das breite Lächeln seines Schwanzes und die runden Augen erhalten.

Sie beäugte ihr fröhlich dreinblickendes Kunstwerk. Es sah gut aus, bedachte man, wie schnell sie heute Morgen hatte agieren müssen, um fertig zu werden, bevor die Jungs aufwachten. Der silberne Marker, mit dem sie die Augen und das breite Grinsen auf die Eichel von Alastairs Schwanz gezogen hatte, war ausgesprochen gut zu erkennen. Der Harnröhrenschlitz machte sich perfekt als Nase. Vielleicht wirkte das Grinsen ein wenig wahnsinnig, aber doch ... glücklich.

War es nicht schön, dass ein Schwanz normalerweise nach unten zeigte, sodass ihr Dom das Gesicht bis jetzt nicht bemerkt hatte? Hätte Alastair sein aufgemaltes Smiley an einem öffentlichen Urinal entdeckt, wäre das wahrscheinlich schlecht gewesen. Für sie.

„Was ist ... das?" Max beugte sich vor, um über ihre Schulter zu schauen. Er brach in schallendes Gelächter aus. „Schön, zu sehen, dass du so glücklich bist, Doc."

„Wir waren heute Morgen beide in ihrem Bett", bemerkte Alastair trocken.

Uzuri schaute weg. Oje.

Max' Lachen stoppte abrupt. „Das hast du nicht ..."

Als er zurücktrat, drehte sie sich um.

Er öffnete seine Jeans. Sein Schwanz sprang enthusiastisch heraus – eine Beschreibung, die nur so gut passte, da er ein entzückendes Grinsen in schwarz aufwies.

Diesmal war es Alastair, der laut lachte.

Trotz Max' strengem Ausdruck konnte sie sehen, wie seine Lippen bei seinem Versuch, nicht zu lächeln, zuckten. „Es war schlimm genug, Puppen zu sehen, die wie wir aussehen. Das hier? Nein."

Ihre Drachen-Doms stellten sich nebeneinander und verschränkten die Arme vor der Brust. Beide mit den gleichen grimmigen Mienen.

Der Boden, auf dem sie stand, schien eine schnelle Fahrt mit dem Aufzug nach unten zu nehmen. „Ähm. Eure Schwänze sehen wirklich glücklich aus."

„Mmm. Ich denke, meiner wäre ohne Gesicht glücklicher." Selbst Max' beeindruckende Kontrolle konnte das Lachen nicht aus seiner Stimme halten.

Alastair nickte. „Ich glaube, ein Blowjob wäre eine effektive Methode zur Entfernung." Sein Blick ruhte auf ihr, Belustigung tanzte in seinen warmen grünbraunen Augen. „Und zwar wirst du das so lange tun, bis die Gesichter weg sind."

Oh, sie versuchten so hart, gemein auszusehen, bis Alastair wieder loslachte. Eine Sekunde später lag sie in seinen Armen, mit Max hinter ihr. Als die untergehende Sonne über ihr wunderschönes Armband schimmerte, wurde sie geküsst und umarmt und mit Liebe überhäuft.

Sie entließ einen glücklichen Seufzer.

Nachhause zu kommen war wirklich der schönste Teil des Tages.

ÜBER DEN AUTOR

Autoren sagen oft, dass ihre Protagonisten mit ihnen argumentieren.

Dummerweise sind Cherise Sinclairs Helden allesamt Doms. Was bedeutet, dass sie keine Chance hat, jemals ein Argument für sich zu entscheiden.

Als USA-Today-Bestsellerautorin ist Cherise dafür bekannt, herzzerreißende Liebesromane mit hinreißenden Doms, amüsanten Dialogen und heißem Sex zu schreiben. BDSM, Leute. BDSM! Wer kann dazu schon ‚Nein' sagen?

Mit den Kindern aus dem Haus lebt Cherise mit ihrem geliebten Ehemann und ihren Katzen am pazifischen Nordwesten, wo nichts gemütlicher ist als ein regnerischer Tag, den sie damit verbringt, neue Bücher zu schreiben.

Rezensionen:

Ich hoffe, Dir hat das Buch gefallen! Ich würde mich freuen, wenn Du für Zuri, Max und Alastair eine Rezension verfasst. Vielen Dank.